CLAUDIUS CRÖNERT

Das Kreuz der Hugenotten

GENDARMENMARKT Berlin um 1700. Die Stimmung zwischen eingewanderten französischen Calvinisten und deutschen Lutheranern ist angespannt. Beide Gruppen müssen sich eine enge Kirche teilen, den Fremden bleiben aber meist nur die Stehplätze. Der Handschuhmacher Paul Deschamps und seine Landsleute planen daher ein eigenes Gotteshaus – ein Vorhaben, das bei vielen Berlinern nicht auf Wohlwollen stößt.
Doch Kurfürst Friedrich stimmt dem Bauprojekt zu und gewährt auch der deutschen Gemeinde eine neue Kirche – direkt gegenüber dem Französischen Dom. Zwischen den beiden Kirchen soll eine Gendarmenkaserne entstehen, die dem Platz seinen Namen geben wird.

Abseits der Bauarbeiten geraten Paul und der Berliner Gerber und Zunftmeister Lorenz Haeuser immer öfter aneinander. Und dann stürzt

Claudius Crönert wurde 1961 in Hamburg geboren. Heute lebt er in Berlin, wo er Philosophie und Kunstgeschichte studiert hat. Er arbeitet als Journalist und verfasst Fernsehfilme und Hörfunkfeatures. »Das Kreuz der Hugenotten« ist sein zweiter historischer Roman

CLAUDIUS CRÖNERT

Das Kreuz der Hugenotten

GENDARMENMARKT Berlin um 1700. Die Stimmung zwischen eingewanderten französischen Calvinisten und deutschen Lutheranern ist angespannt. Beide Gruppen müssen sich eine enge Kirche teilen, den Fremden bleiben aber meist nur die Stehplätze. Der Handschuhmacher Paul Deschamps und seine Landsleute planen daher ein eigenes Gotteshaus – ein Vorhaben, das bei vielen Berlinern nicht auf Wohlwollen stößt.
Doch Kurfürst Friedrich stimmt dem Bauprojekt zu und gewährt auch der deutschen Gemeinde eine neue Kirche – direkt gegenüber dem Französischen Dom. Zwischen den beiden Kirchen soll eine Gendarmenkaserne entstehen, die dem Platz seinen Namen geben wird.

Abseits der Bauarbeiten geraten Paul und der Berliner Gerber und Zunftmeister Lorenz Haeuser immer öfter aneinander. Und dann stürzt

Claudius Crönert wurde 1961 in Hamburg geboren. Heute lebt er in Berlin, wo er Philosophie und Kunstgeschichte studiert hat. Er arbeitet als Journalist und verfasst Fernsehfilme und Hörfunkfeatures. »Das Kreuz der Hugenotten« ist sein zweiter historischer Roman

CLAUDIUS CRÖNERT

Das Kreuz der Hugenotten

Historischer Roman

GMEINER *Original*

Besuchen Sie uns im Internet:
www.gmeiner-verlag.de

Im Ehnried 5, 88605 Meßkirch
Telefon 07575/2095-0
info@gmeiner-verlag.de

1. Auflage 2011

Lektorat: Claudia Senghaas, Kirchardt
Herstellung / Korrektorat: Julia Franze / Katja Ernst
Umschlaggestaltung: U.O.R.G. Lutz Eberle, Stuttgart
unter Verwendung des Bildes »Gendarmenmarkt im Winter«
von Eduard Gärtner; Quelle: http://www.zeno.org/nid/20004023749
Druck: Appel & Klinger, Schneckenlohe
Printed in Germany
ISBN 978-3-8392-1211-0

Heraus in eure Schatten, rege Wipfel
Des alten, heil'gen, dichtbelaubten Haines,
Wie in der Göttin stilles Heiligtum,
Tret ich noch jetzt mit schauderndem Gefühl,
Als wenn ich sie zum erstenmal beträte,
Und es gewöhnt sich nicht mein Geist hierher.
So manches Jahr bewahrt mich hier verborgen
Ein hoher Wille, dem ich mich ergebe;
Doch immer bin ich, wie im ersten, fremd.
Denn ach! mich trennt das Meer von den Geliebten,
Und an dem Ufer steh ich lange Tage,
Das Land der Griechen mit der Seele suchend;
Und gegen meine Seufzer bringt die Welle
Nur dumpfe Töne brausend mir herüber.

Goethe, Iphigenie auf Tauris

Doch immer bin ich, wie im ersten, fremd.

Für Cordelia

- ERSTES KAPITEL -

1

Unter dem Wintercape trug Claire Deschamps, wie es sich für den Kirchgang gehörte, den langen schwarzen Rock, eine Leinenbluse und ihre Wolljacke. Wie immer ging sie neben ihrem Mann an der Spitze der französischen Gemeinde, doch anders als sonst musste sie sich heute anstrengen, um Schritt zu halten. Sie atmete schnell. Seit ein paar Stunden schmerzte ihr Unterleib, wie er es in jedem Monat einmal tat, und sie fühlte sich schwach und zerschlagen. Als der fremde Arm vorschnellte und ihrer Gruppe den Eintritt in die Kirche verwehrte, war es für sie wie ein zweiter Weckruf an diesem Morgen: »Ihr wartet. Erst kommen unsere Leute, dann die Fremden.«

Es war ein Tag, den sie im Bett hätte verbringen mögen, mit einem Tee, einem Buch und einem warmen, in ein Tuch geschlagenen Ziegelstein aus dem Ofen. Aber so etwas erlaubte sie sich nicht. Sonntags ging man in die Kirche – es sei denn, man war wirklich krank, wie die Frau des Arztes Mathieu, die oft nicht mitkam. Doch mit ihr hätte Claire nicht tauschen mögen.

Der Arm, der den steinernen Türbogen versperrte, gehörte dem jungen Haeuser, der Jockel gerufen wurde, ein unaussprechlicher Name. Ein Handwerkerarm, breit, weiß, dazu voller Muttermale. Die blonden Härchen auf ihm standen in die Höhe, und der Hemdsärmel, der ihn bedecken sollte, war zu kurz.

Jockel Haeuser grinste.

Er hatte Publikum. Auf dem Platz rund um die Kirche wohnten einfache Leute, die kaum mehr besaßen, als sie auf dem Leib trugen. Immerhin hatten ihre Kinder im Winter

Schuhe an, grobe Holzpantinen, über die ein Stück Leder genagelt war. Claire blickte in reglose Gesichter. Sie wollte an einen Scherz glauben – an den dummen Streich eines jungen Mannes, dessen Kraft mehr in die Arme als ins Hirn gegangen war und der gleich in ein Lachen ausbrechen würde. Wäre ihr selbst die Freundlichkeit an diesem Morgen nicht so verdammt schwergefallen, hätte sie sogar eine halbwegs belustigte Reaktion zeigen können. Schlechte Darbietungen hatte sie in ihrem Leben schon mehrfach erlebt. Am besten nahm man sie nicht zu ernst.

Haeuser bewegte sich nicht.

»Wollt Ihr Euren Arm nicht wieder herunternehmen?«, hörte sie Paul, ihren Mann.

»Sicher. Sobald unsere Leute einen Platz gefunden haben, und zwar alle. So lange wartet ihr.«

Es war sein Tonfall, der Claire davon überzeugte, dass der andere meinte, was er sagte. Das war kein Scherz, da stand wirklich ein Christenmensch, der anderen Christenmenschen den Eintritt in die Kirche verwehrte. Und das heute, wo sie sich so nach einem Stuhl sehnte.

Die Leute gafften. Ihre Jacken waren löchrig, die Mäntel ausgefranst und mit den Jahren dünn geworden. Claire war sich sicher, dass sie sich an dem Schauspiel erfreuten, auch wenn sie es nicht zeigten.

»Hört zu, Haeuser«, sagte Paul, »wir haben das gleiche Recht wie ihr. Deshalb zieht jetzt bitte Euren Arm zurück.«

Die Freundlichkeit schien Jockel nicht gehört zu haben. Seine Hand an der Türzarge wurde rot, die Finger umklammerten die grauen Steinquader, und auf seinem Unterarm traten kräftige Wölbungen hervor. Wie festgefroren lag das Grinsen auf seinem Gesicht.

Claire wurde langsam wütend.

Sie glaubte hören zu können, wie die einzelnen Sekunden verstrichen. Die Augen aller ihrer Landsleute waren auf ihren Mann gerichtet. Er war hochgewachsen und schlank. Seine große Nase wurde in der Kälte allmählich rot. Er stand dem Haeuser gegenüber, wirkte weiterhin höflich und wartete ab. Claire dagegen kam unwirklich vor, was sie auf diesem Platz erlebte. War das nur ein schlechter Traum?

Mit einem Klopfen auf den nackten Unterarm wurde Jockels Griff vom Türrahmen gelöst. Das war sein Bruder, Lorenz Haeuser, der sich die Hand des anderen auf die Schulter legte. Claire wusste, dass er, wie sein Bruder, ein Gerber war, aber mit ihm machte Paul Geschäfte und bestellte sein Leder dort. Für einen Moment empfand Claire Erleichterung. Lorenz würde diesen dummen Streich beenden und seinen jüngeren Bruder fortschicken, und sie würde sich endlich hinsetzen können.

Lorenz hatte kleine, hellwache Augen, einen aufmerksamen Blick und lockiges Haar, das ihm aus der Mütze fast bis auf die Schultern fiel. Alle, die vor der Kirche standen, Einheimische wie Franzosen, auch der Bruder, wandten ihm ihre Aufmerksamkeit zu und schienen sich zu fragen, was er machen würde.

Ein General, dachte Claire.

Er tat das Gegenteil von dem, was sie erhofft hatte. Er blieb einfach stehen. Ohne ein Wort gesprochen zu haben, bildeten nun beide Haeusers eine Sperre für Paul und sie und die anderen Réfugiés. Lorenz Haeuser vermied es, ihnen ins Gesicht zu sehen, sein Blick ging über sie hinweg auf den Kirchplatz. Er setzte, den Arm weiterhin auf dem seines Bruders, zwei Schritte nach vorn und ließ hinter seinem Rücken einen schmalen Durchgang entstehen. Auch jetzt brauchte es kein Wort, damit die Mitglieder ihrer eigenen Gemeinde diese Lücke nutzten und in die Kirche drängten, blonde Frauen mit schmuddeligen Leinenhauben, die ihre Kinder vor sich hertrieben, rotwangige Männer, manche mit verschämten, andere mit hämischen Blicken zu denen, die nicht hineinkonnten.

Seit dem Morgen, seitdem sie zum ersten Mal aus dem Fenster gesehen hatte, schneite es, leicht zwar, aber ununterbrochen. Vor der Kirche war die dünne Schneeschicht von den vielen Füßen plattgetreten und mit der sandigen Erde des Platzes vermischt worden, die Felder weiter hinten hingegen, wo in der warmen Jahreszeit Kohl angebaut wurde, waren weiß. Die Leute hatten Schneeflocken auf Mützen und Jacken, sie atmeten kleine Wölkchen aus und trugen gegen die Kälte Stiefel aus brüchigem Leder. Die Kirchturmspitze, zumindest der obere Teil, war in dem nebligen Grau nicht zu erkennen.

In der Heimat lag um diese Zeit – Mitte März – bereits ein Versprechen in aller Natur, die Bäume trugen Knospen, frühe Primeln trauten sich hervor. Die Sonne hatte den Frost verbannt. Den Menschen gab sie zusammen mit der ersten Wärme Lebensfreude und eine gewisse Großzügigkeit. Es war kein Wunder, dass dieses sandige Land hier bestenfalls der Rand der Zivilisation war. Die Hälfte des Jahres Winter – das machte die Leute stumpf.

Doch hier lebten sie nun, sie selbst, Paul, ihre Tochter Isabel, der Schwiegervater und viele, viele andere. So hatte Gott für sie entschieden, und sie mussten das Beste daraus machen. Dazu gehörte, dass sie von denen, die hier geboren waren, akzeptiert wurden – schließlich waren sie Glaubensverwandte. Ihr eigener Beitrag war: sich friedlich und möglichst unauffällig verhalten, keinen Streit suchen, keinen Neid wecken. Denn es war, wie die Älteren erzählten, der Neid mehr als alles andere gewesen, der ihnen den Hass der Katholiken zu Hause eingebracht hatte.

Claire wich die Kraft aus den Beinen und in ihrem Kopf drehte sich ein schwarz-weißer Kreis. Sie brauchte endlich einen Platz, auf dem sie die Füße von sich strecken konnte. Sie tastete nach Pauls Arm und hakte sich ein.

»Madame«, hörte sie den älteren Haeuser, der sie jetzt aus seinen kleinen Augen ansah, »wenn es Euch nicht gut geht, lasse ich Euch hinein. Euch – und Eure Tochter.«

Seine Stimme war ein Bass, rund um die Nase hatte er Sommersprossen. Groß war er nicht, doch er wirkte kräftig, und es war weiterhin eindeutig, dass er allein entschied, wie es hier weiterging.

In Claires Schwäche mischte sich erneut Ärger und gab ihr ein wenig Schwung. Sie musste sich bremsen, um dem Gerber nicht ein paar unfreundliche Worte zuzurufen. Während sie fester nach Pauls Arm griff, richtete sie sich auf. »Ohne meinen Mann nicht.«

»Wie Ihr wollt.«

Aus der Gruppe der Landsleute schnappte sie das Wort ›Gendarmen‹ auf. Sie konnte die Stimme – eine Frauenstimme – nicht zuordnen, aber klar war, bewaffnete Soldaten würden die Spannung hier nur noch verschärfen. Außerdem entschieden sie natürlich nicht zugunsten der Franzosen und gegen die eigenen Landsleute.

Mit ihrer Hand spürte Claire, wie sich Pauls Muskeln zusammenzogen, trotzdem sorgte sie sich nicht. Es war für sie unvorstellbar, dass er sich mit dem Gerbermeister im Dreck wälzen würde. Da entspannte er sich schon wieder. Er trug seinen langen, eleganten Mantel, die besten Handschuhe, die er besaß, von ihm selbst hergestellt mit einem Leder, das noch aus der Heimat stammte. Er hielt sich kerzengerade. Wie immer war er ein Herr.

Es war Sonntag, noch dazu der Sonntag Lätare, der der Freude gewidmet war, und sie standen vor einer Kirche – da galt es Frieden zu wahren. Claire schalt sich für ihren Zorn. Paul war so viel geduldiger. Zwar war es richtig, dass sie sich den Weg nicht versperren lassen durften, nur weil sie dunkles Haar hatten und in Frankreich geboren waren. Doch was immer sie taten, sie hatten demütig zu bleiben.

»Ihr macht Geschäfte mit mir«, wandte sich Paul an den älteren Haeuser. Seine Stimme klang unverändert höflich.

»Ich gerbe auch weiterhin für Euch, Franzose. Aber die Jerusalemkirche war immer unsere und wird es bleiben. Wir lassen Euch hinein. Soll uns niemand nachsagen, wir seien schuld an eurer Gottlosigkeit. Wir gewähren Euch Einlass; allerdings erst, wenn unsere Leute einen Platz gefunden haben. Ab jetzt müsst Ihr stehen.«

Gottlos? Der schlimmste aller Vorwürfe. In der Heimat hatten sie ihn hundert- und tausendfach zu hören bekommen, da war es der Schlachtruf der Katholiken gewesen: ›Wider die Gottlosen‹. Tief in sich fühlte Claire, wie sie auf diesen Angriff zu reagieren hatte – mit Geduld und Verständnis. Doch was sie tatsächlich empfand, war simple Wut.

Paul hingegen zeigte immer noch keine Reaktion. Claire sah er nicht an. Obwohl ihr Bauch dagegen rebellierte, bemühte sie sich weiter um eine aufrechte Haltung.

»Nicht dass Ihr es seid«, sagte Haeuser, »nur falls Ihr es werdet.«

Sein Gesicht wirkte weicher auf Claire als seine Worte. Sie wandte sich ab. Ein wenig freundlich dreinzuschauen, machte nicht wett, was der Gerber hier veranstaltete.

»Wir werden nicht gottlos, genauso wenig wie Ihr, Haeuser. Wir möchten jetzt einfach in die Kirche.«

»Die Antwort ist nein. Wenn Ihr einen Rat wollt, Franzose …«

Paul schüttelte den Kopf. Sein Tonfall blieb weiter tadellos. »Von Euch brauche ich keinen Rat.«

»… baut Euch eure eigene Kirche. Eine Franzosenkirche. Dann sind wir Euch los und Ihr uns genauso.«

Jetzt machte sich ein Lächeln auf Claires Gesicht breit. Zum zweiten Mal war sie versucht, dem Gerber etwas zu erwidern. Haeuser sprach vom Bauen, aber wie sah es in seiner Stadt aus? Fünfzig Jahre war der große Religionskrieg inzwischen vorbei, und noch immer waren hier viele zerstörte Gebäude und Wohnhäuser nicht wieder errichtet. Überall konnte man eingestürzte Dächer sehen und verkohlte Hauswände, und in den Ruinen lebten Alte, Invalide oder Waisenkinder. In jedem Winter erfroren Menschen, und morgens lagen Leichen am Wegesrand, die Glieder steif und die Gesichter aschfarben.

Sie säumten die Wege, denn Straßen, wie in Paris, gab es fast gar nicht. In Berlin war einfach die sandige Erde plattgestampft von all den Pferden, Rädern und Menschen, die jeden Tag darüberliefen, und hier, auf dem Platz vor der Jerusalemkirche, war es nicht anders. Dass man Steine nahm und Wege pflasterte – wie es die alten Römer zu ihrer Zeit über Abertausende von Meilen schon getan hatten – das schien man hier nicht zu wissen. Und trotzdem sprach der Gerber vom Bauen.

Mit einem Mal fürchtete Claire, sich erbrechen zu müssen. Sie kämpfte dagegen an und begann trotz der Kälte zu schwitzen. In ihrem Kopf drehte sich der Kreis schneller, und am liebsten hätte sie sich auf den gefrorenen Boden fallen lassen. Vielleicht würden die Gerber dann Platz machen. Sie klammerte sich an Pauls Arm. Ihr Blick traf den von Lorenz Haeuser, sie sah direkt in sein Gesicht, auf dem der Anflug eines Lächelns – einer Bitte um Milde – lag.

Gleichzeitig starrte er zurück.

»Mein Angebot für Euch gilt weiter, Madame. Für Euch und Eure Tochter.«

Claire strich Isabel übers Haar, ihm gab sie keine Antwort. Sie glaubte, in Haeuser hineinsehen zu können. Er stand mitten vor dem Kirchenportal und schämte sich, konnte aber nicht fort, da er mit der Sperre nun einmal begonnen hatte. Vielleicht hätte er am liebsten alles ungeschehen gemacht. Auf ihr Verständnis brauchte er nicht zu hoffen. Sie gehörte zu den Réfugiés, denen er den Weg verstellte.

Sie drehte sich zu den anderen um. Den Anfang der Flüchtlingsgruppe bildeten ihre Freunde und ihr Schwiegervater Bertrand, der wie immer ein versteinertes Gesicht hatte. Neben ihm stand Mathieu, der Arzt, dessen Haar schon weiß war. Der Bäcker Armand, mit gerötetem Gesicht, hielt den Arm seiner Frau Catherine, die genauso rundlich war wie er selbst. Der lange Simonet dagegen, der früher Wein angebaut hatte und jetzt auf dem sandigen Boden Maulbeerbäume zur Seidengewinnung zog, wirkte blass. Pignot war da, der Altgeselle ihres Mannes. Seine Frau, Julie, hielt ihre Hände unter den Bauch, der sich deutlich abzeichnete. Keiner von ihnen sagte einen Ton, alle schienen darauf zu warten, was Paul tat.

Er setzte einen Schritt nach vorn, wodurch Claire ihren Halt verlor. Sie fasste Isabels Hand. Das Portal war rund, weit mehr als mannshoch. Paul stand so dicht vor dem jungen Haeuser, dass er wohl dessen Morgenatem riechen konnte. Die Zähne saßen dem Gerber schief im Mund.

»Nehmt nun Eure Hand weg«, sagte Paul. Eine Spur von Erregung war ihm anzuhören.

»Versuch doch, sie wegzuschlagen, Franzose.« Jockels Blick wirkte ausdruckslos und die Stirn hohl, als arbeite dahinter überhaupt kein Verstand. In seiner ganzen Grobheit hatte dieser Kerl etwas Selbstgefälliges. Warum beendete der ältere Bruder dieses unwürdige Schauspiel nicht endlich?

Paul drehte sich zur Seite, und für einen Moment glaubte Claire, er würde nun doch seinen Körper einsetzen, einerlei, ob es der Sonntag Lätare war oder nicht. Er wollte, schien es, die Haeusers glauben lassen, er wende sich ab, um sich dann mit der linken Schulter – und mit Wucht – den Weg freizuschlagen. Wenn die Freunde nachdrängten, würden die beiden Gerber ihre Stellung nicht halten können. Sie selbst, mit ihren weichen Beinen, war nicht in der Lage, vorwärtszuschreiten. Ihr Griff um Isabels Hand wurde fester.

Mathieu schien die gleiche Ahnung zu haben wie sie, er machte seinen Arm lang und legte Paul die Hand auf die Schulter. Paul nickte ihm zu, und Claire erkannte, dass sie sich getäuscht hatte. In seinem Gesicht war keine Angriffslust.

Die kleine Isabel drängelte sich nach vorn, zu Paul. Die Hand des Mädchens griff nach dem Zeigefinger ihres Vaters.

»Papa.«

Sie betonte das zweite A, wofür Claire ihr einen Kuss hätte geben können. Die Aussprache ihres Töchterchens war eine Wohltat nach diesem derben deutschen Dialekt. Isabel trug ihren silbernen Reif im Haar und hatte die dunklen Augen weit geöffnet. Die Augen ihrer Mutter, wie Bekannte immer wieder erklärten. Als seien sie von einem himmlischen Zeichner kopiert worden, hatte der Schwiegervater einmal gesagt.

»Papa, mir ist kalt.«

»Wir gehen gleich hinein.« Er strich ihr über den Kopf.

Claire fragte sich, ob sie Paul bitten durfte, sie nach Hause zu bringen. Die anderen würden dann allein bleiben und überhaupt sähe es wie Feigheit aus, wie ein schwächliches Zurückweichen. Aber sie konnte nicht länger stehen.

Sie sah sich bereits auf die Knie sinken, als Lorenz Haeuser seinen Bruder mit einer kurzen, heftigen Bewegung zur Seite zog. Der Weg war frei. Allerdings hatten die Haeusers nicht etwa eingelenkt; ihr Manöver war schlicht beendet. Die Brüder gingen nun selbst in die Kirche. Claire hörte ein Lachen des jüngeren Gerbers, und darin lag Freude über den Sieg und vielleicht auch Erleichterung.

2

In der Kirche brannten ein paar Kerzen in ihren Wandträgern. Auf den Jacken und Mänteln der Gläubigen taute der Schnee, und die feuchte Wolle verband sich mit dem Holz der Bänke zu einem beißenden Geruch. Claire wandte sich ab.

Sie standen in mehreren Reihen im Seitenschiff. Vor ihnen, in der Mitte, waren alle Plätze von den Deutschen besetzt, die ausnahmslos nach vorn starrten, wo neben dem Altar ein hohes hölzernes Kreuz hing. Kaum jemand sprach. Es war eng, Arm und Schulter des Schwiegervaters drückten gegen Claire. Seine Miene war reglos. Sie hätte gern gewusst, was in ihm vorging und was er vor der Kirche empfunden hatte, als die Haeusers ihnen den Weg versperrt hatten.

Sie strich sich vorsichtig über den Bauch. Eine Stunde würde der Gottesdienst dauern, eine endlose Zeit. Sie legte die andere Hand auf Isabels Schultern, um sich ein wenig abzustützen.

Ihre Tochter trat von einem Bein auf das andere, dabei machte sie den Hals lang. Der Bäcker Armand mit seiner Frau stand direkt vor ihr, und sie konnte nichts sehen. Jetzt hielt Isabel sich die Nase zu. Sie versuchte es zu verbergen, wie eine zufällige Berührung sollte es aussehen, doch sie hatte mit Absicht zwei ihrer kleinen Finger in die Nasenlöcher geschoben. Claire lachte.

Ihre kreisenden Handbewegungen konnten den Unterleib nicht beruhigen, und die Enge machte alles nur noch schlimmer. Sie versuchte sich abzulenken und wanderte mit den Augen durch die Kirche. Der Raum war – natürlich – lutherisch eingerichtet, der Pastor stand erhöht über der Gemeinde an einem Steintisch, er sprach zu ihnen, nicht mit ihnen wie bei den Reformierten. Neben ihm, auf dem Altar, lag aufgeschlagen das Buch, das von zwei kreuzverzierten Kerzen eingerahmt wurde. Etwas weiter links gab es auf halber Höhe an einem Stützpfeiler sogar eine Kanzel mit einem Baldachin. Zur Predigt stieg der Pfarrer die Treppe hinauf und stand dann noch höher über der Gemeinde, zu der er vom richtigen und gottgefälligen Leben sprach.

Claire zog es hinaus, weg aus dieser Kirche, an die frische Luft und dann nach Hause. Sie sprach sich aufmunternde Worte zu – nur nicht nachgeben, der Bauch würde sich schon wieder beruhigen.

Vor ihr wurde ein Stuhl in die Höhe gehoben. Der ältere der Haeuser-Brüder hatte ihn an einem Fuß gepackt, als wiege er nicht mehr als ein Stock. Er hielt ihn in Pauls Richtung, doch dabei sah er zu ihr und nickte kaum merklich. Ohne seine Mütze hatte er ein volleres, zugänglicheres Gesicht. Claire wandte sich ab.

Paul fragte sie stumm, ob er das Angebot für sie annehmen solle. Sie gab keine Antwort. Was war das für eine seltsame Aufmerksamkeit dieses fremden Mannes? Er hielt den Stuhl weiterhin in die Höhe, über die Köpfe der Sitzenden und der Stehenden hinweg, die ganze Geste dauerte schon lange, und andere Leute hatten sich zu ihnen umgedreht. Warum starrte er sie so an?

Paul wartete nicht mehr auf Claires Antwort, er griff zu. Er brauchte beide Hände, um den Stuhl zu sich herüber zu heben. Der Schwiegervater bemühte sich, etwas Raum zu schaffen, sodass sie das klobige Möbel auf den Fußboden stellen konnten.

Claire atmete durch. Sie setzte sich nicht, sondern folgte dem Gerber mit den Augen. Er stieg über die Beine und Füße seiner Platznachbarn, störte sich nicht daran, wenn er sie anstieß – schien das gar nicht zu bemerken –, und drängte weiter vorwärts. Er erreichte den Gang und schritt zu einem Pfeiler, an den er sich lehnte, beide Hände in den Hosentaschen.

Paul legte ihr die Hand auf die Schulter und drückte sie sanft nach unten. Der Stuhl, den der Gerber ihr gereicht hatte, war wacklig, er konnte nur auf drei Beinen stehen und das Flechtwerk war eingerissen. Doch andere gab es hier nicht. Claire setzte sich.

Das Holz der Kirchenbänke knackte. Der Ofen, den der Gemeindediener zu spät angeheizt hatte, begann zu arbeiten. Die aufkommende Wärme vermischte sich mit der Feuchtigkeit und der Enge. Claire hielt sich die Nase zu, wie Isabel es getan hatte. Sie war froh um ihren Platz, und ihr Bauch dankte ihr die Entspannung. Sie schloss die Augen.

Am Altar begann der lutherische Pfarrer seine Predigt. Es gab auch einen reformierten Pastor, einen Schullehrer und Laienprediger, der sich mit dem Lutheraner abwechselte, nur war der seit vielen Wochen krank. Der Pfarrer sprach von Hoffart. Sie verstand dieses Wort nicht, Hoffart, schon gar nicht hätte sie es aussprechen können, sie begriff nur, dass es sich um etwas Schlechtes handelte. Hoffart, rief die laute Pfarrerstimme, sei es, sich für von Gott auserwählt zu halten. Gott liebe alle seine Kinder gleichermaßen, er unterscheide nicht und habe nicht die einen mehr lieb und die anderen weniger. Es sei zwar wahr, dass Gott sein Volk aus Ägypten geführt habe, wie die Bibel berichte. Allerdings sei deshalb nicht jedes Volk, das seine Heimat verlasse, von Gott geleitet. Das zu meinen, sei hoffärtig.

Sie wusste nun, dass es um die Franzosen ging, um ihre Leute, um sie selbst. Als anmaßend sollten sie dargestellt werden – und das war es wahrscheinlich, was Hoffart bedeutete: Anmaßung.

Paul stand neben ihr. Die Handschuhe hatte er ausgezogen und sorgfältig übereinandergelegt. Er hielt sich gerade, der lange Gehrock mit dem schwarzen Samtkragen betonte seine schlanke Figur. Die Kniehose saß, die Strümpfe waren neu. Von allen Männern in der Kirche war er sicher der bestangezogene. Ihr Mann; und dennoch rätselte Claire, was in ihm vorging.

Klarer als alle anderen, die sie kannte, verfolgte er ein übergeordnetes Ziel. Er wollte hier in Berlin nicht nur leben, sondern dazugehören. Trotzdem musste er die Demütigung empfunden haben, die ihre ganze Gruppe vor der Tür erlitten hatte. Wo steckte er sie hin? Empfand er denn gar keine Wut?

Er von sich aus würde nicht über diesen Morgen reden. Solcherlei Dinge waren kein Gesprächsthema zwischen ihnen, es sei denn, sie verlangte es und drang in ihn. Stand er so weit über diesen Menschen, den Wegversperrern und Beleidigern, dass die ihn gar nicht treffen konnten? Nicht diesen Sonntag, nicht nächsten und auch nicht in einem Monat?

Sie hatte dem Pfarrer nicht mehr zugehört, und jetzt schwieg die harte Stimme. Keine Hoffart mehr – was für ein scheußliches Wort, sie würde es nie sprechen können. Für Worte, die mit dem Buchstaben H begannen, war ihre Kehle einfach nicht gemacht.

Der Pfarrer forderte die Gemeinde auf, zu singen, und das war nun das Allerschlimmste, dieses Gebrumme, diese Lieder. Sie wusste schon, welches das letzte sein würde – ›Eine feste Burg ist unser Gott‹, das änderte sich nie. Der Pfarrer stimmte immer nur lutherische Lieder an, als wenn er ein besonderes Vergnügen daran empfand, dass sein Kollege krank war. Claire hatte Sehnsucht nach einem reformierten Lied. Es musste ja nicht auf Französisch sein.

Sie hörte Isabels klare Stimme. Das Mädchen sang deutsch wie eine Deutsche. Paul hingegen bewegte die Lippen nicht, genauso wenig wie viele andere Réfugiés. Von ihrem Sitzplatz aus berührte sie vorsichtig seine Hand. Sie legte ihre Finger in seine, spürte aber keine noch so leichte Erwiderung. Paul mochte derlei Dinge in der Öffentlichkeit nicht. Claire zog ihre Hand zurück.

Außer feuchter Wolle um sich herum und der weißen, mit Gold abgesetzten Kirchendecke sah sie nichts. Sie hörte ein unruhiges Schaben und wusste, was das bedeutete – die Berliner gingen nun nach vorn und empfingen ihr Abendmahl. Claire zeigte es nie, doch in ihren Augen hatte die Bedeutung, die die Lutheraner dem Abendmahl beimaßen, etwas Naives. Sie glaubten tatsächlich, das Brot sei der Leib Christi – nicht etwa ein Symbol dafür, nein, der tatsächliche Leib. Und der rote Wein, den sie tranken, sei sein Blut.

Sie schienen sich nie zu fragen, wie aus dem Fleisch des toten Körpers Brot geworden sein konnte und wieso dieses Brot niemals aufgegessen war, seit Jahrhunderten nicht. Diese Leute hatten etwas Kindliches, in ihrem Wunderglauben genauso wie in ihrer Art, ihre Kirche zu schmücken. Die Holzskulpturen in den Nischen, die Heilige darstellen sollten, waren fast so bunt wie bei den Katholiken zu Hause. Kindlich, nein kindisch war auch die Art der Haeusers, ihnen den Weg zu versperren. Unerzogen waren diese Menschen, und inmitten von denen mussten sie leben.

Sie schloss die Augen. Die abgestandene Luft stieg ihr in

die Nase. Sie stellte sich vor, im Bett zu liegen, die Decke bis ans Kinn gezogen, zu schlafen, bis sie wieder bei Kräften war. Dass sich die Kirche leerte, konnte sie hören, das brauchte sie nicht zu sehen. Wer sein Abendmahl empfangen hatte, schlurfte hinaus. Sie, die sie im Seitenschiff waren, mussten warten.

Als Paul sie aufforderte, mit ihm nach draußen zu gehen, blieb sie sitzen. Innen vor der Tür drängten sich noch die Leute, und sie mochte dort nicht stehen. Minutenlang wartete er bei ihr, bevor sie sich erhob.

Vor der Kirche atmete sie die klare Luft ein. Es schneite nicht mehr, aber ihr schien es, als habe der Schnee nur eine Pause eingelegt. Der Vorplatz war weiß, und auf den Hausdächern war eine dünne Schneeschicht liegen geblieben. Von der Sonne war nichts zu sehen.

Sie legte die Hände ineinander und dachte an den Herrn. Es sei keine Missachtung, versicherte sie ihm, wenn sie beim Gottesdienst nicht mitsinge, sie liebe ihn mehr als alles und sei mit ihrem ganzen Wesen seine Tochter. Sie richtete einen kurzen Blick hinauf zu dem grauen Himmel. Dann suchte und fand sie Isabels Hand.

Wie immer standen die Berliner und die Flüchtlinge in getrennten Gruppen vor der Kirche. Paul war bereits unterwegs zu ihren Freunden. Claire folgte ihm.

Sonntags nach dem Gottesdienst traf sich der Vorstand der französischen Gemeinde. Claire wünschte sich, dass die Sitzung heute ausfiele, sie wollte mit Paul nach Hause gehen, sich ein wenig ausstrecken, eine Tasse Tee trinken und ihm erzählen, was sie über die Kindlichkeit der Brandenburger dachte. Vor allem wollte sie erfahren, wie tief die Demütigung ihn getroffen hatte.

Sie erreichte ihn, als er schon bei den anderen war, bei Mathieu und Armand und Simonet und bei ihrem Schwiegervater. Nur Pignot, der nicht zum Vorstand gehörte, war dabei, sich zusammen mit einer Gruppe von Landsleuten zu entfernen.

Er stützte seine schwangere Frau, und Claire wünschte sich, mit Paul genauso davongehen zu können.

Sie schob ihre Hand in seinen Arm und machte ein leidendes Gesicht. In Wahrheit hatte sich ihr Bauch beruhigt, das Sitzen hatte ihr gutgetan. Dennoch gab sie Paul das Gefühl, er müsse sie halten.

Die Männer waren schweigsam. Es stand die Frage zwischen ihnen, in wessen Haus der Gemeindevorstand zusammenkommen sollte. Armand, der Bäcker, bot sich an, aber keiner der anderen ging darauf ein. Claire fühlte sich von ihrem Schwiegervater gemustert. Sie fürchtete, er durchschaue sie, deshalb ließ sie den Kopf ein wenig mehr hängen als nötig. Der Schwiegervater erklärte, ohne den Blick von ihr zu lassen, er würde gern nach Hause gehen und sich ein wenig sammeln. Deshalb plädiere er dafür, die Zusammenkunft auf den Nachmittag zu verschieben.

Über Claires Mund flog ein Lächeln. Sie warf einen zweiten kurzen Blick hinauf zum Himmel und bedankte sich. Die anderen Männer murmelten Einverständnis. Sie verabredeten, sich später bei Armand zu treffen. An Pauls Arm ging Claire nach Hause. Die meisten Deutschen waren schon verschwunden. Von den Gerber-Brüdern war nichts mehr zu sehen.

3

Der Wind warf die Schneeflocken, die vom Himmel fielen, hin und her. Paul hatte den Mantelkragen aufgestellt. Seine Finger steckten in Handschuhen, die mit Lammfell gefüttert waren. Die Augen tränten ein wenig. Um sie vor der Kälte und dem Schnee zu schützen, blinzelte er nur noch. Deshalb dauerte es ein wenig, bis er sich sicher war, dass der Mann mit dem gesenkten Kopf am Ende der Straße sein Vater war. Paul wusste, dass es für ihn ein Tag der Trauer war, es jährte sich der Tod seines älteren Sohnes. Der Vater kämpfte ebenfalls gegen den Wind und vielleicht auch gegen die Erinnerungen.

Armand bewohnte ein Haus, das seinem sehr ähnlich war, gelb getüncht, zweistöckig, ein Neubau, wie es sie überall im Viertel gab. Die Häuser der Zugezogenen. Man hörte viel Französisch auf den Straßen. Hinter seinem Haus hatte sich Armand die Backstube gebaut, in der er jeden Morgen arbeitete. Im ersten Stock lagen die Kammern der Gesellen. Armands Brot war das Beste, das man hier kaufen konnte, helles Brot in Stangenform.

Kurz vor der Haustür hatte Paul seinen Vater eingeholt. Mit einem leichten Druck legte er ihm die Hand auf die Schulter. Der Vater sah ihn an. Er hatte Schneeflocken auf den Augenbrauen. In seinem Gesicht konnte Paul nichts erkennen, keine Freude, keinerlei Gemeinsamkeit. Es war wie immer reglos.

Sie kamen als Letzte in die Stube. Mathieu, Simonet und Armand saßen um einen ovalen Tisch, der mit einer gestickten Decke verziert war. Eine Porzellanschale war mit Patisserie gefüllt, es roch nach Café, und für jeden der Gäste war eine Tasse gedeckt. In der Mitte des Tisches stand eine silberne Kanne.

»Liebe Freunde, nehmt Platz, dann können wir anfangen.« Armand hatte eine Perücke aufgezogen, sein Gesicht war gepudert. Er wies das Zimmermädchen an, Café einzuschenken, bediente sich selbst mit Gebäck und sagte, während er noch kaute: »Greift zu. Ganz frisch.«

Armand nahm sich einen zweiten Keks. Er trug einen Rüschenkragen ohne Knöpfe um seinen dicken Hals, Paul kannte es nicht anders von ihm. Armand biss in seinen kleinen Kuchen, hielt sich, was übrig geblieben war, vor die Augen und nickte, bevor er sich die zweite Hälfte in den Mund schob.

»Wo wollen wir nächsten Sonntag zu Gott beten, lieber Armand?« Das war Simonet mit seiner spitzen Stimme.

Armands Mund war noch nicht wieder leer. »Na, in der Kirche. Was glaubst du denn?«

»Wenn sie uns hineinlassen.«

Das Lächeln verschwand aus Armands Gesicht. »Ach, das meinst du. Daran hatte ich im Moment gar nicht gedacht.«

»Das solltest du aber.«

»Ich bin mit Simonet einer Meinung«, sagte Mathieu. »Wir müssen darauf vorbereitet sein, dass sie uns nächsten Sonntag wieder den Weg versperren werden. Wie wollen wir reagieren?«

»Eine weitere Prüfung«, sagte sein Vater Bertrand. Paul hörte sein Bemühen um eine feste Stimme. »Eine Prüfung, die Gott uns auferlegt. Wir wollen sie mit Würde tragen.«

Wie mochte der Vater die Zeit seit dem Kirchgang verbracht haben? Er wohnte bei Landsleuten, bei alten Freunden, in einer kleinen Wohnung unter dem Dach. Bei seinem Sohn zu leben, hatte er mehrfach abgelehnt. Das Licht von Armands Öllampe fiel so, dass Bertrand im Halbschatten saß. Er wirkte erschöpft. Vielleicht war er auch einfach nur traurig.

Paul nahm sich vor, ihn auf dem Heimweg zu begleiten.

»Und Sonntag für Sonntag vor der Kirche stehen und warten, bis dieser Hohlkopf von einem Gerber so gnädig ist und uns reinlässt?«, fragte Simonet. »Oder bis die Deutschen alle drinnen Platz genommen haben?«

»Wenn das Gottes Wille ist, ja«, erwiderte Bertrand.

Armand hatte einen weiteren Biskuit verspeist. Er beeilte sich, den Mund zu leeren und wischte sich mit dem Handrücken den Zucker von den Lippen. »Ich habe eine andere Idee.«

»Nämlich?«, fragte Mathieu.

»Wir verhalten uns klug und gehen aller Konfrontation aus dem Weg.«

»Ach. Und wie?«, fragte Simonet.

»Ganz einfach: Wir treffen uns in unseren Häusern zum Gottesdienst. Einen Sonntag bei mir, dann bei Paul, dann vielleicht bei dir, Mathieu, oder bei Simonet. So halten wir es ein paar Wochen, dann kehren wir zurück. Bis dahin haben sie die ganze Sache vergessen.«

»Gottesdienst ohne Pfarrer und in privaten Wohnungen?«, fragte Mathieu. »Müssen wir uns schon wieder verstecken?«

»Einen Pfarrer haben wir doch.«

»Ja, einen schwer kranken.«

Seit dem Morgen wusste Paul, dass heute der Tag war, seinen Vorschlag vorzutragen. Während des Gottesdienstes, als der Pfarrer gegen die Franzosen gepredigt und die Lutheraner ihre Lieder angestimmt hatten, hatte er sich dazu entschieden. Es machte keinen Sinn, länger zu warten. Er trank einen Schluck Café – die Bitterkeit des Getränks wurde größer, wenn es abkühlte – und hörte auf das leise Klirren, als er die Tasse auf die Untertasse zurückstellte. »Ich habe auch eine Idee.«

Die anderen sahen ihn an, alle gleichzeitig. Selbst Armand schien nicht mehr auf Mathieus Einwand reagieren zu wollen.

Paul ließ ein paar Sekunden verstreichen.

»Wir bauen unsere eigene Kirche. Eine französische und reformierte Kirche, hier in Berlin.«

Sein Vater verzog den Mund. Mathieu schmunzelte.

Paul war klar, dass für keinen von ihnen der Gedanke neu war. Die Jerusalemkirche war seit Langem zu eng, und sie hatten bei verschiedenen Anlässen über ein eigenes Gotteshaus gesprochen. ›Man müsste ... es wäre richtig ... irgendwann einmal ...‹

Doch jetzt mussten sie sich mit einem offiziellen Vorschlag auseinandersetzen.

Der Erste, der sich zu Wort meldete, war Mathieu: »Das war die Empfehlung des Gerbers, und du hast gesagt – heute Morgen noch –, du bräuchtest von ihm keine Ratschläge.«

»Nein«, erwiderte Paul, »um diesen Gerber geht es in keiner Weise. Der Mann ist mir völlig egal. Ich denke schon länger über einen Neubau nach und wir wissen alle, ich bin nicht der Einzige. Die Jerusalemkirche ist die Kirche einer anderen Religion. Seht allein die bemalten Fenster an und diese Heiligenskulpturen – das ist fast wie in Notre Dame. Und es widerspricht Gottes Gebot.« Er zögerte, sie zu belehren. Doch er setzte sich darüber hinweg: »Du sollst dir kein Bildnis machen.«

Bertrand lachte, aber es lag keine Heiterkeit darin. »Eine eigene Kirche.« Er hatte einen überlegenen Tonfall, so sprach ein Alter zu einem naiven Jüngling. »Hast du eine Vorstellung davon, was das kostet, mein Sohn? Der Bauplatz. Die Steine, das Holz, die Handwerker?«

»Ich bin ein Kaufmann wie du, Vater, und ich weiß, dass eine Kirche mehr kostet, als wir bezahlen können.«

Armand winkte ab. »Brauchen wir gar nicht drüber nachzudenken.«

»Das finde ich doch. Die sinnvolle Reihenfolge ist: Wir entscheiden, was wir wollen. Im zweiten Schritt überlegen wir, wie wir die Mittel dazu aufbringen.«

Paul nahm sich, obwohl er sich aus Süßem nicht viel machte, eine der kleinen Patisserien von Armand und biss hinein. Während er die zuckrigen Mehlkrümel schmeckte, sah er zu, wie sich die anderen Übrigen Luft machten. Mathieu und Armand redeten gleichzeitig und hörten einander nicht zu. Simonet schob beide Hände in seine Hosentaschen, zog sie wieder hervor und zeigte allen, dass sie leer waren. Auch diese Vorführung wurde nicht weiter beachtet. Man könne, hörte Paul schließlich Mathieu, mit diesem Anliegen sicher nicht zum Kurfürsten gehen, denn der würde denken, die Neubürger seien unverschämt. Und außer ihm gab es niemanden, der so viel Geld besitze.

Die anderen stimmten zu.

»Außerdem reizen wir die deutsche Bevölkerung«, ergänzte

Bertrand. »Und das ist dumm. Mehr als dumm, es ist gefährlich.«

»Wer wen reizt – ich fürchte, darüber habe ich eine andere Meinung«, entgegnete Paul. Er sprach höflich und rücksichtsvoll zu seinem Vater und sagte dann zu Mathieu: »Warum sollten wir mit einer solchen Bitte nicht zum Kurfürsten gehen? Er hat uns schließlich Religionsfreiheit zugesichert.«

»Das hat er eingehalten«, antwortete Bertrand anstelle des Arztes. »Wir haben Religionsfreiheit. Wir dürfen beten, wie wir wollen, niemand hindert uns daran, kein Nachbar, kein Soldat. Bloß: Eine eigene Kirche hat er uns nicht versprochen.«

»Ohne eigene Kirche können wir nicht nach unserer Art beten.«

Sein Vater verzog den Mund. »Der Kurfürst hat uns Zuflucht geboten. Er hat sich genau so verhalten wie die Schweizer Städte, wie die Niederlande oder England. Zuflucht, Schutz – das hat unser Leben gerettet. Dafür wollen wir dankbar sein.«

Vielleicht war es doch der falsche Abend für dieses Thema – der Trauertag seines Vaters. Aber was konnte er dafür, dass sich die Berliner für ihre Demütigung ausgerechnet diesen Morgen ausgesucht hatten. »Wir sind dankbar«, sagte er und gab sich Mühe, seine Worte weiter freundlich klingen zu lassen. »Ich bin es. Doch wir haben auch etwas mit uns gebracht, das wir diesem Land Brandenburg gegeben haben. Unser Wissen und Können.«

»Zweifellos. Und trotzdem: Religionsfreiheit heißt nicht, dass fremde Staaten uns Kirchen bauen.«

Die anderen hörten zu. Armand kaute Biskuits, Simonet starrte vor sich hin. Mathieu schien auf einen günstigen Moment zu warten, um sich einmischen zu können.

Paul verlangte von sich, die Debatte zu beenden. »Fremde Staaten?«, fragte er.

»Ja, sicher. Ein fremder Staat.« Sein Vater hatte tiefe Falten auf der Stirn, die Haare waren grau, die Augenbrauen ebenfalls und die Mundwinkel zeigten nach unten. Paul wusste, der Vater verdiente seine Unterstützung, heute, an Alexandres Todestag, noch mehr als sonst. In diesem Augenblick sah er aber auch, scharf wie nie, wie falsch die Haltung des Alten war. »Brandenburg ist für uns kein fremder Staat.«

Plötzlich hatte er begriffen, warum der Vater so sehr litt – weil er nicht akzeptierte und Gottes Prüfung in Wahrheit nicht annahm. Er lebte hier, sein Herz hingegen schlug weiterhin in Frankreich. Es war nie in Deutschland angekommen.

»Dieses Land ist jetzt unsere Heimat, und das ist der Grund, warum ich vorschlage, in Berlin eine Kirche zu bauen. Wir leben hier – und hier werden wir in Zukunft leben.«

Bertrand schüttelte den Kopf. »Wir werden nicht ewig bleiben.«

Paul musste nun zu Ende bringen, was er angefangen hatte. Sein Vorsatz, Rücksicht zu nehmen, war verblasst, nur in seinem Tonfall, dem er weiterhin alle Schärfe nahm, blieb ein Rest davon. »Vater, wir können nicht zurück. Wir sind vertrieben worden.«

»Das weiß ich, ich war dabei, vielleicht erinnerst du dich. Aber ich weiß auch, selbst ein Vierzehnter Ludwig lebt nicht ewig. Und sei der Tag auch noch so lang, sogar die Sonne muss irgendwann untergehen …«

»… und der Nacht weichen. Möchtest du wieder neben denen wohnen, die dich angespuckt haben? Die unsere Freunde erstochen und erschlagen haben, nur weil sie an die Lehre Calvins glaubten. Die unsere Kirche in Charenton niedergebrannt haben. Die unseren Glaubensbrüdern die Kinder wegnehmen und in Heime sperren wollten, damit sie dort im katholischen Glauben erzogen werden. Und die … die … deinen Sohn …«

»Hör auf«, schrie Bertrand und hielt sich die Ohren zu.

Pauls Wangen waren heiß. Er wandte sich ab.

Die anderen blickten zu den Wänden, an denen dunkle

Porträts von Armands Ahnen hingen, oder sie starrten auf ihre Schuhe. Mathieu war der Erste, der zum Vater genauso wie zum Sohn wieder Blickkontakt aufnahm. Er hatte beide Hände vor seine Brust gehoben.

Doch noch ehe er etwas sagen konnte, erklärte Bertrand mit zitternder Stimme und auf Französisch: »Ich bin Franzose.«

»Ein Franzose, der den Heimatboden nie wieder betreten wird«, entgegnete Paul auf Deutsch.

4

Lorenz Haeuser kam am Ende eines freudlosen Tages nach Hause. Er war sich nicht sicher, was ihm fehlte, er wusste nur, dass irgendetwas nicht stimmte. Ausgiebig klopfte er seine Schuhe mit Spitzen, Längsseiten und Hacken gegen die Steinstufe vor seinem Haus, damit Schnee und Lehm abfielen. Als er sich dabei umdrehte, schien ihm das Licht ins Gesicht, das die Öllampen und Kaminfeuer in der Nachbarschaft erzeugten. Die Leute saßen beieinander und erzählten.

Nur er war allein.

Er hätte es nicht zu sein brauchen. Sonntagabends trafen sich die Gerber in der Wirtschaft, saßen an immer dem gleichen langen Tisch, quatschten durcheinander und tranken das Bier krügeweise. Er war nicht gegangen, er hatte keine Lust. Seine Schuld.

Im Haus empfing ihn feuchte Kälte. Er warf Stroh und Holzstückchen in den Ofen, zündete beides an und ließ die Lüftungsklappe offen stehen. Sein Wohnraum kam ihm heute besonders kahl vor. Die beiden Stühle standen akkurat an dem kleinen Tisch, die Türen des Vorratsschrankes waren geschlossen. Die dünnen Holzfasern vor dem Ofen, die beim Anheizen heruntergefallen waren, waren das einzig Unordentliche im Zimmer.

Lorenz überlegte, die Tür zur oberen Kammer zu öffnen. Die Bettdecke würde klamm sein. Er schüttelte den Kopf. Das war seine Wintermethode: Wenn es wirklich kalt war – vor vier Wochen noch – heizte er den Ofen richtig ein und ließ die warme Luft auch nach oben ziehen. Jetzt war das nicht mehr nötig. Es wurde Frühling. Die paar Schneeflocken, die noch fielen, waren bereits Rückzugsgefechte des Winters.

Lorenz steckte seine Lampe an, stellte die Schuhe auf ein Brett am Eingang und hängte die Mütze an ihren Haken. Als die erste Ladung runtergebrannt war, fütterte er den Ofen mit dickeren Scheiten. Er schloss die obere Klappe – die Luft musste noch zirkulieren, deshalb ließ er die untere geöffnet – und fühlte mit den Händen, wie die Steine die Wärme aufnahmen und nach außen abgaben. Das verbrennende Holz knackte.

Er war ein Handwerker, kein Mensch, der sich damit beschäftigte, sich viele Fragen über den Zustand seiner Seele zu stellen. Mit seiner breiten und mittlerweile warmen Hand fuhr er sich in die Hose und fühlte sein Gemächt. Augenblicklich gab es eine Reaktion. Vielleicht war es das, was ihm fehlte. Ein Mann brauchte da unten von Zeit zu Zeit Erleichterung.

Der Ofen zog nach Kräften. Lorenz schloss die Lüftungsklappe und drehte die Schraube fest. Das Beste würde sein, er ginge ins Bett und morgen früh ausgeruht in die Werkstatt. Er hätte gar nicht mehr anzuheizen brauchen. Einerlei – Holz kostete nicht viel, er schlug es selbst und ließ es den Lehrjungen kleinmachen.

Er pinkelte in den Nachttopf, den er gleich zum Fenster hinaus entleerte. Oben, in der Schlafkammer, in der es außer seinem Bett nur ein paar Wandhaken gab, entkleidete er sich.

Als die Kälte ihn allzu sehr anging, blies er sich mit Atem auf, nahm seinen Willen zusammen und blieb stehen, bis ihm wieder warm wurde. Dann legte er sich hin.

Der Schlaf kam schnell. Jemand hämmerte an seine Tür. Lorenz arbeitete das Klopfen in seinen Traum ein. Doch es hämmerte erneut. »Meister Haeuser«, hörte er, »mach auf.« Und noch einmal und lauter: »Haeuser!«

Das war kein Traum. Er vermutete jemanden aus der Gerberbruderschaft, der ihn ins Wirtshaus holen wollte. Barfuß und im Nachthemd stieg er die Treppe hinunter. Er war in der Laune, dem anderen die Meinung zu sagen. Ein zweites Mal würde ihn heute Nacht keiner stören, das war mal sicher.

Draußen war es so dunkel, dass Lorenz kein Gesicht erkennen konnte, zumal der Besucher kein Licht bei sich hatte. Er hörte nur eine atemlose Stimme: »Meister Haeuser, ich bin's, der Julius, der alte Grenadier, der in der Hütte gleich neben dem Zunfthaus wohnt. Du kennst mich.«

»Was willst du? Es ist dunkel.«

»Ich weiß, aber du musst mitkommen.«

Langsam erkannten seine Augen ein paar Umrisse. Julius trug seinen Soldatenrock, eine alte, abgewetzte Jacke. Er musste eilig aufgebrochen sein, denn er hatte sie nicht einmal zugeknöpft. Da er einarmig war, drohte ihm die Jacke von der Schulter zu rutschen.

»In die Wirtschaft? Bestell denen …«

»Nicht zum Steinkrug. Ins Zunfthaus.«

»Warum denn das? Es ist Sonntag.«

Julius drängte. »Ich weiß. Trotzdem. Dein Bruder, der Jockel …«

»Was ist mit dem?«

»Er ist die Treppe runtergefallen.«

Kein Grund, ihn aus dem Schlaf zu reißen. »Da kann ich doch nichts dafür.«

»Er ist wohl schwer verletzt.«

Jockel hatte davon gesprochen, im Zunfthaus Werkzeug zu holen, bevor er zum Steinkrug ginge. Offenbar hatte der dumme Junge die Reihenfolge geändert.

»Ein paar auf den Hintern hat er verdient, der Narr … Gut, ich komme. Warte, dass ich mich anziehe. Ist jemand bei ihm, der ihn versorgt?«

»Der Blisko ist da.«

»Der Pferdearzt?«

Julius wandte sich ab. »Ein gebrochenes Genick sieht bei einem Tier nicht viel anders aus als bei einem Menschen«, sagte er in Richtung Straße.

Als Lorenz mit dem Einarmigen durch die Nacht marschierte, sprach er kein Wort. Er fragte nicht einmal, ob Jockel wirklich tot war. Von den fünf Geschwistern Haeuser, die miteinander aufgewachsen waren, war er nun der letzte. Oh, es gab viele Haeusers in Berlin, manchen fernen Verwandten, außerdem mehr Neffen und Nichten, als er aufzählen konnte, und bestimmt würde aus dem einen oder anderen ein brauchbarer Gerber werden. In seiner Generation allerdings, von den Kindern seiner Eltern, war er nun der einzige.

Jockel lag im Zunfthaus am Fuß der Treppe auf dem Rücken, blass, die Augen weit aufgerissen. Er hatte eine Wunde am Kopf. Das Blut war getrocknet. Es hatte seine blonden Haare verklebt, die ihm in Strähnen in die Stirn fielen. Um ihn herum lag Gerber-Werkzeug, zwei Falzeisen und ein Schlichtmond. Lorenz war versucht, es aufzuheben, bremste sich jedoch.

Blisko, der Tierarzt aus der Friedrichstadt, stand zusammen mit ein paar anderen, die wahrscheinlich wegen des Lärms herbeigekommen waren, neben ihm. Blisko war ein kräftiger Kerl, einen ganzen Kopf größer als die Gaffer aus der Nachbarschaft, mit breiten Armen und Händen, der ein falsch liegendes Kalb aus einer Kuh ziehen konnte oder ein störrisches Fohlen aus einer Stute. Dass er einem Menschen zu helfen wusste, bezweifelte Lorenz.

Er kniete sich neben Jockel, schloss ihm die Augenlider und griff nach seiner Hand, die schon kalt war. Der Junge roch. Nicht nur nach dem, was ein Gerber nie ganz los wurde, nach der Lohe. Auch nicht allein nach Schweiß. Er hatte getrunken.

Lorenz stellte sich auf. »Blisko?«

»Er lag auf dem Bauch, ich hab ihn umgedreht. Er muss von oben heruntergefallen sein.« Mit Schwung warf Blisko seinen Kopf in den Nacken. »Und dann bricht das Genick.«

»Er war tot, als du kamst?«

»Mausetot.«

Sie standen im großen Saal des Zunfthauses. An der Wand, weit oben, hingen die holzgeschnitzten Wappen aller Berliner Zünfte, und das der Gerberzunft, das stolzeste von allen, hatte seinen Platz in der Mitte. Im Saal fanden Versammlungen statt, und manchmal wurden die Tische beiseitegeräumt und eine Kapelle spielte und es wurde getanzt. Heute Abend verlor sich das Grüppchen in dem großen ungeheizten Raum, ihre Worte hallten durch die kalte Luft. Der Fußboden war aus grobem Stein. Härter als der Kopf des Jungen.

Lorenz sah die steile Treppe hinauf. Oben hatte jede Zunft ein eigenes Zimmer, in dem Werkzeug oder Vorräte und anderes Material gelagert wurden. Von den Gerbern lag die Amtslade dort, mit den Unterschriften aller Zunftbrüder. Es gab Werkzeug, das allen gehörte, dazu zählte der große Schleifstein, den Jockel benutzt hatte.

Die Treppe hatte einen Handlauf. »Wie kann man da runterfallen?«

»Viel braucht es nicht«, erwiderte Blisko, »Werkzeug in jeder Hand, zu viel Bier im Kopf, ein Fehltritt, vielleicht weil einer schnell wieder in den Steinkrug will, das reicht.«

Lorenz nickte.

Die Männer standen um den Toten herum, keiner sprach, man sah zu Boden oder rieb sich die kalten Hände aneinander. Offenbar mochte niemand der Erste sein, der sich davonmachte. Vielleicht hatte es auch keiner besonders eilig. Julius bot sich schließlich an, eine Holzkarre zu besorgen, um den Leichnam wegzuschaffen. Lorenz würde ihm ein paar Pfennige zustecken müssen.

Blisko, Julius und die anderen verschwanden. Lorenz setzte sich auf eine der Treppenstufen, er wollte warten und dem Einarmigen mit der Leiche helfen. Vor ein paar Stunden noch hatte er mit Jockel gesprochen, jetzt war der Junge schon fort, stand vielleicht gerade vor seinem himmlischen Richter und verteidigte sich.

Er war ein folgsamer Sohn gewesen und hatte die Frau genommen, die der Vater für ihn ausgewählt hatte, eine Witwe, bestimmt zehn Jahre älter als er. Ihr erster Mann war Meister gewesen und hatte eine Gerberei hinterlassen, das war es, was für den Vater gezählt hatte. So hatte der Alte erreicht, dass beide Söhne Gerbermeister werden konnten. Ob die Karla nun schön war oder hässlich, freundlich oder giftig – der Vater hatte sie sich wahrscheinlich nicht einmal angesehen. Trotzdem hatte Jockel gehorcht, und Lorenz wünschte ihm, dass ihm sein Gehorsam oben im Himmel angerechnet wurde.

Ganz übel schien es der Junge mit seiner Karla am Ende nicht getroffen zu haben. Sie war zwar nicht einfach, hatte ihm aber immerhin zwei Kinder geboren. Erst heute beim Essen, zu dem Lorenz eingeladen war, hatte Jockel sich vor den beiden Kleinen mit seinen Taten gebrüstet und den staunenden Kerlchen erzählt, wie er den Franzosen den Weg versperrt hatte.

Der Handschuhmacher habe sich vor ihm aufgebaut und ihm gedroht, doch er habe nur gesagt: »Versuch's doch, Franzose.«

Lorenz hatte sich im Gespräch zurückgehalten.

»Auf Dauer kannst du gegen die nichts machen«, entgegnete Karla.

»Aber sicher. Das war erst der Anfang. Demnächst lassen

wir sie überhaupt nicht mehr in unsere Kirche, dieses Franzosenpack. Stimmmt's, Lorenz?«

Die Jungs strahlten. Der Ältere schlug sogar seine kleine Faust in die flache Hand.

Lorenz antwortete nicht. Es schmeckte leidlich, was Karla gekocht hatte, Bohnen mit Speck, dazu Hafergrütze. Er ließ sich einen Nachschlag geben, während er beschloss, sich nicht wieder an einer Wegsperre für die Flüchtlinge zu beteiligen. Er wollte sich nicht noch einmal so schämen müssen wie am Morgen vor der Kirche.

»Dass die Franzosen in die Kirche gehen, kannst du bestimmt nicht verhindern«, sagte Karla.

»Und ob.«

Sie widersprach: »Die Franzosen sind die Lieblinge des Kurfürsten. Was willst du da machen?«

Jockel schlug mit der Faust auf den Tisch, dass ihm Grütze vom Teller schwappte und seine Jungs erschraken. »Dann soll der Kurfürst sie in seine Kirche lassen. Er ist reformiert, die Franzosen sind reformiert – das passt doch.«

Jähzornig war er, räumte Lorenz ein. Er hoffte für den kleinen Bruder, dass ihm diese Schwäche vor dem himmlischen Gericht nicht allzu nachteilig ausgelegt wurde. Zumal sie, Karla, genau wusste, wie sie seinen Jähzorn anstacheln konnte. Da reichte ein höhnisches Lachen: »Die Kirche beim Schloss ist allein für die kurfürstliche Familie.«

Jockel fuhr mit dem Finger durch die Grütze auf dem Tisch und leckte ihn ab. »Soll mir recht sein. Dann müssen die Franzosen eben wieder verschwinden. Die haben ihr eigenes Land. Und von uns hat sie keiner hergebeten.«

Sie steckte nicht auf. »Wohl, der Kurfürst. Ich sag doch: Da kannst du nichts machen.«

»Ach Weib, du wirst schon sehen.«

Es war ihr Haus – das Haus ihres ersten Mannes, der es selbst gebaut hatte, mit großen Räumen und großen Fenstern. Die Möbel hatte er gezimmert, den Eichentisch, an dem sie saßen, die schweren Stühle, die Küche. Ob Karla seinen Bruder gelegentlich spüren ließ, dass sie – sie allein – die eingetragene Besitzerin war?

Jockel nutzte jede Gelegenheit, von zu Hause zu verschwinden. Wer wollte ihm das verdenken? Selbst beim himmlischen Gericht würde man dafür Verständnis haben. Er ließ nie einen Sonntagabend im Steinkrug aus und langte kräftiger zu als alle anderen. Mehr als einmal hatte er Mühe gehabt, auf dem Heimweg seine Schritte noch halbwegs gleichmäßig zu setzen.

Nach dem Essen, schon an der Tür, legte Jockel dem großen Bruder die Hände an die Schultern. »Wir sehen uns nachher.«

»Ich weiß noch nicht, ob ich komme.«

In Wahrheit hatte sich Lorenz bereits entschieden. Er war nicht ganz ehrlich. Ihn grauste bei der Vorstellung, mit den Zunftbrüdern beim Bier in einen allgemeinen Heldengesang über den Franzosenstreich einzustimmen. Er war in keiner Weise stolz auf das, was er getan hatte.

»Natürlich kommst du.«

»Wir werden sehen.«

Jockel schlug ihm auf die Schulter. »Pass nur auf. Ich muss ins Zunfthaus, mein geschliffenes Werkzeug einsammeln, danach gehe ich in die Wirtschaft, und wenn du nicht da bist, bevor ich das erste Bier ausgetrunken habe, hole ich dich.«

Lorenz schlug mit gleicher Härte auf Jockels Schulter. »Jeder, wie er will, Bruder.«

Das waren die letzten Sätze, die sie miteinander gewechselt hatten. Jetzt musste er Karla beibringen, dass sie zum zweiten Mal Witwe geworden war. Kein schöner Gang, aber wenn er ihn hinausschob, wurde er nur noch hässlicher. Julius kam, und Lorenz half ihm, den Leichnam auf seine quietschende Schubkarre zu legen. An ihrem linken Griff hatte der Einarmige eine Schlaufe, die er sich um die Schulter band.

Als Lorenz sich auf den Weg zu seiner Schwägerin machte, war es stockfinster, und er hatte seine Laterne zu Hause gelassen.

5

Die wichtigste Straße durch ihr Viertel – die Friedrichstadt – war die Friedrichstraße. Sie teilte sich in einen alten und einen neuen Teil und führte den ganzen Weg hinunter zur Akzisemauer und auf der anderen Seite bis an die Spree. Paul hatte gelegentlich die Nase gerümpft – und tat das gerade wieder – über die Brandenburger Art, Ortsnamen zu vergeben. Neben Friedrichstadt und Friedrichstraße gab es noch das Viertel Friedrichswerder, eine Friedrich-Brücke, ein Friedrichs-Hospital. Weil der Vater des jetzigen Kurfürsten Friedrich Wilhelm geheißen hatte, hatte Berlin eine Wilhelmstraße und einen Wilhelmsmarkt. Sie mussten nur immer bei diesen beiden Namen – Friedrich und Wilhelm – für ihre Regenten bleiben, dann konnte sich jeder aufs Neue geschmeichelt fühlen.

Es war eine ganz andere Art zu herrschen als in Frankreich, jünger, hungriger, mit dem Willen, schnell groß zu werden. Gleichzeitig war sie so viel unbedarfter. Da fehlte jede Verfeinerung, und das zeigte sich nicht zuletzt in dieser Namensgebung. In ihrem Stadtteil hießen die Plätze Rondell, Quaree und Achteck, oder man benutzte einfach Ortsnamen: Frankfurter, Landsberger, Bernauer Straße. Wen sollte man schon ehren, wenn man keine bedeutenden Vorfahren und keine Tradition hatte? Noch vor zweihundert Jahren, als Frankreich bereits in der Neuen Welt und in Afrika Land und Gold gewann, stand hier gerade mal ein Dorf im Sand.

Ob es diesem Brandenburg jemals gelingen würde, mit einer großen alten Macht zu konkurrieren? Paul glaubte, hier lag die eigentliche Aufgabe der Réfugiés. Gott hatte sie hergeführt, um diesen Menschen Kultur und Zivilisation zu bringen. Sie hatten es wirklich nötig – selbst an einem kalten Tag wie heute trug kein Einziger von ihnen Handschuhe.

Mit der Fußspitze tippte er auf eine dünne Eisschicht, die sich über eine Pfütze gelegt hatte. Sie knackte.

Er hatte Claire angelogen.

Als er mehr Gewicht auf seinen Fuß legte, brach das Eis. Wasser lief darüber.

Er schalt sich nicht für seine Lüge, er hatte aus einer Not gehandelt. Und sie mit ihrem südfranzösischen Stolz schaffte es, Situationen unerträglich werden zu lassen. In allem, was sie tat und wie sie sich gab, schwang dann ein Vorwurf mit, der nicht zu überhören war.

Und trotzdem hatte Claire es nicht verdient, belogen zu werden, und er schämte sich dafür. Sie war die Frau, die er liebte, auch wenn er das vielleicht nicht immer so zeigen konnte. Ihm war es nicht möglich, in aller Öffentlichkeit ihre Hand zu halten. Das ging einfach nicht.

Sie hatten eine Morgenmahlzeit verbracht, die ihm nun im Kopf herumgeisterte. Claire hatte sie mit einer Frage begonnen: »Du bist gestern Abend spät nach Hause gekommen?«

»Ja«, hatte er geantwortet. Einfach nur: »Ja.«

Sie wollte erfahren, wo er am Abend gewesen war – natürlich wollte sie das erfahren, sie war seine Frau.

Trotzdem fragte sie nicht weiter. Sie wartete einfach. Entweder er sprach oder er ließ es bleiben.

Da er ihr nicht erzählen wollte, wo er gewesen war, sagte er nichts.

Sie war inzwischen die Höflichkeit selbst. Der Köchin nahm sie die Schüssel mit Brei aus der Hand und stellte sie vor Paul. Sie holte Brot aus dem Vorratsschrank und bediente Isabel, der sie etwas zu trinken brachte, die Haare bürstete und die Kleider ordnete.

Wenn sie gefragt wurde, gab sie Antwort. Nur von sich aus redete sie nicht.

Ein Außenstehender hätte wahrscheinlich gedacht, es sei ein ganz normaler Morgen im Hause Deschamps. Paul wusste, dass das nicht stimmte. Etwas war falsch.

Es fehlte eine Antwort auf die Frage, die sie nicht stellte.

Während er kaute, dachte er an den Vorabend – die Sitzung des Gemeindevorstandes und seinen Vorschlag; seinen Vater, der sich aufgeregt hatte. Und an die Erinnerung an den toten Bruder, die er nach all den Jahren kaum noch hatte. Für den Vater bedeutete sie alles. Darüber gab es für Bertrand nichts – erst recht nicht jemand, der lebte.

Claire zeigte weiterhin nicht, dass sie etwas von ihm wissen wollte. Isabel warf aus Versehen einen Wasserbecher um, und es war, als habe sie die wortlose Spannung durchbrechen wollen. Claire sprang auf und holte ein Tuch, Paul drückte der Kleinen, die sich erschrocken hatte, die Hand.

Als Claire den Tisch trocken gewischt hatte und wieder an ihrem Platz saß, konnte er nicht mehr ertragen, wie sie wortlos Brei und Brot verspeisten.

»Ich traf einen Mann«, sagte er. Eine halbe Lüge.

Sie stellte immer noch keine Frage. Immerhin hatte sie aufgesehen und die Stirn in Falten gelegt.

»Einen Baumeister.« Eine ganze Lüge. Und es blieb auch dann die Unwahrheit, wenn er einen guten Grund – seine Scham – hatte. Er konnte vom Vorabend nicht erzählen. Es war ihm nicht möglich.

»Du willst bauen?«, fragte Claire.

»Nicht ich. Wir.«

»Wer – wir?«

»Die Gemeinde. Wir wollen eine Kirche bauen. Eine französische Kirche, hier in Berlin.«

Claire schüttelte den Kopf, sie war erstaunt, vermutete Paul.

Isabel rief: »Dann aber mit genug Bänken und Stühlen, dass alle sitzen können. Ja, Papa?«

Er strich ihr übers Haar.

Erst als er das schwere Tor seiner Manufaktur aufzog, vergaß er das Frühstück. Es roch nach Holzfeuer und gegerbten Tierhäuten. Die Arbeiter blickten auf und grüßten ihn.

In der Halle standen vier große Tische aus Eiche. Am ersten wurde zugeschnitten, auf dem zweiten lag der Zuschnitt nach Größen sortiert, am dritten wurde genäht und am vierten wurden die Handschuhe für die Kunden nach deren Bestellungen gestapelt. Er ließ seinen Blick über die Tische gleiten. Seit er dieses System eingeführt hatte, hatte sich, obwohl er weniger Leute beschäftigte, die Zahl der täglich hergestellten Handschuhe deutlich erhöht.

Er bückte sich zu dem Tisch herunter, wo die Zuschneider arbeiteten. Mit einem Griff hatte er mehrere große Stücke Leder in der Hand.

»Ist das alles Verschnitt?«, fragte er den Arbeiter, der ihm am nächsten stand.

»Ja, Monsieur, leider.«

Er klatschte das Leder in die andere Hand und rief nach Pignot, der sofort angelaufen kam. Sein Altgeselle stammte aus der Bretagne, er hatte helles Haar, ein flaches Gesicht mit flacher Nase und an der linken Wange eine Narbe, die von einem katholischen Schwert stammte.

Mit dem Leder in der Hand zeigte Paul auf den Fußboden. »Pignot, da unten liegt unser ganzer Verdienst. Wir haben viel zu viel Verschnitt. Vor allem wird es immer mehr.«

»Die Arbeiter machen es nicht gern, Monsieur, aber es geht nicht anders.«

»Natürlich geht es anders. Mit ein wenig Sorgfalt und Genauigkeit.«

Pignot kratzte sich seine Narbe. »Verzeihung, Monsieur, das stimmt nicht.«

»Pignot, so viel Abfall hatten wir noch nie.«

»Weil wir besseres Leder hatten. Die Qualität wird immer schlechter.«

Der Altgeselle machte ein paar Schritte zum Zuschneidetisch, an dem die Arbeiter ihre Anspannung kaum verbergen konnten. Zwar hatte keiner die Augen auf sie gerichtet, alle maßen und schnitten weiter, dennoch hörten sie gespannt zu, das war spürbar.

Pignot bückte sich und hob größere Lederreste vom Fußboden auf.

»Hier, Monsieur. Seht Ihr die Risse? Oder da, wie brüchig es ist. Oder dort: ein Loch. Und noch ein Loch. Wer will das in seinem Handschuh haben? Der Gerber kauft keine guten Häute. Und er bereitet sie nicht sorgfältig zu. Außerdem wird das Leder überhaupt nicht mehr gepflegt. Wir müssen es einfetten, weil der Gerber das nicht tut.«

Paul nahm seinem Gesellen die Abfallstücke aus der Hand. Er strich mit den Fingern über das Leder, hielt es sich vor die Augen und sogar vor die Nase. Pignot hatte recht. Er räumte es ein.

Der Eindruck schlechten Materials verstärkte sich, als sie eine Stunde später eine neue Lieferung bekamen. Das Tor wurde aufgezogen. Draußen stand ein Ochsengespann. Die Tiere schnaubten. Zwei Jungs, ein älterer und ein jüngerer, kamen herein, Geselle und Lehrling.

»Morgen«, sagte der Ältere, während er sich seine Mütze abzog. Er hatte einen kahlen Kopf. »Häute vom Gerber. Kann einer helfen?«

Pignot blickte zu Paul.

»Das ist eure Aufgabe«, erwiderte Paul. »Unsere Leute sind beschäftigt.«

»Nicht gleich so unfreundlich, der Herr Franzose. War bloß ne Frage, weil wir nämlich in Eile sind.«

Der Gerbergeselle zog den Lehrjungen, einen Rotschopf, am Ärmel. Das Tor ließen sie offen, kalte Luft drang herein. Auf dem Wagen drehten sie die gegerbten Häute zu Rollen, sodass sie sie über der Schulter tragen konnten. In der Werkstatt warfen sie ihre Ladung an der Stelle ab, die Pignot ihnen zeigte.

Das Ausbreiten des neuen Leders übernahm der Altgeselle. Paul sah ihm zu. Sie brauchten nicht viele Worte. Beim Auslegen konnte Pignot ohne Mühe bei jeder einzelnen Haut viele Stellen zeigen, die herausgeschnitten werden mussten.

»Alte Tiere«, sagte der Geselle. »Viel zu alte Tiere. Rinder, die gekalbt haben. Da fehlt alle Spannkraft. Und seht, wie spröde das Leder ist. Daraus kann man Brandsohlen machen, mehr nicht. Gebt's dem Schuhmacher.«

Paul stand über ihm. Er fuhr erneut mit der Hand über das Leder. Ihr Material für die teuren Handschuhe, das noch aus Frankreich stammte, ging zur Neige. Aus Haeusers Leder hatte er immer nur Handschuhe für die Arbeit, fürs Reiten, auch für Soldaten herstellen lassen, grobe Ware für Leute, die sie benutzen, aber nicht vorzeigen wollten. Zu mehr war es nicht zu gebrauchen.

»Wie viele Häute aus der Heimat haben wir noch?«, fragte er Pignot.

»Kaum noch etwas. Sechs oder acht Stück. Wir gehen sparsam damit um.«

»Zeigt sie mir.«

Pignot führte ihn in eine schlecht beleuchtete Ecke. Paul brauchte einen Moment, bis er das Holzgestell ausmachte, auf dem sie die Häute lagerten, und zwar so, dass sie genug Luft bekamen. Der Unterschied war allzu deutlich. Das hier war Leder von jungen Tieren, von Kälbern und Lämmern, von kleinen Schweinen, Pferden und Ziegen, sorgfältig gegerbt und zubereitet. Pignot war damals einer der Gerber gewesen. Paul ordnete an, dass Pignot ihn zu fragen habe, bevor er es verarbeitete.

Seinerzeit hatte sein Vater gesagt: »Das ist unser Kapital, davon werden wir leben, wenn wir erst in den deutschen Landen angekommen sind.«

Haut für Haut, Fell für Fell hatte er nachts auf den Hof geschleppt und in die Kutsche geladen. Paul hatte eine Fackel in der Hand halten müssen. Die Mutter und er hatten sich gewundert, als die Kutsche höher und höher beladen wurde. Wo sollten sie sitzen? Wie sollte ihr Pferd sie ziehen?

Claire hatte bei ihnen gestanden. Sie waren erst seit Kurzem verheiratet, und sie traute sich nicht, sich zu äußern. Auch Paul, die Fackel in der Hand, und seine Mutter sahen dem Vater immer ratloser zu. Bertrand kam ins Schwitzen und knurrte nur, wenn sie ihn ansprachen. Sie hatten verabredet, mit Nachbarn gemeinsam zu fliehen, wovon sie sich mehr Sicherheit versprachen. Paul hatte Sorge, ob ihre Kutsche mithalten konnte. Am Ende schnallte der Vater kurzerhand zwei Holzkisten von der Rückwand ab, die auf den Boden fielen und zerbrachen. Besteck und in Leinentücher gewickeltes Geschirr fiel heraus. Der Alte sah nicht einmal danach, und den Aufschrei der Mutter schien er nicht gehört zu haben.

Aber Bertrand hatte recht gehabt. Mit diesen Häuten und Fellen, die sie mehr als tausend Kilometer nach Osten gefahren hatten, hatten sie sich ihre neue Existenz aufgebaut.

Nun musste er dafür sorgen, dass sie eine Zukunft hatten. Mit dem Handrücken fuhr er über das gute Leder.

»Ich werde zu dem Gerber gehen und mit ihm reden«, sagte er zu Pignot.

»Mit dem Haeuser?«

»Ja, warum nicht?«

Haeusers Gerberei lag in der Spandauer Vorstadt direkt an der Spree. Die eigentliche Werkstatt befand sich auf der linken Seite eines großen Hofes, der bis ans Wasser führte. Am Ende waren lange Holzstangen an einem Gerüst festgemacht. Über ihnen hingen Häute, die der Wind trocknen sollte. Ein Gerber stand auf einem Steg und wusch neue Felle im Fluss.

Haeuser selbst lief mit weiten Schritten über das Gelände. Er hatte Paul gesehen, aber nicht gegrüßt, und er hielt auch nicht an. Bei einem Arbeiter, der Baumrinde – die Lohe – zerstampfte, blieb er stehen, redete kurz und im Befehlston auf ihn ein und eilte weiter. Wieder blickte er ohne ein Wort zu Paul. Über dem ganzen Hof lag ein Geruch von verwesendem Fleisch und der alten Lohe in den Gruben.

Paul machte ein paar Schritte auf die Werkstatt zu. Drinnen herrschten Unordnung und Dunkelheit. Zwei Fackeln, von Eisenringen an gegenüberliegenden Wänden gehalten, gaben wenig Licht. Häute von frisch geschlachteten Rindern lagen übereinander, und ein Schwarm Fliegen kreiste darüber. In den Aschegruben stakten zwei Arbeiter mit langen Holzstangen, und ein abgearbeiteter Gaul zog die Häute von einem Arbeitsgang zum nächsten.

Haeuser lief zum dritten Mal an ihm vorbei, diesmal so nah, dass Paul sah, wie sein langes Haar, das am Kopf von einer Mütze gehalten wurde, auf die Schultern fiel.

»Einen Moment«, rief der Gerber diesmal, »ich komme gleich zu Euch.«

Er hatte einen großen Betrieb – und einen guten Platz dafür. Um das viele Wasser, das zum Gerben nötig war, brauchte er sich nicht zu sorgen, ununterbrochen schöpfte ein Arbeiter es mit Eimern aus der Spree.

Paul zählte neben dem Meister vier Mann und einen Lehrjungen, die alle zu tun hatten. Viele Worte wurden nicht gemacht, jeder wusste offenbar, wo er anzupacken hatte. Wenn, dann gab es laute Zurufe und manchen Fluch.

Vom Fluss kam ein leichter Wind auf und vertrieb den Gestank. Oder hatte sich seine Nase bereits daran gewöhnt? Er strich sich über den Samt an seinem Kragen und sah an sich herunter, die dunkle Kniehose, die teuren Halbstiefel, der Stock. Für diesen Ort war er eindeutig falsch angezogen.

Haeuser blieb vor ihm stehen und wischte seine Hände an einem schmutzigen Leintuch ab, das er danach unter seinen breiten Gürtel schob.

»Der Herr Franzose. Was verschafft mir die Ehre?«

»Ich habe heute Morgen Leder von Euch erhalten.«

»Ich weiß. Hab selbst mit beladen. Was ist mit der Ware?«

»Die Qualität, Meister. Wir finden, dass sie immer schlechter wird. Daraus kann ich keine Handschuhe nähen. Keine jedenfalls für etwas vornehmere Leute. Hier, ich habe Euch ein paar Stücke mitgebracht.«

Paul reichte Haeuser die Lederstücke. Der Gerber schenkte ihnen kaum Beachtung.

»Seht selbst, wie hart das Leder ist. Und wie fehlerhaft. Hier, die Risse und die Löcher. Da habe ich mehr als die Hälfte Verschnitt. Und selbst das, was wir benutzen, ist nicht von guter Qualität.«

»So sind nun mal die Tiere. Da müsst Ihr Euch an anderer Stelle beschweren.« Er zeigte mit dem Finger Richtung Himmel. »Wir sind nur Gerber, keine Zauberer. Schlechter wird das Leder sicher nicht.«

»Meister Haeuser, ich arbeite bereits einige Jahre in meinem Gewerbe und ich habe viel Leder gesehen. Was wir von Euch heute bekommen haben, ist einfach zu grob und nicht zu verwerten. Es scheinen mir keine guten Häute zu sein, die Ihr verarbeitet, aber die benötigt ein Handschuhmacher nun mal. Außerdem ist das Material nicht ausreichend zugerichtet.«

»Ihr wollt mich über mein Gewerk belehren? Wisst Ihr was, Herr Neunmalklug, es ist Euch freigestellt, anderswo arbeiten zu lassen. Wenn Ihr mit uns nicht zufrieden seid – es gibt genug Gerbereien in Berlin …«

»Das werde ich wohl tun müssen.«

Haeuser hatte sich schon halb weggedreht. »Berichtet mir bei Gelegenheit von Euren Erfahrungen.«

In seinen Rücken sagte Paul, ohne lauter zu werden: »Die andere Möglichkeit wäre, Ihr hörtet Euch an, was ich zu sagen habe.«

Haeuser schien zu überlegen. »Nun gut«, sagte er. »Viel Zeit habe ich nicht. Kommt mit mir.«

Er führte Paul durch die dunkle Werkstatt. Dabei wies er

im Vorübergehen die Arbeiter am Ascheloch an, sie sollten die Häute herausziehen.

Am Ende des langen Gebäudes lag ein abgetrennter Raum. Haeuser schob die Tür auf.

Zwei Fenster zeigten zur Spree, und es war heller hier drin. Es gab nur einen Stuhl und einen Tisch aus grobem Holz. Eine kleine Öllampe stand darauf. Haeuser setzte sich auf den Tisch. Er zog sein Tuch vom Gürtel, mit dem er seine Hände säuberte. Paul blieb stehen.

»Also?«, fragte der Gerber.

»Meister, für meine Handschuhe brauche ich das beste Leder. Von Kälbern oder jungen Schweinen. Gute Stücke, wenig Fehler. Und es muss besser gefettet werden, mit Tran, und dann mit sauberen Lappen abgerieben. Sonst fange ich mit dem Zurichten ganz von vorn an.«

»Was meint ihr, wie viele Kunden dasselbe verlangen wie Ihr. Der Schuhmacher sowieso. Der Kutschenbauer. Selbst der Sattler sagt neuerdings, die hohen Herrschaften wollen ihre vornehmen Ärsche auf weicheres Leder setzen.«

»Ist es eine Preisfrage?«

Haeuser lachte. »Was bietet Ihr denn, Franzose?«

»Wenn ich sicher sein kann, dass Ihr mir Material liefert, mit dem ich zufrieden bin – zwanzig Prozent mehr.«

Haeuser winkte sofort ab. »Lohnt sich nicht. Was meint Ihr, wie viele Kälber der Fleischer schlachten will? Die jungen Tiere haben wenig Fleisch. Das gilt für Schweine ganz genauso. Der schlägt mehr als zwanzig Prozent auf. Vielleicht fünfzig.«

Auf der Spree fuhr ein langes Ruderboot. Es hatte Baumstämme geladen, lag tief und kam nur langsam voran. Paul wandte sich ab. »Ich muss auch verkaufen«, sagte er, »und kann die Preise nicht beliebig anheben.«

»Wie es aussieht, werden wir nicht einig.«

Paul ließ den Satz stehen und wartete. Der Gerber war derb wie sein Leder. Wie sein Land. Er hatte diesem Mann nichts mehr zu sagen. »Dann, guten Tag.«

»Auf Wiedersehen.«

Bevor Paul die Tür öffnen konnte, wurde sie von der anderen Seite mit Schwung aufgestoßen und traf ihn an der Schulter. Er wich einen halben Schritt zurück.

Ein Mann kam herein. Er hatte es eilig. Sein Haar war strähnig und dunkel, und er war einen Kopf kleiner als Paul. An seinem Ohr blitzte ein Ring, wie die Gerber ihn trugen.

»Könnt Ihr nicht aufpassen?«, schnauzte der Kleine.

Paul gab ihm keine Antwort. Er schnaubte nur etwas lauter durch die Nase.

6

Der Trauermarsch hatte sich bereits in Bewegung gesetzt und war in weitem Bogen um die Jerusalemkirche herumgezogen, als Lorenz ihn einholte. Der Friedhof, von einem niedrigen Zaun umgeben, lag ein wenig abseits. Holzkreuze und unbehauene Steine wiesen auf die Gräber hin. Die Birken waren kahl, genauso wie die vereinzelten Sträucher. Die Sonne schien, trotzdem war es kalt.

Lorenz kam als Letzter zur Beerdigung seines Bruders. Er trug seine Arbeitsklamotten und war außer Atem. Nur die Hände hatte er gewaschen und den Kopf in den großen Bottich mit kaltem Spreewasser getaucht. Als er sich mit seinem Leintuch abtrocknen wollte, hatte er gesehen, wie schmierig es war und es weggeschmissen.

Er schloss sich dem Zug hinten an, atmete durch, wurde langsamer. Ganz vorn war die Witwe, die ein schwarzes Kopftuch umgebunden hatte und an jeder Hand eins ihrer Kinder hielt, die jetzt Halbwaisen waren. Sie schritt wie ein Soldat, als bedeute es ihr alles, die Haltung nicht zu verlieren. Ihr folgten die Gesellen seines Bruders und der Lehrjunge. Außerdem waren ein paar Verwandte und Männer aus der Zunft da, die ihre Gerberwesten trugen. Neben dem Sarg, der von vier Trägern auf den Schultern gehalten wurde, stolzierte der Pfaffe, in schwarzem Umhang mit weißem Kragen und einem fast kahlen Kopf, der den Zug neben dem ausgehobenen Grab zum Stehen brachte. Lorenz konnte sich beruhigen. Feierlicher als er sah hier kaum einer aus.

Die Totengräber hatten sich mächtig ins Zeug legen müssen, bestimmt noch in dreißig Zentimeter Tiefe erkannte man im Boden eine hellere, gefrorene Schicht, da war es alles andere als ein Vergnügen, ein Grab auszuheben. Die Träger wuchteten den Sarg über das Loch, wo sie ihn auf ein paar Holzpfählen ablegten. Lorenz vergoss keine Träne. Wozu auch? Der Herr gab's, der Herr nahm's, zwischendurch versuchte man, das Beste draus zu machen, und wer jung starb, wie sein kleiner Bruder, dem blieb wahrscheinlich manches erspart.

Die Witwe, natürlich, die flennte. Die Frauen heulten immer, wenn sie zurückblieben. Karla machte sich nicht die Mühe, ihre Tränen abzuwischen, sie liefen ihr an den Wangen hinunter, während sie den Körper weiter anspannte und dabei ihre Kinder an sich drückte. Zum zweiten Mal hatte sie nun den Mann verloren, und diesmal noch mit den beiden Jungs. Aber sie würde nicht tief fallen, dazu war die Bruderschaft da, dafür zahlten sie alle ihre Beiträge. Die Gerberzunft sorgte für die Hinterbliebenen und unterstützte sie so lange wie nötig.

Karla würde diese Hilfe sicher nicht bis zum Ende ihres Lebens brauchen. Eine Meisterwitwe bekam immer jemanden ab. Allerdings würde sie im Trauerjahr einsam sein. Lorenz fragte sich, ob es seine Pflicht war, da Abhilfe zu schaffen. Eine Pflicht vielleicht nicht gerade, jedoch irgendetwas knapp darunter.

Sie hatte rote Augen, versuchte aber ein vorsichtiges Lächeln, als er seine Handvoll Erde auf den Sarg geworfen hatte und vor ihr stand. Mit dem Handrücken fuhr sie sich über die feuchten Wangen und zog das Wasser durch die Nase aufwärts. Ihr Gesicht war breit, auf der Stirn und um die Augen lagen Falten.

»Lorenz«, sagte sie und legte ihm beide Arme an die Schultern. Er spürte, dass sie zitterte.

Er fasste sie an der Hüfte, packte aber nicht zu, sondern blieb auf Abstand bedacht, obwohl er einen Schritt näher kam und ihr auf den Rücken klopfte. »Schwägerin, das wird schon.«

»Wer weiß? Du warst einer der Letzten, die mit ihm gesprochen haben.«

Lorenz nickte. »Er wollte unbedingt, dass ich am Abend in den Steinkrug komme. Der Heißsporn.«

»Ja, das war er. Wirklich, ein Heißsporn.« Sie lächelte wieder, während ihr gleichzeitig ein paar Tränen aus den Augen liefen.

»Und so werden wir ihn in Erinnerung behalten«, sagte Lorenz.

Die Wahrheit war, dass er sich in den letzten Tagen über Jockel geärgert hatte, weil der Junge diesen dummen Streit mit den Franzosen angefangen und sich dann verabschiedet hatte. Nun kamen sie zu ihm, all die Fremdenhasser und Hugenottenfeinde, störten ihn in der Gerberei und sogar zu Hause. Sie wollten ihn bequatschen, er sollte Jockels Rolle in dieser Sache übernehmen und die nächsten Schritte festlegen, sie würden alle mitmachen. Für ihn kam das nicht infrage, verflucht noch mal. Er hatte die Leute weggeschickt, die Penetranten von ihnen sogar rausgeschmissen. Mit diesem Mist wollte er nichts mehr zu tun haben, nie wieder.

Karla hielt immer noch seinen Arm fest. »Wir müssen jetzt zusammenhalten, Lorenz. Wir beide.«

Er nickte, vergrößerte dabei den Abstand zu ihr um ein paar Zentimeter. Für die Witwe und ihre Kinder war in erster Linie die Zunft zuständig. Er würde zu ihr stehen, ihr Mann würde er allerdings nicht werden, auch nicht nach dem Trauerjahr und selbst dann nicht, wenn alle Welt es für richtig hielt und sie beide Gerbereien zusammenlegen konnten. Das nicht.

Er strich beiden Jungs übers Haar, die ihn aus großen Augen ansahen und ihm zunickten.

Als andere nachdrängten, zog er weiter und stellte sich zu einer Gruppe Kollegen, obwohl der Pfarrer ihn anglotzte und ihm offenbar seinen himmlischen Trost zusprechen wollte. Gegen die Kälte rieb er sich die Hände aneinander. Durch seine Sohlen spürte er den gefrorenen Boden.

Die Gerber nickten ihm zu und musterten ihn, aber keiner von ihnen begrüßte ihn mit einem Wort. Weil er zu spät gekommen war, glaubte er erst, doch dann wurde ihm klar, dass sie einen anderen Grund hatten. Sie waren vier Mann, alle aus der Zunft, und rochen nach Lohe und nach Bier. Zwei von ihnen hatte er ziemlich rabiat weggestoßen, weil er bei ihrem Kampf gegen die Flüchtlinge nicht mehr mitmachen wollte. So etwas sprach sich rum. Hatten sie seinetwegen sogar ihre Unterhaltung unterbrochen? Er glaubte das und ging weiter.

Der Jockel war tot, der merkte nicht mehr, ob Lorenz mit der Trauergemeinde ein Bier auf ihn trank oder nicht. Sonntag im Steinkrug würde er auf ihn anstoßen. Zwar machte er sich um die Gerberei keine Sorgen, seine Leute waren zuverlässig, egal ob er da war oder nicht, außerdem wussten sie, dass er kontrollierte, was sie in seiner Abwesenheit geschafft hatten. Doch er fehlte als Arbeitskraft. Er war immer noch der, der am kräftigsten zupacken konnte, ob mit dem Schabeisen oder am Gerberbaum. Er wuchtete Häute, da staunten die anderen. Insofern war es richtig, nicht länger als nötig zu bleiben.

Am Ende des Friedhofs, hinter dem Zaun, verfiel er in seinen weiten ausholenden Schritt. Der Weg über die Spree war weit, er musste die ganze Friedrich- und die Dorotheenstadt durchqueren. Berlin war groß.

Plötzlich hatte ihn jemand eingeholt. »Meister.«

Die Stimme erkannte er sofort – dieses eine herausgepresste

Wort reichte, um zu wissen, wer ihn angesprochen hatte. Er ließ seinen Schritt noch länger werden.

Der neben ihm war erst vor zwei Tagen in seiner Werkstatt gewesen. Dabei hatte er den Handschuhmacher angerempelt. Klein und dunkelhaarig war er und trug den Ring am linken Ohr, das Zeichen, dass er der Gerberbruderschaft angehörte. Er war Geselle seines Bruders gewesen.

»Was willst du, Martin?«

Der Kleinere hatte Mühe, Schritt zu halten. Um den Anschluss nicht zu verlieren, hoppelte er wie ein Karnickel.

»Ich …«

»Du warst vorgestern bei mir. Hältst du mich für vergesslich?«

»Natürlich nicht.«

»Siehst du. Ich habe dir gesagt, die Zunft wird darüber beraten, wie es mit Jockels – oder soll ich besser sagen: mit Karlas – Gerberei weitergeht. Ob sich jemand für den Betrieb findet. Er hat zwei Jungs, warum soll nicht einer von denen ein anständiger Gerber werden? Aber alles zu seiner Zeit. Ich lass mich nicht drängen, auch von dir nicht. Jetzt haben wir den Jockel erst mal zu Grabe getragen.«

Immer noch musste Martin zwei oder drei Schritte machen, wo Lorenz einer reichte.

»Ich komme nicht deswegen.«

»Dann ist ja gut.«

»Es ist wegen Sonntag.«

»Fängst du nun auch noch an mit dieser Kirchenscheiße? Meine Antwort heißt nein. Lass mich in Ruhe.«

Zwischen zwei Pferdegespannen wechselte er die Straßenseite. Für ihn war das Gespräch beendet. Es ging auf Mittag zu, er hatte Hunger, und hier, in der Franzosengegend, konnte man gut essen, aber jetzt an einem Wirtshaus haltzumachen, kam nicht infrage. Martin würde das noch als Einladung auffassen, sich dazuzusetzen und auf ihn einzuquatschen.

Der kleine Kerl hatte ihn wieder eingeholt und keuchte. »Letzten Sonntag, als der Jockel gestorben ist.«

»Was war da?«

»Ich habe jemanden gesehen.«

»Am Sonntag hast du jemanden gesehen? Ist ja unglaublich.«

Martin wurde stumm.

Sie waren fast hinaus aus der Friedrichstadt. Immer noch ließ sich der Kerl nicht abhängen, wenngleich sein Hoppeln nicht mehr ausreichte, um neben Lorenz zu bleiben, und er beinahe rannte. Dabei sagte er kein Wort. Lorenz wollte stehen bleiben und ihn mit ausgestrecktem Arm davonjagen, wie man es mit einem Hund tat. Aber jeder konnte schließlich gehen, wohin er wollte.

Sie erreichten die Spree.

In die Spandauer Vorstadt hinüber führte eine enge Holzbrücke. Kutschen und Fuhrwerke drängten sich in beide Richtungen, und oft musste man warten, bis man weiterkam. Lorenz sprang mit ein paar weiten Schritten vor einen Wagen, der sich gerade in Bewegung gesetzt hatte. Der Kutscher fluchte, weil er sein Pferd bremsen musste, doch nun versperrte er mit seinem Fuhrwerk die Brücke.

Lorenz blickte sich nicht um. Er war sich sicher, Martin abgehängt zu haben.

Das war ein Irrtum.

Der Geselle war schon wieder heran. Wie eine Klette, dachte Lorenz, doch das Bild passte nicht. Der erste Eindruck hatte gestimmt, der andere ähnelte einem Tier. Aber keinem Karnickel.

»Warum sagst du mir nicht einfach, was du zu sagen hast und lässt mich dann endlich meines Weges ziehen?«

»Das versuche ich ja die ganze Zeit.«

Lorenz blieb nicht stehen, er ging nur etwas langsamer. »Also?«

Martin keuchte. »Es war am Sonntagabend, ich war in der

Nähe vom Zunfthaus, es muss grad um die Zeit gewesen sein, als der Jockel starb. Und da hab ich jemanden gesehen. So. Das wollte ich dir sagen.«

Er musste nach Luft schnappen, und Lorenz war es zuwider, ihm zuzuhören. Immerhin wusste er inzwischen, welchem Tier der Kerl ähnlich war.

»Der, den ich gesehen habe, kam aus dem Zunfthaus, glaube ich. Ich bin mir fast sicher. Und er hielt den Kopf gesenkt, als wollte er sich verbergen.«

»Er kam aus dem Zunfthaus und hielt den Kopf gesenkt? Gerade als Jockel gestorben ist? Da bin ich ja gespannt, wer das war.«

Martin wirkte eingeschüchtert, trotzdem blieb er neben Lorenz. Bloß reden konnte er offenbar nicht mehr.

»Raus mit der Sprache.«

»Du kennst ihn. Ich habe ihn bei dir gesehen. Es war der Franzose.«

»Welcher Franzose?«

»Der Handschuhmacher.«

Jetzt blieb Lorenz stehen.

Er packte Martin am Kragen, eine kleine, dunkle Ratte, die er festhielt und schüttelte. »Du sagst jetzt laut und klar, was du zu sagen hast, oder du schweigst. Beschuldigst du den Franzosen?«

»Nein! Das tue ich nicht. Ich habe diesen Mann gesehen, Sonntagabend, beim Zunfthaus. Ich dachte, es würde dich interessieren, Meister.«

»Irrtum. Interessiert mich nicht.«

- ZWEITES KAPITEL -

1

Die Sonne schien von einem blauen Himmel. Claire stand am Fenster und zog es auf. Der Wind blies frostige Luft herein, sie spürte sie an der Nase und an den Wangen. Es würde noch dauern, bis die Bäume Knospen trugen – und erst recht, bis diese aufbrachen –, aber ein Tag wie heute versöhnte einen mit manchem. Als wenn die Sonne einem geradewegs ins Innere schiene.

In der Friedrichstadt, auf dem Weg zur Kirche, schlossen sich ihnen wie jeden Sonntag Freunde und Bekannte an. Die Männer begrüßten einander mit Handschlag, die Frauen nickten sich zu, lächelten und begannen zu schwatzen. Vor seinem Haus wartete der Schwiegervater.

Isabel nahm seine Hand. »Guten Morgen, Großvater.«

»Guten Morgen, guten Morgen?! Kannst du nicht ›Bon Jour‹ sagen, mein Kind?«

»Wenn du willst: Bon Jour, Großvater. Weißt du, hier sagen alle Leute ›Guten Morgen‹.«

»Da magst du recht haben. Aber sind wir alle Leute?«

Sie trafen Pignot, der seine Frau untergefasst hatte. Seit dem letzten Sonntag war ihr Bauch deutlich dicker geworden. Claire lächelte ihr zu.

Als sie in die Kochstraße einbogen, begannen die Unterhaltungen langsam zu verstummen. Hier wohnten keine Franzosen mehr, hier lebten die Deutschen. Schon nach ein paar Metern ging die Gruppe der Flüchtlinge, dreißig oder vierzig Menschen, Männer, Frauen und Kinder, alle in Sonntagskleidung, schweigend weiter zur Kirche.

Wie immer war Paul ganz vorn und sie, mit Isabel an der

Hand, neben ihm. Mathieu war da, auch Armand und Simonet. Claires Blick blieb am Straßengraben hängen, der direkt vor den Häusern entlanglief. Er war gefroren, eine Eisschicht lag über dem schmutzigen Wasser. Als Brücken dienten einfache Bretter, von denen manche vereist zu sein schienen. Die Berliner hatten die Angewohnheit, ihren Unrat trotz des Eises in die Gosse zu kippen, selbst wenn das Wasser nicht abfloss. Gruben schienen sie hier nicht zu kennen. Claire wandte sich ab, gleichwohl blieb ihr der faulige Gestank in der Nase.

Die Wohnungen wirkten wie menschenleer. Ihre kleinen Fenster waren geschlossen, genauso wie die Haustüren. Offenbar wollte niemand mit den Flüchtlingen zusammentreffen. Claire kannte die Gegend. Die Häuser waren zwar neu gebaut, doch der Kalk an den Wänden war schon schmutzig, auf den Dächern machte sich Moos breit und die Türen zur Straße schlossen nicht richtig. Wie anders war all das in ihrem Viertel.

Die Anspannung, die sie empfand, schien die anderen ebenfalls erfasst zu haben. Gleich waren sie an der Kirche. Mathieu hatte den Kopf gesenkt. Armand hielt seine Frau an der Hand. Nur der Schwiegervater richtete ab und an ein Wort an Isabel. Aber er machte zwischendurch lange Pausen und blickte ins Leere.

Am Ende der Kochstraße tauchte endlich die Jerusalemkirche auf. Sie war so gebaut, dass man von dieser Seite nicht direkt auf ihr Portal traf, sondern halb um sie herumgehen musste. Claire gefiel die Kirche. Sie war, wie man ihr erzählt hatte, erst vor ein paar Jahren umgebaut worden und hatte geschwungene Linien an der Fassade und besonders an den Gesimsen, die das Dach trugen. Das war die moderne Form, die Freude und Lust bedeutete. Sie stammte aus Italien, dort nannte man sie ›Barocco‹. In Frankreich gab es sie seit Langem und nun hatte sie endlich Berlin erreicht.

Der Turm bis hinauf zum Wetterhahn maß sicher zwanzig Meter. Er war schlank und elegant – untypisch für diese

Gegend, zumal ein italienischer Baumeister ihn entworfen hatte. Immerhin konnte man, fand Claire, den Brandenburgern zugutehalten, dass sie lernen wollten. Das immerhin.

Ihre Gruppe hatte den Weg um die Kirche herum zurückgelegt. Claire atmete auf und sie nahm wahr, wie viele andere es ihr gleichtaten. Paul warf ihr einen Blick zu und sie sah ein kurzes Lächeln auf seinem Mund. Auch er war also angespannt gewesen. Das Kirchenportal war frei, die Tür stand offen. Niemand versperrte ihnen den Weg.

Sie hatte gehört, dass dieser Jockel gestorben war – er war offenbar eine Treppe heruntergefallen, ein Tod, der zu dem Dummkopf passte. Seine Rolle hatte niemand übernommen, die Auseinandersetzung vom letzten Sonntag würde sich nicht wiederholen. Also war es doch nur ein Jungenstreich gewesen, und der Junge war nun tot.

Sein Bruder Lorenz schob sich in ihre Gedanken. Ob er in Trauer war und vielleicht gar nicht in die Kirche kam?

Isabel lachte, weil ihr Großvater die schlechte französische Aussprache seines Enkelkindes nachgeahmt und dabei übertrieben hatte. Claire wunderte sich. Der Platz vor der Kirche war sonst nie leer, es standen immer ein paar Leute dort, redeten mit Bekannten oder warteten auf Angehörige. Der Gottesdienst hatte noch nicht begonnen, nicht einmal die Glocken hatten geläutet. Und trotzdem war niemand da. Wären nicht zwei streunende Hunde über den Platz geschlichen, er wäre völlig ausgestorben gewesen. War heute vielleicht gar nicht Sonntag?

Sie schüttelte den Kopf. Natürlich war Sonntag – Judika, der Sonntag des Rechts. Nicht nur sie, auch alle anderen trugen ihre guten Anzüge.

Paul blieb nicht stehen, er zögerte nicht einmal, sondern ging direkt durch das Portal in die Kirche hinein.

Alle Plätze waren besetzt.

Die Deutschen saßen auf den Bänken und sie saßen auf den Stühlen. Das ganze Mittelschiff war voll, voll von Hauben und Haaren, von Schultern und Nacken. Keiner der Sitzenden drehte sich um oder blickte nur auf, als die Gruppe der Réfugiés eintrat. Dabei mussten sie es gehört haben. Die Deutschen unterhielten sich oder ermahnten ihre Kinder oder starrten einfach nach vorn zum Altar und zum Kreuz.

Paul stoppte. Wie auf Kommando machten hinter ihm alle anderen halt. Claire ertappte sich dabei, den Gerber zu suchen. War er es, der dafür gesorgt hatte, dass sie nun wieder im Seitenschiff stehen mussten – trotz des Todes seines Bruders? Vielleicht sogar, weil der Bruder nicht mehr war, und diese frühe Versammlung war seinem Andenken gewidmet.

Sie konnte Lorenz Haeuser nicht entdecken. Weiter nach ihm Ausschau zu halten, verbot sie sich, aber es ging kaum anders, sie suchte sein lockiges Haar und ließ ihren Blick durch jene Reihen gleiten, wo die Stühle standen und wo er vor einer Woche gesessen hatte. Dann ging sie mit den Augen weiter nach vorn, die Holzbänke entlang. Schließlich drehte sie sich zu den Stützpfeilern.

Er war nicht da.

»Mama, ich will nicht schon wieder stehen«, hörte sie Isabel.

»Es wird dir nichts anderes übrig bleiben, ma petite«, erwiderte der Großvater, »doch ich könnte mir vorstellen, der liebe Gott freut sich darüber, dass du da bist und bleibst. Und er rechnet es dir hoch an, dass du um seinetwillen eine Stunde lang stehst.«

Er zeigte mit dem Finger auf die Seite, die sie bereits vor einer Woche besetzt hatten. Dorthin verzogen sie sich.

Der Großvater blieb auch im Seitenschiff neben Isabel, und beide stellten sich zwischen Paul und sie. Auf ihrer anderen Seite hatte Claire die schwangere Julie Pignot. Beide Frauen wechselten einen Blick. Claire erkannte im Gesicht der Schwangeren den eigenen Ausdruck von vor einer Woche, den Schmerz im Bauch und das Bemühen um Tapferkeit und Stärke.

»Wird es gehen?«, fragte sie.

»Sicher.«

Doch Julies faltige Stirn und die Augen, in denen sich ihre Anstrengung spiegelte, antworteten anders. Sie stammte, wie ihr Mann, aus der Bretagne, ihr Haar war rötlich, das Gesicht ernst und die Haut straff. Jung wirkte sie, wie ein großes Mädchen, kaum wie eine Frau.

Am letzten Sonntag hatte die Vorstellung Claire gequält, dass der Gottesdienst eine Stunde dauern würde – eine Stunde im Stehen. Diesen Gedanken glaubte sie in Julie Pignot wiederzuerkennen.

»Soll ich Euch einen Stuhl besorgen?«

»Madame. Nein!«

»Ihr werdet die ganze Stunde stehen müssen.«

»Wie vor einer Woche«, sagte sie.

Julie Pignot verzog den Mund, aber ein Lächeln entstand daraus nicht, da war nur der Wille, zu ertragen. Claire hatte sich entschieden. Sie hörte noch, wie Julie hinter ihr rief: »Madame!«

Sie drehte sich nicht mehr um.

Von draußen drang das Geläut der Glocken herein. In den hinteren Reihen standen die schlecht gezimmerten und geflochtenen Stühle. Am Rand einer dieser Reihen blieb sie stehen. Außen saß eine dicke Frau mit einem runden Gesicht. Ihr Umhang war mehrfach gestopft.

»Wir brauchen einen Stuhl. Nur einen. Können wir einen Stuhl haben – bitte?«, fragte Claire.

Die Frau drehte sich zu ihrer anderen Seite und flüsterte ihrer Nachbarin ein paar Worte zu. Claire wusste, dass alle Landsleute ihr zusahen und sie etwas tat, was sich nicht schickte.

Ein Mann blickte sie an. Er saß ein paar Reihen weiter hinten, ebenfalls am Rand, und hatte einen eckigen Kopf mit sehr kurzen Haaren. Claire blieb vor ihm stehen und wiederholte ihre Bitte.

Er reagierte nicht. Aber seinen Blick wandte er auch nicht ab.

»Wir brauchen einen Stuhl, einen einzigen«, sagte Claire ein zweites Mal, »für eine Frau, der es nicht gut geht.«

»Kommst du nach der Kirche in mein Haus, Franzosenweib? Ist nicht weit. Kannste hinspucken. Da kriegste einen Stuhl.« Er packte ihre Hand und grinste. Sie riss sich los und wich zwei Schritte zurück, und er lachte.

In keiner der Reihen sah sie einen unbesetzten Platz. Die Erwachsenen ignorierten sie, nur ein paar Kinder glotzten sie an und feixten. Claire zögerte. Es fiel ihr schwer, ohne Hilfe für Julie Pignot zurückzukehren. Jemanden bitten konnte sie allerdings nicht noch einmal.

Als sie sich umsah, stand der Gerber vor ihr. Er blickte ihr direkt in die Augen.

»Ich … ich habe nicht … Ich meine … Versteht Ihr?«, sagte er und schüttelte den Kopf.

»Wir brauchen einen Stuhl«, sagte Claire. »Wir … wir haben eine Schwangere, die kann nicht stehen. Nicht so lange.«

Er nickte.

Ein Stück weiter hinten legte er seine Hand einem jungen Mann auf die Schulter, beugte sich zu ihm hinunter und sprach mit ihm. Der andere stand sofort auf. Der Gerber nahm seinen Stuhl und hob ihn in die Höhe. Er machte Claire ein Zeichen. Dann trug er den Stuhl hinüber ins Seitenschiff. Pignot kam ihm entgegen und nahm ihn ihm ab.

Claire bedankte sich im Vorbeigehen und hörte, wie er sagte: »Madame.« Er machte sogar mit dem Kopf eine Verbeugung, was ein wenig ungeübt aussah.

Als sie ihren Platz erreichte, saß Julie Pignot schon. Sie hielt den Blick gesenkt. Claire stellte sich neben sie und erntete von ihr ein kurzes Lächeln. Paul und der Schwiegervater hatten den gleichen unbewegten Gesichtsausdruck. Keiner von beiden wandte sich ihr zu. Claire verstand, dass sie getadelt wurde.

Isabel zog an ihrer Hand: »Mama, ich will auch einen Stuhl. Warum hast du mir keinen geholt?«

Die Glocken taten zwei letzte schwere Schläge. Der Pfarrer hatte seinen Platz eingenommen, breitete die Arme aus und forderte die Gemeinde auf, zu beten.

2

Sie saßen um den Tisch in Pauls Esszimmer, Mathieu in seinem Anzug, Armand mit einer Samtweste, der Vater, der seine Finger betrachtete, und der blasse Simonet. Der weiße Ofen mit den verzierten Kacheln war geheizt. Ein Licht hatten sie nicht angezündet, obwohl der vertäfelte Raum schon ein wenig dunkel war.

Es wäre an Mathieu gewesen, nach der Kirche den Gemeindevorstand endlich einmal zu sich einzuladen, doch seine Frau lag weiterhin krank im Bett, und er war den Blicken der anderen ausgewichen. Deshalb war Paul eingesprungen. Claire, hatte er erklärt, habe die Köchin veranlasst, Schmalzpasteten zu backen. Die anderen hatten höfliche Freude gezeigt, Mathieu hatte ihn dankbar angeblickt.

»Vielleicht wäre es klug, den Platz im Seitenschiff zu akzeptieren und ihn einzurichten. Lasst uns Stühle dorthin bringen«, schlug Mathieu vor.

»Ordentliche Stühle, von französischen Tischlern gebaut«, ergänzte Simonet.

Armand hatte den Teller mit den Pasteten zu sich herangezogen. »Das wird doch nichts nützen. Begreift ihr denn nicht, dass es nicht um Stühle geht?«

»Worum geht es denn, deiner Meinung nach?«, fragte Simonet.

»Es geht darum, dass die Lutheraner uns nicht in ihrer Kirche haben wollen.«

»Die Lutheraner«, antwortete Simonet. »Sag ruhig: die Deutschen. Aber es ist nicht ihre Kirche. Sie ist für uns und für sie. Eine christliche Kirche.«

Paul hielt den Rücken gerade und die Hände auf der Hose. Nach dem Kirchgang hatte er sich nicht umgezogen, dazu waren die anderen zu schnell gekommen, er trug eine weite, modische Jacke, die ein französischer Schneider aus der Friedrichstadt hergestellt hatte, dazu ein weißes Hemd und ein Halstuch. Er hatte sich vorgenommen, sich dieses Mal zurückzuhalten und sich vor allem nicht erneut zu streiten.

Auch der Vater schien sich nicht beteiligen zu wollen. Er hatte noch kein Wort gesagt, sondern studierte seine Fingernägel, als wäre dort irgendein Geheimnis zu lüften. Die kleinen Pasteten vor sich auf dem Teller rührte er nicht an.

»Warum denkt ihr nicht über den Vorschlag nach, den ich letzten Sonntag gemacht habe?«, fragte Armand. »Wir wollen Frieden – also gehen wir dem Streit aus dem Weg.«

»Und beten in Privathäusern? Ist das dein Ernst?«, fragte Mathieu.

»Was ist so schlimm daran? Für ein paar Wochen. Vielleicht ist der reformierte Pfarrer bald wieder gesund. Es kann doch einer nicht immer nur krank sein.«

Nach Armands Satz schwiegen alle, Beklommenheit breitete sich aus. Armand schien sie zu spüren. »Entschuldige, Mathieu«, sagte er schnell.

Einzelne Sonnenstrahlen fielen nun auf den ovalen Tisch und zeichneten helle Muster. Paul hatte nicht vor, die anderen von einem Kirchenbau zu überzeugen. Erst recht wollte er nicht gegen ihre schlechte Stimmung ankämpfen. Früher oder später würde es in Berlin eine Kirche der französischen Gemeinde geben, dessen war er sich sicher. Er konnte abwarten. Alles, was bis dahin geschah, waren nur Zwischenlösungen.

»Armand, wenn wir nicht mehr in die Kirche gehen, benehmen wir uns wie die Feiglinge«, sagte Simonet. »Das ist der Grund, warum ich gegen deinen Vorschlag bin.«

»Ich finde auch«, sagte Bertrand, der von seinen Händen aufsah. Sein Gesicht war wie versteinert. »Es ist nicht klug, sondern feige. Selber zu provozieren, das wäre unklug. Gleichwohl bedeutet Armands Vorschlag ein Ausweichen, was wir zu Hause nie getan haben. Wir sollten unsere Würde auch in dieser Situation bewahren. Lasst sie nicht denken, wir seien schwach.«

Armand konnte sich nicht verteidigen, weil er eine Schmalzpastete im Mund hatte.

»Und was machen wir mit denen, die nicht stehen können?«, fragte Mathieu. »Wie heute die Frau von Pignot. Sollen wir nicht doch Stühle in die Kirche bringen?«

Bertrand sagte: »In jedem Fall müssen wir helfen. Ich habe mich geschämt, wie wir Claire allein gelassen haben. Das hätten wir nicht tun dürfen.«

Mit beiden Zeigefingern drehte Bertrand den Pastetenteller, eine gedankenverlorene Bewegung. Paul hörte eine Kritik an seiner Person und war versucht, sich zu verteidigen. Claire hätte ihn um Hilfe bitten müssen, als sie gesehen hatte, dass die Frau von Pignot in Not war, anstatt selbst loszulaufen. Eine Sache zwischen ihm und ihr. Er verzichtete darauf, das Wort zu ergreifen.

»Also?«, fragte Mathieu, »kommen wir hier zu einem Ergebnis? Seid ihr mit mir der Meinung, dass es das Beste ist, eigene Stühle oder Bänke in die Kirche zu bringen?«

»Ich bin der Ansicht«, erwiderte Armand, »es ist das Sinnvollste, wir gehen ein paar Wochen gar nicht in die Jerusalemkirche. Ihr werdet sehen, die Dinge beruhigen sich. Schneller, als wir es heute für möglich halten. Das sagt mir jedenfalls meine Lebenserfahrung.«

»Eine Minderheitenmeinung« erwiderte Simonet. »Wie es scheint, teilen nur wenige deine Erfahrung.«

»Spar dir deinen Spott.«

»Olala, jetzt bin ich plötzlich der Feind.«

»Es wäre nicht schlecht«, sagte Armand, »wenn du mal einen Vorschlag machen könntest, anstatt immer nur zu nörgeln.«

»Glaubst du, ich lasse mir von dir vorschreiben, was ich zu reden habe?«, gab Simonet zurück.

Paul wollte sich einmischen, doch Mathieu war schneller. »Freunde, was wir immer gehabt haben, ist unser Zusammenhalt. Dazu gehört, dass wir Meinungsverschiedenheiten friedlich austragen. Ich bitte euch alle beide.«

Armand und Simonet schwiegen. Das Gesicht des Bäckers war rot geworden, während auf Simonets Mund ein Grinsen lag.

Mathieu fuhr fort: »Wie es scheint, gibt es zwei Vorschläge. Der von Armand heißt, einige Wochen nicht in die Kirche zu gehen, sondern in den Privathäusern von Gemeindemitgliedern Gottesdienst zu halten. Der andere, von mir, von Simonet unterstützt, ist, im Seitenschiff der Jerusalemkirche zu bleiben und Stühle oder vielleicht sogar Bänke dorthin zu bringen. Und vielleicht ein Gespräch mit dem Vorstand der deutschen Gemeinde zu suchen. Wie wollen wir entscheiden?«

»Wir könnten abstimmen«, schlug Bertrand vor, »entweder nur als Vorstand oder wir bitten alle Mitglieder der Gemeinde. Das hier geht schließlich jeden an. Vorher habe ich noch eine Frage: Paul, du hast dich bisher nicht geäußert.«

Paul langte über den Tisch und nahm sich eine Pastete vom Teller. Er hielt das Gebäckstück zwischen Daumen und Zeigefinger. Es war aus hellem Blätterteig, mit einer Vertiefung in der Mitte, in die das Schmalz gestrichen war. Obendrauf waren ein paar grobe Salzkörner gestreut.

»Ich habe mich schon letzte Woche geäußert. Seitdem hat sich meine Meinung nicht geändert. Ich plädiere dafür, unsere eigene Kirche zu bauen. Meiner Meinung nach sollten wir in dieser Angelegenheit eine Abordnung zum Kurfürsten schicken und ihm unseren Wunsch vortragen.«

Die Pastete schmeckte fettig, und Schmalz blieb ihm an den Fingern kleben. Er schluckte das abgebissene Stück herunter: »Was soll passieren? Der Kurfürst kann Nein sagen – das ist sein Recht, dafür ist er der Kurfürst. Eine solche Ablehnung vertragen wir, ohne dass wir schlechtere Bürger in diesem Land Brandenburg werden. Und was ist, wenn er einverstanden ist? Dann gehen wir in zwei oder drei Jahren in unsere eigene Kirche. Und können uns nächsten Sonntag darüber unterhalten, wie wir die Zwischenzeit überbrücken.«

In die Pause hinein, die nach Pauls Rede entstand, sagte Mathieu: »Ich finde, er hat recht.«

»Ja«, entgegnete Bertrand, und seine Stimme klang höhnisch, »wenn wir vergessen, dass wir nicht nur eine Erlaubnis, sondern vor allem viel Geld vom Kurfürsten wollen. Und das, nachdem er uns schon so viel gegeben hat. Wir sind doch keine Bettler.«

»Der Kurfürst ist niemand, der schenkt, ohne eine Gegenleistung zu erwarten«, sagte Paul und kniff die Lippen zusammen. Nein, er würde nicht wieder mit dem Vater streiten. Kein Wort mehr.

Bertrand winkte bereits ab. »Entscheidet, wie ihr wollt. Ich finde das unwürdig. Bitten und betteln – das haben wir nie getan. Genauso wenig wie kneifen.«

3

Obwohl er ihn selbstverständlich nicht geöffnet hatte, wusste Danckelman, was in dem Brief stand, den er in der Hand hielt. Schließlich gehörte es zu seinen Aufgaben als brandenburgischer Premierminister, seine Ohren auch an den anderen europäischen Höfen zu haben und natürlich an der kaiserlichen Burg in Wien. Der Brief war an den Kurfürsten adressiert.

Danckelman stand am Fenster seines Amtszimmers im Schloss, während er mit dem Finger über das kaiserliche Siegel strich. Es war ein grauer, aber trockener Tag, noch nicht acht Uhr. Draußen war das morgendliche Treiben im Gange, zwischen Schloss und Spree fuhren Handwagen und Ochsengespanne vorbei, Reiter, Kutschen und Fußgänger waren unterwegs. Danckelman sperrte sein Fenster auf. Feuchte Luft kam herein.

Unter ihm stritten zwei Fuhrleute um die Vorfahrt an einer engen Stelle. Beider Fahrzeuge standen, und die Kutscher verlangten von dem jeweils anderen, zu warten, wozu keiner bereit war.

»Wenigstens muss dein Jaul nich verhungern, so ville Stroh wie du im Kopp hast.«

»Wenn man euch beede so sieht, da fragt man sich glatt: Wer ist eijentlich der Ochse?«

Danckelman hatte nie einen anderen Raum gewollt als diesen, auch wenn er nicht sonderlich groß war und nicht so nah an den kurfürstlichen Zimmern lag, wie ihm zugestanden hätte. Hier stand sein Schreibtisch, und hier hingen die beiden Bilder, die ihn immer begleiteten. Das eine zeigte den Vater und den Großvater und stammte aus der Kriegszeit. Nach heutigen Maßstäben waren beide, der jüngere wie der ältere Herr, vollkommen unmodern, sie trugen weder Perücke noch waren sie gepudert. Aber der fromme Ernst in ihren Gesichtern war zeitlos. Ihn nahm sich Danckelman gelegentlich zum Vorbild.

Auf dem anderen Gemälde war sein Elternhaus, das Danckelman'sche Palais in Lingen an der Ems, zu sehen, im Winter und mit Schnee. Vor der Tür spielten Kinder. Das war ein wenig geschönt, Müßiggang war ihnen nicht gestattet gewesen, und die stete Frage des Vaters hieß: ›Was hast du zu tun?‹ Aber aus allen Brüdern war etwas geworden.

Danckelman fühlte sich wohl in diesem Zimmer. Er störte sich nicht daran, dass die Macht in einem anderen Schlossflügel saß. Dort waren Gänge und Treppen breiter, Gardesoldaten hielten Wache und salutierten, Beamte machten wichtige Gesichter. Er brauchte das alles nicht. Er wusste auch so, dass er Premierminister war. An ihm führte in diesem Land kein Weg vorbei, denn er verwaltete das, was wirklich zählte: den Etat.

Der Weg zum Kleinen Audienzzimmer führte durch den engeren und ewig schattigen der beiden Schlosshöfe, in dem immer noch Schnee lag. Er dauerte genau sieben Minuten, und Danckelman ging so los, dass er Schlag acht Uhr vor der weiten Flügeltür stand. Der Diener klopfte, Danckelman hörte von drinnen ein Grummeln, die bekannte, nuschelige Stimme. Der Diener riss die Tür auf.

Noch auf der Türschwelle verbeugte sich der Premierminister. »Guten Morgen, Eure Kurfürstliche Durchlaucht.« Er verbeugte sich ein zweites Mal gegen die Kurfürstin. »Guten Morgen, Madame.«

Kein Blick von ihr, kein Gegengruß. Sie zeigte nicht, ob sie ihn überhaupt gehört hatte.

Friedrich sagte: »Ist gut, Danckelman, ist gut. Ich weiß, dass Ihr die Etikette kennt. Kommt rein.«

Der Kurfürst saß auf seinem Sessel. Hinter ihm hing der Gobelin, der eine Jagdszene aus dem Tiergarten zeigte. Friedrich trug Perücke und die blaue Uniformjacke mit Orden und weißer Schärpe, er war akkurat angezogen und wirkte trotzdem nicht wie ein Soldat. Dazu war er zu schmal, zu gebrechlich, und er hatte einen Oberkörper, der Danckelman immer an ein Huhn denken ließ. Die Kurfürstin ihm gegenüber hatte ein dunkelgelbes Kleid an. Ihre Füße lagen auf einem Hocker und die Arme auf den Sessellehnen. Auf die Anwesenheit des Premierministers hatte sie immer noch nicht reagiert. Danckelman schien es, als sei sie noch nicht ganz ausgeschlafen.

»Nun?«, fragte der Kurfürst. »Post aus Wien?«

Danckelman reichte ihm den Brief. »Jawohl.«

»Dann wollen wir mal sehen.« Der Kurfürst erbrach das Siegel. Er hatte es eilig, faltete den Brief auseinander und begann zu lesen. Er las leise. Dabei wackelte er mit seinem Oberkörper.

Er warf der Kurfürstin einen Blick zu, den sie nicht erwiderte. Wenn sie wissen wollte, was der Kaiser geschrieben hatte, zeigte sie es zumindest nicht.

Friedrich ließ das Schreiben auf die Schenkel sinken. »Er will Soldaten. Achttausend Mann, die wir bereithalten sollen, um ihn jederzeit unterstützen zu können. Und er will Geld.«

Nun hob sie den Kopf.

Danckelman wusste, um welche Summe es sich handelte. Es war ein kleines Vermögen, dreihundertfünfzigtausend Taler in Gold, viel zu viel für ein armes Kurfürstentum wie Brandenburg. Noch schlimmer waren die geforderten Soldaten. Auf dreißig Jahre sollte die Truppe abgestellt werden. Brandenburg wäre in der Pflicht, sie zu unterhalten, jedoch hätte der Kaiser jederzeit Zugriff, und das konnte bedeuten, dass die Kerle irgendwo in Europa kaiserliche Interessen vertraten, wenn die Heimat sie brauchte.

Der Kurfürst straffte seinen Rücken, der Oberkörper kam weiter nach vorn, und Friedrich blickte versonnen in den leeren Saal, der, passend zu dem Gobelin, in Grün- und Brauntönen gehalten war. Das Zimmer hatte etwas Gemütliches. Danckelman wusste, dass Friedrich es liebte.

»Das ist viel. Sehr viel ist das.«

Danckelman hatte diese Reaktion erwartet, bis in die Formulierung hinein, doch als sie jetzt eintrat, war er erstaunt. Als ob er hellsehen könnte.

»Was meint Ihr?« Der Kurfürst blickte ihn an. »Oh, Ihr steht noch. Bitte, nehmt Platz.«

Von den beiden Stühlen gegenüber dem kurfürstlichen Paar nahm Danckelman den, auf dem er in diesem Saal immer saß, er war nicht niedriger als die des Herrscherpaares und nicht weniger gepolstert, hatte aber keine Armlehnen.

»Ich plädiere für Geduld.«

»Geduld, Danckelman?«

»Das, was wir vorhaben, bleibt ein großer Schritt – aus unserem Kurfürstentum soll ein Königreich werden. Ohne kaiserliches Einverständnis geht das nicht, das ist keine Frage. Niemand im Reich würde uns anerkennen. Aber wir brauchen einen günstigen Augenblick. Wenn der gekommen ist, werden wir unser Ziel mit weniger Mitteln erreichen können.«

»Welcher günstige Augenblick? Was meint Ihr?«

»Genau kann ich das im Moment nicht benennen. Es wird auch in Zukunft Situationen geben, da der Kaiser unsere Unterstützung benötigt und uns nach ihr fragen wird, vielleicht nur moralisch, vielleicht mit Soldaten. Das meine ich mit günstigem Augenblick. Wir warten, und wenn wir gefragt werden, nennen wir unseren Preis – die Krone.«

Friedrich schien immer noch keine bequeme Position auf seinem Sessel gefunden zu haben, er stützte sich mit beiden Händen auf die Lehnen und drückte sich in die Höhe, um es anders zu versuchen. »Ich kann doch nicht warten bis irgendwann.« Er verzog das Gesicht. »Es ist dieses Taktieren, das mich am politischen Geschäft immer abgestoßen hat. Ich bin Soldat – ehrlich und geradeaus. Wenn der Kaiser diese Männer und dieses Geld will, dann kriegt er beides.«

»So viel haben wir nicht, jedenfalls nicht, um es ungeplant auszugeben. Und selbst wenn wir's hätten – überall im Land fehlt es an Mitteln.«

»Danckelman, hört auf. Geld fehlt doch immer. Meine Brandenburger wollen lieber in einem Königreich leben als in einem Kurfürstentum. Darauf können sie am Ende stolz sein. So. Und dann müssen sie eben dafür bezahlen. Wenn Ihr das Geld nicht habt, erhöht die Abgaben.«

Das Gespräch nahm nun eine Wendung, mit der er nicht gerechnet hatte. Er brauchte eine neue Verteidigungslinie. Die

Abgaben erhöhen – diese Idee musste er dem Kurfürsten wieder ausreden.

»Ich weiß auch schon, wie wir sie nennen, diese Abgabe: Krönungsgroschen.«

»Königsgroschen.« Das erste Wort der Kurfürstin an diesem Morgen und mit Stolz und Würde ausgesprochen. Sophie Charlotte schien doch nicht zu schlafen, auch wenn sie weder ihren Mann noch den Premierminister eines Blickes würdigte.

»Königsgroschen«, wiederholte der Kurfürst, »das ist gut. Sehr gut sogar. So machen wir das.«

Danckelman zögerte. »Ich gebe zu bedenken, Euer Durchlaucht, dass wir nicht beliebig die Abgaben erhöhen können.«

»Beliebig – wer hat denn gesagt: beliebig?« Das war wieder die Kurfürstin. Für eine Frau hatte sie eine tiefe Stimme.

»Es gibt bereits Leute im Kurfürstentum, die verweigern es vollständig, Abgaben zu bezahlen.«

»So?«, fragte der Kurfürst. »Wer ist das?«

»Sie nennen sich selbst die Frommen. Es ist ein Kreis um diesen Prediger Helge, an der Grenze zwischen dem Anhaltinischen und dem Sächsischen.«

»Helge? Nie gehört.«

»Danckelman«, sagte die Kurfürstin, »warum erzählt Ihr uns das? Ihr seid es, der handeln muss, Ihr allein. Oder seid Ihr kein Premierminister mehr? Es darf niemand die Abgaben verweigern. Kein Mensch, versteht Ihr? Erst ist es einer, dann sind es fünf, dann hundert und dann tausend. Wie könnt Ihr so etwas zulassen?«

»Nun, die Anhänger dieser Frommen«, sagte Danckelman, »die geben durchaus Geld, aber sie wollen bestimmen, wie es ausgegeben wird. Sie unterstützen zum Beispiel Bedürftige. In Halle haben sie ein Waisenheim gebaut.«

»Lasst den Mann festnehmen«, ordnete der Kurfürst an. »Wir haben doch Methoden, jemanden zu überzeugen. Auf der Streckbank ist noch jeder gefügig geworden.«

»Einen Wanderprediger ins Gefängnis zu werfen, könnte für Aufruhr sorgen.«

Der Kurfürst winkte ab. »Zurück zu dem, was eigentlich wichtig ist. Die Königskrone. Wie gehen wir vor?«

»Ich plädiere noch einmal für Geduld«, sagte Danckelman und deutete eine weitere Verbeugung an.

»Vor einem halben Jahr habt Ihr ganz ähnlich gesprochen«, entgegnete die Kurfürstin. »Geduld, Geduld. Das hilft uns nicht.«

Sie hatte sich jetzt aufgerichtet. Auf ihrer Stirn, oberhalb der Nase, erkannte Danckelman eine senkrechte Falte.

»Was ist inzwischen geschehen?«, fuhr sie fort. »Nichts. – Doch, es ist etwas geschehen: Die Krone ist teurer geworden. Wenn Eure damaligen Informationen aus Wien richtig waren, wollte der Kaiser vor einem halben Jahr sechstausend Soldaten und zweihundertfünfzigtausend Goldtaler. Hätten wir da eingeschlagen, wären wir jetzt weiter.«

Danckelman senkte den Blick, doch er tat es aus Höflichkeit, nicht aus Überzeugung. »Auch das gab der Staatsschatz nicht her.«

»Friedrich«, sagte sie, »meine Meinung ist: Wenn Ihr länger wartet, wird es noch teurer. In sechs oder zwölf Monaten stellt der Kaiser fest, dass er fünfhunderttausend Taler braucht. Und mehr Soldaten. Je länger wir zögern, desto schlechter wird unsere Position.«

Der Kurfürst wurde nachdenklich, die Einwände Sophie Charlottes schienen zu wirken. Danckelman konnte kein Argument dagegensetzen, denn Friedrich hatte ihm nicht das Wort erteilt, und er bewegte sich mit seinen ungefragten Äußerungen sowieso bereits am Rand der Etikette. Er war sich sicher, dass Sophie Charlotte im Unrecht war – die Abgaben erhöhen, wo die Leute schon stöhnten und zu wenig im eigenen Beutel behielten, das war die schlechteste aller Ideen. Und das wenige Geld, das das Land besaß, musste der Kurfürst hier ausgeben und nicht dem Kaiser schenken.

»Ich werde mich bedenken«, hörte er den Kurfürsten. »Wir sprechen übermorgen weiter über diese Angelegenheit.«

Der Premierminister stand auf und verbeugte sich.

»Danckelman, eins noch: Kümmert Euch um diesen Prediger. Es kann nicht, wer nicht bezahlen möchte, einfach die Abgaben verweigern. Jedenfalls nicht in Brandenburg. Verstehen wir uns?«

Danckelman verbeugte sich ein drittes Mal.

4

Seit vielen Jahren hatte die Gerberei Haeuser diesen Stand am Markt – eine Bretterbude neben anderen Bretterbuden, in deren Auslagen Fleisch verkauft wurde, Milch, Eier und Getreide oder Wachskerzen und Laternen und Tongeschirr oder Schafswolle und Leinen. Lorenz' Stand war an einer alten Rindshaut zu erkennen, die sie seinerzeit besonders sorgfältig zugerichtet hatten und die inzwischen steinhart war. Sie spannten sie gegen den Regen schräg wie ein Dach.

Er bezahlte zwei Weibern, die sich die Arbeit hier teilten, ein paar Pfennige und wusste, dass sie das Leder teurer verkauften und sich einen Teil in die eigene Schürze steckten. Hinzu kam für ihn die Standgebühr, die der Marktmeister einstrich. Zu verdienen war hier kaum etwas. Wenn er trotzdem blieb, dann, weil er hoffte, ein Großkäufer könne von hier aus an die Gerberei verwiesen werden.

Die Steintreppe, auf der er saß, war kalt, und er kniff die Backen zusammen. Eine Stunde wartete er schon. Er musste verrückt sein, seine Zeit so totzuschlagen. Neben sich hörte er Martin, der Schleim durch die Kehle nach oben zog, wo er ihn ausspuckte. Seit er vor ein paar Tagen zum ersten Mal gedacht hatte, dass dieser Kerl eine Ratte war, bekam er das Bild nicht mehr aus dem Kopf. Er hockte neben einer kleinen, widerlichen Ratte.

Martin hatte alle Zeit der Welt, denn seit Jockels Gerberei herrenlos geworden war, stand sie still. Alle Aufträge waren von der Zunft an die anderen Betriebe verteilt worden. Die Gesellen und Arbeiter hatten sich zu gedulden. Doch wie war es mit ihm? In seinem Hof stapelten sich die Häute frisch geschlachteter Viecher. Er musste zum Förster, ein paar Fuhren Eichenrinde abholen, und jemanden bestimmen, der sie zur Lohmühle brachte, wo sie zerkleinert wurde. Wenn er sich nicht an seine zugewiesene Mühlzeit hielt, verfiel sie. Die anderen Gerber brauchten ebenfalls Lohe. Und was tat er? Er saß hier und schlug seine Zeit tot.

Das Volk, das vorüberging, trug Körbe aus Bast oder Weide, mancher hatte ein Holzgestell auf dem krummen Rücken, das er sich vollladen ließ. Die Männer hatten Mützen auf dem Kopf, die Frauen Tücher oder Hauben. An seinem Stand machte selten einer Halt. Wenn er es richtig sah, hatte die Alte erst ein paar Groschen eingenommen. Vielleicht sollte er den Stand doch schließen. Weniger Ärger hätte er dann allemal, weniger, woran er denken musste. Allein der Transport des Leders, frühmorgens hin und nach Marktschluss wieder zurück, bedeutete zu viel Aufwand, und immer mussten zwei Mann dafür freigestellt werden.

Die Kälte kroch ihm in die Beine und Arme. Was fror er? Es wurde doch April und Frühling. In seinem rechten Bein machte sich ein Kribbeln breit. Er klopfte mit dem Fuß auf den Boden, wieder und wieder, schnell hintereinander. Das Kribbeln ließ nicht nach. Und er verlor die Geduld. Er war drauf und dran, seinen Ärger an Martin auszulassen.

Der kleine Geselle hatte ihn nicht in Ruhe gelassen. Vor allem im Wirtshaus, im Steinkrug, hatte er das Thema aufgebracht, nicht laut, das lag ihm nicht, leise hatte er mit den

Gerbern gesprochen, mit Meistern wie Gesellen, hatte mit ihnen getrunken und dabei in ihre Ohren geflüstert, und war zum nächsten weitergezogen. Immer wieder der Handschuhmacher, den er angeblich unmittelbar am Zunfthaus gesehen hatte, weghuschend, den Kopf gesenkt. Und das genau zu der Zeit, als der Jockel gestorben war. Der Jockel, dem der Franzose am gleichen Morgen noch gedroht hatte.

Das verdammte Bier hatte nachgeholfen und die Tatsache, dass es kaum einen gab, der die Flüchtlinge nicht verabscheute. Lorenz hatte erlebt, wie die Stimmung anschwoll, stellen müsste man ihn, dem Rat und seinen Bütteln übergeben, oder am besten die Sache selbst in die Hand nehmen, das ginge immer noch am schnellsten und gerecht wäre es außerdem, schließlich sei Jockel einer von ihnen gewesen, einer aus der Bruderschaft. Lorenz hatte versucht, zu beschwichtigen.

Zur Strafe saß er jetzt hier.

Dann kümmer du dich, hatten sie gerufen. Und berichte uns.

Gut, hatte er gesagt, er werde den Handschuhmacher einfach fragen. Natürlich würde er es damit nicht eilig haben – es war doch alles eh nur Martins Hirngespinst – und vielleicht verlief sich die Sache wieder.

Doch die Ratte hatte angeboten, dass er das Franzosenweib frage, und wären die Aussagen nicht gleich, wüssten sie, dass der Handschuhmacher gelogen hätte.

Martin hatte die Gerber auf seiner Seite gehabt. Bierkrüge wurden auf die Tische gedonnert und laut ausgerufen. Diesen schmierigen Kerl zu beauftragen, der die Französin vielleicht beleidigte und ihr zu nahetrat, das konnte Lorenz nicht zulassen, verdammt noch eins, das nicht. Er gehe selbst, er werde auch mit der Frau sprechen, hatte er gesagt. Schließlich sei der Jockel sein Bruder gewesen.

Martin hatte zugestimmt – und gleichzeitig hintenrum widersprochen. Er gehe mit, vier Augen sähen mehr als zwei und vier Ohren hörten mehr. Lorenz hatte dem Gesellen den

Mund verbieten wollen, doch es war zu spät, wieder hatte der Kleine alle auf seiner Seite gehabt.

Und hier saßen sie nun, weil sie nicht direkt ins Haus des Franzosen hatten gehen wollen.

Er fragte sich, ob sie wirklich auf dem Markt einkaufte. Vielleicht schickte sie die Haushälterin, denn ein passender Ort war das nicht für sie. Da hinten hatte jemand Kohlblätter abgerissen und auf die Erde geworfen und dort lagen sie jetzt neben anderem Abfall im Weg und wurden plattgetreten. Wer von den Marktleuten ein Fuhrwerk besaß, ließ seine Ochsen scheißen, wo sie wollten. Die Tiere waren nicht die Einzigen. Am Baum hatte ein alter Mann die Hose runtergelassen und erleichterte sich, und sein Wasser lief ihm zwischen die Schuhe und sammelte sich hinter ihm zu einem ausgewachsenen See. Der Alte schien schon kräftig getrunken zu haben.

Wenigstens den Martin wäre er gern losgeworden, für den Fall, dass sie doch noch kam. Wenn er sich nicht gerade Schleim durch die Kehle zog, schnaubte und schmatzte der Kerl. Mit welcher Begründung konnte er ihn davonschicken?

Als er die schöne Französin entdeckte, hätte er den Martin am liebsten gepackt und durch die Luft geschleudert, über die Akzisemauer raus aus der Stadt und auf Nimmerwiedersehen. Doch da hatte der Kleine schon seine Hand auf Lorenz' Arm gelegt: »Da. Da ist sie.«

Lorenz fasste hart zu. »Hör zu: Ich rede. Ich allein. Du schweigst. Haben wir uns verstanden?«

»Klar. Wie du willst. Du redest.«

Er stand auf. Martin folgte ihm auf dem Fuß, er hörte ihn, nur loswerden konnte er ihn nicht.

In einigem Abstand zu den Buden holte er die Französin ein. Sie trug ein Wollcape und einen weichen, gefärbten Weidenkorb im Arm und sie hatte einen Hut auf, der ihr langes schwarzes Haar verbarg.

»Madame?«

Sie drehte sich um.

Er war Frauen gegenüber nie schüchtern gewesen. Wenn eine ihm gefiel, sagte er es ihr ins Gesicht. Gerade neulich, im Steinkrug, hatte er die neue Kellnerin eingeladen, sich zu ihm zu setzen und ihr gleich seine Hand auf den Oberschenkel gelegt. Viel anders hatte er es damals mit seiner Frau auch nicht gehalten, einer Verkäuferin. Was er wolle, hatte sie gefragt. Dich, war seine Antwort gewesen.

Doch hier lagen die Dinge anders. Weil sie diese dunklen Augen hatte? Oder wegen dieses unsichtbaren, aber umso deutlicher zu spürenden Kreises, den sie um sich trug. Man brauchte, so viel war klar, einen guten Grund, um sie anzusprechen.

Hatte er den?

Martin hinter ihm schnaubte.

»Ich …«

Weiter kam er nicht.

Sie wartete. Stand da, sah ihn aus ihren dunkelbraunen Augen an und wartete.

»Es geht um … um den Sonntag … versteht Ihr?«

»Nicht so ganz, fürchte ich.«

»Nein? Nun gut. Also, mein Bruder … der Jockel …«

»Oh, ich habe gehört, dass er gestorben ist. Meine – wie sagt man? – Condoléances.«

»Oh, ja, ja, danke. Nur, das meine ich nicht.«

Was er tatsächlich meinte, brachte er nicht über die Lippen. Er konnte ihr nicht sagen, dass er Misstrauen gegen sie hegte, obwohl das Gegenteil wahr war. Und ihren Mann zu beleidigen oder – wie verdeckt auch immer – zu beschuldigen, das stand ihm nicht zu. Und dann noch der Martin, der sich an seinen Rücken drängte, damit er ja nichts verpasste.

»Wir wollen wissen, wo Ihr Mann war«, tönte der Kleine.

Lorenz warf ihm über die Schulter einen zornigen Blick zu.

Martin tat so, als hätte er nichts bemerkt. »Und zwar in jener Nacht, als der Jockel starb. Sonntag vor einer Woche. Sonntagabend.«

»Nein, nein«, sagte Lorenz, »wollen wir gar nicht wissen. Wir haben kein Misstrauen. Es ist nur so …«

Wieder kam er nicht weiter. Da hörte er erneut die Rattenstimme.

»Es ist so, dass er gesehen wurde. Ganz in der Nähe des Zunfthauses.«

»Und was soll das bedeuten?«, fragte die Französin.

Der Kleine war atemlos, als er sprach, eilig presste er die Worte heraus. »Er hat dem Jockel gedroht, am Morgen, und am Abend ist er genau da gesehen wurde, wo Jockel starb. Das ist es.«

Lorenz drehte sich zu Martin um. Er war einen Kopf größer und mindestens dreimal so stark. Es drängte ihn, den anderen mit einer Handbewegung in den Dreck zu stoßen, aber er bremste sich. »Verschwinde«, zischte er nur, »auf der Stelle.«

Martin wich einige Meter zurück. Nicht weit genug.

Die Französin blickte sich ebenfalls um. Sie stand in aller Öffentlichkeit im Gespräch mit zwei fremden Männern. Für eine ehrbare Frau war das fast unmöglich.

»Also?«, fragte sie, »wenn ich das richtig verstanden habe, dann habt Ihr einen Verdacht gegen meinen Mann.«

»Nein. Das ist es nicht.«

»Paul ist gesehen worden, sagt Euer Freund.«

»Madame, erstens ist das nicht mein Freund, und zweitens habe ich keinen Verdacht. Es ist nur so, dass alles leichter wäre …«

»Leichter?«, fragte sie.

Er hörte den Hohn in ihrer Stimme und schlug die Augen nieder. Sie, die Einheimischen, waren es, die ihr und den anderen Flüchtlingen das Leben schwer machten. Wie konnte er davon sprechen, alles würde leichter? Links und rechts schoben sich Leute an ihnen vorbei und starrten auf die Auslagen der Stände, aber er wusste, wie neugierig sie alle waren und hören wollten, was der Meister und die Ausländerin da zu sprechen hatten. Lorenz hatte Hochachtung vor der Ruhe der Französin.

»Also gut«, sagte sie, »mache ich es Euch leichter. Mein Mann hat nichts damit zu tun, dass Euer Bruder tot ist. Auch wenn sie sich an jenem Tag vor der Kirche gestritten haben, schlägt Paul niemanden tot, hört Ihr? Und an diesem Abend hatte er ein Gespräch mit einem französischen Baumeister. Reicht Euch das?«

Lorenz nickte. Er schämte sich dafür, dass er sich vor der Französin lächerlich machte. Kein Wort brachte er hervor. Wie hätte er ihr erklären können, dass die Ratte ihn ausgetrickst hatte? Wahrscheinlich interessierte sie sich nicht dafür. Wie er es auch drehte, die Situation blieb unangenehm.

Sie lächelte, aber von oben herab, sie machte sich über ihn lustig. Zum Abschied nickte sie ihm zu und ging davon, und ihm blieb nichts, als ihr nachzublicken und sich von ihrem leichten Gang fesseln zu lassen und von ihrem Hut, der da zwischen den Leuten verschwand und schließlich an einem Stand stehen blieb, wo Tuch aus Leinen und Flachs verkauft wurde.

»Ich glaube ihr kein Wort.«

Er drehte sich um.

Martins Kiefer mahlte und er schüttelte den Kopf. »Ein französischer Baumeister, so ein Quatsch. Ein Flüchtling bürgt für den anderen, das zeigt doch nur, wie nötig sie es haben. Dieses Pack.«

Lorenz war immer noch in der Laune, zuzuschlagen, so heftig, dass aus Martin der erste Mensch würde, der durch die Luft fliegen konnte.

»Halt die Klappe«, sagte er nur.

- DRITTES KAPITEL -

1

Danckelman stand, etwas versetzt, drei Schritte hinter dem weinroten Sessel des Kurfürsten, drei genau abgemessene Schritte. Das war hier, im Großen Audienzsaal, seine Position. Von dieser Stelle aus konnte er eingreifen, wenn der Kurfürst ihn darum bat, gelegentlich auch, wenn er selbst es für nötig hielt. Und doch war er weit genug zurück, um die Grenzen nicht zu verwischen.

Er hielt sich kerzengerade, wie es sich gehörte, und hatte die Hände hinter dem Rücken ineinandergelegt, obwohl weder Friedrich noch Sophie Charlotte bereits eingetroffen waren. Dieser Platz passte genau zu seiner Stellung. Hier hörte er jedes Wort und beobachtete die Gäste, achtete auf Gesten wie auf Wortwahl, ebenso auf Dinge wie Respekt und Höflichkeit. Hinterher würde er dem Kurfürsten, wenn Friedrich fragte, eine präzise Einschätzung geben können – und eine Bewertung.

Der Kurfürst fragte fast immer.

Die Kerzen am Kronleuchter brannten noch nicht, dazu war es draußen zu hell. Er war das Prunkstück im Saal, der Blickfang, er war aus vielen kleinen und großen Glasstücken zusammengesetzt worden und konnte an einer Kordel heruntergelassen werden. An der Wand hing das Porträt des Großen Kurfürsten, Friedrichs Vater. Wie ein spanischer Grande trug er einen dünnen Oberlippenbart und hatte dunkle Augen und Haare. Der Mund war verzogen, als puste er gerade Luft heraus. Nur sein Doppelkinn wirkte nicht sehr spanisch. Danckelman hatte gute Erinnerungen an ihn – ein angsteinflößender Herrscher war er nicht gewesen.

Den kurfürstlichen Sesseln gegenüber stand eine Delegation der Réfugiés. Danckelman ging der Beobachtung nach, dass ihr Wortführer, der ihn als Erster begrüßt und die anderen vorgestellt hatte, sehr jung war, höchstens Mitte dreißig. Es war ungewöhnlich, dass nicht der Älteste das Anliegen einer Gruppe vortrug. Der junge Mann genoss offensichtlich das Vertrauen seiner Begleiter, und so etwas musste man sich in der Regel verdienen.

Er wirkte elegant, dieser Herr Deschamps, groß gewachsen, ein schmales Gesicht, eine ziemlich lange Nase. Seine dunkelbraunen Schuhe passten zu dem getäfelten Fußboden. Er war teuer angezogen, teurer als viele der Adligen, die hier vorsprachen. Bei der Begrüßung hatte er jede Höflichkeit gezeigt, die Danckelman als Premierminister zustand, doch man konnte variieren, und wenn auf der einen Seite Übertreibung stand und auf der anderen eine gewisse Spärlichkeit, dann neigte dieser Franzose sicher zu letzterer.

Deschamps hielt ein Paar Handschuhe vor sich, in Seidenpapier eingeschlagen. Mit ihm waren sein Vater und der Arzt der Franzosen gekommen, außerdem der Bäcker. Und selbst dieser, der reichlich dick war, mit rosigen Wangen, und der offensichtlich Mühe mit dem Atmen hatte, strahlte eine gewisse Würde aus. Es war schon erstaunlich, welchen Eindruck diese Leute machten und welche Selbstsicherheit sie besaßen.

Danckelman konnte sich gut daran erinnern, wie vor zehn Jahren die Ersten von ihnen in Berlin eingetroffen waren, erschöpft, mit löchrigen Sohlen und heruntergelaufenen Absätzen, in zerrissener Kleidung. Die Pferde, die ihre Habseligkeiten auf Holzwagen zogen, waren so mager, dass die Knochen hervortraten. Niemand hatte damals gedacht, diese Flüchtlinge könnten helfen, das zerstörte Brandenburg wieder aufzubauen, im Gegenteil schienen sie selbst der Hilfe bedürftig. Mancher hätte sie am liebsten gleich zurückgeschickt, und viele Berliner dachten immer noch so. Die Menschen änderten nicht gern ihre Meinung.

Der Krieg war damals seit vier Jahrzehnten vorbei gewesen, und trotzdem gelang es Brandenburg nicht, wieder auf die Beine zu kommen. Es schien, als hätten Land und Leute ihren Lebenswillen verloren. Vegetieren, das ja – essen, schlafen und sich kleiden, wenn es kalt wurde. Aber kein Aufbau, kein Mehren des Wohlstandes, kein Gedanke an die Zukunft.

Davor waren dreißig Jahre lang fremde Heere durchs Land gezogen, wieder und wieder, hatten gewildert und Vorräte gestohlen, Ernten verbrannt und Hausrat zertrümmert, die Frauen und selbst junge Mädchen wie ihr Eigentum behandelt und den Männern, wenn ihnen langweilig war, die Augen ausgestochen oder ihnen Jauche ins aufgesperrte Maul gekippt, bis sie erstickten.

Ob katholisch oder protestantisch, für die Bevölkerung hatte das nie einen Unterschied gemacht – ob Kroaten oder Franzosen, Spanier oder Araber, ob Schweden, Dänen, Wallonen oder Bayern, ob Österreicher oder Ungarn, es gab nicht rüdere und sanftere Völker, in ihrer Brutalität und ihrer Gewissenlosigkeit waren sie alle gleich.

Danckelman war aufgewachsen mit der Erinnerung an den Dreißigjährigen Krieg. Er selbst war bei Friedensschluss noch ein Junge gewesen, doch Vater und Großvater hatten kaum je ein anderes Thema gekannt, bei Mahlzeiten und an Winterabenden war es immer wieder um Kriegsziele und Strategien gegangen. Früh hatte Danckelman gelernt, dass die kaiserlich-katholischen Truppen darauf aus gewesen waren, die neue Idee, den Protestantismus, aus dem Reich zu vertreiben. Daneben verfolgten die Staaten und Feldherren noch eigene Kriegsziele. Wallenstein wollte die deutschen Länder vereinen und ihnen persönlich vorstehen, die habsburgischen Spanier strebten nach einer Landverbindung zum habsburgischen Österreich, Frankreich betrieb den Krieg, damit aus dem Nachbarn im Osten ja kein Konkurrent wurde, Bayern war darauf aus, Land dazuzugewinnen und in Böhmen schließlich versuchte ein jeder, schnelle Beute zu machen.

Die Katholischen hatten mehr Macht und mehr Geld, die bessere Ausrüstung, größere Heere, zudem die genialen Feldherren. Der Kaiser in Wien vertrieb den Protestantismus aus den Alpenländern und aus Böhmen. Die Ketzer wurden verbrannt, und nur wer Glück hatte, konnte fliehen, während die Scheiterhaufen brannten.

Das kleine Brandenburg versuchte in jenen Jahren alles, um sich nicht bekennen zu müssen. Auf wessen Seite sollte man sich schlagen? Man war protestantisch, hatte jedoch überall im Lande katholische Truppen stehen. Auch ihnen konnte man nicht die Hand reichen, denn die Schweden waren schon in Ostpreußen. Und Neutralität duldete niemand. Erst nach Drohungen und Erpressungen schloss Brandenburg ein Bündnis mit der kaiserlich-katholischen Seite.

Sofort darauf griffen die protestantischen Schweden an.

In ihrem König Gustav Adolf hatten sie nun einen Feldherrn, der den Wallensteins und Tillys aus dem katholischen Lager ebenbürtig war. Ohne viel Mühe stieß er nach Berlin durch.

Brandenburg hatte sich eilig aus dem Bündnis mit den Kaiserlichen gelöst und versuchte erneut, neutral zu bleiben. Doch der Schwede ließ seine Kanonen auf das Schloss richten und sagte: ›Was heißt das: Neutralität? Ich verstehe es nicht. Hier kämpft Gott gegen den Teufel. Wenn Ihr auf Gottes Seite steht, seid Ihr mein Verbündeter. Haltet Ihr es hingegen mit dem Teufel, dann seid Ihr mein Feind. *Tertium non dabitur* – eine andere Möglichkeit gibt es nicht.‹

Brandenburg fügte sich wieder und zog mit den Schweden, abermals eine falsche Entscheidung, denn die Schweden verloren die nächste Schlacht. Am Ende des Krieges hatte das kleine Kurfürstentum in der Mark die Hälfte seiner Bevölkerung eingebüßt.

Was der Krieg wirklich war, jenseits von Strategie und Taktik, weg von den Entscheidungen der Fürsten und Heeresführer, das hörte Danckelman nur zweimal von seinem

Großvater. Beim ersten Mal hatte der Alte eine halbe Flasche Schnaps getrunken und lallte und schilderte dabei wirre Szenen voller Brutalität. Niemand nahm ihn ernst. Beim zweiten Mal lag er auf seinem Sterbebett, unter der Federdecke in seinem Alkoven, den Vorhang zur Seite geschoben. Das Zimmer war ungeheizt und schlecht beleuchtet. Danckelman und sein Vater – der Sohn des Sterbenden – saßen bei ihm. Er hatte die Augen geschlossen, trotzdem liefen Tränen heraus, und die Bilder, die ihm erschienen, ließen sich nicht mehr zurückhalten.

Als Tillys Truppen Magdeburg besetzten und innerhalb eines einzigen Tages verwüsteten, war er in der Stadt gewesen. Der alte Mann auf seinem Bett sprach zuerst stockend, als taste er sich durch seine Erinnerung, doch je länger er redete, desto flüssiger kamen ihm die Worte. Sein weißes Haar war dünn, die Hände waren zu Fäusten gekrampft und er schwitzte auf der Stirn.

Er schilderte, wie ein Rudel Soldaten eine Frau vergewaltigte, die auf der Straße im Dreck lag. Unter den Anfeuerungsrufen der Soldaten ließ einer nach dem anderen die Hose herunter, hockte sich hin und stach zu, dabei lief ihr das Blut schon die Beine herab und sie war abwechselnd ohnmächtig und wach und schrie dann. Ihr Mann stand, an einen Balken gefesselt, daneben, und wenn er den Blick abwenden wollte, wurde er mit Riemen ins Gesicht geschlagen.

Der Alte erzählte von einem Vater, der niederknien musste, ein Gewehr im Nacken, während betrunkene Soldaten seine kleine Tochter missbrauchten. Das Mädchen hatte die Augen aufgerissen. Der Vater rang mit sich, mit seiner Angst und dem Drang, ihr zu helfen, er zögerte und zuckte, und die Soldaten lachten.

Andere von ihnen hatten herumrennende Kinder eingefangen und warfen sie aus Spaß über ein Feuer. Immer wieder tat einer so, als könne er nicht weit genug werfen oder als fange er schlecht, und dann verbrannte das Kind unter dem Johlen der Männer im Feuer. Ein paar Meter weiter hatten die Soldaten einem Bauern einen Knüppel um den Hals gebunden und drehten ihn so lange fester, bis dem Armen das Blut aus Nase und Ohren schoss. Menschen wurden von feiernden Soldaten erschlagen, erstickt, erhängt und erschossen, und am Ende zündeten sie die ganze Stadt an.

In jener Nacht lag der Großvater unter Leichen, nur so hatte er überlebt. Am nächsten Morgen musste die Stadt gesäubert werden, bevor General Tilly einzog, da wurden die toten Körper auf Holzwagen gesammelt und zu Hunderten und Tausenden in die Elbe gekippt. Auch den Großvater hatten die Soldaten schon aufgehoben. Doch er sprang ihnen von der Karre.

Als Ludwig XIV. einige Jahrzehnte später in Frankreich das Toleranzedikt aufhob und die Evangelischen verfolgt wurden, war der Großvater bereits tot. Danckelman hatte an ihn denken müssen, als erste Berichte über den wütenden Mob nach Brandenburg kamen. Wie hätten diese Schilderungen auf ihn, der wusste, was ein Mob sein konnte, gewirkt?

Als Reaktion auf diese Nachrichten aus Frankreich schrieb der Kurfürst in Berlin im Jahr 1685 ein eigenes Edikt: ›Aus gerechtem Mitleiden‹ bot er den Glaubensverwandten ›einen sicheren und freien Rückzug in unser Land.‹ Er hätte schreiben können: ›Kommt her, hier ist Platz, hier wird jede Hand gebraucht, und wer bereit ist, zu arbeiten und Steuern zu bezahlen, ist uns willkommen.‹ Er hätte sogar schreiben können: ›Im Grunde sind wir froh, dass ihr in eurer Heimat nicht mehr bleiben könnt.‹

Das Edikt wurde in vielen Exemplaren verteilt, in Brandenburg genauso wie in Frankreich. Es versprach denen, die übersiedeln wollten, mietfreies Wohnen in den ersten Jahren, vergünstigtes Material zum Hausbau, und wer eine Manufaktur gründen wollte, konnte mit staatlicher Unterstützung rechnen.

Da waren auch diese Menschen nach Berlin gekommen, die hier im Audienzsaal standen und sich jetzt verbeugten, als

Friedrich gemeinsam mit Sophie Charlotte hereinkam. Der Kurfürst trug eine schwarze Samtjacke, die über die Kniehosen reichte, dazu ein weißes Seidentuch und natürlich Perücke. Seinen Oberlippenbart hatte er stutzen lassen, er war kaum noch breiter als die Nasenflügel. Seine Frau hatte ein blaues Kleid mit gebauschten Ärmeln an und war gepudert. Ihr Sessel stand neben seinem, in einigem Abstand natürlich. Sie setzte sich und starrte zum Fenster hinaus. Zu den Gästen nahm sie keinerlei Kontakt auf.

»Nun, meine Franzosen, was führt Euch zu mir?«, fragte der Kurfürst.

Der Handschuhmacher reichte ihm, ohne sich vollständig aus seiner Verbeugung zu lösen, das Paar Lederhandschuhe, das er mitgebracht hatte. Es stamme aus eigener Herstellung, sagte er. Friedrich nickte, nahm die Handschuhe und gab sie nach hinten, wo ein livrierter Diener stand.

Danckelman bemerkte, wie schwer dem Kurfürsten die Bewegung fiel. Eine solche Drehung – die machte sein Körper einfach nicht mit. Er nahm auch wahr, dass sich der Gesichtsausdruck des Franzosen für einen Moment verändert hatte. War es ein Hauch von Enttäuschung, der sich da um seinen Mund zeigte? Hatte er erwartet, ein paar nette Worte über seine Handschuhe zu hören? Doch augenblicklich hatte er sich wieder im Griff.

»Euer Durchlaucht, wir sind gekommen ...« Der Handschuhmacher setzte ab und holte Luft. Als er weitersprach, klang seine Stimme deutlich entschiedener. »Wir möchten eine Kirche bauen. Eine französische und reformierte Kirche, hier in Berlin.«

»So?«

Das war nun ein typisches Friedrich-Wort, das er einsetzte, wenn er Zeit gewinnen wollte. Er dehnte das ›O‹, es klang wie ›Soooo‹. Jeder Gesprächspartner oder Bittsteller dachte, der Kurfürst wolle weitersprechen, deshalb wagte niemand, das Wort zu ergreifen. In Wahrheit dachte Friedrich nach.

»Ihr sollt Brandenburger werden. Berliner. Was braucht Ihr da eine französische Kirche?«

Der Handschuhmacher neigte den Kopf. »Wir sind Brandenburger geworden, Euer Durchlaucht.«

»Na – dann?«

»Wir sind Brandenburger, aber wir bitten um das Recht – um die Gnade – unsere Wurzeln pflegen zu dürfen.«

Danckelman entging nicht, wie plötzlich die Aufmerksamkeit der Kurfürstin geweckt war. Sie musterte den Handschuhmacher und warf auch ihrem Mann einen Blick zu. Sie schien interessiert daran, wie diese Debatte weiterging.

»Papperlapapp – Wurzeln. Was glaubt Ihr, wie viele Wurzeln es in unserem Land gibt? Wie viele Soldaten hier ihre Spuren hinterlassen haben? Wir gehören alle zusammen.«

Jetzt verbeugte sich der Handschuhmacher. »Darüber freuen wir uns.«

»Also?«

»Wir glauben, dass man dann ein guter Bürger ist, wenn man um seine Herkunft weiß, nicht, wenn man sie verleugnet.«

»Herr Franzose, Ihr neigt zur Sophisterei.«

»Verzeiht. Ich möchte zu bedenken geben, dass es eine eigene reformierte Kirche in der Friedrichstadt nicht gibt. Und die lutherische ist zu eng geworden.«

Friedrich neigte den Kopf zur Seite. »Das ist etwas anderes. Eine Kirche bauen – ja, das kann ich mir vorstellen, das ist gottgefällig. Was soll es denn das kosten, was ihr plant? Und wer soll es bezahlen?«

Nach einem Blick auf die Uhr stand Sophie Charlotte auf und ging hinaus. Ihre Absätze klapperten auf dem Fußboden. Sie gab sich keine Mühe, ihre Schritte leiser werden zu lassen. Danckelman schoss durch den Kopf, dass er sie vor ein paar Tagen im Gespräch mit Graf Wartenberg gesehen hatte, den er verabscheute. Was wollte sie von dem? Er würde es vielleicht nie erfahren.

»Durchlaucht«, brachte ihn die feste Stimme des Handschuhmachers zurück, »es gibt noch keine Planung. Wir hätten es als ungehörig empfunden, Euch mit fertigen Plänen zu überrumpeln. Wir kommen allein mit einer Idee. Und mit der Bitte, dass wir diesem Gedanken weiter nachgehen dürfen.«

Der Kurfürst bewegte seine Finger, als fächere er sich Luft zu. »Stattgegeben, stattgegeben. Ob wir hier von einer französischen Kirche sprechen, das weiß ich nicht. Ich glaube es nicht, doch ich will es mir überlegen. Doch ein Kirchenbau, eine reformierte Kirche, das scheint mir eine gute Idee zu sein. Geht Euren Plänen nach und haltet mich auf dem Laufenden, meine Herren.«

Die Besucher verbeugten sich tief. Rückwärts, immer das Gesicht dem Kurfürsten zugewandt, tasteten sie sich Richtung Tür, die ihnen von einem Diener geöffnet wurde.

Danckelman trat neben den Kurfürsten. Wenn es gewünscht war, war er bereit, seine Einschätzung zu geben.

2

Die Residenz des Sonnenkönigs in Versailles kannte Paul nur vom Hörensagen. Selbst in den Zeiten der Toleranz wären sie mit ihrem Anliegen nie bis zu Ludwig XIV. vorgedrungen. Es hätte Staatssekretäre und Minister gegeben, eine ganze Schar korrupter Beamter, die die Hand aufgehalten hätte, und hinterher wären sie trotzdem keinen Schritt weiter gewesen. Hier hingegen war es fast wie auf dem Dorf, wo man seine Wünsche direkt dem Bürgermeister vortrug.

Dafür war das Berliner Schloss bestenfalls die ungelenke Nachahmung einer Residenz. Die Proportionen stimmten nicht, lange Flure wurden schwach beleuchtet, aber in engen

Durchgängen hingen ausladende Ölbilder. Bedeutende europäische Maler suchte man vergebens, keine Italiener, keine Spanier, auch keine Franzosen. Dann die Bauerei allerorten, hier ein Holzgerüst, dort Kleckse von Gips und Farbe. Oder die Spiegel. Sie sollten, wie es Mode war, die Räume größer erscheinen lassen, nur lag Staub auf ihnen und von den Einfassungen war das Blattgold abgeplatzt.

Außerdem war es kalt in diesem Schloss, fünfzehn, höchstens sechzehn Grad. Paul hob die Schultern hoch. Es zog vom Fußboden und durch die Fenster.

Zusammen mit den anderen ging er schweigend Richtung Ausgang. Keiner von ihnen war so unfein, die Audienz beim Kurfürsten gleich hier im Schloss zu bewerten, dennoch war Paul sich sicher, dass sie den gleichen Eindruck gewonnen hatten wie er. Ihre Sache war auf Wohlwollen gestoßen.

Er warf einen Blick auf seinen Vater, der schräg vor ihm ging. Paul sah sein Profil. Das Gesicht des Alten war reglos wie immer, es zeigte nicht einmal eine kleine Andeutung dessen, was in seinem Inneren vorging. Was mochte er fühlen, wo der Kirchenbau nun einen spürbaren Schritt vorangekommen war?

Ein Diener kam ihnen entgegen. Er trug eine blaue Livree mit Goldknöpfen und deutete eine Verbeugung an.

»Herr Paul Deschamps?«

Er sprach beide S und das P aus, deshalb verstand Paul ihn im ersten Moment nicht.

»Meinen Sie mich?«

»Die Kurfürstin wünscht Euch zu sehen.«

Paul nickte seinen Freunden zu. »Na dann, machen wir noch der Kurfürstin unsere Aufwartung.«

»Euch allein«, sagte der Diener.

Armand klopfte ihm auf die Schulter. »Wir sehen uns.« Zusammen mit den anderen ging er davon.

Paul folgte dem Diener, der ihn in einen anderen Schlossflügel und in den zweiten Stock führte. Sie kamen am Aufenthaltsraum der Garde vorbei. Die Tür war angelehnt, von innen hörte Paul tiefe Stimmen und Lachen. Die Gardisten schienen sich ihre Zeit mit Witzen zu vertreiben. Ein einzelner Uniformierter, ein Gewehr in der Hand, stand im Flur und wirkte gelangweilt. Als sie vorbeigingen, beachtete er sie nicht.

Der Diener klopfte an eine rosafarbene und mit Blumenmotiven bemalte Flügeltür und öffnete sie. Die Kurfürstin lag halb auf einem Diwan am anderen Ende des Saales, sie hatte ein Bein auf dem Polster und einen Arm über der Lehne. Vor ihr, auf einem niedrigen Tisch, stand eine Tasse. Die Wände waren tapeziert, der Raum mit wenigen Möbeln eingerichtet. In der Nähe des Diwans hing das Bild eines Schlosses. Ein weiblich-schwerer Geruch lag in der Luft.

»Der Herr Franzose. Wie nett. Tretet näher.«

Paul verbeugte sich.

»Nicht so förmlich, Monsieur. Bitte, setzt Euch zu mir.«

Paul ließ sich auf einen Sessel am Tisch der Kurfürstin nieder. Sie war gepudert und an Augen und Mund geschminkt. Um ihren Hals trug sie eine Perlenkette.

»Nun, Monsieur Deschamps, sagt mir, wie gefällt es Euch in Berlin?«

»Wir sind dankbar, dass wir hier aufgenommen wurden, Madame, und es gelingt uns immer besser, ein Teil dieses Landes zu werden.«

Sie rollte die Augen. »Eine vollendete Antwort. Und vollkommen nichtssagend.«

Er hatte keine Vorstellung davon, was sie von ihm wollte. Eine Prüfung? Ging es um den Kirchenbau? Was musste er sagen, um zu bestehen?

»Und das Leben hier in Berlin – wie gefällt Euch das?« Sie neigte den Kopf und sah ihn an.

»Sehr gut. Wir haben uns eingewöhnt. Auch dort, wo es noch nicht ganz gelungen ist, gibt es Fortschritte. Man sieht es an unseren Kindern, von denen sprechen viele bereits besser deutsch als französisch. Sie sind von den hier geborenen kaum zu unterscheiden.«

Sie legte den Kopf in den Nacken. Dadurch wölbte sich ihr Oberkörper. »Eingewöhnt habt Ihr Euch? Verratet mir das Geheimnis, ich bitte Euch!«

»Ich fürchte, ich verstehe nicht.«

»Obwohl ich sicher doppelt so lange wie Ihr hier lebe, ist es mir bislang nicht gelungen, mich … einzugewöhnen, wie Ihr das nennt. Und ich verstehe nicht, wie Ihr das geschafft habt. Ihr seid doch ein Mensch von Kultur, wie kann man sich gewöhnen an diesen Sand, an die Armut, an diese scheußliche Art, sich zu kleiden? Farbensinn haben die Leute hier überhaupt nicht, höchstens Sinn für billigen Protz. Und dann ihre Sprache! Das ist das Allerschlimmste, dass sie ein ›Ch‹ nicht von einem ›Sch‹ unterscheiden können – sie sagen ›Misch‹ und ›Milsch‹. Aus einem Doppellaut wie ›Au‹ machen sie ein langes ›O‹; sie ›glauben‹ nicht, sie ›glooben‹. Und aus dem ›G‹ wird ein ›J‹ – ›jut so‹. Wenn sie besonders fein wirken wollen, verfallen sie ins Plusquamperfekt: ›war nett jewesen, dass Ihr misch besucht hattet.‹ Hört mir auf.« Mit beiden Händen winkte sie ab.

»Einfache Leute gibt es überall.«

»Aber nicht solche. Deshalb haben wir so sehr auf Euch gehofft, auf die Franzosen, und deshalb freue ich mich, dass wir beide uns endlich ein wenig besser kennenlernen.«

»Die Freude ist ganz auf meiner Seite. Gleichwohl: Es gibt doch auch hier Menschen, die …«

Sie lachte. »Monsieur, es ehrt Euch ja, dass Ihr diese Leute noch verteidigt. Trotzdem bin ich davon überzeugt, dass Ihr genau wisst, wovon ich rede. Wart Ihr schon mal in Hannover?« Sie zeigte auf das Bild des Schlosses an der Wand.

Er wusste, dass sie von dort stammte. »Leider nein.«

»Das solltet Ihr unbedingt nachholen. Es ist zwar eine deutsche Stadt, aber sehr kultiviert. Der englische Einfluss ist stark spürbar und paart sich mit norddeutscher Höflichkeit und Zurückhaltung.«

»Sobald es meine Zeit zulässt«, sagte er.

Sie griff nach der Tasse auf ihrem Tisch, führte sie zum Mund und roch daran, bevor sie einen kleinen Schluck trank. »Meint Ihr, sie könnten hier eine Schokolade zubereiten? Wenn nicht mein Lippenstift schon an der Tasse klebte, würde ich Euch probieren lassen. Ich bin sicher, Ihr wisst, wie ein guter Kakao zu schmecken hat.«

Niemandem, der hier lebte, konnte verborgen bleiben, woran sich die Kurfürstin störte. Diese ruppigen Menschen, die sich schick fanden, wenn sie möglichst viele Farben miteinander kombinierten. Vor allem zu Anfang ihrer Zeit in Berlin waren viele Franzosen entsetzt gewesen und hatten heimlich Witze gemacht. Trotzdem hielt er es nicht für klug, in Sophie Charlottes Klage einzustimmen.

»Ihr wollt doch mit diesem Volk auch nicht länger die Kirche teilen«, sagte sie.

Paul wusste nicht recht, was er erwidern sollte.

»Ich verstehe Euch zu gut«, fuhr sie fort, »heftige Körperausdünstungen, aber jedem gleich den Arm auf die Schulter legen, als sei man ein alter Freund.«

»Es ist nur so, dass die Jerusalemkirche zu eng ist für die vielen ...«

Sie winkte ab und lächelte. »Es zeugt von Kultur, mein Herr, dass man seinen Gastgeber nicht herabsetzt. Ein Berliner würde den Takt, den Ihr wahrt, nicht einmal erkennen. Als ich Euch vorhin gesehen habe, habt Ihr gleich mein Interesse geweckt, und ich muss sagen, ich bin nicht enttäuscht. Kommt ein wenig näher.«

Mit dem Finger zeigte sie auf den Diwan, auf die Seite, wo ihr Fuß lag. Paul zögerte.

»Monsieur?«

Dem Wunsch der Kurfürstin nicht zu entsprechen, war nicht möglich. Er stand auf und machte kleine Schritte auf sie zu.

»Nicht so vorsichtig.«

Er setzte sich an den Rand des Diwans, sank ein wenig in das Polster, und spürte umso mehr die eigene Steifheit. Sein Rücken war kerzengerade, die Hände hatte er über dem Bauch gefaltet. Ihr Parfum stieg ihm in die Nase, es war schwer und roch allzu süß. Er atmete durch die Nase aus.

»Mögt Ihr mich nicht mehr ansehen?«

Er wandte sich ihr zu. »Aber natürlich.«

Aus der Nähe wirkte sie älter. Er sah den Ansatz der Puderschicht an Hals und Ohren. Rund um die Augen und an den Wangen gab es viele kleine Falten, und unter dem Kinn hatte die Haut die Spannung verloren.

»Was sie genausowenig können, die wackeren Brandenburger – warum wir auf Euch hoffen –, das ist die Herstellung vornehmer und gleichzeitig tragbarer Schuhe. Ich habe mir ein neues Paar machen lassen. Wie gefallen sie Euch?«

Er sah zuerst das Leder. Berliner Gerbung. Sicher eine der besseren Häute, ein junges Tier, leider ohne Meisterschaft verarbeitet. Über dem Spann prangte eine dicke silberne Schnalle – genau das, was die Kurfürstin am Berliner Geschmack verachtete.

»Sie sind sehr schön.«

»Ihr schmeichelt. Sie sind – ach, lassen wir das.« Sie drehte den Kopf in Richtung Fenster. Ihre Stimme wurde sanfter. »Vor allem sind sie eng. Sie drücken, und meine Füße schmerzen. Ich glaube, ich bekomme eine Blase. Seid so nett und zieht mir diesen Schuh aus. Ich kann ihn nicht mehr ertragen.«

Paul zögerte, dann fasste er den Schuh am Absatz und unter der Sohle und zog ihn ihr vom Fuß.

»Oh, nicht so grob. Ihr seid doch Franzose.«

»Pardon.«

Sie trug keine Strümpfe. Er stellte den Schuh auf den Boden.

»Sagt mir, Monsieur, wie gefallen Euch meine Füße?«

»Sie sind elegant, Madame.«

Sie lachte. »Und das soll ich Euch abnehmen, nach all dem, wie Ihr Euch bislang aus lauter Höflichkeit gewunden habt?

Wisst Ihr, Monsieur, ich bin verwöhnt, für meine Füße habe ich immer Komplimente bekommen, als ganz junges Mädchen schon. Charmantere – und überzeugendere – Komplimente als Eures, Paul Deschamps. Nehmt ihn einmal in die Hand, meinen Fuß.«

Sie streckte ihn Paul entgegen, und er hielt ihn mit beiden Händen. Aber er griff nicht zu.

»Na?«

»Ausgesprochen wohlgeformt.« Paul wusste, dass in seinen Worten keinerlei Gefühl war. »Die Zehen liegen, wie es besser nicht sein könnte, der Spann ist kräftig, jedoch nicht zu hoch, und Ihr habt Fesseln, die Euch tragen ...«

»Hört auf«, fiel sie ihm ins Wort. »Sagt Ihr mir gerade, dass meine Füße zu dick sind?«

»Sicher nicht. Gott scheint Euch zu lieben, so viel Schönheit, wie er Euch geschenkt hat.«

»Meint Ihr?«

»Natürlich«, sagte Paul.

»Leider weiß ich nicht, was ich Euch glauben kann. Seht nur die Art, wie Ihr meinen Fuß in der Hand haltet. Als wäre er giftig. Ihr mögt ihn nicht, sonst würdet Ihr ein wenig mit ihm spielen und ihn streicheln.«

Paul bemühte sich darum, etwas stärker zuzufassen, dennoch hielt er den Fuß immer noch wie ein Arzt. Mehr ging nicht.

»Habt Ihr schon mal einer schönen Frau die Füße geküsst?«, hörte er die Kurfürstin fragen. »Nun, sagt schon: Habt Ihr in Eurem Leben eine Frau so geliebt – so bewundert, dass Ihr ihr leidenschaftlich die Füße geküsst habt? Habt Ihr Euch schon einmal so ausgeliefert?«

Paul war sprachlos. Auch wenn sie die Kurfürstin war – diese Frage würde er nicht beantworten.

Sie legte ihm auch das andere Bein auf den Schoß. Dabei rutschte ihr das Kleid über die Knie nach oben. »Zieht mir nun diesen Schuh aus. Er ist genauso unerträglich wie sein Gegenstück.«

Paul ließ den nackten Fuß los, der auf seinem Bein liegen blieb, und fasste den zweiten Schuh genauso wie den ersten am Absatz und unter der Sohle, bemühte sich aber, ihn vorsichtiger vom Fuß zu ziehen. Er stellte ihn neben den anderen.

Mit den Zehen berührte sie seinen Oberschenkel, ein Hauch von einer Berührung nur, doch er spürte sie. »Ihr schuldet mir eine Antwort, Paul«, sagte sie. Ihre Stimme war leiser geworden und eindringlicher.

Er wusste, dass sie ihn nicht aus ihrem Blick entlassen würde. Sie lächelte und schwieg.

Auch er sagte nichts. Zwischen ihnen lag eine Spannung, die er kaum ertrug.

»Geht jetzt«, sagte sie. »Aber bringt mir bald Eure Antwort. Ich will wissen, ob Ihr in Eurem Leben schon einmal leidenschaftlich geliebt habt. So, dass Euch alles andere egal war und Ihr auf Euren Stolz und Euer Selbstbild geschissen habt, nur für den einen Moment, in dem Ihr vor ihr knietet und ihr die Füße küssen durftet. Ob Ihr Euch schon mal vor einer Frau in den Dreck geworfen habt – das will ich wissen.«

Zum zweiten Mal fuhr sie mit den Zehen über seinen Oberschenkel, diesmal etwas kräftiger. »Und nun geht.«

3

Leichter Nieselregen fiel. Paul schlug den Mantelkragen hoch und vergrub seine Hände in den Taschen. Trotzdem fror er. Er hielt den Kopf gesenkt und ging am Schloss entlang Richtung Lustgarten.

Die Kurfürstin. Ausgerechnet die Kurfürstin.

Dass er nicht ihr Spielzeug werden mochte, war seine

geringste Sorge. Viel schwerer wog, was passieren würde, wenn diese Dinge herauskamen – oder sie ihn aus einer Laune heraus verriet. Der Kurfürst würde ihn einsperren, vielleicht gleich an den Galgen bringen lassen. Über die Franzosen in Berlin hätte er Schande gebracht, und sie würden den Kurfürsten um keine Gefälligkeit mehr bitten können. Fast noch schlimmer war, was er Claire damit antun würde. Nicht nur ihr, ebenso sich selbst, denn diese Dinge würden immer zwischen ihnen stehen.

Aber wie erteilte man Sophie Charlotte eine Absage, ohne sie sich zur Gegnerin zu machen?

Er trat gegen einen kleinen Stein, der über den Paradeplatz flog. An der Seite stand die Schlosskirche mit ihrem runden Turm, ein reformiertes Gotteshaus, die Hohenzollern glaubten, wie sie, an die Lehre Calvins. In einer Kirche, der von Charenton, hatte er Claire zum ersten Mal gesehen und sofort gewusst, dass Gott ihm diese Frau zugedacht hatte.

Im Lustgarten wurden Pflanzen und Bäume geschnitten, die Gärtner arbeiteten langsam und still und sammelten ihre Abfälle auf einem großen Haufen, der später sicherlich angezündet würde. Eine Brücke führte hinüber auf die kleinere Spreeinsel. Die Regentropfen waren erst zu erkennen, wenn sie auf das Wasser des Flusses trafen. Paul hatte kein Ziel, er schlurfte über das rutschige Holz der Brücke und wischte sich die Feuchtigkeit aus dem Gesicht.

Den letzten Häusern schloss sich ein langes, verwildertes Feld an, ein trostloses Stück Erde, wo nichts wuchs und nichts blühte. Vertrocknete Stängel, verfaultes Laub, kahles Braun, so weit er sehen konnte.

Ihm war klar, dass er einer unter vielen war, so routiniert, wie die Kurfürstin ihr Spielchen trieb. Trotzdem durfte er nicht einer unter vielen Feinden werden. Wenn sie gegen einen stand, konnte sie sicher unangenehm sein.

Die Spree führte altes Geäst und Laubbüschel mit sich. An den Ufern legte der Fluss Teile seiner Last ab. Paul drückte die Blase. Weit und breit war kein Mensch zu sehen, trotzdem hätte er unter normalen Umständen nicht einmal daran gedacht, sich an einen Baum zu stellen und die Hose zu öffnen. Jetzt war's ihm egal. Ihm war alles egal. Als er pinkelte, stand er mit einem Fuß in einer Pfütze.

Zurück in die Friedrichstadt wollte er nicht. Er zog die Schultern höher und vergrub sich in seinem Mantel. Auf den Wollfasern lag der Regen, Paul strich mit der Hand darüber. Seine Finger wurden nass.

Am Ende der verwilderten Felder führte eine weitere Holzbrücke wieder von der Spreeinsel herunter. Er hörte jeden Tritt seiner Absätze. Auf der anderen Seite lagen Wiesen, ein paar Birken hatten sich ausgesät, niedriges Gebüsch wuchs um sie herum. Doch die Wege dazwischen waren angelegt, im gleichen quadratischen Muster wie in der Friedrichstadt. Hier, auf der nördlichen Seite der Straße Unter den Linden, konnte die Vorstadt weiter wachsen. Vielleicht, wenn neue Flüchtlinge kamen?

Er fand keinen Ausweg aus seiner Misere. Nicht mehr ins Schloss zu gehen, um keine Audienz mehr zu bitten, könnte helfen. Doch er wollte diese Kirche, wollte das Vorhaben voranbringen, und da passte es nicht, Mathieu – oder gar Armand – zu schicken. Im Gemeindevorstand war es nie strittig gewesen, dass er ihre Bitte vortrug. Ihm hatten sie alle zugetraut, die richtige Ansprache an den Kurfürsten zu finden. Und jetzt musste er weitermachen.

In westlicher Richtung setzte er seinen Weg an der Spree entlang fort. Der Regen ließ nach, auf den Sandwegen blieben Pfützen und ein aufgeweichter Boden zurück. Und es blieb die Kälte.

Auf dem anderen Spreeufer lag die Haeuser-Gerberei. Der Gerberbaum ragte in die Höhe. Zwei Arbeiter breiteten eine Haut auf ihm aus. Ein anderer machte den Rücken krumm und schöpfte Wasser mit einem Eimer. Paul sah auch den Gerber, er erkannte ihn an seinen langen Schritten, mit denen er über seinen Hof eilte. Er selbst für seinen Teil ging langsam weiter, starrte nicht hinüber, beobachtete das Treiben nur aus den Augenwinkeln.

Er war nicht umsonst in die Lage geraten, die ihn jetzt bedrückte. Wenn Gott das Leben der Menschen bestimmte, dann hatte er ihm diese Situation gesandt. Und warum? Da gab es nur eine Antwort: um ihn zu prüfen. Um zu sehen, ob sich der Handschuhmacher Paul Deschamps, geboren in Paris und aus Glaubensgründen nach Berlin geflüchtet, auch dieser Prüfung mit Würde und mit Anstand stellte. Paul richtete sich auf. Seine Worte – die Worte seines Vaters: Würde und Anstand. Und Prüfung. Er nickte. Er war bereit.

Keine hundert Meter weiter stieß er auf ein Backsteinhaus. Der Stein war dunkelrot, an einigen Stellen fast schwarz. Die Fenster waren eingeschlagen und das Dach schien löchrig zu sein. Trotzdem sah er eine Erhabenheit in dem alten Gebäude. Durch die dunkle Einfahrt machte er ein paar Schritte in den Hof hinein.

Stille empfing ihn. Hier lebte und arbeitete niemand mehr, nichts regte sich. Auf dem Hof wuchs Unkraut. Er ging weiter. Vor ihm floss die Spree.

Plötzlich fiel etwas laut krachend zu Boden. Paul fuhr zusammen. Als er sich umdrehte, jagte eine Katze über den Hof davon. Sein Herz schlug schnell.

Er wusste, wo er war – eine verlassene Gerberei. Die Ascheöcher waren zugeschüttet, der Lohetrog kaputt. Aus ihm waren Steine herausgebrochen. Doch der faulige Geruch verriet alles.

Er musste grinsen. Das wäre die Lösung – vielleicht nicht aller seiner Probleme, aber einiger. Eine eigene Gerberei. Gutes, selbst hergestelltes Leder. Schade, dass ihm das verwehrt blieb. Er war kein Gerber und kein Mitglied der Gerberzunft.

Das Dach der eigentlichen Werkstatt war so zerstört, dass Regenwasser auf dem Fußboden stand. Paul ging tiefer hinein in den unbeleuchteten Raum. Bald konnte er nicht mehr sehen, wo er hintrat. Geräusche waren nicht zu hören. Nur der faulige Geruch stieg ihm in die Nase.

Er machte kehrt, trat noch kurz an das Flussufer, das hier nicht befestigt war. Die Äste einer Weide hingen ins Wasser. Paul richtete sich noch einmal auf und streckte die Arme. Eine Prüfung war eine Auszeichnung. Denen, für die er sich nicht interessierte, verlangte Gott keine Stärke ab. Also zurück an die Arbeit. Auch wenn Schuhe und Strümpfe feucht waren, er eilte in die Manufaktur.

Als er die Tür aufzog, grüßten ihn die Arbeiter, und er grüßte zurück. Er trat an den Tisch, auf dem die fertigen Handschuhe lagen, nahm einige davon in die Hand und prüfte sie. Er wusste, dass die Arbeiter ihn beobachteten, aber davon ließ er sich nicht stören. Diese Handschuhe waren nicht in Ordnung. Sie sahen deformiert aus, als hätten kleine Kinder sie genäht. Vielleicht hatte Pignot angeordnet, weniger Leder auszusortieren. In Paul stieg eine plötzliche Ungeduld auf.

Wer sollte solche Ware kaufen?

Ein Paar, ein besonders schlechtes, behielt er in der Hand, als er Pignot rief.

»Monsieur?«, fragte sein Altgeselle.

Paul musterte ihn. Obwohl er nicht groß war, hatte sein Gegenüber einen kräftigen Oberkörper. Er konnte – und wollte – anpacken.

»Pignot, Eure Frau erwartet ein Kind, wenn ich richtig informiert bin. Wollt Ihr Eure Arbeit verlieren?«

Der Geselle wurde blass. »Was habe ich falsch gemacht?«

Paul schnaubte. Er redete laut. »Hier, seht diese Handschuhe. Ich weiß nicht, ob Ihr so etwas verkaufen könnt, ich jedenfalls kann es nicht und ich würde es nicht versuchen, schließlich will ich meinen Ruf nicht verlieren. Aber wenn wir unsere Handschuhe nicht verkaufen können, weil sie zu schlecht sind, dann verliert Ihr Eure Arbeit, so wie alle anderen. Mich eingeschlossen. Denn dann schließen wir diese Manufaktur.«

»Monsieur …«

»Ja, Monsieur, Monsieur.« Paul klatschte beide Handschuhe in seine Linke. »Pignot, Ihr seid kein Dummkopf, Ihr versteht etwas von Handschuhen und von Leder sowieso. Ihr wisst, wovon ich rede.«

Der Geselle griff vorsichtig nach den Handschuhen, die Paul ihm überließ. Durch die Fenster fiel genug Licht, dass keine Öllampe brennen musste. Pignot hielt sich die Handschuhe an die Nase und fuhr mit der Fingerspitze über das Leder und die Nahtstellen. Die Augen benutzte er viel weniger. Einen von ihnen zog er an und wieder aus. Er nickte. »Ich habe das zu verantworten. Die Arbeiter können nichts dafür.«

»So, so.« Langsam verrauchte Pauls Ärger. Er setzte sich. Ihm stand nun vor Augen, was er tun wollte, und wenn Gott ihm ein solches Bild schickte, dann bezweckte er etwas damit. »Das habe ich auch nicht behauptet«, fuhr er fort. »Es ändert allerdings nichts. Wie wollen wir weiter vorgehen?« Er fuhr sich mit der Hand übers Gesicht, das inzwischen trocken war.

»Wir haben die Wahl, Monsieur, entweder wir schneiden alle schlechten Stellen aus den Häuten heraus, dann bekommen wir brauchbare Handschuhe und haben viel Verschnitt. Oder wir gehen sparsam mit dem Leder um.«

Er hob die Handschuhe ein wenig in die Höhe.

»Oder«, fuhr der Geselle fort, »wir halten es mal so und mal so, je nachdem für wen wir arbeiten.«

Paul nahm ihm die Handschuhe ab. Auf seinem Stuhl sitzend schlug er ein Bein über das andere. Der Altgeselle stand vor ihm. Er kratzte sich seine Narbe an der Wange.

Es war eine dritte Möglichkeit, die er wählen würde. »Pignot, wir werden selbst gerben.«

»Wer – wir?«

»Na Ihr. Ihr seid doch gelernter Gerber. Oder habt Ihr Euer Handwerk vergessen?«

»Nein, natürlich nicht. Doch das war in Frankreich. Hier dürfen wir das nicht. Wir sind nicht in der Zunft.«

»Pignot, auf wessen Seite steht Ihr?«

Paul forderte ihn auf, sich einen Stuhl zu holen, und als Pignot saß, erzählte er ihm von der verlassenen Gerberei an der Spree. Da der Altgeselle nur wortlos zuhörte, spann er weiter. Er wollte Leder wie in Frankreich. Für gute Handschuhe.

Die größte Schwierigkeit in seinen Augen – neben dem Streit mit der Zunft, den er für lösbar hielt – war die lange Zeit, die das Gerbverfahren dauerte, die vielen Monate, in denen er kein gutes Leder und keine Einnahmen hatte, es sei denn, er würde weiterhin Haeusers Leder verarbeiten.

»Das muss nicht sein«, erwiderte Pignot, und als Paul ihn fragend ansah, erzählte er von neuen Gerbverfahren, die sie seinerzeit in der Bretagne angewendet hatten. Dabei hatten sie die Lohe mit warmem Wasser angesetzt und den Sud immer wieder mit Feuer erhitzt. Außerdem wurden die Häute nicht einfach, wie bei den hiesigen Gerbern, in das Lohebad gelegt, sondern von den Arbeitern gewalkt, bis sie weich waren. Durch diese Maßnahmen verkürze sich das Gerbverfahren um viele Wochen.

»Wie viel Zeit könnt Ihr einsparen?«

Pignot schüttelte den Kopf. Es gab zu viele Unwägbarkeiten – die Häute, die Lohe, am Ende auch die Arbeiter –, um sich festzulegen. Doch man werde schneller sein als die Berliner Gerber. Viel schneller.

»Dann wollen wir diesen Weg gehen, Pignot.« Paul stand auf und hielt seinem Altgesellen die Hand hin, in die Pignot einschlug. Die Arbeiter am Zuschneidetisch blickten herüber.

Paul nickte. Es standen Auseinandersetzungen bevor, und ihr Weg würde beschwerlich werden. Doch er war entschieden, ihn zu gehen. Er fühlte, dass diese Entscheidung gottgefällig war.

4

Die Gerberei gehörte, wie Paul herausfand, einem alten Mann, der sie in der Hoffnung, sein Sohn werde sie übernehmen, viel zu lange betrieben hatte. Der Sohn war Beamter im kürfürstlichen Marstall geworden, kümmerte sich um die Pferde des Hofes und hatte, wie die Leute erzählten, nie im Sinn gehabt, seine sichere Stellung aufzugeben, um dem Wunsch des Vaters zu entsprechen.

Der alte Gerber hatte noch geschuftet, als er schon nicht mehr richtig sah und schwer hörte und seine Stimme zu zittern begann. Die Gesellen kamen spät und gingen früh, sie arbeiteten schlecht und steckten in ihre Taschen, was immer sie wegtragen konnten. Von den Fleischern bekam der alte Meister die minderwertigsten Häute und von den Förstern Baumrinde von Fichten und Kiefern, die kaum Gerbstoffe abgab. Um das lecke Dach kümmerte sich niemand.

Paul machte ihn ausfindig.

Auf eine Schaufel gestützt stand der alte Mann in seinem kleinen Garten und wischte sich mit einem Tuch den Schweiß von der Stirn. Zwischen einzelnen Schnee- und Hagelschauern schien immer wieder die Sonne. Der Alte war dabei, die Erde umzugraben und Furchen zu ziehen, die so gerade waren, als hätte er eine Schnur gespannt. Zwei Ziegen waren an einen Pfahl gebunden und meckerten ununterbrochen. Der alte Gerber schien es nicht mehr wahrzunehmen.

Von dem Holztor, an dem Paul stehen blieb, blätterte die grüne Farbe ab. Der Alte kam erst, nachdem Paul ihn dreimal gerufen hatte. Er trug ein verblichenes Leinenhemd, das ihm um die Brust schlotterte. Seine Zähne waren gelb, sie hielten eine Tonpfeife, die nicht brannte. Als er begriff, um was es ging, machte er direkt wieder kehrt. Seine Schuhe waren so abgetragen, dass die Zehen durchstießen.

Paul blickte an sich herunter. Er trug ein weißes Hemd mit

Rüschenkragen, einen schwarzen Anzug mit langer Hose, darüber einen Umhang. Sein Filzhut war steif und neu, die Schuhe geputzt.

Er rief den alten Mann erneut. Aus seinem Garten fragte der, was der Herr denn mit der Gerberei wolle, er dürfe ja doch nicht gerben.

Das sei seine Sache, erwiderte Paul. Die einzige Frage, die sie zu besprechen hätten, sei die, ob er verkaufen wolle.

Nein, sagte der Gerber. Er fasste seine Schaufel tiefer am Schaft und stieß sie in einen Erdhaufen.

Er bewohnte ein Häuschen aus Lehm. Einzelne Klumpen waren herausgebrochen und lagen auf der Erde. Strohfäden hingen in der Luft. Im Erdgeschoss hatte das Haus zwei kleine Fenster, im oberen Stock nur ein Loch, vor das ein Netz gehängt war.

Aus der Haustür kam die Gerberfrau. Sie war gebeugt wie er, wirkte jedoch kräftiger, und sie ging auch energischer. Ihr Haar war schwarz.

Paul wartete, bis sie neben ihrem Mann stand, dann wiederholte er sein Anliegen. Er erklärte, in einigen Tagen wiederzukommen, bis dahin könnten sie es sich überlegen.

Drei Tage ließ er ihnen.

Als er wieder vor dem alten Gartentor stand, wurde er hereingebeten. Die Stube war sauber, aber eng und die Holzbalken hingen so niedrig, dass Paul den Kopf einziehen musste. Durch die kleinen Fenster kam nur wenig Licht, deshalb brannte die Öllampe auf dem Tisch, obwohl es heller Tag war. Als er sich setzte, behielt Paul seinen Hut in der Hand. Der Stuhl knarrte bei jeder Bewegung. Auf einer Anrichte an der gegenüberliegenden Wand stand abgestoßenes Tongeschirr.

Er könne nicht verkaufen, brummte der alte Gerber. Seine Stimme klang abweisend. Nicht an jemanden, der nicht in der Zunft sei.

Paul wartete. Diese Antwort hätte der Alte gleich am Tor geben können, dafür war er nicht ins Haus gebeten worden.

Ob der Herr nicht erklären wolle, was er mit der Werkstatt vorhabe, bat die Gerberfrau. Dann tue ihr Mann sich leichter.

Paul lehnte ab. Er sei gekommen, um ein Geschäft zu machen, nicht um Rechenschaft abzulegen. Sobald verkauft sei, seien sie doch aus aller Verantwortung heraus.

Aber vorher eben nicht, erwiderte der Gerber. Sein Tonfall war barsch und die Stirn lag in Falten. Er wolle keinen Streit mit der Zunft. Wer kein Mitglied der Bruderschaft sei, dürfe nicht gerben. Das sei nun einmal so.

Nach Pauls Überzeugung war die Gerberei nicht mehr wert als das nackte Grundstück, höchstens siebzig Taler. Er fragte den alten Mann, ob er sich schon einmal Gedanken über den Kaufpreis gemacht hätte. Der Gerber schüttelte den Kopf.

Paul sagte, er sei bereit, fünfundachtzig Taler zu bezahlen.

Im gleichen Augenblick erfasste ein Leuchten das Gesicht der Frau, und Paul wusste, dass er gewonnen hatte. Die Frau verfiel sofort wieder in ihren alten Gesichtsausdruck und blickte zu ihrem Mann.

Und trotzdem dürfe er nicht verkaufen, sagte der Gerber. Sein Leben lang sei er Mitglied der Zunft gewesen und werde nicht kurz vor seinem Ende gegen deren Gesetze verstoßen.

Ob es denn jemanden aus der Bruderschaft gebe, der ihm ein Angebot gemacht habe, fragte Paul. Oder ob der Alte lieber auf allen Erlös verzichte.

Er bekam keine Antwort. Der alte Mann starrte auf die Öllampe, seine Frau hielt den Blick auf ihn gerichtet.

Paul stand auf. Mit eingezogenem Kopf erklärte er, er käme noch ein drittes Mal, bis dahin könnten sie abschließend überlegen.

Er war noch nicht am Gartentor, da rief die Frau ihn zurück: »Herr.« Ihr Mann stand neben ihr, steif, mit reglosem Gesicht. Die Alte gab ihm einen Stoß in den Rücken, der Gerber stolperte vorwärts. Wortlos streckte er Paul die Hand entgegen.

Noch bevor er den Kaufpreis bezahlt hatte, inspizierte Paul mit Pignot die Gerberei. Sein Altgeselle klopfte mit einem kräftigen Stock an die Steine in der Lohegrube. Mörtel brach heraus.

»Die machen wir als Erstes«, sagte Pignot.

Paul wollte zunächst die Aschelöcher renovieren. So würden sie in der Reihenfolge vorgehen, in der gegerbt werde und könnten früher anfangen.

»Wir müssen nicht äschern«, entgegnete Pigot.

»Und warum nicht?«

»Bei uns in der Bretagne hatten wir ein schnelleres Verfahren. Hier brauchen sie mit ihrer Asche bald anderthalb Jahre, bis sie ihre Häute enthaart haben. Wir konnten das in drei Wochen.«

»Und wie?«

»Mit Kot.«

Paul runzelte die Stirn. »Mit Kot?«

»Ja, genau. Von Hunden oder Katzen, selbst von Hühnern oder Tauben, ganz egal. Hauptsache Kot.«

»Pignot, das ist ekelhaft.«

»Das ist es nicht, Monsieur. Es geht allein um die Bakterien. Schon nach einer Woche in einer Mistbeize lassen sich die Haare leicht lösen.«

Als Paul skeptisch blieb, sagte Pignot achselzuckend: »Jetzt ist es an Euch, Monsieur. Vertraut Ihr mir oder vertraut Ihr mir nicht?«

Von den Fleischern in Berlin bekam Paul weder Häute noch Felle. Beide Zünfte, die der Metzger und die der Gerber, hatten langfristige Verträge und waren dadurch aneinander gebunden. Einzelne Fleischer versteigerten zwar manches Stück, aber mitbieten durfte nur, wer Mitglied der Gerber-Bruderschaft war.

Paul bekam den Rat, es außerhalb der Stadt zu versuchen. Von einem Nachbarn, einem wohlhabenden Goldschmied, lieh er sich eine Kutsche, einen Einspänner, und fuhr hinaus ins Land Brandenburg, in eine Gegend, in der er noch nie gewesen war. In östlicher Richtung, am Oderbruch, gab es viele Dörfer, in denen Hugenotten siedelten, nicht nur französische Flüchtlinge, sondern auch Niederländer, die vor den katholischen Spaniern hatten weglaufen müssen und die jetzt das Sumpfgebiet trockenlegten. Wo sie ihre Kanäle gezogen hatten, lag schwarze, schwere Erde auf den Böden.

In einem Dorf namens Trebnitz hörte er Französisch auf der einzigen Straße. Er hielt vor der Metzgerei, und der Meister war ein Handwerker, wie er sie in der Heimat gekannt hatte, höflich, freundlich und mit Schalk. Er hatte Hände groß wie Teller und ein rosiges Gesicht. Natürlich habe er Häute, sagte er, und den hiesigen Gerbern seien sie nicht versprochen, weil die nur im Notfall bei Franzosen kauften.

Er ging mit Paul hinter sein Haus, wo im Hof einige Häute lagen. Paul machte sich kaum die Mühe, sie anzusehen, er war froh, überhaupt kaufen zu können und zeigte nur auf einige Stücke, die ihm halbwegs ordentlich erschienen.

»Eine Frage, Monsieur, müsst Ihr mir gestatten«, sagte der Metzger. »Wozu braucht ihr die Häute?«

Paul zögerte einen kleinen Moment, dann erzählte er, was er vorhatte.

»Gerben? In Berlin und ohne in der Zunft zu sein?« Der Metzger nickte. »Ihr habt Mut, Monsieur.«

Mit seinen großen Händen packte er die erste von Paul ausgesuchte Haut und trug sie hinaus. Sie schnallten sie gleich auf die Kutsche. Als Paul bezahlen wollte, bestand der Metzger darauf, gemeinsam auf ihr Geschäft und auf Pauls Vorhaben anzustoßen. Er nahm eine Flasche Wein aus einem Schrank und öffnete sie sofort.

Paul musste sich Geld leihen, anders konnte er über den Anfang nicht hinaus. Er ging zu seinem Vater, der ihn lange musterte. Schließlich war er bereit, ihn zu unterstützen, besaß allerdings nicht genug. Er fragte Armand und bot dem Bäcker

Zins und Sicherheit. Armand war großzügig und schien sich zu freuen, Paul helfen zu können. Er reduzierte den angebotenen Zins, auf die Sicherheit verzichtete er ganz. Pauls Wort sei ihm genug.

Als schwierigstes Problem erwies sich die Lohe. Er brauchte große Mengen Baumrinde, und Pignot bestand darauf, nur Eiche zu verwenden, keine Kiefer, die es hierzulande viel häufiger gab, auch keine Fichte. Eichenrinde gebe einfach die besten Gerbstoffe ab, und wenn sie gutes Leder, wie in der Heimat, haben wollten, dürften sie hier nicht sparen.

Aber es war keine Eichenrinde zu bekommen.

Wo es welche gab, war sie schon der Gerberzunft versprochen oder verkauft. Kein Förster war bereit, nicht einmal gegen einen höheren Preis, davon abzuweichen. Stattdessen wurde Paul wieder die Frage gestellt, ob er denn wirklich gerben wolle, das sei ihm doch gar nicht gestattet. Er solle sich vorsehen. Die Gerber würden ein Verbot erwirken, bevor er noch die erste Haut gewaschen habe. Und dann hätte er umsonst investiert. Ein Förster nahm ihn sogar beiseite und sagte, als Ausländer wisse Paul das vielleicht nicht, die Gerber seien berüchtigt dafür, die Dinge selbst in die Hand zu nehmen. Paul gab keine Antwort.

Doch ohne Lohe sah er sein Vorhaben scheitern. Sein Vater schlug vor, mit der Zunft zu sprechen, das kam für Paul keinesfalls infrage. Die Gerber um Erlaubnis zu bitten, dazu war er nicht bereit.

Ein paar Tage später kam gegen Nachmittag ein Sturm auf. Die ersten Felle und Häute lagen bereits in Pignots Mistbeize. Die Werkstatt war noch in dem Zustand, in dem er sie gekauft hatte. Der Wind pfiff, Fensterläden klapperten, Sand und Laub wurden durch die Straßen getrieben. In jener Nacht lag Paul wach. Als der Sturm stärker wurde, war er versucht, aufzustehen und nach der Werkstatt zu sehen, aber er sagte sich, während das Unwetter tobe, könne er sowieso nichts tun. Trotzdem ließ ihn die Sorge nicht schlafen.

Am nächsten Morgen ging er direkt in die Gerberei, und auch Pignot kam hinzu. Der Wind hatte etwas nachgelassen, ein wenig Regen fiel. Von dem kaputten Dach waren noch einmal viele Ziegel heruntergefallen. Sie lagen zerbrochen im Hof und in den Gruben. Pignot begann, die Scherben aufzusammeln. Er behauptete, die Ziegel hätten ohnehin erneuert werden müssen, doch dann nahm er jeden einzelnen hoch, sah ihn sich ganz genau an und schien sich zu fragen, ob er noch zu gebrauchen sei.

Der Sturm erwies sich als großes Glück. Von einem Glaubensbruder erfuhr Paul, dass in einem Wald in der Uckermark Mengen von Eichen umgefallen seien. Er lieh sich erneut die Kutsche des Goldschmieds, steckte viel Geld ein und fuhr direkt in den Ort. Und er bekam, was er brauchte. Der Waldbesitzer freute sich, dass er so schnell aus seinem Schaden ein Geschäft machen und sogar Holz und Rinde getrennt verkaufen konnte.

Wie versprochen brachte er die Lieferung nach Berlin. Einen Wagen fuhr er, Helfer zwei weitere, und alle waren hoch beladen, zugedeckt und die Fracht mit Schnüren festgezurrt. Doch als sie abluden, rümpfte Pignot die Nase. Die Rinde war zwar geschält, allerdings viel zu grob, so entwich die Gerbsäure nicht ordentlich. Und die Lohmühle, die ebenfalls von der Gerberzunft abhängig war, blieb ihnen natürlich versperrt.

Drei Tage lang hielt Paul die Handschuhmanufaktur geschlossen. Seine Arbeiter stampften in der Gerberei auf kleinen Rindenhaufen herum. Pignot verteilte Stöcker mit Holztellern, sodass sie die Rinde nicht nur mit den Füßen, sondern mit Hand und Werkzeug zerkleinerten. Als die Arbeiter ein wenig lustlos der ungewohnten Tätigkeit nachgingen, behauptete Pignot, beim Zerkleinern müsse man singen, dann werde das Leder gut. Er stimmte eine Melodie aus der Bretagne an. Nachdem er fertig war und eine Pause entstanden war, begann ein Arbeiter mit einem Lied aus der Picardie. So wechselten sie sich ab, und nach und nach wurden die anderen mitgerissen, bald hüpften und sprangen sie auf den Haufen herum und sangen Lieder aus der Heimat, von den Cevennen, von der Loire und aus der Provence, und Paul brachte ihnen Wein, damit die gute Laune nicht nachließ.

Am Ende des dritten Tages war Pignot mit dem Ergebnis zufrieden. Die Arbeiter schienen fast enttäuscht zu sein, dass alles vorbei war. Sie schichteten die Eichenlohe noch zu Hügeln auf, damit Pignot leichter Zugriff hatte.

Paul machte sich an einen Plan, um die Werkstatt wieder herzurichten. In erster Linie musste das Dach gedeckt werden, sie brauchten einen Platz, wo Häute und Felle und vor allem Leder trocken gelagert werden konnten. Darüber durfte er die Manufaktur nicht vernachlässigen. Er hatte sich entschlossen, das Leder aus der Heimat nun zu verbrauchen, allerdings sparsam, denn es würde Wochen dauern, bis sie ihr eigenes Material so weit hatten, dass es sich verarbeiten ließ.

Kurz darauf stand plötzlich Haeuser auf ihrem Hof. Der Gerber sagte kein Wort, inspizierte jedoch die Anlage, als sei sie seine eigene, ohne zu fragen, ging er umher und sah sich an, was ihn interessierte. Er hatte den Gesellen im Schlepptau, der Paul einmal in Haeusers Gerberei fast umgerannt hatte.

Paul schenkte dem schmierigen Kerl mit dem Ohrring keinerlei Beachtung. Pignot schien zu riechen, dass Ärger anstand. Er verzog sich in die Werkstatt.

Paul blieb auf dem Hof und fragte Haeuser: »Was wollt Ihr?«

»Ich höre – und sehe –, dass Ihr gerbt. Liegen da Häute in den … Misthaufen?«

»Geht davon aus.«

»Ihr wisst, dass Ihr nicht gerben dürft. Ihr seid kein Mitglied der Zunft.«

Paul stützte die Hände in die Hüften. »Ich bin Freimeister. Darüber habe ich einen Brief, vom Kurfürsten unterzeichnet.«

Haeuser lachte laut. »Freimeister – so ein Quatsch. Vielleicht für Eure Handschuhe. Bei uns gibt es so was nicht. Was Ihr hier tut, ist verboten, und ich glaube, das wisst Ihr ganz genau. Niemand, der nicht in der Zunft ist, darf gerben.«

»Dann nehmt mich auf in Eure ehrenvolle Zunft«, erwiderte Paul.

»Das geht nicht, Ihr seid kein Deutscher. Wir nehmen keine Fremden auf. Keine Fremden und keine Juden, so steht's in den Zunftregeln, und die stammen, wenn ich es richtig im Kopf habe, aus dem Jahr 1284 und gelten seitdem.«

Der Schwarzhaarige nickte.

»Ich darf nicht gerben, weil ich nicht in der Zunft bin. In die Zunft darf ich ebenso wenig. Meister Haeuser, macht Ihr Euch über mich lustig?«

»Keineswegs. Ihr müsst das Gerben einstellen, das ist alles. Eine andere Möglichkeit gibt es nicht. Selbst wenn Ihr Deutscher wärt, seid Ihr immer noch kein Gerbermeister. Und selbst wenn Ihr ein Meister wärt – oder einer würdet –wir ließen Euch nicht gerben. Wir haben sieben Gerbereien in Berlin. Für mehr ist kein Platz. Wir wollen uns doch nicht gegenseitig die Arbeit stehlen.«

»Euer Leder ist nicht gut genug. Das habe ich Euch bereits gesagt.«

Haeuser schob die Hände in die Hosentaschen. »Ihr seid der Einzige, der das behauptet. Der Sattler, der Schuhmacher, der Kutschenbauer – alle sind zufrieden. Warum Ihr nicht? Vielleicht liegt's an Euch, und Ihr könnt keine anständigen Handschuhe machen.«

Der Geselle starrte Paul ununterbrochen an. Dabei knetete er seine Finger.

»Ich fürchte, Meister, da macht Ihr es Euch zu einfach.«

»Wie dem auch sei«, sagte Haeuser, »Ihr dürft nicht gerben. Ich bin gewählter Zunftmeister in dieser Stadt und habe deshalb die Aufgabe, im Namen der Bruderschaft für Ordnung zu sorgen. So sage ich Euch, und zwar unmissverständlich und vor einem Zeugen: Ihr dürft nicht gerben. Haltet Euch daran. Anderenfalls schalten wir die Obrigkeit ein, dann wird Eure Werkstatt geschlossen und Ihr erhaltet eine Strafe. Nehmt die Häute wieder aus dem Mist. Vielleicht könnt Ihr sie noch verkaufen, wenn sie noch nicht ganz versaut sind. Es gibt hier in Berlin eine Ordnung, versteht Ihr, und wer bei uns leben möchte, der hat sich daran zu halten.« Er legte die Stirn in Falten und nickte. Als er abmarschierte, folgte der Schwarzhaarige ihm auf dem Fuß.

Pignot kam aus der Werkstatt und sah ihnen, genauso wie Paul, nach. »Hören wir auf?«, fragte der Altgeselle.

»Natürlich nicht. Wir sind doch nicht bis hier gegangen, um jetzt hinzuschmeißen. Nein, Pignot, wir machen weiter.«

5

Unter den Glaubensbrüdern in der Friedrichstadt fand Paul Handwerker, die bereit waren, ihm das Dach der Gerberwerkstatt zu decken. Auf Ochsenkarren brachten sie ihr Material heran, vor allem Latten, an die die Pfannen gehängt werden sollten, und gebrannte Tonziegel. An den Dachstuhl stellten sie hölzerne Leitern und spannten auf Höhe der Regenrinne zum Schutz ein langes Fischernetz. Im Netz gab es einen Durchlass von einem Meter Breite. Paul fragte, was passiere, wenn ausgerechnet über dieser Lücke jemand ausrutsche.

»Berufsrisiko«, antwortete der Dachdecker und grinste.

Genau vor ihren Durchlass bauten sie ein Podest aus Brettern, das etwa halb so hoch war wie die Werkstatt. Einer der Dachdecker musste dort stehen und die Ziegel, die ihm von unten zugeworfen wurden, fangen und nach oben weiterwerfen.

Pignot blieb nun ständig in der Gerberei. Er beaufsichtigte die Baustelle und kümmerte sich um die Häute, die Paul mitgebracht hatte. Wenn er es für nötig hielt, zog er sie aus der Mistbeize und walkte sie, bevor er sie wieder hineinlegte. Die Lohegrube baute er ganz neu, vor allem setzte er sie höher, sie lag nun nicht mehr wie ein Loch in der Erde, sondern stand auf einigen gemauerten Steinen.

Paul fragte nach dem Grund. Erst nachdem er seine Frage wiederholt hatte, antwortete Pignot, so hätten sie es zu Hause gehabt, auf diese Weise könne der Gerbsaft leichter ablaufen. Paul ließ ihn gewähren und beobachtete nur aus der Ferne, wie Pignot die zerkleinerten Rindenstücke einfüllte und in einem Kessel Wasser aus dem Fluss erhitzte.

Gemeinsam wählten sie die Arbeiter aus, die künftig in der Gerberei beschäftigt wurden. Alle drei waren Glaubensbrüder.

In der Handschuhmanufaktur musste Paul einen Nachfolger für Pignot bestimmen. Es kam nur der älteste Näher, Gerveux, ein Mann aus Orleans, infrage. Paul zögerte, denn Gerveux fehlten viele Eigenschaften, die Pignot besaß. Er war ein ordentlicher Näher, aber er bekam nicht immer mit, was um ihn herum geschah. Seine Augenlider schienen oft halb geschlossen zu sein. Paul befürchtete, die anderen würden ihn als Vorgesetzten nicht respektieren, zumal Gerveux alles andere als schnell im Kopf und mit dem Mund war. Doch am Ende bestimmte er ihn zum Altgesellen. Er wollte kein Murren und keinen Protest in der Manufaktur haben.

Mit Gerveux ging Paul langsam die Aufträge durch, die sie abzuarbeiten hatten. Sie legten fest, welches Leder verbraucht werden durfte. Paul gab die letzten Vorräte aus der Heimat frei, verlangte allerdings Sparsamkeit. Das schärfte er Gerveux ein. Allein durfte der Altgeselle nicht an dieses Leder gehen.

Paul selbst hatte sich angewöhnt, den Weg zwischen Gerberei und Manufaktur mehrmals am Tag zu machen. Er ging schnell und blieb auch dann nicht stehen, wenn er einen

Bekannten traf. Trotzdem dauerte die Strecke durch die Friedrichstadt bis an die Spree eine halbe Stunde, und er verlor auf diese Weise viel Zeit. Wenn er unterwegs war, dachte er daran, sich ein Pferd zu kaufen oder sogar eine Kutsche wie der Goldschmied, aber es war zu früh für eine weitere große Investition. Erst musste das eigene Leder Ertrag bringen. Er verwehrte es sich, einen Weg nicht zu machen, wenn das Wetter schlecht war, er ging bei Wind, im Regen und bei Sonnenschein.

Die Dachdecker brauchten länger als geplant. Inzwischen bereiteten die neuen Arbeiter unter Pignots Anleitung Werkstatt und Hof vor. Sie bauten Plätze, wo die Häute zwischen den Arbeitsgängen gelagert werden konnten und richteten einen Gerberbaum auf. Paul freute sich an den Fortschritten. Sobald die Dachdecker abzogen, würde das Gerben beginnen.

Er verließ in diesen Tagen das Haus, wenn Claire und Isabel gerade aufstanden.

Der Morgen war frisch, es versprach, ein schöner Tag zu werden. Paul grüßte Bekannte in der Friedrichstadt, indem er den Hut hob. Er hatte es eilig. Die Dachdecker hatten angekündigt, die letzten Pfannen zu legen. Dann musste nur noch die Regenrinne angebracht werden.

Er traf Pignot auf der Straße. Sie gaben einander die Hand und schwenkten in Richtung Hofeinfahrt.

Gleichzeitig blieben sie stehen.

»Was …? Was …?«, stotterte Pignot.

Auf dem Hof direkt vor ihnen türmten sich zerbrochene Dachziegel. Im neu gedeckten Dach taten sich Löcher auf. Überall war Mistbeize verteilt, sie lag im ganzen Hof bis hinunter an den Fluss. An tieferen Stellen hatte sich ihr Sud gesammelt.

Pignot schob Mist mit dem Fuß zusammen. »Oh Gott, oh Gott«, stammelte er.

Am Haus waren Scheiben eingeschmissen. Der Gerberbaum lag umgestürzt am Flussufer, und als sie in der Werkstatt nachsahen und eine Fackel anzündeten, fanden sie die neu aufgestellten Lagerbretter zertrümmert.

Genau in der Mitte der Werkstatt stand auf dem Boden eine Eisenschale, in der Kohlenstücke glimmten.

Paul empfand Leere in seinem Kopf, als er Hof und Werkstatt begutachtete. Nur ein Klopfen an den Schläfen machte ihm klar, dass er wach war.

Pignot war den Tränen nahe, und Paul konnte ihn nicht trösten. Der Geselle begann, mit seinen Händen die Häute aufzusammeln. Fast liebevoll fasste er jede einzelne an. Er breitete sie auf trockenen Stellen aus.

Als die Arbeiter kamen, blieben sie stumm am Rand stehen.

Paul stapfte zurück auf die Straße. Aus der Leere in seinem Kopf war Wut geworden. An den Wohnhäusern der Nachbarschaft waren die Vorhänge zugezogen und alle Türen und Fenster verschlossen. Er klopfte und rüttelte an einigen Türgriffen. Kein Mensch war auf der Straße, nicht einmal ein Hund oder eine Katze.

Pignot hatte begonnen, den Mist zurück in die Gruben zu schaufeln. Er verrichtete seine Arbeit wortlos, ohne jemanden anzusehen. Die anderen Arbeiter hielten Abstand zu ihm, aber sie halfen.

Ohne seine Forke abzusetzen, fragte Pignot schließlich: »Monsieur, man hat uns alles kaputt gemacht. Ist es nicht besser, wir geben auf? Vielleicht hat Gott nicht vorgesehen, dass wir in Berlin Gerber werden.«

Paul unterdrückte seinen Zorn. »Wir geben nicht auf«, sagte er. »Das hier ist nicht Gottes Wille. Ganz bestimmt nicht.«

»Dann müssen wir den Hausvogt rufen oder die Ratsbüttel.«

»Jetzt, wo alles zu spät ist? Wozu?«

»Die haben Möglichkeiten, herauszufinden, wer das getan hat.«

Paul lachte bitter. »Keiner der Nachbarn hat etwas gesehen. Wollen wir sie fragen? Leider ist niemand da. Ihre Türen sind verschlossen. Wir wissen doch auch so, wer dafür verantwortlich ist. Was, glaubt Ihr, soll das Kohlenfeuer in der Werkstatt bedeuten?«

Pignot zuckte mit den Achseln.

»Das ist ein Zeichen – eine Botschaft, wenn Ihr so wollt. Sie besagt: Wir hatten Zeit, in aller Ruhe die Kohlen zum Brennen zu bringen. Niemand hat uns gestört. Wir hätten die Werkstatt und das Haus in Brand setzen können, und kein Nachbar und kein Büttel wäre eingeschritten.«

Pignot stützte sich auf seine hölzerne Forke. »Denkt Ihr wirklich?«

»Ich bin mir sicher.«

»Was sollen wir also tun?«

»Wir bauen wieder auf, Pignot, was denn sonst? Wie sieht's mit den Häuten aus? Kann man die noch bearbeiten?«

»Wir bauen wieder auf und dann kommen die Gerber zurück und legen Feuer? Wie soll das weitergehen, Monsieur?«

»Die Lösung ist ganz einfach: Wir stellen Wachen auf.«

»Aber, Monsieur. Wie viele Leute sollen die Werkstatt bewachen? Die anderen sind immer mehr als wir.«

»Zwei Mann Wache, das ist genug.«

Pignot wandte sich ab. »Was können zwei Mann ausrichten?«, fragte er leise.

»Sie können Lärm machen. Vor allem können sie sich Gesichter merken und später bezeugen, wer eingedrungen ist. Pignot, sprecht mit den Leuten, ich bin bereit, die Wachstunden auf die Arbeitszeit anzurechnen und außerdem einen Groschen extra zu bezahlen.«

Pignot sah ihn an und schien eine weitere Frage auf der Zunge zu haben. Doch dann rammte er seine Forke in den Boden. »Ich übernehme die ersten drei Nächte.«

- VIERTES KAPITEL -

1

Die Haustür stand offen, und Isabel zog es mit aller Macht hinaus ins Freie. Sie trug ein buntes Sommerkleid, das Claire ihr genäht hatte, fast noch zu dünn für die Jahreszeit. Doch Isabel hatte darauf bestanden, es anziehen zu dürfen.

Warme Luft drang durch die Tür herein und sie roch nach Frühling – endlich nach Frühling. Claire stellte sich an den Türrahmen, sog den Duft ein und beobachtete Tochter und Vater. Isabels Ziel war es, Paul dazu zu bringen, mit nach draußen zu kommen. Er saß auf einem Sessel, in weißem Hemd mit Rüschenkragen und dunkelroter Hose, langen Strümpfen und Lederschuhen. Sein Seidentuch hatte er, wie es Mode war, dreimal um den Hals geschlagen. Er sah aus wie immer, nur ein wenig blass im Gesicht.

Claire hatte sich daran gewöhnt, dass er, seitdem er die Gerberei besaß, morgens als Erster aus dem Haus ging und abends oft erst zurückkehrte, wenn sie schon schlief. Sie hatte auch so Gesellschaft. An vielen Tagen kam der Schwiegervater zum Essen, wenn Isabel aus der Schule zurückkehrte, und vorher ging Claire auf den Markt. Den Nachmittag verbrachte sie mit ihrer Tochter und manchmal mit Bekannten.

Paul schien die viele Arbeit nichts auszumachen. Nie hatte sie ihn klagen hören. Ob es Tage gab, an denen er keine Lust hatte – oder vielleicht sogar sein ganzes Vorhaben verfluchte–, wusste sie nicht. Er stand frühmorgens auf, wusch und rasierte sich, aß eine Kleinigkeit und ging los. Nur heute, an diesem Sonntagnachmittag, sah sie, dass er sich nach einer Pause sehnte. Er war in der Kirche gewesen. Jetzt wollte er ausspannen.

Isabel wollte etwas anderes.

Sie hatte seine Hand ergriffen und war genauso lebendig wie er ruhebedürftig. Claire hätte sich einmischen und ihm den freien Nachmittag verschaffen können, aber wenn Isabel um ihren Anteil an der kostbaren Zeit ihres Vaters kämpfte, war es nicht recht, sie abzuhalten. Seine Tochter, glaubte Claire, forderte eine Art Beweis, dass sie ihm wichtig war. Jemand anders konnte ihn nicht liefern.

Sie hielten einander an den Händen. Isabel ließ ihren ganzen Arm schaukeln, Paul machte die Bewegung so wenig wie möglich mit, während ihre immer heftiger wurde. Er hielt nur ihre Hand und lächelte schwach. Claire sah nach draußen, wo Nachbarn in der Sonne auf und ab gingen und Kinder tollten. Mit den Ohren war sie bei ihrer Tochter und musste leise lachen angesichts der vielen Tonlagen, in die Isabel ihre Stimme bringen konnte, sie quengelte, spielte das kleine Mädchen und gab die eingeschnappte große Tochter.

Endlich hatte sie gewonnen. Paul erhob sich. Für ein halbes Stündchen, erklärte er, den Blick auf die goldene Tischuhr geheftet, nicht länger. Sie gab ihm einen Kuss.

Kaum waren sie draußen und blinzelten gegen die Sonne, interessierte sich Isabel kaum noch für ihren Vater. Sie hatte den Großvater gesehen.

Bertrand stand am Ende der Straße mit Simonet und einem dritten Mann im Gespräch.

»Ich wette mit euch: Wenn ich zu ihm gehe und sage: ›Guten Tag, Großvater‹, dann wird er antworten: ›Das heißt Bon Jour, Grandpère.‹ Also, wer wettet mit mir?«

»Man wettet nicht«, erwiderte Paul. »Es gefällt dem lieben Gott nicht, wenn man auf etwas setzt, das allein in seiner Entscheidung liegt.«

Isabel hatte kaum noch zugehört. Sie rannte zu Bertrand, und Claire sah ihr Kleid im Wind flattern und fand ihre Arbeit gelungen. Paul hakte sich bei ihr ein und hielt sie fest.

Er wollte umdrehen.

»Dein Vater hat uns doch längst gesehen. Es wäre unhöflich, ihn nicht zu begrüßen.«

»Er steht mit anderen zusammen. Wie kann er uns da gesehen haben?«

»Und Isabel? Wir lassen sie einfach allein und kehren zurück?«

Paul ließ ihren Arm los und blieb stehen, aber sie ging weiter und schließlich folgte er ihr. Als sie in Hörweite waren, sagte Bertrand gerade zu Isabel: »Kannst du denn nicht Grandpère sagen, so wie ich zu meinem Großvater gesagt habe?«

Isabel strahlte, nicht in Richtung auf Bertrand, sondern zu ihren Eltern. Claire fand, die Stimme des alten Mannes klang belegt.

Der Großvater winkte ihnen zu, näher zu kommen, wobei er nur zwei Finger bewegte. »Darf ich euch jemanden vorstellen, den ich gerade erst kennengelernt habe, Monsieur Cayart, ein Baumeister. Er stammt aus Bordeaux wie Simonet.«

»Ich habe Paul schon von ihm erzählt«, rief Simonet.

»Ach so«, sagte Bertrand. »Dann weißt du bereits, dass Monsieur einen Entwurf für einen Kirchenbau gezeichnet hat.«

Paul nickte.

Bertrand seufzte. »Dein Vorhaben entwickelt sich. Wieder ein Schritt.«

Zu Cayart sagte er: »Ich möchte Euch meinen Sohn und meine Schwiegertochter vorstellen, Paul und Claire Deschamps.«

Paul streckte Cayart die Hand entgegen und wünschte einen guten Tag.

Claire schluckte. Ihr Blick fiel auf einen anderen Mann, einen Deutschen, der in der Nähe stand und sich für ihre Gruppe interessierte. Er war ein Lockenkopf mit runden Wangen, wie ein Jahrmarktsgaukler sah er aus, doch die kräftigen Arme unter der Jacke wiesen auf einen Arbeiter, einen Handwerker. Mechanisch reichte Claire dem Baumeister die Hand, dabei brachte sie keinen Ton heraus.

Paul mied es, sie anzusehen, er schien sich nicht wohlzufühlen. Weil er sich schämte? War dies der Baumeister, mit dem er neulich angeblich den Abend verbracht hatte? Oder gab es mehrere? Es sollte doch nur eine Kirche gebaut werden.

Sie standen schweigend beieinander. Keiner schien so recht zu wissen, was er sagen sollte. Und dieser Lockenkopf – warum war der so neugierig?

Schließlich sagte Bertrand: »Ich habe Monsieur Cayart gesagt, dass wir in diesem Land keine französische Kirche bauen sollten. Wahrscheinlich bin ich der Letzte, der so denkt, und ich belästige euch mit der Bitterkeit eines alten Mannes. Bitte entschuldigt.«

Claire strich dem Schwiegervater über den Arm.

Simonet sagte: »Der Entwurf wird uns heute im Gemeindevorstand vorgestellt werden. Kosten entstehen uns übrigens erst, wenn wir Monsieur Cayart beauftragen. Wir sehen uns doch nachher, Paul?«

Paul nickte. Zu seinem Vater sagte er: »Wir wissen noch gar nicht, wie der Kurfürst entscheidet. Vielleicht ist er am Ende gegen einen Kirchenbau.«

Bertrand schüttelte den Kopf. »Wir sind es, die eine Entscheidung treffen müssen, und sie wird viel bedeutender sein, als der eine oder andere und vielleicht auch mein Sohn heute ermessen kann. Es geht um unsere Zukunft – und um die unserer Enkel.«

Isabel nahm je eine Hand ihrer Eltern. »Lasst uns nicht die ganze Zeit über langweilige Sachen reden. Komm, Papa, geh mit mir spazieren. Versprochen ist versprochen.«

Simonet hatte nicht nur den Vorstand, sondern viele einfache Mitglieder der Gemeinde eingeladen. Damit sie alle Platz fanden, hatte er seine Stube ausgeräumt. Wie in einem Theater standen nur Stühle in Reihen und zeigten in eine Richtung – nach vorn. Dort war eine Malerstaffelei aufgebaut und mit einem Tuch verhängt.

Als Paul hereinkam, waren schon viele Stühle besetzt. Zwanzig, fünfundzwanzig Männer, alles Bekannte, drängten sich im Raum und schwatzten. Er nickte dem einen oder anderen zu und setzte sich an das Ende einer Stuhlreihe, unwillig, in ein Gespräch verwickelt zu werden.

Mit Claire hatte er den ganzen Nachmittag kaum geredet. Sie wusste jetzt Bescheid. Ihm war klar, dass sie es wusste. Und sie fragte natürlich nicht.

Er ärgerte sich erneut über seine Lüge, für die Gott ihn heute bestraft hatte – schwerer gestraft hatte, als es aussah. In ein paar Tagen würden sie wieder normal miteinander umgehen. Trotzdem würde das Misstrauen zwischen ihnen bleiben.

Als sein Vater hereinkam, setzte er sich neben Paul und grüßte knapp. Paul fragte sich, wie der alte Herr reagieren würde, wenn der Bauplan gezeigt und damit für alle vorstellbar wurde. In aller Regel hatte sich der Vater im Griff und seine Gefühlsäußerungen beschränkten sich auf Dinge wie Seufzen oder Kopfschütteln.

Vorn trat der Baumeister neben die Staffelei. Er hatte ein schmales Gesicht mit hoher Stirn und dunklen Augen. Für einen Mann von der Garonne sah dieser Cayart klug aus. Unter anderen Umständen hätte Paul diese Bekanntschaft gern vertieft.

Als Erster ergriff Simonet das Wort: »Wir wissen nicht, ob wir eines Tages hier in der Fremde eine Kirche bauen werden. Vom Kurfürsten gibt es dazu noch kein verbindliches Wort. Aber, liebe Freunde, ich war selbst dabei, als Friedrich gesagt hat, wir sollten unseren Plänen nachgehen und er wolle sehen, was wir uns vorstellen. Bislang besitzen wir nicht einmal ein Grundstück. Trotzdem sind wir heute vielleicht einen entscheidenden Schritt weiter. Das hätten wir einem Mann zu verdanken, der den großen Vorzug hat, aus Bordeaux zu stammen und den ich euch gern vorstellen möchte: Monsieur Cayart, ein Baumeister.«

Cayart verbeugte sich.

»Zu viel der Ehre«, sagte er. »Ich habe nur einen Vorschlag mitgebracht. Wenn er Ihnen gefällt, können wir darüber sprechen. Mein Gedanke war der: Wir alle sind sehr weit gegangen. Aus der Heimat wurden wir vertrieben und haben hier, in Brandenburg, Aufnahme gefunden. Dabei hätte es einen anderen, oberflächlich gesehen leichteren Weg gegeben. Wir hätten konvertieren können.«

Im Saal erhob sich Gemurmel.

»Das«, fuhr Cayart fort, »haben sie immerhin angeboten. Mehr noch, in vielen Fällen wollten sie uns dazu zwingen, katholisch zu werden. Jeder von euch hätte in Frankreich bleiben und dort leben können. Doch von denen, die hier sind, ist keiner den einfachen und schwachen Weg gegangen, sondern ihr habt euch für den Glauben und für Gott entschieden. Ihr habt die Prüfung angenommen. Die Folge ist, dass unser reformierter Glaube weiterlebt.«

Er stellte sich neben die Staffelei.

»Das ist es, meine ich, was wir mit einem Kirchenbau aller Welt zeigen sollten: Unser Glaube ist nicht tot. Im Gegenteil, er lebt.«

Er zog an dem Tuch, das leicht herunterrutschte.

Im Zimmer herrschte fast vollkommene Stille. Wie alle anderen starrte Paul nach vorn.

Ein Bild stand auf der Staffelei, eine Zeichnung, in verschiedenen Grautönen und mit Rötel ausgemalt. Sie zeigte eine Kirche, die alle kannten.

»Charenton«, zischte jemand.

Paul brauchte sich nicht umzudrehen, um zu wissen, dass er Armand gehört hatte. Der Vater neben ihm hatte die Hände an den Wangen, er hielt sie so, dass sie die Augen nicht bedeckten.

»Das ist nicht Charenton«, sagte Cayart schließlich. »Das könnte Berlin werden – eine Erinnerung an unsere wichtigste Kirche in Frankreich, an ein Gotteshaus, das der Mob niedergebrannt hat. Wenn dieses Gebäude hier gebaut werden würde, wäre das Signal deutlich, es würde sagen: Die französische reformierte Gemeinde lebt und sie ist stark. Man kann sie vielleicht vertreiben. Niederringen kann man sie nicht.«

Weiter hinten fing jemand an zu klatschen. Ganz langsam und rhythmisch schlug er die flachen Hände aneinander. Ein zweiter stimmte ein, dann ein dritter und noch einer. Das Klatschen wurde schneller und lauter, und nicht mal eine Minute später applaudierte der ganze Saal, selbst sein Vater. Paul beteiligte sich ebenfalls, wenn auch nicht so laut und nicht im Rhythmus.

Er brauchte über diesen Entwurf nicht nachzudenken, um seine Bedeutung zu ermessen. Was Cayart gesagt hatte, war richtig, ein solcher Bau gab das Signal, dass sie als französische Hugenotten lebendiger waren denn je. Damit hätten sie sich nach wenigen Jahren in der Fremde bereits etabliert. Doch genau das würde es dem Kurfürsten schwerer machen, zuzustimmen. Wer legte sich schon gern mit Frankreich an, erst recht, wenn man nur ein schwaches Kurfürstentum war?

Und deshalb stellte sich Paul die Frage, ob dieser Entwurf vielleicht wenig hilfreich war. Machte er es nicht komplizierter, in der Friedrichstadt eine eigene Kirche zu bauen?

Dabei verband er viele Erinnerungen mit der Kirche von Charenton. In der Hauptstadt waren keine reformierten Kirchen geduldet worden, so musste er mit seiner Familie für den Gottesdienst jeden Sonntag eine Kutschfahrt von mehreren Meilen auf sich nehmen. Und dennoch dachte er gern an Charenton zurück. Viele Glaubensbrüder aus ganz Paris hatten sich dort Woche für Woche eingefunden, und ihre Kirche war wundervoll gewesen, ein rechteckiger antiker Tempel. Als die vielen Pariser Protestanten dort sonntags ihre Kutschen abstellten und sich in der Kirche versammelten, war ihr Stolz spürbar gewesen, diese Kraft, sich selbst vom mächtigen König nicht unterkriegen zu lassen. Dieses Schicksal hatte Gott für sie bestimmt, und sie trugen es. Sie trugen es so lange, bis die Katholiken auch diese Kirche in Brand setzten.

Ludwig würde sofort begreifen, was es zu bedeuten hatte, wenn die Kirche von Charenton in Berlin wieder aufgebaut würde. Auf nichts verstand sich der Sonnenkönig so gut wie auf Fragen der Macht. Und es war sicher, dass er seine früheren Untertanen beobachten ließ und ihren neuen Herrn, den Kurfürsten, ebenfalls.

Er fragte sich, was der Vater dachte. Bertrand hatte lauter geklatscht als Paul. Weil er die Provokation verstand und die Ablehnung des Kurfürsten voraussah? Oder weil er inzwischen eingesehen hatte, dass er nicht mehr zurückkehren konnte – und deshalb froh war, wenn Charenton zu ihm kommen würde.

Paul nahm sich vor, ihn zu fragen.

2

Noch während Paul seinen Oberkörper in die Verbeugung sinken ließ, wanderte sein Blick durch den Audienzsaal. Er blieb kurz an dem schweren Kronleuchter hängen, auch am Bild des Großen Kurfürsten an der Wand.

Sie war nicht da.

Er atmete durch.

Nein, Sophie Charlotte war nicht da.

Man erzählte sich, dass sie sich meistens dort aufhielt, wo ihr Mann gerade nicht war. Sie hatte ihr eigenes Schloss in Lietzenburg, wo Künstler, Wissenschaftler und Philosophen verkehrten. Dort fühlte sie sich, den Gerüchten nach, wesentlich wohler als hier in der Stadt.

Paul brachte seinen Körper langsam wieder in die Senkrechte. Der Kurfürst sah ihm direkt in die Augen.

»Schöne Handschuhe habt Ihr mir geschenkt«, sagte er. »Ich habe sie schon getragen.«

»Danke, Euer Durchlaucht.«

»Stellt Ihr viele davon her?«

»Nun, wir bemühen uns.«

»Bemüht Euch weiter. Ihr dürft sie nicht nur in Berlin verkaufen. Schickt sie mit der Postkutsche in andere Städte. Nach Petersburg – da ist es doch immer kalt. Nach Wien. Und nach Paris.« Er lachte übers ganze Gesicht. »Französische Handschuhe, in Berlin hergestellt, werden in Paris verkauft.«

Paul verbeugte sich erneut. Er hatte bereits daran gedacht, zu exportieren. Natürlich nicht nach Paris, auch nicht ins katholische Wien. Wenn er sich irgendwo im Ausland einen neuen Markt schaffen wollte, ging das nur mithilfe von Glaubensbrüdern, denn nur denen konnte er vertrauen. Deshalb kam Genf infrage, auch Zürich oder Basel. Vielleicht London.

»Strengt Euch an, Handschuhmacher. Und gebt Euch nicht mit wenig zufrieden.«

Zu allererst brauchte Paul einwandfreies Leder. Wenn er das hatte, würde es keine Grenzen geben. »Ich glaube«, sagte er, »wir sind auf einem ganz guten Wege.«

»Das höre ich gern, schließlich wollen wir etwas aus unserem Land machen. Wir als Kurfürst werden den anderen Staaten politisch und militärisch Paroli bieten. Auch wirtschaftlich wollen wir stark werden. Respekt soll man haben in Europa, und wenn eine Ware in Brandenburg hergestellt wurde, dann sollen die Leute das mit Qualität verbinden. So stelle ich mir das vor. Versteht Ihr?«

»Vollkommen, Durchlaucht.«

»Gut. Aber Ihr kommt aus einem anderen Grund. Eure Kirche, richtig?«

Paul trat zur Seite, er wollte Simonet sprechen lassen. Als der zögerte, nickte Paul ihm zu.

Simonet entfaltete Cayarts Plan, reichte ihn dem Kurfürsten und gab ein paar Erklärungen ab, die Paul allzu stockend vorgetragen fand. Zweimal verwies Simonet auf den Baumeister, der mit ihnen gekommen war, es war offensichtlich, dass er nicht länger in vorderster Linie stehen wollte, aber der Kurfürst erteilte Cayart nicht das Wort. Er hielt die Zeichnung in die Höhe, sodass sein Premierminister sie mit ansehen konnte.

Paul ließ diesen Danckelman nicht aus den Augen. Er stand in der Regel hinter dem Kurfürsten, war jetzt jedoch neben ihn getreten, um den Plan besser einsehen zu können. Obwohl ein Ratgeber in der Regel einen schweren Stand hatte, weil sich die Gunst des Herrschers schnell von ihm abwenden konnte, glaubte Paul, dass Danckelmans Wort viel bei Friedrich galt. Und wenn er sich nicht irrte, hatte der Premierminister die Bedeutung des Entwurfs bereits erkannt – und sie gefiel ihm nicht.

Aber auch Friedrich sagte kurz darauf: »Ihr wisst natürlich, dass Ludwig einen solchen Bau als Provokation auffassen wird. Oder haltet Ihr Euren Sonnenkönig für dumm?« Zum Glück wartete er nicht auf eine Antwort. Er wackelte ein wenig mit dem Kopf und begann zu kichern. »Wir ärgern den Sonnenkönig. Oje, oje.« Er lachte. »Das gefällt mir. Gefällt mir wirklich.«

Friedrich versuchte, sich zu seinem Premierminister zu drehen, was ihm nicht ganz gelang. »Danckelman«, sagte er deshalb ohne ihn anzusehen, »wir werden darüber reden, obgleich ich glaube, ich kenne Eure Meinung bereits. Ihr seid gegen die Provokation, wie? Ihr mögt Frankreich zwar nicht besonders, doch warum sollen wir ein mächtiges Land reizen – ich weiß, ich weiß.«

In den Saal hinein sagte er: »Unser Premierminister ist die Vernunft selbst, und dafür schätzen wir ihn. Aber wisst Ihr, ein Kurfürst muss die Vernunft manchmal zum Teufel schicken. Nur wer etwas riskiert, kann etwas gewinnen. Das ist jetzt noch keine Zustimmung, nicht dass Ihr das glaubt. Lasst mir den Plan da, Euer Kurfürst wird darüber nachdenken. Wo soll sie denn stehen, Eure Kirche?«

Paul hatte Simonet noch nie so schüchtern erlebt. Der dürre Kerl hatte sonst immer eine Bosheit parat, einen winzigen Triumph, den sein Gegenüber manchmal gar nicht wahrnahm. Jetzt kniff er den Hintern zusammen, drückte die Beine durch und neigte den Kopf. Selbst seine Stimme klang anders als sonst, viel höher und tastender. »Wir haben noch kein Grundstück.«

»Ihr habt noch gar kein Grundstück? Ach so ist das.«

Simonet blieb stumm.

Paul kam ihm zur Hilfe. »Durchlaucht, wir wollen einen Schritt nach dem anderen tun. Wenn Ihr uns gestattet, unsere Kirche zu bauen, dann werden wir ein Grundstück suchen.«

»Verstehe. Der Herr Handschuhmacher hält auf Etikette. Das ist gut so. Sehr gut ist das.«

»Wir möchten gern«, ergänzte Paul, »dass unsere Kirche in der Gegend steht, in der wir wohnen.«

»In der Friedrichstadt?«

»Genau, Durchlaucht.«

»Wisst Ihr was, meine Franzosen, eure schöne Zeichnung bleibt jetzt hier, und wir beraten uns. Und wenn wir zu einem Ergebnis gekommen sind, dann sollte die Frage des Grundstücks kein Hindernis mehr darstellen, jedenfalls keins, das man nicht überwinden kann.«

Beim Hinausgehen fand sich Paul neben Simonet. Cayart ging hinter ihnen. »Du hast unseren Entwurf aber eindringlich verteidigt«, sagte Paul.

»Findest du?«, fragte Simonet. Er war kreidebleich.

»Oh, unbedingt. Deine Rede hat den Kurfürsten beeindruckt.«

»Ich hätte ihm gern ein wenig gesponnene Seide mitgebracht«, erwiderte Simonet, »vielleicht einen schönen Schal.

Bloß wachsen die blöden Maulbeerbäume auf dem sandigen Boden nicht so gut wie dein Leder. Deshalb habe ich auch keine Seidenraupen. Die finden nämlich nichts zu fressen bei mir.«

Paul hatte noch nicht genug. »Vielleicht musst du düngen, mein Lieber.«

»Verkauf du erst mal deine Handschuhe in Paris. Beim nächsten Besuch wird er dich danach fragen, und falls er es vergessen hat, werde ich mir erlauben, ihn daran zu erinnern.«

»Glaube ich nicht. Es wird dir wieder die Sprache verschlagen.«

Doch dann war er selbst derjenige, dem es die Sprache verschlug. Er erkannte den Diener, der ihnen entgegenkam und eine Verbeugung andeutete. Die Stimme, die Aussprache seines Namens – alles wie beim ersten Mal: »Herr Paul Deschamps. Die Kurfürstin möchte Euch sprechen.«

Sein Vater holte ihn ein. »Was will die Kurfürstin schon wieder von dir?«

»Ich weiß es nicht, Vater.«

Simonet grinste. Es hatte den Anschein, als wollte er eine Bemerkung machen, die er sich angesichts von Bertrand verkniff.

Während seine Freunde ihren Weg Richtung Schlosstor fortsetzten, folgte Paul dem Diener in den zweiten Stock. Sie kamen am Aufenthaltsraum der Garde vorbei, aus dem wieder tiefe Stimmen drangen, und gingen den Weg bis zu der bemalten Flügeltür, an die der Diener klopfte.

Sophie Charlotte trug ein dekolletiertes braunes Kleid, eine Perlenkette und an ihrem Handgelenk ein goldenes Armband. Sie stand mitten im Raum. Eine junge Zofe war bei ihr, ein schmales, schwarzhaariges Mädchen, das die Augen niedergeschlagen hatte. Wie eine Katze schlich das Mädchen über das Parkett. Hoffentlich schickte die Kurfürstin sie nicht hinaus.

»Ihr vernachlässigt mich, Herr Franzose. Wisst Ihr, ich bin es nicht gewöhnt, vernachlässigt zu werden. Ich dachte, wir seien dabei, Freundschaft zu schließen.«

Paul neigte den Kopf.

»Kommt ein wenig näher.«

Die Zofe huschte zu einer schmaleren Tür, die offenbar in einen Nebenraum führte. Dort blieb sie stehen.

Sophie Charlotte reichte ihm die Hand. »Es ist schön, Euch zu sehen, mein Lieber.«

Er verbeugte sich erneut und deutete einen Handkuss an.

Mit ihrem rechten Arm hakte sie sich bei ihm ein und zeigte auf ihren Diwan. »Setzen wir uns ein wenig und plaudern. Paul, bitte seid nicht so steif. Ist es vielleicht doch dieses Berlin, das Euch nicht bekommt? Wisst Ihr, ich bin eine Frau …«

Sie wartete, bis er sich gesetzt hatte, dann ließ sie sich neben ihn fallen, so nahe, dass sie leiser weitersprechen konnte.

»Und als Frau mag ich es natürlich, wenn ein Mann steif ist – aber doch nicht im Oberkörper. Oder am Hals.«

Nur innerlich schüttelte Paul den Kopf, sein Gesicht verzog er nicht. Die Zofe stand weiterhin an der Tür, den Blick auf den Boden gerichtet. Vielleicht war sie weder Schutz noch Hilfe. Wer konnte wissen, was sie hier schon alles erlebt hatte.

Sophie Charlotte ließ ihre Hand in seine gleiten.

»Na, was ist nun, Paul? Sind wir Freunde?«

»Selbstverständlich, Madame, wenn Ihr das wünscht. Es ist mir eine Ehre.«

»Eine Ehre!« Sie zog ihre Hand aus seiner. »Paul, ich will keine Ehre, sondern Eure Freundschaft.«

Er spürte ihren Blick. Wenn sie zu weit ginge, würde er Nein sagen.

Sie schob ihre Hand auf seinen Oberschenkel.

»Pardon, Madame, Ihr seid verheiratet.«

Sophie Charlotte lachte. Sie lachte laut und hörte nicht wieder auf. Ihre Zofe an der Tür tat, als höre sie nicht, was gesprochen wurde.

»Habe ich etwas Lächerliches gesagt?«

»Ich fürchte. Meine Ehe ist Politik, mein Freund, nichts weiter. Glaubt Ihr, es war für mich ein Vergnügen, als Friedrich in mein Bett gekommen ist? Seht ihn Euch doch an, halber Krüppel, der er ist. Wisst Ihr, wie sie ihn auf der Straße nennen? Den schiefen Fritz. Nicht dass ich etwas für die Berliner Gossensprache übrig hätte, doch hier passt es. Was glaubt Ihr, wie sehr es meine Geduld strapaziert hat, bis er endlich sein Geschäft in mir verrichtet hatte. Und obwohl längst nicht jeder Versuch erfolgreich war – wahrlich nicht –, habe ich ihm drei Kinder geboren, und eins davon lebt. Ein Thronfolger. Das muss reichen. Wenn Ihr's genau wissen wollt, weil wir Freunde sind, abends schließe ich ab, dabei glaube ich nicht, dass das nötig ist. Der gute Fritz kommt sowieso nicht mehr. Und wenn er es täte, fragt sich, ob er etwas davon hätte. Er soll ja jetzt sogar eine Mätresse haben. Es heißt, dass sie nur miteinander reden. Daran habe ich keinen Zweifel. Was er zwischen den Beinen trägt, das braucht er lediglich zum Wasserlassen.«

Die Zofe rührte sich nicht. Sie musste jedes Wort gehört haben, denn die Kurfürstin hatte keinerlei Rücksicht genommen. Was mochte das arme Mädchen denken? Oder sperrte sie einfach ihre Ohren zu?

»Wenn es die Kleine ist, die Euch stört …«, sagte Sophie Charlotte. Dem Mädchen rief sie zu: »Lisa, geh doch mal nach nebenan. Ich bin mir sicher, das Zimmer braucht deine ordnende Hand.«

Die Zofe knickste und verschwand durch die kleine Tür.

»Es heißt, die Franzosen seien die besten Liebhaber in ganz Europa. Was haltet Ihr von dieser Theorie?«

Sie versuchte ein Lächeln, das er nicht erwiderte. Was immer ihm als Antwort in den Sinn kam, konnte man einer Kurfürstin nicht sagen. Nichts zu erwidern, war jedoch möglich.

»Wer wollte das vergleichen?«, fragte er. »Und nach welchem Richtmaß?«

»Das Richtmaß ist klar, da gibt es nur eines – die Zufriedenheit der Frau. Ihr habt natürlich recht – dass es wirklich eine gibt, die alle probiert hat, glaube ich nicht. Dann zählt schon eher Intuition. Man vergleicht einen kultivierten Franzosen mit diesen langen dürren Holländern. Oder mit unseren unrasierten Berlinern. Diese Kerle brauche ich mir nur ansehen, dann weiß ich alles. Die gehen mit einer Frau nicht anders um als mit ihrem Werkzeug oder mit dem Federvieh. In Berlin hat Gott alles versammelt, was keinerlei Raffinesse besitzt.«

Paul senkte den Blick. An Gotteslästerung wollte er sich keinesfalls beteiligen. Er spürte, wie sie wieder seine Hand nahm und sie mit einem Finger streichelte.

»Ihr habt Raffinesse, das weiß ich«, flüsterte sie. »Auch wenn Ihr sie mir nicht zeigen mögt. Noch nicht, wie ich hoffe. Beantwortet Ihr mir eine Frage?«

Paul nickte. »Gern.«

»Findet Ihr, dass ich eine schöne Frau bin?«

»Selbstverständlich.«

Sie legte ihm einen Finger auf den Mund. Dabei rutschte ihr Goldarmband vom Handgelenk auf den Unterarm. »Nicht so schnell, mein Freund. Ich möchte eine ehrliche Antwort. Ich bin Eure Kurfürstin, und Ihr habt Achtung und Respekt vor mir, das weiß ich. Danach frage ich nicht.«

Langsam zog sie ihren Finger von seinem Mund, wofür er dankbar war. »Ich frage nach Schönheit. Findet Ihr mich schön?«

»Madame, ich finde Euch schön und ich bin überzeugt davon, dass Gott Schönheit denen schenkt, die er besonders liebt.«

»Eine gute Antwort. Dann liebt er Euch ebenso.«

»Ich bin ein Mann.«

»Und ein Mann – der kann nicht schön sein?«

Paul hörte ein Geräusch von der Zwischentür, ein leises, zaghaftes Klopfen.

Sophie Charlotte reagierte nicht.

»Ein Mann kann schön sein, Paul. Ihr seid es. Nicht zuletzt deshalb hoffe ich darauf, dass unsere Freundschaft bald enger wird.«

Sie griff wieder nach seiner Hand und strich jetzt kräftiger darüber. Dabei klackerte ihr Armband. Es klopfte ein zweites Mal an der Tür. Als hätte sie es nicht gehört, rutschte Sophie Charlotte näher an ihn heran und sah ihm in die Augen.

»Paul«, flüsterte sie.

Zum dritten Mal klopfte es an der Zwischentür, die nun einen Spalt geöffnet wurde. Sophie Charlotte ließ Pauls Hand los und stellte auf dem Diwan den alten Abstand zwischen ihnen wieder her.

»Was ist?«

Ihre Zofe kam herein und blieb neben der Tür stehen. Immerhin blickte sie zu ihnen.

»Durchlaucht, ich habe Herrn Leibniz gesehen. Er ist mit seiner Kutsche auf den Hof gefahren.«

»Leibniz? Der hatte sich erst für morgen angekündigt.« Sie wandte sich an Paul. »Kennt Ihr Leibniz?«

»Ich habe von ihm gehört«, sagte Paul. »Ein deutscher Philosoph.«

»Ich werde Euch ihm vorstellen. Nicht heute, aber bald, und ich bin sicher, dann werdet Ihr ein anderes Bild von Deutschland bekommen. Leibniz ist ein Mann von Geist, in diesem Land leider der Einzige, aber einer der größten in Europa. Ihr solltet unbedingt seine Schriften lesen. Ich habe es getan, und sie haben mein Leben bereichert. Er hat Gedanken zu allen Fragen, die moderne Menschen beschäftigen. Bloß mit seiner Zeit nimmt er es nicht so genau. Er wollte am Donnerstag zu mir kommen, und heute ist erst Mittwoch. Wahrscheinlich kann sein Verstand auf solche Kleinigkeiten nicht achten. Ich werde ihn natürlich empfangen, das ist meine Pflicht als Kurfürstin, und auch, ich leugne es nicht, ein Vergnügen. Trotzdem tut es mir leid, unser Gespräch unterbrechen zu müssen. Wir werden es bald wieder aufnehmen, ja, Paul? Versprochen?«

Ein letztes Mal strich sie über seine Hand.

»Leibniz ist wirklich ein großer Denker. Doch der schöne Mann, Paul – das seid Ihr.«

3

Diesem Leibniz hätte Paul gern die Hand geschüttelt, doch er begegnete ihm nicht, sosehr er auch durch die Flure des Schlosses spähte. Er schmunzelte bei dem Gedanken, den großen Philosophen zu fragen, wie er es anstellen könne, sich die Kurfürstin vom Leib zu halten, ohne sie sich zur Feindin zu machen.

Auf der Straße versuchte er, die Erinnerung an die Stunde bei Sophie Charlotte abzuschütteln, an ihre Hand, die nach seiner griff und über sein Bein strich. Und an ihre Reden: ›Der schöne Mann, das seid Ihr.‹ Er nahm die Spreebrücke. Unter ihm fuhr ein hölzernes Boot, bis an den Rand mit Kohlestücken beladen, Richtung Westen, auf den Tiergarten zu. Zwei Mann ruderten, ein dritter steuerte.

Sein Vater kam ihm in den Sinn, und für einen Augenblick wünschte er sich, wie ein Sohn zu ihm gehen zu können – wie ein Junge, der noch nicht alle Verantwortung allein zu tragen hat: ›Vater, was soll ich tun?‹

Ob sein Bruder in einer ähnlichen Lage des Vaters Ohr gefunden hätte? Wahrscheinlich.

Doch als er sich vorstellte, wie er mit dem Vater in dessen enger Mansardenwohnung saß, beide steif, auf unbequemen Stühlen und mit so viel Abstand zueinander, dass jede Körperberührung ausgeschlossen war, da hörte Paul nur Vorwürfe: ›Die Kurfürstin? Wie kannst du dich nur in eine solche Lage bringen? Denke an deine Leute und sieh zu, wie du da wieder herauskommst.‹

Er wäre auch gern zu Claire gegangen und hätte ihr alles erzählt. Schließlich hatte er sich nicht schuldig gemacht, und es gab keinen Grund, dass sie ihn verurteilte. Doch er sah vor seinem inneren Auge, wie sie sich die Hand vor den offenen Mund hielt und ihn anstarrte – und nicht weiter nachfragte. Nein; er war der Mann, seine Aufgabe war es, die Sorgen von der Familie fernzuhalten, nicht zu ihr hinzutragen.

Er verscheuchte alle diese Gedanken. Vor ihm schichteten Arbeiter am befestigten Flussufer Baumstämme auf, der Stapel war schon mannshoch und mit Keilen gesichert. Es war offensichtlich, dass die Stämme hier verladen und per Schiff weitertransportiert werden sollten. Vielleicht in ein anderes Land? Export von Holz – das war natürlich nicht das, was der Kurfürst gemeint hatte, als er von Respekt und Qualität gesprochen hatte.

Er würde es ihnen vormachen, er, der Hugenotte Paul Deschamps. Mit Gottes Hilfe würde er Waren aus Brandenburg in ganz Europa verkaufen, Handschuhe, die edler und besser waren als alle anderen.

Ein Trupp Soldaten kam ihm entgegen, in blauer Uniform, ihre Gewehre über der Schulter. Sie hatten die Hälse gereckt und starrten nach vorn. Wortlos und im Gleichschritt marschierten sie in Richtung Schloss, immer zwei nebeneinander, und das Trampeln ihrer Stiefel hallte durch die Straße.

Ja, er würde ein erfolgreicher Exporteur werden, solange er nur aufpasste, nicht in die Fallen am Wegesrand zu treten. Die Kurfürstin durfte er nicht vor den Kopf stoßen, genauso wenig durfte er eine Grenze des Anstands überschreiten. Er wollte nicht das Spielzeug einer mächtigen Frau werden. Es galt, vorsichtig zu bleiben.

Ein Hund kläffte ihn an, ein grau und braun gefleckter Straßenköter. Paul streckte den Arm aus, um ihn davonzujagen. Als der Hund weiterbellte, schimpfte er barsch und, wie er bald bemerkte, auf Französisch. Der Hund kläffte immer weiter. Paul trat nach ihm. Das Tier zog sich ein wenig zurück, hörte dabei nicht auf zu bellen. Paul machte zwei Schritte auf ihn zu und rief noch lauter. Endlich lief der Hund davon.

In der Gerberei ging die Arbeit voran, überall lagen Häute und Felle in verschiedenen Stadien der Bearbeitung. Das neue Werkstattdach sah wie Schmuck aus, fast wie eine Krone auf dem Haus. Seit die Wachen nachts am Grundstück standen, hatte es keine weiteren Übergriffe gegeben.

Pignot war dabei, eine Haut aus der Mistbeize zu ziehen. Er wies zwei Arbeiter an, sie zu enthaaren und von Fleischresten zu säubern.

Paul gefiel, wie unmissverständlich sein Altgeselle die Vorgaben machte. Pignot stellte einen Kessel unter den Lohetrog, dann öffnete er das Ventil, das er gebaut hatte, und der Sud lief ab. Der stämmige Bretone hängte den schweren Kessel allein an einen Haken über das Feuer, dabei schwollen seine Oberarme an und er biss sich auf die Zähne. Was nun begann, hatte Paul bereits mehrmals beobachtet – das Geheimnis, das Pignot um die richtige Temperatur machte. Nach ein paar Minuten steckte er einen Finger in den Sud, kratzte seine Narbe an der Wange und legte die Stirn in Falten.

Dann schüttelte er den Kopf. Noch reichte ihm die Wärme nicht aus.

Einige Male hatte Paul schon mit angehört, wie Pignot den Arbeitern erklärte, das Gefühl für die beste Gerb-Temperatur im Finger zu haben. Es stamme von jahrelangem Probieren zu Hause in der Bretagne, das könne man nicht einfach so. Aber er ließ nicht zu, dass einer seiner Arbeiter das Geheimnis erlernte, niemand außer ihm durfte seine Finger in den Sud stecken, das war allein Pignots Aufgabe, genauso wie er bestimmte, wann neu erhitzt werden musste.

Paul ließ ihm diese kleine Eitelkeit. Ohne Pignot würde seine Gerberei nicht arbeiten. Er bezahlte ihm bereits einen höheren Lohn und würde ihn weiter erhöhen, wenn sich die neuen Handschuhe gut verkauften.

Als er sich später auf den Weg in die Manufaktur machte, kam die Erinnerung an die Kurfürstin zurück, er sah ihr schweres Armband vor sich und hatte sogar ihren Parfumgeruch in der Nase. Mit Macht schob er all das beiseite und beschleunigte seinen Schritt. Die Gedanken richtete er auf den Vorschlag des Kurfürsten. Es war Zeit, das Vorhaben Export in Angriff zu nehmen.

Er rief nach Gerveux und zerrte mit ihm alles Leder, das

noch aus der Heimat stammte, vom Regal herunter. Sie breiteten die Häute eine nach der anderen aus, Paul ging sie zweimal durch. Schließlich entschied er sich für Kalbsleder.

In Gerveux' fragendes Gesicht sagte er: »Ich brauche drei Paar Handschuhe, eins mit langem Arm, eins mit kurzem und eins für Damen. Ich möchte, dass Ihr das Leder zuschneidet. Ihr persönlich, Gerveux.«

»Ein besonderer Kunde?«

»Nein, ein Experiment. Ich werde diese Handschuhe nach London schicken. Hoffentlich fährt von Berlin überhaupt eine Postkutsche.«

Gerveux warf ihm einen Blick zu. Er traute sich nicht, weiterzufragen.

»Ich kenne dort einen Mann, der früher zusammen mit seiner Familie in Charenton in die Kirche ging. Jetzt hat er einen Laden, in Westminster, wenn ich es richtig weiß, und verkauft feine Kleidung. Vielleicht fehlen ihm ja in seinem Sortiment erstklassige Handschuhe.«

»Wenn wir sie nähen sollen, müssen wir die Größen wissen.«

Paul schüttelte den Kopf. »Ihr näht nicht.«

Gerveux fragte wieder nicht; dabei war es offensichtlich, dass er wissen wollte, was Paul sich vorstellte. »Ich werde meine Frau bitten.«

»Madame Deschamps? Eine Frau soll nähen?«

»Ja, eine Frau. Die eine sehr gute Näherin ist.«

Gerveux atmete durch. Paul ahnte seine Einwände und war dankbar, dass der Geselle sie nicht aussprach.

4

Lorenz Haeuser lehnte sich an den Rahmen der Werkstatttür, wischte sich den Schweiß aus dem Gesicht und strich die Haare zurück. In der Hosentasche fand er einen Holzspan, den er sich zwischen die Zähne schob.

Aus der Werkstatt hinter ihm kamen zischende Bratgeräusche. Der Geruch von fettigem Fleisch zog an ihm vorbei. Es würde nicht mehr lange dauern, da vertrieb er sogar den Lohegestank vom Hof. Das war das besondere dieser Stunden am Sonnabendnachmittag, dem letzten Tag der Woche: Da roch es in der Gerberei nicht nach Gerbsaft.

Er hatte Schwein gekauft. Mit der Schlachterei, die ihn auch mit Häuten belieferte, verhandelte er immer frühzeitig über das Fleisch für das große Essen. Er legte Wert darauf. Alle Berliner Gerbermeister verköstigten zum Ende der Woche ihre Leute, doch was sie ihnen vorsetzten, war unterschiedlich. Lorenz hatte oft gehört, wie die Gesellen darüber sprachen. Was es zu Wochenschluss zu essen gab, machte für sie die Qualität einer Gerberei aus.

Seine Gesellen waren stolz auf ihren Arbeitsplatz, und das sollte sich nicht ändern. Er kaufte Schwein oder Rind, vor Feiertagen auch mal Lamm oder Kalb, gelegentlich Wild. Wenn es Geflügel gab, murrten die Männer.

Der Lehrjunge hatte den Tisch vorzubereiten. Mit beiden Händen trug er einen Stapel Teller und Besteck obendrauf. Er ging langsam und hatte die Zunge ein wenig vorgeschoben. Im Winter ließ Lorenz in der Werkstatt decken, an warmen Tagen, wie jetzt, aßen sie im Hof. Im Hochsommer wurde der Tisch in den Schatten gerückt.

Lorenz beobachtete ein Spielchen, das sich Woche für Woche wiederholte, mit den immer gleichen Witzen. Die Gesellen ärgerten den Lehrjungen, weil das Tischdecken in ihren Augen Frauenarbeit war, sie nannten ihn ›Fräulein‹ und

›Süße‹, zogen ihn zu sich heran, um an ihm zu riechen, er sollte sie küssen oder mit ihnen im Gebüsch verschwinden. Lorenz ließ es laufen, er griff nur selten ein. Er registrierte, wie die Lehrlinge mit den Witzchen umgingen, er hatte Jungs erlebt, die flennten, andere, die sich taub stellten, und wieder andere, die zurückgaben.

Sein derzeitiger Lehrling hieß Otto, ein fünfzehnjähriger Rotschopf mit Sommersprossen, abstehenden Ohren und einem Gesicht flach wie ein Pfannkuchen. Er nahm die Hand vor den Mund, als müsse er gähnen, oder er hielt sich den Bauch und spielte übertriebenes Lachen, aber die Männer begriffen nicht, dass er ihre Späße abgedroschen fand. Sie johlten.

Otto hatte die Teller auf dem Tisch verteilt und brachte nun das Bier aus der Küche, ein Holzfass, das sie direkt aus der Brauerei bezogen. Er schleppte es auf der Schulter, und die Gesellen riefen erneut durcheinander und mahnten ihn, nur nicht zu stolpern. Otto stellte das Fass auf einem Hocker ab.

Das Braten des Fleisches überließ Lorenz einem seiner Marktweiber, und die hatten auch den Getreidebrei zu kochen. Am Tisch mitessen durften die Frauen natürlich nicht, aber sie waren allemal aufgeweckt genug, um während des Kochens reichlich abzuschmecken und sich eine volle Schüssel beiseite zu stellen. Unterernährt zumindest sahen sie beide nicht aus.

Lorenz ging um den Tisch herum. Das Besteck brauchte gar nicht gedeckt zu werden, die Männer aßen ohnehin mit den Pfoten. Am Tisch wurde geschmatzt und gerülpst und gefurzt, dass es wie ein Konzert klang, und die Gesellen tranken ihr Bier nicht, sie schütteten es in sich hinein. Lorenz ließ sie gewähren, er war nicht ihr Erzieher. Nur zwei Dinge setzte er durch. Bevor einer an den Tisch kam, musste er sich gründlich waschen, die Hände genauso wie das Gesicht. Und nach dem Essen mussten alle eine letzte Arbeitsstunde leisten. Dann wurde aufgeräumt und gefegt, je nach Wetter wurden die Gruben abgedeckt, alles Werkzeug kam sauber an seinen Platz. Auch wenn die Männer dann einen besoffenen Kopf hatten, ließ Lorenz ihnen dabei nichts durchgehen. Bevor die Werkstatt nicht in Ordnung war, verließ keiner den Hof.

Am Waschbottich versuchten die Gesellen, den Lehrling zu umarmen und ihm an den Arsch zu fassen. Der Junge wand sich und entkam. Er war nicht auf den Mund gefallen. Wenn er die Gesellenprüfung halbwegs ordentlich bestand, würde Lorenz ihn weiterbeschäftigen.

Jetzt saß er, vor allen anderen, an seinem Platz am Fußende des Tisches, das Gesicht gewaschen und mit grinsendem Mund.

Die Gesellen nahmen ihre Sitze an den Längsseiten ein und leerten die ersten Krüge. Lorenz war klar, dass ihr Saufen darin begründet war, dass sie das Bier nicht bezahlen mussten. Er hatte hin und wieder überlegt, wenigstens für die Getränke ein paar Pfennige zu verlangen, aber er wollte nicht. Sie arbeiteten ordentlich, es gab keinen Grund, etwas zu ändern.

Mit einem großen Messer schnitt er das Fleisch und verteilte es nach alter Reihenfolge. Wer am längsten dabei war, bekam zuerst, der Lehrling als Letzter und er selbst, der Meister, nahm sich zu allerletzt. Die etwas auf ihrem Teller hatten, griffen sofort und mit beiden Händen zu. Die anderen schauten hungrig.

Die ersten Minuten aßen sie schweigend.

»Meister«, fragte dann einer der Gesellen, er hieß Anton und arbeitete seit vielen Jahren für ihn, »wie steht es eigentlich mit diesem Franzosen? Ich meine den, der gerben will?«

Lorenz schluckte seinen Bissen herunter. »Die Zunft denkt daran, den Fall vor den kurfürstlichen Rat zu bringen.«

»Den kurfürstlichen Rat?« Anton hatte eine schiefe Nase und dunkle Zähne, sein Kopf war zur Hälfte kahl. »Wär es nicht besser, wir machten das selber? Unsere Sprache ist deutlicher als die der hohen Herren. Ich bin mir sicher, dass ich ein paar Berliner Gesellen finde, die sich nicht zweimal bitten lassen. Es ist doch schon mal jemand da gewesen und hat aufgeräumt.«

Die anderen lachten.

Lorenz spülte mit Bier nach. Ihm stand der Sinn nicht nach diesem Gespräch, die Gesellen sollten bei dem bleiben, was sie verstanden. Mit gutem Grund entschieden in der Zunft nur die Meister.

»Es gibt Leute«, mischte sich auf der Längsseite ein anderer ein, »die glauben, die Franzosen dürften gar nicht hier sein.« Der Geselle hieß Hannes, er stammte irgendwo vom Main oder vom Neckar und war während der Wanderschaft hier hängen geblieben. Seine Sprache verriet ihn noch immer. Er war schmal – aber nicht schwach – und hatte Haare, die er im Nacken zusammenband. »Das habe ich schon ein paarmal gehört. Der Prediger Helge sagt, Gott hat jedem Volk ein Land zugewiesen, da muss es bleiben und sich einigen. Es ist falsch, dass die Franzosen hier sind.«

»Pfaffengequatsche«, entfuhr es Lorenz. Er trank einen weiteren Schluck Bier und behielt ihn lange im Mund. Es war dumm zu denken, die Franzosen könnten wieder aus Berlin verschwinden. Der Kurfürst hatte sie geholt, sie waren da, alles andere zählte nicht.

»Warum Gequatsche?«, fragte Hannes. »Jetzt sind sie bei uns, und was machen sie? Alles kaputt. Wollen gerben ohne Erlaubnis der Zunft.«

»Ich sag doch, so was kann man leicht beenden«, meinte Anton. »Ein paar an die Backen, ordentlich links und rechts, dann wissen sie, wie es zugeht in Brandenburg, das ist die beste Erziehung für die Fremden.«

»Sonst rührt doch sowieso keiner einen Finger«, stimmte Hannes zu. Mit seiner fettigen Hand strich er sich das Haar aus der Stirn. »Wer weiß, was der Rat sagt? Und vor allem, wann er irgendwas sagt. Die schlafen doch da oben allesamt und lassen sich dafür gut bezahlen. Aber wenn bald die alte Ordnung nicht mehr gilt, dann macht jeder, was er will, und dann ist es vorbei mit unserem schönen Land.«

Lorenz ließ sie reden. Einmal ausgesprochen war der Zorn nur noch halb so groß. Die anderen Gesellen hörten kaum hin, es schien ihnen zu schmecken und sie tranken Bier in Mengen. Die Ersten mussten schon aufpassen, dass sie nicht von ihren Stühlen fielen.

An der Hofeinfahrt nahm Lorenz einen Schatten wahr. Ohne den Kerl gesehen zu haben, wusste er, wer er war, und es dauerte nicht lange, da rief Anton: »Deine Nase möchte ich haben, Martin. Wie weit riechst du eigentlich, dass hier zu Wochenschluss gegessen wird? Bist halb verhungert, wie? Oder warst du schon bei den anderen Gerbereien und schnorrst dich von Hof zu Hof?«

Martin kam auf sie zu. Er machte nur kleine Schritte und sah sich um.

»Für dich gibt's nichts«, sagte Anton. »Nur wer hier arbeitet, hat auch Speis und Trank.« Er biss in ein großes Fleischstück und schmatzte.

»Will gar nichts«, erwiderte Martin.

Die anderen lachten. Einige von ihnen stemmten ihre Bierkrüge in die Höhe und prosteten ihm zu.

»Ich muss dich sprechen, Meister Haeuser«, sagte Martin.

Lorenz schüttelte den Kopf.

Martin stellte sich neben ihn an das Kopfende des Tisches. »Es ist dringend. Diese Franzosen.«

»Hör auf. Siehst doch, dass ich esse.«

»Es dauert nicht lange.«

Lorenz nahm seinen Bierkrug in die Hand und drehte sich langsam zu Martin. Er spürte, dass sich eine Falte in seine Stirn grub. »Wann hast du eigentlich zum letzten Mal an einem Gerberbaum gezappelt?«

»Als Lehrjunge. Lange her. Der Franzose, dieser Freimeister …«

»Hör auf mit dem Freimeister«, fiel ihm Lorenz ins Wort. »So was gibt es nicht. Jedenfalls nicht im Gerbergewerk.«

»Na, ich mein doch diesen Franzosen, du weißt schon, der mit der schönen Frau. Der die Handschuhe macht.«

Lorenz war drauf und dran, ihm eine Ladung Bier ins Gesicht zu schütten. Was war das für ein schmieriger Kerl! Eine Schande für die ganze Bruderschaft.

»Er kannte den Baumeister nicht.«

Lorenz verstand den Sinn dieser Rede nicht und er wollte ihn nicht verstehen. Er aß weiter, und wenn Martin nicht bald die Klappe hielte, würde er ihn für den Rest des Nachmittages an den Baum hängen lassen.

Die Unterhaltung am Tisch war verstummt, man hörte nur das Schmatzen der Gesellen und ihr Rülpsen.

»Begreifst du nicht? Er kannte den Baumeister nicht.«

»Ich begreife nur eins: Du solltest dein Maul halten, weil ich esse. Und was machst du? Du quatschst. Der Fluss da, das ist die Spree, und wenn du nicht gehorchst, dann hängst du erst am Baum und dann fliegst du da hinein.«

Seine Gesellen lachten. »Ich wette, er kann nicht schwimmen«, rief Anton.

Hannes ihm gegenüber stellte seinen Bierkrug mit einem Krachen auf den Tisch. Ohne einen der anderen anzusehen sagte er: »Er ist ein Gerber, und deshalb gehört er zu uns.«

Martin war trotzdem ein paar Schritte zurückgewichen.

»Die Frau von dem Franzosen hat gesagt, er war an dem Abend, als Jockel starb, mit dem Baumeister zusammen. Du hast es selbst gehört. Und jetzt kannte er ihn nicht. Zufällig war ich in der Nähe, er wurde ihm vorgestellt und war ihm fremd. Das ist es.«

Martin drehte sich um und verschwand.

»Wenn der ein Tier wär«, sagte Anton, »dann wär er ne Ratte.«

Die anderen lachten.

5

In der Jerusalemkirche blieben die Franzosen in ihrem Seitenschiff, obwohl längst niemand mehr sie dazu zwang. Sie hätten sich genauso auf andere freie Plätze setzen können, aber sie hatten inzwischen eigene Stühle aufgebaut und steuerten sie immer ganz selbstverständlich an. Lorenz wusste manches Gesicht zuzuordnen, der Dicke mit den roten Wangen war der Bäcker, der Weißhaarige ihr Arzt. Und sie, die in seinen Gedanken immer ›die Französin‹ hieß, saß neben Mann und Tochter auf der einen und einem älteren Herrn auf ihrer anderen Seite, der ihr Vater oder Schwiegervater sein mochte.

Er verbot sich, in Richtung Seitenschiff zu starren. Dabei konnte er den Blick kaum von ihr lassen. Er sah sich aufstehen, den Flüchtlingen die Hand reichen, mit ihnen sprechen. Er wollte diesen sinnlosen Graben zuschütten. Und der Französin in die Augen sehen. Das vor allem, und mit ihr reden.

Schon wieder starrte er hinüber. Da traf er ihren Blick, für einen Moment nur, diese Augen, wie er noch nie welche gesehen hatte. Schickte sie ihm ein Lächeln?

Es war vorbei, sie hatte sich ihrer Tochter zugewandt.

Hatte sie ihm nun ein Lächeln gesandt – oder hatte er sich etwas eingebildet? Er zwang seinen Kopf nach vorn, zum Altar, neben dem das hölzerne Kreuz stand. Lorenz konnte darin allein die Tischlerarbeit sehen. Wenn die Predigt anfing – meistens ging es ja um Schuld und Sünde und solche Sachen – ließ er seine Gedanken schweifen, und er genoss die Ruhe, die sich dann einstellte. Einen Gottesdienst zu verpassen, hätte ihm nichts ausgemacht, er ging nur, weil es Sitte war und alle anderen es taten und in letzter Zeit in erster Linie ihretwegen. Doch obwohl die Bibel voll von Frauen war, die Männern gefielen, erwartete er hier keine Antwort. Niemals würde er dem Pfarrer erzählen, was ihn beschäftigte.

Eine Stunde später blieb er länger auf seinem Platz sitzen als nötig. Rings um ihn waren schon alle Stühle leer. Er schielte ins Seitenschiff und richtete es so ein, dass er nach ihr aufstand, kurz nach ihr, und ihr mit den Augen folgen konnte, als sie die Kirche verließ.

Auf dem Vorplatz standen die Kirchgänger in kleinen Gruppen zusammen. Die Kinder aus der Nachbarschaft waren barfuß, die Männer unrasiert, die Frauen trugen ihre schmutzigen Hauben. Die Franzosen waren viel besser angezogen. Sie drehte sich um und schien ihre Tochter zu suchen. Als ihre Blicke sich trafen, schaffte er kein Nicken und kein Lächeln. Und da hatte sie die Kleine schon an der Hand und nahm sie mit zu ihren Leuten, die sich ein wenig abseits gesammelt hatten.

Lorenz stopfte beide Hände in die Hosentaschen. Der eine oder andere Gerber und Bekannte aus der Nachbarschaft rief ihm ein paar Worte zu oder klopfte ihm auf die Schulter. Er schloss sich niemandem an, und als er sich in Bewegung setzte, tat er das nur, weil er nicht länger allein auf dem Kirchplatz bleiben konnte. Sie sah er nur noch von hinten.

Er machte sich auf zu seiner Schwägerin Karla. Nicht nur, dass er Hunger hatte und bei ihr etwas zu essen bekommen würde, er fühlte sich verpflichtet, nach ihr und den Kindern zu schauen.

Er klopfte an die Tür und trat ein. Karla stand in der Küche. Die Jungs kamen auf ihn zu und riefen seinen Namen.

An dem großen Eichentisch saß Martin.

Er hatte ein kragenloses Hemd an und ein Seidentuch um den Hals gewickelt. Die Haare waren gekämmt, und im Ohr blitzte sein Ring.

»Was machst du denn hier?«, fragte Lorenz.

»Ich? Ich wollte Karla alles sagen, was … na, was die Bruderschaft für sie tun wird. Ich meine, als Meisterwitwe. Dass sie unterstützt wird und so.«

Auf Lorenz' Stirn bildete sich die Furche wieder, er merkte es. Dieser Wichtigtuer, umsonst fressen und sich als einer ausgeben, der in offizieller Mission kam. »Hab ich doch längst getan.«

»Jaja, ich weiß. Außerdem wollte ich mich mit ihr darüber unterhalten, wie es mit Jockels Gerberei weitergeht.«

Lorenz baute sich direkt vor ihm auf. Der Kleine saß, deshalb sah er auf ihn hinunter, auf die frisch gekämmten Haare, und war versucht, ihm mit den Knöcheln auf den Kopf zu klopfen. Kaputtgehen konnte da drin nicht viel.

»Du willst Dinge besprechen, die die Zunft zu entscheiden hat? Bist du größenwahnsinnig?«

Martin schob seinen Stuhl nach hinten und stand auf. Er reichte Lorenz bis an die Nase und musste zu ihm aufsehen. »Nicht gleich so streng, Meister. Ich gehöre zur Zunft wie du und weiß, dass alle Hoheit bei ihr liegt. Wir wollten nichts entscheiden, sondern nur … reden, verstehst du? Karla, sag doch auch mal was.«

Sie war aus der Küche gekommen und hatte eine Tonschüssel in der Hand, die sie auf den Tisch stellte. »Setzt euch hin, wir essen jetzt.«

Die Männer würdigten einander keines Blickes mehr. Lorenz' Neffen achteten darauf, neben ihm zu sitzen, jeder auf einer Seite.

Karla schien nicht gerade von ihrer Trauer aufgefressen zu sein. Ihr Gesicht war ernst wie immer, aber nicht niedergeschlagen, sie hatte keine roten Augen und ihre Stimme wirkte fest. Die Kinder gehorchten ihr. Sie waren wild, doch Karla hatte Kraft genug, sie zur Ruhe zu zwingen. Allein die grauen Strähnen im Haar und die Falten unter den Augen und um den Mund kannte Lorenz nicht. Seine Schwägerin war in den letzten Wochen alt geworden.

Martin schlürfte die Kohlsuppe, und sein Holzlöffel zitterte, wenn er ihn zum Mund führte. Hin und wieder schwappte Suppe über. Lorenz hätte dem kleinen Kerl am liebsten weiter keine Beachtung geschenkt. Was bildete sich dieser Geselle ein, sich in Zunftfragen einzumischen? Er sollte ihn dafür bestrafen lassen. Schwierig dürfte das nicht sein, die Angelegenheiten der Bruderschaft unterstanden in diesem Jahr ihm.

Lorenz wandte sich seinen Neffen zu, die ihn mit ihren runden Augen anschauten und jede seiner Fragen beantworteten. Für diese beiden kleinen Kerle würde er sorgen müssen, nicht mit Geld, sondern mit Aufmerksamkeit. Auf die Dauer würde er sie mit der Gerberei vertraut machen, wie sein Vater es mit ihm getan hatte, so wussten sie, wo sie hingehörten, wenn sie das Alter erreicht hatten.

Nach dem Essen liefen beide Jungs auf die Straße, der Jüngere dem Älteren hinterher. Karla stellte die Schüsseln zusammen und trug sie hinaus.

»Meister«, sagte Martin, »hast du eigentlich verstanden, was ich dir gestern gesagt habe?«

»Gesagt? Du wolltest doch bei mir nur umsonst fressen und saufen, genau wie hier. Nur hast du nichts bekommen.«

»Das stimmt nicht. Nein.«

»Wie auch immer – mir hast du die Ruhe geraubt, deshalb wollte ich dich an den Gerberbaum hängen. Meinst du das? Viel anders ist es heute nicht. Du mischst dich in Dinge, die dich nichts angehen.«

Er schüttelte den Kopf. »Ich will nur, dass recht bleibt, was recht ist.«

»Ich glaub dir kein Wort.«

»Ich sage die Wahrheit. Ich habe gehört – mit eigenen Ohren gehört –, dass der Franzose diesen Baumeister nicht kannte. Das wollte ich dir sagen. Seine Frau hat dich angelogen.«

»Und das hast du mit eigenen Ohren gehört?«

»Ja.«

»Wann und wo?«

»Neulich, in der Friedrichstadt.«

Lorenz packte ihn mit den Augen. Die Stirnfalte war noch tiefer geworden, wahrscheinlich reichte sie schon bis an die Nase. »An welchem Tag? Zu welcher Stunde?«

Martin hielt dem Blick stand, beide starrten einander an.

Unter dem Tisch ballte Lorenz die Fäuste. Er war kurz davor, aufzuspringen und den anderen zu packen und zu schütteln.

Doch Martin gab auf. Er senkte den Kopf.

»Du lügst, Geselle. Du bist nichts als ein Stück Scheiße. Fürs Gerben nicht tauglich. Jede Haut ist zu schade für deine dreckigen Pfoten.«

Karla kam zurück. Sie trug einen Krug mit Bier. Lorenz nahm ihn ihr ab und schenkte sich ein. Er stellte den Krug so auf den Tisch, dass Martin nicht heranreichen konnte. Er hätte aufstehen oder bitten müssen.

»Meister Lorenz, hör mich an. Es stimmt, ich war es nicht selber, hab's nicht mit eigenen Ohren gehört, sondern mein Kumpel, der Georg, der auch bei deinem Bruder gearbeitet hat. Kennst ihn doch – den Lockenkopf mit dem lustigen Gesicht. Er ist einer, dem ich vertraue.«

Lorenz lachte.

»Wirklich, ich glaube dem. Er hat es gehört und mir erzählt. Die Franzosen standen da, wie sie immer stehen, eine ganze Gruppe, und der Handschuhmacher mit seiner Frau und seiner Tochter kam dazu, und da sagte ein anderer, das hier wär der Baumeister sowieso. Und weil der Georg die ganze Geschichte mit dem Jockel und dem Franzosen kannte, weil ich sie ihm nämlich erzählt habe, weil ja der Jockel auch sein Meister war, verstehst du?, deshalb hat er mir das alles berichtet. Ja, und ich habe gemeint, das müssen wir dir sagen.«

Lorenz trank Bier. Dabei ließ er Martin nicht aus den Augen. »Hättest besser geschwiegen. Auf Hörensagen gebe ich nichts.«

»Martin«, sagte Karla, »ich meine, es ist besser, du gehst jetzt. Was du mir berichten wolltest, über die Zunft und so, hast du getan. Und das Essen ist nun vorbei.«

Martin nickte. Er stand langsam auf.

»Eins noch, Lorenz, weil du der Zunftmeister bist. Die Gerberei des Franzosen ist fast fertig, du weißt es so gut wie ich, wir haben sie zusammen angesehen. Er hat Häute und er hat

Lohe, weiß der Teufel, woher er die bekommen hat. Sie nutzen andere Gerbverfahren, sie äschern die Häute überhaupt nicht. Er hat es dir gegenüber zugegeben. Auch das ist wider die Zunftordnung – man muss gerben, wie es Tradition ist. Wie lange willst du noch zusehen?«

Lorenz sah nicht hoch. »Das geht dich nichts an.«

»Das geht mich wohl was an«, widersprach Martin. »Ich gehöre genauso zur Bruderschaft wie du. Heute fängt ein Ausländer an zu gerben. Was der macht, kann ich vielleicht auch und viele andere, und bald gerbt jeder wie er will. Ich sage dir, wie es dann sein wird: Wer sein Leder am billigsten anbietet, der wird am meisten verkaufen. Und die anderen gehen leer aus. Was glaubst du, wer am Ende gut dasteht? Die Franzosen, das ist doch klar. Die schaffen es, in ein paar Wochen aus einer Haut Leder zu machen. Du brauchst dafür zwei Jahre.«

»Hast du nicht gehört, dass Karla dich rausgeworfen hat?«

»Ich gehe ja schon«, sagte Martin. Er stand bereits in der Nähe der Tür. »Trotzdem höre ich nicht auf, laut über diese Ungerechtigkeit zu reden. Vielleicht glaubst du, ein Franzose, der sein Leder gerbt, bedeutet nichts. Aber das stimmt nicht. Es ist wie im Krieg. Der Erste, der durchs Stadttor drängt, zieht andere nach sich. Weil das Tor dann nämlich offen ist.«

Während seiner letzten Worte hatte sich sein ganzer Oberkörper hin und her bewegt.

»Martin«, ermahnte ihn Karla.

Der Geselle hob den Zeigefinger. »Ich habe recht und ich werde so lange darüber reden, bis die Zunft handelt. Als Nächstes heute Abend im Steinkrug. Es ist Sonntag. Ich hoffe, du kommst, Meister Haeuser.« Grußlos verschwand Martin.

»Was wollte er hier?«, fragte Lorenz.

»Wie er gesagt hat. Es ging um Geld. Doch das wusste ich alles schon von dir.« Sie strich sich die Haare aus dem Gesicht. »Es ist schön, dass du gekommen bist. Die Kinder mögen dich, Lorenz. Sie brauchen einen Mann, zu dem sie aufsehen können. Du solltest sie öfter besuchen.« Sie senkte den Blick. »Und sie sind nicht die Einzigen, die sich freuen würden.«

Lorenz trank einen Schluck Bier. »Ich hab wenig Zeit.«

»Ich weiß, du bist der Zunftmeister, neben allem anderen, was du zu tun hast. Aber wenn ich an dich denke – bist du nicht manchmal einsam, wenn du abends nach Hause kommst?«

Er mochte solche Gespräche nicht. Das war etwas für Weiber.

»Niemand da, der dich erwartet, der dir kocht und nachts neben dir im Bett liegt.«

»Komm, lass«, sagte er. Er trank das Bier aus und stand auf.

»Zu mir kannst du jederzeit kommen. Hier bist du immer willkommen.«

Bevor Lorenz ging, verabschiedete er sich von seinen Neffen und sagte ihnen, er werde sie in der nächsten Woche abholen, um ihnen seine Gerberei zu zeigen. Sie strahlten.

Am Montag übernahm er selbst die Fuhre zur Lohmühle.

Die Gesellen murrten, nicht besonders laut, aber vernehmlich. Jeder von ihnen kam gern mal raus, und die Fahrten konnte man mit dem einen oder anderen Umweg verlängern, die Männer hielten irgendwo auf ein Bier oder unternahmen andere Dinge und manchmal verplapperten sie sich hinterher oder gaben an. Außerdem war die Arbeit als Kutscher bei Weitem nicht so hart. Lorenz gab sie für gewöhnlich an denjenigen, der sich in der letzten Zeit besonders ausgezeichnet hatte.

Doch heute fuhr er selbst.

Sein Weg führte nicht am Markt der Friedrichstadt vorbei, und es gab keinen Grund, dorthin zu steuern. Das Marktweib hatte eh keine Einnahmen. Er trieb sein Pferd an und fuhr weiter Richtung Lohmühle. Seine Mühlzeit war abgelaufen, er hatte den Müller zu bezahlen und die Lohe zu holen.

Bloß war es genau die Stunde, zu der vor einer Woche die Französin auf dem Markt gewesen war.

Er schüttelte den Kopf und ließ die Peitsche knallen, der Wagen war ja leer. Das Pferd fiel in einen leichten Trab.

Warum nannte er sie in Gedanken immer noch ›die Französin‹? Er wusste doch, wie sie hieß. Er zog am Zügel, das Pferd wurde augenblicklich langsamer und nahm brav die Kurve, die er ihm anwies.

Am Markt blieb er auf dem Bock sitzen. Es war diesig, dabei warm. An den Getreideständen drängten sich die Leute. Vor allem Frauen kauften ein, sie standen, ihre Körbe in den Armbeugen, in den schmalen Gassen und schwatzten. Niemand schien es eilig zu haben. An seinem Stand war wieder kein Mensch. Das Marktweib hatte das Leder ausgebreitet und hockte davor. Sie trank. Er hoffte, dass es Wasser war.

Die Französin entdeckte er, als sie unter einem Sonnendach hervorkam.

Sie hatte ihren gefärbten Weidenkorb im Arm. Um die dunklen Haare trug sie ein Seidentuch. Es war weit nach hinten geschoben und verdeckte ihr Gesicht in keiner Weise. Sie hielt sich sehr aufrecht und bewahrte Abstand zu anderen Leuten. Lorenz ließ sie nicht aus den Augen.

Wo sie hinkam, reagierten die Menschen auf sie. Man machte ihr Platz, damit sie nach vorn treten konnte, die Marktleute zeigten bereitwillig, was immer sie zu verkaufen hatten. Manche deuteten sogar eine Verbeugung vor ihr an. Dass sie Ausländerin war, schien keine Rolle zu spielen.

Sie kaufte in aller Ruhe ein und wählte genau aus. Deshalb dauerte ihr Einkauf lange, und er musste weiter, denn auch wenn seine Gesellen nicht wagen würden, irgendwelche Bemerkungen zu machen, tuschelten sie und glaubten am Ende noch, was der Meister tue, dürften sie genauso. Lorenz rutschte auf dem Bock hin und her. Er hatte die Zügel in der Hand, ließ sie jedoch nicht knallen. Irgendwie brachte er es nicht fertig, das Pferd in Bewegung zu setzen.

Er trampelte mit dem Fuß auf das Brett in der Kutsche. Es

war eine dumme Idee gewesen, hier auf sie zu warten. Musste sie das nicht als Überfall ansehen?

Doch da kam sie auf ihn zu und hatte ihn schon gesehen.

Er kletterte von der Kutsche. »Madame?«

Sie strahlte. »Ihr seid ein eifriger Marktgänger, Monsieur 'aeuser.«

»Wir haben dort einen Stand.«

Sie lachte. »Einen Stand, allerdings nicht sehr viele Kunden.«

»Darf ich Euch etwas fragen?«

Sie standen ein wenig abseits, aber keineswegs außer Sicht, was die Französin überhaupt nicht zu kümmern schien. »Sicher«, sagte sie.

Er blickte zu Boden und scharrte mit der Stiefelspitze im Sand. »Es geht …«

Sein Pferd vor der Kutsche schnaubte. Er nahm es als Aufforderung. Als er sie ansah, hätte er am liebsten ihre Hände genommen. »Es gibt Leute, die sagen, Euer Mann war an dem Abend, als mein Bruder starb, nicht mit dem Baumeister zusammen. Er soll ihn nicht einmal gekannt haben.«

Das Lächeln war aus ihrem Gesicht verschwunden. »Und Ihr, Meister, was glaubt Ihr?«

»Ist das wichtig?«

Ihre Augen waren dunkelbraun. Sie sahen ihm direkt ins Gesicht. »Vielleicht.«

»Ich … ich glaube Euch.«

»Danke, Monsieur 'aeuser. Verzeiht, ich muss gehen.« Sie hob ihren Korb mit den Einkäufen ein wenig in die Höhe. Eine Lauchstange stach heraus.

»Verstehe.«

»Eines noch«, sagte sie. »Mein Mann trägt keine Gewalt in sich. Das solltet Ihr verstehen, Monsieur. Sicher, wenn Ihr sagt, man kann in einen anderen Menschen nicht hineinsehen, gebe ich Euch recht. Er hatte früher in Paris oft Grund, sich zur Wehr zu setzen. Aber ich habe das nie erlebt, nicht ein einziges Mal. Deshalb sage ich, er trägt keine Gewalt in sich. Vous comprenez?«

Lorenz nickte.

Grußlos gingen sie auseinander. Auf dem Weg zur Lohmühle trieb er sein Pferd nicht an. Er hatte es nicht mehr eilig.

6

Claire hatte keine Ruhe, sich zu setzen und keine Lust, irgendetwas anzufangen. In der Küche klapperte die Haushälterin mit Töpfen und schürte das Herdfeuer. Oben spielte Isabel, sie sang und redete dabei abwechselnd.

Draußen war es warm. Claire öffnete das Fenster und lehnte sich hinaus. Zwar schien die Sonne nicht, doch alles war grün und die Luft roch nach Blüten. Sie stützte die Unterarme auf das Fensterbrett, doch wie sie Arme und Kopf auch hielt, wurde es ihr nicht bequem.

Als sie sich umdrehte, stieß sie gegen eine Vase, die zu Boden fiel und zerbrach. Wasser lief über die Dielen, und die Blumen, die Isabel gepflückt hatte, lagen verstreut auf der Erde. Claire war versucht, die Haushälterin zu rufen. Dann hielt sie es für besser, ihr Missgeschick selbst zu beseitigen. Als sie die Tonscherben aufsammelte, merkte sie, dass sie zitterte.

Das Zittern kam aus ihrem Inneren, sie fühlte es mehr als dass sie es sah. Sie sortierte Isabels Wiesenblumen auf dem Fensterbrett und wollte sie in eine neue Vase stellen. Als sie das Fenster schloss und nach draußen sah, kam es ihr vor, als stünde der Gerber dort. Einbildung, natürlich. Sie wandte sich ab.

Warum nannte sie ihn in ihren Gedanken immer ›der Gerber‹? Sie kannte doch seinen Namen. Sie dachte gern an ihn – vielleicht zu gern, und das durfte sie nicht, sie war eine verheiratete Frau, die wusste, dass ihr Mann sie liebte.

Liebte er sie wirklich? Was Lorenz gesagt hatte, war wahr, sie hatte es mit eigenen Augen und Ohren erlebt: Paul kannte den Baumeister nicht. Er hatte sie angelogen.

Als sie später mit Isabel und der Haushälterin zu Abend aß, gab sie sich Mühe, alles wie immer erscheinen zu lassen. Sie sprach das Tischgebet und legte Fröhlichkeit in ihre Stimme, sie erzählte vom Markt, natürlich ohne den Gerber – ohne Lorenz – zu erwähnen, hörte Isabel zu und lobte das Essen. Auch achtete sie, obwohl es ihr nicht leicht fiel, darauf, dass ein Stück vom Huhn für Paul übrig blieb.

Isabel fragte, wann er nach Hause komme. Claire wusste es nicht.

Im Schlafzimmer ihrer Tochter lüftete sie und schlug die Decke auf. Isabel trug ein weißes Leinennachthemd, das sie wie einen Engel aussehen ließ. Plötzlich entdeckte Claire in ihr die junge Frau, die sie in ein paar Jahren sein würde. Sie setzte sich an ihren Bettrand und betete mit ihr zur Nacht, wie immer auf Deutsch: »Vater unser im Himmel, geheiligt werde dein Name. Dein Reich komme. Dein Wille geschehe.«

Sie mochte Isabel nicht beunruhigen, deshalb betete sie gewissenhaft, aber nicht zu inbrünstig. Am Ende drückte sie sie und gab ihr zwei Küsse, auf jede Wange einen.

»Mama, weckst du mich morgen?«

»Natürlich, wie immer.«

»Ist alles wie immer?«

Claire lächelte und strich ihr übers Haar, das sich samtig anfühlte.

»Ich möchte, dass alles ist wie immer«, sagte Isabel.

Claire nickte. »Schlaf jetzt, morgen ist Schule. Gute Nacht.«

Unten im Wohnzimmer tickte die Tischuhr. Sie war in der

Form eines kleinen Turmes gebaut, schlank und hoch, sie hatte ein Dach und Füße, außerdem einen Ring an der Seite, in dem eine Kerze steckte. Und sie war ganz aus Gold. Claire mochte diese Uhr nicht, und als sie ihr jetzt ins Auge fiel, fand sie sie besonders protzig. Paul hatte sie für viel Geld bei einem Uhrmacher in der Friedrichstadt gekauft. Sie war sein Stolz.

Claire nahm ihre Nähkiste und ging ins Esszimmer. Die Haushälterin hatte abgedeckt. Eine Kerze brannte noch, zu wenig Licht, um arbeiten zu können. Claire machte den Raum heller. Sie packte Leder, Futter und Garn aus und begann mit der Arbeit. Die Handschuhe, die nach England geschickt werden sollten.

Endlich fand sie Ruhe. Sie liebte es, zu nähen, weil sie es gut konnte, sie setzte die Stiche so gleichmäßig, dass man es nachmessen konnte. Das Futter, das sie einnähte, löste sich nicht mehr.

Als Paul nach Hause kam, war von den Kerzen schon ein ganzes Stück heruntergebrannt. Er begrüßte sie. Sie sah kaum auf. Ob er Hunger habe, fragte sie.

»Sicher«, antwortete er.

Wortlos ging sie in die Küche und machte ihm über dem Feuer das Stück der Hühnerbrust warm, das sie aufgehoben hatte. Sie trug sie ihm auf einem Teller hinein, nahm ihre Näharbeit vom Tisch und setzte sich ihm gegenüber.

Paul aß und begann zu erzählen. Er hatte bereits einen Brief nach London entworfen und wartete nur noch darauf, dass Claire mit den Probestücken fertig wurde, dann würde er alles losschicken. Er erzählte auch aus der Gerberei.

Sie hörte zu. Von sich aus sprach sie nicht.

»Wie geht es Isabel?«, fragte er.

»Gut. Sie hat nach dir gefragt.«

Er hatte aufgegessen. Sie deckte sein Geschirr ab. Als sie aus der Küche zurückkam, saß er noch am Tisch.

»Was ist los?«, fragte er.

Sie stand und hielt sich an einer Stuhllehne fest. Das Zittern kam zurück. Es war ihr nicht möglich, ihn anzusehen. Die Kerzen brannten still vor sich hin. Sie hätte sie am liebsten ausgepustet.

»Du kanntest den Baumeister nicht«, sagte sie. Ihr Mund war trocken.

Er nickte, und es dauerte lange, bis er antwortete. »Das ist es also. Du vertraust mir nicht.«

Sie warf ihm einen Blick zu. Ihre Mutter hätte auf so einen Satz gar nichts erwidert, aber ihr Vater hätte ihn nicht ausgesprochen – Paul verdrehte die Verhältnisse. Darauf zu antworten, war unter ihrer Würde.

Er starrte in ihre Richtung. Sie packte fester nach der Stuhllehne. Das Zimmer kam ihr groß und kahl vor, trotz der vertäfelten Wände. Sechs gleiche Stühle standen um den Tisch, die Lehnen geschwungen und die Sitzfläche mit schwarzem Rosshaar bezogen. Selten wurden alle sechs Stühle gebraucht.

»Also gut«, hörte sie ihn sagen, »ich habe etwas getan, was man nicht tun darf. Ich habe dich angelogen. Dafür möchte ich keine Entschuldigung suchen, bestenfalls eine Erklärung. Ich habe den Abend nach der Sitzung des Gemeindevorstandes mit Vater verbracht. Es war Alexandres Todestag. Ich mochte Vater nicht allein lassen, weil dieser Tag sowieso schon so unglücklich gewesen war, mit der Sperre, die die Gerber an der Kirchentür errichtet hatten und weil er sich in der Sitzung geärgert hatte.«

Nun konnte sie ihm ins Gesicht sehen. »Das ist die Erklärung?«

Er gab keine Antwort.

Sie wartete. Sie löste die Hände von den Stuhllehnen. Als er nicht sprach, ging sie hinaus.

Es dauerte nicht lange, da kam er ihr nach. Sie saß auf einem Sessel, und die Tischuhr tickte. Jetzt war er es, der stehen blieb.

»Claire, du musst mir vertrauen. Ich bin dein Mann.«

Seine Worte erreichten sie kaum, sie schwebten irgendwo in der Luft, aber nicht in der Nähe ihrer Ohren.

»Von mir aus frag Vater. Brauchst ihm ja nicht zu sagen, dass du mich kontrollierst.«

Das war eine weitere unwürdige Verdrehung und ein Vorwurf zudem, und sie war nicht bereit, darauf einzugehen. Sie erhob sich, um ins Bett zu gehen.

»Claire, gib mir eine Antwort.«

Beide standen einander gegenüber, und Claire empfand den Mann, ihren Ehemann, als fremd. »Warum hast du gesagt, du hättest den Abend mit dem Baumeister verbracht?«

Er machte ein paar Schritte zum Fenster, sah hinaus und schüttelte leicht und mechanisch den Kopf. Claire mochte sich nicht wieder hinsetzen. Ins Bett oder in die kleine Kammer mit dem Toilettenstuhl zu gehen, war ihr auch nicht möglich.

»Verstehst du nicht?«, fragte er.

»Nein.«

Er drehte sich zu ihr. »Dann will ich's dir auch nicht erklären.«

Damit war das Gespräch für sie beendet, sie ging zurück ins Esszimmer, wo sie die Kerzen löschte. Oben zog sie sich aus und legte sich ins Bett.

Paul sah nach Isabel. Es dauerte lange, bis er ins Schlafzimmer kam. »Vor Alexandres Tod hat Vater ihn nur geliebt«, stieß er hervor, »danach hat er ihn vergöttert.«

Claire saß in ihrem Bett, das Kissen im Rücken. Im Schein der Kerze hatte sie den Eindruck, von seinem Gesicht sei für einen Augenblick ein Vorhang zur Seite gezogen worden, und sie hatte den Blick auf Paul als einsamen kleinen Jungen, der sie rührte.

Sofort ging der Vorhang wieder zu. Er begann, sich auszukleiden, strich Rock und Hose glatt und hängte sie auf Bügel.

»Entweder du verstehst das oder ich kann es nicht ändern«, sagte er mit dem Rücken zu ihr.

»Warum sprichst du nie über deinen Bruder?«

»Weil ich nicht will.«

»Ich weiß so wenig über ihn.«

»Die Toten soll man ruhen lassen«, erwiderte er, »es ändert nichts, die Erinnerungen wieder emporzuholen. Sie sollen da bleiben wo sie sind – vergraben.«

Er legte sich ins Bett. Auf seiner Seite brannte die Kerze nicht. Er drehte sich weg. »Wenn du mir nicht glaubst, frag Vater«, sagte er wieder. »Versprich mir das, ja?«

Sie gab keine Antwort, dazu war sein Verlangen zu abwegig.

Sein Atem ging gleichmäßig, nur von kurzen Stößen durch Mund und Nase unterbrochen. Bevor sie ebenfalls einschlief, dachte Claire an Lorenz und glaubte, seine tiefe Stimme zu hören und seine kleinen dunklen Augen und die langen Haare zu sehen. Sollte sie ihm erzählen, was sie in Erfahrung gebracht hatte? Dann würde er gegen Paul keinen Verdacht mehr hegen.

Es war wohl nicht nötig.

›Ich glaube Euch.‹

- FÜNFTES KAPITEL -

1

Die Aufwärterin brachte Danckelman seine morgendliche Hafergrütze und setzte sich zu ihm an den Tisch. Kurz nach dem Tod seiner Frau vor etwa drei Jahren hatte sie mit dieser Vertraulichkeit angefangen. Es war eine Art Gewohnheitsrecht daraus geworden. Es zu ändern, hätte nicht zuletzt bedeutet, in Zukunft die Mahlzeiten allein zu sich nehmen zu müssen.

Sie hieß Dagmar und stammte aus Stralsund. Ihr Gesicht war kräftig und rötlich, und die gestreifte Bluse, die sie in Haus und Küche zu tragen pflegte, spannte. Weniger schön war ihr Mund mit dem einen fast schwarzen Schneidezahn.

Vor allem war sie nicht in der Lage, geräuschlos zu essen. Ihre Schüssel war randvoll mit Grütze – voller als die, die sie ihm hingestellt hatte –, und sie beugte sich tief über sie, damit der Weg für den Löffel ja nicht zu weit war.

Er hatte es schon aufgegeben, sie zu erziehen. Doch heute verrutschte ihr Zopf, zu dem sie ihr kräftiges blondes Haar geknotet hatte. Zentimeterweise schob er sich weiter, es war eine Frage der Zeit, wann er in der Schüssel landen würde.

Er setzte sich besonders gerade hin, tauchte seinen Löffel in die Schüssel und führte ihn mit vorsichtigem Schwung zum Mund. Er schmeckte den Hafer und den Sirup zwischen Gaumen und Zunge, bevor er schluckte, wobei er darauf achtete, dass all das nicht hörbar war.

Sie sah nicht einmal auf.

Ihr Zopf war noch weiter vorgerutscht. Die ersten Härchen, die von ihm abstanden, hatten schon fast den Schüsselrand erreicht.

»Dagmar«, sagte er.

Ohne ihre Haltung zu verändern, blickte sie auf. Er machte mit der linken Hand eine Aufwärtsbewegung, die sie sofort verstand, doch als sie sich aufrichtete, fiel das Haar endgültig in die Schüssel. Sie merkte es, zog es heraus und nahm es in den Mund, um das warme Getreide abzulecken.

Sie war, sagte er sich, eine gute Haushälterin, kaufte günstig ein und rechnete auf den Pfennig genau ab. Die Küche war ordentlich und das Haus sauber. Eine gute Haushälterin; aber nicht mehr. Er hatte in der einen oder anderen schwachen Stunde mit dem Gedanken gespielt, ihr anzubieten, Frau Danckelman zu werden. Doch das hätte bedeutet, sie in die höheren Kreise der Stadt einzuführen und früher oder später sogar dem Kurfürsten vorzustellen – ein unmöglicher Gedanke.

Er würde es lassen.

»Dagmar«, sagte er, »tu mir einen Gefallen und iss leise, ja? Man darf die Geräusche nicht hören.«

»Oh«, sagte sie, »ich weiß, ich weiß.«

Im Schloss las er einen Bericht über den Prediger Helge, der in der Lausitz über Land zog und die Leute verrückt machte. Die vier Bogen auf seinem großen Holztisch, handgeschrieben von einem seiner Beamten, waren mit der Post gekommen. Der Schreiber berichtete von Menschenmengen, die auf den Prediger warteten, ihm an den Lippen hingen und ihm Münzen sowie Lebensmittel in die Hand und in die großen Taschen seiner Kutte steckten. Das sei viel mehr, als ein Bettelmönch zum Leben brauche, hieß es in dem Bericht. Ein neidischer Satz, fand Danckelman, eines kurbrandenburgischen Beamten unwürdig.

Die Schrift war eng und deshalb schwierig zu lesen. Die Leute, hieß es, knieten vor dem Prediger nieder und riefen seinen Namen, als erwarteten sie alles Heil ihres Lebens von ihm. Helge gehe segnend durch die Menge, und die Menschen prügelten sich um die vordersten Plätze, wo sie von ihm berührt werden konnten.

Danckelman schüttelte den Kopf. Was waren die Leute leichtgläubig, wie wenig brauchte es, sie zu verführen. Böse konnte er ihnen nicht sein, war eben nur einfaches, ungebildetes Volk und wusste es nicht besser.

Helge, hieß es abschließend in dem Bericht, sei auf dem Weg nach Leipzig.

Da hatte er den Satz, den er dem Kurfürsten berichten konnte. Das war bald das Problem der Sachsen, nicht ihres. Aus den Grenzen, aus dem Sinn.

Seinen Weg durch das Schloss begann er genau sieben Minuten vor acht. Der kleine Schlosshof war menschenleer. Immerhin zeigte sich ein wenig Grün. Um diese Jahreszeit, im Juni, schien Sonne herein. Er ertappte sich dabei, zu hoffen, die Kurfürstin sei nicht da. Für diesen Gedanken schalt er sich. Er hatte keine Angst, denn er tat nur seine Pflicht, nichts anderes, und dazu gehörte, sorgsam mit den Einnahmen umzugehen. Außerdem war sie seine Kurfürstin – vielleicht bald seine Königin –, wie konnte er da hoffen, sie nicht anzutreffen.

Die Uhr der Schlosskirche schlug achtmal, und mit dem letzten Schlag hieß Danckelman den Diener, an die bemalte Flügeltür des Kleinen Audienzzimmers zu klopfen. Er hörte die Aufforderung, einzutreten, die Tür wurde für ihn aufgezogen. Er verbeugte sich.

»Kommt rein, Danckelman.«

»Guten Morgen, Durchlaucht.«

Sie war da und saß auf ihrem Stuhl in einigem Abstand zu ihrem Mann.

»Guten Morgen, Kurfürstin.«

Sie erwiderte den Gruß nicht, sondern starrte in die andere Richtung. Ihre Mundwinkel hingen herab. Die Füße lagen auf einem Hocker.

»Danckelman, ich hoffe, Ihr habt Zahlen mitgebracht. Wir müssen langsam zu einer Entscheidung kommen.«

»Selbstverständlich, Durchlaucht.«

Er reichte dem Kurfürsten die Abschrift einer Kalkulation, die er entworfen hatte. »Wir rechnen pro Soldat und Jahr zehn Taler.«

»Das scheint mir reichlich zu sein.«

»Sold, Verpflegung, Uniform. Ab und an ein Glas Rum für die Männer, das sind sie gewohnt und erwarten es. Bei achttausend Mann macht das achtzigtausend Taler im Jahr. Wenn wir nun die dreihundertfünfzigtausend Goldtaler für den Kaiser auf zehn Jahre verteilen können – wozu es allerdings aus der Hofburg noch keine Zustimmung gibt – wären das noch einmal fünfunddreißigtausend Taler. Gesamt: hundertfünfzehntausend Taler im Jahr.«

Der Kurfürst atmete pfeifend aus. Danckelmans Blick traf den der Kurfürstin. Sie starrte ihn an, und er las darin Feindseligkeit gegen sich.

»Wir haben als Kurfürstentum«, fuhr er fort, »in diesem Jahr einen Gesamthaushalt von vierhundertneunundsiebzigtausend Talern. Der für das nächste Jahr ist noch nicht aufgestellt, kann aber bestenfalls um zwei oder drei Prozent gesteigert werden. Das bedeutet, die Königskrone belastet den Haushalt mit vierundzwanzig Prozent. Das ist rund jeder vierte Taler, den wir ausgeben.«

»Danke für die Belehrung, Danckelman, rechnen kann ich selber.« Der Kurfürst stützte sich mit den Händen auf die Sessellehne und hob seinen Oberkörper in die Höhe, um ihn zu einer anderen Sitzposition wieder fallen zu lassen. »Herr Premierminister, ich brauche Vorschläge, wie wir die Staatseinnahmen erhöhen und andere Ausgaben senken können, versteht Ihr?«

»Und zwar spürbar«, sagte Sophie Charlotte mit ihrer tiefen Frauenstimme. »Leibniz möchte eine Akademie der Wissenschaften bauen. Vielleicht hier in Berlin, wenn wir ihm ein interessantes Angebot machen können. Das solltet Ihr gleich mitbedenken, Danckelman.«

Er stand neben dem Besucherstuhl, kerzengerade, die Hände

an der Hosennaht. Sein Blick blieb für einen Moment an dem Gobelin hinter Friedrich hängen.

»Ihr dürft Euch setzen«, hörte er den Kurfürsten.

»Auch noch eine Akademie. Wir übernehmen uns.«

Die Kurfürstin lachte, höhnisch, wie er fand. »Ja, auch noch eine Akademie. Ihr windet Euch, als müsstet Ihr alles aus eigener Tasche bezahlen. Habt Ihr eine Ahnung, wer Leibniz ist? Den Namen schon mal gehört? Wisst Ihr, welche Bedeutung dieser Mann hat? Hannover beispielsweise würde ihm einen Teppich ausrollen und eine Sänfte schicken, würde er nur andeuten, dorthin zurückkehren zu wollen. Er ist der größte Denker, den wir in deutschen Landen haben. Begreift Ihr das?«

»Natürlich, Madame, ich weiß. Nur …«

»Nur?«, fragte sie. »Nur der größte Denker? Das ist nicht so wichtig wie ein Staatsschatz?«

»Sophie Charlotte«, sagte der Kurfürst.

Sie hatte ihn offenbar nicht gehört. »Ich erzähle Euch etwas, Herr Premierminister, vielleicht begreift Ihr dann: Leibniz ist dabei, eine neue Sprache zu entwickeln, die allein auf der Logik basiert. Eine ganz und gar logische Sprache, ohne Ausnahmen, ohne schwierige Grammatik und ohne Vokabeln, die man sich nicht merken kann. Ich bin davon überzeugt, diese Sprache wird eines nicht zu fernen Tages auf der ganzen Welt gesprochen werden, in Amerika genauso wie in Afrika und in China. Sie wird Babylon rückgängig machen. Und nun stellt Euch einmal vor, wenn sie hier entwickelt wird, dann heißt sie vielleicht ›Berliner Sprache‹. Oder ›Berlinisch‹. Begreift Ihr jetzt, dass das viel mehr bedeutet als ein paar lumpige Taler?«

Der Kurfürst winkte ab. »Also, wo können wir Ausgaben streichen?« Er hob den Finger. »Da fällt mir doch gleich etwas ein: Die Franzosen bezahlen ihre Kirche aus eigener Tasche. So einfach ist das. Andere Vorschläge?«

»Wir haben den Franzosen zugesagt …«

»Danckelman, so kommen wir nicht weiter. Wir müssen auch

mal etwas zurücknehmen dürfen. So ist Politik. Den Franzosen sagen wir, wir hätten nicht abschätzen können, welche Provokation sie planen. Einen Kirchbau, der den Kaiser von Frankreich herausfordern wird, so etwas darf unser Land natürlich nicht finanzieren. Bauen von mir aus. Aber nicht finanzieren.«

»Sie werden mit einem anderen Entwurf kommen«, entgegnete Sophie Charlotte.

Ihre Haltung hatte sich verändert. Die Füße standen auf dem Boden, und sie saß ein wenig vorgebeugt am Rand ihres Sessels. Für Danckelmans Geschmack war ihr Kleid zu tief ausgeschnitten. Er wandte sich ab.

»Wir haben den Franzosen nur zugesagt, zu prüfen. Finanzielle Hilfe haben wir bislang nicht versprochen«, sagte er.

»Stimmt das?«, fragte Friedrich.

»Ja, Durchlaucht, das stimmt. Wir können ihnen eventuell ein Grundstück verkaufen. Sie wollen ihre Kirche in der Friedrichstadt bauen und brauchen bestimmt dreitausend Fuß zum Quadrat. Dafür könnten wir hundert Taler verlangen. Wenn sie sehr viel Platz wollen, auch hundertzwanzig.«

Der Kurfürst stützte mit der rechten Hand seinen Kopf. Dadurch verrutschte seine Perücke ein wenig und saß ihm nun schief auf der Stirn. Danckelman wagte nicht, ihn darauf hinzuweisen, und die Kurfürstin blickte ihn nicht an.

»Was ist mit den Abgaben? Der Königsgroschen?«

Danckelman neigte den Kopf. »Es ist nach meiner Einschätzung nicht möglich, die Steuern in einer solchen Größenordnung zu erhöhen. Bedenkt: ein Viertel der Einnahmen. Das hieße, die Steuererhöhung müsste fünfundzwanzig Prozent betragen.«

Der Kurfürst wurde laut: »Danckelman, ich will nicht immer nur Bedenken, ich will Vorschläge.«

Die Kurfürstin schüttelte besonders auffällig den Kopf, und er empfand erneut den Hohn, der in ihrer Geste lag. »Wartenberg schlägt vor …«

»Das jetzt nicht«, rief der Kurfürst dazwischen.

Danckelman fühlte sich getroffen. Sie war hinter seinem Rücken zugange, und um Königin zu werden, hätte sie sich mit dem Teufel persönlich eingelassen. Blut stieg ihm zu Kopfe, sein ganzer Körper spannte sich an. Es gab keine Möglichkeit, ein Unternehmen wie dieses zu finanzieren. Die Krone sprengte die Möglichkeiten Brandenburgs.

»Also?«, wiederholte der Kurfürst. Seine Stimme war wieder leiser geworden.

Danckelman legte die Hände auf die Oberschenkel. Auch dem Kurfürsten bedeutete die Krone viel, aber sogar für einen Herrscher von Gottes Gnaden gab es Grenzen. Sollten Friedrich und Sophie Charlotte ihn verachten und sich mit anderen beraten – er war verantwortlich für solides Wirtschaften, und dass man eine solche Verantwortung ernst nahm, gebot ihm schon seine Erziehung. Seine Argumente waren nicht neu. Als er sie vortrug, vermied er jeden Triumph in der Stimme.

»Wir sind ein aufstrebendes Kurfürstentum, wir leiden allerdings nach wie vor unter den Kriegsfolgen. Eure berechtigte Sorge, Durchlaucht, ist, dass wir nicht genügend Gewicht haben unter den europäischen Mächten. Dagegen steht die Frage, ob dieses Gewicht steigt, wenn aus einem armen Kurfürstentum ein armes Königreich wird? Oder ist nicht der andere Weg der vernünftige, dass wir unser Geld in unserem Land ausgeben, Straßen bauen und Gebäude, das Manufakturwesen fördern und damit nach vorn kommen? Hätte man in Europa nicht Respekt vor einem Land, das aufblüht? Und eines Tages werden wir die Möglichkeit haben, nach der Königskrone zu greifen, und dann nutzen wir diese Möglichkeit und werden für die gleiche Ehre und Bedeutung viel weniger Geld ausgegeben haben.«

»Eines Tages.« Die Kurfürstin winkte ab. »Danckelman, Ihr seid und bleibt eine Krämerseele.«

Der Premierminister wurde stumm. Was immer ihm in den Sinn kam, durfte man einer Kurfürstin nicht erwidern, auch nicht im Zorn. Mehr als sich von ihr abwenden und den Blick auf den Kurfürsten richten, war nicht möglich.

»Nein«, sagte Friedrich. »Ich brauche eine Lösung, und zwar nicht eine, die mich auf die ferne Zukunft vertröstet. Lasst Euch etwas einfallen. Beratet Euch mit dem kurfürstlichen Rat, da gibt es doch manchen klugen Kopf. Uns fehlt die richtige Idee.«

»Und lasst Euch einfallen, wie wir die Akademie der Wissenschaft finanzieren«, sagte die Kurfürstin.

Danckelman verbeugte sich.

Ein paar Minuten später stand er am Fenster in seinem Büro. Die Leute dort draußen ahnten nicht, was hier geplant wurde. Danckelman empfand es als seine Aufgabe, dieses einfache Volk zu schützen, vor Willkür und vor Steuererhöhungen, vor politischen Abenteuern und dem Größenwahn von Kurfürstinnen. Und vor einem unberechenbaren Beamten aus dem kurfürstlichen Rat.

Auf seinem Schreibtisch stapelte sich die Arbeit, Akten und Orders mussten durchgelesen und beantwortet werden, er hatte seine Befehle zu geben. Es galt, anzufangen und einen der beiden Sekretäre zu rufen, die im Nebenzimmer warteten.

Doch das Wort von der Krämerseele hing ihm nach. Es hatte ihn getroffen. Er verlangte von sich, stolz darauf zu sein, für eine Krämerseele gehalten zu werden, bedeutete das doch nichts anderes, als dass er seine Aufgabe erfüllte. Nur ließ sich die Bedeutung ihres Satzes so leicht nicht umdrehen. Was die Kurfürstin ihm gesagt hatte, war, dass ihm alle Weitsicht und politische Vision abging, jeder große Gedanke. Ja, sie verkehrte mit Leibniz und mit Künstlern und Forschern, für sie war es leicht, Geld einfach nur als lästig anzusehen, sie brauchte nicht daran zu denken, wie es erwirtschaftet wurde.

Er war sich bewusst, dass er am Hohenzollern-Hof eine privilegierte Position besaß. Der Kaiser in Wien hätte ähnlichen Widerspruch nicht geduldet und als Berater von Ludwig XIV. hätte er wahrscheinlich längst seinen Kopf eingebüßt. Aber wie stand es um das Kaiserreich und um Frankreich, wo sich zwei Männer einbildeten, alles zu wissen? Er schüttelte den Kopf. Auch als Herrscher musste man sich beraten lassen und etwas auf die Meinung seiner Berater geben.

Er war ja bereit, die Akademie der Wissenschaft zu finanzieren und würde dazu Vorschläge machen. Wenn Leibniz nach Berlin kam und hier lehrte, zog er Studenten an, die in der Stadt lebten und vielleicht nach ihrer Ausbildung blieben. Darin lag ein Vorteil für das Land. Eine solche Einrichtung ließ sich kalkulieren, das hatte Sinn, und wenn die ganze Welt wirklich in fünfzig oder hundert Jahren Berlinisch sprach, wäre es nicht übel, wenn man dazu wüsste, dass es Premierminister Danckelman war, der diese Sprache ermöglicht hatte.

Nur war das nicht sein Hauptproblem. Der Kurfürst wollte Vorschläge für die Krone. Und er, Danckelman, hatte keine.

Es klopfte an seiner Tür, ein Diener kam herein und verbeugte sich. »Ihr werdet zum Kurfürsten gebeten.«

»Da komme ich doch gerade her.«

»Ich soll Euch holen.«

Danckelman folgte dem Diener durchs Schloss. Der junge Mann hielt ihm die Türen auf, ohne ein Wort zu sagen, und Danckelman fragte sich, ob der Junge wusste, um was es ging – und er selbst war, wie ein gehörnter Ehemann, der Letzte, der es erfuhr.

Der Diener marschierte am Kleinen Audienzzimmer im zweiten Stock vorbei und führte Danckelman in einen der kurfürstlichen Privaträume. Friedrich hielt sich mit einer Hand am Fenstergriff fest und forderte ihn mit der anderen auf, einzutreten. Dieser Raum war ebenfalls spärlich eingerichtet, zwei Stühle, ein Tisch, ein Kamin in der Ecke, zwei taube Spiegel an den Seitenwänden. Hier hatte Danckelman ihn manchmal unterrichtet, als Friedrich noch ein junger Kurprinz gewesen war.

Die Stimmung des Kurfürsten hatte sich verändert, Friedrich war nachdenklich. Danckelman trat neben ihn.

Im Hof stand eine Kutsche, ein eleganter Wagen, ganz in

Schwarz lackiert, mit geschwungenen, dunkelbraunen Kotfängern und einem silbernen Tritt unter der Tür, und er wurde von zwei Schimmeln gezogen. Jeder in Berlin kannte diese Kutsche.

»Ich bin immer froh, wenn sie abfährt«, sagte der Kurfürst. »Jedes Mal.«

Danckelman konnte auf diesen Satz nichts erwidern. Natürlich wusste er, wie das gesamte Schloss, dass zwischen dem Herrscherpaar ein Berg von Eis lag. Aber aus Friedrichs Mund hatte er so etwas noch nicht gehört.

»Habt Ihr schon erfahren, was Ihr neuster Plan ist? Sie will ihr Schloss umbenennen. Nicht mehr Schloss Lietzenburg. Ich bin mir sicher, Ihr ratet nicht, wie es heißen soll.« Er lachte auf. »Schloss Charlottenburg. Stellt Euch das vor. Schloss Charlottenburg.«

Er lachte nun richtig, sein Lachen kam aus der Tiefe seines Bauches, es schüttelte den steifen Oberkörper und schien ihn zu erleichtern. Vorsichtig stimmte Danckelman ein.

»Schloss Charlottenburg. Ich kenne zum Glück meine Berliner, das werden die nie sagen. Das Volk gewöhnt sich nicht gern an Neues. Für die bleibt das auf ewig Lietzenburg.«

Der Kurfürst verstummte. Sein Blick ging weiter nach draußen, wo die Kurfürstin ihre Kutsche bestieg.

»Sie ist gegen Euch«, sagte er.

»Ich tue nur meine Pflicht.«

»Ach, Danckelman, diese Antwort habe ich erwartet. Eure Pflicht, ja. Ihr haltet den Staatsschatz zusammen, das ehrt Euch. Und wisst Ihr, Sophie Charlotte ist auch gegen mich und wahrscheinlich noch gegen hundert andere Leute. Es gibt nicht allzu viele, die es ihr recht machen. Der Unterschied ist, dass sie mir nichts kann, ich bin der Kurfürst. Sie ist keine Frau, die ihre Kraft verschwendet. Euch hingegen kann sie gefährlich werden.«

»Darf ich das als eine Warnung verstehen?«

Der Kurfürst drehte sich vom Fenster weg und setzte sich

auf einen der Stühle. Er zeigte mit der Hand auf den anderen. Danckelman setzte sich ebenfalls.

»Ich finde Eure Vorstellungen gar nicht so falsch«, sagte Friedrich. »Wir gehen Schritt für Schritt, bauen geduldig und stetig auf. Das klingt schön. Leider hat es mit Politik und mit der Realität nicht viel zu tun. Wisst Ihr, warum?«

»Ich fürchte nein.«

»Weil die Menschen etwas anderes wollen. Darin wiederum unterscheidet sich das einfache Volk nicht von Fürsten und Königen. Eure Geduld und Euer Aufbau sind denen zu langweilig. Da haben sie nichts, worüber sie schimpfen können, aber auch nichts, was sie blendet und wovor sie Achtung haben. Geduld ist immer nur dröge.«

»Durchlaucht, ich plädiere nur dafür, einen günstigen Moment abzuwarten.«

»Und wenn es den Schweden passt, greifen sie uns inzwischen an. Oder die Sachsen mit ihrem polnischen Anhängsel oder sonst wer. Nein, Danckelman, glaubt mir, Ihr erfasst nur einen Teil der Wirklichkeit. Genauso wie Eure Solidität braucht man Pomp und Ausgaben. Dann wird man respektiert. So ist unsere Welt nun einmal eingerichtet, und der Schöpfer wird sich etwas dabei gedacht haben.«

Danckelman schwieg, und auch Friedrich ließ die Arme sinken und legte den Kopf zurück in den Nacken.

»Mein Vater«, fuhr er fort, »hatte ein Tabakskollegium. Da musste ich schon als Fünfzehnjähriger mit den Herren die Pfeife rauchen, und wehe, ich habe gehustet, dann wurde ich ausgelacht. Ich fand das widerlich und habe es bald abgeschafft. Heute fehlt mir das ruhige und nachdenkliche Gespräch unter Männern. Die Weibsbilder rauchen ja zum Glück nicht. Bei Sophie Charlotte habe ich immer den Eindruck, sie sagt kein Wort ohne Grund und Ziel. Sie denkt nicht nach und sucht nicht, sie weiß schon. Ihr neuster Plan, fürchte ich, richtet sich gegen Euch.«

Nun hörte er es zum zweiten Mal. Seine Möglichkeiten gegen seine Kurfürstin waren sehr begrenzt. Er konnte wachsam sein und durfte sich nichts zuschulden kommen lassen. Ein Gegenangriff ließ sich nicht starten.

»Selbstverständlich bin ich auf Eurer Seite, Danckelman. Ihr seid mein Premierminister und steht dem kurfürstlichen Rat vor. Doch Ihr bietet Angriffsfläche.«

In all seinen Jahren am Hof hatte der Kurfürst nicht so vertrauensvoll mit ihm gesprochen, nicht einmal als ganz junger Mann. Dennoch blieb ein Rest Skepsis bei Danckelman. Suchte Friedrich einfach nur einen anderen Weg, das zu bekommen, was er wollte – Geld für die Krone?

Das Gesicht des Kurfürsten war weich und offen, und sein Oberkörper wirkte noch gebrechlicher als sonst. Danckelman war versucht, ihm zu versprechen, was immer er wollte. Doch etwas ließ ihn zögern.

»Ich weiß, Durchlaucht, die Krone, immer wieder die Krone. Wenn Ihr wünscht, fahre ich nach Wien. Vielleicht kann ich auf diesem Weg etwas erreichen.«

»Mit dem Kaiser feilschen?« Friedrich schüttelte den Kopf. »So etwas versuchen wir gar nicht erst. Davon abgesehen, selbst wenn Ihr führet und großen Erfolg hättet, bliebe die Summe für uns zu hoch.«

Danckelman nickte.

»Und das bedeutet nichts anderes, als dass wir Einnahmen brauchen. Einnahmen, Danckelman, versteht Ihr?«

Natürlich verstand er. Am liebsten hätte er gesagt, er sei kein Zauberer und könne nicht Geld vom Himmel regnen lassen.

»Ihr schweigt?«, fragte Friedrich. Er legte Danckelman die Hand auf den Unterarm. Es waren weiße, schmale Finger, die aus der rüschenbesetzten Manschette herauskamen. »Ich bin mir bei Euch nie sicher, ob Ihr mir nicht doch ein wenig Eitelkeit unterstellt. Das vergesst, Danckelman. Meine Vorfahren waren alle Kurfürsten, seit zweihundert Jahren, und ich muss nicht mehr sein als die, nicht um meinetwillen. Akzeptiert Ihr das?« Jetzt packte er Danckelman mit den Augen, starrte ihn regelrecht an, und erst als der Premierminister nickte, atmete er hörbar aus.

»Ich bin bereit, zu verkaufen, was immer sich verkaufen lässt. Land von mir aus, Grundstücke in Berlin oder in der Provinz. Was auch immer wir besitzen. Wir werden die Abgaben erhöhen und nach einigen Jahren wieder reduzieren. Es gibt niemanden im Lande, der nicht lieber in einem Königreich Preußen leben möchte als in einem Kurfürstentum Brandenburg. So müssen wir es den Leuten schmackhaft machen.«

»Es sind die Abgaben das eine. Das andere sind die Soldaten, die wir stellen müssen.«

Der Kurfürst nickte. »Meint Ihr, ich wüsste nicht, dass wir den Müttern ihre Jungs wegnehmen, die vielleicht Tausende Meilen von zu Hause auf irgendwelchen Schlachtfeldern bleiben? Glaubt Ihr, ich könnte mir nicht vorstellen, was das heißt? Die Tränen, die verlorenen Hoffnungen, die Armut im Alter. Ich habe selbst Kinder, mir ist klar, was das bedeutet. Doch dies ist meine Verantwortung, die Gott mir auferlegt hat, und manchmal ist sie mehr Bürde als Lust. Auch mein Sohn, der letzte, der seine Kindheit überlebt hat, gehört nicht mir, sondern dem Staat. Mein Geschäft ist es, abzuwägen, nichts anderes. Ich frage mich, wie ich Schaden von unserem Land und seinen Bürgern fernhalten kann. Für diese Aufgabe hat Gott mich ausersehen, und wenn ich nicht wüsste, dass er das getan hat, könnte ich sie gar nicht verrichten.«

Danckelman dachte über diese Worte nach. Zwar war er kein Kurfürst, doch er war ebenfalls von Gott für seine Aufgabe ausgewählt worden.

»Durchlaucht«, sagte er, »ich verstehe sehr gut, was Ihr sagt. Ich bin nicht gegen das Vorhaben, im Gegenteil, ich wäre stolz, einem Königreich Preußen dienen zu dürfen. Trotzdem bleibt die Frage, ob wir für die Krone so viel Geld ausgeben wollen, dass es das Wirtschaften im Lande kaputt macht. Und da muss ich bei meiner Meinung bleiben. Jedes Ding hat seine Zeit, hat mein Vater immer gesagt.«

»Meiner ebenso«, erwiderte der Kurfürst laut. »Die Zeit für die Krönung ist jetzt.«

Er reckte den Hals, um zum Fenster blicken zu können. Die hühnerartige Brust trat hervor. Er wirkte nun beleidigt. Danckelman fragte sich, ob das Gespräch beendet war. Man man konnte natürlich nicht einfach aufstehen und gehen, ehe der Kurfürst einen entlassen hatte. Also blieb er sitzen.

Trotz der guten Argumente des Kurfürsten war er im Recht. Es gab keine absehbare Gefahr für Brandenburg. Man stand eher gegen Frankreich, aber zusammen mit den anderen deutschen Ländern. Und warum, um Himmels willen, war es so undenkbar, diese Angelegenheit mit dem Kaiser zu verhandeln? Wenn man die Zahl der geforderten Soldaten verringerte, sparte man viel Geld. Der Kurfürst fand es unsoldatisch, zu feilschen, aber er war kein Soldat, zumindest in Friedenszeiten nicht, er war ein politischer Führer seines Landes, und da galt es, entsprechende Gepflogenheiten anzunehmen.

»Danckelman«, hörte er Friedrich, der mit leiser, sicherer Stimme sprach, »ich habe mich entschieden. Gegen Euren Rat werde ich diese Krone anstreben. Wenn Ihr in der Lage seid, Euch auf diesen Kurs einzustellen, würde ich gern weiter mit Euch zusammenarbeiten. Ich brauche jemanden, der mich warnt und der die Dinge daraufhin überprüft, ob sie machbar sind. Allerdings reden wir nun nicht mehr über die grundsätzliche Frage, sondern nur noch darüber, wie die Sache umzusetzen ist. Denkt darüber nach. Ich möchte Euch nicht verlieren.«

Im Sitzen neigte Danckelman den Kopf.

»Wenn Ihr an meiner Seite seid, bleibt bestehen, dass sie – unsere künftige Königin von Charlottenburg – gegen Euch ist. Ich sage es rundheraus: Sie verachtet Euch. In ihren Augen verkörpert Ihr alles, was sie an Brandenburg geringschätzt. Sie findet Euch kleinkariert. Eng im Geiste, so hat sie gesagt. Doch ich werde Euch in Schutz nehmen.« Der Kurfürst stand auf.

Danckelman erhob sich ebenfalls. »Sie …«, begann der Premierminister, »sie … spricht bereits mit Graf Wartenberg?«

Der Kurfürst schaute ihm geradewegs in die Augen. Danckelman ahnte, dass in diesem Blick die Antwort auf seine Frage lag, aber er konnte ihn nicht deuten – nicht zweifelsfrei.

»Denkt nicht zu lange nach. Zwei oder drei Tage – dann gebt mir Bescheid.«

Der Premierminister verbeugte sich. Bevor er zur Tür hinaus war, rief der Kurfürst ihn zurück.

»Überflüssig zu sagen, ich weiß«, nuschelte Friedrich. »Das war eine Warnung von mir für Euch. Nicht für dritte Ohren bestimmt.«

»Selbstverständlich, Durchlaucht.«

2

Claire hätte lieber auf die Dämmerung gewartet, doch die kam spät in dieser Jahreszeit. Sie legte sich einen dünnen Umhang um die Schultern und band ein Seidenkopftuch über die Haare. Isabel war bei ihrem Großvater. Die Haushälterin hantierte mit einem Wasserkessel am Brunnen im Hof. Es war das Beste, ihr nicht zu sagen, dass sie wegging, dann brauchte sie auch keine Fragen zu beantworten.

Der Weg zu Haeuser – zu Lorenz – war weit.

Claire wollte vermeiden, auf Bekannte zu stoßen, deshalb nahm sie nicht die Friedrichstraße, sondern die schmale Canonierstraße. Eine halbe Stunde hatte sie für den Weg eingeplant, zehn Minuten für das Gespräch, in siebzig oder höchstens fünfundsiebzig Minuten würde sie zurück sein, rechtzeitig bevor Isabel nach Hause kam.

Sie hatte nicht gewusst, wo sich Haeusers Gerberei befand.

Paul hätte sie nicht zu fragen gewagt, doch dann hatte der Schwiegervater davon gesprochen, er hatte sie mit Pauls eigener Gerberei verglichen, und da war es unverfänglich gewesen, sich nach der Lage zu erkundigen.

Unterwegs versteckte sie sich nicht, hielt aber den Kopf gesenkt. Auf der Canonierstraße gab es um diese Zeit kaum noch Verkehr. Claire ging schnell. Es war nichts Verbotenes, was sie vorhatte, sie hatte sich nur dazu entschlossen, die Dinge klarzustellen. Die Heimlichkeit war schlimm genug.

Sie überquerte die belebten Linden. Die jungen Bäume zeigten, dass diese Straße neu angelegt war. Kutschen fuhren in beide Richtungen, Reiter waren unterwegs und viele Leute zu Fuß. Den Gedanken, Paul zu treffen und eine Erklärung abgeben zu müssen, schob sie beiseite. Er machte viele Wege in der Stadt. Was sie ihm in ihrer Verlegenheit sagen würde, mochte sie sich nicht ausmalen.

Über die Spree führte eine Holzbrücke, danach ging sie am Fluss entlang westwärts, Richtung Tiergarten. Als Kind in Frankreich hatte sie Gerbereien gesehen. Die von Haeuser würde sie erkennen, wenn sie davor stand.

Hoffentlich war er da. In Gedanken sprach sie bereits mit ihm.

Sie brauchte nicht einmal ihre Augen, es reichte die Nase, um zu wissen, dass sie die Gerberei erreicht hatte. Säuerlicher Lohegeruch mischte sich mit dem von Fleischresten, die auf den Häuten verfaulten. Sie atmete durch und bog in die Einfahrt ab, die mit groben Steinen gepflastert war.

Im Hof arbeiteten ein paar Gesellen. Einer war hinten am Fluss, wo die Häute auf einem Holzgestell trockneten, ein anderer an der Lohegrube, in der er mit einem langen Holzstab rührte, ein dritter schleppte eine von Wasser tropfende Haut auf dem krummen Rücken.

Haeuser sah sie nicht.

Sie ging weiter in den Hof hinein und hörte einen Pfiff. »Damenbesuch«, rief jemand. »He, Jungs, verschwindet mal für ein halbes Stündchen. Ich kann euch gerade nicht gebrauchen.«

Es war ein Kerl mit fast kahlem Kopf, der auf sie zukam. Als er heran war, blickte sie auf eine schiefe Nase. Er legte die Arme um sie und sagte: »Na, Süße, suchst du mich?« Er grinste. Seine Zähne waren schwarz.

»Ich möchte zum Meister.«

»Quatsch, Meister.« Er strich ihr über den Umhang. »Der Meister hat nichts übrig für schöne Frauen. Ich schon. Ich bin übrigens Anton.«

Als er noch näher kam und den Mund spitzte, drückte Claire ihn weg. Sie war drauf und dran, davonzulaufen.

»Nicht abhauen, schöne Französin. Nicht ohne mich jedenfalls.« Der Geselle packte sie an den Armen, härter als zuvor. Sie hob die Hand, um ihn von sich abzuwehren. Sein Hemd war verschmiert und er stank.

»Oh, eine Widerspenstige. Finde ich gut. Gehst nicht mit jedem, wie? Finde ich richtig gut.«

Bevor sie zu schreien anhob, sagte eine tiefe Stimme: »Lass sie los, Anton.«

Der Geselle reagierte nicht.

»Auf der Stelle lässt du sie los.«

»Ach, Meister, warum so streng?«

»Schweig. Geh an die Arbeit und halte den Mund geschlossen bis zum Feierabend.«

Der Geselle hatte Claire losgelassen und stand Haeuser mit erhobenem Kopf gegenüber.

»Hau ab, sonst helfe ich nach«, zischte der Meister, und sein Geselle ließ den Kopf sinken und verzog sich.

»Ein ungehobelter Bursche, bitte verzeiht«, sagte Haeuser. »Wolltet Ihr zu mir?«

»Ich möchte Euch sprechen. Nur ganz kurz.«

Er nickte. »Kommt herein.«

Er führte sie durch seine Werkstatt, die von zwei Fackeln an den Wänden nur dürftig erleuchtet wurde. Sie erkannte zwei weitere Arbeiter – einer davon, ein rothaariger, war noch ein Junge –, die an den Aschegruben beschäftigt waren und sie anstarrten. Haeuser war dicht neben ihr. Mit der Hand zeigte er den Weg. Am Ende der Werkstatt öffnete er eine Tür und führte sie in einen kleinen Raum, der mit einem Tisch und einem Stuhl möbliert war. Eine Öllampe brannte. Die Fenster zeigten zum Fluss.

Was sie nicht erwartet hatte, war die Befangenheit, die sich ihrer plötzlich bemächtigte. Drei Sätze, eine Klarstellung – das hatte sie sich leicht ausgemalt. Jetzt bekam sie den Mund nicht auf.

Er stand ihr gegenüber, und die Lampe brannte hell genug, dass sie seine Sommersprossen erkannte. Ihr Herz schlug laut. Hoffentlich hörte er es nicht. Auch er sagte kein Wort. Er starrte sie einfach nur an.

Sie spürte, wie er ihre beiden Hände ergriff, und sie ließ es geschehen. Seine Daumen lagen auf ihren Handrücken.

Warum sagte sie nichts?

»Er war … an dem Abend … mit seinem Vater zusammen. Weil …«

Der Gerber packte stärker zu.

Er schien nicht zu merken, dass er ihre Hände zusammenpresste. Ihre Finger hätten schmerzen müssen, doch das fühlte sie nicht. Sie war kurz davor, diesem Mann in die Arme zu fallen und die Besinnung zu verlieren.

»Claire«, hörte sie ihn, »Claire.«

Er flüsterte. Ihr Bauch reagierte auf seine tiefe Stimme. Ein Zittern durchfuhr sie.

Sie schloss die Augen. »Paul hat den Abend mit seinem Vater verbracht«, wiederholte sie mechanisch. »Er hat niemanden getötet.«

Wegen dieses Satzes war sie hergekommen. Als sie ihn jetzt aussprach, hatte er kaum noch Bedeutung, höchstens die, sie im Diesseits zu halten. Doch das konnte er nicht.

»Claire«, hörte sie wieder.

Sie hob den Kopf. Seine kleinen Augen blitzten, und eine Gewalt zog sie zu ihm, der sie nicht widerstehen konnte. Sie machte den Hals steif – der letzte Versuch, gegenzuhalten.

»Claire, ich liebe dich. Seit dem Sonntag damals vor der Kirche, wo ich dich zum ersten Mal gesehen habe. Ich liebe dich, wie ich noch nie einen Menschen geliebt habe.«

Ihre Beine wurden weich. Sie hielt seine Hände so fest wie er ihre. Ihr war, als habe sie eine innere Tür aufgestoßen, durch die er in sie hineinspaziert war. Ihr ganzes Wesen lag vor ihm, es war jung und verletzlich, sie zeigte es ihm, nein, sie bot es ihm dar und wusste, dass es für ihn war. Nur für ihn.

»Claire«, flüsterte er wieder, bevor er sie küsste.

Sie spürte seine Lippen und seine Zunge, die sich zögernd vorwärtsbewegte. Seine Hände tasteten nach ihrer Hüfte, dann hielten sie ihren Rücken, und er küsste sie heftiger. Sie hätte sich losreißen müssen, es war der allerletzte Augenblick, um vor Gott und vor sich selbst noch behaupten zu können, es sei nicht ihre Schuld gewesen. Doch sie wollte sich nicht losreißen, sie konnte es nicht, in seinen Armen wollte sie bleiben, an seinem Mund und alles andere vergessen.

Seine Hände fuhren über ihren Rücken, sein Kuss wurde wilder. Durch den dünnen Umhang ertastete er ihren Körper. Es war verboten, was sie hier tat, verboten, verboten, verboten.

Sie ließ den Kopf in den Nacken fallen.

»Hör auf«, flüsterte sie, »du machst uns unglücklich.«

Er ließ sie los.

Mit einem weiten Griff nach hinten zog er die Öllampe auf dem Tisch zu sich heran und drehte sie ab. Sofort war es dunkel. Er packte sie und riss sie fort, ins Finstere hinein. Bevor sie noch aufschreien konnte, hatte er seine Hand vor ihren Mund gepresst.

Im nächsten Moment wurde die Tür geöffnet.

»Meister«, sagte eine Stimme.

Lorenz hielt seine Hand vor ihren Mund.

»Meister?«

Es war nicht die Stimme jenes Gesellen, dem Lorenz das Sprechen verboten hatte. »Er ist nicht hier«, rief der Mann in die Werkstatt hinein. Er hatte einen Dialekt, den sie nicht kannte. »Dabei hätte ich schwören können, dass er hier reingegangen ist. So oder so, es ist Zeit, wir hören auf für heute. Und du kannst dein Maul wieder aufmachen, Anton, der Meister hört's nicht. Obwohl ich sagen muss, ein großer Verlust ist's nicht für die Welt, wenn du weiter schweigst.«

Die Tür wurde zugeknallt.

Lorenz lockerte seinen Griff an ihrem Mund. Er kam mit seinen Lippen an ihr Ohr. »Claire, ich liebe dich. Lass uns zusammen weglaufen, von mir aus bis ans Ende der Welt. Wir gehen in dieses neue Land, Amerika oder wie das heißt. Komm mit mir, jetzt gleich.«

Er küsste sie erneut, wilder als zuvor. Durch das Mieder spürte sie seine Hände und sie hörte seinen Atem. Sie wehrte sich; dann gab sie auf. Es war ohnehin alles zu spät. Sie klammerte sich an seinen Hals.

»Jetzt, Claire, ja.« Er keuchte, während er sprach. »Ich habe ein Pferd und einen Wagen und etwas Geld. Die Stadttore sind noch geöffnet. Wir wollen nach Hamburg fahren und dort nehmen wir ein Schiff, und wo es uns gefällt, da steigen wir aus.«

Ja, dachte sie, und es trieb ihr die Tränen in die Augen. Wo sie aussteigen würden, war ihr vollkommen egal.

Aber sie sagte: »Ich bin mein halbes Leben lang geflohen. Ich kann nicht mehr weiterlaufen. Und ich habe eine Tochter. Ohne sie – ich glaube, ich würde sterben.«

Paul war der Letzte in der Manufaktur. Seit heute waren die Handschuhe für London auf dem Weg, er hatte sie selbst zur Postkutsche gebracht. Nun lag das Unternehmen in Gottes Hand, und er hatte sich zu gedulden.

Für heute war Feierabend. Gerveux und die Gesellen waren

längst verschwunden. Paul war dabei, die Lichter auszudrehen. Er hatte sich vorgenommen, Claires Vertrauen zurückzugewinnen. In Zukunft wollte er aufmerksamer sein und freundlicher, und dazu gehörte, dass er nicht jeden Abend erst zur Schlafenszeit nach Hause kam. Und er wollte sie nicht mehr anlügen. Nie wieder. Er hatte einen Fehler begangen. Umso stärker würde er ihr von nun an seine Liebe zeigen und vergessen machen, was geschehen war.

Eines Tages würde er ihr sogar Alexandres Geschichte erzählen. Sie schien sie zu interessieren, und es war ja nicht nur die Geschichte eines toten Jungen, sondern die seiner ganzen Familie und damit auch seine.

Die Tür wurde vorsichtig aufgezogen. Pignot streckte seinen Kopf herein. »Monsieur?«

»Pignot, was macht Ihr denn hier? Ist etwas mit der Gerberei?«

Er klang aufgeregt. »Das nicht, ich muss Euch etwas berichten.«

»Schießt los. Aber …« Paul sah auf die Uhr.

Pignot kam herein. Ohne ein Wort zu sagen, steuerte er die hintere Ecke an, wo das gute Leder lag. Schemenhaft erkannte Paul, dass Pignot sich hinkniete und auf dem Fußboden vorwärtsrutschte. Paul schüttelte den Kopf.

Pignot zog etwas hervor, offenbar eine Holzkiste, sie kratzte auf dem Boden. Er hob sie hoch. »Das ist meine«, sagte er, drückte seine Nase auf das Holz und atmete tief ein. »Aus der Bretagne. So riecht nur der Atlantik.«

Er kam auf Paul zu. »Heute ist der richtige Tag, Monsieur.«

Paul sah wieder auf die Uhr. »Ich fürchte, ich verstehe nicht.«

»Einen Moment Geduld. Gleich werdet Ihr verstehen.«

Er öffnete die Kiste, die vorn mit einem einfachen Haken verschlossen war, und nahm zwei in Tücher eingeschlagene Gläser heraus, die er mit einem der Leinentücher sauber rieb.

Mit einer feierlichen Geste stellte er sie auf den Tisch. Als Nächstes zog er eine Flasche mit einem dicken Bauch und schmalem Hals hervor. Sie war dunkelgrün.

»Das scheint eine Zauberkiste zu sein«, sagte Paul. »Riecht nach Atlantik und trägt dabei französischen Wein in sich.«

»Bordeaux. Zehn Jahre alt. Ein traumhafter Jahrgang.«

»Pignot, sagt bloß ...«

»Bitte nicht, Monsieur. Wartet.«

Eine halbe Stunde würde Paul dieser kleinen Feier widmen müssen, das war er seinem Altgesellen schuldig. Mit der Kraft und dem Geschick des Handwerkers zog Pignot den angespitzten Korken an der Leinenschlaufe heraus. Er schenkte den Rotwein mit Schwung in die Gläser und reichte das erste Paul. Das andere behielt er selbst in der Hand und hob es hoch.

»Monsieur, ich habe die Ehre und die große Freude, Euch mitzuteilen, dass mein Kind geboren ist. Ein Mädchen.«

»Pignot!«

»Die Schwiegermutter kam vorhin und hat's mir erzählt. Beide sind gesund.«

»Ich freue mich für Euch.«

Sie stießen an, die Becher klirrten. Paul beobachtete, wie Pignot den Wein im Mund behielt, und er tat es nicht anders. Mochte er die Heimatduselei auch verachten – ein französischer Wein, das war und blieb etwas Einmaliges.

Sie tranken schnell leer. Pignot schenkte nach.

»Wart Ihr schon bei Eurer Frau?«

»Erst bin ich zu Euch gekommen, Monsieur.«

Zum zweiten Mal stießen sie an.

Claire und Lorenz hielten einander in den Armen, und sie fühlte mit ihren Händen, wie immer neue Wellen von Kraft und Zittern durch seinen Körper zogen. Sie hätte gern ihren Verstand zum Schweigen gebracht, aber er hämmerte auf sie ein. Verboten sei, was sie tue. Eine Sünde.

»Lorenz, du machst uns unglücklich, glaub mir doch. Lass mich los. Bitte.«

Er zog sie noch enger an sich, presste sein Gesicht an ihren Hals und sog ihren Geruch ein. Sie spürte seine Zunge auf ihrer Haut, seinen Mund, die Zähne.

»Wir beide«, sagte sie, »wir beide, nicht nur du, wir werden beide unglücklich. Lass mich los, ich muss gehen.«

Sie nahm seinen Kopf in die Hände und fuhr ihm mit den Fingern durchs Haar. Die Vorstellung, von ihm wegzulaufen, trieb ihr erneut Tränen in die Augen. Aber es gab keine andere Möglichkeit. Sie drehte sich aus seinen Armen. »Ich muss nach Hause.«

Er stand da wie ein verlassener Junge. Sie musste sich losreißen.

Sie zog die Tür auf. Die Werkstatt vor ihr war stockfinster. Sie setzte ein paar Schritte ins Dunkle hinein.

Im nächsten Moment war er neben ihr. »Warte, ich helfe dir.« Er legte seinen Arm um ihre Schultern, und sofort fiel ihr Kopf zu seiner Seite und ihr Arm umfasste ihn.

Er ging sicher, er kannte die Werkstatt. Als sie den Hof erreicht hatten, sagte er: »Claire, bleib.«

»Mach's mir nicht noch schwerer.«

»Dann geh ich mit dir.«

»Nein. Es darf uns niemand sehen.«

Am Hoftor küssten sie sich erneut. Ihr Verstand ließ sie für diesen Abschied in Ruhe, sie fühlte nur diesen fremden Mann, er hatte von ihr Besitz ergriffen, und sie wusste, dass das nicht mehr zu ändern war. Sie würde ihn in Zukunft immer mit sich tragen. Sie sagte kein Wort mehr, drückte nur seine Hand und verschwand in der Dunkelheit.

Paul saß mit Pignot an dem Tisch, an dem normalerweise die Handschuhe genäht wurden, und Pignot hatte eine zweite Flasche Bordeaux aus seiner Zauberkiste gezogen. Sie hatte genau die gleiche Zwiebelform und war staubig. Paul musste nach Hause, die halbe Stunde war längst vorüber und Claire wartete sicher schon, doch er brachte es nicht fertig. Pignot strahlte. Diesem Mann bedeutete es alles, mit ihm die Geburt seiner Tochter zu begießen.

Pignot hatte erzählt, dass er drei Flaschen Wein aus der Heimat gerettet hatte. Eine hatte er badischen Grenzsoldaten lassen müssen, die ihn direkt gefragt hatten, ob er französischen Wein mit sich führe.

»Monsieur«, sagte Pignot plötzlich, »ich möchte meine Tochter Pauline nennen.«

»Pauline, so, so. Und was sagt Eure Frau dazu?«

»Meine Frau, wieso? Noch bin ich der Mann im Hause.«

Paul lachte und trank weiter.

»Ich möchte sie Pauline nennen und ich habe die Bitte, dass Ihr der Taufpate werdet.«

Pauls Kopf arbeitete langsamer. Es hatte zu viel Wein getrunken, um noch bei klarem Verstand zu sein. Doch hier gab es nur eine Antwort, im nüchternen Zustand wäre sie nicht anders ausgefallen. Er hob seinen Becher und hielt ihn in Pignots Richtung. »Es ist mir eine Ehre.«

Pignot stand auf, und Paul blieb nichts anderes übrig, als sich ebenfalls zu erheben. Im Stehen stießen sie an und tranken.

»Auf Pauline«, sagte Paul.

»Auf Pauline – und auf ihren Paten.«

»Wisst Ihr, Pignot, dass Ihr nicht der Einzige seid, der Wein aus Frankreich mitgebracht hat? Wir hatten die ganze Kutsche voller Leder. Ein paar Flaschen habe ich trotzdem untergebracht. Leider war ich nicht so sparsam wie Ihr. Ich habe nur eine letzte Flasche übrig, und es ist auch kein Bordeaux, sondern ein Wein aus der Bourgogne. Den trinken wir, wenn wieder ein Kind geboren wird, egal, ob es Eures ist oder meines.«

»Das ist ein Wort, Monsieur.« Pignot fuhr sich mit zwei Fingern über seine Narbe an der Wange. »Allerdings ist es nicht möglich, auf meine kleine Pauline zwei Flaschen zu trinken und auf das nächste Kind nur eine.«

»Da habt Ihr recht.«

Sie stießen wieder an und tranken. Paul hatte sein Gefühl für die Zeit verloren.

»Mit der nächsten Schwangerschaft werden wir neuen Wein besorgen müssen«, sagte er, »und dann ist es auch egal, ob wir noch eine Flasche aus der Bourgogne haben oder nicht. Ich hole sie.«

Als Paul aufstand, drehte sich sein Kopf ein wenig. Es war ein Gefühl aus der Heimat – guter Wein und seine Folgen – und er genoss es.

Claire war so schnell gelaufen, wie ihr Rock und die Schuhe es zugelassen hatten. Es war fast dunkel. Die frische Abendluft hatte nichts verändert, ihr war es vorgekommen, als liefe sie durch dichten Nebel. Ihr Herz schlug laut, und auch am Hals klopfte die Schlagader. Lorenz' Geruch steckte ihr in der Nase.

Fast gleichzeitig mit Isabel kam sie nach Hause. Sie begrüßte den Schwiegervater, der seine Enkeltochter begleitet hatte und für die Verspätung um Entschuldigung bat. Sie hätten, sagte er, die Zeit vergessen. Claire konnte ihm nicht ins Gesicht sehen. Als sie ihm die Hand gab, kam sie sich schmutzig vor.

Sie aß eilig mit Isabel und richtete ihr Bett. Als die Kleine unter der Decke lag, sprach sie das Abendgebet mit ihr. Gleichzeitig betete sie still und bat um Vergebung ihrer Sünde.

Die Haushälterin schickte sie fort. Sie wollte wenigstens so lange allein bleiben, bis Paul kam. Irgendwie musste sie ihrem Mann begegnen. Es gelang ihr nicht, sich vorzustellen, wie sie sich verhalten sollte.

Schneller als sie gedacht hatte, hörte sie die Tür. Blut stieg ihr in den Kopf und ihre Hände wurden heiß. Sie hielt sich an der Tischkante fest.

Er rief sie nicht wie sonst von der Haustür. Seine Schritte

waren zögernder. Als die Zimmertür geöffnet wurde, begriff sie, weshalb.

Es war nicht Paul, es war Lorenz.

Ohne zu überlegen fiel sie in seine Arme. Sie sagte kein Wort. Ihr ganzer Körper war erfüllt von ihm. Er küsste sie gierig, sie ließ es geschehen und versank darin. Ihre innere Tür war für ihn nicht mehr zu versperren. Sie wollte es auch nicht. Sie sagte nur: »Er kann jeden Moment nach Hause kommen.«

Lorenz reagierte nicht.

Sie hatte keine Kraft, sich ein zweites Mal von ihm loszureißen. Seine Hände knöpften ihr das Mieder auf. Sie hatten am Rücken schon ihre nackte Haut erreicht, und zu ihrer Sehnsucht, zu dieser Heftigkeit kam nun Erregung hinzu. Ihre Hand fuhr ihm unter das Leinenhemd, sie spürte seine Wärme, die Muskeln, seine Schönheit. Sie war gleichzeitig glücklich und traurig wie nie zuvor.

Er kam ihr vollkommen offen vor, sie glaubte, ihm bis auf den Grund sehen zu können. Sie fühlte seine Wildheit und seinen Stolz, die Eigenwilligkeit eines einzelnen freien Tieres. Gleichzeitig erkannte sie, wie einsam dieses Tier war und wie empfindlich und dass es Schutz brauchte. Ihren Schutz – genauso wie sie seinen brauchte.

An ihrem Oberschenkel spürte sie seine Männlichkeit. Ein letztes Mal schrie es in ihr auf: Was sie tat, war verboten, und je weiter sie ging, desto schlimmer wurde die Sünde. Seine Hand strich über ihren fast nackten Po. An ihrem Rock musste eine Naht geplatzt sein.

Ihr Mieder hatte er nun ganz geöffnet. Wie eine Jacke hing es ihr an den Schultern. Während er sie küsste und streichelte, zog er sie mit sich hinunter auf die Knie. Aus ihrem Verstand war jede Klarheit gewichen, sie war nur noch Erregung. Diesem Menschen wollte sie geben, was immer er verlangte. Nur ihm.

»Claire«, flüsterte er, »ich liebe dich.«

Er küsste ihre Brust, und es war ihr, als hätte kein anderer sie je berührt, als sei sie nur für diesen Mund, für diese Hände, für diesen Augenblick geschaffen. In seinen Armen ließ sie sich mit ihm auf den Fußboden fallen. Sie gehörten zusammen.

Er hatte das Hemd ausgezogen, sie roch seinen Schweiß und seine Erregung, auch die Lohe, die sich in ihm festgesetzt hatte, und der säuerliche Duft der Gerbstoffe gehörte zu ihm und sie mochte ihn und ließ ihn in ihre Nase steigen.

Sie fühlte seine Hand an ihrer Scham. Es war nass dort unten, wahrscheinlich hatte sie Flecken auf ihren Rock und vielleicht auch auf den Fußboden gemacht.

Sein Geschlecht war hart. Es war wie er, kräftig und rau.

»Tu's nicht, Lorenz«, flüsterte sie, »tu's nicht.«

Im nächsten Augenblick spürte sie, wie sich sein Glied in sie schob, tastend erst und dann mit Kraft. Sie verlor den letzten Halt. Sie war eins mit ihm, ihre Zungen und Münder, die Körper, die Geschlechter. Sie schloss die Augen. Ihr war schwindelig, und sie sah sich aus einer großen, farbigen Höhe fallen, sie fiel immer weiter, nichts hielt sie auf.

Sie fiel. Tiefer und tiefer.

Sofort danach überkam sie eine ungekannte Müdigkeit, gegen die sie sich nicht wehren konnte. Sie öffnete noch einmal die Augen und sah ihn an. Ihr Blick war schon verschwommen. Sie liebte ein wildes Tier – das war ihr letzter Gedanke. Dann schlief sie ein.

»Mein Vater hat recht: Wir haben etwas verloren«, sagte Paul und schüttelte den Kopf dabei. Sein Bourgogne-Wein schmeckte anders als der Bordeaux von Pignot, weniger kräftig, dafür mehr nach Frucht. Die Zunge war ihm schwer geworden und der Verstand nicht mehr ganz klar.

»Auch wenn ich es nicht gern zugebe, weil ich der Überzeugung bin, wir müssen nach vorn sehen – immer nur nach vorn, denn es bringt nichts, wenn wir uns umdrehen und trauern. Aber einen Wein wie diesen, den gibt es nur in Frankreich.« Er hob seinen Becher vor die Augen, bevor er einen tiefen Schluck nahm und ihn im Mund hielt. »Hier trinken sie Bier, und ich finde, Pignot, das sagt alles. Das passt zu diesen Leuten. Bier.« Erneut schüttelte er den Kopf.

Als er ausgetrunken hatte, stellte er den Becher ab. »Jetzt wollen wir aufbrechen, mein lieber Pignot. Eure Frau wartet sicher schon. Geht und beseht Euch Eure Pauline, und auch ich gehe nach Hause zu meiner Frau. Sie wartet ebenfalls bereits auf mich.«

Sie löschten das Licht und schlossen umständlich ab. Einen Teil des Weges hoch in die Friedrichstadt machten sie noch gemeinsam, sie kamen nur langsam voran und philosophierten dabei über den Unterschied zwischen Wein und Bier und zwischen Franzosen und Deutschen. Als Pignot abbiegen musste, gaben sie einander die Hand und hielten sich fest und wollten gar nicht mehr loslassen. Paul wurde plötzlich von einem Gefühl der Freundschaft überwältigt und tat etwas, was er mit einem Untergebenen noch nie gemacht hatte, er umarmte Pignot und klopfte ihm mit den Händen auf die Schultern. Er war nahe dran, seinem Altgesellen zu gestehen, wie viel er ihm zu verdanken hatte, aber das verkniff er sich. Er klopfte ihm weiter auf den Rücken und bat ihn, seiner Frau Glückwünsche auszurichten.

Claire wurde wach, als sie die Tür hörte. Im ersten Moment hatte sie keine Vorstellung davon, wo sie war. Erst als sie mit der Hand die Holzdielen unter sich ertastete, war alles wieder da. Dann dachte sie, Lorenz komme zurück.

Doch es war Paul.

Er öffnete die Tür und rief im gleichen Moment: »Claire!«

Ihr Verstand arbeitete sofort. Sie fuhr mit der Hand die Knopfleiste der Bluse nach oben. Die Knöpfe waren geschlossen. Ihr Rock war halbwegs geradegestrichen. Nur die Unterhose fühlte sie in den Kniekehlen.

Paul stank aus dem Mund.

»Claire, was ist passiert?«

»Ich … ich weiß nicht.« Sie hielt sich den Kopf. »Ich muss gefallen sein. Ich war besinnungslos.«

»Oh Gott, Claire. Warte, ich helfe dir auf.«

»Bitte bring mir erst ein Glas Wasser.«

Jedes Wort eine Lüge, für die sie sich schämen musste. Sie hatte keinen Durst, sondern brauchte den Moment, um die Unterhose hochzuziehen.

Als er aus der Küche zurückkam, fasste er sie unter die Schultern und half ihr mit dem Oberkörper hoch. Dann gab er ihr das Glas.

»Hast du getrunken?«, fragte sie.

»Ja, leider. Pignot wollte mit mir anstoßen. Das Kind ist da, ein Mädchen, er will es Pauline nennen und ich soll Pate werden.«

»Das ist schön für dich«, sagte sie. Ihre Gedanken waren anderswo. Nun hatte auch sie ihn belogen, weit schlimmer, als er es getan hatte, als er es je tun würde. So viele Lügen. Ihre Ehe war nichts mehr wert.

»Und was ist mir dir?«, fragte er.

»Ich erinnere mich nicht genau. Mir war schwindelig, dann muss ich gefallen sein.«

Lügen, alles Lügen.

»Bitte hilf mir hoch. Ich muss auf den Toilettenstuhl.«

Er war vorsichtig und besorgt, als er ihr auf die Beine half. Dabei schwankte er ein wenig. Sie spielte Reste von Schwindel und Schwäche, neue Lügen. Dann zog sie die Tür der engen Kammer, in der der Stuhl stand, hinter sich zu und zündete die Kerze an.

Als sie Wasser ließ, weinte sie. Sie weinte wegen all ihrer Lügen und weil Gott sie nun verachtete. Gegen Lorenz empfand sie keine Wut, nur eine grenzenlose Sehnsucht, und sie stellte sich eine andere Welt vor, in der sie einfach zu ihm laufen und ihm in die Arme fallen konnte. Der Gedanke machte sie noch trauriger.

Draußen hörte sie Paul und sie war froh, dass man die Kammer verriegeln konnte. Sie stützte den Kopf auf die Hände.

Mit ihrem Urin schied sie auch etwas von Lorenz aus. Möglicherweise konnte man das im Topf sehen, allerdings leerte Paul ihn nie aus, das war keine Männerarbeit. Sie wischte sich die Tränen aus dem Gesicht und zog sich an.

»Ich bin müde«, sagte sie zu Paul und achtete darauf, ihre Stimme schwach klingen zu lassen, »ich muss ins Bett.«

Er legte sich neben sie, und obwohl er schlank war, wirkte er schwerfällig, und das Bettgestell knarrte unter ihm. Bald fiel er in ein Pfeifen und Schnarchen und war eingeschlafen. Sie lag hellwach, die Erinnerung an den Abend so klar, als sehe sie Bilder an. Sie drückte Lorenz an sich. Sein Geruch – sein Schweiß und die alte Lohe – war in ihrer Nase.

3

Der große Saal im Zunfthaus war voll besetzt, und es strömten immer noch mehr Männer herein. Alle trugen Arbeitskleidung. Lorenz hatte sie zählen wollen, aber bereits aufgegeben. Inzwischen betrachtete er die holzgeschnitzten Wappen der Zünfte oben an der Wand.

An den Tischen standen flache Bänke, auf denen die Handwerker so dicht beieinanderhockten, dass niemand mehr dazwischen passte. Alle waren sie gekommen, die Meister und Gesellen des Gerbergewerks und sogar Lehrjungen, die im letzten Ausbildungsjahr an den Versammlungen teilnehmen durften, ohne Rederecht natürlich.

Auch Abgesandte anderer Zünfte hatten sich eingefunden, das Thema dieses Abends ging das gesamte Handwerk der

Stadt an. Wenn Fremde nun gerbten, ohne einer Bruderschaft anzugehören, dann würden sie bald auch mauern und zimmern und schmieden, wie es ihnen passte. An einem Tisch saß der Zunftvorsteher der Berliner Tischler. Lorenz erkannte einen Abgesandten der Goldschmiede und einen der Müller. Die Brauerzunft hatte zusammen mit einem Meister ein großes Fass Bier geschickt, was mit viel Gejohle aufgenommen wurde. Der Lohmüller war ebenfalls da. Er hatte einen blonden Vollbart und überragte die meisten anderen um Haupteslänge.

Bevor die Sitzung begann, war es sehr laut, Fäuste und Bierkrüge wurden auf die Tische geschlagen, es gab Drohungen. ›Das lassen wir uns nicht bieten‹, war ein Satz, den Lorenz immer wieder hörte.

Und er – er liebte eine Französin.

Wenn die Kollegen seine Gedanken lesen könnten, in hohem Bogen würden sie ihn rausschmeißen. Vorher würden sie ihn noch blau schlagen.

Er war durchaus für die alte Ordnung. Sie sicherte ihnen ein Auskommen, jedem von ihnen. Nur war es ihm nicht möglich, sich noch gegen die Franzosen zu stellen – gegen Claire. Er hätte sie verraten.

Als Zunftvorstand war sein Platz am Kopfende des Tisches. Neben sich hatte er zwei Beisitzer. Die Stimmen im Saal wurden noch lauter, und die Gerber tranken immer mehr Bier. Es war höchste Zeit, er musste die Sitzung eröffnen.

Aus einer dunklen Ecke schlich Martin in den Saal hinein und auf ihn zu, lautlos, wie eine Ratte. Von wo er kam, lag die Treppe, die Jockel heruntergestürzt war.

»Lorenz, sag etwas. Nicht nur, dass dieser Franzose gerbt, auch, dass wir glauben, dass er Jockel getötet hat.«

Lorenz starrte an Martin vorbei und gab ihm keine Antwort.

»Du bist der Zunftvorstand. Du musst …«

»Schweig.«

Lorenz stand auf und klatschte ein paarmal in die Hände. Im

Saal wurde es etwas leiser. Er hob die Stimme: »Wir wollen eine Versammlung abhalten, wie es Zunfttradition ist. Wer etwas zu sagen hat, steht auf, die anderen hören zu. Wenn zwei gleichzeitig aufstehen, erteilt der Zunftvorstand das Wort. Werden Beschlüsse verlangt, gilt der Wille der Mehrheit. Lehrjungen dürfen nicht sprechen, Gesellen haben den Meistern Vortritt zu lassen. Reden der Gäste sind willkommen, allerdings dürfen sie in Fragen der Gerberzunft nicht mitstimmen.«

Als er sich wieder auf seinen Platz setzte und die ersten Gerber aufstanden, um das Wort zu ergreifen, hörte er kaum zu. Warum bloß hatte er sich zum Zunftvorstand wählen lassen? Er hätte sich am liebsten aus allem herausgehalten. Doch jetzt hatte er das Amt, für ein Jahr, und davon waren noch keine sechs Monate um.

Er fing einzelne Satzfetzen auf. Die Kollegen sprachen von Tradition – noch vor Kurzem hätte er nicht anders geredet. Dass die Ordnung von Gott geschaffen sei, sagten sie, und dass sich versündige, wer sie zerstöre.

Bei dem Wort ›Sünde‹ griff Lorenz nach seinem Bierkrug. Immer dieses Pfaffengequatsche, Sünde, so ein Mist, was sollte das sein? Mit der Zunfthoheit lebten sie alle gut, und um nichts anderes ging es.

Die Reden der meisten Gerber waren kurz und heftig. Sie dürften keine Freimeister zulassen, in richtigen Gewerken gäbe es so was nicht.

Martin saß am äußersten Rand einer Bank und seine Augen huschten durch den Saal. Dabei starrte er immer wieder zu ihm. Als Lorenz den Blick des Gesellen traf, nickte der ihm zu. Lorenz reagierte nicht.

Wer es dem Franzosen eigentlich erlaubt habe, als Freimeister zu gerben, rief jemand. Niemand, schrie ein anderer. Der kurfürstliche Rat müsse endlich eingreifen und am besten gleich die Gendarmen schicken.

Dem Rat sei bereits berichtet worden, sagte ein anderer Meister.

Bis die entschieden, sei aus einer grünen Haut ein gutes Stück Leder geworden, rief ein Geselle in den Saal, und alles lachte.

Martin ließ Lorenz nun nicht mehr aus den Augen. Mit den Händen machte er ein Zeichen, dass er aufstehen solle.

Lorenz' Geselle Anton stand auf. Man solle die Franzosen fragen, was mit ihnen als deutschen Gerbern passieren würde, wenn sie nach Frankreich übersiedelten und dort ohne Erlaubnis gerbten. Er bekam Applaus.

Dann ergriff der Lohmüller das Wort. Er stemmte sich von seiner Bank auf, hob sogar einen Fuß hinüber, um mehr Platz zu haben. Dabei schnaufte er. Es ging das Gerücht, dass er bestechlich war und für ein ordentliches Stück Leder oder ein paar Taler die Mühlzeit verlängerte. Lorenz hatte das noch nie versucht.

Der Lohmüller sagte, es sei noch kein Franzose zu ihm gekommen, um Baumrinde zu mahlen. Sollte einer anfragen, werde er sagen, alle Zeiten seien ausgebucht.

Die Gerber johlten.

Lorenz glaubte ihm nicht. Claires Mann hatte schon so viele Widerstände aus dem Weg geräumt – die Gerberei gekauft, Häute, Felle, sogar Eichenrinde –, er würde auch mit dem Lohmüller fertig werden. Und wenn er ihm ein Goldstück extra gab.

Martin starrte ihn immer noch an. Lorenz wäre am liebsten hinübergegangen und hätte ihm eine geknallt. Was wollte dieser Scheißkerl?

Da stand Martin auf. »Der Franzose, der die alte Gerberei gekauft hat, wird des Totschlags verdächtigt. Das wissen viele hier im Saal. Er ist ein Handschuhmacher und er hat gelogen, als er gefragt wurde, wo er an jenem Abend, an dem Jockel starb, war. Sogar seine Frau hat für ihn gelogen.«

Lorenz nahm seinen Bierkrug. Martin saß zu weit, um zu werfen. Er würde nicht zulassen, dass dieses Stück Dreck Claire beschmutzte.

Nach Martins Sätzen war es laut im Saal. Lorenz erhob sich. »Glaubt ihm nicht.«

Es wurde noch lauter, die Gerber riefen durcheinander.

Martin redete weiter. »Ist es euch genug, wenn dieser Flüchtling einen anderen Franzosen benennt, mit dem er angeblich den Abend verbracht hat? Ein Ausländer hilft doch dem anderen.«

»Er redet falsch«, rief Lorenz.

»Nein, ich sage die Wahrheit.«

»Wenn ein Meister spricht, hast du zu schweigen.«

Obwohl er sich hätte setzen müssen, blieb Martin stehen. Wenigstens hielt er den Mund.

»Es ist mein Bruder, der tot ist. Ich sage euch, sprecht im Zunfthaus über das, was der Zunft ist. Wir sind keine Ratsbüttel und kein Hausvogt und wollen das auch nicht werden. Der Geselle dort drüben hat keine Beweise. Er soll schweigen, jetzt genauso wie in Zukunft. Wir reden hier über das Gerben, über nichts anderes. Wenn ihr meine Meinung hören wollt – ich bin der gewählte Zunftvorstand –, dann sage ich euch, es gibt nur einen Weg: Wir schicken einen zweiten Boten zum kurfürstlichen Rat und berichten, wie es steht. Dass es dringlich ist.«

Es war stiller im Saal, als Lorenz endete. Doch kaum hatte er sich wieder auf seinen Platz gesetzt, fing Martin wieder an: »Wenn ein Gerber stirbt, ist es sehr wohl Sache der Zunft, den Verdächtigungen nachzugehen. Dein Bruder, aber mein Meister. Du weißt so gut wie ich, dass dieser Franzose dem Jockel an dem Morgen gedroht hat.«

Bevor Lorenz erneut aufgestanden war, rief der Lohmüller in den Saal hinein. Er hatte seinen dicken Arm in die Höhe gehoben, der erste Finger zeigte in die Luft: »Gerber, hört noch einmal einem Zunftfremden zu. Ich sage euch, die Franzosen sind wie Ungeziefer, einmal in der Stadt, breiten sie sich aus, und man braucht Gift, um ihrer Herr zu werden. Sie nehmen Geld vom Kurfürsten, das wir erwirtschaften. Bekommen umsonst Material für ihre Häuser. Und wir – was müssen wir dafür schuften! Sie machen eine Ordnung kaputt, die es seit vielen hundert Jahren gibt. Und warum gibt es sie? Weil Gott das so will. Als Nächstes soll der Kurfürst ihnen eine Kirche bauen. Und wer sie aufhalten will, wie der Jockel Haeuser, den töten sie. Und wollen es hinterher nicht gewesen sein.«

Die Gerber brüllten Worte wie ›genau‹ und ›richtig‹, und als der Braumeister dem Lohmüller neues Bier reichte, reckten viele von ihnen ihre Krüge in die Höhe. Jeder wollte mit dem Müller anstoßen.

Lorenz wusste, dass er gegen diese Stimmung nicht ankam. Er stand trotzdem auf und hatte dabei Claire vor Augen. Bevor er noch angefangen hatte zu sprechen, riefen sie ihm aus dem Saal zu: »Deine Idee war es mit der Franzosenkirche.«

»Ja, weil es eng ist in der Jerusalemkirche und weil es immer wieder Streit gibt. Aber wir wollen den Lohmüller fragen, woher er weiß, dass der Kurfürst den Franzosen ihre Kirche bezahlt. Und vor allem: Woher willst du wissen, dass mein Bruder getötet wurde? Wer solche Anschuldigungen ausspricht, der braucht Beweise. Hast du welche?«

Der Lohmüller fuhr sich mit dem Handrücken über den Mund. Sein Bier hatte er abgestellt, und Schaum hing ihm in den hellen Barthaaren. »Haben wir bezahlt, als die Franzosen herkamen – ja oder nein?« Lautstark stimmten ihm die Gerber zu. »Was glaubst du, Zunftmeister, bezahlt der Kurfürst die Franzosenkirche von seinem Gold oder lässt er uns bezahlen? Das war deine Schnapsidee. Du bist der, der sich rechtfertigen muss.« Die Gerber pfiffen. »Und was den Jockel angeht – wenn ich dich höre, frage ich mich heute, ob er wirklich dein Bruder war. Du hast ihm an jenem Morgen geholfen, die Franzosen aus der Jerusalemkirche herauszuhalten. Hast du denn nicht gehört, wie dieser Handschuhmacher gedroht hat? Ja, bist du taub oder was?«

Das Pfeifen und Johlen war laut wie nie. Lorenz war stehen geblieben. Er legte Kraft in seine Stimme, die nun noch tiefer und durchdringend klang und dafür sorgte, dass die Männer zuhörten. »Für einen Gast bist du ziemlich frech, Lohmüller. Wer das Maul so weit aufreißt, sollte ein sauberes Hemd tragen. Ich bin nicht für die Franzosen, ich bin nicht gegen sie. Für Gerechtigkeit bin ich. Und für Besonnenheit. Im Biernebel trifft man keine Entscheidungen. Man lässt sich auch nicht aufhetzen von Zunftfremden. So wie unsere Bruderschaft zur Ordnung gehört, gehört auch der kurfürstliche Rat dazu. Wo wir uns nicht einigen können, entscheiden die und der Premierminister. Wenn die Ordnung göttlich ist, dann ist sie es überall und nicht nur da, wo es euch passt.«

Während seiner Rede war es leiser geworden, sofort danach nahm die Aufregung wieder zu. Lorenz ballte die Hand zur Faust. Wie dumm war er gewesen, als er die Wahl zum Zunftmeister angenommen hatte. Zunftmeister für diese Schreihälse. Sie verdienten ihn nicht, diese Hohlköpfe, die nur stark waren, wenn das Bier floss. Morgen früh an den Gerberbäumen und den Lohegruben würde ihre Aufregung wieder verschwunden sein.

Sein Blick blieb an Martin hängen. Der war der Schlimmste. Ein Glück für ihn, dass er so weit weg saß.

4

Zwei Tage lang fiel Regen, wann immer Claire zum Fenster hinaussah. Er war nicht stark, ein feiner, weicher Nieselregen, der die Wege und Straßen langsam aufweichte und immer größere Pfützen zurückließ.

Man konnte kaum durch diese graue Wand hindurchsehen. Claire glaubte, überhaupt nichts mehr erkennen zu können, draußen nicht, in ihrem Inneren erst recht nicht. Sie sah Farben, dunkel die meisten, aber hatte keine Gedanken und keine Klarheit.

Vor Paul hatte sie Angst und vermied es, ihn anzusehen. Er musste doch auf ihrem Gesicht lesen können, wie sie ihn belog und wie elend sie sich deswegen fühlte, zumal Lorenz immerzu um sie war, seine Wärme und Stärke, seine Stimme, der Blick. Als Paul am Abend des zweiten Regentages nach Hause kam, hatte sie in Isabels Zimmer gerade die Kerze ausgeblasen und ging die Treppe hinunter. Sie wünschten einander einen guten Abend. An ihr vorbei wollte er nach oben ins Kinderzimmer.

Claire bat die Haushälterin, für Paul im Esszimmer zu decken. Er wusch sich Hände und Gesicht in der Schüssel und trocknete sich ab. Sie setzte sich ihm gegenüber an den ovalen Tisch. Ihn anzuschauen war ihr kaum möglich.

Während er aß, erzählte er. Sie hörte zu, stellte jedoch keine Fragen und gab keine Kommentare. Als er wissen wollte, wie ihr Tag war und wie es Isabel in der Schule gehe, bemühte sie sich um Antwort. Gleichwohl war sie davon überzeugt, dass er ihre Befangenheit spürte.

Er brachte selbst sein Geschirr in die Küche, was sie noch nie erlebt hatte. Als er zurückkam, war sie aufgestanden. Er hielt sie an den Handgelenken fest und versuchte, sie an sich zu ziehen. Sie war steif und hatte keine Möglichkeit, das zu ändern.

Sie beendeten den Abend zu einer Zeit, da auf der Straße noch Leben war, die Nachbarn verbrachten die letzten warmen Stunden draußen. Paul schloss das Fenster. Claire ging in die Toilettenkammer. Sie hob den Rock und zog die Unterhose herunter. Es war kein roter Fleck zu sehen.

Vielleicht morgen, dachte sie.

Ihr Nachthemd war aus Leinen, der Kragen mit Spitzen besetzt. Sie kämmte sich vor dem Spiegel und stieg von ihrer Seite aus ins Bett. Paul legte sich neben sie. Die Kerze auf seinem Nachttisch brannte noch. Durch ihr Nachthemd spürte sie seine Hand, die ihre Hüfte ertastete und streichelte. Vorsichtig schob sie sie weg.

»Claire, was ist nur los?«

»Ich bin müde«, sagte sie, »sehr müde.«

Wieder eine Lüge. Sie drehte sich von ihm weg. Sofort stand Lorenz vor ihren Augen. Sie wusste, dass sie dieses Bild nicht vertreiben konnte, es kam jede Nacht. Seit jenem Abend hatte sie ihn nicht mehr gesehen, obwohl sie vor allem auf dem Markt Ausschau hielt. In ihren Gedanken sprach sie mit ihm und spürte ihn um sich. Wie sie vermutet hatte: Er hatte von ihr Besitz ergriffen.

Am nächsten Morgen fühlte sie sich kraftlos, als hätte sie kaum geschlafen. Trotzdem stand sie auf und ging, bevor sie sich anzog und Isabel weckte, auf den Toilettenstuhl. Auf der Treppe wurde ihr schwindelig. Die Stirn fühlte sich heiß an.

Als Isabel und Paul aus dem Haus waren, nahm sie sich eine Wolldecke und streckte sich auf dem Canapé aus. Augenblicklich fing sie an zu husten. Schweiß trat ihr auf die Stirn. Die Haushälterin kam und fragte, ob sie krank sei und ob sie ihr etwas bringen könne. Claire bat um ein Glas Wasser.

Sie verschlief den Vormittag und träumte wild. Paul hetzte eine Meute Hunde gegen Lorenz, der gebissen wurde und blutete, aber er brüllte die Hunde an und versuchte, sie in die andere Richtung, auf Paul, zu dirigieren. Claire saß auf einem Baum. Die Hunde konnten nicht hoch zu ihr, selbst wenn sie es versuchten, aber sie wusste nicht mehr herunter. Es gab keine Äste an dem Stamm.

Als sie wach wurde, tat ihr die Sehnsucht nach Lorenz in der Brust weh und trieb ihr Tränen in die Augen. Sie bekam Fieberfantasien, wo sie ihn treffen, wo sie mit ihm leben würde, malte sich aus, mit ihm an Deck eines Segelschiffes zu stehen und nach Amerika zu fahren, und als Isabel in ihren Vorstellungen nicht vorkam, erschrak sie und fühlte sich noch elender. Wie lange würde Gott dulden, dass sie ihr Kind vernachlässigte? Würde er es ihr nicht einfach wegnehmen? Strafte er sie denn nicht schon damit, dass ihr Blut ausblieb?

Isabel kam am Mittag nach Hause. Sie war laut und rief: »Mama, die Sonne scheint. Warum liegst du hier?«

Claire stöhnte leise. Isabel nahm ihre Hand, die heiß war.

»Was ist los? Bist du krank?«

»Es wird vergehen. Du wirst allein essen müssen. Setz dich da an den Tisch.«

Isabel strich über Claires Hand. »Soll ich Monsieur Mathieu holen?«

Claire schüttelte den Kopf. »Ein kleines Fieber. Das ist nichts Schlimmes.«

Isabel blieb den ganzen Nachmittag in ihrer Nähe. Sie ging hinaus, kehrte jedoch regelmäßig zu Claires Lager zurück, setzte sich zu ihr und nahm ihre Hand. Auch in ihrem Zimmer blieb sie nicht mehr als eine halbe Stunde, ohne nach der Mutter zu sehen. Erst am späten Nachmittag verschwand sie für länger.

Als sie zurückkam, war der Großvater bei ihr.

Bertrand klopfte an die Tür und trat ein. Er hatte Hut und Stock in der Hand und roch nach frischer Luft. Sie hörte das Knarren seiner Schritte auf dem Holzfußboden und bemühte sich um ein Lächeln, das schwach geriet. Er legte ihr den Handrücken auf Wangen und Stirn.

»Du hast Fieber, Kind.«

»Es kommt und es wird wieder gehen.« Obwohl sie es nicht wollte, musste sie in dem Augenblick husten. »Hat meine große Tochter dich geholt?«

»Sie macht sich Sorgen um ihre Mutter. Sollten wir nach Mathieu schicken?«

Claire schüttelte den Kopf. »Setz dich ein wenig. Du auch, Isabel. Es ist schön, euch da zu haben. Es ist überhaupt schön, nicht ganz allein auf der Welt zu sein.«

»Du hast ja auch noch einen Mann.«

Der letzte Gedanke, den sie denken mochte. Trotzdem flüsterte sie: »Ich weiß.«

Sie schloss die Augen. »Manchmal wünsche ich mir so sehr, nach Hause zu können. Dann bin ich des Sandes überdrüssig und dieser Sprache hier und der ewigen Kiefern. Dann möchte ich in einem Land sein, wo das Essen gut schmeckt und wo die Leute freundlich sind und die Sonne scheint.«

Während sie sprach, dachte sie: Nicht ohne Lorenz.

»Mir geht es genauso, mein Kind«, sagte Bertrand. »Mein größter Wunsch ist, dass meine Enkeltochter die Sprache spricht, die meine Mutter mich gelehrt hat.« Er strich Isabel übers Haar.

Er saß am Tisch, Claire zugewandt. Isabel hatte sich neben ihn gesetzt. Sie war, glaubte Claire, froh, dass er nun die Verantwortung für ihre kranke Mutter übernommen hatte.

»Ich war so jung«, sagte sie, »erst achtzehn, als wir aus Frankreich fliehen mussten. Hätte es keine Möglichkeit gegeben, zu bleiben?«

Er gab keine Antwort.

»Bertrand?«, fragte sie.

Er zog ein großes Tuch aus der Tasche, schnäuzte hinein und wischte sich die Augen. »Ich dachte schon, es fragt mich nie einer«, sagte er. Sein Tuch hielt er nahe am Mund. »Es gab manche, die geblieben sind. Sie halten sich im Gebirge versteckt, in den Cevennen. Und es gibt natürlich die, die katholisch geworden sind.«

»Meine Eltern.«

»Du darfst sie nicht verurteilen, Kind. Sie wurden gezwungen – mit Waffengewalt, wenn ich es richtig weiß.«

Sie nickte. »Warum hassen uns die Katholiken so sehr?«, fragte sie.

Bertrand schnäuzte noch einmal in sein Taschentuch, gab aber keine Antwort. Claire glaubte, die falsche Frage gestellt zu haben. Isabel blickte abwechselnd zu ihrer Mutter und ihrem Großvater.

»Um zu verstehen«, begann der alte Mann schließlich, »muss man um die Kraft unseres Glaubens wissen und um die Stärke, die uns aus ihm erwächst. Dir brauche ich das nicht zu erklären. Du hast diese Stärke selber.«

Claire spürte ihren kraftlosen Körper. Sie konnte sich nicht einmal vorstellen, aufzustehen und ohne Hilfe die wenigen Schritte zum Toilettenstuhl zu gehen. Trotzdem widersprach sie nicht.

»Anderthalb Jahrhunderte haben wir neben den Katholiken in Frankreich gelebt. Wir waren eine Minderheit, die in den besseren Jahren geduldet und in den schlechteren verfolgt wurde. Dabei dürfen wir keineswegs auf alles, was wir getan haben, stolz sein. Wir haben geplündert und verraten und sogar gemordet. Doch wahr ist, dass wir immer die Angegriffenen waren und uns zur Wehr setzen mussten. Von uns aus hätten wir in Frieden mit den Katholiken gelebt. Aber die wollten das nicht. Es gab Kriege, einen nach dem anderen, sie nannten sie Hugenottenkriege. Nur zwischendurch hatten wir mal Ruhe für ein oder zwei Jahre. Jedes Mal haben die Katholiken uns überfallen.

In den Friedensjahren haben wir die Regionen, in denen wir lebten, aufgebaut. Du weißt es, denn der Languedoc, deine Gegend, war sehr protestantisch. Unsere Dörfer und Städte waren sauber, wir hatten feste Steinhäuser, eine ehrliche Verwaltung und Gemeinwesen, denen es von Jahr zu Jahr besser ging. Die Reichen haben, wie es unser Glaube verlangt, die Armen unterstützt, weil die genauso wie alle anderen zu uns gehören – ein Gedanke, der den Katholiken fremd ist. Bei ihnen haben die Grundbesitzer die armen Leute bis zum letzten Sous ausgepresst, und wenn sie schließlich nicht mehr konnten und ihre Kinder verloren oder selbst verhungerten, kamen eben neue Bauern. Das gilt genauso für die Steuer. Die katholischen Pächter der Staatssteuer wollten Geld, ob einer bezahlen konnte oder nicht, war ihnen egal. Dann eben in den Schuldenturm, zur Abschreckung für die anderen.

Unsere Religion erlaubt uns keinen Protz, wie er in der Stadt Paris und im Louvre und später in Schloss Versailles herrscht. Reichtum hat sein Maß und Armut das ihre. In unseren Gegenden habe ich weder eine grenzenlose Verschwendung noch den Hunger der vielen Armen gesehen.

Solange es uns erlaubt war, haben wir unsere Kinder auf Schulen geschickt. Dabei hat nie jemand gefragt, ob die Eltern das Schulgeld bezahlen können.« Er drückte Isabels Hand. »Auch du wärst auf eine reformierte Schule in Frankreich gegangen.«

Claire sah das Unverständnis in den Augen ihrer Tochter. Isabel lächelte, mehr aus Verlegenheit, wie Claire glaubte.

»Zu der Zeit, als ihre Kinder noch minderjährig waren, regierte Katharina di Medici in Frankreich, eine Italienerin aus Florenz. Auch während ihrer Zeit gab es Kriege gegen uns, doch diese katholische Frau, das gestehe ich ihr zu, war um Frieden bemüht. Sie wollte, dass wir unseren Platz im Land unserer Vorfahren hätten. Es gab keinen Grund, an unserer Loyalität zur Krone zu zweifeln. Dass ein König von Gott eingesetzt ist, wissen wir so gut wie alle anderen. Um ihren guten Willen zu zeigen, gab Katharina ihre jüngste Tochter einem der einflussreichsten protestantischen Adeligen, nämlich Heinrich von Navarra, zur Frau. Die Hochzeitsfeier war für ein Augustwochenende in Paris angesetzt. Viele von unseren Leuten reisten in die Hauptstadt, und auch katholische Adlige kamen. Es sollte das Wochenende der Versöhnung werden. In jenen Tagen war es heiß in Paris, seit Wochen hatte es nicht mehr geregnet, und die Leute hatten Durst und schwitzten immerzu, und die Sonne flimmerte. Und dann fiel ein Schuss – einer unserer Leute, ein vornehmer Mann, wurde getötet. Dieser Mord war wie ein Fanal. Der Mob erhob sich, die Glocken an den katholischen Kirchen läuteten dazu. Wie immer waren wir in der Minderheit, in keiner Weise darauf vorbereitet, uns zu wehren. In diesen beiden Tagen und vor allem in der Nacht – es war die Nacht des heiligen Bartholomäus, der einer der Jünger gewesen ist – starben in Paris tausende unserer Leute, sie wurden erschlagen und erschossen und aus Fenstern und von Dächern gestürzt, und das Blut lief durch die ausgetrockneten Gassen der Stadt.«

»Hör auf«, sagte Claire. »Bitte, denk an Isabel.«

»Ich bin nicht mehr so klein.«

Die Zimmertür wurde geöffnet und der Dielenboden knarrte. Paul kam herein. Er schien die Situation mit einem Blick zu erfassen. Claire legte er die Hand auf die Stirn, wie sein Vater es getan hatte. Dann setzte er sich auf einen Stuhl neben Isabel. Seinem Vater nickte er zu und ermunterte ihn, weiterzureden.

»Trotz dieses Massakers wurde Heinrich von Navarra, der Bräutigam, später König von Frankreich, nachdem er den katholischen Glauben angenommen hatte.«

»Warum kann denn nicht einer König sein, wenn er glaubt wie wir?«, fragte Isabel.

»Diese Frage müsstest du dem Papst stellen, mein Kind. Vielleicht liegt es daran, dass die meisten Franzosen katholisch sind. Sie wollen *ein* Frankreich – mit *einem* Glauben und *einem* Volk. Niemand darf anders sein. Nun gut, die Zeit Heinrichs war die beste Zeit für uns. Er erließ ein Edikt, das uns zwar nicht gleichstellte, uns allerdings Rechte einräumte. Wir durften Kirchen haben und nach unserer Art beten, nur nicht in den Bischofsstädten und den Schlössern des Königs und nicht in Paris. Das ist der Grund, warum wir unsere Kirche in Charenton, ein paar Meilen außerhalb der Hauptstadt, gebaut haben. Wir durften auch öffentliche Ämter bekleiden. Der König hat sogar eine eigene Kammer eingerichtet, die Streitfragen zwischen den Parteien entscheiden sollte. Die Städte, in denen wir die Mehrheit stellten, sollten uns gelassen werden. In anderen allerdings hatten wir nichts zu suchen. So haben wir in der Folge neben den Katholiken gelebt, es gab nicht viele Verbindungen, es sei denn, sie waren in unseren Städten.

Die Gegenden, in denen wir wohnten, haben in dieser Zeit großen Aufschwung genommen, wir haben Handel mit England getrieben, mit Amsterdam, mit Dänemark. Unser Glaube verband uns über die Grenzen hinweg. Ich will nicht sagen, dass es unter Reformierten keine unehrlichen Leute gibt. Aber zunächst mal schenkt man einander Vertrauen, und ich habe selten erlebt, dass es enttäuscht wird.

Unseren Gemeinwesen kam unser Fleiß zugute, denn die Arbeit ist dazu da, Gottes Ruhm zu mehren. Und auch wenn nur wenige von Gott auserwählt sind, wie Calvin lehrt, gibt es doch für niemanden einen Grund, faul zu bleiben, weil nämlich keiner weiß, ob er zu den Auserwählten gehört oder nicht. Gottes Wille und seine Wege sind für uns nicht einsehbar.

Doch die gute Zeit wurde langsam erneut schlechter. Viele waren der Überzeugung, dass die Einschränkungen für unsere Glaubensbrüder, die nach und nach wieder Gesetz wurden, dem Neid der Katholiken geschuldet waren. Sie haben nicht aushalten können, was wir geschaffen haben, deshalb mussten sie es zerstören. Vor allem wurden wir von immer mehr Berufen ausgeschlossen. Unsere Leute durften keine Richter mehr werden und keine Rechtsanwälte, in den Verwaltungen wurden keine Protestanten mehr beschäftigt, später bekamen wir keine Zulassung mehr als Ärzte oder Apotheker. Selbst Hebamme durfte eine protestantische Frau nicht mehr werden. Die Begründung war, sie hätte ja zu einer katholischen Mutter gerufen werden können und vielleicht dafür gesorgt, dass deren Kind stirbt. Zu dieser Zeit haben die ersten unserer Brüder Frankreich verlassen. Sie sind ins Ausland gegangen, obwohl sie Franzosen waren und ihre Heimat geliebt haben wie alle anderen.

Dies war schon unter der Herrschaft Ludwigs XIV., der sich selbst ›Sonnenkönig‹ nennt. Er hat die Schlinge mit den Jahren immer enger gezogen. Gleichzeitig hat er verbieten lassen, dass Franzosen aus religiösen Gründen auswandern. Er wollte – das will er bis heute –, dass die Protestanten konvertieren. Wahr ist, dass so mancher diesen Weg gegangen ist, doch die große Mehrheit ist treu geblieben. Es war damals so:

Wurden die Grenzen von den Soldaten streng kontrolliert, gab es im Land viele Gottesdienste, die bereits illegal waren. Ließ er die Lücken an den Grenzen größer werden, stieg sofort der Strom der Ausreisenden an.

Wenn einer sagt, die Katholiken hätten uns das Leben in Frankreich schwer gemacht, ist das zu wenig. Ludwig XIV. hat das Edikt seines Großvaters Heinrich, das uns Glaubensfreiheit zusicherte, widerrufen. In der Folge wollten sie uns zwingen, ihren Glauben anzunehmen. Nur einen Satz brauchte man sagen, dann war man Katholik. Sie haben die Kinder festgehalten und in gemeine Gespräche verwickelt, und wenn so ein Mädchen oder ein Junge nur ein einziges Mal sagte, eine katholische Messe sei schöner als unser reformierter Gottesdienst, dann reichte das, um es den Eltern wegzunehmen und in ein katholisches Waisenhaus zu stecken oder zu einer anderen Familie zu geben. Ich habe eine Frau gesehen, eine Nachbarin, die verrückt geworden ist, weil man ihr beide Kinder weggenommen hat. Zu Fuß ist sie bis nach Versailles gelaufen und hat sich an allen Wachen und Hofschranzen vorbeigeschmuggelt und vor dem König auf den Boden geworfen. Und er tat so, als wüsste er nicht, wovon sie sprach.

Die Strafen für die Erwachsenen, wenn sie an einer religiösen Versammlung teilnahmen und dabei erwischt wurden oder wenn sie wegen ihres Glaubens das Land verlassen wollten, waren lebenslang. Die Frauen kamen in Klöster, die Männer auf die Galeeren. Das war die französische Strafe für die Reformierten: lebenslänglich rudern, in Eisen gekettet, bei Wasser, Brot und Bohnen.

Allerdings war es immer so, dass man sich mit einem Satz von der Strafe befreien konnte: ›Je me réunis – ich vereinige mich wieder‹.« Er sah zu Isabel. »Man musste also konvertieren. Es gab Galeerensklaven, die das getan haben. Die meisten hingegen haben nicht einmal, wie es vorgeschrieben war, für die tägliche Messe auf dem Schiff die Mütze abgezogen. Sie haben sich lieber auspeitschen lassen.

Du siehst, warum ich gesagt habe, dass unsere Geschichte mit der Stärke unseres Glaubens zusammenhängt. Bis heute spüre ich in meinem Herzen den Mut der Rudersklaven auf den Schiffen. Und die katholische Kirche hat gemerkt, dass sie mit den anderen, die unter Zwang konvertiert sind, nicht glücklich geworden ist. Wer nicht freiwillig glaubt, ist ein schlechter Kirchgänger, das wissen sie inzwischen.«

Er machte eine Pause und trank Wasser, das in einem Krug auf dem Tisch stand.

»Und ihr?«, fragte Isabel, »wann seid ihr aus Frankreich weggegangen?«

»Das war, nachdem unsere Kirche zerstört wurde, übrigens nicht vom wütenden Mob, wie es immer heißt, sondern mit Planung. Wir hatten den Tempel in Charenton, weil wir in Paris nicht beten durften, und als sie gesehen haben, dass keiner der Protestanten den Weg scheut und dass die, die Kutschen besitzen, andere mitfahren lassen, haben sie uns auch diese Kirche verboten. Es gab einen letzten Gottesdienst.« Er schluckte. »Paul war da, seine Mutter – meine Frau – und Claire und ich. Viele unserer Freunde, darunter viele von denen, die heute in Berlin leben. Sie können uns das Haus zum Beten rauben, hat der Pfarrer gesagt, und die Freiheit und sogar das Leben. Nur unseren Glauben können sie uns nicht nehmen. Es gab Abschiedstränen bei diesem letzten Gottesdienst, die Menschen haben einander umarmt, auch den Pfarrer. Kurz darauf sind wir aus Paris weggefahren, nachts, weil jede Flucht verboten war und wir nicht gesehen werden durften. So ist die Geschichte«, schloss er, »und das ist der Grund, warum wir hier sind.«

Er trank wieder.

»Du hast etwas vergessen«, sagte Paul. Claire wunderte sich, wie gefühlvoll seine Stimme klang.

»Das glaube ich nicht«, entgegnete sein Vater.

»Ich hatte einen Bruder.«

»Paul, das nicht!«

Isabel war aufgesprungen und hatte eine Hand des Großvaters genommen. »Bitte erzähl«, rief sie.

Er schüttelte den Kopf.

»Bitte, Großvater. Wenn du magst, erzähl auf Französisch. Aber nicht so schnell, ja? Ich versuche, alles zu verstehen.«

Wieder schüttelte er den Kopf.

»Ludwig XIV. wollte, dass die Hugenotten zum katholischen Glauben konvertieren«, begann Paul, »deshalb kam er – oder einer seiner vielen Berater – auf die Idee, Soldaten in die Häuser der Reformierten einzuquartieren.«

»Paul, nein.«

Doch Paul schenkte dem alten Mann keine Beachtung mehr. »Zu uns ins Haus kamen acht Dragoner, rohe, unrasierte Männer, denen wir die beiden besten Zimmer geben mussten. Sie haben ihre dreckigen Stiefel auf die Tische gestreckt, beim Essen gerülpst und auf den Fußboden gespuckt. Was sie nicht mehr mochten, haben sie einfach weggeschmissen. Sie hatten das Recht, mit uns umzugehen, wie sie wollten. Nur töten durften sie uns nicht. Warum? Ganz einfach: weil jemand, der tot ist, nicht mehr konvertieren kann.«

Bertrand hatte den Kopf in die Hände gestützt und die Augen geschlossen. Für einen Augenblick meinte Claire, dass er sich sogar die Ohren zuhielt, doch das stimmte nicht.

»Das Kommando hatte ein Leutnant, Robert Merrieux, der jüngste der acht Leute. Er war klein, mit dünnen Armen und Beinen, und seine größte Freude war es, wenn die anderen über die Ideen lachten, die er sich ausgedacht hatte. Wir mussten Leutnant Merrieux zu ihm sagen, während er uns duzte. Nach ein paar Tagen kam Merrieux auf die Idee, uns alle zu ignorieren, nur meinen Bruder nicht, Alexandre. Alex musste die acht ganz allein bedienen. Er musste ihnen die Stiefel ausziehen und den Dreck, den sie absichtlich machten, wegwischen, er musste ihnen das Essen decken und Wein bringen.«

»Wie alt war er da?«, fragte Isabel.

»Dreizehn. Merrieux glaubte, wir würden konvertieren, um Alex' Leid zu beenden. Damals war es häufig so, dass die Soldaten die Leute, bei denen sie einquartiert waren, am Schlaf hinderten. Merrieux tat das auch – bei einem Kind. Er bestimmte, dass wenigstens einer der Dragoner immer im Haus zu sein hatte und aufpassen musste, dass Alex nicht einschlief. Bald konnte er nicht mehr, dann fiel er hin oder versuchte, auf einem Stuhl zu schlafen. Sie hatten eine Feder, die sie ihm unter die Nase rieben, sie haben ihn gekitzelt oder geschlagen. Oder sie haben direkt neben ihm laut die Trommel gespielt. Alex wurde bald kreidebleich, er zitterte immerzu, er lief gegen Türrahmen, ließ Dinge fallen. Es war furchtbar. Zumal er die Soldaten immer weiter bedienen musste.«

»Paul, ich bitte dich. Hör auf«, rief Bertrand. Er sah seinen Sohn an.

Doch Paul schüttelte den Kopf. »Ich hatte einen Bruder, und meine Tochter weiß nichts über ihn und meine Frau nur wenig. Sie haben beide ein Recht, endlich diesen Teil unserer Geschichte zu erfahren.«

»Ich habe das wirklich nicht gewusst«, flüsterte Claire.

»Vater wollte nie, dass irgendjemand darüber spricht. Und ich – ich wollte es genauso wenig. Es macht mich immer noch traurig. Vater hat den Soldaten Geld gegeben, damit sie Alex schlafen ließen. Trotzdem haben sie nie mehr als eine Stunde erlaubt, dann haben sie ihn wieder geweckt. Und der Preis, den sie verlangten, war völlig willkürlich, mal dreißig, mal fünfzig, mal hundert Sous. Wie es ihnen gerade passte.«

»Warum seid ihr nicht einfach konvertiert?«, fragte Claire. »Mit einem Satz wäre alles vorbei gewesen.«

Der Großvater hatte Tränen in den Augen, die Hand mit dem Taschentuch blieb trotzdem auf seinem Bein liegen. »Ich habe es doch gesagt, aber Alexandre wollte nicht. Er hätte es aussprechen müssen, nur von ihm wollten sie es, dieses furchtbare ›Je me réunis‹. So hatte Leutnant Merrieux verlangt. Alex hat es verweigert, er hat sich immer auf die Lippen gebissen und den Kopf geschüttelt. Das werde ich nie vergessen. Ein Junge von dreizehn Jahren und so stark.«

»Und wie ging es weiter?«, fragte Isabel.

»Er ist gestorben«, sagte Paul. »Die Dragoner hatten Pferde, die bei uns vor dem Haus standen, damit ritten sie morgens in die Kaserne zu ihrem Dienst. Alex ist aus dem Fenster gesprungen und auf die Straße gerannt, und als sie im Galopp geritten kamen, hat er sich vor die Pferde gestürzt. Die Dragoner haben ihn totgetrampelt.«

»Wir haben ihn nachts beerdigen müssen«, sagte Bertrand langsam, »denn die Protestanten durften damals bei Tageslicht ihre Toten nicht bestatten. Wie einen Verbrecher haben wir ihn verscharrt. Danach ist das Leben nie wieder so geworden wie vorher. Alexandre war mein Sonnenschein, er hatte eine klare Stimme und konnte wundervoll singen. In der Kirche war er Mitglied im Chor, und hinterher sind Leute zu mir gekommen und haben gesagt, sie hätten seine Stimme herausgehört, sie sei ja so rein und hell. Er war friedlich und freundlich und er hatte Schalk. Als er noch ganz klein war, habe ich gedacht, das ist einer von den wenigen, die Gott auserwählt hat, und wenn man ganz genau hinsieht, dann weiß man es eben doch. Vielleicht wollte Gott ihn wieder bei sich haben, das könnte ich verstehen. Aber warum er vorher dieses Martyrium erleiden musste, das begreife ich einfach nicht.«

Ein paar Tränen liefen ihm aus den Augen.

Doch auch Paul verzog für einen Augenblick das Gesicht, als hätte ihn etwas getroffen – etwas anderes als den Großvater. Es war, wie er gesagt hatte: Sein Vater vergötterte Alexandre, und für ihn, den zweiten Sohn, blieb daneben kein Platz.

Da sah Paul bereits wieder aus wie immer und seine Stimme klang, wie Claire es gewohnt war. »Danach haben wir noch fast zehn Jahre in Paris gelebt, und selbst als unsere Kirche in Charenton zerstört war, waren Mutter und Vater nicht bereit, fortzugehen, sie wollten in der Nähe seines Grabes bleiben. Die Nachbarn haben uns am Ende überredet.«

»Das weiß ich noch«, sagte Claire.

Paul wandte sich an Isabel. »Bis wir hier waren, hat es mehr als zwei Jahre gedauert. Bei Straßburg sind wir über den Rhein gegangen und dann südwärts, nach Basel. Dort ist meine Mutter gestorben, vor lauter Kummer und Erschöpfung. Wir konnten da nicht bleiben, weil schon so viele Flüchtlinge in der Stadt lebten, man hat uns gesagt, wir sollten nach Frankfurt ziehen, dort würde man uns weiterhelfen. In Frankfurt gab es Agenten, auch aus Brandenburg, die haben uns erklärt, in Berlin und in kleineren Städten des Kurfürstentums wären wir willkommen.«

- SECHSTES KAPITEL -

1

Paul bog durch die Hofeinfahrt, als Pignot im Kreis der Arbeiter das erste eigene Leder aus der Lohe zog. Nach dem Regen der letzten Tage glitzerten die Pflastersteine unter den Tropfen. Der Hof war gefegt, er war sauber wie nie. Sie hatten ihn, wie zu einer Feier, extra aufgeräumt, obwohl er nie unordentlich war.

Sein Altgeselle hielt eine Holzstange in beiden Händen, etwa so lang wie er selbst. Ein Ende hatte er unter die gegerbte Haut geschoben. Er bog sein Kreuz und drückte die Stange in die Höhe. Das Leder tauchte auf. Es war nass, der Gerbsaft tropfte herunter.

Als Pignot die Stange steiler stellte, geriet das Leder ins Rutschen. Der Altgeselle versuchte, es aufzufangen, doch dabei sank seine Stange zurück in Richtung Lohegrube. Ein Arbeiter sprang zur Hilfe und wollte mit festhalten. Pignot fauchte ihn an. Er wich zurück. Das Leder platschte zurück in die Grube.

Mit einer scharfen Bemerkung gab Pignot dem Arbeiter die Schuld für den missglückten Versuch. Als er ein zweites Mal ansetzte, traute sich keiner heran. Nur Paul kam ein paar Schritte näher.

Diesmal gelang es Pignot, die Haut aus dem Sud zu ziehen. Das Ende seiner Holzstange drückte ihm in den Oberschenkel. Die nasse Haut hing in der Luft, Gerbsaft lief in kleinen Bahnen herunter. Mit winzigen, schnell gesetzten Schritten drehte sich Pignot mit seiner Stange und der Haut obendrauf zur Seite. Es sah aus, als tanze er. Sein Kopf wurde rot. Die Muskeln an Armen und Beinen waren angespannt und der

Oberkörper so weit in den Rücken gelegt, dass der ganze Mann zu fallen drohte.

Über dem gefegten Hof ließ er die Haut herunter. Die Arbeiter näherten sich vorsichtig. Der Altgeselle kniete sich hin und breitete die Haut aus. Dabei rieb er sie zwischen den Fingern und fuhr mit der Hand darüber.

»Recht gut«, sagte er und kam wieder auf die Füße. »Monsieur?«

Paul bückte sich neben ihm und fasste ebenfalls nach der Haut. »Sehr schön«, sagte er.

Die Arbeiter kamen nun heran und prüften einer nach dem anderen das Leder. Paul sah ihnen einen Moment zu. »Wirklich schön. Und nun geht's wieder an die Arbeit.«

Der Altgeselle schien enttäuscht zu sein, versuchte aber, sich nichts anmerken zu lassen. Vielleicht hatte er mehr Lob erwartet.

»Das lange Stück des Weges liegt vor uns, nicht etwa hinter uns«, sagte Paul. »Wir brauchen neue Häute, bald auch wieder Eichenrinde. Zum Ausruhen ist wirklich keine Zeit.«

»Wir fangen sofort mit der Zurichtung an«, sagte Pignot. »Der Regen ist vorbei, das Leder wird schnell trocknen. Ihr könnt Gerveux ankündigen, in acht oder zehn Tagen bekommt er das Material.«

Pignot tat, während er redete, besonders ahnungslos, daraus schloss Paul, dass seine Leute Fragen der Arbeit miteinander besprachen, auch wenn sie nun in verschiedenen Betrieben tätig waren. Wieso auch nicht? Sie wohnten nahe beieinander, gingen zusammen in die Kirche und auf ein Glas Rotwein in die französische Gaststätte. Natürlich hatte Gerveux längst berichtet, dass es einen neuen Näher gab. Nein: eine Näherin.

»Gerveux wird es zuschneiden.«

»Und nicht nähen?«

»Meine Frau ist im Moment nicht recht bei Kräften. Sobald es ihr besser geht, werde ich sie wieder bitten.«

Pignot kratzte sich seine Narbe und wich Pauls Blick aus.

»Was ist? Was habt Ihr, Pignot?«

Während zwei Arbeiter die gegerbte Haut aufhoben, um sie zum Trocknen über den Gerberbaum zu hängen, stand der Altgeselle vor ihm und betrachtete seine Hände. »Das ist nicht … ist das erlaubt?«, fragte er.

Paul schnaubte. »Diese Handschuhe näht, wer das am besten kann, und das ist nun einmal Claire. Alles andere interessiert mich nicht.«

Er glaubte zu wissen, was Pignot dachte – dass sie schon ohne Erlaubnis gerbten und nun zudem eine Frau beschäftigten; ob es nicht klüger wäre, sich anzupassen.

Paul hatte eine Erwiderung auf der Zunge. Nicht dem Althergebrachten dürfe man sich fügen, im Gegenteil sollten sich die Brandenburger bei ihnen den Fortschritt abgucken. Ihm lag auf der Zunge, Pignot nach seiner Tochter Pauline zu fragen und ob er ihr in ein paar Jahren sagen wollte, diese oder jene Arbeit sei für Frauen leider verboten.

Er ließ es sein. »Wir machen weiter«, sagte er nur.

Als er sich umwandte, lehnte Haeuser am Tor, die Arme verschränkt, ein winziges Stück Holz im Mund, auf dem er herumkaute. Der Gerber trug ein dünnes ärmelloses Hemd, das möglicherweise einmal weiß gewesen war, eine weite Hose und eine Kappe. Bei ihm war ein Mann mit einem zu großen Anzug. Er war blass und bewegte sich ungelenk, als wenn ihn der Rücken oder die Beine schmerzten. Beim Näherkommen sah Paul eine braune Warze an seinem Nasenflügel.

»Wollt Ihr zu mir?«

Haeuser nickte.

»Ich hab wenig Zeit.«

»Mein Name ist Grubenow«, sagte der andere Mann, »ich bin kurfürstlicher Beamter und komme im Auftrag des Rates.« Er deutete eine Verbeugung an.

»Was für ein Auftrag ist das?«

»Ich habe einen Bericht über Eure Gerberei zu verfassen. Darf ich eintreten?«

Paul zweifelte nicht, dass dieser Mann wirklich ein Beamter war. Sein ganzes Aussehen und Auftreten deutete darauf hin. Es hatte keinen Sinn, ihm den Zutritt zu verweigern.

Alle drei gingen sie durch die schattige Hofeinfahrt.

»Ihr gerbt also weiter«, stellte Haeuser fest.

»Ihr habt eine scharfe Beobachtungsgabe.«

»Hier seht Ihr, von was die Zunft spricht. Ich hoffe, Ihr nehmt es auf in Euren Bericht«, sagte Haeuser zu dem Beamten, der sich bereits Notizen machte. Zu Paul sagte er: »Die Bruderschaft kann das nicht zulassen, das solltet Ihr verstehen.« Es lag keine Aufregung in seiner Stimme, keine Schärfe. Er klang, als wünsche er ihm einen guten Tag.

»Ihr habt ja schon einmal versucht, alles kaputt zu machen.«

Haeuser ging nicht auf den Vorwurf ein. »Vielleicht seid Ihr Euch darüber nicht im Klaren, doch eine Zunft ist etwas Althergebrachtes und wird durch den Kurfürsten geschützt. Sie ist ein Teil der Ordnung.«

»Das war in Frankreich nicht anders.«

»Ich bin kein Pfaffe oder so etwas, aber sicher ist, dass man die alte Ordnung nicht einfach zerstören darf.«

Der Beamte wanderte umher. An der Lohegrube blieb er stehen und ging in die Hocke. Dann interessierte er sich für die Mistbeize, wo Pignot arbeitete.

Als der Beamte dazukam, drehte sich der Altgeselle so, dass er ihm den Rücken zuwandte.

»Ich mache nichts kaputt«, sagte Paul. »Ich gerbe allein für meinen Bedarf und verkaufe kein Leder, an niemanden. Wenn das schon Eure Ordnung aushöhlt, dann scheint sie mir bereits auf wackligen Beinen zu stehen.«

Der Gerber spuckte sein Holzstückchen aus, aber nicht in Pauls Richtung. »Darüber steht Euch kein Urteil zu. Wenn heute einer ohne Erlaubnis der Zunft gerbt, dann sind es morgen drei und übermorgen fünf. Und in einer Woche folgen andere Gewerke und dann schmeckt das Bier nicht mehr, weil jeder Idiot braut, und die Dachstühle stürzen ein. So ist das.«

»Ihr malt Hirngespinste.«

»Ich habe gelernt, dass ein Gast viele Rechte genießt, sich aber auch anzupassen hat.«

Paul blickte in die Gerberei hinein. Der Beamte stand inzwischen am Gerberbaum, wo ihre erste Lederhaut hing, und schrieb etwas auf. Pignot tat so, als sei keiner der fremden Männer überhaupt anwesend, er schichtete mit der Forke seinen Mist um, hatte den Kopf gesenkt und sah nicht nach links und nicht nach rechts. Auch seine Leute arbeiteten.

»Erinnert Ihr Euch daran, Haeuser, wie ich zu Euch gekommen bin und Euch gesagt habe, dass Euer Leder zu schlecht ist? Sicher erinnert Ihr Euch daran. Was sollte ich tun? Aufhören zu arbeiten und das Land Brandenburg um Almosen bitten? Bestimmt nicht. Ich respektiere die Ordnung und die Rechte und Pflichten der Bürger. Aber eins müsst Ihr verstehen: Der Kurfürst möchte, dass sein Land endlich Anschluss an andere Staaten in Europa gewinnt …«

»Beruft Euch nicht auf den Kurfürsten.« Zum ersten Mal war die Stimme des Gerbers schärfer geworden.

»Anschluss gewinnen kann man nicht, wenn man alles so macht, wie man es immer gemacht hat.«

Inzwischen war der Beamte wieder bei ihnen angelangt. Mit dem Handrücken wischte er sich über die Stirn. »Meine Herren, es lohnt nicht, zu streiten. Der Rat wird, auf der Grundlage meines Berichtes, entscheiden. Möglicherweise der Kurfürst persönlich.«

»Aber wahr ist«, sagte Haeuser, »dass dieser Franzose nicht nur die Gerber gegen sich hat, sondern alle Zünfte in Berlin. Und er steht ganz allein. Mehr wollte ich gar nicht sagen.«

»Die Zünfte sind eigennützig, nicht dem Gemeinwohl verpflichtet«, erwiderte Paul.

»Meine Herren …«

»Und Gemeinwohl ist das, was Euch dient oder wie?«, entgegnete Lorenz scharf.

»Meine Herren, ich würde gern darauf verzichten, diese Dinge aufzuschreiben und dem Rat und dem Kurfürsten zu lesen zu geben. Das geht nur, wenn wir alle sie vergessen. Alle drei.«

Haeuser drehte den Kopf zur Seite. Paul mochte ihn genauso wenig anschauen. Immer wenn er den Gerber sah, musste er an jenen Märzsonntag vor der Kirche denken. Seitdem hatte es dort zumindest keine neuen Demütigungen gegeben, doch schon diese eine war zu viel gewesen. Hier, wo es um sein Geschäft ging, würde er nicht klein beigeben.

Jetzt blickte Haeuser ihm in die Augen. Er zog die Kappe ab und strich sich durch sein langes Haar, bevor er es sich auf der einen Seite hinters Ohr klemmte.

»Wie geht es Eurer Frau? Sie kommt gar nicht mehr in die Kirche.«

»Sie war krank.«

»Meine Herren, das nenne ich einen zivilisierten Umgang«, sagte Grubenow. »Man kann ja um den richtigen Weg streiten, aber bitte nicht persönlich.«

Paul schüttelte nur innerlich den Kopf, als er sich verabschiedete. War dieser Gerber geschmeidiger, als er gedacht hatte, oder wieso diese plötzliche Frage nach Claire? Eine Drohung gegen sie war das sicher nicht gewesen, das hätte anders geklungen. Nein, da war ihm wohl etwas begegnet, was er bisher nur selten kennengelernt hatte: deutsche Höflichkeit.

Am Abend schaffte er es nicht mehr, vor der Sitzung des Gemeindevorstandes nach Hause zu gehen. Er trug einen schwarzen Alltagsanzug und an seinem Hemd klebte der Schweiß des Tages, doch er war sich sicher, immer noch besser angezogen zu sein – und weniger streng zu riechen – als die anderen, die sich vielleicht für den Abend umgekleidet hatten.

Mathieu hatte sich einen schlechten Platz für sein Haus

gewählt. Es lag etwas zurückgesetzt, war um ein Stockwerk niedriger als die der Nachbarschaft und stand in deren Schatten. Selbst jetzt, im Abendlicht, wirkte es wie ein Pflänzchen, das mit ausgewachsenen Bäumen um das Licht buhlt.

Paul klopfte. Er war überrascht, dass Mathieus Frau, Elene, öffnete. Sie war nur wenig älter als Claire, dennoch waren ihre Haare bereits grau und das Gesicht blass. Während er ihr die Hand gab und ihr ins Haus folgte, kam ihm die Frage in den Sinn, warum ein Arzt eine Frau heiratete, die so sehr Patientin war. Ob es daran lag, dass Mathieu mit ganzem Herzen an seinem Beruf hing? Oder war sie es, die jemanden gefunden hatte, der ihr Hilfe und Verständnis geben konnte? Oder hatte Gott die beiden zusammengeführt, weil sie zusammengehörten? Alles, was Elene tat – wie sie Paul den Weg wies und wie sie mit wenigen Worten über Mathieu sprach –, zeigte, dass sie ihn liebte. Konnte er das von seiner Frau auch behaupten? Bekam ein Fremder, der sie besuchte, diesen Eindruck? Wohl kaum. Irgendetwas hatte sich bei ihnen verändert, nur konnte er es nicht greifen und nicht benennen. Er nahm sich vor, Claire zu fragen.

Im Erdgeschoss gab es neben der Küche nur einen einzigen Raum. Hier empfing Mathieu seine Patienten und untersuchte sie auf einer gepolsterten Liege, die vor einem Bücherbord stand. Und hier aß das Ehepaar, an einem dunklen Tisch in der Nähe des Fensters, an dem jetzt Mathieu zusammen mit den anderen saß, mit Armand und Simonet und mit seinem Vater.

Sie tranken Wein. Ein Glas stand unbenutzt auf dem Tisch. Paul setzte sich davor, schob es aber ein wenig zur Tischmitte. Mathieu schenkte ihm trotzdem ein.

»Mein lieber Paul«, begann Armand, »Simonet und ich haben eine gute Nachricht.« Seine Wangen waren gerötet, das dicke Gesicht strahlte.

»Sogar eine sehr gute Nachricht«, fuhr Simonet fort, »wir haben nämlich ein Grundstück gefunden.«

»Und zwar genau dort, wo unsere Kirche hingehört. Auf dem Mittelmarkt in der Friedrichstadt, im Herzen unseres Viertels. Anderswo darf sie nicht gebaut werden.« Armand nahm sein Glas. »Ich freu mich drauf«, sagte er und trank.

Paul hob sein Glas ebenfalls an, er probierte nur einen kleinen Schluck. Es war ein herber Weißwein, sicher französischen Ursprungs. Auch sein Vater nahm einen Schluck.

»Wisst ihr denn, wem es gehört?«, fragte Bertrand. Paul registrierte, dass seine Stimme keineswegs ablehnend klang.

»Bis jetzt nicht«, antwortete Armand, »aber ich bin überzeugt, das lässt sich rauskriegen.«

»Entsprechend kennt ihr den Preis nicht?«

»Noch nicht. Er wird sich nicht unterscheiden von dem für andere Grundstücke in der Friedrichstadt.«

»In jedem Fall ist das ein Grund, das eine oder andere Fläschchen von Mathieus Wein zu trinken«, sagte Simonet. Er hob sein Glas. Armand stieß mit ihm an, auch Mathieu prostete ihm zu und Bertrand hielt es nicht anders. Nur Paul trank nicht mit.

Die anderen vier ließen sich den Wein schmecken.

»Und du?«, fragte Paul seinen Vater. »Trinkst mit uns auf die künftige französische Kirche in Berlin?«

»Ich habe inzwischen eingesehen, dass ich mich nicht gegen den Lauf der Dinge sperren kann. Und wie euch allen gefällt auch mir die Botschaft, die an unseren Sonnenkönig geht. Er hat uns nicht besiegt. Das ist es doch, was Baumeister Cayart ausdrücken will, nicht wahr? Diese Dinge lassen mich einverstanden sein. Niemand weiß, wie lange wir hier leben werden, vielleicht für immer, vielleicht auch nicht. Das ist in Gottes Hand. Was mich persönlich angeht – sobald es möglich ist, gehe ich zurück. Ich möchte zu Hause begraben werden, in Heimaterde.«

Während seiner Rede hatte er Paul angeblickt, wie immer waren Gesicht und Augen unbewegt geblieben. Jetzt trank er einen weiteren Schluck Wein.

Im Raum herrschte Schweigen. Armand, Simonet und Mathieu tranken oder starrten vor sich hin.

»Und du?«, fragte Mathieu schließlich Paul.

»Ich?«, gab Paul zurück. »Für meinen Geschmack seid ihr voreilig. Ihr habt ein Grundstück gefunden, wie schön. Doch ihr wisst nicht, wem es gehört, was es kostet und ob es überhaupt zum Verkauf steht.« Er hatte die Hand gehoben und zu jedem seiner Punkte einen Finger in die Höhe gestreckt. »Von der Geldfrage abgesehen. Der Kurfürst hat uns ermutigt, ja, entschieden ist trotzdem nichts. Was, wenn er doch lieber auf seinen Premierminister hört? Du hast nach meiner Meinung gefragt, Mathieu. Die ist: Wer hoch steigt, kann tief fallen. Und wer früh feiert, kann böse überrascht werden.«

Armand hatte das Lächeln in seinem Gesicht verloren. Nur die Wangen waren noch rot. »Du selbst hast gesagt, zuerst muss man eine Entscheidung treffen und sich danach überlegen, wie man das Vorhaben finanziert.«

»Das ist richtig. Ich kann mich jedoch nicht erinnern, gesagt zu haben, dass man erst feiert und sich dann an die Arbeit macht.«

»Paul, sei nicht so streng«, sagte sein Vater. »Wir trinken ein Glas Wein zusammen, das ist alles. Eine Feier ist das noch nicht.«

Er hielt sein Glas direkt vor Paul. Es wäre unmöglich gewesen, nicht mit dem Vater anzustoßen.

2

Nach ein paar Tagen war Claires Fieber verschwunden. Sie stand auf und wusch sich ausgiebig mit kaltem Wasser aus dem Krug, das sie in die Waschschüssel laufen ließ, und kämmte ihr langes Haar. Vor dem Kleiderschrank blieb sie stehen und entschied sich für ein französisches Leinenkleid, das über dem Bauch geschnürt wurde, im unteren Teil hingegen weit war. Dazu band sie sich ein blaues Tuch um die Schultern.

Isabel strahlte, als Claire sie weckte, vielleicht, weil sie ihre Mutter in einem schönen Kleid sah, vielleicht auch, weil sie sich Sorgen um sie gemacht hatte. Paul schien mit seinen Gedanken woanders zu sein, er sprach wenig. Er warte, hatte er ihr am Vorabend gesagt, auf Antwort aus London. Sie fragte nicht erneut. Es war viel leichter, sich nicht mit ihm zu unterhalten.

Die Haushälterin kochte ihr Hühnerbrühe, ein altes Rezept, um wieder zu Kräften zu kommen, wie sie erklärte. Claire war hungrig und aß zwei Teller voll, bis sie anfing, zu schwitzen.

Nur ihr Husten wollte nicht verschwinden – der Husten nicht und nicht eine Erinnerung an ihre Jugend, die ihr im Krankenbett gekommen war. Die Erzählungen des Schwiegervaters und Pauls hatten sie zurückgetragen in die Heimat, während des Fiebers waren die Bilder ihrer Jahre im Languedoc um sie gewesen. Die Erinnerung an Jean war die stärkste von allen. Auch jetzt, wieder auf den Beinen, ließ sie sie kaum los, sie kam, wenn Claire zum Fenster hinaussah und beim Aufräumen von Isabels Zimmer oder wenn sie auf dem Toilettenstuhl saß. Dort vor allem, und in die Bilder von Jean mischten sich Gedanken an Lorenz, und manchmal konnte sie beide nicht auseinanderhalten.

Er war Katholik gewesen, ein schwarzhaariger, scheuer Bursche aus der Nachbarschaft. Sie hatte ihn vergessen gehabt, aber jetzt war er zurück, Jean, ihr Jean, der sie hatte heiraten wollen. Dafür sollte sie katholisch werden. Warum fesselte Gott sie jetzt mit der Erinnerung an ihn? Sie betete und hoffte, dass dies nicht ihre Strafe war. Dies nicht – und nicht, dass das Blut wegblieb. Noch immer war ihre Unterhose sauber und die Toilettenschüssel wurde nicht rot. Immerhin war ihr nicht schlecht wie in der Schwangerschaft mit Isabel. Nur die Haut über der Brust spannte sich und sie fühlte sich empfindlich an.

Wenn die Gedanken an Jean kamen, zählte sie mit den Fingern bis zehn, um dann wieder bei eins anzufangen, sie sprach halblaut Deutsch oder Französisch mit sich, sie summte Kirchenlieder oder betete. Doch ließ sie nur für einen Moment in ihrer Aufmerksamkeit nach, war Jean da. Oder Lorenz.

Sie dachte an ihr Dorf im Languedoc, eine der protestantischen Provinzen im Süden. Die Katholiken waren in der Minderheit gewesen, doch sie hatte nie erlebt, dass jemand sie belangt hätte. Als Protestant hielt man nur Abstand. Ihre Eltern wollten den Kontakt nicht, seine ebenso wenig. Zwei Heranwachsende, ein paar Häuser voneinander entfernt, die nicht miteinander sprachen und nicht einmal den Namen des anderen kannten.

Eines Tages im Herbst – sie hatte sich das Datum, den 17. Oktober, jahrelang gemerkt, dann vergessen, jetzt fiel es ihr wieder ein – stand er am anderen Ende eines Feldweges und winkte ihr zu. Es war für sie ein Moment der Entscheidung: Sollte sie ihren Weg fortsetzen oder abbiegen? Sie zögerte, entschied sich, weiterzugehen, blickte sich noch einmal zu ihm um – und änderte ihre Meinung. Als sie auf ihn zukam, nahm er sie bei den Händen und sagte: »Sie mögen es nicht, wenn wir zusammen sind. Mir ist das egal. Ich liebe dich. Ich heiße übrigens Jean.«

Er zog sie tiefer in den Wald hinein, wo er sofort anfing, sie zu umarmen und sie unbeholfen küsste. Sie wusste, dass es nicht erlaubt war – die Lippen, sogar die Zunge eines fremden Jungen, eines Katholiken. Doch er war hübsch und stürmisch, er roch nach Trauben und schmeckte weich und es gefiel ihr, was er tat. Er hatte dichtes, kräftiges Haar.

Von da an traf sie sich jeden Tag mit ihm. Er musste dem Vater bei der Ernte helfen und hatte die Farbe des Weines an seinen Fingerkuppen. Sie hatte das Haus zu versorgen, konnte sich aber danach, da die Eltern auf ihren Feldern arbeiteten, bis zur Dämmerung frei im Dorf bewegen. Am späten Nachmittag, wenn die Herbstsonne sank, ging sie zu einer alten Feldscheune, wo er bereits im Stroh lag und auf sie wartete. Sie legte sich zu ihm, und sie umarmten und küssten sich.

In den ersten Wochen redeten sie kaum miteinander. Später erkannte sie, dass er keinen Widerspruch duldete. Er hatte sich beider Zukunft bereits ausgemalt, sie sollte konvertieren, dann würden sie heiraten, und er wollte Weinbauer werden wie sein Vater.

Sie sagte ihm, dass sie nicht katholisch werden könne.

»Das musst du, sonst können wir doch nicht heiraten.«

Aber sie habe den reformierten Glauben.

»Keine Angst, das lass ich dir. Bete, wie du willst, solange es niemand sieht. Es gibt sowieso nur einen Gott, da bin ich mir sicher.«

Warum er nicht konvertieren könne?

»Das geht nicht. Erstens sind die meisten Leute in Frankreich katholisch. Zweitens nimmt der Mann doch nicht die Religion der Frau an. Und drittens würde mein Vater mich enterben. Wo sollten wir dann leben?«

Sie ertappte sich dabei, wie sie nicht mehr widersprach, sondern ihre Meinung nur noch dachte. Dennoch ging sie jeden Nachmittag aufs Neue in die Feldscheune. Sie liebte diesen Jungen, sie genoss es, wenn er sie küsste und streichelte und es gefiel ihr, wenn er ihr nach einer Stunde – länger zu bleiben, traute sie sich nicht – die einzelnen Strohhalme aus den Haaren zog.

Vor den Treffen freute sie sich auf Jean, hinterher fühlte sie sich elend. Sie konnte ihn nicht heiraten, das wusste sie die ganze Zeit. Vor allem würde sie nicht konvertieren. Allein in ihrem Zimmer machte sie sich viele Male klar, dass sie kein Kind mehr war, sondern fünfzehn Jahre alt und für ihre Zukunft zu sorgen hatte.

Trotzdem ging sie am nächsten Tag wieder in die Feldscheune.

Der Herbst blieb lange warm. Im November lagen sie noch beieinander, aßen die Weintrauben, die er mitgebracht, oder Brot und Käse, die sie zu Hause genommen hatte. Sie deckte ein kariertes Tuch im Stroh, auf das sie die Lebensmittel legten. Es war eine Wohnstätte für sie beide, er empfand es genauso wie sie und er sprach von dem Haus, das er für sie bauen wollte. Im Kopf hatte er es schon fertig.

Wenn er fragte, ob sie mit ihren Eltern darüber gesprochen habe, zu konvertieren, begann sie, ihn zu küssen. Manchmal schob er sie weg und wollte eine Antwort, aber lange ließ er sich nie bitten. Er ertastete ihren Bauch und die Brust, drückte seine Nase in ihren Hals und ans Schlüsselbein. Sie ließ es zu, dass er seinen Unterleib an ihren presste, doch er durfte seine Hand nicht unter ihre Kleidung schieben. Wann immer er es versuchte, zog sie sie fort.

Im Winter wurde es zu kalt und feucht, um sich ins Stroh zu legen. Sie trafen sich im Wald und gingen Hand in Hand spazieren, manchmal bei Wind und Regen, sie versäumte nie eine Verabredung, obwohl sie es nicht mochte, wenn er zu viel Gelegenheit zum Sprechen hatte. Inzwischen redeten die Eltern und Großeltern davon, dass das Leben im Languedoc für die Protestanten immer schwieriger wurde. Die Berufsverbote wurden streng kontrolliert. Ihre Eltern sannen nach einer Lösung.

Auch Jean sprach über die politische Situation. Ihm stieß auf, dass die Katholiken immer nur von den ›sogenannten Reformierten‹ sprachen. »Ich verstehe das nicht. Warum seid ihr nur sogenannte Reformierte? Was ist der Unterschied zu richtigen Reformierten?«

»Meine Eltern sagen, das Wort soll uns demütigen.«

»Und ihr seid wirklich und ehrlich reformiert?«

»Ja.«

»Werden deine Eltern einsehen, dass du Katholikin wirst?«

Sie antwortete nicht und wartete auf das Frühjahr. Im März war es wieder warm, aber schon im Februar kündigte sich der Frühling an und sie trafen sich in ihrer Scheune und lagen im Stroh und wärmten sich aneinander. Am Vorabend ihres sechzehnten Geburtstages teilten ihre Eltern ihr mit, dass sie sie zu einer Tante nach Paris schicken würden, dort sei es für sie sicherer als hier auf dem Lande.

Sie brauchte viele Tage, um ihm davon zu erzählen. Sie wusste vorher, wie er reagieren würde.

»Du musst mit ihnen reden. Am sichersten ist es, wenn du konvertierst.«

»Ich fürchte, das kann ich nicht tun.«

»Warum denn nicht? Er ist der gleiche Jesus Christus, an den wir glauben. Da ändert sich für dich nichts. Claire, bitte. Ich liebe dich doch.«

Sie sprach nicht mit ihren Eltern, weil sie sich nicht vorstellen konnte, ihren Glauben zu verlassen. Auch Mutter und Vater schienen ihr so fest, sie beteten regelmäßig und waren fromm. In der Tiefe ihres Herzens wusste Claire, dass der reformierte Glaube der richtige war, derjenige, den Gott den Menschen gegeben hatte, und wenn man im Richtigen war, konnte man nicht ins Falsche gehen.

Je stärker sie spürten, dass etwas Trennendes zwischen ihnen stand, desto mehr suchten sie einander körperlich. Sie ließ es, tief im Stroh versteckt und obwohl ihr kalt wurde, zu, dass er ihr die Bänder des Mieders öffnete und ihr die Brust küsste, und sie roch ihn genauso gern wie im vergangenen Herbst, drückte seinen Körper gegen ihren und hielt ihre Hände auf seiner Schulter und seinem Rücken.

Wie im Herbst brauchte es nicht viel, dass sich sein Atem veränderte, er die Augen schloss und weit weg – oder besonders nah – zu sein schien. Die Härte in seiner Hose war ihr inzwischen vertraut, und auch wenn sie es wie zufällige Berührungen aussehen ließ, fühlte sie nach ihr und presste sich gegen sie.

Ihretwegen war er so hart.

Er war wilder und fordernder als je zuvor und ließ sich nicht davon abhalten, mit den Händen unter ihren Rock zu fahren und sie auszuziehen. Sie wehrte sich nur am Anfang. Erst als sie hörte, wie er seine Hose aufknöpfte, erschrak sie.

»Jean, nein. Das nicht.«

Mit entblößtem Oberkörper lag sie im Stroh, den Rock bis über die Scham gezogen. Es ging keine Gewalt von ihm aus, er war einfach in seine Welt versunken, er küsste sie, wo immer er sie traf, Spucke lief ihm aus dem Mund, seine Zunge fuhr über ihre Haut, er hörte sie nicht und war auch sonst nicht erreichbar. Sie spürte seine pulsierende, fordernde Ungeduld an ihrem Schenkel. Sie hatte die Augen offen, sie war wach und klar wie noch nie in dieser Scheune. Das durfte nicht sein. Das nicht.

Mit beiden Händen packte sie seine Haare und zog seinen Kopf in die Höhe.

»Jean, das nicht. Das darfst du nicht.«

Er riss die Augen auf und fiel neben sie ins Stroh. Gleichzeitig griff er nach ihrer Hand und führte sie an sein Geschlecht, aus dem eine klebrige Flüssigkeit herausdrängte.

Sie wusste nicht, was das war, eine sämige Feuchtigkeit, die sie ins Stroh schmierte und die doch an ihrer Hand kleben blieb.

Danach ging sie nie wieder in die Scheune. Sie war zu weit gegangen, das war ihr klar, als sie abends im Bett lag und den Nachmittag ein zweites Mal erlebte. Sie log die Eltern an, indem sie nie von ihren Stunden in der Scheune erzählte, doch Gott konnte man nicht anlügen. Für sie und Jean gab es keine Zukunft.

Ein Mal traf sie ihn noch, im Wald. Da sagte sie ihm: »Ich liebe dich, aber ich liebe auch Gott und ich kann keine Katholikin werden. Und außerdem werde ich in zwei Tagen nach Paris geschickt.«

»Ich weiß schon lange, dass du nicht konvertierst. Trotzdem bin ich traurig wie noch nie in meinem Leben. Bist du dir sicher?«

Sie schüttelte den Kopf. »Trotzdem gehe ich diesen Weg.«

In Paris gehörte Paul zur gleichen Gemeinde wie ihre Tante. Schon in der Kirche, in Charenton, fühlte sie seine Blicke auf sich. Nach einiger Zeit lud die Tante ihn zum Café ein. Er sprach Claire mit ›Sie‹ an und fragte, ob er sie zu einem Spaziergang abholen dürfe.

Den ganzen Herbst und Winter gingen sie sonntags durch Paris, er redete von Handschuhen und von Leder, sie erzählte aus dem Languedoc. In ihrer Religion hatten sie eine Gemeinsamkeit. Wenn er sie abholte, küsste er ihr nur die Hand, und wenn er sie zurückbrachte, tat er es wieder, zusammen mit einer Verbeugung. Noch nie hatte sich bis dahin jemand vor ihr verbeugt, und sie konnte kaum glauben, dass sie gemeint war.

Andere Berührungen zwischen ihnen gab es nicht.

Am Karfreitag fragte die Tante, was Claire antworten würde, wenn er um ihre Hand anhielte. Die Tante war eine Frau, die den Rücken gerade und den Kopf erhoben hielt, eine Witwe, die schlichte Flanellkleider trug. Ihre Wohnung war klein – Claire hatte ein winziges Zimmer –, aber es gab darin keinerlei Unordnung. Sie war nie krank und sie beklagte sich nicht.

Claire hatte sich die Frage ihrer Tante öfter schon gestellt. Eine Antwort wusste sie nicht.

»Du bist schön, Claire«, sagte die Tante, »aber Gott leiht die Schönheit nur für kurze Zeit, und wer diese Jahre nicht zu nutzen versteht, der hat die Schönheit in seinen Augen nicht verdient.«

Claire lag die Frage auf der Zunge, woher die Tante wusste, was Gott dachte, doch sie wagte nicht, sie zu stellen, schließlich war sie nur ein Gast und hatte höflich zu bleiben. Am Ostersonntag kam Paul mit einer eigenen Kutsche nach Charenton. Nach dem Gottesdienst begrüßte er die Tante und verbeugte sich vor Claire, dann fragte er sie, ob er sie nach Hause fahren dürfe. Sie sah den Hauch eines Lächelns im Gesicht ihrer Tante und wollte ablehnen. Doch das schien ihr zu kindisch. Paul duzte sie nicht einmal, als er ihr seine Liebe erklärte.

›Je vous aime‹, sagte er.

- SIEBTES KAPITEL -

1

Pauls größtes Problem blieb der Nachschub. Die Lohehaufen, die sie aufgeschüttet hatten, wurden kleiner, und Pignot behauptete, man dürfe an der Gerbsubstanz nicht sparen, wenn man hochwertiges Leder bekommen wolle. Die Häute wurden ebenfalls weniger.

Mit der Kutsche fuhr er erneut hinaus ins Land Brandenburg, durchs östliche Stadttor und dann über sandige Wege, durch endlose Kiefernwälder, vorbei an manchem See, in dessen Wasser die Sonnenstrahlen funkelten. Um sich die Zeit zu vertreiben, sang er leise vor sich hin. Wenn es ihm allzu langsam vorwärtsging, zwang er das Pferd in den Trab.

Im Dorf Trebnitz im Oderbruch hielt er wieder vor der französischen Metzgerei. Der Meister, dessen riesige Hände Paul in Erinnerung geblieben waren, erkannte ihn sofort wieder, er kam hinter seinem Tresen hervor und deutete eine Verbeugung an. Er rief seine Frau, die Wein brachte, und Paul musste sich mit ihm an einen Tisch im Hof setzen und trinken. Es stank nach Schlachtabfällen. Der Metzger stieß auf Pauls Gerberei an. Paul verzog ein wenig das Gesicht und dachte, dass es die nach dem Bericht des kurfürstlichen Beamten womöglich nicht mehr lange geben werde.

Der Metzger bestand darauf, dass Paul über Nacht blieb und sie erst am Morgen über das Geschäftliche sprächen. Paul hatte keine Möglichkeit, der Einladung zu entkommen. Am Abend bauten seine Gastgeber auf ihrem Tisch Mengen von Fleisch – gebraten, gekocht, geschmort und auch roh – auf, und es versammelten sich verschiedene Glaubensbrüder aus Trebnitz und aus benachbarten Dörfern. Sie alle schienen Paul und seine Geschichte zu kennen. Er musste nicht viele Fragen beantworten, es reichte ihnen, ihn zu sehen, in seiner Nähe zu sitzen, mit ihm anzustoßen und gemeinsam ein wenig über Frankreich und das Kurfürstentum Brandenburg zu reden.

Schließlich sprach Paul das Thema an, das sie alle zu bewegen schien und fragte, wie es bei ihnen mit den Zünften stehe.

Sie seien alle nur Freimeister, erklärte ein Metzger, dem Aussehen und der Sprache nach ein Südfranzose. Ausgestattet mit Briefen des Kurfürsten. Die Zunft dulde sie, weil sie keine andere Möglichkeit habe. Aber sie meide jeden Kontakt. Deutsche kauften bei ihnen nicht ein.

Und außerdem, ergänzte der Trebnitzer Meister, dürften sie nicht ausbilden, weil sie der Zunft nicht angehörten. Deshalb könnten ihre Söhne nicht ihren Beruf lernen. Denn ein deutscher Handwerker nehme keinen französischen Jungen. Das sei wohl zwei- oder dreimal vorgekommen. Die Jungs seien dann so lange gedemütigt worden, bis sie es nicht mehr ausgehalten hätten.

Die Metzgersleute hatten ihm ein Zimmer gerichtet, mit Bett und Federdecke, sie zeigten es ihm gemeinsam, blieben im Türrahmen stehen, fragten, ob er noch etwas brauche und wünschten ihm eine gute Nacht. Paul hätte ihnen gern gesagt, dass seine Auseinandersetzung mit der Zunft mit jeder Meile, die sie aus Berlin herausgetragen worden war, gewachsen zu sein schien, er jedoch nicht in der Lage sei, einen Kampf für die Hugenotten im ganzen Lande zu führen. Er ließ es sein, dachte aber für sich, dass er lediglich brauchbare Handschuhe herstellen wollte. Ihre französische Kirche, ja die wäre ein Zeichen, das man in Frankreich genauso wie in Brandenburg verstehen würde, ein Symbol des Lebenswillens und der Stärke. Aber nicht seine kleine Gerberei.

Am nächsten Morgen waren ein paar Metzger aus der Nachbarschaft wieder da, und sie zeigten ihm zusammen mit seinem Trebnitzer Meister ihre Häute. Paul fragte sich, ob sie das Geld verdienen mussten, weil ihnen hier niemand die Stücke abkaufte, doch danach sahen sie nicht aus, sie hatten alle Wagen und Pferde und machten keinen ärmlichen Eindruck. Es ging ihnen tatsächlich um seinen Kampf mit der Zunft.

Er wählte aus und achtete darauf, ob die Rinder gekalbt hatten, was schlecht war, und ob jemand Felle von Hirsch oder sogar Reh anbot, woraus man besonders weiche Handschuhe herstellen konnte. Als er sagte, mehr als vier, höchstens fünf Häute könne er auf seinem Wagen nicht transportieren, erklärten sie, sie würden die Ware nach Berlin liefern. Über Preise hatten sie da noch gar nicht verhandelt. Paul hätte mehr als zwanzig gute Häute kaufen können. Er entschied sich für zehn Stück und ließ sich zwei davon gleich auf die Kutsche laden. Die Summen, die die Metzger verlangten, waren günstig – mehr als günstig –, und die Fahrt nach Berlin wollten sie nicht extra berechnen, im Gegenteil, darauf freuten sie sich, erklärte sein Trebnitzer Meister, und er sagte voraus, dass es noch Streit unter ihnen geben werde, wer die Tour machen dürfe. Sie kämen ja sonst nie in die Stadt.

Als Paul fragte, ob sie wüssten, wo er Eichenrinde kaufen könne, lachten sie und zeigten auf ihr weites, den Flussarmen und Sümpfen abgerungenes Land. Hier wüchsen keine Bäume, da müsse er anderswo suchen. Größere Wälder gebe es in Thüringen, dorthin solle er fahren, vielleicht auch nach Sachsen, denn von da sei es einfacher, die Rinde nach Berlin zu verschiffen. Um seinen Weg zu finden, brauche er einfach immer nur der Spree zu folgen.

Paul bedankte sich. Den Seufzer, den er von sich gab, ließ er sie nicht hören.

2

In seinem ganzen Leben hatte Lorenz Haeuser noch kein derartiges Billet bekommen, als Meister nicht, nicht als Vorstand der Zunft oder zu irgendeinem anderen Anlass. Ein berittener Bote hatte es gebracht, ein Staatsdiener, unrasiert, mit Zopf, der offenbar Selbstgespräche führte. Sein Pferd war vollkommen temperamentlos, trotzdem musste es Scheuklappen tragen.

Lorenz hielt einen weißen Karton in den Fingern, so groß wie seine Hand, mit Tinte beschrieben, unterzeichnet von einem Minister, einem Adeligen, ›Graf Kolbe zu Wartenberg‹. Der wollte ihn sprechen. Die Karte roch parfümiert.

Vor adligen Namen hatte Lorenz noch nie viel Respekt gehabt – diese Leute hatten auch nur Blut in ihren Adern und manche von ihnen waren nicht mit allzu viel Verstand gesegnet –, aber er wunderte sich. Was wollte so ein Graf von ihm?

Sollte es endlich um die Beschwerden der Zunft gehen? Warum gerade jetzt? Lorenz wusste aus Erfahrung, dass der Bericht eines Beamten nicht in ein paar Tagen geschrieben – und noch gelesen – wurde. Und dann gleich ein Gespräch? Das glaubte er nicht.

Was dann?

Sicher wollte der Mann kein Leder. Diese Leute kauften nichts persönlich, dafür hatten sie ihre Bediensteten oder es gab Schneider und Hutmacher und Sattler, die in ihre Villen kamen. Warum verlangte so einer, einen Gerber zu sprechen, den Zunftmeister, ihn?

Er hob die Schultern und stopfte das Billet in die Tasche seiner Arbeitshose. Am Abend würde er mehr wissen. Um acht im Zunfthaus.

Was er nicht erfahren würde, was ihn allerdings viel mehr interessierte, war, wie es um Claire stand. Sie sei krank gewesen, mittlerweile gehe es ihr besser, hatte der Handschuhmacher gesagt. Lorenz hatte Sehnsucht nach ihr. Seit jenem Abend hatte er sie nicht mehr gesprochen. Sie kam nicht auf den Markt – er hatte sogar eins seiner neugierigen Marktweiber nach ihr gefragt – und ging nicht einmal mehr in die Kirche. Er wollte sie im Arm halten, mit ihr reden und wenn er ehrlich war, am liebsten würde er sie immer noch nehmen und mit ihr weglaufen. Für sie – mit ihr – hätte er alles aufgegeben. Warum nicht nach Amerika? Noch einmal ganz neu anfangen, das war seine liebste Vorstellung.

Am Abend war dieser Graf Wartenberg schon im Zunfthaus, als er kam. Er saß auf einem der Holzstühle, die zusammen mit den Eichenbänken zur Versammlung aufgebaut worden waren und stand auf, als er den Meister hereinkommen sah. Lorenz blickte im Vorbeigehen auf die Stelle am Fußboden, wo die Leiche seines Bruders gelegen hatte. Dem Grafen schüttelte er die ausgestreckte Hand, aber machte dessen Überschwang nicht mit, sondern hielt innerlich Abstand. Da war etwas, das er nicht benennen konnte, das ihn vorsichtig bleiben ließ. Er war doch mit diesem Kerl nicht befreundet.

»Meister Haeuser, ich freue mich, dass Ihr gekommen seid. Wie gehen die Geschäfte?«

Wartenberg schnaubte, wie dicke Leute es tun, aber die Gemütlichkeit der Dicken hatte er ganz und gar nicht. Lorenz fühlte sich gemustert. Außerdem passte ihm nicht, dass dieser Wartenberg ihm im Zunfthaus einen Platz anbot. Noch war er hier der Meister.

»Immer gleich. Wir kommen hin, und die Gesellen haben ihr Auskommen.«

»Das freut mich«, sagte der Graf. Die Sitzfläche seines Stuhls verschwand unter seinem breiten Hinterteil und die Rückenlehne war nicht mehr auszumachen. Er sah aus wie ein Erwachsener, der auf einem Kinderstuhl saß.

»Leder wird immer gebraucht«, sagte Lorenz.

Ging es doch um den Ärger, der die Gerber umtrieb? Er

war der Zunftmeister, der andere ein Minister – vielleicht hatte er dem Beamten Beine gemacht. Wenn es so war, konnte die Freundlichkeit nur eine Falle sein. Lorenz nahm sich vor, vorsichtig zu bleiben.

»Der Kurfürst weiß die Arbeit sehr zu schätzen, die Ihr leistet. Ich darf das sagen, denn ich bin sein Oberkammerherr und spreche manches intime Wort mit ihm. Deshalb kenne ich seine Gedanken – vielleicht besser als er selbst.« Wartenberg lachte, wobei sein Schnauben stärker wurde. »Der Kurfürst ist auf die Gerberzunft besonders stolz, aber er hat vor den anderen Zünften nicht weniger Respekt.«

Lorenz fiel nichts ein, was er erwidern konnte. Dieser Graf war sicher nicht gekommen, um ihm Komplimente zu machen. Eine seiner Hände lag auf dem Tisch, sie war ungeformt und ganz weiß. Der hatte in seinem ganzen Leben noch nichts angehoben, das schwerer als ein Silberlöffel war. Dagegen seine eigenen Hände, braun und knochig und voller Risse und Schorf.

»Wir arbeiten wie unsere Vorväter«, sagte Lorenz schließlich.

»Das ist gut. Wir brauchen Tradition und überliefertes Wissen in unserem Land. Deshalb ist das, was Ihr herstellt, von so hoher Qualität.«

Er hätte sich geschmeichelt fühlen können, nur stellte sich diese Empfindung nicht ein. Im Gegenteil warnte ihn sein Instinkt noch lauter. Ein Graf kam nicht ins Zunfthaus, um einem Handwerker Komplimente zu machen. So etwas gab es auf der ganzen Welt nicht.

»Nun habt Ihr an den Rat geschrieben, das weiß ich, ich habe den Brief gelesen.« Die Augen des Grafen leuchteten und er grinste. »Es geht um die Flüchtlinge.«

Lorenz bekam einen Stich in der Brust. Er mochte diesen Ausdruck – Flüchtlinge – nicht mehr hören. Das waren Menschen, Bürger, und unter ihnen eine Frau, die im Geiste immer bei ihm war. »Die Zunft erwartet, dass sie sich anpassen. Es gibt Unruhe.« Anpassen – wieder ein Wort, das er vor ein paar Wochen oder Monaten noch voller Überzeugung ausgesprochen hätte. Jetzt kam es ihm schal vor. Sein Amt konnte und wollte er nicht länger ausüben. Doch es war ihm kein Fall bekannt, in dem ein Zunftmeister vorzeitig hingeschmissen hätte, im Gegenteil, die meisten taten alles dafür, wiedergewählt zu werden.

»Meister Haeuser, ich pflichte Euch bei«, rief der Graf. Er rieb seine weißen Hände aneinander. »Ich weiß sehr wohl, wie viel das Handwerk dafür getan hat, dass sich die Fremden bei uns willkommen fühlen durften. Ihr habt ihnen neue Wohnungen gebaut und zusätzliche Abgaben leisten müssen. Deshalb ist es Euer gutes Recht, jetzt darauf zu bestehen, dass die sich eingliedern. In mir habt Ihr einen Fürsprecher.«

»Und wieso?«, fragte Lorenz. Er musste plötzlich grinsen und sein Körper wuchs auf seinem Stuhl. Was wollte dieser Hanswurst von ihm? Warum sagte er es nicht frei heraus?

Der Graf versuchte zu lachen. »Wieso, fragt Ihr. Weil ich für Recht und Ordnung bin. Das ist der ganze Grund.«

Lorenz glaubte ihm kein Wort. Er blickte dem anderen direkt in die dunklen Augen. »Gut, dann untersagt diesem Handschuhmanufakteur das Gerben. Und wenn er es nicht einstellt, müsst Ihr ihm drohen. Sperrt ihn für ein paar Monate ein, das hilft sicher.« Seine Hand fuhr in die Höhe. »Sonst besteht die Gefahr, dass der eine oder andere aus der Zunft es für besser hält, auf seine Art mit dem Franzosen zu sprechen.«

»Ich werde mich dafür einsetzen, Meister Haeuser, ich werde diese Forderung auf der nächsten Ratssitzung dem Premierminister vortragen und dem Kurfürsten davon berichten. Wäre doch gelacht, wenn wir das nicht auf den Weg bekämen. Meine ganz persönliche Haltung – wenn Ihr danach fragt – ist folgende: Ich bin einverstanden, dass Fremde hier leben. Aber sie müssen die Gegebenheiten respektieren. Das müsste jeder von uns in Frankreich genauso.«

Lorenz nickte, doch er traute dem Dicken weiterhin nicht.

Sein Gesichtsausdruck widersprach seinen Worten, Lorenz sah hinter der Freundlichkeit Hochmut in den Augen des Grafen und Ablehnung in seiner Haltung. Fragte der Mann sich gerade, warum er seine Zeit hier mit einem einfachen Handwerker vertat?

»In mir, Meister Haeuser, habt Ihr einen Fürsprecher am Hof. Ich vertrete Euch – ich vertrete alle die, die arbeiten und Steuern bezahlen und die den Staat tragen. Die, die im eigentlichen Sinne der Staat sind. Versteht Ihr?«

Lorenz verstand nicht. Der Staat, das waren doch die hohen Beamten, die Grafen und anderen Hofschranzen und nicht zuletzt der Kurfürst selbst. Die bestimmten doch.

»Ich möchte Euch im Gegenzug fragen«, fuhr Wartenberg fort, »ob ich dem Kurfürsten berichten kann, dass das Handwerk in Berlin mich unterstützt.«

»Unterstützt? Wobei?«

Wartenberg lächelte wieder, und sein Lächeln wirkte aufs Neue falsch. »Wobei – eine gute Frage. Seht Ihr, Meister, die Männer an den wichtigen Stellen im Staate werden von Zeit zu Zeit ausgetauscht. Vielleicht werden wir in Brandenburg demnächst einen neuen Premierminister bekommen. Der alte hat so manches einreißen lassen.« Wartenberg breitete seine weiße Hand aus. »Beispielsweise unternimmt er nichts gegen das freie Gerben. Wenn nun der Kurfürst einen neuen Premierminister bestellt, dann will er wissen, ob dieser Mann einen guten Draht zum Handwerk und den Zünften hat. Versteht Ihr? Er will, dass seine Regierung von denen, die arbeiten, getragen wird.«

Darum also ging es.

Lorenz atmete aus. Er nahm sich Zeit, den anderen noch einmal genau zu mustern. Die Augen des Dicken waren klein und hellwach, aus seinem Gesicht verschwand der Hochmut nicht. Ein Hanswurst war dieser Graf nicht, auch wenn er so aussah. Er wollte etwas erreichen, und wenn man dafür ins Zunfthaus gehen und sich herablassen musste, mit einem Gerber zu reden, dann tat er das.

»Ich kann nicht für das Handwerk in Berlin sprechen. Ich bin Gerbermeister ...« Lorenz fiel die letzte Sitzung der Zunft ein, wo er ganz allein gestanden hatte. Das Berliner Handwerk war durchaus einer Meinung, bloß er gehörte nicht mehr dazu.

»Es darf in Zukunft keine Freimeister mehr geben, jedenfalls nicht in den Berufen, über die die Zünfte wachen. Das ist es, was wir wollen.«

Der Graf hatte wieder seine freundliche Stimme. »Das habe ich doch verstanden, Meister Haeuser, und in diesem Sinne werde ich mich am Hofe einsetzen. Ich denke, dass wir beide heute Abend eine tragfähige Verbindung geschmiedet – oder soll ich sagen: gegerbt? – haben.«

Er stand auf und reichte Lorenz seine Hand, Lorenz konnte kaum anders, als einzuschlagen. »Wir werden weiterhin in engem Kontakt bleiben.«

3

Der Wald war dicht und schattig, die Sonne brach nur vereinzelt durch die Baumkronen. Paul ritt über braunes Laub, das unter den Hufen raschelte, und manchmal trat sein Pferd auf einen Ast, der dann laut knackte. Wege gab es hier nicht. Der Wald wurde von Gräben durchzogen, die Wasser führten. Man konnte sie nicht überqueren, da es keine Brücken gab. Und es war niemand zu sehen, den er hätte fragen können.

In einem öffentlichen Stall in Berlin hatte er das Pferd gegen Geld ausgeliehen, eine Stute, die der Besitzer als besonders gutmütig bezeichnet hatte. Paul war kein erfahrener Reiter, vielleicht deshalb hatte die Stute das Kommando übernehmen wollen. Sie hatte auf sein Ziehen am Zügel nicht reagiert und war nicht weitergegangen, wenn er ihr seine Fersen in die Flanken gepresst hatte. Doch inzwischen hatte sie sich an ihn gewöhnt.

Paul achtete auf die Bäume. Er sah Erlen, Eschen, Birken und endlich auch Eichen, mit breiten und hohen Stämmen, Bäume, die oft für sich standen, als wolle oder könne neben ihnen niemand wachsen. Er atmete durch. Die Eichen hatte er gefunden, jetzt brauchte er nur noch den Besitzer, um mit ihm handelseinig zu werden. Allerdings war er weiterhin der einzige Mensch im Wald, soweit er sehen konnte.

Um sich zu freuen, dazu war er zu erschöpft. Das ungewohnte Reiten machte ihn müde. Er hatte die Nacht in einem Gasthaus verbracht, in dem das Ungeziefer über den Dielenfußboden gelaufen war. Man hatte ihm ein Zimmer gegeben mit sechs Betten, einfache Strohlager, und in jedem von ihnen lag jemand. Die Männer schnarchten und stanken. Paul hatte die Nase gerümpft, doch in der ganzen Gegend gab es keine andere Herberge.

Das Frühstück, Graupen und Speck, hatte ihn so sehr geekelt, dass er es verschmäht hatte. Selbst das Wasser mit seinem grünlichen Schimmer schien ihm nicht trinkbar zu sein.

Er ritt trotzdem mit Haltung. Die Erschöpfung durfte seinen Geist beschäftigen, nicht den Körper bezwingen. Er lenkte sich ab und achtete auf die Geräusche des Waldes, auf das Vogelgezwitscher, das entfernte Rufen eines Käuzchens und die Tritte seiner Stute über das dunkle Laub.

Wegen der vielen Gräben war es feucht. Die Mücken surrten. Paul kam an eine Holzbrücke, ein schmaler, grob gezimmerter Übergang ohne Geländer. Welche Richtung er einschlagen sollte, war ihm nicht klar, er konnte hinüber, aber ebenso auf dieser Seite bleiben. Der Wald war menschenleer. Er brauchte jemanden, den er fragen konnte.

Er stieg ab, trat vorsichtig auf die Brücke, die knarrte, und führte die Stute am Zügel hinüber. Kaum saß er wieder auf seinem Pferd, hörte er hinter sich Geräusche. Ein mit Heu beladener Kahn fuhr durch den Graben. Er wurde nicht gerudert, sondern ein Mann stand am Bootsende und trieb einen langen Stock ins Wasser, mit dem er sich abstieß. Paul rief ihn. Der Mann blickte nur auf, hielt allerdings nicht an und antwortete nicht. Paul rief erneut. Nun starrte der Mann geradeaus, stieß seinen Stock in den Wassergraben und drückte, als er Grund erreicht hatte, mit seinem ganzen Körpergewicht darauf. Der Kahn schoss vorwärts.

Zwei Stunden lang begegnete Paul niemandem. Nur die Mücken flogen um ihn herum. Die Sonne stand hoch, der Wald war trotzdem dunkel, und es war nicht möglich, immer in eine Richtung zu reiten. Wenn ein neuer Graben kam, der keine Brücke hatte, musste er abbiegen. Endlich sah er Menschen, klein gewachsene, dunkelhaarige Männer und Frauen, die gebeugt durch den Wald streiften und Eicheln sammelten, die sie sich gegenseitig in kleine Weidenkörbe auf ihren Rücken steckten. Sie trugen zerrissene Leinenhemden, schmutzige Röcke und Kniehosen, in ihren Gesichtern waren Streifen von Erde, und die Haare hingen ihnen voll Laub. Auch sie wichen Paul aus, dabei beobachteten sie, was er tat.

Er rief sie.

Sie hoben nur die Köpfe, blieben aber in ihrer gebeugten Haltung und waren offensichtlich darauf bedacht, den Abstand zu dem fremden Reiter nicht kleiner werden zu lassen. Paul stieg vom Pferd, breitete die Arme aus, um ihnen anzuzeigen, dass er ohne Waffen war, und winkte ihnen. Sie kamen nicht näher. Deshalb rief er ihnen seine Frage zu, wo das nächste Dorf sei. Er bekam keine Antwort.

Untereinander warfen die Männer und Frauen sich Worte zu. Paul verstand sie nicht. Was sie sprachen, konnte kein Deutsch sein, oder es war ein völlig unbegreiflicher Dialekt. Paul taten die Knochen weh und das Gesäß, er hatte keinerlei Lust, wieder aufzusitzen. Außerdem hatte er Hunger, und als er daran dachte, dass er für eine ordentliche Mahlzeit in diesem Moment viel Geld bezahlen würde, kam ihm die Idee, die fremden Leute mit Münzen zu locken. Er hielt eine in die Höhe und sagte, er wolle doch nur eine Frage beantwortet haben, und wer das tue, könne dieses Geld bekommen. Die Eichelsammler blickten einander an, mit Unverständnis, wie es Paul schien. Dann liefen sie weiter, entfernten sich, die Blicke auf den Boden gerichtet, wo die Eicheln lagen.

Doch ihr Dorf war nicht mehr weit weg. Die Häuser waren niedrig, aus Holz gebaut und mit Lehm verschmiert. Anstelle von Tonziegeln bildete einfaches Gras das Dach. Die Bewohner waren vorsichtig, sie hielten sich, nachdem sie Paul gesehen hatten, in der Nähe ihrer Hauswände, weit genug von ihm entfernt, um weglaufen zu können. Auf Pauls Rede antworteten sie nicht. Ihr Aussehen war genauso ärmlich und schmutzig wie das ihrer Verwandten im Wald, und selbst wenn Paul sich nach einer Rasur sehnte und nach einem Waschbottich, und sein Anzug während des langen Rittes staubig geworden worden war, kam er sich ihnen gegenüber wie ein Graf vor.

Schließlich näherte sich ihm ein älterer Mann und fragte auf Deutsch, was er wolle. Der Alte war weißhaarig, weniger ängstlich als die anderen, aber auch er kam Paul nicht zu nahe. Sein Akzent klang fremd. Holz wolle er kaufen, sagte Paul, genauer gesagt Baumrinde. Wem der Wald gehöre, an wen er sich zu wenden habe?

Der Grundbesitzer lebe auf einem Hof, sagte der Alte, einige Meilen entfernt. Er zeigte die Richtung. Ob man den Hof leicht finde, fragte Paul. Der Alte schüttelte den Kopf. Wegen der vielen Flussarme müsse man immer wieder ausweichen. Paul bot ihm Geld, wenn er ihn führte. Der Alte schüttelte wieder den Kopf. Als er die Münze sah, die Paul aus der Tasche zog, willigte er schließlich ein. Für sein Geld verlangte Paul zusätzlich Wasser und ein Mahl und Heu für seine Stute.

Er erfuhr, dass die Bewohner Slawen waren, keine Deutschen, eher den Polen verwandt. Dem Gutsherrn hatten sie Abgaben zu leisten. Alles Wasser, das durch ihren Wald floss, waren kleine Spreearme, der Fluss bestehe hier aus vielen kleinen Gräben, aber schon vorm nächsten Städtchen würden sie alle wieder in ein einziges Bett zusammengeführt.

Sein Begleiter führte Paul bis in Sichtweite des Hofes, dann ließ er sich die Münze geben und kehrte um. Der Grundbesitzer stand am Stall und bat ihn nicht herein. Er war ein Mann mit rundem Kopf und blauen Augen und trug die Haare kurz. Er schien es nicht zu mögen, dass ein Fremder auf seinem Hof war, er blickte Paul feindselig an und hielt die Arme vor der Brust verschränkt. Mehr als das Nötigste sagte er nicht, und das kam so undeutlich, dass Paul manchmal nachfragen musste.

»Wenn Ihr den ganzen Weg aus Berlin nur für Baumrinde gemacht habt, scheint Ihr sie dringend zu brauchen.«

»Mag sein. Das heißt allerdings nicht, dass ich jeden Preis bezahle. Es wird noch andere Waldbesitzer in der Gegend geben.«

»Die Ihr nicht kennt und vielleicht nicht findet. Ihr wisst außerdem nicht, wo Ihr für die Nacht bleiben sollt. Die Vorteile scheinen auf meiner Seite zu liegen.«

Paul schnaubte. »Die Frage ist, wie sehr Ihr sie ausreizt. Treibt Ihr es zu weit, habt Ihr am Ende gar nichts. Wie kann die Eichenrinde nach Berlin kommen?«

Der Grundbesitzer lachte, abfällig, wie es Paul schien. Immer noch standen sie auf seinem Hof, einander musternd und misstrauisch. »Das ist die kleinste Schwierigkeit. Könnt Ihr Euch vorstellen, dass wir in dieser Gegend Kähne haben? Wir schippern die Spree hoch und bringen Euch Eure Rinde.«

Sie feilschten, aber nicht lange, denn der Preis war günstiger als Paul geglaubt hatte. Er zahlte einen Teil an, ließ sich unterschreiben, dass er drei Kähne voll Eichenrinde geliefert bekommen würde, und zeichnete auf, wo an der Spree seine Gerberei lag. Auch machte er klar, dass sich ein anderer Betrieb fast genau gegenüber, am jenseitigen Flussufer, befand. Er werde erst abladen, erklärte darauf der Grundbesitzer, wenn er Paul gesehen habe.

Paul nickte, schwang sich auf sein Pferd und machte sich auf den Heimweg.

Als er zurückgekehrt war, begann sich ein vorzeitiger Sommer auszubreiten. In Berlin war es heiß, der Sand auf den Wegen war trocken, und wenn ein Wind wehte, musste man Augen und Mund vor ihm schützen. Paul zog sich nicht weniger ordentlich an als zu anderen Zeiten, aber er hatte ein etwas langsameres Tempo beim Gehen.

Als er die Manufaktur am Ende der Straße sah, hoffte er, dass nun endlich Antwort aus England gekommen war. Drei Wochen war es inzwischen her, dass er seine Handschuhe zur Post gebracht hatte. Wie lange konnte es dauern, bis sie in England ankamen, die Fahrt mit der Postkutsche, dann mit dem Schiff, wieder mit der Post? Und eine Antwort hatte den gleichen Weg zu nehmen. Doch vor der Tür wartete niemand mit dem Brief aus London, sondern ein Soldat zu Pferd. Er hatte den Dreispitz in der Hand und trank aus einer Feldflasche. Die Zügel ließ er hängen, das Tier hielt die Nüstern am Boden, fand jedoch kein Gras.

Paul wollte grußlos an dem Mann vorbeigehen, aber der rief ihm zu: »Herr Deschamps?«

»Ja?«

Der Soldat schwang sich vom Pferd und stand vor ihm. »Ihr seid Herr Paul Deschamps persönlich?«

Paul korrigierte die Aussprache seines Namens. »Der bin ich«, sagte er.

»Ich habe Euch einen Brief zu überreichen. Euch persönlich.«

Er händigte Paul einen Umschlag aus, schlug die Hacken zusammen und stieg wieder auf sein Pferd. Paul hielt den Brief in der Hand. Er kannte die Handschrift nicht, dennoch ahnte er, von wem er war. Sicher nicht aus London.

Der Soldat trabte davon.

Noch bevor er das Kuvert aufriss, war sich Paul sicher, von

wem die Nachricht stammte. Er blickte auf eine schnörkellose, klare Schrift in blauer Tinte. ›Lieber Paul, ich erwarte Euch Donnerstagnachmittag in Schloss Lietzenburg. Sagen wir am Nachmittag um 3 Uhr. Sophie Charlotte.‹

Er las die Sätze ein zweites Mal, und schaute dem Soldaten nach, der schon ein ganzes Stück nordwärts in die Friedrichstadt geritten war. Es war zu spät, ihm eine Antwort mitzugeben. Er hätte aber ohnehin keine gewusst.

Er faltete den Briefbogen zusammen und wollte ihn schon in seine Tasche stecken, als er über die Angelegenheit nachsann. Seit vielen Tagen hatte er nicht mehr an all das gedacht. Jetzt war es so weit, es hatte ihn eingeholt. Er musste eine Entscheidung treffen.

Nur welche?

Bis Donnerstag hatte er Zeit. Der erste Gedanke war, ihr ebenfalls ein paar Zeilen zu schreiben, er bitte um Entschuldigung, er sei krank geworden. Das kam natürlich nicht infrage.

Er stand vor der Tür. Claire kam ihm in den Sinn, Claire, die auch nach seiner Rückkehr aus dem Spreewald kaum mit ihm sprach und sich im Ehebett wegdrehte, wenn er seine Hand nach ihr ausstreckte. Allerdings hatte auch er, anders als er es sich vorgenommen hatte, bisher kein Gespräch mit ihr begonnen. Ob sie ihm seine Lüge immer noch vorwarf?

Den Brief der Kurfürstin in der Hand, wurde ihm klar, dass sein Vorhaben, in Zukunft immer ehrlich zu seiner Frau zu sein, auf wackeligen Füßen stand. Das hier – und die beiden anderen Treffen mit Sophie Charlotte – konnte er ihr nicht erzählen. Vielleicht musste er sie nicht erneut belügen, sie in alles einzuweihen, was sein Dasein ausmachte, blieb unmöglich. Nie im Leben hätte sie verstanden. Und sie hätte Sorge gehabt. Sorge und Angst.

Er liebte sie. Es gab keinen Tag, auch nicht auf Reisen, weder im Oderbruch noch im Spreewald, an dem er nicht an sie dachte und sie innerlich berührte und mit ihr sprach. Doch Liebe, das hieß in allererster Linie, Gefahr von ihr – und von Isabel – abzuwenden. Wenn er zwischen diesen beiden Möglichkeiten, unbedingter Ehrlichkeit einerseits und Schutz für die Seinen andererseits, zu wählen hatte, dann war das Zweite wichtiger.

Deshalb musste er bestimmte Dinge mit sich allein ausmachen. Dieses hier gehörte dazu.

In der Manufaktur teilte er mit Gerveux das Leder ein. Pignot hatte inzwischen die ersten selbstgegerbten und zugerichteten Häute gebracht. Sie besaßen auch noch Reste aus Frankreich und Material von Haeuser, für anspruchslosere Kunden. Bei dem Berliner Gerber bestellte er nicht mehr – Pignot konnte in Zukunft weniger teure Häute gerben –, aber er wollte das Haeuser-Leder aufbrauchen, das er hatte. Und dann musste er unbedingt mit Claire darüber reden, ob sie weiter nähen würde. Er ging davon aus und wies Gerveux an, entsprechend zuzuschneiden.

Bereits am frühen Abend machte er sich auf den Weg nach Hause. Es war weiterhin heiß und staubig, deshalb blieb er gegen seine Gewohnheit an einem Ausschank stehen und bestellte sich einen Becher Wein, der scheußlich schmeckte, fast wie Essig. Er war versucht, ihn auszuspucken. Wie weit der Weg für dieses Land Brandenburg noch war. Nicht an den einfachsten Mann von der Straße hätte man so ein Zeug in Frankreich verkaufen können.

4

Claire nähte. Paul hatte sie darum gebeten, und Gerveux hatte ihr Leder und Futter gebracht, seitdem arbeitete sie. Es gab nichts Besseres, um zu vergessen, um wenigstens eine Zeit lang nicht denken zu müssen. Für ihre Nähte brauchte sie alle Aufmerksamkeit, und bei der Arbeit fiel es ihr leicht, sie darauf zu richten.

Sie schaffte viel, weil sie auch den Nachmittag hatte. Es herrschten Sommertage fast wie zu Hause im Languedoc, die Sonne schien vom frühen Morgen bis weit in den Abend, sie ließ die Menschen schwitzen und über die Hitze klagen, doch kaum jemand verlor dabei seine Freude an der Helligkeit. Das Leben fand im Freien statt, und auch Isabel hatte sich angewöhnt, ihre freien Stunden draußen zu verbringen, sie stromerte mit zwei Freundinnen durch die Friedrichstadt und war abends von den vielen neuen Eindrücken ganz erfüllt. Außerdem besuchte sie regelmäßig ihren Großvater.

Als Arbeitsplatz hatte sich Claire den ovalen Tisch im Esszimmer eingerichtet. Das wenige Licht, das durch das kleine Fenster in den Raum fiel, reichte ihr, sie brauchte keine Kerzen. Die fertigen Handschuhe legte sie übereinander, ein ganzer Stapel sollte das werden. Nur ihr Husten störte. Seinetwegen musste sie manchmal unterbrechen oder sogar aufstehen und ausspucken. Dann setzte sie sich auch auf den Toilettenstuhl.

Sie aß mit Isabel zu Abend, ließ sich von ihrem Nachmittag auf den Straßen der Vorstadt erzählen und betete mit ihr. Da sie nicht wusste, wann Paul zurückkehrte, nahm sie ihre Arbeit wieder auf. Die Haushälterin verabschiedete sich in ihr Zimmer im Dachgeschoß.

Paul kam früher als erwartet. Claire fragte ihn, ob sie ihm Essen warm machen solle.

Das könne er selbst, antwortete er und ging in die Küche. Sie hörte ihn hantieren, offenbar entkorkte er eine Flasche Wein und trank.

Es gab Fleisch von Kaninchen, das Claire gekauft hatte. Paul brachte es auf einem Teller hinein. Er hatte es nicht aufs Feuer gestellt, das Fett war kalt und schrumpelig. Dazu aß er Brot und trank Weißwein.

Sie hatte ihr Arbeitsmaterial auf die ihm gegenüberliegende Seite geschoben, hörte aber nicht auf zu nähen. Inzwischen brannten zwei Kerzen auf dem Tisch. Eine stand in ihrer unmittelbaren Nähe.

Aus den Augenwinkeln beobachtete sie ihn. Sein Gesicht mit der großen Nase war hager geworden, es wirkte jetzt länglich. Seit seinen beiden Reisen hatte er Schatten um die Lider, die sogar bei Kerzenschein sichtbar waren. Die Augen waren braun – französische Augen. Dunkelbraun waren ebenso die Haare, die er wie immer kurz geschnitten trug. Er vergaß nie, zum Barbier zu gehen. Sein Mund bewegte sich, die Kiefer mahlten, es war Kraft in jeder seiner Kaubewegungen, und bald hatte er seine Kaninchenstücke aufgegessen.

Er trug ein Hemd mit Rüschen und Spitzen. Die Jacke hatte er ausgezogen, es war warm im Zimmer. Trotzdem hatte er das Hemd bis oben hin zugeknöpft. Sein Oberkörper war schlank, sie wusste, dass er kein Fett duldete.

Als er aufsah und sein Glas nahm, machte sie die entgegengesetzte Kopfbewegung, hin zu ihrer Näharbeit. Die Stimmung zwischen ihnen drückte ihr auf die Brust. Am liebsten wäre sie aufgestanden und hinausgerannt. Alles ihre Schuld, sie hatte ihre Ehe zerstört, und selbst wenn Paul das nicht wusste, Gott konnte sie es nicht verheimlichen. Dies nicht und auch nicht, dass sie immerzu an Lorenz dachte.

Paul trank den Wein in einem Zug aus. Ohne ein Wort stand er auf und trug sein Geschirr in die Küche. Als er zurückkam, nahm er Flasche und Glas und ging nach nebenan.

Allein am Tisch zu sitzen und ihn im Nebenzimmer zu wissen, machte ihre Schuld noch größer. Obwohl sie das Paar Handschuhe, in das sie gerade Futter nähte, gern fertiggestellt hätte, hörte sie auf. Sie räumte Leder und Garn zusammen und packte beides in eine Kiste, die Gerveux ihr gegeben hatte. Dann blies sie die Kerzen aus.

Paul stand im Wohnzimmer am offenen Fenster und sah hinaus. Die Weinflasche mit dem breiten Bauch hatte er neben sich auf dem Fensterbrett, sie war, soweit sich das durch das dunkle Glas sehen lies, fast leer. Sein Trinkglas hielt er in der Hand. Im Zimmer war es so leise, dass sie nur das Ticken der Tischuhr hörte. Sie setzte sich auf einen der Sessel.

Paul wandte sich ihr zu.

Sein Steißbein lehnte nun am Fensterbrett, er stand gerade und hielt das Glas vor seiner Brust. Es war der Paul, den sie kannte und mit dem sie verheiratet war, der Mann, der immer stark war und nie seine Haltung verlor. Gab es irgendetwas auf der Welt, das diesen Menschen in die Knie zwingen konnte? Hatte er recht damit, dass Gott verlangte, allzeit Haltung zu bewahren? Oder gefiel es Gott, wenn man seine Schwäche manchmal zeigte? Man gab deshalb ja nicht auf, aber man machte die Mühe sichtbar, die es einen kostete. Sie hätte diese Frage gern jemandem gestellt, vielleicht dem Pfarrer.

»Ich möchte«, hörte sie ihn sagen, »mit dir noch einmal neu anfangen. Wir wollen alles, was zwischen uns steht, vergessen und uns noch einmal die Hand geben und versprechen. Nur wir beide und Gott.«

Sie wagte kaum, zu reagieren. Wenn er wusste, würde er doch keinen Neuanfang wollen. »Gibt es so viel, das zwischen uns steht?«

»Sieht so aus«, erwiderte er. »Bis ich nach Hause kam, hatte ich einen wundervollen Tag. Doch hier bei uns liegt etwas Schweres und Düsteres in der Luft. Das spürst du doch genauso?«

Sie wich seinem Blick aus. Es war ihr nicht möglich, ihm eine Antwort zu geben. Nicht eine, die ehrlich gewesen wäre.

Er verschwand wieder in der Küche. Als er zurückkam, hatte er eine neue Weinflasche in der Hand und ein zweites Glas. Er zog den Korken heraus und schenkte erst ihr, dann sich selbst ein.

Als er ihr die Hand reichte, ließ sie sich von ihm auf die Füße ziehen. Sie fühlte die Schuld und ihre Lüge noch stärker, als sie einander hielten, sich auf den Mund küssten und auf ihren Neuanfang anstießen. Vor Gottes Augen verriet sie ihren Mann erneut. Doch was, um Himmels willen, sollte sie anderes machen?

»Ich habe heute einen Brief bekommen«, sagte Paul. Jetzt hatte er wieder Eifer in der Stimme. »Ist gerade eben, am Abend, angekommen.« Er zog einen Papierbogen aus der Tasche und entfaltete ihn. Das erbrochene Siegel fiel ihr ins Auge. »Hör zu, ich les ihn dir vor. Er ist auf Französisch.«

Sie setzte sich wieder, er blieb stehen, nahm sich aber eine Kerze, die er neben den Briefbogen hielt.

›Lieber Glaubensbruder,

ich danke dir für die Handschuhe, die du mir geschickt hast. Als ich sie auspackte, fand ich sie sehr gut gearbeitet und habe sie in mein Schaufenster gelegt, ohne mir allerdings zu viel davon zu versprechen, denn du musst wissen, die Londoner sind ein verwöhntes Volk, sie bekommen aus der ganzen Welt, was immer sie begehren.

Deine Handschuhe habe ich innerhalb von drei Stunden verkauft und ich hätte einen höheren Preis verlangen können. Alle drei Kunden lobten das schöne Leder und die Qualität der Verarbeitung. Ich habe mich gefreut, auch für dich, denn wir beide wissen, dass Gott es schätzt, wenn man ihm durch gute Arbeit Ehre erweist.

Aber hier ist meine Geschichte noch nicht zu Ende. An jedem Tag seitdem kamen Menschen in meinen Laden, Männer wie Frauen, und fragten nach Handschuhen – nach deinen Handschuhen. Mir ist unbegreiflich, wie drei Paar von ihnen so weite Kreise ziehen können, wahr ist jedoch: Sie haben es getan.

Ich musste die Leute wegschicken. Sie waren enttäuscht. Ich habe mir angewöhnt, ihnen zu versprechen, dass die nächste Lieferung schon hergestellt wird und rechtzeitig vor dem Herbst eintrifft. Sie wollen alle wiederkommen.

Deshalb bitte ich dich nun, laut beiliegender Größenliste, mir fürs Erste hundert Paar zu schicken. Bitte so schnell es geht. Ich bin davon überzeugt, dass sich deine Handschuhe in London gut verkaufen werden. Schreibe mir, ob ich erst nach Lieferung bezahlen muss oder ob du eine Anzahlung wünschst.

Bitte behandle diesen Auftrag mit Dringlichkeit.

Ich denke gelegentlich an unsere gemeinsame Zeit in Charenton zurück, aber muss allerdings sagen, dass es wesentlich leichter ist, in einem Land wie England zu leben, das unsere Religion durch und durch toleriert. Ich hoffe, dass ihr euch in Brandenburg ebenfalls wohlfühlt.‹

Paul strahlte, als er fertig war, und sie stieß ein zweites Mal mit ihm an. Er lobte sie für ihre Arbeit, dennoch war natürlich er es, der sich diesen Erfolg verdient hatte, und es war schön für ihn, dass er ihn erntete.

Er trank und redete. Freute sich an der großen Zahl bestellter Handschuhe. Sprach davon, dass London nur der Anfang sein sollte, dann kämen Amsterdam und Zürich und Basel und Genf, er wolle überallhin exportieren, wo Glaubensbrüder lebten. Er hoffe, dass Claire nun regelmäßig nähe, trotzdem werde er darüber hinaus mehr Näher einstellen müssen und trage sich mit dem Gedanken, ganz offiziell Frauen zu beschäftigen, denn er glaube, weibliche Finger seien zum Nähen besser geeignet, allein schon deshalb, weil sie kleiner und deshalb geschickter seien. Aber die Frage stelle sich, ob es klug sei, Zünfte und Obrigkeit erneut zu reizen. Was sie meine.

Sie hörte nur zu, und obwohl sie sich darum bemühte, sich alles, was er sagte, genau vorzustellen, wollte die Distanz nicht weichen. Ein Neuanfang war eben mehr als nur ein Versprechen und ein gemeinsames Glas Wein. Was zwischen ihnen stand, ließ sich auf diese Weise nicht vertreiben. Und immer wieder kam ihr Lorenz in den Sinn.

Sie gingen zu Bett. In ihrer Schlafkammer war es warm. Das Fenster stand offen, aber es wehte keinerlei Wind. Er legte sich so eng an sie, dass sie die Nähe seines Körpers fühlte. Sein Nachthemd hatte er nicht angezogen. Er begann, ihr die Ohrläppchen zu küssen. Seine Hand lag auf ihrem Bauch – ausgerechnet auf ihrem Bauch.

Diesmal drehte sie sich zu seiner Seite.

»Paul«, sagte sie, »ich weiß, dass das zu einem Neuanfang gehört. Ich bin noch nicht so weit, deshalb bitte ich dich, lass mir noch etwas Zeit.«

Er schlug die Augen auf. »Claire, ach Claire, was hast du nur? War es so schlimm für dich, dass ich neulich nicht die Wahrheit gesagt habe? Man muss auch vergessen können, sonst ist ein Leben nicht möglich. Es war doch am Ende nur eine Kleinigkeit. Oder ist es etwas anderes? Weil du immer noch den Husten hast?«

Anstelle einer Antwort küsste sie ihn auf die Wange und drehte sich schnell weg, damit er ihre Scham nicht sah. Eine neue Lüge würde sie der alten nicht hinzufügen. Wenn sie wirklich schwanger war, würde sie Paul nicht dazu bringen, sich für den Vater ihres Kindes zu halten. Dann würde sie ertragen, was immer geschah.

- ACHTES KAPITEL -

1

Ein livrierter Diener eilte die Stufen herunter und ihm entgegen. Am Ansatz der gepuderten Perücke standen ihm ein paar Schweißtropfen. »Ah, Herr Deschamps, endlich. Die Kurfürstin wartet schon.«

Paul nahm wahr, dass dieser Bedienstete seinen Namen französisch auszusprechen vermochte, doch freuen konnte er sich daran nicht. Er hatte kaum Schwung, als er vom Pferd stieg, das ein hinzugerufener Stallbursche in Empfang nahm.

Für den langen Weg nach Schloss Lietzenburg war er wieder in den Stall in der Friedrichstadt gegangen, wo man ihm dieselbe Stute ausgeliehen hatte. Es war ein heißer Tag. In der Stadt liefen Jungen und Männer mit nacktem Oberkörper umher und mancher steckte den Kopf unter eine öffentliche Wasserpumpe. Erst im Tiergarten spendeten die Bäume ein wenig Schatten. Paul trug einen leichten Umhang und helle Strümpfe unter der Kniehose.

Die Stute ließ sich auch diesmal nur widerwillig zu einem Trab anhalten. Wenn es ihr zu viel wurde, fiel sie von allein zurück in den Schritt. Paul hatte nichts dagegen. Wozu sollte er sich beeilen?

Auf halbem Weg hatte er etwas getan, was ihn selbst erstaunt hatte, er hatte die Zügel angezogen und die andere Richtung eingeschlagen. Nicht dass er wissentlich die Entscheidung getroffen hätte, sich nicht zum Spielzeug einer gelangweilten Kurfürstin zu machen. Nein, ihm war einfach nicht wohl. Er hatte, auch wenn er es sich kaum eingestehen mochte, Angst. Angst vor einer Frau.

Doch in Sichtweite des Brandenburger Tores hatte er ein

zweites Mal neu entschieden, diesmal aus der Einsicht heraus, dass es nicht möglich war, eine Kurfürstin zu versetzen. Die Leute, die auf der gleichen Straße unterwegs waren, dachten hoffentlich, er probiere das Pferd, weil er es möglicherweise kaufen wollte.

Die Stute war nicht schneller geworden, er hatte sie nicht angetrieben. So kam es, dass er jetzt eine gute Viertelstunde zu spät war.

Der Diener drängte zur Eile, doch Paul sah sich zunächst um. Das Schloss war gelb gestrichen und bescheiden, es besaß eine Kuppel, aber nur zwei Geschosse und war nicht sonderlich breit. Doch es hatte einen gewissen Charme, eine eigene Eleganz, wie er fand. So wollte die Kurfürstin offenbar von ihren Besuchern gesehen werden.

Der Diener führte ihn an den Wachen vorbei hinein. Im Treppenhaus wurde Paul langsamer, blieb sogar stehen und warf durch die Fenster einen Blick in den Schlosspark, der bis an die Spree reichte. Die Wege waren angelegt, die Büsche beschnitten, nichts hinderte die Sicht. Vielleicht konnte er Sophie Charlotte zu einem Gang überreden. Es war schließlich ein Nachmittag, den man am besten draußen, im Schatten, verbrachte.

»Paul«, sagte sie, nachdem er eingetreten war, »ist das französische Art, eine Dame warten zu lassen?«

Er verbeugte sich. »Ich bitte um Verzeihung.«

Sie trug ein dunkelrotes, tief ausgeschnittenes Kleid mit kurzen Ärmeln. Am Hals hatte sie eine Goldkette und an beiden Handgelenken goldene Armbänder.

»Ich hoffe, Ihr meint, was Ihr sagt. Kommt her zu mir.«

Paul näherte sich. Es war dies viel mehr das Zimmer einer Dame als ihr Gemach im Berliner Schloss, es gab Stühle und Kommoden, kleinere Bilder an den Wänden und Blumen auf einem niedrigen Tisch. Anstelle des Diwans stand unter dem Fenster ein schmales Sofa.

Sie hielt ihm die Hand hin und er deutete einen Kuss an.

»Ich habe Kaffee kochen lassen. Ich hoffe, Ihr mögt Kaffee.«

»Gern.«

Auf einem runden Tisch am Sofa stand eine silberne Kanne mit zwei kleinen Tassen. Sie setzte sich und klopfte mit der Hand auf den Platz neben sich. Eine Zofe kam und schenkte ein.

Sophie Charlotte strich im über die Hand. »Habt Ihr diesen steifen Körper eigentlich immer, sogar zu Hause bei Eurer Frau?«

»Wahrscheinlich ist das meine Haltung.«

Die Tasse hatte einen winzigen Henkel, er konnte den Finger nicht hineinschieben. Sie war in Grüntönen bemalt.

»Paul, ich habe Euch hergebeten, weil ich Euch bitten möchte, mir eine Frage zu beantworten. Seid Ihr bereit dazu?« Mit einer Armbewegung schickte sie ihre Zofe hinaus.

Er sagte: »Wenn ich kann.«

Sie nahm seine Hand und hielt sie fest. »Ich möchte von Euch wissen ... neulich – erinnert Ihr Euch? – habt Ihr mir geschmeichelt und mir gesagt, dass Ihr mich schön findet. Jetzt möchte ich etwas anderes von Euch wissen.«

Sie blickte ihm direkt ins Gesicht und lächelte dabei. Die Schicht aus Puder und Creme, die sie aufgetragen hatte, war im Gesicht genauso erkennbar wie am Hals und an Armen und Händen. Ihre Fingernägel waren lang, mit einem von ihnen kratzte sie ihm vorsichtig über die Hand.

Ihre Stimme wurde leiser, gleichzeitig bekam sie mehr Intensität. »Paul, begehrt Ihr mich?«

Also kein Gang im Schlosspark, auch keine Konversation. Es wurde ernst.

Er lehnte sich ein wenig zurück, um einen Augenblick zu gewinnen, in dem ihm eine passende Antwort einfiele.

»Madame«, sagte er, »ich finde, dass Ihr sehr schön seid und ich bin mir sicher, dass Gott Euch liebt – mehr als viele andere. Deshalb hat er Euch dafür ausersehen, Kurfürstin dieses Landes zu werden.«

»Ja, leider. Ich hätte lieber in einem anderen Land gelebt, protestantisch natürlich und trotzdem südlich, am Meer, mit kultivierten Menschen.« Sie hob den Blick. »Das war nicht meine Frage.«

Er nahm die Tasse in die Hand und trank einen Schluck. Ihm kamen verschiedene Möglichkeiten in den Sinn – wegzulaufen, ihr eine ungehörige Antwort zu geben oder einfach mit sich geschehen zu lassen, was immer sie vorhatte. Mit Kraft zwang er seine Gedanken zurück, zu ihr und zu ihm. »Madame, was soll ich sagen? Natürlich seid Ihr begehrenswert. Allerdings Ihr seid verheiratet und ich bin es ebenso.«

Sie lachte.

Im nächsten Moment rückte sie an ihn heran und legte ihm die andere Hand an die Wange. Als sie weitersprach, tat sie es wieder in ihrem leiseren Tonfall. »Ihr kennt die Bedeutung der Worte, Paul. Das macht Euch für mich noch anziehender. Hinter Eurer hübschen Stirn arbeitet ein Verstand. Ihr wisst so gut wie ich um den Unterschied zwischen meiner Frage und Eurer Antwort. Soll ich ihn noch mal nennen? Ich wollte nicht wissen, ob ich begehrenswert bin, sondern ob Ihr mich begehrt. Ihr, Paul.«

Er wagte nicht, den Kopf von ihrer Hand fortzuziehen, stattdessen machte er sich noch steifer. Die kleine Tasse hielt er wie einen Schutz. »Ich stelle mir diese Frage nicht.«

»Aber ich stelle sie Euch«, erwiderte sie scharf, »und ich bin es als Kurfürstin gewohnt, Antworten auf meine Fragen zu bekommen. Also?«

»Madame, meine Antwort fällt nicht anders aus. Ich kann mich nur wiederholen. Selbstverständlich seid Ihr begehrenswert und eine schöne Frau. Ob ich Euch begehre, das frage ich mich nicht, denn ich bin verheiratet und Ihr seid es gleichermaßen.«

Sie lachte wieder. »Paul! Ihr wollt mir doch nicht erzählen, dass Ihr Eurer Gattin die Treue haltet, seitdem Ihr es ihr versprochen habt.«

Er würde nichts erwidern. Der Kaffee war inzwischen kalt. Er schaffte es nicht, zum Tisch zu langen und die Tasse abzustellen. Wie der Versuch einer Befreiung hätte das ausgesehen.

Sie führte ihre Hand jetzt an seinen Nacken und strich vorsichtig darüber. Ihr Kopf kam seinem näher. So konnte sie erneut leise zu ihm sprechen. »Alles, was Ihr tut und sagt, macht Euch für mich immer interessanter. Was glaubt Ihr, wie viele Männer eine Haltung hätten wie Ihr? Nicht drei – nicht einer in ganz Berlin. Alle anderen würden auf Knien zu mir kommen, wenn ich sie nur riefe, und könnten ihr Glück kaum fassen. Aber die will ich alle nicht. Ich mag kein Mittelmaß, ich mag nur das Besondere. So wie Euch, Paul.«

Vor der Zimmertür hörte er Schritte. Aber er konnte nicht auf eine neuerliche Störung hoffen. Er wollte es auch gar nicht, denn dann würde diese Entscheidung nur wieder verschoben werden.

Sie schien nichts wahrgenommen zu haben. »Ich möchte Du zu Euch sagen, Paul. Darf ich?«

»Wenn Ihr mögt.«

»Ich mag, allerdings nur, wenn Ihr Du zu mir sagt. Zumindest, wenn wir unter uns sind. Sprecht einmal meinen Namen aus.«

Sein Mund war trocken. »Sophie Charlotte«, sagte er.

»Und jetzt noch einmal, mit etwas mehr Gefühl, so wie ich deinen ausspreche – Paul.«

Ihre Hand lag immer noch an seinem Nacken, wenigstens hielt sie die Finger still. Paul hatte das Bedürfnis, aufzustehen und die Beine zu bewegen. Er widerstand erneut.

»Wie heißt deine Gattin?«, fragte die Kurfürstin.

»Claire. Claire Deschamps.«

»Und wenn ihr euch ganz nah seid – kurz bevor du ihr alles gibst, was du besitzt – wie sagst du dann zu ihr? Wenn du ihren Namen in ihr Ohr flüsterst?«

Er antwortete nicht.

»Genau das ist es Paul. So möchte ich, dass du meinen Namen aussprichst. Siehst du, wie sehr ich dich liebe? Ich erniedrige mich und bitte dich, dabei bist du kein Kaiser und kein König, sondern einfach nur ein Mann.«

»Madame ...«

Wieder hörte er Geräusche vor der Tür. Durfte er doch hoffen, dass jemand kam? Es musste ihn jemand befreien, allein schaffte er es nicht. Er wollte weg hier.

»Paul.«

Sie nahm seine Hand und hielt sie an ihre Brust, erst ans Kleid, dann an die nackte Haut im Dekolleté.

Er wollte sie zurückziehen, aber sie hatte sein Handgelenk gefasst und bewegte seine Finger auf ihrer Brust. Dabei schloss sie die Augen. Er hätte Kraft anwenden müssen, um sich loszumachen.

»Madame«, sagte Paul, »auch ich bitte Euch.«

»Dich. Sag Du und Sophie Charlotte.«

»Ich bitte dich, Sophie Charlotte.«

»Abgelehnt.«

Sie lachte. Sie lachte laut und höhnisch. »Ich will dich. Ich könnte dich leicht kriegen, das weißt du so gut wie ich, aber ich will auch das von dir, worüber ich nicht befehlen kann.« Mit dem Finger tippte sie an seine Brust und traf die Stelle, wo das Herz saß.

Er schob sich ein kleines Stück von ihr weg und befreite dabei seine Hand. Wenigstens die Tasse konnte er nun abstellen. »Madame, Ihr seid eine große Kurfürstin und eine wundervolle Frau. Die Menschen im Land lieben Euch, das weiß ich. Dennoch kann ich Euch das, was Ihr offenbar von mir wünscht, nicht geben. Ich bin verheiratet und habe meiner Frau vor Gott die Treue geschworen. Es ist mir nicht möglich, diesen Eid zu brechen.«

Sie schnaubte und legte die Stirn in Falten. Dann schüttelte sie den Kopf. »Habe ich wirklich gehört, was ich da gehört zu haben glaube? Das ist nicht wahr, oder? Nein.« Sie versuchte ein Lachen, als hätte sie – oder er – einen Scherz gemacht, und sie schien selbst zu merken, dass diese Reaktion unpassend war.

»Gerade Euren Horizont hätte ich für weiter gehalten. Ihr seid klein, Deschamps, ein winziger, bettelnder Réfugié. Abschaum aus Frankreich, nichts als ein Stück Dreck. Hätten wir in unserer Großzügigkeit Euch nicht geholfen, wärt Ihr längst Staub. Ihr habt diese Hilfe nicht verdient, Deschamps. Ihr seid …« Sie verzog das Gesicht, als hätte sie in die faule Stelle einer Frucht gebissen. »… Oh, wie ist das klein. Klein und eng.«

Es klopfte, und die Tür wurde vorsichtig geöffnet.

»Was ist los?« Sophie Charlotte hatte weiter Zorn in der Stimme.

Das Gesicht eines Dieners erschien. »Ich bitte um Verzeihung, Madame, Graf Kolbe zu Wartenberg ist hier, in einer Angelegenheit von größter Wichtigkeit, wie er sagt.«

»Kurfürstin«, hörten sie von der anderen Seite der Tür, »es ist dringend.«

Sie grinste Paul an. »Die Politik, Deschamps, davon versteht Ihr nichts. Das ist etwas anderes als ein Paar Handschuhe zu nähen. Ich habe ein Land zu regieren. Guten Tag.«

Paul stand auf und verbeugte sich.

Ein dicker Mann mit einem schwarzen Zopf kam ins Zimmer, Paul kannte ihn nicht. Er nickte ihm zu.

An der Tür verbeugte er sich erneut vor der Kurfürstin, aber die achtete nicht mehr auf ihn.

»Wir sollten handeln, Durchlaucht«, hörte er den Dicken. »Der Wind steht gut, jede Verzögerung schadet nur.«

2

Lorenz hatte sich nicht um die Fahrt zur Lohmühle gerissen. Er würde keinen Abstecher zum Markt machen, denn sie war sowieso nicht da. Sie schien nicht mehr einkaufen zu gehen, und er konnte ihr auch nicht mehr so offensichtlich hinterherlaufen. Es war nur so, dass sich von den Gesellen keiner die Anerkennung verdient hatte. Die Stimmung in seinem Betrieb war mies, und sie war noch schlechter geworden, seit Anton vor ein paar Tagen zusammen mit dem Lehrjungen spät von einer Auslieferung zurückgekommen war. Dumm wie die Kerle waren, hatten beide nach Bier gestunken.

Es war nicht schwer, sich ihre kurze Unterhaltung vorzustellen: »Komm schon, der Meister merkt doch nichts. Bei der Hitze ein Bier oder zwei, ehe man verdurstet.«

Doch der Meister hatte gemerkt. Es war sogar direkt an der Grube, wo einen der Lohegestank in die Nase biss, unmöglich, den Bierdunst nicht zu riechen, und beide hatten die weichen Beine, die der Alkohol einem macht. Den Jungen hatte Lorenz nicht weiter bestraft, der konnte einem Gesellen schlecht widersprechen. Aber Anton bekam jetzt immer die schwerste Arbeit, so lange, bis sein Kopf wieder klar war.

Als Lorenz sein Pferd langsam um die letzte Ecke biegen ließ, lag das Haus des Müllers vor ihm in der Sonne, ein Fachwerkhaus, von kräftigen Eichenbalken durchzogen und mit Lehm ausgefächert. Ein zweistöckiges Haus, das vom Wohlstand seines Besitzers zeugte. Der Lohmüller wohnte hier mit Frau und Kindern, die Bediensteten hatten ihre Zimmer und auch die Gesellen. Die Mühle lag direkt daneben, an einem Bach, durch den sich das Wasserrad drehte.

Ein Lohewagen fuhr gerade davon, den ein Gerbermeister lenkte, ein Kollege von Lorenz, den er seit vielen Jahren kannte und der zu ihrem sonntäglichen Stammtisch im Steinkrug gehörte. Lorenz hob die Hand zum Gruß, aber der andere wandte den Kopf nicht um, er starrte geradeaus und ließ sein Pferd die Peitsche fühlen. Sah er Lorenz nicht – oder wollte er ihn nicht sehen?

Waren die Rollen jetzt endgültig verteilt und er hatte die des Bösen bekommen?

Der Lohmüller stand vor der Mühltür. Er war so groß, dass er sich bücken musste, um hineinzugehen. Vor der Brust und bis hinunter zu den Knien trug er einen Lederschurz. Sein heller Vollbart glänzte in der Sonne.

»Ich komme, um meine Lohe zu holen.«

»Ist fertig gemahlen und in Säcke verpackt.« Der Lohmüller rief einen seiner Gesellen herbei und wies ihn an, Lorenz' Kutsche zu beladen. Dann wandte er sich ohne ein weiteres Wort ab, ging die drei, vier Stufen hinunter in die Mühle, zog den Kopf ein und verschwand im Inneren. Das war ein ungewöhnliches Verhalten, an anderen Tagen quatschte der Lohmüller immer so lange, bis Lorenz wieder abfuhr.

Dann eben nicht, dachte er.

Er fasste mit dem Gesellen an, holte zusammengeschnürte Lohesäcke aus dem Lager und warf sie auf seinen Wagen. Als einige der Säcke auf der Ladefläche lagen, brachte er ein wenig Ordnung hinein. Der Geselle respektierte sie sofort, er warf seine Säcke nicht mehr, sondern legte einen an den anderen. Auch er sprach nicht.

Noch bevor sie vollständig aufgeladen hatten, kam der Lohmüller wieder heraus. »Sag mal, Zunftmeister, hast du eigentlich inzwischen wegen dieses Franzosen mit dem kurfürstlichen Rat gesprochen?«

»Sicher. Sogar mit dem Kammerdiener des Kurfürsten. Die Sache ist auf dem Weg.«

»Den Franzosen scheint es nicht weiter zu scheren.« Der Lohmüller kratzte sich den Bart. »Weißt du, Meister, die Gerber fragen sich inzwischen, ob du überhaupt noch auf ihrer Seite stehst.«

»So? Tun sie das?«

»Ihr eigener Zunftmeister behandelt sie mies, sagen sie, und in den Steinkrug kämst du auch nicht mehr.«

»Was geht's dich an, Lohmüller?«

»Nichts. Gar nichts.« Er fuhr sich wieder mit seiner rechten Hand durch den Bart und strich mit zwei Fingern die Haare glatt. »Ich muss dir das alles nicht erzählen. Es ist nur so, dass du seit vielen Jahren herkommst und mich deine Rinde mahlen lässt. Vor dir ist schon dein Vater zu meinem gekommen und davor dein Großvater zu meinem Großvater. Verstehst du?«

Lorenz verabscheute dieses Gespräch. Er war mit dem Lohmüller nicht Freund. »Was soll ich verstehen?«

»Warum ich mir die Freiheit nehme, dir zu sagen, was man im Gewerk über dich spricht.«

»Ich tue, was ich kann, Lohmüller. Und zwar auf meine Art.«

Der Geselle verlud den letzten Sack und schnürte ein Seil über die Ladung, damit sie sich auf rumpeligen Straßen nicht in Bewegung setzte. Dann ging er hinein.

»Ich bezahle«, sagte Lorenz.

Der Lohmüller nickte. Üblicherweise bezahlte man nicht jede Fuhre, sondern erst am Monatsende. Der Lohmüller führte Listen, und man vertraute sich. So wie er jetzt abzog, ohne ein weiteres Wort, hatte er begriffen, dass Lorenz nicht wollte, dass er sich in Angelegenheiten der Gerberzunft einmischte. Der Lohmüller nahm die Stufen abwärts, duckte den Kopf und verschwand in der Mühle. Lorenz folgte ihm.

Die Decke wurde von groben Eichenbalken getragen, und man hörte ein lautes Grummeln, das Knacken und Mahlen, wenn Baumrinde zwischen den Mühlsteinen zerkleinert wurde. Ein Geselle schob sie ununterbrochen in eine Schütte. Er musste geschickt sein, damit die Rinde wirklich von den

Steinen erfasst wurde und nicht vorher brach und herunterfiel. Der Lohmüller stand neben einem Lederriemen, der den Mühlstein antrieb. Seine Listen lagen auf einem kleinen Tisch, für jede Gerberei unter einem eigenen kleinen Stein, der sie beschwerte.

Lorenz zählte die geforderte Summe ab, der Lohmüller steckte sie ohne Dank, nur mit einem Nicken, in die Tasche. Lorenz war diesem Mann nicht verpflichtet, es gab noch eine andere Lohmühle, der Weg war weiter, doch das sollte ihn nicht kümmern. Zwar brach man nicht so leicht mit der Tradition, von der der Lohmüller gesprochen hatte. Doch ans Bein pinkeln ließ er sich nicht.

»Und zu dir kommt der Franzose nicht und lässt hier mahlen?«

»Das soll er mal wagen«, erwiderte der Lohmüller.

Lorenz glaubte ihm nicht. Dafür wurde zu laut gemunkelt, dass er bestechlich sei. Im Steinkrug hieß ein oft wiederholter Spruch: ›Für ein Goldstück kriegst du vom Lohmüller alles, sogar seine Frau. Aber die will keiner.‹

Lorenz nickte zum Abschied und tippte sich an die Mütze. Anders als er erwartet hatte, folgte der Lohmüller ihm hinaus. »Hast du schon gehört«, fragte er, als sie vor dem Wagen standen, »dass auf der Spree ein Kahn gekentert ist, voller Eichenrinde? Die Ladung sollte offenbar zu dem Franzosen.«

»Und wer war das, der da nachgeholfen hat?«

Der Lohmüller zuckte mit den Schultern, aber das war eine übertriebene, gespielte Geste. »Ich weiß nicht, ob es überhaupt jemand war. Vielleicht ist das Boot ja umgekippt, ohne dass einer nachgeholfen hätte.« Er lachte. »Jedenfalls sollen ein paar Soldaten in der Nähe gestanden haben. Angeblich haben sie alle Hilfe eingestellt, als sie gehört haben, dass die Lieferung für den Franzosen sei.«

»So?«, fragte Lorenz. Das war eine schlechte Geschichte, die der Lohmüller erzählte. Niemand fragte, bevor er half, und woher sollten Soldaten von dem Streit im Gerbergewerk wissen.

»Es wird Zeit, dass die Franzosen merken, dass niemand sie hierhaben will«, fuhr der Lohmüller fort. »Mir tut es fast leid, dass nicht ich es war, der den blöden Kahn umgeschmissen hat. Sie dürfen nicht gerben, diese Fremden. Und was machen sie? Setzen sich über alles hinweg, was heilig ist in unserem Land. Wir sollten sie aus der Stadt schmeißen.«

Lorenz blickte ihm ins Gesicht. Er sah keine Wut, keinen Hass, nicht einmal ein wenig Zorn, die Mimik seines Gegenübers hatte sich überhaupt nicht verändert. Was trieb den Lohmüller an? In seinem Handwerk gab es doch überhaupt keine Franzosen.

Er legte Lorenz seine breite Hand auf den Arm. »Komm wieder zu uns zurück, Haeuser. Du bist doch einer von uns. Zusammen schaffen wir denen eine Hölle, die machen wir so heiß, dass sie freiwillig verschwinden, egal was der Kurfürst sagt. Das hier ist unsere Stadt, und so soll es bleiben.«

Auf Lorenz' Mund machte sich ein Grinsen breit, das seine Sprachlosigkeit überdeckte. Der Lohmüller nickte, offenbar nahm er es als Einverständnis und vielleicht glaubte er sogar, Lorenz freue sich, weil er sich schon vorstellte, wie sie gegen die Franzosen vorgingen. In Wahrheit dachte er an Claire. Und selbst wenn sie nicht wäre – an so einem ehrlosen Mist beteiligte er sich nicht.

»Alle warten darauf, dass du das Signal gibst, denn du bist der Zunftmeister. Die anderen Gewerke machen mit, das verspreche ich dir. Waren doch viele von denen im Zunfthaus. Die Franzosen sollen weiterziehen oder von mir aus in die Spree springen. Das Ungeziefer ins Wasser – genauso wie man es mit anderen Viechern macht.«

Lorenz sah ihm in die Augen. Der Lohmüller war ein ganzes Stück größer als er. Ihm war danach, vor dem bärtigen Kerl auszuspucken, er schwang sich jedoch nur auf seinen Kutschbock und schüttelte den Kopf. »Auf mich kannst du nicht zählen, Lohmüller.«

Als er anfuhr, wusste er, dass er hier nicht wieder hinkommen würde.

Sein Pferd lief den Weg zurück von allein. Lorenz war nicht bei der Sache, er zog nicht an den Zügeln und brauchte die Peitsche nicht. Es ging langsam vorwärts, und die Räder krachten in manches Loch in den Straßen oder rumpelten über herumliegende Äste und Steine. Die Ladung hinter ihm wackelte. Ihn scherte es nicht.

Er gehörte nicht mehr dazu, nicht zum Kreis der Gerber, überhaupt nicht mehr zu den Handwerkern dieser Stadt. Schon eine ganze Weile gehörte er nicht mehr dazu. Wann hatte das angefangen?

Die Bruderschaft hatte ihn zu ihrem Zunftmeister gewählt. Ein anderer war gar nicht erst angetreten, und zwar aus dem Grund, weil man gefürchtet hatte, sich gegen Lorenz eine blutige Nase zu holen. Vor einem halben Jahr, als zwischen Weihnachten und Neujahr gewählt worden war, da war er noch Teil der Zunft gewesen. Verändert hatte sich sein Leben an jenem Tag, als Jockel gestorben war. Der gleiche Tag, an dem er Claire zum ersten Mal gesehen hatte.

Alles, was danach gekommen war, war anders gewesen. Sein Umgang mit den Handwerkern, die von ihm weitere Maßnahmen gegen die Franzosen in der Jerusalemkirche verlangt hatten. Jockels Beerdigung, wo kaum einer mit ihm gesprochen hatte. Oder die Versammlung im Zunfthaus, da hatte er doch auch allein gegen alle anderen gestanden.

Ja, er war allein.

Vielleicht traf so ein Zustand nur jemanden, der nie richtig dazugehört hatte. Er war Gerber; trotzdem glaubte er nicht – wie die anderen –, dass ihr Beruf etwas Besseres sei. Höher als andere Gewerke mochte er das eigene nicht achten – und entsprechend auch sich selbst und die anderen Gerber nicht. Vielleicht spürten sie so etwas?

Was sie, gemeinsam mit dem verlogenen Lohmüller, verlangten, wollte er nicht leisten und er hätte es ohnehin nicht fertiggebracht. Er hatte noch selten zur großen Mehrheit gehört und besaß frühe Erinnerungen an Kämpfe gegen viele Gegner. Schon als Kind war es ihm unmöglich gewesen, die Masse zu verstärken, wenn sie gegen einen einzelnen stand. Er hätte sich geschämt und wäre sich feige vorgekommen. Außerdem fiel es ihm allzu leicht, sich in den Einzelnen zu versetzen, um so etwas tun zu können.

Wenn dieser Einzelne doch nur nicht der Mann jener Frau wäre, die er wollte.

Da vorn lag die Gerberei des Franzosen. Um zu seinem eigenen Betrieb zu gelangen, musste er jetzt auf die Spreebrücke einbiegen, über die gerade ein anderes Fuhrwerk hinweggrumpelte. Sein Pferd zögerte.

Lorenz fuhr geradeaus.

In langsamem Schritt zog das Pferd den Wagen weiter, und wenn seine beschlagenen Hufe auf den einen oder anderen Stein im Sandweg trafen, hörte man das Auftreten. Es hatte den Hals lang gemacht und den Kopf gesenkt. Lorenz trieb es auch jetzt nicht an, denn er war sich nicht sicher, ob er wirklich zu dem Franzosen wollte und wie er mit ihm sprechen sollte. Aber auf ein halbes Stündchen kam es ihm nicht an, schließlich war er in seinem Betrieb der Meister, und wenn irgendeinem das nicht passte, konnte er gehen.

Vor dem Tor der fremden Gerberei hielt er an, zog die Bremssperre und band die Zügel fest. Den Franzosen sah er sofort, noch bevor er die dunkle Einfahrt durchschritten hatte. Der Mann war kein Gerber, das fiel ihm als Erstes wieder auf. Er trug einen feinen Gehrock und lange helle Strümpfe und machte sich nicht schmutzig. Wenigstens hatte er seinen Spazierstock nicht in der Hand.

Der Franzose hatte Lorenz ebenfalls gesehen. »Wollt Ihr zu mir?«

Allein dass er immer die Höflichkeitsform verwendete, verriet ihn. Gerber untereinander, überhaupt Handwerker, duzten sich. Entweder wusste der Franzose das nicht oder er wollte es nicht. Lorenz vermutete das Zweite, er konnte sich nicht vorstellen, dass die Handwerker in Frankreich sich anders als mit Du anredeten.

In der Gerberei herrschte Ordnung. Jeder Arbeitsgang hatte seinen Platz, sie waren sinnvoll hintereinander angelegt. Das lag sicher an diesem kleinen Mann mit der Narbe im Gesicht, der nie sprach und wohl der eigentliche Gerber war. Lorenz hätte ihn gern gefragt, warum er grüne Häute in Tierscheiße wälzte. Wozu diente das?

»Zunftmeister?«, fragte der Franzose erneut.

»Willst du Lohe?«

»Von wem?«

»Von mir«, sagte Lorenz.

»Danke. Brauche ich nicht.«

»Bist du dir sicher, Franzose? Auf der Spree ist ein Boot voll mit Eichenrinde umgekippt, und die Ladung liegt im Wasser.«

Der Franzose wurde rot im Gesicht. Immerhin konnte der Kerl wütend werden. »Wer war das?« Er ballte seine Fäuste. »Ihr? … Du?«

Lorenz lachte. »Und dann komme ich her und biete dir Lohe an. Bin ja nur ein blöder Berliner, wie?«

»Woher wisst … woher weißt du das?« Der Franzose hatte immer noch Zorn in seiner Stimme.

»Man erzählt es in der Stadt. Ich hab's vom Lohmüller.«

»Das wart doch ihr. Wenn nicht du, dann deine Freunde.«

»Vorsicht«, sagte Lorenz.

»Ach ja. Der Kahn kam aus dem Spreewald, dort machen sie den ganzen Tag nichts anderes als Bootfahren, denn Wege gibt es da nicht. Und ausgerechnet, wenn der nach Berlin fährt – mit Baumrinde, die mir hier niemand verkaufen darf – kippt der zufällig um. Jetzt frage ich dich: Wer hält hier wen für dumm?«

Der kleine Gerber hatte sich zu ihnen gestellt. Er hielt ein wenig Abstand und den Kopf gesenkt, hörte zu und kratzte sich die Narbe auf der Wange.

»Du kannst die Rinde aus dem Wasser fischen, Franzose.«

»Machst du dich über mich lustig?«

»Wie käme ich dazu? Wenn sie nicht zu lange im Wasser liegt, kannst du sie noch benutzen.«

»Stimmmt das, Pignot?«

Der französische Gerber hob den Kopf. »Rinde in Wasser zu legen, sodass die Gerbsäure entweicht, das ist der Prozess des Gerbens, sobald man eine Tierhaut dazupackt. Sie gibt die Säure über eine Reihe von Tagen ab, und wenn sie nicht zerkleinert ist, dauert es länger, deshalb mahlen wir sie ja. Man müsste wissen, wann der Kahn gekentert ist.«

»Fahrt hin und findet es heraus«, sagte Lorenz.

»Pignot«, rief der Handschuhmacher, »nimm dir zwei Mann mit und besorgt euch eine Kutsche. Leiht sie euch im Stall. Und dann macht euch auf den Weg, immer die Spree hoch. Ich komme nach. Beeilt euch.«

Der französische Gerber verschwand.

»Was ist nun mit meiner Lohe? Willst du welche oder willst du nicht?«

Der Franzose starrte ihn an. Lorenz war der Blick unangenehm. Claire kam ihm wieder in den Sinn, seine Claire, die er diesem Kerl weggenommen hatte – und endgültig wegnehmen wollte. Er konnte diesen Mann kaum ertragen.

»Willst du ein Geschäft machen?«

Lorenz schüttelte den Kopf.

»Warum dann?«, fragte der Franzose. »Zweimal bist du hier gewesen und wolltest mir das Gerben verbieten. Einmal hast du sogar einen kurfürstlichen Beamten hergeschleppt, damit der einen Bericht über mich schreibt. Und jetzt willst du mir helfen? Warum?«

»Ist doch meine Sache.«

Der Franzose brauchte lange, bis er etwas sagte. Offenbar dachte er darüber nach, ob ein Verkauf oder ein Geschenk schlimmer für ihn war. Schließlich nickte er. Lorenz ging hinaus, band die Säcke los und warf die Hälfte von ihnen in die Einfahrt des Franzosen.

Er fuhr über die Spreebrücke, die Räder rumpelten, aber die Ladung wackelte nicht mehr. Und er hoffte für seine Leute, dass niemand eine dumme Bemerkung darüber wagte, dass er nur mit einem halb vollen Lohewagen zurückkehrte.

3

Die Sitzung des kurfürstlichen Rats war zu Ende, die Minister erhoben sich. Stuhlbeine rutschten über den holzgetäfelten Fußboden. In kleinen Gruppen, zu zweit oder zu dritt, blieben sie noch beieinander stehen und redeten und lachten. Alle trugen Perücken, die meisten von ihnen die dunkelblaue Uniform des Landes. Sie klopften einander auf die Schulter, trafen Verabredungen für den Abend, schüttelten sich die Hand.

Mehr als zwei Stunden hatte man über Beschwerden aus der Gerberzunft gesprochen, davor ebenfalls zwei Stunden über verschiedene Bauvorhaben in der Stadt. Wie immer bei diesen Sitzungen – was Danckelman am meisten ermüdete – hatte jeder seine Meinung beisteuern müssen, selbst wenn sie sich vom Vorredner nicht unterschied, und man hörte die gleichen Argumente wieder und wieder.

Der Rat hatte beschlossen, den Vorwurf der Gerber gegen

die französischen Flüchtlinge zunächst noch gründlicher zu untersuchen. Zwar hatte sich allgemein die Ansicht durchgesetzt – die Danckelman teilte –, dass die Beschwerden der Gerberzunft zu Recht bestanden. Trotzdem reichte der Bericht eines einzelnen Beamten als Entscheidungsgrundlage nicht aus. Denn mit einer schriftlichen Ermahnung oder gar einer Drohung, so wurde zu bedenken gegeben, griffe man unmittelbar in die Flüchtlingspolitik ein, über die der Kurfürst selbst entschied. Deshalb wurde zunächst eine Kommission aus mehreren Hofbeamten eingerichtet, die aufgrund von Gesprächen und Werkstattbesuchen einen ausführlicheren Bericht erstellen konnte, den man dann dem Kurfürsten vorlegen konnte. Friedrich musste früher oder später mit dieser Sache befasst werden. Denn die Klagen der Zunft und das wilde Gerben – all das schien dem Rat doch ein gravierender Vorgang zu sein.

Der Saal, in dem der Rat zusammenkam und in dem Danckelman noch sitzen blieb, war einer der prachtvollsten im Schloss. Er lag im zweiten Stock etwa auf halbem Weg zwischen seinem Büro und den kurfürstlichen Räumen. In seiner Mitte, unter einem Kristallkronleuchter, stand ein lackierter Tisch. Der Stuhl mit der erhöhten Lehne gegenüber dem großen Fenster war dem Premierminister vorbehalten. Ihm gegenüber saß Graf Wartenberg, schwarzhaarig, korpulent, mit wachen Augen. Danckelman hatte ihn beobachtet – er hatte vier Stunden Zeit dazu gehabt – und ihm war aufgefallen, dass Wartenberg nie die Aufmerksamkeit verlor. Er redete nicht viel, erst recht wiederholte er nichts, was bereits gesagt wurde, dennoch er wusste immer, wo die anderen waren. Er registrierte, so schien es, jedes Wort.

Die Minister entfernten sich, der Diener schloss die Tür hinter ihnen. Danckelman saß Wartenberg gegenüber und wartete. Sein Plan war einfach und schwierig zugleich. Es gab einen einzigen Mann im Kurfürstentum, dem er eine Lösung seines Problems zutraute, und der saß ihm gegenüber. Er wollte die Gedanken dieses Mannes, seine Ideen, und sie hinterher möglichst wie die eigenen aussehen lassen. Bei aller Skrupellosigkeit war Wartenberg schlau und kenntnisreich wie kein Zweiter. Den Mecklenburgern, denen er früher gedient hatte, hatte er bereits große Bauvorhaben ermöglicht.

Danckelman musste höllisch vorsichtig sein. Wartenberg war der Oberkammerherr des Kurfürsten, hatte als solcher ein besonderes Verhältnis zu Friedrich und war sicher bereit, seine privilegierte Position jederzeit auszunutzen. Danckelman kannte dieses Amt, er hatte es selbst bei dem Vater des jetzigen Kurfürsten innegehabt. Man musste nur symbolisch beim An- oder Auskleiden helfen; dazu war in der Regel ein Diener da. Aber man hatte die Möglichkeit auf freie Gespräche und konnte seine Sicht vermitteln. Er, Danckelman, war seinerzeit vom Großen Kurfürsten immer nach seiner Meinung gefragt worden.

Jetzt hatte Wartenberg dieses Amt und war deshalb dem Kurfürsten nahe. Es gab sogar Gerüchte, die besagten, der Minister überlasse dem Kurfürsten die eigene Frau als Mätresse. Ob das nun stimmte oder nicht, Wartenberg war in der Lage, dem Kurfürsten von jedem Fehler, den der Premierminister machte, zu berichten. Er hatte Einfluss. Und auf Loyalität brauchte Danckelman nicht zu hoffen, er wusste längst, dass Wartenberg hinter seinem Rücken mit dem kurfürstlichen Paar sprach. Sophie Charlotte hatte seinen Namen ja selbst erwähnt, und Danckelman wusste nur nicht, ob sie sich verplappert hatte oder ihm Angst einjagen wollte. So wie er seine Kurfürstin kannte, tat er gut daran, das Schlechtere anzunehmen.

In der Sache hatte sich Danckelman längst entschieden, er war bereit, dem kurfürstlichen Paar zu geben, was es wollte. Sie, nicht er, trugen die letzte Verantwortung. Weder wollte er sein Amt verlieren noch die Vorwürfe bestehen lassen. Er war nicht kleinkariert und auch nicht eng im Geiste und erst recht keine Krämerseele. Das würde er ihnen zeigen. Nur wusste er noch nicht genau, wie.

»Wir haben«, begann er, »einen Kraftakt vor uns.«

Wartenberg nickte.

»Wir brauchen die Krone, aber so, dass die Kosten nicht alles Leben in unserem Lande abwürgen.«

Wieder nickte Wartenberg.

Er wirkte überlegen, als habe er hinter seiner Stirn schon alle Antworten parat. Genau das wollte Danckelman nicht, dem anderen das Gefühl geben, er frage ihn um Rat oder wisse allein nicht weiter.

»Sprecht, Wartenberg. Wenn Ihr einen Vorschlag habt, dann macht ihn.«

»Zu was?«

Danckelman musterte sein Gegenüber. Er war nicht vorsichtig genug. Seine Hände auf dem Sitzpolster wurden feucht. Er lehnte sich zurück und versuchte, sich zu beruhigen. Keinesfalls würde er Wartenberg das zugestehen, was der erwartete. Der Oberkammerherr durfte Vorschläge machen, aber nicht erleben, dass der Premierminister wie ein kleiner Junge zu ihm kam und fragte, was er tun solle.

Danckelman schwieg. Er ließ Wartenberg nicht aus den Augen. Der Schwarzhaarige saß mit dem Rücken zum Fenster, das bis zum Boden reichte. Sonne fiel herein. An dem Mann vorbei konnte man auf den Paradeplatz sehen, auf dem sich ein paar uniformierte Wachen langweilten.

Danckelman schwieg weiter.

»Um was geht es Euch, Premierminister? Um die Krone – oder um deren Finanzierung?«

Wartenberg hatte als Erster gesprochen. Trotzdem hatte Danckelman nicht den Eindruck, dem anderen eine Schlappe beigebracht zu haben. Immer noch stand im Raum, dass er Rat suchte. Und was für eine desinteressierte, regelrecht gelangweilte Stimme sein Minister hatte.

»Die Krone vergibt der Kaiser.«

»Richtig. Also die Finanzierung. Da sehe ich keine Schwierigkeiten.«

Danckelman spannte die Muskeln an und drückte das Kreuz durch. Es ging um nichts anderes als um Geduld. Er war älter als Wartenberg – sicher zehn Jahre. Also musste er auch geduldiger sein.

Wartenberg sprach nicht weiter.

»Schwierigkeiten sehe ich genauso wenig. Wir reden allein über den besten Weg«, sagte Danckelman.

Wartenberg rührte sich nicht. Sein Gesicht war glatt rasiert und bestenfalls leicht gepudert. Um die Mundwinkel lag ein feines Grinsen. Wartenberg hatte einen mächtigen Oberkörper. Danckelman kam der Gedanke, der andere werde als Erster Hunger bekommen. Er musste nur abwarten.

»Der Kurfürst denkt daran, die Abgaben zu erhöhen«, sagte er.

Wartenberg reagierte immer noch nicht. In seinem Gesicht war keine Regung.

»Im Haushalt jedenfalls lässt sich die geforderte Summe nicht einsparen.«

Jetzt musste er endlich schweigen. Vielleicht hatte er schon zu viel gesagt, und jemand wie Wartenberg hatte seine Not längst erkannt. Der Mann vermittelte den Eindruck, er könne in einen hineinsehen.

»Premierminister, das ist doch ganz einfach: Wir finanzieren. Es gibt in Deutschland genug Banken, die Geld für ein solches Vorhaben leihen, gegen entsprechenden Zins natürlich. Wir lassen uns Angebote vorlegen und suchen uns das Bankhaus aus, das den günstigsten Kredit bietet. Wir sprechen mit den Fuggern in Augsburg und mit Banken in Frankfurt, Köln und Hamburg. Wo ist bloß Euer Problem?«

Danckelman hatte das Bedürfnis, seine feuchten Hände am Stuhlpolster oder am Hosenbein abzuwischen. Er verkniff es sich. »Wie gesagt, es geht allein um den besten Weg.« Er glaubte, sein Gegenüber höre die Aufregung in seiner Stimme.

Warum war er nicht selbst darauf gekommen, mit Banken zu verhandeln?

»Lasst Euch Angebote machen, Premierminister. Ich wette, für eine solche Summe, wie Brandenburg sie braucht, kommen die Herren Bankiers extra angereist.«

»Das kann ich mir vorstellen. Den Zins werden wir allerdings erwirtschaften müssen.«

»Sicher«, sagte Wartenberg, und Danckelman verabscheute die ungeheure Gleichgültigkeit, die in der Stimme seines Gegenübers lag. »Aber als Königreich werden wir höhere Einnahmen haben. Und wenn nicht – am Ende haben die Bankiers keine Truppen, um ihre Forderungen einzutreiben. Sollten wir in einem Jahr mit der Zinszahlung aussetzen müssen, wer wollte uns sanktionieren?«

Danckelman nickte. Diesen Mann würde er loswerden müssen, ehe er endgültig gegen ihn intrigierte. Der konnte das ganze Land ruinieren. Danckelman musste sich beeilen, doch bevor er eine solche Entlassung anstrengte, musste er selbst bei Friedrich im Ansehen gestiegen sein und vielleicht auch bei Sophie Charlotte. Die Krone. Er musste diese verdammte Krone ermöglichen.

»Ich habe natürlich an die Banken gedacht …«

»Natürlich …« Hatte der Graf schon wieder ein Grinsen um die Mundwinkel?

»… und bereits entsprechende Schreiben aufgesetzt.«

Jetzt grinste Wartenberg breiter. Er wusste, dass Danckelman gelogen hatte. Natürlich wusste er das. Der Kerl hatte bestimmt überall Leute sitzen, die ihm zutrugen.

»Doch ich dachte, Ihr habt vielleicht noch einen anderen Vorschlag zu machen.«

»Leider nein«, sagte Wartenberg. »Der Kaiser will, soweit ich gehört habe, Goldtaler, die können wir nicht einfach prägen. Und dem Gold ein wenig Kupfer beizumischen, das würde der Kurfürst nicht mitmachen. Er fühlt sich dem Kaiser untertan …«

»Ich weiß.«

»… und will ihn deshalb nicht betrügen. In meinen Augen müsste er nicht so zimperlich sein, der Kaiser umgekehrt wäre es sicher nicht. Selbst wenn man die Taler etwas streckte, bräuchte man immer noch eine große Menge Goldes.«

Danckelman nickte. »Wir werden dieses Vorhaben finanzieren.«

Wartenberg lächelte. »Davon bin ich überzeugt.«

- NEUNTES KAPITEL -

1

Anton hatte am Gerberbaum ordentlich zu arbeiten. Die Haut, die er aufhängen und ausbreiten musste, tropfte noch, und er wurde nass an Haaren, am nackten Oberkörper und an der Hose. Das schadete nichts, fand sein Meister, es war ja Sommer, die Sonne schien und vom Fluss kam kaum ein Lüftchen herüber.

Auf dem Hof lag eine andere Haut, die er vorher abgenommen hatte und die er jetzt zusammenlegte, bevor er sie sich auf den Buckel zog und herschleppte. Was für den Gesellen sprach: Er wusste, dass er bestraft wurde und nahm es hin, ohne Meckern und Widerstand. Ob er insgeheim oder nach Feierabend vor den Kollegen fluchte und ihn sogar beschimpfte, interessierte Lorenz nicht. Was zählte, war die Arbeit und wie einer sie tat. Wenn er so weitermachte, würde er sein Bier bald ausgeschwitzt haben.

Mit dem Lehrjungen war Lorenz weniger streng umgegangen, er hatte ihn ermahnt und zeigte ihm, dass er ihn im Auge behielt. Als er ihn mit der Axt zu sich nach Hause geschickt hatte, um für den Winter Brennholz klein zu machen, hatte er ihm zu verstehen gegeben, dass der Junge sich beizeiten bei ihm zu melden habe. Und zwar ohne Bierfahne, wenn er nicht der Nächste am Gerberbaum sein wollte.

Das käme bestimmt nicht vor, hatte Otto erwidert. Ganz bestimmt nicht.

Lorenz mochte den Jungen, bei dem er Einsicht spürte, viel mehr als bei Anton. Otto hatte begriffen, dass man während der Arbeit nicht Biertrinken ging. Aber bei allem schlechten Gewissen gab der rothaarige Junge seinen Stolz nicht auf, er machte keine Demutsgesten und küsste seinem Meister nicht die Füße.

Umso mehr wunderte sich Lorenz, wieso Otto jetzt schreiend in den Hof gerannt kam: »Meister, Meister!« Er war längst nicht überfällig, sondern hatte sich, wenn wirklich alles Holz gespalten war, ganz schön rangehalten. Nicht nur seine Haare waren rot, sondern das ganze Gesicht und sogar die abstehenden Ohren. Vielleicht ein Schwarm Wespen, der hinter ihm her war?

»Meister, komm schnell.«

Lorenz konnte sich angesichts des aufgeregten Lehrjungen ein Lachen nicht verkneifen. Das musste etwas Schlimmeres sein als ein paar Wespen. Vielleicht der Leibhaftige.

Er setzte ein strenges Gesicht auf. »Junge, hast du wieder getrunken?«

»Nein, ganz sicher nicht. Meister, komm schnell, auf der Straße prügeln sie sich.«

»Na und? Das geht mich doch nichts an.«

»Sehr wohl, Meister, denn es sind Gerber. Sie wollen zwei Fremde kleinhauen.«

Lorenz zögerte. Ein Streich war das nicht, dazu klang der Junge zu überzeugend, und das würde er sich gerade jetzt ohnehin nicht trauen. Der Bursche wollte hier schließlich eines Tages Geselle werden. Aber sollte Lorenz sich einmischen, wenn sich Leute auf der Straße prügelten? Selbst wenn es Gerber waren?

»Meister, es sind fünf gegen zwei.«

»Und wo?«

»Drüben, auf der anderen Seite der Brücke. Ich zeig's dir.«

»Nein, du bleibst hier«, entschied Lorenz. »Wir haben neben allem anderen noch zu arbeiten.«

Dann lief er los. Er rannte zur hölzernen Spreebrücke, die unter seinen Tritten knarrte, kam bald ins Keuchen und Schwitzen. Es war viel zu warm für eine solche Anstrengung. Trotzdem lief er weiter.

Als Erstes erkannte er Martin – ausgerechnet Martin, das Rattengesicht. Der Kerl hielt das Zaumzeug eines fremden Gauls in der Hand und versperrte dem zugehörigen Wagen den Weg. Wie oft hatte dieser Kerl ihn in der letzten Zeit geärgert. Er stand inmitten einer Gruppe von fünf Gerbern, Gesellen allesamt. Sie hatten die Hände zu Fäusten geballt und ihre Gesichter waren bösartig und angriffslustig. Lorenz machte Martins Freund aus, den lockenhaarigen Georg, der einen Mund hatte, als grinse er immerzu. Er kannte auch die anderen, sie hatten bei seinem Bruder gearbeitet. Augenblicklich schlug sich Lorenz auf die Seite der Kutscher.

Immerhin schien noch niemand zugeschlagen zu haben.

»Was ist hier los?«

Martin setzte eine Stimme wie ein sanftes Mädchen auf, doch darunter pochte seine Aufregung. »Gut, dass du kommst, Meister Haeuser. Hier geschieht Unrecht. Doch wir haben es verhindert.«

»Wer seid ihr?«, fragte Lorenz die Männer auf dem Kutschbock. Dem Aussehen nach waren sie Handwerker, gewohnt, ihre Muskeln einzusetzen. Der näher zu ihm saß, hatte riesige Hände, er nahm es bestimmt mit zweien, wenn nicht mit dreien auf.

»Wir sind Fleischer, aus Trebnitz im Oderbruch. Wir verlangen nichts als diese Straße zu benutzen, was unser Recht ist im Kurfürstentum Brandenburg.«

Sie hatten Häute geladen. Lorenz wurde der Zusammenhang klar.

Martin spuckte aus. »Es ist nicht euer Recht.«

»Ihr seid … Réfugiés?«, fragte Lorenz.

»Das ist richtig. Das macht uns nicht zu schlechteren Menschen. Sag diesen Männern, sie sollen den Weg freigeben.«

»Lorenz, sie bringen dem Franzosen Häute. Der gerbt immer weiter und niemand unternimmt etwas. Wir lassen diesen Wagen nicht durch.« Martins Freunde stimmten zu.

Lorenz wurde plötzlich etwas klar. »Sag mal, Martin, wart ihr neulich an der Spree und habt da einen Kahn zum Kentern gebracht?«

Der kleine Geselle wich seinem Blick aus. Das Pferd des Metzgers machte zwei Schritte, der Wagen ruckelte. Martin fasste das Zaumzeug enger. »Hoh«, rief er.

»Mein Pferd mag es nicht, wenn du ihm den Weg versperrst.«

»Dann nimm dein Scheißpferd und hau ab. Zurück dahin, wo du herkommst.«

»Es ist das Recht eines jeden Bürgers, sich frei zu bewegen. Geh mir aus dem Weg.«

»Seit wann bestimmt hier ein Franzose, was Recht ist und was nicht?«, erwiderte Martin. »Was bildest du dir ein? So etwas tun wir in Frankreich doch auch nicht.«

»Meister«, sagte der Metzger zu Lorenz, »ein Mann hat bei uns diese Häute gekauft. Er hat dafür bezahlt, dass wir sie ihm nach Berlin liefern. Daran ist nichts Unrechtes. Wenn du Einfluss hast, sag diesen Leuten, sie sollen den Weg freigeben. Denn sonst müssen wir ihn uns freikämpfen.«

Lorenz hatte eine Entscheidung zu treffen, doch was immer er sagte, würde keine Ruhe bringen. Loszulaufen und die Ratsbüttel zu holen, war nicht möglich. Bis die da waren, floss hier Blut, und außerdem lief man nicht weg und rief um Hilfe. Diese Sache war jetzt seine Angelegenheit.

»Der Metzger hat recht. Gebt den Weg frei.«

»Er hat nicht recht«, schrie Martin. »Wir sind es, die das Zunftrecht auf unserer Seite haben. Der Franzose darf nicht gerben, und wenn wir das verhindern, dann handeln wir richtig.« Wieder stimmten die anderen ihm zu. Sein Freund Georg grinste, während er nickte. Er grinste immerzu.

»Und trotzdem darf der Franzose Häute kaufen. Ihr könnt den Weg nicht versperren. Die Sache ist beim Rat, und dort wird sie entschieden. Solange müssen wir uns alle gedulden.«

»Lorenz, nein. Sie schaffen Tatsachen, immer mehr. Immer neues Leder. Der Franzose ist es, der warten muss, bis der Rat entschieden hat. Auf diese Weise ist es richtig. Denn er verstößt hier gegen Zunftrecht.«

Lorenz trat vor und stellte sich neben das Pferd. Er griff ebenfalls nach dem Zaumzeug, das Martin an seiner Seite nicht losließ.

»Du hast zu respektieren, was ich gesagt habe.«

Martin rührte sich nicht. Seine Freunde standen neben ihm. Sie würden tun, was er tat.

»Lass jetzt los.«

Er konnte sehen, wie Martin mit sich rang. Sein Gesicht war erhitzt, und er biss sich auf die Unterlippe. Er versuchte, seine Freunde anzusehen, doch die wichen ihm aus. Seinen nächsten Schritt musste der kleine Geselle allein tun.

»Hört zu, Gerber«, sagte Lorenz, »obwohl ich für diesen ganzen Mist keine Zeit habe, gehe ich noch heute zum Schloss und trage dort dem Premierminister vor. Wenn er mich nicht empfängt, bleibe ich so lange, bis man mir einen Tag und eine Stunde nennt, wann ich wiederkommen kann. Das ist mein Angebot an euch. Und jetzt nimm deine Pfoten hier weg.«

Martin ließ das Zaumzeug los, trat jedoch nicht zur Seite. Lorenz führte das Pferd, und als es sich in Bewegung setzte, bleib Martin nichts anderes übrig, als den Weg freizugeben, wenn er nicht wollte, dass die Kutsche ihn überfuhr. Lorenz hörte noch, wie die Gesellen auf die Häute spuckten. Einer von ihnen trommelte sogar mit den Fäusten darauf. »Wir sind noch nicht fertig«, rief jemand. Es war Martins Stimme, voller Wut.

2

Er bemühte sich, seinen Widerwillen nicht zu groß werden zu lassen, als er sich auf den Weg zum Schloss machte, denn er wusste, dass sein Schimpfen über das Amt überhandnahm. Trotzdem konnte er nicht davon lassen. Er fluchte. Warum hatte er sich nur zur Wahl gestellt? Seine Schuld, ganz allein. Es würde ihm eine Lehre sein, eine, die er nur ein Mal brauchte. Doch jetzt musste er weiterführen, was er sich aufgebürdet hatte.

In der Werkstatt bestimmte er Anton zurück an die Lohegrube und schickte zwei andere Gesellen an den Gerberbaum. Weder Anton noch er sagten ein Wort, aber sie maßen die Blicke aneinander. Er war sich sicher, der Geselle hatte verstanden. Hoffentlich hielt die Einsicht eine Zeit lang.

Es war nicht nur das Amt des Zunftmeisters, das auf ihm lastete. Er wusste nicht mehr, welche die richtige Seite war. Wenn der Franzose wirklich weiter gerbte, dann würde es nicht lange dauern, bis andere ihm folgten. Eine der Fragen, die sich dann stellte, war: Wurde das Leder auf diese Weise besser oder schlechter?

Dass die Franzosen andere Verfahren kannten, hatte er mit eigenen Augen gesehen. Er hatte begriffen, dass es um die Zeit ging, sie gerbten einfach schneller – und offenbar hochwertiger, denn der Franzose hatte ja erklärt, aus Lorenz' Leder keine teuren Handschuhe herstellen zu können.

Wenn dieser Deschamps sich durchsetzte, was Lorenz für möglich hielt, hieße das dann, dass jeder gerben durfte? Ohne irgendeine Voraussetzung? Musste man nicht einmal mehr Meister sein – der Franzose war doch nur ein Handschuhmacher? Das alles war schwer vorzustellen. Die Zunft würde ihre Macht verlieren, und weil all diese Neuerungen nicht auf ihr Gewerk allein beschränkt bleiben konnten, musste sich am Ende alles verändern.

Dann würde das Wirtschaften schwerer werden. Zu viele Gerbereien nähmen einander die Arbeit weg, das war sicher. Deshalb würde die Entscheidung, die der Rat oder vielleicht der Kurfürst zu treffen hatte, weit reichen. Aber anders ging es jetzt nicht mehr. Sie konnten nun diese dumme Ausländerregel in der Zunftordnung nicht mehr einfach streichen und den Franzosen aufnehmen, denn alle Welt wüsste, wie er sich durchgesetzt hatte, und das würde Nachahmer finden. Davon abgesehen, dass sie dann die Feindschaft zwischen Deutschen und Zugezogenen innerhalb der Bruderschaft hatten.

Er konnte sich nicht für eine Seite entscheiden, und auch wenn er zu den eigenen Leuten nicht mehr gehörte, war es ihm nicht möglich, sich zu dem Franzosen zu schlagen. Was hatte er mit dem zu schaffen? Er wollte doch keiner werden, der im Rüschenhemd und mit blank gewienerten Schuhen über seinen Hof stolzierte. Oder mit Spazierstock. Er war ein Handwerker, und was immer passieren mochte – das würde er bleiben.

Um sich ein wenig abzulenken, hielt er die Augen offen. Claire zu treffen, dazu bestand wenig Hoffnung. Dennoch, wenn sie auf den Straßen war, wollte er sie wenigstens nicht übersehen.

Anstelle von Claire sah er Karla, seine Schwägerin, die im Gespräch mit zwei anderen Frauen im Schatten eines hohen Hauses stand. Das war ihnen bei der Hitze nicht zu verdenken. Lorenz hielt nicht an, hatte jedoch den Eindruck, dass es ihr unangenehm war, von ihm gesehen zu werden. Sie senkte den Kopf und tat, als erkenne sie ihn nicht. Weiber, dachte Lorenz, aber er musste einräumen, dass seine Schwägerin im Gegensatz zu ihm wusste, wo ihr Platz war. Viele schienen das zu wissen, eigentlich alle. Was war nur mit ihm los?

Die Franzosen, hatte Karla erst letzten Sonntag gesagt, tanzten den Deutschen auf der Nase herum und niemand würde etwas dagegen unternehmen. Eigentlich seien die Flüchtlinge schon die Herren im Haus.

»Wir haben bereits zweimal an den Rat geschrieben«, hatte Lorenz widersprochen. »Und ich habe mit einem Minister geredet.«

Sie hatte gelacht, nur für einen winzigen Augenblick. »Und was hat er gesagt, dein Minister? Gerbt der Franzose noch oder gerbt er nicht mehr?«

Er hatte es nicht zugegeben, doch sie hatte recht. Auch dieser Wartenberg hatte nichts unternommen.

Auf seinem Weg drehte er sich nicht erneut zu Karla um, sie sollte nicht denken, dass er sich für sie interessiere. Er hatte längst bemerkt, wie sorgfältig sie sich anzog, wenn er sie besuchte, dass sie gewaschen und gekämmt war und ihr Körper nicht nach Schweiß, sondern irgendwie nach Heu roch. Und dass ihre Kinder sehr höflich zu ihm waren.

Er wollte sie nicht.

Zu anderen Zeiten – wer weiß? – hätte er sie vielleicht genommen. Diese Dinge musste man pragmatisch sehen, er war allein, sie war allein und hatte Kinder, ein großes Haus und die Gerberei. Da brauchte es einen Mann.

Es bedeutete ihm nichts, der Erste zu sein. Sie war die Frau seines Bruder gewesen und hatte davor noch einen anderen gehabt – na und? War es bei ihm anders? Er war ebenfalls Witwer.

Nein, darum ging es nicht.

Sondern darum, dass er immerzu an eine andere dachte. Er sah sie vor sich, redete mit ihr. Eine, die er schön wie keine Zweite fand und zu der es ihn zog, da konnte er nichts machen. Die oder keine.

Außerdem hatte Karla, auch wenn sie das zu verbergen trachtete, etwas an sich, das ihn zurückschrecken ließ. Sie konnte jemanden anstacheln, den Jockel sowieso, aber sogar ihn, obwohl er begriff, was sie tat.

»Die Franzosen erlauben sich das, weil es niemanden gibt, der nein sagt«, hatte sie sich ereifert.

»Falsch. Die ganze Gerberzunft ist gegen die.«

»Die Gerberzunft? Maulhelden, sonst nichts. Die Flüchtlinge wissen nur zu genau, der Kurfürst braucht sie, deshalb schützt er sie. Bald haben sie alles in Brandenburg, und wir sind Bettler im eigenen Land.«

»Das stimmt doch vorn und hinten nicht«, widersprach Lorenz.

»Nein? Wie ist es denn mit der Kirche, die sie bauen wollen. Weißt du, wer die bezahlt? Rate mal. Der Kurfürst. Mit unseren Abgaben.«

»Wer sagt das?«

»Das weiß jeder. Solche Dinge sprechen sich rum.«

»Bis zu mir nicht«, sagte Lorenz.

»Ja, weil sie vor dir Respekt haben. Der Herr Zunftmeister – mit dem tratscht man nicht. Dennoch ist es wahr. Sie bauen eine Kirche, eine Franzosenkirche.«

»Soll mir recht sein«, sagte Lorenz, doch er wusste, dass sein Satz nicht ehrlich war. Wenn Claire in die Franzosenkirche ginge, würde er sie überhaupt nicht mehr sehen. Dann gab es nicht mal mehr den Sonntag, auf den er sich freuen konnte.

»Soll dir recht sein?« Karlas Stimme klang höhnisch. »Da bist du der Einzige. Auch das wundert niemanden. Sie gefällt dir, diese Französin, stimmt's?«

Lorenz wandte sich ab. Woher wusste sie das nun wieder? Von den Marktweibern wahrscheinlich, die ihn mit Claire reden gesehen hatten. Verfluchtes Weibergequatsche.

»Du spinnst«, sagte er.

Sie lachte wieder. »Dein Bruder, der Jockel, war klüger als du. Der hat genommen, was er kriegen konnte. Er hat auf euren Vater gehört. Frag dich doch mal, wie der alte Herr reagiert hätte, wenn du zu ihm gesagt hättest: Vater, ich liebe eine Französin, die mit einem anderen verheiratet ist.«

Lorenz war nicht bereit, Claire zu verleugnen. Diese ganze Unterhaltung ging ihm eh viel zu weit. »Hör auf«, sagte er nur, »das geht dich alles nichts an.«

Er erreichte jetzt die Spreeinsel, über deren Straßen Staub

aufwirbelte. Überall traf er auf Männer, die die Stadt ausfegten. Sie hatten Stöcke in der Hand, um die im unteren Teil Wasserreiser gebunden waren. Lorenz musste husten. Jedes Jahr wurde die Stadt kurz vor dem Geburtstag des Kurfürsten sauber gemacht und dann geschmückt.

Nun tauchte das Schloss vor ihm auf, es lag im Sonnenschein, ein mächtiger Bau, der aller Welt zeigte, wozu ihr Land imstande war. An seinen Mauern und Fenstern wurde, wie auf den Straßen, geputzt, und wo die Arbeiter fertig waren, strahlte die gelbe Farbe. Hier arbeitete, dachte er, die Regierung, der große Vater, der einen grundsätzlichen Streit zu schlichten hatte. Die Franzosen weiterhin gerben zu lassen, würde noch mehr Unruhe schaffen. Nur konnte man ihnen noch versagen, was sie sich bereits genommen hatten? Er fühlte sich nicht in der Lage, diese Entscheidung zu treffen, und er war froh, dass er das nicht musste.

Doch er würde warnen. Nicht mehr irgendjemanden, sondern den Premierminister persönlich. Das war es, was er tun konnte. Dann sollten die hohen Herren selbst sehen. Er stand am Schloss. Die Wache hielt ihn auf.

»Ich bin Zunftmeister der Gerber in Berlin und möchte zum Premierminister.«

Es waren zwei Soldaten in Uniform und mit Gewehr, die ihm den Weg versperrten. Der jüngere hatte ein rosiges, glattes Gesicht, der ältere, den Abzeichen nach ein Gefreiter, war hager und pockennarbig. Er bewegte den Kopf leicht nach hinten, als er sprach: »Hat er Euch bestellt?«

»Das nicht. Aber verlasst Euch drauf, dass er mit mir sprechen will.«

»Ich verlasse mich allein auf meine Befehle. Einer davon heißt, ich darf nur durchlassen, wer bestellt ist.«

Der jüngere Wachsoldat hörte seinem Kameraden zu. Als wenn er sich die richtige Haltung und den Tonfall abgucken wollte, dachte Lorenz.

»Schickt jemanden zum Premierminister. Sagt ihm, der

Zunftmeister der Berliner Gerber will ihn sprechen in einer Angelegenheit, die keinen Aufschub duldet.«

Der Gefreite schien nachzudenken. Er drehte sich zum Schloss um und blickte auch nach vorn, dabei fragte er sich offenbar, ob er es riskieren konnte, seinen Posten zu verlassen. »Soldat«, rief er seinem jüngeren Kameraden zu, »lauf nach oben und frag den Premierminister, ob er diesen Mann zu sehen wünscht. Und mach keine Umwege. Dein Posten ist hier.«

Der Rosige schlug die Hacken zusammen. Er fasste sein Gewehr auf der Hälfte des Laufs und marschierte mit langen Schritten auf das Schloss zu.

Lorenz wartete.

Es dauerte nicht lange, da wurde er von einem anderen Soldaten durch das Schloss geführt. Er hatte seine Mütze abgezogen und hielt sie in der Hand. Er wollte sich nicht beeindrucken lassen. Und doch: Die endlosen Flure, dazu die Bilder, die Leuchter, die vielen Fenster – so etwas hatte er noch nie gesehen.

Sein Blick blieb an den Spiegeln hängen. Wie geschickt die aufgebaut waren, direkt einander gegenüber, und man bekam den Eindruck, der Raum ginge immer weiter. Ihre Rahmen waren mit Blattgold besetzt – ein Vermögen musste das gekostet haben. Die Flügeltüren, an denen er vorbeigeführt wurde, waren handbemalt, mit Blumen oder mit halb nackten Menschen, irgendwelchen alten Göttern wahrscheinlich, oder nur mit Verzierungen. Fast bedauerte er, nicht an der einen oder anderen stehen bleiben zu können.

Die Höhe der Räume sollte beeindrucken und einschüchtern. Obwohl er das wusste, trat der Effekt ein. Er straffte den Oberkörper. Immerhin war er der Zunftmeister.

Überall im Schloss herrschte eine Atmosphäre von Geschäftigkeit und Konzentration. Boten und Diener liefen hin und her, sie hatten weite Schritte, aber waren dabei ganz leise. In seiner Werkstatt wurde viel zu viel gebrüllt. Anton, Hannes oder einen der anderen hörte man immerzu, sie riefen nach dem Lehrling oder fluchten laut, wenn irgendetwas nicht ging, wie sie wollten. Und wenn sie sich das Gerbereisen in die Hand gehauen hatten, schrien sie, als würden sie ein Kind zur Welt bringen.

Diese Stille hatte etwas Überlegenes, und als er dem Soldaten folgte, überlegte Lorenz, ob er eine solche Ruhe bei sich schaffen konnte. Er müsste den Gesellen einfach das Schreien verbieten.

Er schüttelte den Kopf. Eine Gerberwerkstatt war kein Schloss und er kein Kurfürst. Trotzdem gab es etwas zu tun – er musste seinen Männern mehr Anstand beibringen, dem Anton, aber ebenso den anderen. Es war nicht nur das Biertrinken. Anton hatte sich Claire in den Weg gestellt. Ein zweites Mal würde er diese Anzüglichkeiten nicht dulden, und erst recht nicht, sollte sie noch einmal auf seinen Hof kommen.

Der Soldat, der ihn führte, hielt vor einer großen Tür und klopfte. Als er eintrat, schlug er die Hacken zusammen und meldete den Besuch. Lorenz verbeugte sich, aber nicht zu tief.

Der Premierminister hatte eine hohe, gewölbte Stirn. Als er Lorenz anblickte, öffneten sich seine Lider nicht vollständig. Er trug eine Samtweste und ein Seidentuch um den Hals, außerdem eine Perücke. Lorenz wischte sich seine Hand an der Hose ab, bevor er sie ihm reichte, dem berühmten Danckelman, der alles vermochte in diesem Staat.

Als er einschlug, packte der Premierminister nicht richtig zu. Noch so einer, der nicht gewohnt war, seine Hände zu benutzen.

Danckelman führte ihn zu seinem Schreibtisch, an dem zwei Besucherstühle standen. Als er sich auf einen von ihnen setzte, fiel Lorenz auf, dass Danckelman sich auf die Tischplatte stützen musste, als er sich niederließ. Hatte der Premierminister einen schlechten Tag? War er krank? Oder einfach nur müde?

»Meister Haeuser, was führt Euch zu mir?« Auch seine Stimme klang leidend.

»Wir haben als Gerberzunft an den Rat geschrieben. Zweimal.«

»Ich weiß, ich weiß. Es geht um die Flüchtlinge.«

»Wir hätten gern eine Antwort.«

Danckelman ließ den Oberkörper gegen die Stuhllehne sinken und rieb sich mit Daumen und Zeigefinger über die Wangen.

»Der Handschuhmacher gerbt also selber. Wir haben einen Bericht erstellen lassen, er ist fertig.« Er zeigte auf eine Handvoll Papiere auf seinem Schreibtisch. »Allerdings reicht er nicht aus, um eine Entscheidung zu treffen. Am Ende werden wir die Sache dem Kurfürsten vorlegen müssen. Gibt es nach Eurer Einschätzung andere Réfugiés, die seinem Beispiel folgen wollen?«

»Das weiß ich nicht. Ich kann nur sagen, dass manche Gesellen schon eigene Werkstätten gründen wollen.«

Danckelman lächelte.

»Andere sind dafür, die Sache selbst in die Hand zu nehmen. Noch heute Morgen musste ich einschreiten. Ich kann nicht überall sein. Die Männer drängt es, etwas zu tun.«

»Da sei Gott vor. Das dürft Ihr nicht zulassen, Meister Haeuser, das müsst Ihr in der Zunft klarmachen.«

Lorenz verzichtete darauf, zu berichten, dass die Zunft den Franzosen bereits auf ihre Art gewarnt hatte. Er war nicht dabei gewesen, wusste aber, dass sie ihm vor allem Dachziegel runtergeschlagen hatten. Ein zweiter Besuch würde nicht so glimpflich enden.

»Ihr gebt mir die Verantwortung zurück«, sagte Lorenz. »Dabei sind wir zu Euch um Hilfe gekommen. Der Staat muss doch die Zunftordnung verteidigen. Oder die Verantwortung übernehmen, wenn er sie zerstören lässt.«

»Sicher.« Danckelman erhob sich. Seine Bewegungen waren schwerfällig. Er begann, im Zimmer auf und ab zu gehen. »Aber wir sind nicht so schnell.«

»Premierminister, ich möchte Euch nicht drohen, ich bin gekommen, um zu berichten. Im gesamten Handwerk wächst die Unzufriedenheit. Viele sagen, die Vorgänge in der Gerberzunft seien beispielhaft.«

»Ich verstehe das«, antwortete der Premierminister. Er kam zurück zu seinem Stuhl, blieb hinter ihm stehen und hielt die Hände an die Lehne. »Meister, dies ist eine Sache, die ist so gravierend, dass eine Entscheidung nicht schnell getroffen werden kann. Sie muss gut vorbereitet sein, bevor wir damit zum Kurfürsten gehen.«

»Der Kurfürst weiß das doch schon alles. Sein Oberkammerherr wollte es ihm erzählen. Wir brauchen eine Entscheidung.«

»Wartenberg?« Danckelman wurde blass. »Ihr habt mit Wartenberg gesprochen?«

Lorenz begriff augenblicklich, dass er etwas Falsches gesagt hatte. Dieser Danckelman wusste natürlich nichts davon, dass der andere ihn verjagen wollte. »Ich muss«, sagte er, »in einer solchen Lage jede Gelegenheit nutzen, um auf den Missstand hinzuweisen. Dafür bin ich Zunftmeister, das erwartet die Bruderschaft von mir.«

Danckelman stand immer noch hinter seinem Stuhl und hielt ihn fest. Er nickte. Seine Stimme klang jetzt förmlich: »In Angelegenheiten der Flüchtlinge will der Kurfürst selbst entscheiden. So hat er verfügt, und deshalb hat der Rat beschlossen, ihm diese Sache vorzulegen. Friedrich wird einen ausführlichen Bericht erhalten.«

»Wann entscheidet er denn endlich?«

Danckelman lachte. Sein Lachen war das eines alten Mannes, und Lorenz kam sich jung vor. »Ihr seid ein Handwerker, Meister Haeuser, das merkt man. Wenn es ein Problem gibt, packt Ihr es an und löst es. Leider folgt die Politik einem eigenen Rhythmus. Wir glauben lange Zeit, dass sich eine Lösung schon einstellen wird, auch wenn wir uns nicht kümmern. Erst wenn die Zeichen so eindeutig sind, dass der Letzte merkt, wie vergeblich diese Hoffnung ist, fängt die Beratung an. Die Beratung, Meister, nicht die Entscheidung.«

Lorenz konnte ein Stöhnen nicht unterdrücken. »Und wenn es inzwischen Schäden gibt?«

»Ändert das nicht viel. Was ich beschreibe, ist der natürliche Lauf der Dinge. Tierhäute lassen sich doch auch nicht schneller zu Leder gerben, nur weil ein Kunde es eilig hat.«

»Bei den Franzosen schon«, sagte Lorenz.

»So?«

Lorenz winkte ab. »Das ist jetzt nicht wichtig.«

»Der Kurfürst ist mit anderen Dingen beschäftigt. Aber ich verstehe, dass diese Sache keinen Aufschub mehr duldet. Deshalb werde ich mit ihm sprechen. Wir brauchen eine Lösung.«

Das hatte ihm Wartenberg auch versprochen. Lorenz verzichtete darauf, den Namen noch einmal zu erwähnen.

»Wir brauchen vor allem eine Lösung, an die sich am Ende alle halten.«

Danckelman nickte. »Jeder hat sich an Entscheidungen des Kurfürsten zu halten.«

»Werden wir noch lange auf ein Wort von ihm warten müssen?«

»Das hoffe ich nicht.«

Es trat eine Pause ein, und Lorenz erhob sich. Er hatte alles gesagt und verbeugte sich. »Eine Frage habe ich noch. Eine andere Angelegenheit …«

»Dann raus damit. So oft kommt Ihr ja nicht her.«

»Die Kirche …«

»Welche Kirche?«

»Die Franzosenkirche«, sagte Lorenz. Er dachte an Karla und für einen Moment verachtete er sich dafür, dass er ihren Klatsch aufgegriffen hatte. »Es heißt, sie würde aus unseren Abgaben bezahlt?«

Danckelman schüttelte den Kopf. »Das steht, soweit ich

weiß, nicht zur Debatte. Alles andere ist Gerede. Darauf solltet Ihr nichts geben, Meister.«

»Es ist nur so ... es würde noch mehr Unruhe entstehen, dann nicht nur unter den Handwerkern, sondern auch in der restlichen Bevölkerung.«

Danckelman winkte ab. »Was die Kirche angeht, so werden wir sehen. Zunächst bitte ich Euch, Euren Einfluss geltend zu machen, Meister Haeuser. Keine Selbstjustiz. Der Hof wird seine Entscheidung bald treffen – und die durchsetzen. Aber ein Datum kann ich heute leider nicht nennen.«

Auf seinem Rückweg durch das Schloss atmete Lorenz durch. Er hatte das Gefühl, etwas Schweres hinter sich gelassen zu haben, das im Zimmer des Premierministers lag. Danckelman würde alles aufbieten müssen, um den Angriff Wartenbergs abzuwehren, und es machte nicht den Eindruck, dass er allzu viel Kraft besaß.

Lorenz verabscheute diese Intrigenspiele. Warum gingen die Leute nicht den direkten Weg? Wenn ihm einer blöd kam, wurde der an den Gerberbaum gehängt oder musste wenigstens dort arbeiten, bis er wieder zur Besinnung fand. Schon der Vater hatte es nicht anders gehalten. In all den Jahren, die er Meister war, hatte nie einer versucht, ihn wirklich anzugreifen. Ein paar Bier während einer Lieferfahrt, das war das Höchste an Ungehorsam, was sie zustande brachten.

Er fand Danckelman sympathischer als den dicken Grafen, der etwas Schmieriges und Unehrliches an sich hatte. Doch um Sympathie ging es hier nicht. Er stand in der Verantwortung, deshalb galt es, jenseits aller Sentimentalität, mit der Seite zusammenzuarbeiten, die sich durchsetzte.

Er passierte die Wachen und nickte den beiden Soldaten zu, die am Tor in der prallen Sonne standen. Sein Weg führte über die lange Brücke und auf der Burgstraße westwärts. Es hatte allzu lange nicht mehr geregnet. Aus dem Straßengraben, in dem keine Bewegung mehr war, stieg fauliger Gestank auf. Dort hinein wurde aller Unrat gekehrt, der beim Fegen der

Straßen anfiel. Die Spree hatte wenig Wasser. Lorenz spuckte hinein.

Als er wieder aufsah, stand Martin da, zusammen mit den vier anderen Gesellen aus der Gerberei seines Bruders. Sie lehnten an einem Geländer und hatten sich die Mützen tief in die Gesichter geschoben.

»Es wird Zeit, dass ihr wieder in Arbeit kommt. Der Müßiggang zusammen mit der vielen Sonne weicht euch das Hirn auf.«

»Dann soll die Zunft Jockels Gerberei wieder freigeben«, erwiderte Martin. »Es wird sich doch wohl ein Meister finden. Oder ihr ernennt einen der Gesellen.«

Lorenz räumte es nicht gern ein, aber Martin hatte recht. Auch diese Entscheidung war überfällig. Wer sollte Karlas Betrieb weiterführen? Er seufzte. Um was sollte er sich noch alles kümmern?

»Wir wollten hören, was der Premierminister gesagt hat.«

»Sie wissen von unserer Sorge. Die ganze Angelegenheit wird bald entschieden. Und zwar vom Kurfürsten.«

»Und wann ist bald?«, fragte Martin.

»Weiß ich nicht. Der Premierminister hat gesagt, die Politik habe ihre eigene Geschwindigkeit, nicht anders als das Gerben. Habt Geduld.«

»Geduld?«, wiederholte Martin, und seine Freunde machten höhnische Geräusche. »Wir sollen Geduld haben, und der Herr Franzose darf inzwischen Tatsachen schaffen. Das geht doch nicht. Sollen die wenigstens seine Werkstatt schließen, bis die Entscheidung getroffen ist.«

»Martin, werde du Premierminister, dann machst du alles besser.« Lorenz nickte ihnen zu und wollte sich in Bewegung setzen.

»Wir haben noch zwei Möglichkeiten«, hörte er Martin. »Du sprichst noch mal mit diesem Oberkammerherr, dem Grafen. Oder wir zeigen den Franzosen jetzt an. Weil wir glauben, dass er den Jockel getötet hat. So etwas kann man machen.«

»Ich weiß noch eine dritte Möglichkeit«, erwiderte Lorenz. »Ich gehe jetzt in meine Gerberei und dort meiner Arbeit nach.«

Martin hatte auch hier recht – man konnte als einfacher Bürger zum Hausvogt gehen und ein Verbrechen melden, selbst wenn man sich nicht sicher war. Aber was für eine Niedrigkeit war das. Es gab nicht einmal einen Hinweis, außer dem, was Martin angeblich gesehen hatte.

»Das Haus des Grafen ist auf deinem Weg, Meister. Es liegt Unter den Linden.«

»Und woher weißt du das?«

Martin zuckte mit den Schultern. »Rede noch mal mit dem. Frag ihn. Bitte.«

Seine Freunde nickten, Lorenz ließ sich breitschlagen. Vielleicht war der Graf nicht zu Hause, und selbst wenn, die paar Minuten konnte er erübrigen. Im Gegenzug nahm er den Gesellen das Versprechen ab, nicht auf ihn zu warten und nichts auf eigene Faust zu unternehmen. Er würde am Sonntagabend im Steinkrug berichten.

Draußen vor der Villa Wartenberg musterte Lorenz das Haus, ein weißes, dreistöckiges Gebäude, wie es nur der Adel bewohnen konnte. Er ging über einen Torweg. Auf beiden Seiten standen Bäume, die alle auf die gleiche Höhe geschnitten waren und ihm bis zur Schulter reichten. Während er mit den Fingerspitzen über ihre Blätter strich, bestärkte er sich – was er hier tat, war nur vernünftig. In seinem Kopf erklärte er es Claire.

Ein Diener öffnete die Tür, ein älterer Mann in einer langen dunklen Jacke.

Lorenz legte alles Selbstbewusstsein in seine Stimme. »Ich bin Meister Haeuser, Zunftmeister der Berliner Gerberbruderschaft. Graf Wartenberg war vor ein paar Tagen bei mir und hat mir eine Frage gestellt, und jetzt bin ich gekommen, um ihm meine Antwort zu bringen.«

»Ich werde Euch dem Grafen melden. Einen Augenblick, bitte. Meister Haeuser, richtig?«

Lorenz nickte. Er stand in einer Halle, die an einer geschwungenen Treppe endete. Der Diener war auf dem Weg in den ersten Stock. An den Wänden brannten Kerzen in Haltern, obwohl es draußen hell war und sie nichts ausrichteten. Vor ihm lag ein großer gewebter Teppich. Auf Lorenz wirkte er fremdländisch. Vielleicht stammte er aus einem der vielen neuen Länder, zu denen die Handelsflotten segelten. Schwarze Muster waren in den dunkelroten Ton eingearbeitet.

»Meister Haeuser, ich freue mich, dass Ihr den Weg zu mir gefunden habt.«

Wartenberg kam die Treppe herab. Er hatte einen schweren Schritt. Sein Schnauben konnte Lorenz bis nach unten hören. Aber anders als der Premierminister hatte der Dicke wahrscheinlich Zukunft.

Er reichte Lorenz die Hand. Seinen anderen Arm breitete er nach links, um seinen Besuch in eines der Zimmer zu führen.

Lorenz blieb stehen. »Ich will nicht lange stören.«

»Ihr stört nicht, Meister Haeuser. Ganz und gar nicht.«

»Ihr habt mir neulich im Zunfthaus eine Frage gestellt, nämlich, ob Ihr dem Kurfürsten berichten könnt, das Berliner Handwerk sei für Euch.« Lorenz machte eine Pause. Der Graf ließ sich nicht anmerken, ob er gespannt war.

»Das Berliner Handwerk«, fuhr Lorenz fort, »und besonders meine Zunft hat Not. Es herrscht große Unruhe, und mancher will die Sache in die eigene Hand nehmen, weil die Obrigkeit nicht handelt. Was kann ich den Leuten sagen?«

»Die Réfugiés, ich weiß, ich weiß. Sagt Euren Leuten, Meister, dass sie in mir einen Fürsprecher haben. Und sagt ihnen noch etwas. Ich habe über die Angelegenheit bereits mit der Kurfürstin gesprochen. Und Sophie Charlotte steht ganz eindeutig auf eurer Seite, gegen diesen Handschuhmacher. Sie möchte Frieden in der Stadt und ein gutes Einvernehmen zwischen Handwerk und Obrigkeit. Deshalb ist es ihr so wichtig, dass Ihr und ich zusammenstehen. Wenn ich ihr das jetzt so melden darf – so verstehe ich Eure Worte, Meister Haeuser –, dann berichtet Ihr der Zunft umgekehrt, dass sie eine mächtige Verbündete hat. Wenn es einen Menschen gibt, dem das Ohr des Kurfürsten offen steht, dann ist es sie. Mancher am Hof sagt sogar, dass eigentlich sie die wichtigen Entscheidungen treffe.« Wartenberg lachte.

»Aber die Zeit, Graf Wartenberg. Selbst wenn eines Tages im Sinne der Zunft entschieden wird, dann spielt die Frage, wann das passiert, eine große Rolle.«

Der Graf presste die Lippen aufeinander, und in seinem dicken Gesicht entstand etwas, das man als Lächeln auffassen konnte. Als ein väterliches Lächeln.

»Schade, dass Ihr Handwerker seid, Meister, an Euch ist ein Politiker verloren gegangen. Man spielt sein Blatt, solange man die Trümpfe hält, richtig? Das macht Ihr sehr geschickt. Ich werde darauf hinwirken, dass Ihr bald zufrieden seid. Verlasst Euch auf mich.« Er hielt Lorenz die Hand hin. »Wo wir doch jetzt Partner sind.« Wieder lachte der Graf. Lorenz blieb nichts anderes als einzuschlagen.

Als er wieder auf der Straße war, atmete er tief durch. Dieses verfluchte Amt des Zunftmeisters. Noch schlimmer war, dass er jetzt zu Ende bringen musste, was er begonnen hatte.

3

Danckelman kam nie zu spät, da gestattete er sich keine Ausnahme, auch nicht, wenn er in der Nacht schlecht geschlafen hatte und sich müde fühlte. Es war genau acht Uhr, als er den Diener grüßte, der für ihn an die Tür des Kleinen Audienzzimmers klopfte.

Von drinnen hörte er nicht das bekannte Genuschel, sondern einen schärferen Ton. Der Diener öffnete die Flügeltür, Danckelman trat ein und verbeugte sich. »Guten Morgen, Durchlaucht.«

»Morgen. Setzt Euch, Danckelman.«

Er wusste sofort, dass an diesem Tag etwas anders war. Friedrich in seinem Sessel trug Perücke und Uniformjacke wie immer, aber er wich seinem Blick aus und wirkte nervös. Seine Stimme hatte einen anderen Klang als gewöhnlich.

»Was gibt es Neues?«

Danckelman setzte sich. »Nach Eurer Anregung exportieren wir jetzt Handschuhe nach England, Durchlaucht. Der französische Handschuhmacher ist dafür verantwortlich. Offenbar gibt es in London große Nachfrage nach Berliner Handschuhen. Der Manufakteur hat einen Antrag gestellt, hundert Paar zu verschicken. Wir haben das genehmigt und Euer Einverständnis vorausgesetzt.«

Friedrich rückte sich auf seinem Sessel zurecht. Immer noch mied er es, seinen Premierminister anzusehen. »Da hat unsere Franzosenpolitik nun also Erfolg. Ein Teil der Ehre gebührt sicherlich meinem Vater, Gott hab ihn selig. Dennoch brauche ich mich auch nicht zu verstecken. Die Franzosen ins Land zu holen, schön und gut. Dafür zu sorgen, dass sie hier leben können – für Wohnraum und Beschäftigung zu sorgen, das ist wohl die eigentliche Aufgabe.«

»Da habt Ihr sicher recht«, erwiderte Danckelman, ein wenig gegen seine Überzeugung. Friedrich hatte fortgeführt, was der Große Kurfürst begonnen hatte. Was hätte er anderes tun sollen? Sein Verdienst war sein guter Wille. Die Flüchtlinge durften sich bei ihm genauso willkommen fühlen wie seinerzeit bei seinem Vater.

»Wir werden weiter verfolgen, was aus diesem Handschuhgeschäft wird«, sagte der Kurfürst.

Danckelman fühlte sich getroffen. Die übliche kurfürstliche Redewendung war, der Premierminister solle ihn auf dem Laufenden halten.

»Allerdings gibt es auch Streitereien zwischen unseren Berlinern und den Franzosen.«

Der Kurfürst winkte ab. »Kenne ich. Wie die Kinder: streiten, streiten, streiten.«

»Euer Durchlaucht, es gibt einen ernsten Hintergrund. Da geht es um die Zunftordnung.«

Zum ersten Mal an diesem Morgen sah der Kurfürst seinen Premierminister an. Danckelman blickte in zusammengekniffene Augen und auf einen verzogenen Mund. Friedrichs Gesicht hatte alle Verbindlichkeit verloren. Dies war nicht mehr der Mann, den er einst zu christlicher Demut und zu Anstand erzogen hatte. Er hoffte, der Kurfürst habe einfach einen schlechten Tag. Sein Oberkörper schien ihn zu schmerzen, unablässig bewegte er ihn hin und her.

»Für die Probleme ist der Rat da. Und der Premierminister. Ich kann mich doch nicht um alles persönlich kümmern. Das habe ich Euch gerade neulich gesagt, im Zusammenhang mit diesem Prediger, dessen Anhänger keine Abgaben entrichten. Ich hoffe, diese Sache habt Ihr gelöst.«

Es schoss Danckelman durch den Kopf, dass der Prediger über die Staatsgrenze nach Sachsen gezogen war. Ganz gelöst war das Problem damit natürlich nicht, zumindest herrschte im Moment Ruhe. Bevor er diese Antwort geben konnte, ging die Tür auf, nicht die, durch die er gekommen war, sondern die zu den Privatgemächern. Grußlos kam die Kurfürstin herein.

Sie trug eine Perlenkette um den Hals und hatte die Haare hochgesteckt. Ihre Schritte durch den Saal waren kräftig. Als sie sich auf ihren Stuhl niederließ, in ziemlicher Entfernung zu ihrem Mann, hatte sie noch kein Wort gesagt.

Doch dann hörte er ihre tiefe Stimme: »Nun, Danckelman. Zu allem anderen auch noch Streit in unserer Stadt? Deutsche gegen Franzosen, Handschuhmacher gegen Gerber. Man fragt sich, wo Ihr eigentlich seid. Und was ist mit der anderen Sache?«

Nach diesen Sätzen war er ganz sicher, dass der Tag der Entscheidung gekommen war. Blut stieg ihm in den Kopf, die Stirn wurde heiß. Es verlangte ihn nach Bewegung, er wäre am liebsten aufgestanden. Unmöglich, denn das kurfürstliche Paar saß. Er streckte den Oberkörper.

Dabei zwang er sich, sich zu beruhigen. Sein ganzes Leben hatte er an diesem Hof gedient, wenn man von den drei Jahren absah, die er – im Auftrag seines Kurfürsten – Regierungspräsident in Kleve gewesen war. Kampflos würde er seinen Platz nicht räumen, das sicher nicht. Er gehörte doch hierher.

Dass ein leichtes Zittern in seiner Stimme lag, konnte er nicht verhindern: »Was meint Ihr, Madame?«

Als sie antwortete, klang sie eiskalt. »Was ich meine? Der Kurfürst möchte König werden. Das meine ich. Ist Euch das neu?«

»Natürlich nicht.« Er hatte längst bei Bankhäusern nach Darlehen gefragt. Die Unterlagen hatte er dabei. All das würde heute zur Sprache – und vielleicht sogar zur Entscheidung – kommen.

»Ich respektiere selbstverständlich den Willen des Kurfürsten und habe …«

Sie lachte. »Den Eindruck haben wir nicht. Für Euch ist das Eitelkeit, Ihr plädiert für Geduld. Irgendwann wird der richtige Zeitpunkt kommen. So habe ich Euch vernommen.«

Das wäre immer noch das klügste Vorgehen, dachte er.

Der Kurfürst starrte in das Zimmer hinein, das Gespräch schien ihm unangenehm zu sein. Danckelmans Blick fiel auf den Gobelin hinter ihm, auf die Jagdszene. Plötzlich verstand er sie. Ein Hirsch wurde geschossen – er.

»Für den Kurfürsten«, fuhr Sophie Charlotte fort, »ist dieser Schritt zur Krone ein notwendiger. Das hat nichts mit Eitelkeit zu tun, sondern allein mit Politik. Es ist schade, Danckelman, dass Ihr den Unterschied nicht seht.«

»Madame, ich arbeite für den Kurfürsten – und für Euch.« Er hörte ihr Schnauben und fing ihren kalten Blick auf. Er geriet ins Stottern. »Ich … ich gebe … wenn ich welche habe … meine Bedenken … tue sie kund, will ich sagen. Das ist meine Aufgabe, dafür bin ich Premierminister.«

Auf ihrem Gesicht lag ein Grinsen. Danckelman richtete sich auf. Dass er rot an Stirn und Wangen war – und das spürte – konnte er nicht ändern. Aber er konnte klarer reden.

Er riss sich zusammen. »Die Entscheidungen trifft selbstverständlich der Kurfürst. Er nimmt meine Bedenken auf oder nicht. Was immer er entscheidet, respektiere ich. Mein ganzes Berufsleben hindurch bin ich ein loyaler Beamter gewesen.«

»Es spricht für Euch, dass Ihr die Vergangenheitsform wählt. Gegen Euch spricht, dass Ihr nicht die Wahrheit sagt. Danckelman, wir wissen beide, dass Ihr Friedrichs Entscheidung nach Kräften boykottiert.«

»Das stimmt nicht!«, rief er dazwischen.

»Fallt mir nicht ins Wort«, erwiderte sie. »Ich bin immer noch Eure Kurfürstin.«

Sein Kopf blieb aufrecht und er hielt ihrem Blick stand. Dann beugte er den Hals. Sie hatte recht: Sie war seine Herrin.

»Ihr habt in vielen Gesprächen behauptet, unser Land könne nicht bezahlen, was der Kaiser verlangt. Jetzt wissen wir, dass es Möglichkeiten gibt, sogar ohne neue Abgaben. Die Frage ist: Warum wissen wir das nicht von Euch?«

Sie machte eine Pause, das war eindeutig. Er konnte antworten, ohne ihr ins Wort zu fallen. »Ich habe neue Wege erkundet, die möchte ich Euch und dem Kurfürsten vorstellen. Wir können die Mittel bei Banken leihen.«

Sie winkte ab. »So weit sind wir schon selbst, und das heißt: Für Euch ist es zu spät. Die Entscheidung ist getroffen. Premierminister Danckelman, in Würdigung Eurer langjährigen Dienste möchte der Kurfürst Euch nicht einfach entlassen. Aber er hofft – nein, er erwartet, dass Ihr zurücktretet.«

In Danckelmans Kopf war nur noch Leere, und im Ohr piepste ein durchdringender Ton, den er nicht abstellen konnte.

Er war nicht in der Lage, einen Gedanken zu fassen. Sein Hals klopfte, die Hände waren nass.

Er warf Friedrich einen Blick zu, aber der Kurfürst starrte weiter in die Luft und regte sich nicht. Er versuchte nicht mehr, seine Sitzposition zu verändern. Das ganze Gespräch schien an ihm vorbeizugehen.

Danckelman hoffte, er denke nach und würde Sophie Charlotte endlich den Mund verbieten. Schließlich war er der Kurfürst und sie nur angeheiratet – auch noch aus Hannover, eine Welfin. Und die Eheleute verstanden einander nicht. Friedrich hatte ihr zu anderen Anlässen widersprochen und er konnte es jetzt wieder tun. Er musste nur begreifen, dass Danckelman sein Freund war und sie eine üble Intrige gesponnen hatte.

Jetzt nickte Friedrich ihm zu. Langsam bewegte er seinen Kopf auf und nieder.

Danckelman reckte sich. Der Ton in seinem Ohr wurde noch lauter.

Er hatte verloren.

Vielleicht war es gut so. Die Abenteuer, auf die sich der Hof einließ, wären nicht mehr mit seinem Namen verbunden. Er blieb als Warner in Erinnerung, als ein Premierminister, der leidenschaftlich dafür gestritten hatte, nur solche Schritte zu unternehmen, die man sich leisten konnte. Künftige Generationen würden zu ihm aufsehen, zu dem Premierminister, dem der Aufbau des Landes Brandenburg wichtiger gewesen war als eine Königskrone um den Preis horrender Schulden. Diese Position war richtig, er konnte stolz auf sie sein und würde sie nicht revidieren.

»Wenn das so ist, bitte ich Eure Durchlaucht, mich von meinem Amt als Premierminister und Vorsitzender des kurfürstlichen Rates des Landes Brandenburg zu entbinden.«

»Stattgegeben«, antwortete Friedrich schnell.

Die Kurfürstin stand auf. Sie würdigte weder ihren Mann noch den gerade Entlassenen eines Blickes, als sie zur großen Tür hinausging. Danckelman hörte ihre Schritte und das

Rascheln ihres Kleides. Er musste die Hände zu Fäusten spannen, um nicht die Fassung zu verlieren. Sein Ohr schien platzen zu wollen.

Der Kurfürst stand ebenfalls auf und reichte ihm die Hand. Danckelman schlug ein. Er merkte, dass er sogar lächelte. Dabei war ihm eigentlich nach Schreien oder Heulen zumute.

»Ich möchte Euch danken, Danckelman«, sagte Friedrich. »Danken – Danckelman, das ist mir ja noch nie aufgefallen. Das ist fast ein Wortspiel.« Er lachte. »Na, wie dem auch sei, nehmt meinen Dank, Ihr habt viel für Brandenburg getan. Meine Bitte ist, dass Ihr mir auch in Zukunft als Gesprächspartner und Ratgeber zur Verfügung steht. Eure Meinung ist weiterhin sehr geachtet.«

Jetzt verbeugte sich Danckelman. Dabei dachte er, ohne Amt werde er nur noch strenger auf eine solide Finanzpolitik achten und ein unbequemer Ratgeber sein. Ein Gegengewicht zu Sophie Charlotte – eines, das keine Rücksicht mehr zu nehmen und keine Angst mehr um seinen Posten zu haben brauchte.

»Sehr gern, Durchlaucht.«

»Na seht Ihr, Danckelman, wir kennen uns schon so lange, in so vielen Funktionen. Ich erinnere mich doch noch gut daran, wie Ihr mich unterrichtet habt, da war ich noch ein unwissender Knabe. Warum soll unser Verhältnis nicht andauern?«

»Was mir möglich ist, werde ich dafür tun«, wiederholte der Premierminister – der Ex-Premierminister. Der Kurfürst verabschiedete ihn, und als Danckelman hinausging, fragte er sich, wie er in Zukunft seinen Tag füllen sollte. Er würde lesen, was er bekommen konnte, selbst die Zeitungen, um auf dem Laufenden zu bleiben. So wäre er, wenn der Kurfürst ihn riefe, ein informierter Gesprächspartner. Es galt außerdem, einen Weg zu finden, um seine Kontakte zu den anderen europäischen Höfen zu erhalten.

So schlimm würde das alles nicht werden. Und man konnte

wiederberufen werden. Vielleicht würde es kein Jahr dauern, dass sie auf Knien zu ihm kamen, Danckelman, das Land braucht Euch, bitte, bitte kommt zurück.

Auch seine Dagmar schoss ihm durch den Kopf. Manches wurde leichter dadurch, dass er sie Friedrich nun nicht mehr würde vorstellen müssen. Allerdings blieb immer noch wahr, dass er sie Leuten seines Standes einfach nicht präsentieren konnte. Sie war bei sich zu Hause in Stralsund, hatte ihn um freie Tage gebeten, offenbar lag die Großmutter im Sterben. Er war froh, dass er die nächsten Abende allein verbringen konnte. Wenn Dagmar zurückkäme, würde er sich wieder gefasst haben. Dann hatte er wieder Ordnung in seinem Leben.

Der Diener öffnete ihm die Tür. Im Vorraum stand die Kurfürstin. Sie unterhielt sich mit Wartenberg und scherzte dabei, wobei ihre Stimme furchtbar künstlich klang. Danckelman vermied es, zu den beiden zu starren, die zehn oder fünfzehn Meter von ihm entfernt waren. Wartenberg verbeugte sich vor ihr, einmal, ein zweites Mal und noch einmal. Sie legte ihm sogar die Hand auf den Oberarm. Danckelman kamen Ausdrücke in den Sinn, die man auf eine Kurfürstin nicht verwandte und ebenso wenig auf einen Brandenburger Grafen. Und trotzdem wäre er am liebsten hingegangen, hätte Wartenberg ins Gesicht gespuckt und sich anschließend mit ihm duelliert. Was gab es Ehrloseres als einen Mann, der dem Kurfürsten die eigene Frau überließ?

Er wandte sich ab.

Wen sonst hätten sie wählen sollen, als diesen intriganten Grafen? Er war sich sicher, dass Wartenberg seinen Sturz aktiv betrieben hatte. Eine Tragödie für Brandenburg. Was half aller Scharfsinn, wenn ein Mensch keine Moral hatte?

Er würde Friedrich warnen.

Wenn es jemanden gab, der den Fall des Landes noch aufhalten konnte, dann war es der Kurfürst – derselbe Kurfürst, der ihn eben gebeten hatte, ihm Ratgeber zu bleiben.

Vielleicht brauchte Friedrich seine Hilfe jetzt mehr denn je. Ja, er, Danckelman, würde kämpfen, das heilige Brandenburg war es wert, dass er sich einsetzte. Am liebsten wäre er direkt umgekehrt, so eilig war die Sache allerdings nicht. Viel wichtiger war, dass er den Kurfürsten in einem Augenblick traf, in dem er ihn wirklich erreichte.

Auch wenn er nun Ex-Premierminister war – auf ihn kam es weiter an.

4

Claire wünschte sich, zu verstehen.

Es war unmöglich, zum Alltag überzugehen. Sie konnte nähen, das tat sie auch, und Isabel versorgen und sich bemühen, immer ein Ohr für sie zu haben. Doch schon mit Paul war es anders. Man fing nicht allein deshalb neu an, weil man sich die Hand und einen Kuss darauf gab und mit einem Glas Wein anstieß. Dadurch verschwand das Alte noch lange nicht.

Als hätte es einer Erinnerung an das, was sie getan hatte, bedurft, kam immer wieder der Husten hoch, manchmal so schlimm, dass es sie schüttelte oder dass sie ausspucken musste. Und sie hatte dieses seltsame Spannen über der Brust. Was ihr Blut anging, bemühte sie sich um Gelassenheit. Es war sehr wohl möglich, wiederholte sie sich, dass sich durch eine Krankheit, noch dazu mit Fieber, der gesamte Zyklus verschoben hatte.

Die Fenster standen offen, ab und an gab es einen Luftzug, der guttat. Sie arbeitete, aber ihre Pausen wurden länger, dann ging sie umher, trank Wasser oder blieb dabei hängen, wie sie dem Ticken der Tischuhr lauschte.

Welcher Prüfung unterzog Gott sie? Das war die Frage, über die sie nachdachte. Eine vordergründige Antwort war einfach: Man liebte nicht einen fremden Mann. Erst recht ging man nicht zu ihm und fiel ihm um den Hals, sobald er einen beim Namen nannte.

Aber da konnten die Erklärungen nicht enden. Warum dann die Gefühle? Sie waren doch nicht nur deshalb da, um ihnen zu widerstehen.

Sie war sich bewusst, dass der Pfarrer genau das gesagt hätte. Die Gefühle seien eine Versuchung, letztlich Teufelswerk, man müsse Stärke gegen sie beweisen und dürfe sich davon nicht aus der Bahn bringen lassen. Im Glauben liege das Geheimnis. Da finde der Mensch Kraft.

Sie wollte glauben und sie glaubte. Es ging ihr jedoch nicht in den Kopf, dass Gott derartige Versuchungen sandte und dann zufrieden sein sollte, wenn seine Kinder widerstanden.

Wenn sie betete, bat sie um Antwort, wenigstens um ein Zeichen, aus dem sie schlau werden konnte. Sie erhielt es nicht. Oder sie sah es nicht.

Mit einem neuerlichen Luftzug klapperten die Fenster. Sie stand auf, um sie zu schließen, und dann wollte sie einen weiteren Anlauf nehmen und Handschuhe nähen.

Als sie sich umgedreht hatte, klopfte es hinter ihr an der Scheibe. Sie erschrak.

Da stand er – alles, wovon sie geträumt hatte, ihr ganzes Sehnen. Lorenz.

Er hielt sich ein wenig in der Hocke, sodass sein Gesicht im unteren Teil des Fensters zu sehen war. Er trug die Mütze weit nach hinten geschoben, und sein Gesicht mit den Sommersprossen und den kleinen Augen war schöner als in ihrer Erinnerung. Auf der Nase hatte er ein paar Schweißperlen.

Ihre Beine gaben nach. Sie öffnete das Fenster. »Lorenz.«

Vorsichtig griff er nach ihrer Hand. Als er sprach, durchfuhr sie der Basston seiner Stimme. »Ich habe dich so lange nicht gesehen. Oh Gott, Claire, wie schön du bist.«

»Du kannst nicht hierher kommen. Es gibt Nachbarn. Ich habe einen Mann und eine Tochter und eine Haushälterin, die ist nebenan in der Küche.«

Ihr war, als ströme etwas aus seiner Hand heraus und in sie hinein. Seinem Blick hielt sie nicht stand.

»Du musst gehen«, sagte sie, gleichzeitig dachte sie: Nein, bleib.

Er sagte kein Wort, sondern schaute sie nur an. Sie erkannte wieder seinen Stolz. Er bat um nichts und bettelte nicht, er stand einfach nur da. Wenn sie frei gewesen wäre, ganz frei, dann wäre sie auf der Stelle durchs Fenster geklettert und mit ihm fortgelaufen, egal wohin.

Aber sie war nicht frei.

»Ich habe dich vermisst, Claire.«

Sie schüttelte den Kopf. Es galt, bei Verstand zu bleiben.

»Du warst krank?«

»Ja. Woher weißt du?«

»Ich … ich traf den …«

»Paul?«, fragte sie.

»Ja.«

»Er kann jederzeit kommen. Oder Isabel. Oder … mein Schwiegervater.«

Durch das offene Fenster hielten sie einander an den Händen, und sie spürte, wie er mit dem Daumen über ihre Knöchel strich. Seine raue Hand.

Für diesen Mann in seiner ganzen Wildheit hatte Gott sie gemacht, dessen war sie sich in diesem Moment sicher. Er brauchte jemanden, der ihn von ganzem Herzen liebte, und sie brauchte ihn auch und wollte ihn. Wie war es möglich, dass Gott zwei Menschen füreinander schuf und trotzdem nicht zusammenkommen ließ? Das konnte doch nicht wahr sein.

»Du bist mager geworden«, sagte er, »und blass im Gesicht. Und du fehlst mir. Ich denke immerzu an dich. Kann schon gar nicht mehr richtig arbeiten.«

Sie schüttelte den Kopf. »Sag so etwas nicht.«

»Doch. Es ist die Wahrheit.«

»Ich denk ja auch an dich. Dennoch, bitte geh. Ich habe Angst.«

»Gut«, sagte er und grinste, »ich gehe und vergesse dich, ein für alle Mal.« Er machte eine Pause, während der er ihr in die Augen blickte. »Musst mir nur sagen, wie ich das schaffe.«

Sie lachte, aber hielt sich sofort die Hand vor den Mund. »Ich weiß es doch selber nicht.«

»Ich will nicht mehr ohne dich sein.«

»Lorenz«, sagte sie, »Lorenz. Du weißt, dass das nicht möglich ist.«

»Lass uns fortgehen. Dann läufst du eben noch einmal mehr davon, ein letztes Mal. Was ändert das? Wo es uns gefällt, da bleiben wir dann für immer, das versprech ich dir. Und deine Tochter nehmen wir mit.«

Sie schüttelte den Kopf. Er drückte ihre Hand fester. Sie empfand keinen Schmerz. Am liebsten wäre sie ihm in die Arme gefallen.

»Bitte geh. Du musst gehen.«

»Sehe ich dich wieder?«

»Ich weiß nicht. Lorenz, bitte. Geh jetzt.«

Sie machte ihre Hand los und tastete nach dem Fenstergriff. Er kam mit dem Kopf heran und küsste sie auf den Mund. Sie schloss die Augen. Er roch nach Schweiß und Lohe, und seine Hand strich über ihre Wange.

Dann verschwand er, wortlos, lief wie ein Tier durch ihren kleinen Garten und war nicht mehr zu sehen. Sie stützte sich mit beiden Händen auf das Fensterbrett. Ihre Frage blieb: Stimmte es, dass Gefühle wie dieses nur Versuchungen waren? Wenn es so war, dann war sie, Claire Deschamps, nicht stark genug. Es stand nicht in ihrer Macht, diese Liebe verschwinden zu lassen.

Da Paul früh nach Hause kam, aßen sie alle gemeinsam zu Abend. Claire hatte ihre Nähsachen in die Kiste geräumt. An diesem Nachmittag hatte sie fast nichts geschafft, da hatte sie nur an Lorenz denken können. Draußen war es noch hell, das Fenster stand offen, und sie ertappte sich dabei, wie sie erwartete, dass er erneut hereinschaute.

Paul sprach das Tischgebet. Mit ihnen saßen Isabel, ihr Schwiegervater und die Haushälterin am Tisch. Es gab Fisch, einen Zander, den sie gekauft hatte. Paul verteilte die einzelnen Stücke. Isabel begann, ihre Portion genau nach Gräten zu untersuchen. Wenn sie eine fand, und war sie noch so winzig, zog sie sie mit den Fingern heraus und legte sie an den Tellerrand.

»Ich bekam neulich Besuch von meiner Enkeltochter«, sagte Bertrand. »Eigentlich wollte sie an dem Tag zu dir.«

Er sah seinen Sohn an. Paul hatte den Kopf gehoben. Ihm war nicht wohl, glaubte Claire. Oder war es ihr eigenes Schuldgefühl, das sie auf seinem Gesicht erkannte?

»Du warst in der Manufaktur?«, fragte Paul seine Tochter.

»Ja, doch du warst nicht da.«

»Wahrscheinlich war ich in der Gerberei.«

Er wandte sich seinem Essen zu. Wie Isabel untersuchte er den Fisch genau, bevor er ihn in den Mund nahm.

Bertrand sah Isabel an. »Na sag schon.«

»Nein, Großvater.«

»Was?«, fragte Paul. Seine Stimme klang schroff. »Was soll sie sagen?«

Weder Bertrand noch Isabel antworteten. Claire spürte, dass beide ein unangenehmes Geheimnis teilten, und sie wollte es lieber nicht kennen. Ihr reichte das eigene. Bertrand nickte Isabel zu.

Die Kleine schüttelte den Kopf.

»Sie haben ihr gesagt, du seist gerade aus der Gerberei gekommen.«

»Was soll das bedeuten?«, fragte Paul. »Möchtest du, dass ich dir Rechenschaft über meinen Tag ablege?«

»Sicher nicht«, erwiderte sein Vater. »Aber ich meine, du könntest deiner Tochter erklären, wo du warst.«

Paul schüttelte den Kopf. Er sagte nichts, schien jedoch auf Antwort zu sinnen. Als sie schließlich kam, war sie scharf: »Ich arbeite von morgens bis abends. Was wir essen, habe ich erwirtschaftet, was wir auf dem Leib tragen, ebenso. Und da soll ich mich jetzt rechtfertigen? Vielleicht war ich wegen der Lohe unterwegs, die sie uns in die Spree gekippt haben, oder wegen der Häute, was weiß ich.«

Isabel blickte nicht mehr auf, und die Haushälterin tat, als verstehe sie nicht, was gesprochen wurde.

»Dann erklär ihr das doch einfach«, verlangte Bertrand.

Paul ließ sein Besteck auf den Teller fallen und wischte sich den Mund mit der Serviette ab. »Ich weiß doch nicht einmal, von welchem Tag ihr sprecht.«

»Vom Donnerstag der letzten Woche.«

Paul wurde plötzlich rot ihm Gesicht, sie sah es ganz deutlich. Hatte er auch ein Geheimnis? Sie erinnerte sich an einen Abend, an dem er nach Parfüm gerochen hatte. War das jener Donnerstag gewesen? Selbst wenn, ihr stand es nicht zu, ihm einen Vorwurf zu machen. Nur die Angst überkam sie, dass jetzt ihr ganzes Leben und das ihrer kleinen Tochter zusammenbrächen.

»Vater, möchtest du mir vorschreiben, was ich sagen soll und was nicht?«

»Ich halte dich zur Wahrheit an, mein Sohn, auch und vor allem gegenüber deiner eigenen Tochter. Denn nur die Wahrheit ist gottgefällig.«

Paul warf seine Serviette auf den Tisch, sie landete mit einer Spitze im Fischteller. »Und dafür, was gottgefällig ist, haben wir ja ein großes Vorbild in der Familie, nicht wahr?«

Bertrand hatte den Mund halb geöffnet und starrte Paul an. Claire wagte nicht, sich einzumischen, und an das Thema Wahrheit mochte sie erst recht nicht denken. Bertrand bewegte die Lippen, blieb aber stumm. Er sah ein wenig aus wie der Zander.

Schließlich stieß er hervor: »Du beschmutzt sein Andenken nicht. Du nicht.«

Paul schnaubte. »Es würde mir ohnehin nicht gelingen. Bevor er in seinem Leben irgendetwas Falsches machen konnte, ist er vor die Pferde gelaufen.«

Der Alte schnappte nach Luft. »Du … du …«

Isabel schluchzte auf. Sie lief zu Claire und drückte sich auf ihren Schoß.

Bertrand stand ebenfalls auf. Dabei knackte sein Stuhl, als wollte er brechen. »Er war auserwählt, das ist die Wahrheit. Deshalb wollte Gott ihn schnell wieder in seiner Nähe haben, und heute, während du hier streitest, hat er einen Platz an seiner Tafel. Und du – du bist einfach nur neidisch. Schäm dich dafür. Neid ist eine Sünde. Eine Todsünde.« Er ging zur Tür, dann drehte er sich noch einmal um. »Schließ ihn in dein Gebet ein, damit er dir verzeiht«, rief er mit zitternder Stimme Paul zu.

Als er gegangen war, aßen sie nicht weiter. Paul nahm seinen Stuhl und trug ihn hinaus vor die Tür. Claire tröstete Isabel, sie sagte ihr, Streit komme überall vor, in jeder Familie. Sie begleitete sie auf ihr Zimmer und wartete, bis sie das Nachthemd angezogen und sich gewaschen hatte. Dann betete sie mit ihr, strich ihr über die Wange und gab ihr einen Kuss, bevor sie das Licht ausblies.

Draußen war es dunkel und mild. Paul hatte sich den Stuhl an die Hauswand gestellt, er saß da und starrte in die Luft. Als Claire dazukam, sah er nicht auf.

»Bist du auf seiner Seite?«, fragte er.

Sie gab keine Antwort.

»Ich werde ihm den Umgang mit meiner Tochter verbieten. Und ihr verbiete ich, künftig zu ihm zu gehen.«

»Aber nein, Paul. Sie liebt ihn doch und er sie auch.«

Nun starrte er sie an. »Also bist du auf seiner Seite. Glaubst mir auch nicht. Dabei bist du meine Frau, nicht seine.«

Sie atmete durch. Es blieb dabei, sie hatte kein Recht, ihm Vorwürfe zu machen. Trotzdem erwiderte sie: »Als du sagtest, du hättest den Abend mit dem Baumeister verbracht, da habe ich dir geglaubt.«

»Ach, darum geht es also wieder. Davon willst du nicht lassen. Dann geh doch. Geh doch weg!« Er stand auf und machte zwei Schritte auf sie zu. Unwillkürlich wich sie zurück. »Meine eigene Frau hält mich für einen Mörder. Bloß, Claire, eine Frage solltest du mir beantworten: Warum hätte ich den jungen Haeuser töten sollen?«

Es war nicht richtig, vor ihrem Mann Angst zu haben. Sicher, er war wütend, wütender als sie ihn jemals erlebt hatte. Sie wollte dennoch keine Angst haben.

»Weil er dich gereizt hat«, sagte sie. »An jenem Sonntag habe ich nicht verstanden, wie du so ruhig bleiben konntest. Hast du denn die Demütigung gar nicht empfunden?«

»Natürlich hab ich das.« Er packte sie am Handgelenk. Seine Stimme war kalt, und spätestens jetzt hatte sie wirklich Angst vor ihm. »Soll ich dir sagen, warum ich ruhig bleiben konnte? Weil ich mir die ganze Zeit überlegt habe, dass ich ihn an dem Abend töten werde. Das war köstlich. Ein Vergnügen.«

»Paul …«

»Ich habe mir genau ausgemalt, wie der Scheißkerl um Gnade winselt, wie ein Hund, der ausgepeitscht wird. Ich habe sie ihm nicht gewährt.«

»Bitte, Paul.«

»Ja, Paul, Paul. Ich habe dir nichts erzählt, natürlich nicht. Wozu sollte ich dich zur Mitwisserin machen? Aber ich bin da hingegangen – in deren Zunfthaus – und habe diesen Idioten die Treppe runtergestürzt. Mein Gott, Claire, bist du denn dumm? Woher allein hätte ich wissen sollen, dass dieser Gerber sonntagabends ins Zunfthaus geht? Am Sonntag!«

Mit ihrer anderen Hand lockerte sie seinen Griff. Eine Antwort gab sie ihm nicht.

»Es ist alles unnötig. Hättest du nur einmal mit Vater gesprochen, wüsstest du Bescheid. Doch dafür bist du zu stolz, stimmt's? Am liebsten würde ich dich an den Haaren packen und zu ihm schleifen. Zu diesem alten …«

»Paul, versündige dich nicht.«

»Also, was ist? Hast du ihn gefragt?«

»Ich würde ihm nie eine solche Frage stellen.«

Er lachte auf. »Ich werde ihn selbst fragen, in deinem Beisein. Er wird sich an den Abend erinnern – der Todestag seines Alexandre, seines Einzigen und Vielgeliebten. Danach sortiert er die Jahre.«

Sie senkte den Blick. »Ich möchte das nicht.«

»Das interessiert mich nicht. Wichtiger ist es, dass meine eigene Frau mich nicht für einen Mörder hält. Denn solange sie das tut, können wir uns noch viele Neuanfänge versprechen, das wird immer sinnlos bleiben.«

Sie unterdrückte die Tränen, die hinauswollten. Doch sie fing an zu husten, und der Husten ließ nicht mehr nach, er brannte ihr im Rachen, und sie musste ausspucken, es war jedoch keine Schüssel in der Nähe. Und nun kam auch das Wasser aus den Augen, zusammen mit dem Husten.

Sie lief in die Kammer, in der der Toilettenstuhl stand und spuckte in die Schüssel. Der Husten saß ihr auf der Brust und wollte sich nicht beruhigen. Sie hielt die Hand darauf, und nur ganz langsam fand sie wieder zu sich.

- ZEHNTES KAPITEL -

1

Als Paul den Brief des kurfürstlichen Rates, ordentlich versiegelt und an ihn persönlich adressiert, öffnen wollte, ging ein Gewitter nieder. Es war der erste richtige Regen seit Wochen, er prasselte auf staubige Wege und in ausgetrocknete Straßengräben, auf müde Bäume und in leere Brunnen. Paul stand unter dem Werkstattdach. Über ihm trommelte das Wasser auf die Ziegel. Der Pegel der Spree war gesunken. Nun klatschten die Regentropfen auf den Fluss.

Er ahnte, dass er eine schlechte Nachricht in der Hand hielt.

Pignot und die Arbeiter rannten über den Hof. Sie versuchten, die Mistbeize und die Lohegrube zuzudecken. Ihnen allen lief das Wasser aus den Haaren. Durch die durchnässten Hemden konnte man ihre Oberkörper sehen. Pignot schrie seine Anweisungen und fluchte, wenn etwas nicht klappte.

Paul hingegen schimpfte leise, obwohl er den Brief noch nicht geöffnet hatte. Jeden Fortschritt verboten sie. Sollten sie doch rückständig bleiben bis zum Jüngsten Tag. Wenn er die Gerberei schließen musste, würde er mit Schulden zurückbleiben, aber er würde sie abtragen, wenn auch langsamer als geplant. Er wäre dann ein kleinerer, irgendwie gestutzter Paul Deschamps. Aber seinen Stolz besiegten sie nicht.

Er nahm sich vor, um sein anderes Vorhaben, um die Kirche, noch entschlossener zu kämpfen, wenn sie ihn nicht frei wirtschaften ließen. Diese Angsthasen – er würde ihnen seine Stärke so oder so demonstrieren.

Pignot und die Männer stürmten in die Werkstatt, wo sie sich Tücher suchten, mit denen sie sich trockenreiben konnten. Paul hörte sie lachen. Sie wrangen ihre Hemden aus. Der Regen war so dicht, dass man nicht weit sehen konnte. Auch Paul spürte jetzt die Feuchtigkeit. Die mit Tinte geschriebene Adresse begann schon zu verwischen.

Er zog sich ein wenig zurück und brach das Siegel auf. Geschrieben war der Brief in deutscher Schrift, mit den schwer zu lesenden, hohen Buchstaben. Trotzdem begriff er schnell: Es war genau das, was er vermutet hatte. Er wurde angewiesen, die Gerberei einzustellen.

Die Begründung war, dass er kein Mitglied der Zunft und kein Meister der Lederherstellung sei. Die Verfügung gelte ab sofort. Sollte er sich nicht daran halten, könne er streng bestraft werden.

Alles in ihm rebellierte, und wie von selbst spannten sich seine Muskeln in Armen und Oberkörper an. Die Entscheidung war falsch und sie war dumm. Noch in Generationen würden die Berliner kein besseres Leder herstellen können, wenn sie nicht erlebten, wie andere das machten.

Blitz und Donner zogen weiter, der Regen hingegen blieb. Im Hof stand das Wasser. Es fehlte eine leichte Schräge, sodass Regenwasser zum Fluss hin ablaufen konnte. Es lohnte sich jedoch nicht, hier noch einen Taler zu investieren, wenn es bei dieser Entscheidung blieb. Er setzte sich an den Tisch, wischte sich die regennassen Hände trocken und schrieb an den Kurfürsten persönlich. In seinem kurzen Brief bat er um eine Audienz.

Pignot hätte er am liebsten nichts erzählt. Aber es hatte im Moment keinen Sinn, neue Ware zu bearbeiten, die Häute ließen sich am Ende leichter verkaufen, wenn sie völlig unbehandelt waren, und er musste jetzt an seine Schulden denken. Deshalb wies er den Altgesellen an, nur noch fertigzustellen, was bereits im Mist oder in der Lohe lag oder noch zugerichtet werden musste. Pignot fragte nach dem Grund.

Paul berichtete von dem Brief. Der Altgeselle wollte sofort alle Arbeit einstellen. Paul verbot es.

»Wir werden eine Strafe bekommen, Monsieur.«

»Die Ihr nicht bezahlen müsst.«

»Aber Ihr«, entgegnete Pignot.

»Nicht Euer Geschäft. Ich gehe das Risiko ein. Wir brauchen dieses Leder. Und ich will mich nicht beugen.«

Weder seinem Vater noch Claire berichtete er von der amtlichen Verfügung. Es wurde sowieso nur noch wenig gesprochen bei ihnen, jeder hing seinen Gedanken und Sorgen nach. Claires Husten war wieder stärker geworden, und sie sah blass aus. Wenn die Sache durchgestanden war, würde er sie zur Kur schicken müssen.

Von der Gerberzunft ließ sich niemand blicken, auch nicht von Seiten des Rates. Sie schienen sicher zu sein, dass ihre Anweisungen befolgt wurden. Zumindest mit Haeusers Besuch rechnete er jeden Tag, und manchmal ging er sogar hinaus und versicherte sich, dass dieser Kerl nicht im Hof stand und sich umsah, während er auf einem Holzspan herumkaute.

›Ich bin der gewählte Zunftmeister.‹

Doch Haeuser kam nicht.

Dafür erhielt Paul vom Hof schneller als erwartet Antwort. Er wurde zu einer Audienz gebeten. Dort würde sich zeigen, was Gottes Plan mit ihm war.

Am Morgen der Audienz wurde Claire schwindelig. Sie fiel nicht hin, aber sank in die Knie, ein langes Brot von Armand in der Hand, mit dem sie sich aufstützte. Schließlich legte sie sich auf den Fußboden. Isabel erschrak. Paul brachte ihr Wasser und half ihr hoch.

Er musste sie unbedingt zu einer Kur schicken.

Da die Audienz erst am späten Vormittag angesetzt war, machte Paul am Morgen seine gewohnte Runde. Gerveux erwartete ihn schon in der Manufaktur. Er hatte einen weiteren Brief in der Hand und wirkte aufgeregt. Dieser Brief stammte aus London.

Es war erneut die reine Begeisterung, die aus den Zeilen seines Geschäftspartners sprach. Die hundert Paar Handschuhe hatten sich innerhalb weniger Tage verkauft, obwohl es noch nicht kalt war. Der Händler hatte ihm Geld geschickt und bestellte gleichzeitig neue Ware, nicht ohne zu erzählen, wie die Engländer über seine Handschuhe urteilten, sie fanden sie elegant, schätzten die Qualität des Leders, und es gab viele Leute, die ein zweites oder drittes Paar wollten.

Paul strahlte. Er wusste, dass in ein paar Stunden wahrscheinlich alles anders war und er dem Engländer absagen musste, dennoch freute er sich über so viel Lob. Was möglich war, würde er noch nach London schicken. Dafür wollte er alles Leder benutzen, das Pignot derzeit herstellte.

Erst im Schloss, als er durch Gänge und Säle geführt wurde, kamen ihm Gedanken an die Kurfürstin, er fragte sich, ob sie zugegen war und wie sie sich verhalten würde. Wäre es ihm gelungen, sie auf seine Seite zu ziehen, wäre sicher vieles leichter geworden. Nun war sie seine Gegnerin.

›Ihr seid klein, Deschamps, ein winziger, bettelnder Réfugié.‹

Er wurde in den Großen Audienzsaal geführt und stellte fest, dass er nicht der Einzige war, der gehört werden sollte. Haeuser war bereits da, mit ihm mehrere Gerber, darunter der kleine, schwarzhaarige Geselle, der ihm immer hinterherlief, dazu zwei andere, die Meister sein mochten. Sie standen in einem Halbkreis um einen dicken Mann mit schwarzem Zopf. Das musste der neue Premierminister Wartenberg sein. Sein Vorgänger, Danckelman, hätte vielleicht für ihn gesprochen, den Neuen konnte er nicht einschätzen. Wie es schien, hatten die Gerber ein ausgezeichnetes Verhältnis zu ihm, sie scherzten miteinander und der kleine Geselle lachte sein schmutziges Lachen.

Paul hätte nicht ganz allein kommen sollen. Wäre wenigstens Pignot an seiner Seite, hätte er mit jemandem reden können. So hatte er niemanden begrüßt, niemand sprach mit ihm. Mit Erleichterung stellte er fest, dass nur einer der dunkelroten Stühle aufgestellt war – offenbar wollte der Kurfürst diese Aussprache allein leiten.

Er hielt die Hände hinter dem Rücken und hatte die Augen gesenkt, es sollte nicht auffallen, dass er die Situation im Saal beobachtete. Haeuser sah für seine Verhältnisse recht ordentlich aus, die Haare waren einigermaßen gekämmt und er hatte eine schwarze, über den Knien zusammengebundene Hose angezogen, die gleiche, die er zur Kirche trug. Was war das für ein uneindeutiger Mensch, dieser Zunftmeister, neulich hatte er ihm noch Lohe gebracht, jetzt wollte er ihn vernichten. Haeuser drehte seine Mütze durch die Finger.

Es gab auch andere Herren – Mitglieder des kurfürstlichen Rates, glaubte Paul. Sie standen in zwei Gruppen zusammen. Alle trugen weiße Hemden, mit unterschiedlichen Kragen, mit Rüschen und Halskrausen, die von Tüchern zusammengebunden waren. Darüber hatten alle lange Jacken an, manche schwarz, andere dunkelblau. Man wartete auf den Kurfürsten.

Als Friedrich und Sophie Charlotte eintraten, nahmen alle Männer im Saal Haltung an und verbeugten sich. Paul hatte sie von der anderen Seite erwartet, sie hatten jedoch eine Tür in seinem Rücken genommen, und so schritten erst der Kurfürst und dann die Kurfürstin direkt an ihm vorbei. Er trug die blaue Uniformjacke seines Heeres, mit mehreren Orden an der Brust, die der schmale, verwachsene Oberkörper nicht recht ausfüllen konnte. Sie hatte ein langes Seidenkleid an.

Paul verbeugte sich. Sie beachtete ihn nicht. Entweder hatte sie ihn nicht gesehen oder sie wollte ihm keine Aufmerksamkeit schenken. Ein Diener brachte einen zweiten Stuhl herbei.

Friedrich klatschte in die Hände. »Meine Herren, ich mag es nicht, wenn gestritten wird. Ich muss ein Land regieren – ein Land übrigens, das darf ich wohl sagen, das dabei ist, seinen Platz in Europa erheblich zu verbessern. Da derlei Dinge nicht von allein zu passieren pflegen, braucht es den ganzen kurfürstlichen Einsatz. Deshalb ist nicht recht, was ihr treibt. Ihr streitet euch. Warum? Wir sind doch alle Brandenburger und halten zusammen. Also, Wartenberg, was ist los?«

Wartenberg verneigte sich, soweit sein schwerer Körper das zuließ. »Durchlaucht, mir scheint die Sache recht einfach zu sein, Ihr kennt den ausführlichen Bericht, und der kurfürstliche Rat hat bereits ein Votum abgegeben. Es ist nur so, dass eine der beiden Seiten gegen diese Entscheidung um Audienz gebeten hat und dass Ihr andererseits in den Angelegenheiten der Réfugiés gern selbst entscheidet.«

Die Kurfürstin schien Paul ignorieren zu wollen. Sie spielte mit ihrem Armband, das sie öffnete und wieder schloss.

»Ach, ja, ja«, sagte Friedrich, »nur wenn es wirklich nötig ist. Ist es hier nötig?«

»Wenn Ihr mich fragt: nein, Durchlaucht. Die Sachlage ist eindeutig. Es gibt eine Zunftordnung und jemanden, der dagegen verstößt. Mag er seine Gründe haben, ein Recht gibt ihm das noch lange nicht, auch nicht vor Gott, der diese Ordnung eingerichtet hat.«

»Da liegt Ihr sicher richtig. Also, um was geht es?«

»Unter den Réfugiés ist ein Handschuhmacher, der angefangen hat, Leder zu gerben. Wir haben ihm auf der Grundlage des Berichtes und mit Zustimmung aller Minister eine amtliche Verfügung zugestellt.« Wartenberg beschrieb mit seinem rechten Arm eine halbrunde Bewegung in der Richtung, in der die Ratsmitglieder standen, und sie alle nickten. »Die Verfügung ist eindeutig. Der Handschuhmacher hat das Gerben einzustellen. An derlei Anordnungen hat man sich in Brandenburg-Preußen zu halten.«

Haeuser ließ keine Reaktion erkennen, die anderen Gerber hingegen feixten und am meisten freute sich der kleine Geselle. Sie waren dabei, zu erreichen, was sie wollten. Paul ärgerte sich. War das Gottes Wille, der hier erging? Oder waren das nur ein paar neidische Handwerker mit enger Verbindung zum neuen Premierminister?

»Aber Herr Franzose«, sagte der Kurfürst, »das ginge doch in Frankreich ebenso wenig. Stellt Euch einmal vor, es gäbe hier Katholiken – wovor Gott uns bewahren möge – und die wanderten nach Frankreich aus. Die müssten sich dort genauso an die Zunftordnung halten. Stimmt Ihr mir zu?«

Paul verneigte sich.

»Na also. Wir möchten keinen Streit unter unseren Kindern, und ich glaube, das ist auch nicht notwendig. Jeder an dem Platz, an den Gott ihn gestellt hat, der Gerber gerbt, der Handschuhmacher macht Handschuhe, der Kurfürst regiert, alle sind glücklich und zufrieden. Und ich bin es dann ebenfalls, denn ich kann mich den wichtigen Dingen zuwenden. Wollen wir es dabei belassen?«

Die Kurfürstin grinste und hatte ihre Augen weit aufgezogen. Vielleicht hatte sie ihrem Mann ihre Ansicht schon vorher mitgeteilt.

Der Kurfürst blickte in die Runde, und als er ihn ansah, ergriff Paul das Wort: »Durchlaucht, darf ich sprechen?«

Friedrich bewegte seinen Oberkörper, offenbar saß er nicht gut. Er nickte.

»Durchlaucht, Ihr habt mir vor einigen Monaten einen Rat gegeben, den ich beherzigt habe. Ihr habt gesagt, ich solle meine Handschuhe auch in anderen europäischen Städten verkaufen.«

»Ich weiß«, sagte Friedrich, »in Petersburg und in Paris. Vor allem in Paris. Das würde mir gefallen.«

»Ich habe damit angefangen«, fuhr Paul fort. »Wir haben Handschuhe nach London geschickt, und ich darf sagen, sie verkaufen sich dort sehr gut. Wir haben bereits die zweite Nachbestellung erhalten. Gerade heute ist sie eingetroffen. Als Nächstes möchte ich Kontakt aufnehmen zu Händlern in den Schweizer Städten Genf und Basel. Mit der Zeit wollen wir Handschuhe, die in Berlin hergestellt werden, in ganz Europa verkaufen.«

Friedrich nickte. »Ihr habt meine volle Sympathie, Handschuhmacher. Sonst hätte ich diesen Vorschlag ja nicht gemacht.«

Sophie Charlotte zog eine Grimasse. Es schien Paul, als ahme sie ihren Mann nach.

»Doch ich brauche dafür hochwertiges Leder, und das kann ich hier nicht kaufen. Deshalb haben wir angefangen, in unserem eigenen Betrieb zu gerben, aus keinem anderen Grund. Wir wollten nicht die Ordnung verletzen und wir sind keine Störenfriede. Auch verkaufen wir kein Leder, an niemanden. Aber wir brauchen eine Qualität, die es hier einfach nicht gibt.«

Die Gerber schüttelten die Köpfe und murrten. Wenn sie nicht zugaben, dass Paul in diesem Punkt recht hatte, war seine Sache endgültig verloren.

»Ich habe«, fuhr er fort, »mein Leder von Meister Haeuser bezogen und mich bei ihm beschwert. Doch der Meister konnte mir nicht zusagen, mir bessere Ware zu liefern, nicht einmal gegen einen höheren Preis.«

Der Kurfürst legte den Kopf auf eine Seite. »Meister Haeuser?«

»Wir gerben nach den Regeln der Zunft. Natürlich gibt es Unterschiede, die hängen im Wesentlichen mit den Tieren und ihren Häuten zusammen. Allerdings kann ich nicht einem Kunden alles Kalbsleder geben und den anderen nur das zähere Material.«

Friedrich drehte seinen Kopf von rechts nach links und verzog das Gesicht. Er schien die Geduld zu verlieren. Zum ersten Mal blickte die Kurfürstin zu Paul, kalt, wie er fand. Sie konnte ihm zu jeder Zeit in die Parade fahren.

Paul wandte sich direkt an Haeuser: »Warum lässt er uns dann nicht unser Leder selbst herstellen, der Herr Zunftmeister?«

Haeuser wandte sich ihm zu, als er sprach, und in seinem Ton war kein Angriff. »Seht Ihr, es gibt keine Ausnahmen, das ist unmöglich. Wir können nicht Euch heute zugeben, was wir morgen anderen verwehren müssen. Und ohne die Ordnung entstünde ein Durcheinander, das keiner will, denn es hat ein jeder sein Auskommen, die Schlachter, die Gerber und auch die, die das Leder verarbeiten. Wer wollte das ändern?«

»Wir brauchen Freiheit, Durchlaucht«, sagte Paul. »Ein Land, das wirtschaftlich stark werden will, braucht Freiheit.«

Die Gerber protestierten erneut, diesmal lauter. Die Minister schüttelten die Köpfe. Friedrich sah Paul an. Er schien nachzudenken.

»Ihr habt eine amtliche Verfügung, haltet Euch an die«, sagte Wartenberg. »Ansonsten haben wir Mittel, sie durchzusetzen.«

Friedrich hob die Hand. »Habt Ihr wirklich gut verkauft in ... London?«

»Sehr gut, Durchlaucht. Wir haben einhundert Paar Handschuhe hingeschickt, die waren in wenigen Tagen verkauft. Der Händler hat geschrieben, er brauche dringend neue.«

»Durchlaucht, bedenkt«, sagte Wartenberg, »wenn Ihr zugunsten der Franzosen entscheidet, könnte es Unruhe unter der Bevölkerung geben. Das ist nicht in unserem Sinne, und es ist nicht glücklich, eine amtliche Verordnung zurückzunehmen.«

Zum zweiten Mal hob Friedrich die Hand in die Höhe. Wartenberg sprach nicht mehr weiter.

Im Saal war plötzlich große Ruhe.

Die Gerber blickten den Kurfürsten erwartungsvoll an, die Minister rührten sich nicht mehr. Wartenberg hatte den Kopf in den Nacken gelegt. Nur Sophie Charlotte verzog das Gesicht, als mache sie sich wieder über ihren Mann lustig. Paul war aufgeregt. Was er anführen konnte, hatte er gesagt.

Sein Blick blieb an dem mächtigen Kronleuchter hängen. Er war ganz aus Glas, aus vielen hundert einzelnen Glasstücken, manche klein, andere größer, die von Draht gehalten wurden. Paul versuchte, das Ordnungsprinzip zu verstehen. Es wechselten sich nicht einfach kleine und große Stücke ab. In jeder Reihe gab es eine bestimmte Folge, die sich erst in der dritten nachfolgenden Reihe wiederholte.

Die Kerzen brannten natürlich noch nicht.

»Wenn Ihr besser gerben könnt als die Mitglieder der Zunft«, begann der Kurfürst, »dann ist es richtig, dass Ihr das tut. Gott gibt Fähigkeiten, damit sie genutzt werden, nicht damit sie verkümmern.«

Augenblicklich wurde es laut. Die Gerber riefen dazwischen, selbst die Minister hatten die Haltung verloren. Wartenberg machte ein ungläubiges Gesicht. Die Kurfürstin schüttelte heftig den Kopf.

»Ruhe, wenn ich spreche«, rief Friedrich. Seine Stimme war schwach, wurde jedoch gehört. Alle Anwesenden verstummten.

»Unser Ziel ist es – das habe ich schon des Öfteren erklärt –, dass andere Länder nicht mehr mit Herablassung von unserem Brandenburg sprechen, weder die Franzosen noch die Engländer noch der Hof in Wien. Im Gegenteil, ich möchte, dass es heißt: Oh, aus Brandenburg, dann ist das bestimmt etwas Gutes. Diesem Ziel ordnet sich alles andere unter. Versteht Ihr?«

Paul verneigte sich, die Gerber hingegen nicht. Sie hatten Mühe, ihren Zorn zu unterdrücken.

»Ihr habt also die kurfürstliche Erlaubnis, weiter zu gerben, Herr Franzose. Ich hoffe, Ihr enttäuscht mich nicht. Denn das ist noch nicht alles. Wir möchten, dass Ihr Euer Wissen weitergebt. Begreift Ihr, was ich meine? Ich möchte, dass Ihr junge Männer ausbildet.«

Die Gerber protestierten erneut, diesmal noch lauter. Nur Haeuser blieb still. Sophie Charlotte schlug sich mit der flachen Hand vor die Stirn.

»Ruhe, wenn der Kurfürst spricht«, rief Wartenberg.

Trotzdem sagte Haeuser, sobald die Lautstärke abgeklungen war: »Ausbilden dürfen nur Zunftbetriebe.«

»Das weiß ich, Meister Haeuser, danke für die Belehrung«, gab Friedrich zurück. »Wenn Ihr mir bis zum Ende zuhört, erfahrt Ihr, dass meine Anordnungen durchaus Sinn machen.«

Jetzt war es Haeuser, der den Oberkörper neigte. »Verzeihung.«

»Ich verfüge, Herr Franzose, dass Ihr eine eigene Zunft gründet. Eine Franzosenzunft. Dann dürft Ihr junge Leute ausbilden. Nicht nur Franzosen. Ihr bildet junge Männer aus, egal welches Blut sie haben.«

»Es wird uns eine Ehre sein.«

Im Saal war es schon wieder laut. Wartenberg klatschte in die Hände. Die Gerber bedachte er mit scharfen Blicken, und allmählich beruhigten sie sich.

»Monsieur«, fuhr der Kurfürst fort, »ich möchte keinesfalls, dass dieser Teil meiner Anordnung missachtet wird. Kann ich mich auf Euch verlassen oder müssen wir das schriftlich festlegen? Ihr bildet Franzosen und Einheimische in gleicher Zahl aus.«

»Ja, Durchlaucht. Ich gebe Euch mein Wort.«

Sophie Charlotte warf ihm einen Blick zu. Er war sich sicher, dass sie ihn verachtete – und ihren Mann auch. Er verstand nicht, warum sie die Entscheidung des Kurfürsten, die sie offenkundig falsch fand, unkommentiert hinnahm. Nur sie hätte widersprechen können.

Der Kurfürst stand auf, das Gespräch war beendet. Alle Anwesenden verneigten sich, während Friedrich, gefolgt von Sophie Charlotte, den Saal verließ. Als Paul wieder aufsah, traf sein Blick auf den von Haeuser. War das ein Nicken, was der Gerber da angedeutet hatte? Paul war sich nicht sicher, und Haeuser hatte sich bereits abgewendet.

Es gab niemanden im Saal, mit dem Paul noch hätte sprechen wollen. Als er ging, grüßte er laut und allgemein, erhielt aber keine Antwort, was ihn lächeln ließ. Im Schloss, in den langen Fluren, gab er sich Mühe, seine Freude im Zaum zu halten. Im Stillen dankte er Gott.

Auch auf den Straßen behielt er sein ernstes Gesicht, während es in ihm jubelte. Er hätte die Arme in die Höhe reißen und tanzen können, zeigte jedoch nichts davon. Nur wo er den Straßengraben überwinden musste, hüpfte er.

Ihm kam in den Sinn, Claire von seinem Triumph zu erzählen und dem Vater. Jetzt konnte es wirklich einen Neuanfang zwischen ihnen geben, zwischen ihnen allen. Auch seinen Freunden aus dem Gemeindevorstand wollte er berichten, schließlich war das mehr als ein persönlicher Erfolg, es war ein Sieg für alle Réfugiés. Einer Zunft, die sie gründeten, würden andere folgen. Armand konnte der Nächste sein und eine Bäckerzunft ins Leben rufen. Dieses Urteil des Kurfürsten war ein Exempel. Er dachte an die Metzger im Oderbruch, die in Zukunft ihre Söhne ausbilden durften.

Doch zuallererst galt es, Pignot zu informieren – Pignot, den alten Feigling. Niemand wusste mehr über die Geheimnisse der Gerberei als er. Gleichzeitig war er der, der sich verzog, sobald er nur kleinsten Ärger roch. Und für diese Dinge hatte er eine gute Nase.

Paul würde anordnen, dass Pignot sofort neue Häute bearbeitete. Es durfte keine größere Lücke im Ledernachschub geben. Die Handschuhe für London würden rechtzeitig fertig. Als Nächstes standen die Schweizer Städte an.

Er selbst brauchte nun eine eigene Kutsche und ein anständiges Pferd. Und dann musste die Zunft gegründet werden. So vieles, was anstand, so viel, was zu tun war.

Er machte sich einen Spaß daraus, ein leidendes Gesicht aufzusetzen und auf seine Schuhspitzen zu starren, als er durch die Einfahrt der Gerberei schritt. Trotz seines gesenkten Kopfes erkannte er, dass Pignot ihn gespannt ansah. Auch die anderen Gerber hielten inne.

Paul sagte kein Wort, sondern ging auf Pignot zu, der es vor Spannung kaum auszuhalten schien.

»Es waren vier Gerber da. Der Premierminister und der Rat waren auf deren Seite. Und ich stand ganz allein.«

»Wir haben verloren?«

Paul wartete mit der Antwort. Es war still im Hof, nichts regte sich. Von den Männern wagte keiner, ihn anzusehen. Der bitter-scharfe Lohegeruch stieg Paul in die Nase.

»Nein, Pignot, wir haben gewonnen«, rief er. »Wir dürfen weitermachen.«

Die Arbeiter brachen in Jubel aus. Sie warfen Werkzeug in die Luft, sogar eine Forke, die wieder aufgefangen wurde. Pignot riss die Arme in die Höhe.

»Und wir sollen Jungs ausbilden«, fuhr Paul fort und klopfte Pignot auf die Schulter. »Dazu sollen wir eine eigene Zunft gründen. Der Ausbilder, Pignot, seid Ihr.«

Der Altgeselle schüttelte den Kopf und lachte dabei. »Das ist doch nicht wahr.«

»Und wie es wahr ist. Ich habe es dem Kurfürsten versprochen. Wir sollen Deutsche genauso wie Franzosen ausbilden. Ihnen zeigen, wie man hochwertiges Leder herstellt. Und wie man es mit Mist enthaart.«

»Monsieur, Ihr müsst mir alles ganz genau erzählen, allein schon, weil meine Julie mich heute Abend ausfragen wird. Von mir aus nach Feierabend, wenn es Euch recht ist.«

»Einverstanden, Pignot.«

Paul drehte sich um. Plötzlich blickte er in das blasse Gesicht seines Vaters, der im Hof stand.

»Du musst nach Hause kommen, Paul«, sagte er. Seine Stimme zitterte. »Es ist wegen ...«

»Wegen Claire?«

Bertrand nickte.

2

Claire lag auf dem Canapé unter einer Decke und schwitzte. Sobald sie die Decke von sich schob, wurde ihr eiskalt. Sie atmete flach und röchelte dabei, sie hörte es selbst. Die Augen konnte sie kaum offen halten. Im Kopf pochte der Schmerz. Ihre Stirn glühte.

Von all den Bildern, die ihr durch den Kopf zogen, war das des Todes am stärksten. Das war die beste, die einfachste Lösung. Sie käme aus allem heraus – aus dem Betrug an ihrem Mann, aus dieser elenden Sehnsucht nach Lorenz und aus dem Gefühl, im falschen Land zu leben.

Aber wenn sie an Isabel dachte, begann sie zu kämpfen. Sie durfte ihre kleine Tochter nicht als Halbwaise zurücklassen. Obwohl sie wusste, dass Paul und Bertrand sich kümmern würden, war sie die Mutter. Sie war diejenige, die alles für ihr Kind geben würde. Es war nicht richtig, aufzugeben und sich vom Tod mitnehmen zu lassen, auch wenn … auch wenn …

Sie hörte Stimmen, hatte jedoch keine Kraft, die Augen zu öffnen. Da war Isabel, die weinte. Und Paul, der flüsterte. Warum war er zu Hause und nicht in seinem Betrieb? War denn schon Abend? Hatte sie den ganzen Tag verschlafen?

Sie versuchte, etwas zu erkennen. Die Lider waren so schwer. Ihr Blick ging durch einen Nebel, in dem stand auch Bertrand, und die beiden Männer, Vater und Sohn, steckten die Köpfe zusammen und flüsterten. Paul strich Isabel übers Haar und ging hinaus.

Claire ließ die Augen wieder zufallen. Vielleicht war es falsch, unbedingt am Leben bleiben zu wollen. Der Tod war ein schwarzes Feld vor ihren Augen, das Erleichterung versprach – Erlösung. Es lockte sie. Und was hatte sie hier zu erwarten? Paul würde sie hinauswerfen, wenn er alles erführe, Isabel müsste sich für ihre Mutter schämen, und sie selbst hätte keinen Platz, an den sie gehen könnte, bestenfalls das Hospital, das die Gemeinde für die Armen eingerichtet hatte. Wer wusste, ob man sie dort aufnahm?

Und Lorenz? Wie ausgeschlossen war es, dass sie, eine verheiratete Frau, zu ihm ging. In wilder Ehe bei ihm lebte, noch dazu als Französin mit einem Deutschen. Alle Welt würde sie ächten und Gott wahrscheinlich auch.

Sie fiel in einen Halbschlaf. Dabei sah sie ihre Eltern, die sie ausschimpften, der Vater wollte sie sogar mit einem Stock schlagen – ein Lutheraner, schrie er, das sei viel schlimmer als ein Katholik. Jean erschien ihr und fragte, ob sie jetzt endlich konvertieren würde, dann könnten sie heiraten, er warte schon so lange auf sie. Sie sah die Heimat, das Languedoc, und die Felder und Wiesen waren hell und sonnig, so anders als der Tod. Zwischendurch fühlte sie die kleine Hand von Isabel in ihrer, und sie wurde wach und wollte etwas sagen, wollte die Tochter beruhigen, aber es gelang ihr nicht.

»Mama«, hörte sie, »Mama.«

Es lag mehr als Sorge in Isabels Stimme, fast Verzweiflung. Sie wollte antworten, wollte ihr Mut machen, doch mehr als ein Stöhnen brachte sie nicht heraus.

Isabel strich ihr mit der Hand über Stirn und Wangen. Claire trieb es Tränen in die Augen. Mit Gewalt schaffte sie es, die Lider zu öffnen, und sie lächelte.

»Mach dir keine Sorgen, Mama. Papa holt Monsieur Mathieu, und der macht dich wieder gesund.«

»Nein«, stöhnte sie.

Isabel drückte ihre Hand. Claire hatte plötzlich ein feuchtes Tuch auf der Stirn, das etwas Abkühlung brachte. Der Schwiegervater hatte es ihr daraufgelegt, es war seine Hand.

»Durst«, sagte sie.

»Ich bringe dir Wasser«, sagte Bertrand. Er hob den Krug hoch und ließ Wasser in ein Glas laufen, sie hörte es zu deutlich und zu laut, es tat ihr in den Ohren weh. Bertrand setzte sich neben sie, schob ihr seinen Arm unter Hals und Schultern und versuchte, ihr ein wenig nach oben zu helfen. Sie hatte kaum Kraft. Er hielt ihr das Glas und sie trank, langsam, denn jedes Schlucken tat ihr weh. Das Wasser war frisch und kühl, es war wie ein Versprechen, dass alles gut werden würde.

»Danke«, sagte sie. Ihre Augen waren bei ihrer Tochter, die groß geworden war. Wie lange hatte sie sie nicht mehr so angesehen? Sie musste unbedingt wieder gesund werden – und einen Weg finden. Es war schließlich ihre Tochter. Für sie war sie da.

»Ich brauche …«, begann sie, bekam den Satz jedoch nicht zu Ende.

»Was sagst du?«, fragte Bertrand. Sie hörte Mitgefühl in seiner Stimme.

»Nicht Mathieu.«

»Doch, Kind, sicher, du bist krank, vielleicht eine Lungenentzündung, es muss der Arzt nach dir sehen. Sie sind schon unterwegs.«

Im gleichen Moment ging die Tür auf. Sie schloss die Augen. Lieber Gott, sagte sie wortlos, ich bitte nicht für mich, aber für mein Kind. Straf sie nicht. Bitte straf sie nicht.

Mathieu hatte eine leise Stimme. Er schickte alle hinaus. Er nahm sich einen Stuhl, setzte sich zu ihr und griff nach ihrer Hand.

»Claire«, sagte er, »was ist los?«

Sie brachte kein Wort heraus.

»Sie haben Fieber. Paul sagte, es sei Ihnen schon wieder besser gegangen, Sie seien sogar aufgestanden. Stimmt das?«

Ihr Mund öffnete sich nicht, sie stöhnte nur und versuchte, es wie ein ›Oui‹ klingen zu lassen.

Sein Gesicht war ernst. »Dann ist das ein Rückfall.«

Seine Hand tastete nach ihrem Hals, er drückte vorsichtig auf ihn. »Ich muss Euch abhören, Claire«, sagte er. »Könnt ihr Euch auf den Bauch drehen?«

Es war eng auf dem Canapé und sie fühlte sich kraftlos. Er half. Durch ihr Leinenhemd spürte sie den mechanischen Griff seiner Männerhände.

»Ist gut«, sagte er, »so weit reicht es schon.«

Sie kannte sein Instrument, ein hölzernes Hörrohr, das er ihr auf den Rücken drückte. Er bat sie, zu husten, und als sie es versuchte, brannte ihr der Hals. Er legte sein Hörrohr an einer anderen Stelle wieder an, sie spürte den Druck, und sie sollte erneut husten, doch mehr als ein Stöhnen gelang ihr nicht.

Er brauchte lange und hörte sie gründlich ab, immer wieder sollte sie husten, und sie spürte seine Hände, die auf verschiedene Stellen ihres Körpers drückten.

Schließlich half er ihr, sich wieder auf den Rücken zu legen.

»Ihr könnt mir nicht helfen«, flüsterte sie. »Gott straft mich.«

Er nahm die Brille ab, und sie erkannte Mitgefühl in seinem Gesicht. »Wofür?«, fragte er.

Sie versuchte ein Lächeln, wusste allerdings nicht, ob es gelang. Er wirkte geduldig, er saß einfach bei ihr und wartete.

»Seid Ihr verpflichtet, zu schweigen?«

»Natürlich.«

»Ich … ich brauche jemanden. Jemanden, dem ich mich anvertrauen kann …«

Er nahm ihre Hand und nickte ihr zu.

Paul riss das Fenster im Esszimmer auf. Die Luft war abgestanden. In der Ecke stand Claires Nähkiste. Wie lange würde es dauern, bis sie sie wieder brauchte? Würde sie überhaupt jemals wieder nähen?

Er blickte nach draußen, auf die sandige Straße. Zumindest war durch den Regen wieder Bewegung im Straßengraben, der Gestank hatte nachgelassen. Isabel setzte sich zum Großvater auf einen der Stühle.

Was war es, das er für Claire empfand, nach den langen, schweren Wochen, durch die sie miteinander gegangen waren und nach dem letzten heftigen Streit? Manchmal ging das Gefühl fort, aber nie für lange, und meistens war es da. Sie war seine Claire und das sollte sie bleiben. Er faltete die Hände. Es war einfach unvorstellbar, sie zu verlieren. Das durfte nicht passieren.

Mathieu hatte sie alle hinausgeschickt, hier mussten sie nun warten. Es hielt ihn nicht am Fenster, er ging bis zur Wand und wieder zurück. Der Vater starrte in die Luft. Isabel sagte kein Wort.

Vielleicht verlor sie jetzt ihre Mutter. Tausende von Kindern hatten das gleiche Schicksal, und trotzdem traf es jedes Einzelne hart. Dass Gottes Wege unergründlich seien, war für ihn schon immer einer der klügsten Sätze überhaupt gewesen. Es waren andere Gedanken, die Er hatte, und deshalb andere Schlussfolgerungen, die Er zog. Man musste sie einfach hinnehmen und anerkennen, dass die Weisheit dahinter so groß war, dass ein begrenzter Menschenverstand sie nicht ermaß.

Und trotzdem bezweifelte er, dass er diesen Verlust würde tragen können. Ein Leben ohne Claire? Mit einem Mal schien ihm alles so sinnlos, so eitel. Wozu musste er Leder gerben, wenn das in Berlin nicht erlaubt war, weshalb wollte er eine französische Kirche in dieser Stadt? Man konnte doch überall arbeiten und überall beten, es kam allein darauf an, dass man glaubte. Nur das zählte. Das – und die Liebe.

»Kannst du dich nicht setzen?«, fragte sein Vater.

»Ich glaube nicht. Ich bin unruhig.«

»Uns machst du auch noch unruhig, wenn du hier umherwanderst.«

Isabel sah auf, und in ihren Augen stand der Schrecken.

Paul begriff, dass ein neuer Streit das Letzte war, was sie ertragen konnte. Er setzte sich.

Sie schwiegen und warteten. Von nebenan war nichts zu

hören, nur von draußen kamen Geräusche herein, Worte, Pferdegetrappel, das Weinen eines kleinen Kindes. Als ihm die Stille zu viel wurde, begann Paul von seinem Vormittag, von der Audienz beim Kurfürsten, zu erzählen und von dessen Entscheidung. Er berichtete nur, was er erlebt hatte; alle Begeisterung des Vormittags war verflogen.

Das Gesicht des Vaters blieb reglos, in ihm war weder Spannung noch Freude erkennbar. Paul gab sich keinerlei Mühe, die Situation anschaulich zu schildern. Nur im Stillen erinnerte er sich daran, auf welche Weise er Pignot und den Gesellen von der Übermacht der anderen Seite erzählt hatte. Am Vormittag hatte er aus der Audienz noch ein Drama gemacht: Ein einzelner Hugenotte gegen eine ganze Zunft. Jetzt war es nur noch ein trockener Bericht.

Er erzählte dem Vater von seiner Rede und von ihrer Wirkung auf den Kurfürsten.

»Schön«, sagte Bertrand, als Paul geendet hatte, und trotz aller Sorge um Claire, bei allem Mitleid mit Isabel versetzte ihm dieses eine Wort einen Stich. Warum erzählte er dem Alten überhaupt von seinen Erlebnissen? Doch nicht für einen Kommentar wie ›Schön‹? Es war überflüssig, er musste es lassen, der Vater würde seine Leistung nie würdigen. Was er an Anerkennung für andere besessen haben mochte, hatte er Alexandre mit ins Grab gegeben.

»Ich werde dir dein Geld bald zurückzahlen.«

Der Vater nickte.

Paul stand wieder auf. Er lehnte sich so ans Fenster, dass er in den Raum hineinsah. Etwas Schweres lastete auf ihm, er fühlte es in der Brust und an den Schultern. Er ging zu Isabel und strich ihr übers Haar. Sie hingegen griff nach der Hand des Großvaters.

Mochte sie den Alten mit seinem griesgrämigen Gesicht mehr als ihn? Am liebsten hätte er sie gefragt. Er schüttelte den Kopf. Das Kind hatte es schon schwer genug. Und er? Wenn er Claire verlor, war es sein Schicksal, einsam zu leben. Dann bliebe ihm allein die Hoffnung, dass Einsamkeit ein Zeichen für Gottes Liebe war.

»Es ist besser«, sagte Mathieu, »wenn Ihr im Bett liegt. In Ruhe und Abgeschiedenheit.«

Er hatte Falten auf der Stirn und hielt ihre Hand. Er schien sie nicht zu verurteilen. »Ihr habt eine Lungenentzündung«, sagte er.

»Muss ich sterben?«

Wie ein Vater strich er ihr über die Hand. »Nur eine leichte Lungenentzündung. Das wird wieder.« Sie fühlte seinen Druck an ihren Fingern. Nein, er verurteilte sie nicht, im Gegenteil, er wollte ihr Mut machen.

»Gegen die Krankheit kann ich Euch eine Medizin mischen. Es wird gut sein, Euch zur Ader zu lassen, das verschafft Erleichterung. Ansonsten braucht Ihr Ruhe, viel Ruhe. Und frische Luft. Es wäre gut, wenn ihr in Eurem Bett liegen könntet und das Fenster stünde offen.«

Er nickte und dachte nach. Sie schwitzte, und es trieb ihr Tränen in die Augen. Sie wollte nicht weinen, nicht vor Mathieu, überhaupt vor keinem Menschen. Sie wollte kein Mitleid.

»Die Lungenentzündung darf sich nicht verstärken. Allein wegen der Schwangerschaft, versteht Ihr? Darauf müsst Ihr unbedingt achten. Und Ihr könnt nicht allzu lange im Bett liegen bleiben. Ein Ungeborenes wird versorgt, wenn das Blut der Mutter in Bewegung bleibt. Versucht deshalb, wieder aufzustehen, sobald es geht. Ihr könnt Pausen machen – Euch immer wieder hinlegen –, aber Ihr müsst Euch bewegen. Und trinkt Wasser und Brühe. Esst, wenn Ihr mögt. Und nehmt die Medizin, die ich Euch schicke. Ich sehe wieder nach Euch. Heute Abend, Claire.«

Sie fasste nach seiner Hand und hielt sie fest.

»Ist noch etwas?«

Sie nickte.

»Dann sagt es.«

Es fiel ihr schwer, den Mund zu öffnen. Zunge und Gaumen waren trocken, die Lippen schienen zu reißen.

»Claire?«

»Erzählt Paul …«, begann sie. »Erzählt ihm nichts. Bitte.«

Er drückte ihre Hand und nickte.

Endlich hörte Paul Mathieus Schritte im Nebenzimmer. Auch Bertrand hob den Kopf. Paul ging hinüber.

Sein erster Eindruck war: Mathieu wirkte nicht verzweifelt. Sein Gesicht war nicht trauriger als sonst.

»Was ist?«, fragte Paul.

»Bitte Mathieu doch herein«, rief sein Vater. Paul tat, als überhöre er ihn.

»Wie schlimm ist es?«, fragte er.

Mathieu nahm die Brille ab und wich Pauls Blick aus. »Sie hat eine Lungenentzündung.«

»Wird sie sterben?«

Mathieu schüttelte den Kopf. »Das weiß Gott allein. Ich glaube es nicht.« Er legte Paul die Hand auf den Arm: »Du musst mit ihr sprechen.«

»Worüber?«

Mathieu gab keine Antwort.

Beide standen einander gegenüber, Claire lag auf dem Canapé und stöhnte. Mathieu führte ihn am Arm hinüber ins Esszimmer. Bertrand war aufgestanden.

»Über was?«, wiederholte Paul.

Mathieu senkte den Kopf. »Ich kann dir nur sagen, ich habe Menschen gesehen, die sehr krank waren. Wenn du mich fragst, ob mir deine Frau todkrank vorkommt, dann sage ich nein. Ich werde sie zur Ader lassen und ihr Medikamente geben. Sie muss viel trinken, und sie braucht frische Luft. Öffne ihr das Fenster, so oft es geht. Und sprich mit ihr.«

»Mathieu! Über was?«

»Ich unterliege der ärztlichen Schweigepflicht.«

Bertrand mischte sich ein: »Ich verstehe kein Wort. Du hast doch erzählt, worunter Claire leidet. Wo ist die Schweigepflicht? Noch dazu gegenüber ihrer Familie?«

Mathieu machte keine Anstalten, etwas zu erwidern.

»Wir sind befreundet«, begann Paul.

»Ich weiß, allerdings werte ich die Schweigepflicht höher.«

»Du lässt mich unwissender zurück, als ich vorher war.«

»Als Freund kann ich dir nur raten«, antwortete der Arzt, »mit deiner Frau zu reden. Ich werde regelmäßig kommen und nach ihr sehen. Bitte denk daran, ihr viel Wasser zu geben und frische Luft. Und leg sie ins Bett.«

Er hielt Paul die Hand hin, in die der nach einigem Zögern einschlug. Bertrand gab Mathieu ebenfalls die Hand. Bevor er hinausging, strich der Arzt Isabel übers Haar. »Mach dir keine Sorgen«, sagte er, »deine Mama wird wieder gesund. Du wirst sehen, in ein paar Tagen geht es ihr schon besser.«

Das Mädchen strahlte.

3

Claire schlief in der Nacht so unruhig, dass auch Paul kaum ein Auge zumachte. Zweimal stand er auf, um ihr mit einem feuchten Tuch den Schweiß abzuwischen. Sie hatte offenbar Fieberträume und stöhnte und sprach viel. Paul ertappte sich dabei, den Sinn ihrer Worte erfassen zu wollen, doch das misslang. Er stand auf, als es noch nicht hell war. Claire überließ er der Obhut der Haushälterin, die er verpflichtete, regelmäßig nach der Kranken zu sehen. Er hatte vor, in der Gerberei und in der Manufaktur die Dinge so zu regeln, dass er seltener kommen musste.

Draußen war es frisch, gelbe Blätter segelten von den Bäumen, die Menschen auf den Straßen gingen geduckt, als sei der Morgen so weniger kalt, und sie hatten ihre Hände in den Taschen vergraben. Die Kinder trugen wieder ihre Holzpantinen.

Als er durch die Einfahrt in den Hof der Gerberei kam, empfing ihn ein übler Gestank, er biss ihn regelrecht in der Nase, sodass er sie zuhielt. Nur Pignot war da. Er saß ganz allein an einer Wand, die Knie angezogen, die Arme darauf und den Kopf in sie vergraben. Ein Bild des Elends. Hier war etwas passiert. Er nahm die Finger von der Nase. Was war das für ein Gestank?

»Pignot?«

Der Altgeselle rührte sich nicht, er zeigte nicht einmal, dass er ihn gesehen oder gehört hatte. Neben Pignot lag auf dem Haufen von Baumrinde eine dicke Ascheschicht. Von daher kam der Gestank. Wenigstens ein Teil davon.

»Hat es hier gebrannt?«

Ohne den Kopf zu heben oder ihn anzusehen, nickte Pignot. Er schien wie in Trauer. Mitten auf dem Hof sah Paul kleine Haufen, die da gestern nicht gelegen hatten. Er blickte sich weiter um – die Fenster waren verschmiert, die Hauswände ebenfalls, ihre selbst gebauten Regale, sogar der Gerberbaum.

»Pignot?«, wiederholte er. In Wahrheit brauchte er dessen Worte gar nicht mehr. Da lag Kot, überall Kot, und daher stammte dieser Gestank, der sich mit dem kalten Rauch vermischt hatte und stärker war als alle Lohe. In seiner Werkstatt roch es nach Exkrementen wie in einer Grube.

Von Pignot erfuhr er schließlich Folgendes: Die Wachen waren überfallen worden, man hatte sie niedergeschlagen, gefesselt und ihnen Säcke über die Augen gezogen. Entsprechend hatten sie nicht gesehen, wer die Angreifer waren oder was sie taten. Erst als Feuer gelegt wurde und die Lohe anfing zu brennen, wussten sie, was geschah, auch ohne es zu sehen.

Einer der Wachmänner konnte sich zum Glück von seinen Stricken befreien, und es gelang ihnen beiden schließlich, das Feuer zu löschen, sodass nicht die gesamte Lohe verbrannt war. Dann hätten sie ihn geholt. Beide hätten sie gezittert und schlimm zugerichtet ausgesehen. Er habe sie nach Hause geschickt.

Paul setzte sich neben Pignot auf die Steine. In seinem Kopf waren kein Gedanke und kein Gefühl. Nicht einmal Ekel empfand er, obwohl die Exkremente überall um ihn herumlagen. Er starrte vor sich hin.

»Monsieur«, sagte der Altgeselle, während er sich an seine Wange kniff, wo die Narbe war, »jetzt haben wir gewonnen und können uns trotzdem nicht daran freuen.«

Paul schnaubte. »Das stimmt.«

»Was sollen wir tun?«

»Ich weiß es nicht. Erst mal sauber machen. Und dann … weitersehen.«

»Der ganze Kot«, sagte Pignot, »… sie müssen ihn aus ihren Gruben und aus dem Straßengraben gesammelt haben. Unvorstellbar. Ob sie Schaufeln benutzt haben? Ich weiß nicht, wie sie all das hergebracht haben. Vielleicht in Töpfen? Nur eins ist klar: Hier geht es um unsere Art, die Häute zu enthaaren. Um den Tierkot, um die Misthaufen, die wir benutzen.«

»Und darum, dass wir überhaupt gerben, und seit gestern sogar mit höchster Erlaubnis.«

Als die anderen Gesellen eintrafen, machte sich Pignot mit ihnen zusammen daran, Werkstatt und Hof zu säubern. Eimerweise kippten sie Flusswasser über die Haufen und kehrten die Brühe dann zurück Richtung Spree. Pignot hatte recht, wenn er sagte, ihre Art des Arbeitens sei beschmutzt worden. Es war wohl vor allem der Zorn über die Entscheidung des Kurfürsten, der sich hier niedergeschlagen hatte. Wie lange setzten die Deutschen so etwas fort, wann würde ihnen die Luft ausgehen? Vielleicht würde er das nicht abwarten. Paul fand sich plötzlich bereit, aufzugeben – die ganze Werkstatt bedeutete ihm an diesem Morgen nichts mehr –, gleichzeitig spürte er, wie sehr sein ganzes Wesen gegen einen solchen Gedanken rebellierte. Morgen, sagte er sich, würde er wieder Mut haben. Vor Widerständen zog man nicht den Schwanz ein.

Am meisten wunderte ihn, dass er den Angriff auf die Werkstatt wie aus der Ferne erlebte. Er war gar nicht persönlich getroffen worden, denn er war nicht da, ihn beschäftigte etwas anderes viel mehr. Als er den gesamten Schaden begutachtet hatte und Pignot und die Gesellen bei der Arbeit sah, machte er sich wieder auf den Weg. Die Sonne hatte inzwischen die Morgenfrische vertrieben, aber sie war jetzt nicht mehr stark. Paul blieb der unangenehme Geruch in der Nase hängen, und er wurde ihn nicht los, bis er vor Mathieus Haus stand.

Elene, die Frau des Arztes, öffnete ihm auf sein Klopfen. Sie begrüßte ihn nicht, warf ihm nur einen Blick zu und sagte, Mathieu sei im Zimmer, bevor sie selbst in der Küche verschwand. Paul wunderte sich.

Er klopfte an die Zimmertür, und als Mathieu ihn aufforderte, trat er ein.

»Paul, was ist los?« Der Arzt klang aufgeregt.

»Wie meinst du das?«

Mathieu stand ihm gegenüber, und er forderte Paul nicht auf, sich zu setzen. »Elene ist eben nach Hause gekommen und hatte Tränen in den Augen. Jemand ist neben ihr in eine Pfütze gesprungen, mit beiden Füßen gleichzeitig, sodass ihr das Regenwasser den Rock vollgespritzt hat. Auf dem Markt wollte man sie nicht bedienen. Für Franzosen hätten sie nichts, haben die Verkäufer gesagt. Und als sie schließlich heimgehen wollte, haben ihr drei Männer den Weg versperrt und sie musste sich einen anderen suchen. Ob die Deutschen über Nacht katholisch geworden seien, hat sie mich gefragt, als sie endlich hier angekommen ist.«

Paul schüttelte den Kopf. Wie hatte sich die Entscheidung des Kurfürsten so schnell herumsprechen können? Denn um mehr ging es hier doch nicht.

»Von anderen höre ich, dass sie sogar angespuckt werden. Selbst Frauen. Französische Frauen, Paul.«

Auch ohne Mathieus Aufforderung ließ sich Paul auf einen seiner Stühle fallen. Er wollte von der Audienz im Schloss berichten, Mathieu wusste allerdings schon alles. Paul wartete auf einen Vorwurf, doch der blieb aus. Mathieu setzte sich zu ihm und stützte den Kopf in die Hände. Als sich ihre Blicke trafen, sah Paul Freundschaft und Verbundenheit in den Augen des anderen.

Er stand wieder auf und machte ein paar Schritte durch das schwach beleuchtete Zimmer des Arztes. Es fiel ihm schwer, das Wort an ihn zu richten, er musste sich regelrecht dazu zwingen. »Du hast gestern von deiner Schweigepflicht gesprochen, Mathieu.« Paul blieb auf der anderen Seite des Tisches stehen und sah den Arzt an. »Ich habe trotzdem eine Bitte, und wenn es für mich nicht um so viel ginge, würde ich dich damit nicht belästigen. Mathieu, hör mir zu. Ich stelle mich neben dich, und wenn ich etwas sage, das völlig falsch ist, dann leg mir die Hand auf den Arm, ja? Willst du das tun?«

»Aber Paul.«

»Ich bitte dich.«

Mathieu sah ihn an und gab keine Antwort.

Paul kam um den Tisch herum. »Ich habe heute Nacht viel Zeit gehabt, um nachzudenken. Claire hat im Bett gelegen und gefiebert und sich ununterbrochen von einer Seite auf die andere gewälzt, und manchmal sah sie blass aus und manchmal ganz rot. Sie hat eine Lungenentzündung, hast du gesagt, nicht einmal eine besonders schlimme. Das war, als mein Vater fragte, wieso Schweigepflicht, du hättest doch schon gesprochen. Aus all dem schließe ich, dass es um etwas anderes geht, was du mir nicht erzählen kannst. Um etwas, das ich nicht wissen darf. Möglicherweise hat Claire dir dieses Versprechen abgenommen. Oder du glaubst selbst, dass die Angelegenheit zu gravierend ist, um sie mir zu erzählen. Die Frage ist: Was kann das sein, unter dem eine Frau leidet und wovon ihr Mann nichts erfahren darf? Was in aller Welt kann das sein?«

Mathieu blickte auf den Fußboden, als betrachte er seine Schuhe. Er rührte sich nicht, dennoch wusste Paul, dass er zuhörte. Gleichzeitig empfand er, dass den Freund quälte, was er mit ihm tat. Aber darauf konnte er jetzt keine Rücksicht nehmen.

»Noch einmal: Was darf ein Mann von seiner Frau nicht wissen? – Diese Frage habe ich mir heute Nacht gestellt. Es gibt darauf, glaube ich, nur eine sinnvolle Antwort: Es handelt sich um etwas, das die Ehe angeht. Wenn ich nun an mich selbst denke, dann kann ich empfinden, wie unendlich schwer es für mich wäre, ein Geheimnis mit mir zu tragen, das gegen den Eheeid ginge. Ich habe ein solches Geheimnis nicht, und dafür danke ich Gott.«

Mathieu wurde unruhig. Er bewegte seine Finger, und seine Augenlider zwinkerten nervös.

Paul sprach weiter. »Du selber warst es, Mathieu, der mir geraten hat, mit Claire zu sprechen. Du bist Arzt, du weißt, wie schwer ein Geheimnis einem Menschen auf der Seele liegen kann. Claire ist deine Patientin. Ist es zu weit hergeholt, wenn ich vermute, dass du Erleichterung für ihre Krankheit erhoffst, wenn sie ihre Seele entlastet?«

Mathieu verzog das Gesicht. »Paul, ich beschwöre dich, hör auf.«

Paul nickte und verabschiedete sich schnell. Mathieu hatte ihm nicht ein einziges Mal die Hand auf den Arm gelegt.

Am Nachmittag blieb Paul zu Hause. Sein Vater machte einen Krankenbesuch, er sah nach Claire und bemühte sich, Isabel das eine oder andere Lachen zu entlocken. Als der Alte mit seinem reglosen Gesicht wieder ging, war Paul froh. Er brachte Claire Wasser und öffnete ihr, wie Mathieu verlangt hatte, das Fenster. Sie hatte wieder ihre roten Flecken an den Wangen, ihre Stirn war heiß.

Sie war die meiste Zeit im Fieber, konnte nicht reden, sie krächzte bestenfalls und brachte mit Mühe einzelne Worte heraus. Wie sollte er mit ihr sprechen?

Am Abend saß er mit Isabel am Tisch, hatte jedoch keinen Hunger. Es gab eine Hafergrütze mit Speck darin, außerdem Kohl.

»Papa, du isst gar nichts. Wenn du so weitermachst, wirst du ganz dünn.«

»So schnell geht das nicht.« Paul schob die Schüssel von sich weg. »Ich habe keinen Appetit. Hier gibt es immer das Gleiche.«

»Weil Mama sonst auf den Markt geht. In den letzten Tagen konnte sie nicht mehr. Deshalb gibt es nur das, was im Haus ist.«

»So?«, fragte er.

»Wenn du möchtest, gehe ich morgen einkaufen«, sagte Isabel. »Allerdings müsstest du mir dann Geld geben. Ich habe keins.«

Er staunte über seine kleine Tochter. »Vielleicht gehen wir zusammen. Gleich morgen?«

Sie nickte.

Als er wieder nach Claire sah, schlief sie und atmete schwer. Weil es kühl geworden war, schloss er das Fenster. Er war nun nahe dran an ihrem Geheimnis. Jetzt begriff er ihren Zustand der letzten Zeit. So leicht verlor doch ein Mensch nicht das Bewusstsein und fiel auf den Fußboden – und das gleich zweimal.

Isabel hatte ihr Nachthemd angezogen, die Haare waren gekämmt und sie lag im Bett. Auf dem Nachttisch brannte eine Kerze. Paul zog die Tür zu und setzte sich zu ihr. Diese

Abendstunde hatte er nur selten mit seiner Tochter verbracht, er kam sich steif vor, unvertraut wie in einem fremden Haus. Nicht einmal die Liebe zu dem Kind konnte er fühlen. Dabei war sie doch seine kleine Isabel.

»Betest du mit mir?«, fragte sie, und ihre Kinderstimme klang ganz rein.

»Kannst du dich an den Abend erinnern«, fragte er, »an dem Mama gefallen ist?«

Ihr Kopf lag auf dem Kissen, sie sah ihn an, aber antwortete nicht.

»Sie ist gefallen und hat das Bewusstsein verloren. Weißt du noch?«

Jetzt wich sie seinem Blick aus. Er nahm ihre Hand.

»Du warst zu Hause und hast geschlafen. Hast du da irgendwas gemerkt? Ich meine, wenn ein Mensch hinfällt, dann ist das laut. Hast du nichts gehört?«

Sie zog ihre Hand weg und schob sie unter die Decke. Die Augen ließ sie zufallen.

»Isabel?«

»Betest du jetzt mit mir?«, fragte sie mit geschlossenen Augen.

»Gib mir bitte eine Antwort.«

»Ich habe sie gehört. Es war laut«, sagte die Kleine.

»Und dann? Bist du aufgestanden?«

Ihre Augen blieben geschlossen. Sie gab keine Antwort.

»Isabel, bist du aufgestanden?«

Ein leichtes Nicken.

»Und hast sie gesehen?«

Als sie wieder nickte, bewegte sie ihren Kopf kaum mehr auf dem Kissen. Er hörte es mehr, als dass er es sah, weil ihre Haare über den Bezug rieben.

»Und bist zu ihr gegangen?«

Sie schüttelte den Kopf und sah ihn aus ihren braunen Augen an. Die Augen ihrer Mutter.

»Warum nicht?«

Erneut ließ sie die Lider zufallen. Sie faltete die Hände wie zum Gebet.

»Warum nicht?«

Sie reagierte nicht mehr Paul war sich sicher, sie verheimlichte etwas.

»Isabel, ich weiß, dass du Mama liebst, und wenn ihr irgendetwas passiert, versuchst du, zu helfen. An diesem Abend hast du sie auf dem Fußboden liegen sehen – ohnmächtig oder nicht – und bist nicht zu ihr gegangen. Ich möchte wissen, warum nicht?«

Ihre Lippen bewegten sich, und sie drückte die gefalteten Hände kräftiger ineinander. Die Augen hielt sie geschlossen. Sie betete stumm.

»Isabel?«

Sie ließ sich nicht in ihrem Gebet unterbrechen.

Er packte nach ihrer Hand und zog ihren Körper zu sich heran. Sein Griff musste ihr wehtun, aber sie beschwerte sich nicht.

»War jemand bei ihr?«

Sie riss sich los und verkroch sich Richtung Wand. Dort faltete sie wieder die Hände.

»Gib mir eine Antwort.«

Sein Stuhl war niedrig und unbequem, ein Kinderstuhl. Er wollte aufstehen. Noch dringender wollte er eine Antwort, und zwar jetzt.

Die Kerze auf ihrem Nachttisch flackerte. Sie war heruntergebrannt und würde bald ausgehen. Eine zweite lag nicht da, und er wusste, wenn es erst dunkel war, kam er nicht weiter.

»Ich weiß nicht«, sagte sie.

»Du lügst.«

»Papa, lass mich«, schluchzte sie auf. »Bitte. Ich will schlafen.«

Er packte wieder nach ihrem Arm und hielt ihn jetzt so fest, dass sie sich nicht mehr losreißen konnte. »Sag es mir. Wer war bei ihr?«

Eine einzelne Träne lief ihr über die Wange.

Plötzlich schoss ihm ein Bild vor Augen, kurz wie ein Blitz – und so unvorstellbar, dass er es nicht festhielt.

Sie reagierte nicht.

»Du kanntest ihn, stimmt's? Deshalb bist du nicht hingelaufen. Weil ihr schon jemand half.«

Ihre Augen waren geschlossen.

»Wenn es Großvater gewesen wäre, hättest du es mir gesagt. Er war es also nicht.«

Das Bild erschien ihm erneut – ein unglaublicher Verdacht. Er ließ ihn nicht zu.

›Wie geht es Eurer Frau? Sie kommt gar nicht mehr in die Kirche.‹

»Trotzdem kanntest du ihn. Ich will wissen, wer bei Mama war.«

Neue Tränen liefen aus ihren Augen. Ihm war es egal. Wenn er sie jetzt ließ, würde er es vielleicht nie erfahren. Die Kerze hatte nun fast kein Wachs mehr.

Aber der, an den er zum dritten Mal dachte … das konnte einfach nicht sein.

Steif lag sie auf ihrem Bett, weinte ein wenig und sagte nichts. Etwas quälte sie, so wie es ihn quälte.

»Isabel – wer?«

Sie reagierte nicht.

Er fasste nach ihrem Kopf und drückte ihr Wangen und Kiefer zusammen. Sie starrte ihn an, ungläubig, dass ihr Vater ihr so wehtun konnte. Er glaubte selbst kaum, was er da tat. In all den Jahren hatte er Isabel nicht ein einziges Mal Schmerzen zugefügt.

Sein Verdacht war so böse, so jenseits alles Möglichen, er konnte ihn nicht aussprechen. Wenn er selbst das schon nicht schaffte, wie sollte es ihr gelingen?

»War … war es – der Gerber?«

Sie weinte stärker. »Papa, ich bin müde, lass mich doch schlafen.«

»Ich lass dich schlafen. Es liegt nur an dir.«

Das Kerzenlicht wurde kleiner. Isabel weinte still, mit offenen Augen. Auf beiden Seiten liefen ihr dünne Rinnsale über die Wangen.

Er verlangte von sich einen sanfteren Tonfall. »Du brauchst keine Angst zu haben. Du bist meine Tochter und die Tochter von Mama, das wird immer so bleiben.«

Er strich ihr übers Haar. Ihre Augen waren rot.

»Also: War es der Gerber?«

Sie nickte ein letztes Mal. Nicht mehr als eine kurze, knappe Bewegung war das.

Ihn durchfuhr im gleichen Moment ein Scheppern, als wenn ein ganzer Stapel Geschirr auf einmal zerbrochen wäre. Er konnte sich mit Mühe unter Kontrolle halten, solange er im Kinderzimmer war. Nur beten, das ging nicht mehr. Isabel hatte sich die Bettdecke bereits an die Schultern gezogen und sich zur Wand gedreht. Das Licht ging von allein aus, und er wünschte ihr eine gute Nacht.

Auf der Treppe musste er sich am Geländer festhalten. Seine Beine zitterten. Claire hustete, er hörte es durch die geschlossene Tür. Es war ihm egal.

In der Küche stürzte er zwei Gläser Wein hinunter, dann musste er raus, an die frische Luft. Es war dunkel und kühl, ein frischer Wind blies, er spürte ihn im Gesicht und an den Händen und konnte endlich durchatmen. Sein Verstand wurde langsam wieder klar, das Klirren verschwand, das Zittern ebenso. Sie war die Lügnerin, sie, Claire – und ihm hatte sie vorgeworfen, Geheimnisse zu haben. Was für eine Heuchelei.

Mit großen Schritten marschierte er die Friedrichstadt hinunter, passierte seine Manufaktur, die still und friedlich im Dunkeln lag, und hielt auf die Akzisemauer zu. Er empfand Wut, eine heftige, kalte Wut. Jetzt war endgültig klar, was Mathieu gemeint hatte. Sie musste ihn eingeweiht haben, um sich zu entlasten. Oder hatte er bei seiner Untersuchung festgestellt, dass sie schwanger war? Paul wusste nicht, ob das möglich war, aber sie hatte sich dagegen gesperrt, dass der Arzt nach ihr sah. Also war sie schwanger. Deshalb die Schwächeanfälle. Schwanger von diesem deutschen Dreckskerl. Wer wusste, wie lange dieses betrügerische Verhältnis schon andauerte?

Er ging in Richtung seiner Gerberei und wünschte sich fast, diesen Kerl zu treffen, der vielleicht gerade einen neuen Angriff auf seine Werkstatt vornahm. Die Scheiße aus seinem Topf würde er ihm ins Gesicht schleudern, dem Herrn Zunftmeister. Meister der Exkremente.

Doch er traf ihn nicht. Es waren nur noch wenige Leute unterwegs. Die Stadttore waren bereits geschlossen, bald würde der Nachtwächter herumlaufen und die Letzten von ihnen nach Hause schicken. Er hatte keine Lust, nach Hause zu gehen. Unvorstellbar, sich neben Claire ins Bett zu legen.

Vielleicht war es klüger, sich nichts anmerken zu lassen und sie, sobald sie wieder bei Sprache war, mit dem zu konfrontieren, was er wusste. Dann konnte sie zwar immer noch leugnen, hatte allerdings keine Zeit, sich vorzubereiten. Und er sah ihr Gesicht.

War er überhaupt in der Lage, sie nichts merken zu lassen? Wollte er denn klug sein? Hatte nicht alle Klugheit heute Abend ihr Ende gefunden?

Was war es nur, das Gott da von ihm verlangte? Es war eine schwere Prüfung, die er auferlegt bekam. Eine, die seine Kräfte überstieg. Der Himmel über ihm war dunkel, zwischen den Wolken schien ein halber Mond, auch ein paar Sterne waren zu sehen. Warum? Warum nur wurde er so schwer geprüft?

Es gab keine Antwort.

Er machte eine weite Runde, am Ende wich er dem Nachtwächter aus, der immer schon in einiger Entfernung zu hören war. Seine Fragen blieben ihm den ganzen Abend im Kopf und er wiederholte sie leise und er wiederholte sie laut. Warum nur? Als er schließlich die Haustür öffnete, spürte er aufs Neue, wie sehr dieser Schlag ihn getroffen hatte. Eine nie gekannte Schwere hatte ihn gepackt, sie hatte seinen Kopf, seine Stirn und Augen erfasst, sie lag ihm auf der Brust und auf Armen und Beinen.

Plötzlich kam er sich vor wie ein alter Mann.

- ELFTES KAPITEL -

1

Paul hatte sich auf dem Canapé ausgestreckt und starrte in die Luft. Den dritten Tag verbrachte er hier. Er war müde, fand dennoch keinen Schlaf. Und er fühlte sich bleiern, selbst bei kleinen Bewegungen glaubte er, große Gewichte schleppen zu müssen.

Der Weg an die Waschschüssel war ihm zu weit, er rasierte sich auch nicht mehr. Die schwarze Hose war zerknittert, das Hemd roch nach Schweiß, im Strumpf hatte er ein Loch.

Es musste irgendwann am Nachmittag sein. Die Tischuhr war stehen geblieben, niemand zog sie auf. Claire hatte es nie eingeräumt, aber sie mochte diese Uhr nicht, das wusste er. Er hörte Isabel, die nach Hause kam. Claire war offenbar wieder auf den Beinen, zumindest zeitweise. Ihm war es einerlei.

Jemand klopfte an die Tür, sofort darauf wurde sie geöffnet. Es war sein Vater, der ein paar Worte murmelte. Paul begrüßte ihn nicht, sondern starrte weiter in die Luft. Betrand zog sich einen Stuhl heran, hielt jedoch, als er sich setzte, gebührenden Abstand, als wenn er sich nicht anstecken wollte. Vielleicht, um Paul nicht riechen zu müssen.

»Wir hatten gestern Abend eine Sitzung des Gemeindevorstandes. Sie haben gefragt, warum du nicht kommst.«

Was waren alle diese Dinge weit weg. Er interessierte sich nicht mehr für den Gemeindevorstand und dessen Probleme und konnte kaum noch nachempfinden, dass er das jemals getan hatte. Diese Sitzungen, die Gespräche. Armand und seine Biskuits, Simonet und seine Spitzen. Und der Vater, der immer nur nach Frankreich zurückwollte. Sie sollten ihn alle in Ruhe lassen.

»Manch einer dort ist nicht besonders gut auf dich zu sprechen, mein Sohn. Es wird gesagt, in Berlin gebe es neuerdings eine Stimmung gegen die Einwanderer, und das sei nicht zuletzt deine Schuld. Du würdest gelegentlich vergessen, dass Gott Demut von seinen Kindern verlangt.«

»Es wird gesagt?«, wiederholte Paul mit Hohn in der Stimme. »Gibt es auch eine Person dazu?«

»Bitte verzeih, wenn ich niemanden der Freunde anschwärzen möchte.«

»Vater, dann verschone mich mit deinen Geschichten. Sie sind ja bestenfalls halb vollständig. Ohne Gesicht und Namen.«

»Du … du willst mich vor die Tür setzen?«

Paul drehte den Kopf. Beide starrten einander an – minutenlang, wie es Paul schien – und sagten kein Wort. Dann war es der Vater, der weitersprach und dabei das Thema wechselte. »Es wird schwer mit unserem Kirchenbau. Mit deiner Kirche.«

Paul schnaubte. Es war nicht seine Kirche, nicht mehr. Sein Canapé, ja, auch sein Haus. Sein Strumpf mit dem Loch. Aber schon nicht seine Frau. Erst recht nicht seine Kirche.

»Wir haben einen offiziellen Bescheid des Kurfürsten erhalten«, sagte Bertrand. »Wir dürfen eine Kirche bauen, sogar nach Cayarts Plänen. Allerdings können wir auf keinerlei Zuwendungen des Staates hoffen. Das Land Brandenburg hat keinen Sous übrig für seine französischen Bürger.« Er schüttelte den Kopf. »Das ist so, als wenn sie gesagt hätten: Ihr dürft nicht. Vielleicht denken sie das Gleiche wie ich – dass wir Franzosen sind und in unsere Heimat zurückkehren sollten, sobald das möglich ist.«

Wahrscheinlich hätte sich Paul vor einigen Wochen – vor ein paar Tagen noch – aufgeregt. Hätte um eine neuerliche Audienz gebeten und sogar in Kauf genommen, der Kurfürstin wieder zu begegnen. Möglicherweise hatte sie ja diesen Bescheid veranlasst, und er war das Ergebnis eines Handels mit ihrem Mann: Die Franzosen durften eine Zunft aufbauen, Geld für ihre Kirche bekamen sie jedoch nicht. Doch diese Tage waren vorbei. Ihn interessierte all das nicht. Seine Verbindung zu dem alten Paul war gerissen.

Ihn verlangte nach Wein.

»Weißt du, was ich seltsam finde?«, fuhr sein Vater fort. »Es ist erst ein paar Wochen her, da hast du den Freunden gesagt, sie sollten nicht zu früh feiern. Du hast recht gehabt, wieder einmal. Nun bauen wir diese Kirche nicht. Armand und Simonet wissen mittlerweile, wem das Grundstück am Mittelmarkt gehört. Allerdings nehmen sie keinen Kontakt zu dem Besitzer auf. Wozu auch?«

Paul hob die Schultern, so gut das im Liegen möglich war.

»Es ist dir egal?«

»Vollkommen. Nur finde ich, der Gemeindevorstand hat Grund zu feiern. Mag sein, dass ich nicht demütig genug bin, aber nun erinnert mich – und uns alle – der Landesherr an diese Tugend. Wir sollten ihm dankbar sein und auf ihn anstoßen.«

Bertrand seufzte. »Ich kann nicht behaupten, dass ich nur unglücklich über diese Entwicklung wäre. Es bleibt richtig, je weniger wir uns hier festsetzen, desto leichter kehren wir eines Tages zurück. Ludwig soll es nicht besonders gut gehen, sagt man. Ohne dass ich einem Geschöpf Gottes den Tod wünsche – vielleicht stirbt er bald. Gleichzeitig komme ich mir vom Kurfürsten zurückgestoßen vor. Warum entscheidet er so? Ihm gefiel doch unser Plan.«

Paul starrte in die Luft. Ihn erreichte nicht, was der Vater sagte, er hörte es nur von fern, es drang nicht in sein Ohr.

»Ich ahne wohl, dass dich irgendetwas getroffen hat« fuhr der Alte fort. »Es mag mit dem neuerlichen Überfall auf die Gerberei zu tun haben, aber irgendwie glaube ich das nicht. Solche Ereignisse haben dich in der Vergangenheit kämpferisch werden lassen. Warum sollte das jetzt anders sein? Nur weil ein paar Dummköpfe die Grenzen menschlichen Ekels nicht kennen? Das kann ich mir kaum vorstellen. Allerdings finde ich es verwunderlich, dass du deine Lebenskraft so kurz nach Claire verlierst. Hängt es mit ihr zusammen? Was hat Mathieu gemeint, als er von seiner Schweigepflicht sprach? Ich weiß es nicht, eines möchte ich dir dennoch sagen: Eine Frau wie Claire gibt es kein zweites Mal.«

Paul unterdrückte ein bitteres Lachen. Er schloss die Augen. Spekulationen und Halbwahrheiten. Der Alte wusste nichts, machte trotzdem kluge Kommentare, ganz wie es seine Gewohnheit war.

»So wie in diesen Tagen«, fuhr Bertrand fort, »habe ich dich noch nie erlebt. Dass du einfach so daliegst und nichts unternimmst. Es muss etwas Schlimmes sein. Hat Claire dir etwas getan?«

Paul gab keine Antwort.

»Du willst nicht darüber sprechen?« Er nickte. »Das respektiere ich. Ich würde es wahrscheinlich nicht anders halten.« Ohne Pause wechselte er das Thema. »Pignot hat nach dir gefragt. Ich finde, er kämpft wie ein bretonischer Löwe. Sie haben den Hof sauber gemacht und die Arbeit wieder aufgenommen. Neue Wachen sind eingeteilt, die sich jedoch drinnen aufhalten, in der Werkstatt, zum einen, weil es nachts kalt wird, aber vor allem, damit sie nicht so leicht überfallen werden können. Dafür brennen jetzt im Hof Fackeln. Davon erhofft sich Pignot, dass die Wachen Gesichter erkennen können, sollte wieder jemand eindringen.«

Diese ganzen alten Geschichten – Paul konnte sie kaum ertragen. Es fehlte ihm nur die Kraft, den Vater zum Schweigen zu bringen.

»Seine Tochter wird übrigens auf den Namen Pauline getauft, wusstest du das? Pignot verehrt dich. Zum Glück kann er nicht sehen, wie du hier liegst. Er glaubt, du seist krank. Bist du ja, in gewisser Weise. Krank im Gemüt, wenn es so etwas gibt. Wie dem auch sei, sie arbeiten weiter. Nur mit den neuen Handschuhen für London weiß keiner Bescheid, Pignot nicht und Gerveux auch nicht. Sie sagen, das hättest du bisher allein gemacht.«

London, dachte Paul, noch so ein anmaßendes Unterfangen. Warum hatte er Handschuhe dorthin schicken wollen? Um mehr zu verdienen und ein besserer Mensch zu sein? Weil Gott die liebte, die arbeiteten? Lachhaft. Zumindest er hatte sich Gottes Liebe durch seine Arbeit nicht verdient, und jetzt war er in einem Zustand, dass er sich fragte, wo er früher die Kraft für ein solches Abenteuer hergenommen hatte.

Bertrand senkte den Blick. »Weißt du, mein Sohn, auf nichts war ich so stolz wie darauf, dass wir – also du – Handschuhe in London verkaufen. Das ist mir in meinem Leben nicht gelungen. Meine Handschuhe konnte man in Paris kaufen, dort waren sie begehrt. Aber in eine fremde Stadt, in ein fremdes Land hätte ich sie nie geschickt. Ich wäre nicht einmal auf die Idee gekommen. Deshalb habe ich mich so gefreut. Es ist etwas Wundervolles, wenn der Sohn weitergeht als der Vater, und diese Freude ist fast größer, als wenn man es selbst geschafft hätte.«

Der Alte war stolz auf seine Arbeit und seinen Mut! War das nicht der Satz, den er sich von ihm immer gewünscht hatte? Jetzt war er kaum in der Lage, ihn aufzunehmen. Eine Medizin, die zu spät kommt, hilft nicht mehr, dachte er. Es war ihm unvorstellbar, weiterzumachen. Ein anderer Mann musste all das geplant haben.

Als Bertrand weitersprach, hatte er einen anderen Tonfall, er redete nicht mehr flüssig, sondern machte Pausen und suchte nach Worten. »Ich habe mich gefragt – gestern Abend, als ich nach der Sitzung nach Hause gegangen bin –, ob es an mir liegt, dass du dich in diesem traurigen Zustand befindest. Ich glaube es nicht. Was ich jedoch glaube, das ist, dass du denkst, ich achte dich nicht genug. Nicht so wie deinen Bruder.« Er schnupfte durch die Nase. Es dauerte eine Zeit lang, bis er weitersprach. »Mag sein, dass das so ist. Er ist schon so lange tot. Sein Andenken bedeutet mir viel, vielleicht sogar mehr als alles andere. Doch Achtung habe ich für meine beiden Kinder, für dich und deine Leistung genauso wie für ihn und seinen Glauben. Gleichzeitig widerstrebt es mir, das eine gegen das andere aufzurechnen. Deshalb lass mich dir nur sagen, dass ich dich achte und Stolz empfinde für das, was du unternimmst – die eigene Gerberei, den Export nach London. Und deinen Plan, eine Kirche zu bauen. Ja, dafür auch, obwohl ich mir nach wie vor nicht sicher bin, ob ich eine solche Kirche wirklich möchte. Doch der Gedanke, das sehe ich wohl, ist groß und kühn.«

Auf seinem Canapé drehte sich Paul zu ihm. Der Vater saß auf einem Holzstuhl, die Beine breit, die Hände auf den Knien. Nach wie vor kamen ihm die Worte nicht leicht aus dem Mund. Doch er sprach weiter.

»Es ist möglich, dass du dich mit diesem Vorhaben, mit der Kirche, übernommen hast, und wir alle mit dir, die wir uns von dir haben anstecken lassen. Paul, das ist keine Schande. Man stellt fest, man ist zu weit gegangen und tritt einen Schritt zurück. Nur denen, die nie etwas versuchen, passiert so etwas nicht.« Nun hob er den Kopf und sah seinem Sohn ins Gesicht. »Eine Schande ist es nur, alles hinzuschmeißen. Muss ich dich daran erinnern, wie viel Verantwortung du trägst? Für deine Frau und deine Tochter. Für deine Mitarbeiter. Für Pignot und dessen Familie, für die kleine Pauline, die er nach dir genannt hat.«

Paul schnaubte.

»Mein Sohn, ich weiß, du magst die Ratschläge deines Vaters nicht hören. Ich kann mich nicht erinnern, ob es mir mit meinem Vater genauso gegangen ist, als ich jung war, das liegt schon so lange zurück. Ich setze mich jetzt über deine Ablehnung hinweg und ich sage dir: Paul, steh auf und mach weiter. Was immer dir passiert ist, ob es mit deiner Frau zusammenhängt oder mit dem Übergriff auf die Gerberei, es darf dich nicht niederdrücken. Aufzugeben – diese Möglichkeit gibt es nicht. Ich war selbst einmal kurz davor, vor vielen, vielen Jahren. Dann habe ich verstanden, dass Gott von uns alles verlangt. Aber er weiß auch, wie viel wir zu tragen imstande sind.«

Paul wandte sich ab – der Vater sollte ihn nicht sehen. Er atmete so tief ein, wie seit drei Tagen nicht mehr, die Luft füllte nicht nur seine Lungen, sondern sie drang bis hinunter in den Bauch, der sich weitete. Das war der Hauch eines neuen Lebens. Mit einem Schwung setzte er sich auf und stellte die Füße auf den Boden. Der Alte sah ihm zu.

»Danke, Vater«, sagte Paul.

Beide standen auf. Als sie eine Umarmung versuchten, fühlte sich der Körper des Vaters hölzern an. Sein eigener war wahrscheinlich nicht viel anders. Übungen wie diese waren sie nicht gewohnt, dennoch ließen sie einander erst los, als Isabel hereinkam.

»Hier bist du, Großvater. Ich habe dich gesucht.«

»Was ist, ma chère?«

»Kannst du mir helfen? Ich muss Französisch schreiben.«

»Ich helfe dir gern, obwohl ich nicht glaube, dass es dir schwerfällt, Französisch zu schreiben. Das ist die Sprache deiner Heimat.«

Sie reckte sich und legte ihm ihre kleine Hand auf die Schulter, genau dahin, wo gerade noch Pauls Kopf gewesen war. »Großvater, warum sagst du so etwas bloß immer? Meine Heimat ist hier.«

Der alte Mann ließ sich von ihr zur Tür ziehen und ging mit ihr die Treppe hinauf. Paul hörte das Knarren jeder einzelnen Stufe.

Über der Waschschüssel hing ein Spiegel. Ein unrasiertes und eingefallenes Gesicht blickte ihm entgegen. Paul wusch sich, dabei spritzte er sich Wasser auf Stirn und Wangen und auf den Oberkörper. Die Holzdielen rings herum wurden nass. Er sammelte sein Rasierzeug zusammen. Die Bewegungen fielen ihm schwer, noch immer hatte er das Gefühl, als hingen ihm Gewichte an den Armen. Er legte sich ein Handtuch um die Schulter.

Die Heimat seiner Tochter war hier.

Seine auch.

Aufzugeben, das war keine Möglichkeit.

2

Lorenz hatte all das nicht gewollt. Er hatte es nicht gewollt, als er damals den Handschuhmacher vor der Tür der Jerusalemkirche verhöhnt und ihm den bösen Vorschlag gemacht hatte, eine eigene Kirche zu bauen, und auch nicht, als er dessen Beschwerden an seinem Leder zurückgewiesen hatte. Jetzt wusste er nur eins: Sollte irgendjemand wagen, Claire zu nahezutreten, dann gäbe es für ihn kein Halten mehr. Was hatte er schon alles gehört: Franzosen wurden beschimpft, angerempelt und angespuckt, selbstverständlich immer nur dann, wenn die Obrigkeit es nicht sah. Sie blieben bereits in ihrem Viertel in der Friedrichstadt. So schnell ging das.

Er fluchte. Wenn irgendetwas in seinem Weg lag, ein Steinchen oder ein Stück Lehm oder Holz, trat er dagegen. Er hatte kein Auge für die Leute auf der Straße, von denen ihn manche kannten und grüßten. Dass es regnete und kalt war, empfand er nicht. Ihm war heiß.

Möglicherweise hatte der Kurfürst sogar eine kluge Entscheidung getroffen, als er dem Handschuhmacher das Gerben gestattet und von ihm verlangt hatte, eine eigene Zunft zu gründen. Alle Folgen zu bedenken, fand Lorenz unmöglich, aber er hatte während der Audienz das Gesicht des Kurfürsten beobachtet und darin etwas gesehen, was vielleicht Eingebung war.

Doch die unmittelbaren Folgen hatte Friedrich offensichtlich nicht bedacht. Dabei waren sie schon im Audienzsaal zu spüren gewesen. Alle Anwesenden, von zwei Ausnahmen abgesehen, waren entweder wütend oder entsetzt gewesen. Nur der Handschuhmacher war freudig davon gegangen. Lorenz hatte durch ein Fenster beobachtet, dass er wie ein Kind über einen Straßengraben gehüpft war.

Die andere Ausnahme war er selbst gewesen, er, dem diese ganze Sache kaum nahegegangen war. Sollte dieser Franzose weiter gerben – was scherte ihn das? Vielleicht schafften es dessen Handwerker ja, aus diesem Schnösel im Laufe der Zeit einen halbwegs anständigen Kerl zu machen. Ihm war das alles egal, nur Claire nicht, und hätte Gott ihm angeboten, ihm einen Wunsch zu erfüllen, hätte er nicht zu überlegen brauchen. Mit Claire nach Amerika.

Auf der Straße hatten sich die anderen immer weiter ereifert, und Martin hatte auf seine stille Art das Feuer weiter entfacht. Er hatte eingeflüstert, was die anderen schließlich laut ausgerufen hatten. Der Kurfürst ziehe die Franzosen vor, weil sie genau wie er den reformierten Gauben hätten. Jetzt sei es schon so weit, dass man als Deutscher und Lutheraner im eigenen Land zurückgesetzt werde. Diese Sache würde sich rumsprechen, da waren sie sicher und wollten nachhelfen, dass das Volk aufbegehre. Niemand wolle eine Franzosenzunft und keiner würde das eigene Kind dort in die Lehre geben.

Nun begehrten die Leute tatsächlich auf, und er war, ob das nun zu seinen Aufgaben als Zunftmeister gehörte oder nicht, unterwegs, um davon zu berichten. Er wollte wieder in das Palais ›Unter den Linden‹, zu Graf Wartenberg. Er trat mit dem Stiefel gegen ein Steinchen, das weit flog. Diese Dummköpfe – sie konnten ihn alle mal dort, wo es am dunkelsten war.

Und trotzdem, manchmal musste man dem Zorn weichen, bevor er in Gewalt umschlug.

Der Diener, der ihm die Tür aufmachte, tat, als erkenne er ihn nicht wieder. Lorenz nannte sein Amt und sein Begehr. Er wurde angewiesen, zu warten.

Da war wieder diese weite Treppe. Es gab auch einen Stuhl in der Halle, der musste neu sei. Der Diener bot ihn Lorenz an, aber er setzte sich nicht, sondern ging auf und ab. Er vermied es, mit seinen Lederstiefeln den dunkelroten Teppich zu betreten, er wanderte außen um ihn herum durch den großen Raum. Die geschwungene Treppe allein mochte so viel gekostet haben wie seine ganze Werkstatt. An den silbernen Leuchtern brannten viele Kerzen – jeweils fünfzehn Stück –, die übereinander angeordnet waren, ganz oben eine, dann zwei, in der nächsten Reihe drei, darunter vier, ganz unten fünf. Das Wachs tropfte hinunter und wurde in kleinen silbernen Schalen aufgefangen.

Lorenz blies eine der Kerzen aus.

Er blieb an der Haustür stehen, bevor er sich zur zweiten Runde aufmachte. Als er die dritte Runde hinter sich gebracht – und zwei weitere Kerzen ausgepustet – hatte, kam der Diener die Treppe herunter und erklärte, Lorenz solle sich einen Augenblick gedulden, der Herr Premierminister lasse gleich bitten. Er bemerkte die erloschenen Kerzen und zündete sie, ohne eine Miene zu verziehen, wieder an.

Eine halbe Stunde musste Lorenz warten und war mehrfach versucht, einfach zu gehen. War es wirklich seine Aufgabe, für den Frieden in der Stadt zu sorgen? Vor allem, wenn man ihn dafür derart schlecht behandelte?

»Meister?«, fragte der Graf, als er endlich kam, »was kann ich für Euch tun?«

Sie standen in der Halle. Lorenz wurde in ein Empfangszimmer gebeten, das nur mit drei Stühlen möbliert war. Er blieb stehen. »Ihr müsst diese Franzosenzunft verhindern«, sagte er.

Wartenberg lachte, Lorenz hatte das Gefühl, verhöhnt zu werden. Auf dem dicken Gesicht seines Gegenübers bewegten sich die Wangen auf und ab. Lorenz schilderte in knappen Worten, was er in den letzten Tagen erlebt und gehört hatte.

Der Graf winkte ab. »Meister, der Sommer ist vorbei, da sinkt die Stimmung. Das kennt man doch. Aber die Leute werden sich wieder beruhigen.«

Nach dieser Antwort wollte Lorenz aufstehen und fortgehen. Dies hier war nicht sein Amt. Sollte sich doch der Herr Premierminister kümmern, der wurde schließlich dafür bezahlt. »Habt Ihr nicht gerade neulich gesagt, Ihr wolltet die Stimme des Handwerks bei Hofe sein?«, entfuhr es ihm.

»Meister Haeuser, habe ich mich etwa nicht für Euch eingesetzt? Ihr wart doch dabei.«

»Seht doch, was geschieht. Der Kurfürst hat einen Fehler gemacht.«

»Seid vorsichtig, was Ihr sagt.«

»Die Menschen beklagen, der Kurfürst ziehe die Franzosen vor. Und die Bruderschaft ist der Meinung, es kann pro Gewerk nur eine Zunft geben. Stellt Euch vor«, Lorenz hob die Hand und begann, an den Fingern abzuzählen, »die Kontrolle der Gerbverfahren, das Nachprüfen des Leders, die Ausbildung der Jungen: In all dem würde es unterschiedliche Anordnungen geben. Die eine Zunft so, die andere so. Das kann doch nicht gut gehen.«

Wartenbergs Nase war verstopft, er hatte den Mund geöffnet, um zu atmen. »Der Kurfürst hat eben anders entschieden. Ich war auf Eurer Seite und habe sogar eine amtliche Anordnung gegen diesen Franzosen geschrieben. Doch in diesem Land bestimmt immer noch der Kurfürst.«

»Aber …«

»Da gibt es kein Aber«, entgegnete Wartenberg. Er zog seine Uhr hervor. »Meister, war es das? Ich habe Verpflichtungen.«

Als Wartenberg aufstand, erhob sich auch Lorenz. »Premierminister«, sagte er, »bedenkt doch die Unruhe in der Stadt.

Das könnt Ihr nicht wollen. Die Bevölkerung ist in Rage, das Handwerk genauso. Ihr müsst dem Einhalt gebieten.«

Wartenberg schüttelte den Kopf. »Haben wir das nicht gerade besprochen? Meister Haeuser, bitte entschuldigt mich, als Premierminister habe ich viel zu tun. Seid dennoch versichert, im Notfall werden wir nicht zögern und Gendarmen schicken.«

»Könnt Ihr mir wenigstens zusagen, dass die Franzosen um des Friedens willen kein eigenes Zunfthaus bauen dürfen?«, sagte Lorenz, »Und dass sie keine Aufträge vom Hof bekommen?«

»Wie sollte ich?«, fragte Wartenberg.

Der Graf sah ihm direkt in die Augen. Wieder kam Lorenz dessen Satz in den Sinn, dass Wartenberg die Stimme des Handwerks bei Hofe sein wollte. Er sprach ihn nicht aus.

»Seht Ihr, Meister, die Entscheidungen in diesem Land trifft der Kurfürst, und wenn Ihr glaubt, dass ich mich gegen ihn stelle, dann seid Ihr im Irrtum. In großem Irrtum, mein Herr.«

3

Als Claire nach ihrer Genesung zum ersten Mal wieder das Haus verließ, war sie noch schwach auf den Beinen. Der Husten überfiel sie, und sie schwitzte schnell. Doch es drängte sie hinaus. In der ganzen Zeit hatte sie Mathieus Mahnung nicht vergessen, sich regelmäßig Bewegung zu verschaffen. Und es verlangte sie zudem nach anderer Stimmung.

Paul hatte zwischenzeitlich wie ein anderer Mann auf sie gewirkt, in sich gekehrt, unrasiert, mit Flecken auf dem

Hemd. Das war schnell vorübergegangen. Nur dass er kaum das Nötigste mit ihr sprach, war geblieben. Ihr war klar, dass er alles wusste. Woher auch immer.

Mehr als sie selbst tat ihr Isabel leid, die unter dem drückenden Schweigen zu Hause litt. Sie blieb fern, so oft und so lange es ging. Obwohl das Wetter längst nicht mehr danach war, setzte sie ihre Wege durch die Vorstadt fort, hielt sich in den Häusern ihrer Freundinnen auf und wohl auch beim Großvater. Claire konnte es ihr nicht verdenken.

Die Vorräte in der Küche gingen zur Neige. Die Haushälterin war, offenbar auf Pauls Anweisung hin, mehrfach auf den Markt gegangen, jetzt nahm Claire ihr die Aufgabe ab. Der Weg war lang. Doch sie konnte Pausen machen.

Sie hatte ihren Bastkorb im Arm und ging mit vorsichtigen Schritten. Es fehlte ihr noch Kraft, aber sie genoss den kühlen Wind im Gesicht. Ihr Umhang wärmte sie. In ihre Lungen, die so wehgetan hatten, drang die frische Luft, und es war eine Wohltat. Der Husten verschwand.

Es gab Gemüse auf dem Markt. Sie kaufte, was zu tragen sie sich zutraute, und ließ sich vom Schlachter frisches Rindfleisch schneiden. Von dem, was sie gehört hatte – dass Deutsche sich plötzlich weigerten, den Réfugiés etwas zu verkaufen –, war nichts zu merken, obwohl sie sich von dem einen oder anderen seltsam angestarrt fühlte. Vielleicht war es Einbildung. Der kleine Stand von Lorenz' Gerberei war nebenan. Die derbe Haut, die gegen Regen schützen sollte, war ausgerollt. Auch die alte Frau hinter dem Tresen glotzte sie an. Nein, das war keine Einbildung. Die Frau hatte einen stieren Blick, geradewegs in ihr Gesicht. Claire wandte sich ab.

Auf einem Baumstumpf am Rande des Marktplatzes machte sie Rast, bevor sie den Heimweg antrat. Sie war dankbar, dass sie ins Leben hatte zurückkehren dürfen. Die Dankbarkeit hielt an, weil sie alle Gedanken, ob an die Zukunft oder über ihren Ruf, beiseiteschob. Es war bestimmt nicht richtig, die Sorgen zu verweigern. Nur schön war es und erholsam.

Mit krummem Rücken hockte sie auf dem abgesägten Baum, ihren Korb vor sich. Eine damenhafte Haltung gab sie nicht ab, darum scherte sie sich in diesem Augenblick nicht. Ein wenig Sonne, die ihr ins Herz schiene, das war es, was ihr fehlte.

Als sie weitergehen wollte, stand er plötzlich da, am Ende eines Weges.

Er rührte sich nicht. Natürlich hatte er sie bereits entdeckt, sonst würde er nicht so starren. In der Ferne machte sie seine kleinen Augen aus und das lange Haar. Zum ersten Mal, seit sie das Bett verlassen hatte, wurde ihr wieder schwindelig.

Bevor sie noch entschieden hatte, ob sie weglaufen sollte oder sich ihm besser stellte, war er schon heran. Nun sah sie auch seine Sommersprossen um die Nase.

»Claire«, sagte er mit seiner Bassstimme.

Sie schüttelte den Kopf. Das durfte nicht sein. Es durfte einfach nicht sein. Sie musste an die anderen Leute denken. Vielleicht schuldete sie ihm, mit ihm zu sprechen. Hier, vor so vielen Augen und Ohren, war ihr das allerdings nicht mehr möglich. Sie empfand, dass alle Welt wusste, dass sie diesen Mann liebte. Und dass alle sie dafür verurteilten.

Mit ein paar Schritten eilte sie davon.

Er rief sie: »Claire.«

Als er sie eingeholt hatte, blieb sie stehen. Sie konnte ihm nicht entkommen, nicht in ihrem Zustand. Der Bastkorb in ihrem Armgelenk wurde schwer, dennoch erlaubte sie sich nicht, ihn in die andere Hand zu nehmen oder ihn gar abzustellen. Noch einmal wandte sie sich zu ihm und schüttelte den Kopf. »Ich kann nicht mit dir sprechen. Nicht hier.«

»Wo dann?«

Sie hatte immer noch das Gefühl, angestarrt zu werden. »Ich weiß es nicht. Es gibt keinen Ort. Aber …« Sie schüttelte noch einmal den Kopf. Natürlich musste sie mit ihm reden. Nur wie und wo, das war ihr nicht klar.

Sie ging davon. Ihre Schritte kosteten sie alle Kraft, die Beine waren weich und wollten nicht. Trotzdem lief sie weiter.

Erst recht am Sonntag gab es keine Möglichkeit, mit ihm zu sprechen. Dabei saß er in der Kirche nicht mehr als fünf Meter von ihr entfernt. Sie hatte Paul neben sich und Isabel auf ihrer anderen Seite und war gezwungen, nach vorn zu sehen, in Richtung Chor, wo das Kreuz stand, der Altar, der Pfarrer.

Seine Stimme war laut, sie klang wie ein Stück Holz, ohne alles Gefühl. Er forderte die Gemeinde auf, zu beten. Als sie die Hände faltete, fiel ihr Blick für einen Moment auf ihn, ohne dass sie es hätte verhindern können. Seine Mütze lag ihm auf dem Schoß. Zum Beten senkte er die Augen nicht. Sie kam sich schlecht vor, dass sie sogar diesen Augenblick nutzte, kurz bevor sie ins Gespräch mit Gott trat, um Lorenz anzuschauen.

Sie glaubte, viele Leute wüssten Bescheid, nicht nur, dass sie diesen Mann liebte und er sie, sondern auch über ihre Schwangerschaft. Nur er nicht. Sie wollte keinesfalls, dass er sich hintergangen fühlen musste. Von ihr sollte er es erfahren, auch wenn das fast nicht möglich war. Irgendeinen Weg musste es geben.

Aus ihrem Seitenschiff waren alle Stühle und Bänke, die die Réfugiés dort hingestellt hatten, verschwunden. Ein Gemurmel hatte eingesetzt, als sie in die Kirche gekommen waren. Sie wollte Paul fragen, ließ es aber sein. Er ignorierte sie, sie hätte ihn nicht ansprechen können. Deshalb wusste sie nur, dass viele ihrer Leute von dem Verschwinden ihres Mobiliars überrascht waren. Wie alle anderen musste Claire stehen. Eine Stunde lang versuchte sie, nicht zu Lorenz zu sehen. Fast überstieg es ihre Kraft.

Als der Gottesdienst um war und die Lutheraner ihr Abendmahl zu sich genommen hatten, folgte sie Paul hinaus. Isabel hatte ihre Hand gegriffen, und der Großvater war direkt hinter ihr. Die langen Haare von Lorenz verschwanden durch den Türbogen.

Ihre Freunde standen auf dem Kirchplatz zusammen, und da Paul zu ihnen ging, tat sie es ihm nach. Sie hatten sich alle schon am Morgen, auf dem Weg, begrüßt, Armand und seine Frau Simonet, auch Mathieu, dessen Frau Elene sich bei ihm eingehakt hatte. Seit dem Sommer ging sie wieder regelmäßiger zum Gottesdienst, aber gesund sah sie nicht aus. Ihr Gesicht war blass und fahl. Sie starrte vor sich hin.

»Ich bin gespannt, was sie sich als Nächstes einfallen lassen«, hörte sie Simonet sagen. Der lange Kerl hatte einen bösen Ausdruck um Nase und Mund. Niemand erwiderte etwas.

Ohne jemand Bestimmtes anzusprechen, fuhr Simonet fort: »Ich kann mich an Zeiten erinnern, da haben wir uns vorgenommen, niemanden zu reizen und keinen Neid zu wecken. Wir wollten auf keinen Fall die alten Fehler wiederholen.«

Claire wusste, dass sich diese Sätze gegen Paul richteten. Viele Flüchtlinge – sogar manche der Freunde – warfen ihm vor, die Deutschen provoziert zu haben. Er stand neben ihr, gerade wie ein Baum, und hielt es offenbar nicht für notwendig, Simonet etwas zu erwidern. Seine Einsamkeit war fast sichtbar, genauso wie die Kälte, die er um sich trug. Jetzt, in diesem Moment, hätte er streiten können, andere überzeugen, sich vielleicht Feinde, möglicherweise auch Freunde machen können. Vor allem hätte er Simonet zeigen müssen, dass dessen Sätze ihn trafen. Doch das alles schien unter seiner Würde zu sein. Er legte keinen Wert darauf, Simonet überhaupt etwas zu entgegnen.

Armand spürte die Spannung, das konnte Claire auf seinem Gesicht sehen. Sie war ihm unangenehm, er verzog den Mund. Er tätschelte die Hand seiner Frau und trat von einem Fuß auf den anderen. Und Mathieu? Claire wagte nicht, ihn anzusehen – ihn, der alles über sie wusste. Ob er Paul, entgegen dem Versprechen, das er ihr gegeben hatte, eingeweiht hatte?

Seine Frau Elene starrte Paul an, böser noch als Simonet. Sie trug einen schwarzen Wollmantel, der ihr bis zu den Knien reichte. Dem Mantel sah man sein Alter an, die Wolle hatte sich gekräuselt und war dünn geworden. Elenes Wangen waren schmal, die Augenhöhlen traurig. Aber in ihrem Blick glomm etwas. Hatte Paul ihr etwas getan?

Er reagierte weiterhin nicht. Zu keinem der anderen nahm er Kontakt auf, stand einfach dabei, weil es sich gehörte, weil es Tradition war. Ob er sich etwas dachte? Das war wahrscheinlich. Ihr war es noch nie möglich gewesen, in ihn hineinzusehen.

Sie spürte Isabels Unruhe, die an ihrer Hand zog, ganz vorsichtig nur, trotzdem deutlich. Das Kind war so erzogen, dass es die Angelegenheiten der Erwachsenen respektierte und warten gelernt hatte. Claire warf dem Schwiegervater einen Blick zu. In dessen Gesicht erkannte sie das von Paul, sie konnte sich vorstellen, wie ihr Mann im Alter aussehen würde. Wer wusste, ob sie sich da noch kannten?

Auch Bertrand übernahm keine Initiative. Es stand die allsonntägliche Verabredung des Gemeindevorstandes aus, keiner schien jedoch bereit zu sein, die anderen einzuladen. Erneut fiel Claires Blick auf Elene. Sie hatte die Zähne aufeinandergebissen, während sie den Blick nach wie vor auf Paul gerichtet hielt. Da musste irgendetwas vorgefallen sein.

Sie würde es nicht herausfinden.

Armand reckte den dicken Hals, als erhoffe er sich eine Eingebung vom Himmel. Die Wolken waren grau, der Wind trieb sie zu immer neuen Formationen, und hier unten wirbelte er die Blätter umher. »Also, Freunde, was wollen wir tun?«, fragte der Bäcker.

»Viel zu besprechen gibt es nicht«, erwiderte Simonet.

Claire verstand diesen Satz nicht. Warum schritt die Gemeinde nicht ein, wenn ihre Bänke und Stühle aus dem Kirchenraum verschwunden waren? Wollten sie sich denn alles gefallen lassen?

»Gut«, sagte Bertrand neben ihr, »dann lassen wir unser Treffen heute ausfallen. Nirgendwo steht geschrieben, dass wir jede Woche zusammensitzen müssen. Nächsten Sonntag wieder. Sind alle einverstanden?«

Die anderen konnten sich kaum zu einem Nicken aufraffen, erst recht nicht zu einem Wort. Paul reagierte ebenfalls nicht. Fast grußlos ging man auseinander.

Paul forderte sie nicht auf, mit ihm zu kommen. Sie ging mit Isabel hinter ihm her und empfand die Demütigung mit jedem Schritt. War das nun ihre Gegenwart und Zukunft?

4

Es waren immer nur Kleinigkeiten, mit denen die Flüchtlinge erniedrigt werden sollten, aber es waren viele Kleinigkeiten und immer wieder neue. Diesmal war ihr Mobiliar aus der Kirche geräumt worden. Lorenz wusste nicht, wer dahintersteckte, er konnte sich kaum vorstellen, dass es die Zunft war. Die Verbindungen zwischen den Gerbern und der Kirche waren nicht besonders eng. Außerdem hätte das bedeutet, dass sich innerhalb der Bruderschaft eine Gruppe gefunden hatte, ohne dass der Zunftmeister davon wusste.

Vielleicht war's der Pfarrer. Er besaß den Schlüssel für die Kirche und konnte zu jeder Zeit hinein. Lorenz hatte Freude an dem Bild, das vor seinen Augen entstand – der Pfaffe in seiner Kutte fasste auf der einen Seite an, der Kirchendiener auf der anderen, und so schleppten sie Bank für Bank hinaus und schwitzten und unterdrückten manchen Fluch.

Ob sie dabei geglaubt hatten, im Sinne ihres Herrn zu handeln? Warum nicht? Auf Christus berief sich doch so ziemlich jeder, und die Religion machte es ihnen allen leicht. Wer die Farbe Weiß richtig fand, tat das mit Inbrunst und mit Hinweis auf den Willen des Herrn, genauso wie der, dem Schwarz gefiel. Wer linksherum wollte, sagte, Gott habe das so bestimmt, und wer rechtsherum ging, sprach nicht anders. Genauso war's mit dem Verhältnis zu den Einwanderern – Frieden zu halten oder sie vertreiben zu wollen, die Bibel fand das eine so richtig wie das andere. Zumindest behauptete dieser Pfaffe Helge, von dem seine Gesellen und manch anderer Simpel schwärmten, dass ein jedes Volk in seinem Land zu bleiben habe. Warum? Natürlich – Gottes Wille.

Glücklich durften sie sein, die alle Seinen Willen so genau kannten.

Als er das Seitenschiff ohne Bänke und Stühle gesehen hatte, war Lorenz so verärgert gewesen, dass er am liebsten wieder gegangen wäre, bevor der Gottesdienst angefangen hatte. Nur um ihretwillen war er geblieben, aus keinem anderen Grund. Um zwei oder drei verstohlene Blicke auf sie werfen zu können. Nicht besonders viel in einer Stunde.

Er hörte nicht zu und sang nicht mit, als der Pfarrer die Gemeinde dazu aufforderte. Dafür erinnerte er sich an ihr letztes, zufälliges Treffen. Wieder auf dem Markt. Als sie schon wegging, hatte er ihren Namen noch im Mund gehabt, doch dieser dritte Ruf war ihm auf den Lippen erstorben. Ohne stehen zu bleiben hatte sie noch einmal über die Schulter gesehen, dann hatte sie sich im Gewühl der Marktgänger verloren.

Er empfand ihre Tapferkeit, fühlte die Überwindung, die es sie kostete, fortzugehen. Sie war stark. Ein Grund mehr, sie zu lieben.

Er hatte nie daran gezweifelt, dass sie fühlte wie er. Sie liebte ihn. Und er stand am Rande des Marktes und starrte ihr nach. Dort hinten schwang ihr Korb mit jedem ihrer Schritte. Sie war weit schöner als in seiner Vorstellung. Und sie war immer noch alles, was er wollte.

Als sie verschwunden war, senkte das Marktweib an seinem Stand schnell die Augen. Er wusste, dass er sich längst vor allen Leuten zum Narren gemacht hatte. Obwohl er nur noch selten herkam, nur dann, wenn sich diese unheimliche Sehnsucht nicht beherrschen ließ, war es immer noch zu oft. Er tat meistens so, als kontrolliere er die Einnahmen seines Standes, die es doch fast nie gab. Niemand glaubte ihm.

An anderen Tagen hatte er manche böse und herablassende Bemerkung aufgeschnappt, zwar nicht vom eigenen Stand, das hätte sich das Marktweib nicht getraut, aber aus der Nachbarschaft. Hier und da hatte er Lust verspürt, den Händlern an die Gurgel zu springen oder ihnen wenigstens eine Schelle zu verpassen, sollten ihnen die Backen klingen. Doch er hatte sich beherrscht, auch, weil das alles nur noch schlimmer gemacht hätte. Und irgendwie hatten sie ja recht. Er war Gerbermeister und hatte nichts Besseres zu tun, als wegen eines fremden Weibes auf dem Markt herumzulungern.

Was sie nicht begriffen, war, dass es an manchen Tagen einfach nicht möglich war, der Kraft, die ihn herzog, zu widerstehen. Er hatte so etwas noch nie erlebt. Zu diesen Zeiten konnte er nicht wählen, zum Markt zu gehen oder in der Werkstatt zu bleiben. Da lag die Entscheidung nicht in seiner Hand.

Sogar seine Gesellen spotteten, er hatte es gehört. Den Anton hatte er sich erneut vorgeknöpft und ihm mit dem Gerberbaum gedroht, da müsste er wieder ganz allein arbeiten, nur diesmal etwas länger. Doch als der Kerl augenblicklich um Entschuldigung gebeten hatte, war er selbst dorthin gegangen. Hatte nasse Felle aus dem Fluss gewuchtet und sie, ohne dass ein anderer mit anfassen durfte, auf den Baum gehängt, und wenn sie noch nicht ganz sauber waren, hatte er sich ein Vergnügen daraus gemacht, die schweren Häute wieder ins Wasser zu werfen. Sein Leinenhemd war bald durchgeschwitzt gewesen, trotzdem hatte er immer weitergemacht. Arbeit war die beste Medizin, sie vertrieb dumme Gedanken. Und wenn er sich einmal aufgerichtet und den Schweiß von der Stirn gewischt hatte, hatte er gesehen, dass die anderen seinem Vorbild folgten. Sogar Anton arbeitete mit geschlossenem Mund, und Otto, der Lehrjunge, schwitzte ebenfalls.

Aber nun war Sonntag, da war alle Arbeit verboten. Vor Claire verließ er die Kirche und drehte sich nicht um. Er wollte sie nicht in Verlegenheit bringen. Ohne Gruß, selbst ohne einen kurzen Blick verschwand er.

Er nahm die Jerusalemstraße auf die Stadt zu, trödelte ein wenig und hing seinen Gedanken nach, als er beim Namen gerufen wurde. Karla, ihre beiden Jungs an der Hand, eilte hinter ihm her. War sie in der Kirche gewesen? Er hatte sie nicht gesehen.

Sie lächelte, während ihre Kinder ernste Gesichter machten. Das Essen, sagte sie, sei bereits gekocht, sie müsse es nur auf dem Feuer warm machen. Ob er nicht mitkommen wolle.

Er murmelte etwas wie ›Keine Zeit‹. Karla schien das nicht akzeptieren zu wollen, sie versuchte, ihn zu überreden. Er hätte widerstanden, denn er wollte nicht in ihr Haus, aber die Gesichter seiner Neffen ließen ihn verstummen. Sie waren noch ernster, fast reglos geworden, und erst als er einwilligte, hellten sie sich ein wenig auf.

Er setzte sich an ihren Eichentisch, trank ihr Bier und versuchte, ihren Söhnen ein paar sinnvolle Fragen zu stellen. Wie lange war es her, dass er ihnen angekündigt hatte, sie mit in die Werkstatt zu nehmen? Er hatte es vergessen. Noch einmal mochte er nicht davon sprechen. Wenn er Zeit hatte, musste er einfach kommen und sie abholen.

Es gab Schweinefleisch, dazu Kohl und Dinkelgrütze, doch Lorenz trank vor allem. Ein zweites Versäumnis, an das er hier erinnert wurde, war Jockels Werkstatt. Es ging nicht an, dass sie nicht betrieben wurde. Er musste mit Karla sprechen. Aber hier, an diesem Tisch und mit dem Bier in der Hand, war ihm klar, warum er auswich. Sie würde wieder sagen, dass er sie heiraten solle. Die einfachste Lösung. Nur nicht für ihn.

Nach dem Essen liefen die Kinder hinaus und er wäre ihnen gern gefolgt. Karla fragte, ob ihm das Essen geschmeckt habe und ob er noch Bier wolle. Sie hatte offenbar etwas auf dem Herzen, denn sie wich seinem Blick aus und suchte nach Worten.

»Lorenz«, sagte sie, »es ist … diese Französin.«

Er schob seinen Bierkrug von sich. »Was?«

»Ärger dich nicht über mich. Ich kann nichts dafür.«

»Für was?«

»Sie ist … gesehen worden«, sagte Karla. »Und zwar bei dir.« Jetzt hob sie den Kopf und sah ihm geradewegs in die Augen. »Eine ehrbare Frau tut so etwas nicht.«

»Was weißt du denn davon?«

»Lorenz, ich …«

»Ein Wort noch. Untersteh dich.«

Er stand auf und stemmte die Hände auf den Tisch. »Hüte deine Zunge, wenn du mich nicht zu deinem Feind machen willst.«

»Nein, Lorenz, du missverstehst. Nicht ich rede so. Es sind andere. Versteh doch, wenn eine Frau in eine fremde Werkstatt geht, dann fällt das auf. Da sind viele Augen, die so etwas sehen. Und viele Münder, die darüber sprechen.«

»Und deiner ist einer davon.«

Er wandte sich um und stapfte davon, mit Wut im Bauch. Die Tür ließ er offen, sonst hätte er sie womöglich zugeschlagen.

Sie kam ihm hinterher und griff nach seinem Arm. Er blieb nicht stehen.

»Lorenz, bitte. Ich bin daran doch nicht schuld.«

Er blieb stehen und packte seinerseits nach ihrem Arm. »So, bist du nicht?« Er fasste ihr unter das Kinn und hob ihr Gesicht so weit an, dass sie ihm in die Augen blicken musste. »Würdest du dir eine solche Geschichte entgehen lassen? Wenn du Claire in den Dreck stoßen könntest? Ich glaube dir nicht.«

Er stieß sie von sich weg.

»Lorenz«, hörte er noch. »Es ist doch nur, weil du hierher gehörst. Zu mir und zu den Kindern deines Bruders. Lorenz, bitte, geh nicht weg.«

Sie schniefte und rief wieder seinen Namen. Er drehte sich nicht mehr um.

- ZWÖLFTES KAPITEL -

1

Auf einem der Tische in der Manufaktur lagen die Handschuhe in kleinen Stapeln – der neue Auftrag für London. Paul ließ es sich nicht anmerken, aber ihm gefiel, was er da sah, hochwertiges Leder, fachmännisch gegerbt und zubereitet, gut gearbeitete Ware.

Es ging auch ohne Claire. Natürlich ging es ohne sie.

Seit sie von ihrer Lungenentzündung genesen war, hatte er ihr keine neue Arbeit gegeben. Gerveux und seine Leute waren sorgfältig, mehr musste nicht sein, und es war viel leichter, die zugeschnittenen Stücke hier nähen zu lassen. Nicht mehr lange, dann war dieser Auftrag abgearbeitet. Pignot wollte heute noch neues Leder bringen, das würde für die fehlenden Paare reichen.

Ihm war bewusst, dass er einen hohen Preis für seinen Erfolg bezahlt hatte. Auf seinen Wegen mied er bereits die Straßen, in denen seine Freunde wohnten. Sie hatten sich abgewendet, jeder auf seine Art. Armand hatte ein schlechtes Gewissen, er druckste herum und schien zu leiden und hätte wohl die Zeit am liebsten zurückgedreht. Dagegen schien Simonet die Gelegenheit zu nutzen, manche neue Bosheit in die Welt zu schicken, diesmal gegen Paul. Besonders tat ihm leid, dass nicht einmal Mathieu sich anders verhielt. Möglicherweise war die Art schuld, wie er mit ihm über Claire gesprochen hatte, doch mehr noch schien ihm Elene, die Frau des Arztes, dahinterzustecken. Sie, die Teile ihrer Familie in Frankreich verloren hatte, warf ihm vor, die Deutschen gegen sie aufzubringen. Als ob ein einzelner Mann so viel vermochte.

Und Claire? Er vermied es, an sie zu denken, doch seine Wege durch die Stadt waren lang, und immer konnte man die Gedanken nicht festhalten. Und abends lag er neben ihr im Bett, hörte ihren Atem und das vereinzelte Husten und fand keine Ruhe. Er hatte vor, von ihr zu verlangen, sich anderswo im Haus einen Schlafplatz einzurichten, und ob sie dann zu Isabel zog oder die Haushälterin veranlasste, ihre Kammer im Dach zu räumen, war ihm egal. So ging es nicht weiter.

Die Liebe zu ihr war nur noch eine Erinnerung, er fühlte sie nicht mehr. Er lebte jetzt mit einer fremden Frau zusammen. Und er empfand seine Einsamkeit und ertappte sich dabei, vor ihr davonzulaufen, meistens in die Gerberei oder in die Manufaktur. Zu einem Freund konnte er nicht mehr gehen.

Dennoch hatte er die Sätze seines Vaters im Ohr. Aufzugeben, das war keine Möglichkeit. Gott verlangte alles von seinen Kindern, doch er wusste, wie viel sie tragen konnten. Er hielt sich daran.

Pignot kam mit dem neuen Leder. Er brachte es oft selbst, zog es auf einer hölzernen Handkarre durch die halbe Stadt, weil er von Gerveux und den anderen eine Bewertung seiner Arbeit und möglichst ein Lob haben wollte. Dann konnte der kleine Bretone strahlen, ohne den Mund zu verziehen, dann leuchtete er aus sich heraus. Er breitete seine Rollen aus und trat zwei Schritte zurück, damit Gerveux und auch Paul sie in Augenschein nehmen konnten.

Gerveux nickte.

»Sehr schön«, sagte Paul. »Das Leder eines französischen Gerbers. So etwas gibt es nur in Berlin.«

Pignot kratzte sich seine Narbe. »Aber Monsieur …«

»Es wird Zeit, dass wir Lehrjungen suchen, wie der Kurfürst es verlangt hat. Französische und auch deutsche, Pignot.«

»Von denen kommt doch keiner zu uns.«

»Da wäre ich mir nicht so sicher«, erwiderte Paul. »Aber das soll unsere Sorge nicht sein. Wir müssen es anbieten, das habe ich versprochen. Wenn keiner von denen annehmen will, dann müssen sie eben unwissend bleiben.«

Pignot zog einen Brief aus der Tasche, der Paul in der Gerberei hatte zugestellt werden sollen. Ein amtliches Siegel. Paul brach es auf, als seine Leute wieder beschäftigt waren.

Er zog sich eine Kerze heran und überflog das Schreiben. Sein neuerlicher Antrag, Handschuhe nach London zu exportieren, wurde abgelehnt. Er brauchte einen Stuhl.

Im Sitzen las er den Brief erneut, langsamer diesmal. Es änderte sich nichts. Sein Antrag werde abgelehnt. Er schloss die Augen.

In ihm breitete sich Zorn aus. Er erfasste den Bauch und die Beine, die Arme, den Kopf. Paul kamen Worte in den Kopf, die herauswollten, eine Wutrede, die nicht mehr endete. Er musste nach draußen, ihn verlangte nach Luft und Bewegung. Ohne Gruß rannte er an Gerveux und den Nähern vorbei, riss die Tür auf und schlug sie, als er hindurch war, wieder zu. Diese Holzköpfe, diese Barbaren. Wie konnten sie ablehnen? Der Kurfürst persönlich hatte angeregt, zu exportieren. Und jetzt verhinderten irgendwelche Beamten das? Das durfte nicht wahr sein.

Er machte lange Schritte und stampfte mit den Füßen. Sein Weg führte zum Schloss. Er würde sich beschweren. Die beste Möglichkeit für die Obrigkeit war, dass es sich um einen Irrtum handelte. Dass sie um Entschuldigung baten.

Nicht einmal seinen Mantel hatte Paul angezogen. Es war ein grauer Herbsttag, die Sonne schaffte es nicht, die Wolkendecke zu durchbrechen. Die Wege waren feucht, in manchem Schlagloch stand Regenwasser.

Ohne viel Mühe ließen die Wachen ihn ins Schloss. Der Soldat fuhr mit dem Finger über eine Liste. Paul konnte sich nicht vorstellen, dass sein Name dort aufgeführt war, schließlich war er nicht angemeldet. Doch der Soldat nickte, ein anderer Uniformierter begleitete ihn hinein.

Er wollte direkt zu Premierminister Wartenberg.

Das Schloss kam ihm mittlerweile vertraut vor, zumal er durch die gleichen Flure geführt wurde wie zum Kurfürsten. Der Premierminister hatte seine Räume offenbar ganz in der Nähe. Ein Sekretär wies ihn an, sich auf eine Bank zu setzen, ein gepolstertes, breites Möbel, das unter einem Fenster stand. Er werde ihn Graf Wartenberg melden.

Paul hatte lange zu warten. Er war ganz allein in dem schmalen Gang. Um sich die Zeit zu vertreiben, wanderte er umher, maß seine Schritte und zählte sie. Wenn er sie lang werden ließ, brauchte er sieben Stück, um den Flur zu durchqueren. Der Fußboden bestand aus alten Eichendielen, die knarrten und eine blasse graue Farbe angenommen hatten. In der Mitte waren manche Bohlen tiefer als an den Seiten. Als er sich wieder auf seine Bank setzte – die unter ihm federte –, nahm er sich das amtliche Schreiben vor, das er entfaltete und noch einmal las. Ein kurzer Brief, nur eine Entscheidung, keine Erklärung, keine Begründung. Plötzlich ahnte er, dass jemand mit ihm spielte. Und er glaubte zu wissen, wer das war.

Wieso hatte ihn die Wache ohne weitere Fragen durchgelassen? Weil sie mit ihm gerechnet hatten. Wenn jedoch jemand vermutete, dass er käme, kaum dass er den Brief gelesen hätte, warum ließ man ihn dann jetzt so lange vor der Tür stehen? Ihm fiel nur eine Antwort ein: Er sollte mürbe gemacht werden.

Paul sah zum Fenster hinaus. Der Himmel hatte weiter das einheitliche Grau, das er den ganzen Tag gehabt hatte. Langsam setzte die Dämmerung ein. Vor ihm auf der Straße herrschte das übliche Treiben von Fuhrwerken und Fußgängern. Er nahm sich in der Entfernung einzelne Menschen vor, denen er mit den Augen folgte, bis sie nicht mehr zu sehen waren. Am Tor wechselten die Wachen und grüßten einander militärisch. Er schüttelte den Kopf. Derlei Dinge hatten in Frankreich so viel mehr Bedeutung, da kamen nicht einfach zwei Soldaten und zwei andere hielten die Hand an die Mütze und gingen davon. Zu Hause wurden Befehle geschrien und die Trommel geschlagen, und die Wache salutierte vor der Fahne.

Für jedermann sichtbar hatte sie eine große Aufgabe, denn sie musste den Sonnenkönig schützen.

Man wollte ihn mürbe machen – seit ihm das klar war, waren seine Kraft und seine Geduld um ein Vielfaches gewachsen, und als er endlich hereingerufen wurde, konnte er ein Lächeln nicht unterdrücken.

Der Premierminister hatte einen riesigen Saal als Büro. Anstelle der Eichendielen auf dem Flur lag hier Parkett, die Wände waren mit gestreiften Tapeten geschmückt, die Beine seines Tisches waren geschwungen und vergoldet. Wartenberg las; er sah nicht auf, als Paul gemeldet wurde. Erst als sein Besuch näher kam, sagte er: »Ah, der Herr Franzose. Was kann ich für Euch tun?«

Paul war versucht, das Spiel mit ein paar klaren Worten zu beenden, doch er entschied sich anders. »Ich ersuche Euch, mir zu begründen, warum ich keine Handschuhe nach England schicken darf.«

»Das ist nicht üblich, mein Herr. Wir müssen unsere Entscheidungen nicht begründen.« Wartenberg musterte ihn. Er saß ein wenig schräg, das eine Bein über das andere geschlagen, und machte sehr deutlich, dass Paul der Untergebene war. »Warum eigentlich nicht? Wir möchten, dass zuerst unsere Brandenburger Bevölkerung Handschuhe erhält, bevor wir daran denken, sie fremden Völkern zu überlassen. Auch bei uns naht der Winter.«

»Der Kurfürst selbst hat mich ermutigt, zu exportieren.«

»Vielleicht hat er seine Meinung geändert.«

»Graf Wartenberg, ich halte keine Handschuhe zurück, um sie zu verschicken. Jeder Brandenburger, der bei mir kaufen möchte, ist willkommen. Er hat die freie Auswahl.«

»Vielleicht ist Eure Ware zu teuer. Macht sie billiger.«

»Sie hat für ihre Qualität einen angemessenen Preis.«

Über Wartenbergs dickem Gesicht lag ein Grinsen. »Ich glaube nicht, dass dieser Disput zu einem guten Ergebnis führen wird, Monsieur.«

Er hatte den Satz noch nicht beendet, da ging die Tür an Pauls Seite auf. Die Kurfürstin. Insgeheim hatte er damit gerechnet. Deshalb hatte er so lange warten müssen. Sie steckte hinter dieser Ablehnung. Paul verbeugte sich.

»Lasst uns allein«, wies sie Wartenberg an, und der Graf stand sofort auf und ging hinaus. Sophie Charlotte trug ein grünes Kleid, das unter ihren Bewegungen raschelte. Es war weniger tief ausgeschnitten, als er es von ihr kannte. Auf Schmuck hatte sie verzichtet. Sie setzte sich auf den Platz des Premierministers. Paul blieb auf der anderen Seite des Tisches stehen.

»So sieht man sich wieder, Herr Franzose.«

»Madame.«

Ihr Blick ruhte auf ihm, und sie schien es zu genießen, lange nichts zu sagen. »Ich kann nicht verstehen«, erklärte sie schließlich, »dass ich dich einmal anziehend fand, Paul Deschamps. Ich muss verblendet gewesen sein. Wie du da stehst, steif wie ein Holzbrett, bist du gleichermaßen kalt am Herzen wie am Gemüt. Ein langweiliger, durchschnittlicher Mensch.«

Er ließ es über sich ergehen. Wenn sie sich Erleichterung verschaffen musste, konnte er sich zur Verfügung stellen. Keines ihrer Worte erreichte ihn. Er hörte nur ihren Ärger darüber, dass er sie zurückgewiesen hatte.

»Doch in deiner ganzen Langeweile bricht manchmal ein Dämon hervor, der die Menschen in seinen Bann schlägt. Du bist gefährlich, Paul Deschamps. Sogar den Kurfürsten hast du verhext, damit er dir deine Gerberei – und sogar eine eigene Zunft – gestattet. Wir waren alle überrascht, ach was, entsetzt, mich eingeschlossen. Aus dem armen Friedrich muss der Teufel gesprochen haben.«

Paul stand vor ihr, die Hände an der Hosennaht. Ihm war nicht wohl. »Madame, ich möchte nur mein Geschäft weiterbetreiben dürfen, sicher zu meinem Wohle, aber auch zum Wohle des Kurfürstentums. Daran ist nichts Dämonisches. Ich möchte einen bescheidenen Anteil beitragen, dass die Vorstellung des Kurfürsten Wirklichkeit wird und Brandenburg seinen Platz neben den anderen europäischen Staaten findet.«

Sie lachte, und es klang böse. »Kauf dir eine Schaufel und verteil unseren Sand auf die anderen Länder. Und vergiss nicht, auf dem Rückweg ein wenig gute Erde mitzubringen.«

Ihm fiel keine Erwiderung ein, aber er sann darauf, dem Kurfürsten zu schreiben. Er war nicht bereit, sich ihrer Willkür und der ihres Premierministers zu beugen.

»Ich könnte dich an den Galgen bringen lassen, Paul Deschamps. Du hast dich mir unsittlich genähert. Dafür gibt es Zeugen. Mein Kammermädchen, zum Beispiel. Wenn es sein muss, finde ich noch jemand anders. So steht es, mein Freund. Früherer Freund. Wie konntest du es wagen, deiner Kurfürstin die Hand an den Busen zu legen wie irgendeinem Gassenmädchen. Und damit nicht genug – von ihr zu verlangen, ihren Gatten zu betrügen. Was glaubst du, wie Friedrich schäumen wird, wenn er das erfährt.«

Paul schluckte. Keinen Brief an den Kurfürsten. Sie hatte ihn in der Hand, sie war die Spielerin, er bestenfalls der Ball. Er schaffte es nicht, ihr noch einmal in die Augen zu sehen.

›Gott weiß, was wir tragen können.‹

Die Minuten verstrichen, er sagte nichts mehr, denn es gab keine Möglichkeit, sich zu verteidigen. Es war sinnlos, sie an die Wahrheit zu erinnern. Ihm fiel das Billet ein, das sie ihm geschrieben hatte, ihre Einladung. Konnte er die zu seiner Entlastung anführen? Wer würde ihm glauben, wenn auf der anderen Seite die Kurfürstin stand?

Sie schien es zu genießen, ihn in die Enge getrieben zu haben. Er fühlte ihren Blick auf sich.

»Dennoch halte ich meine Erinnerungen in Ehren, und ich weiß, dass wir einmal Freunde waren, wir beide, selbst wenn ich mir nicht mehr erklären kann, wieso. Deshalb mache ich dir ein Angebot, Paul Deschamps. Hörst du zu?«

»Selbstverständlich, Madame.«

»Ich lasse dich laufen«, sagte sie, und als er aufsah und ihre Blicke sich trafen, setzte sie hinzu: »Ich schenke dir dein Leben. Denn eine Kurfürstin muss großzügig sein und Gnade walten lassen.«

Er war sich sicher, dass sie noch nicht fertig war, wagte aber auch nicht, nach ihrer Bedingung zu fragen. Was konnte das sein, was sie von ihm wollte? Doch nicht ein neuerlicher Besuch auf ihrem Schloss Lietzenburg? Nein, das gewiss nicht. Sie wollte Rache, weil sie sich zurückgewiesen gefühlt hatte.

Sie sprach nicht weiter. Auf dem Stuhl des Premierministers sitzend, vor seinem großen Schreibtisch, betrachtete sie ihre Fingernägel und drehte ihre Hand, um den besten Lichteinfall zu finden. So konnte sie ewig sitzen bleiben, das lag allein in ihrer Entscheidung. Ihm war es nicht möglich, zu gehen, ohne von ihr entlassen worden zu sein.

»Dafür musst du die Stadt verlassen.«

Jetzt interessierte sie sich nicht mehr für ihre Fingernägel, sondern für seine Reaktion. Sie musterte ihn. Er war sich sicher, dass sie Entsetzen oder Verzweiflung in seinem Gesicht suchte. »Nimm deine Frau, die dir doch so viel bedeutet, und nimm mit, wer sonst noch an dir dranhängt – meinetwegen deine ganze stinkende Gerberei – und dann verschwindet aus Berlin und aus dem ganzen Kurfürstentum. Von mir aus zieht nach Sachsen oder ins Kurhessische – das interessiert mich nicht.«

»Madame … ich bitte Euch.«

Sie strahlte. »Ich habe die Bitte doch bereits erfüllt, indem ich dir die Wahl lasse. Ich habe dir gerade dein Leben geschenkt, Paul Deschamps. Glaubst du, Eure Königin in Versailles hätte das an meiner Stelle getan?« Sie schüttelte den Kopf. »So ist die Zivilisation also doch etwas Deutsches, nicht wahr?«

Als sie aufstand, neigte er wie von selbst den Kopf. Sein Haus, die Manufaktur, die Gerberei – alles verloren. Er würde das Leder zusammenpacken müssen. Und Isabel und den Vater. Und was war mit Claire? Und Pignot und Gerveux und deren Familien. Und die anderen?

Sie noch einmal zu bitten, hatte keinen Sinn. Sophie Charlotte hatte diesen Triumph geplant, jetzt würde sie ihn sich nicht nehmen lassen, und je mehr Schwäche er zeigte, desto größer wurde ihr Sieg.

Vor der Tür drehte sie sich noch einmal um. »Wollen wir eine Zeit verabreden, wie lange du noch bleiben darfst, Paul?« Sie strahlte – ihr schien ein neuer Gedanke gekommen zu sein. »Ach nein, das ist langweilig. So etwas passt zu dir, aber nicht zu mir. Ich mag das Spiel und deshalb sage ich dir nur: Bleib nicht zu lange, sonst stehen irgendwann Soldaten unserer Wache vor deinem Haus und holen dich ab.«

Als sie einen Flügel der Zimmertür öffnete, lachte sie.

2

Als sie sich auf den Weg zu Lorenz machte, überkam Claire die Erinnerung. Vor ein paar Monaten war sie diese Strecke zum ersten Mal gegangen. Damals hatte sie sich verborgen gehalten. Heute war ihr klar, es war ihr damals nicht darum gegangen, Lorenz davon zu überzeugen, dass Paul nichts mit dem Tod seines Bruders zu tun hatte. Das war nur ein Vorwand gewesen. In Wahrheit hatte etwas sie zu Lorenz gezogen, das sie nicht verstanden und worüber sie sich keine Rechenschaft abgelegt hatte. Jetzt wusste sie, was es war.

Sie trug ein Kopftuch, aber es verbarg sie nicht. Warum sollte sie nicht am hellen Tage durch die Stadt gehen dürfen? Andere Frauen taten das auch.

Unter den Linden herrschte, wie damals, viel Verkehr. Die Menschen waren in Eile, sie machten lange Schritte oder trieben ihre Pferde an. Andere standen beieinander und schwatzten. Claire hoffte, dass niemand sie wahrnahm. Ob eine Réfugié hier die Straße überquerte, musste diesen Leuten doch egal sein.

Den Weg zu Lorenz war sie in der Zeit ihrer Krankheit im Geiste viele Male gegangen. Auf der Mitte der Linden, von den jungen Bäumen geschützt, bog sie nach links und hielt sich Richtung Quarree. Sie ging in nördlicher Richtung, erreichte die Spree, lief an Feldern und Wiesen vorbei. Erst dort, wo die Gerberei lag – in unmittelbarer Nachbarschaft zu der von Paul – gab es wieder Wohnhäuser.

In der Werkstatt ging sie direkt auf einen Gesellen zu. »Ich möchte den Meister sprechen.«

An seinen schwarzen Zähnen erkannte sie den Mann wieder, der ihr beim ersten Besuch Angst eingejagt hatte. Jetzt hatte sie keine Angst mehr.

Er zögerte, verkniff sich jedoch jede Bemerkung. »Ich hole ihn«, sagte er.

Als Lorenz kam, wäre sie ihm am liebsten um den Hals gefallen, mitten im Hof, vor all seinen Leuten. Was war das nur für eine Macht, die sie zu diesem Mann zog?

»Claire«, sagte er leise. Es klang, als habe er einem Wunder einen Namen gegeben. »Komm.«

Sie folgte ihm durch die schlecht beleuchtete Werkstatt. Auch diese Fackeln hatte sie in ihren Fieberträumen gesehen und die Männer im Halbdunkel an den Aschegruben. Sie hatte sogar diesen säuerlichen Geruch in der Nase gehabt.

Lorenz drehte sich um, als wollte er sich vergewissern, dass sie noch hinter ihm war. Er versuchte, zu lächeln. Sie war davon überzeugt, dass er sich genauso zurückhalten musste, um sie nicht zu umarmen.

Er öffnete die Tür zu seiner Kammer. Dieses Zimmer hatte sie ebenfalls gesehen, ein Männerraum, eingerichtet allein nach Nützlichkeit, ein grober Holztisch, ein Stuhl, eine Öllampe, mehr nicht. Vor diesem Tisch hatten sie sich geküsst. Wieder und wieder hatte sie sich daran erinnert.

Sie stellte sich ans Fenster. Ein paar Meter vor ihr floss die Spree träge dahin. Es würde schwer sein, die richtigen Worte zu finden.

Lorenz legte seine Arme um ihre Hüfte und die Hände auf ihren Bauch. Sie hörte ihn atmen.

»Claire«, sagte er, »es ist schön, dass du da bist. Auf dem Markt hatte ich schon gefürchtet …«

»Da konnte ich nicht mit dir reden. Vor all den Leuten. Die denken sowieso schon übel von mir.«

»Sag so etwas nicht.«

»Wenn es doch die Wahrheit ist.«

Sie drehte sich zu ihm. Sein Haar hing ihm ins Gesicht, sie strich es nach außen hinter sein Ohr. Seine Sommersprossen – auch die waren ihr im Fieber erschienen. Dort waren sie groß gewesen, riesig sogar, dann wieder ganz klein. Sie hatten den Lorenz ihrer Erinnerung ausgemacht.

Er kam ihr nahe und presste ihr seine Lippen auf den Mund.

Sie küsste ihn wieder, dann zog sie den Kopf zurück.

»Ich bin ein zweites Mal krank geworden, nachdem du bei mir am Fenster gestanden hast. Ein Rückfall, meinte der Arzt.«

Er hielt sie an den Armen. Was sie ihm sagen wollte, rückte in die Ferne. Sie sah nur noch ihn und wünschte sich, dass er sie bis an ihr Lebensende festhielt.

»Es war ein Sturm, der durch mich hindurchgezogen ist, glaube ich. Viel zu stark für eine Frau wie mich.«

Sie standen so nahe beieinander, dass ihre Körper sich berührten. Sein Name schoss ihr durch den Kopf, Lorenz, immer wieder Lorenz, sie wollte ihn rufen so laut sie konnte und hätte gleichzeitig lachen und weinen mögen.

»Ich möchte in deine Arme fallen und alles vergessen.«

»Tu es. Ich halte dich.«

»Es geht nicht, Lorenz. Wir beide können kein Paar sein und keines werden.«

»Doch, Claire. Es ist schwer, aber nicht unmöglich. Wir haben es in der Hand.«

Sie schüttelte den Kopf.

»Ich musste eine Lungenentzündung bekommen, damit mir das klar wird. Im Fieber habe ich nur an dich gedacht. Viel häufiger an dich als an meine kleine Isabel. Doch als ich dann gesund wurde …«

Er legte ihr einen Finger auf den Mund.

»Claire, wenn es einen Gott gibt, dann macht er so etwas nicht ohne Grund. Er führt uns zusammen und gibt uns die Liebe.«

»Das nennt man Versuchung«, sagte sie. »Er will sehen, ob man widerstehen kann.«

»Unsinn. Er hat uns ein Geschenk gemacht – unsere Liebe.« Er erinnerte sich, wie er sich vor ein paar Tagen erst darüber mokiert hatte, sich mit allem und jedem auf Gott zu berufen. Er sollte es lassen. Trotzdem sagte er, weil er es so empfand: »Wir dürfen es nicht ausschlagen. Ein Gottesgeschenk. Komm mit mir.«

»Ich bin verheiratet«, sagte sie. »Ich habe mit dir mehr getan, als ich je gedurft hätte, und ich bin bereit, alle Strafe dafür zu ertragen.«

»Strafe? Claire, nein! Wenn dein Mann dich straft, schlage ich ihn tot.«

»Sag so was nicht.«

»Ich meine es.«

Sie bewegte sich ein paar Schritte von ihm weg. Mit beiden Händen hielt sie sich an der Wand fest.

»Lorenz, ich trage dein Kind im Bauch.«

Sie konnte sehen, wie diese Nachricht durch ihn hindurchschoss. Der wilde Mann war plötzlich nur noch ein Junge, staunend und sprachlos zugleich.

»Und trotzdem werde ich meinen Mann nicht verlassen. Es sei denn, er verlangt es.«

»Weiß er …?«

Sie hob die Schultern. »Erzählt habe ich's ihm nicht. Ich glaube … ja … er weiß es.«

Ein Kind – also doch eine Gottesgabe. »Claire«, sagte er, »der Herr schenkt uns die Liebe und er schenkt uns ein Kind. Komm mit mir, ich flehe dich an. Hier in meiner Werkstatt falle ich vor dir auf die Knie. Wir wollen gemeinsam weggehen.«

Sie fasste nach seinen Händen. »Bitte bleib stehen.«

»Aber dein Mann …«

»Das werden wir sehen«, sagte sie.

»Warum bist du hergekommen?«

»Weil es dein Kind ist. Du solltest wissen, dass ich es habe, und ich möchte, dass du ihm einen Namen aussuchst.«

»Ich will keinen Namen, ich will dich.«

Sie schmunzelte. Wieder sah sie den Jungen in ihm, den wilden Jungen, der sie so sehr rührte. Trotzdem schüttelte sie erneut den Kopf.

Er setzte sich auf den Tisch. Die Füße baumelten in der Luft. Seinen Kopf hielt er in den Händen und der Blick ging nach unten.

»Wenn es ein Mädchen wird«, sagte er schließlich, »dann sollst du den Namen aussuchen. Wenn es ein Junge wird, soll er wie mein Großvater heißen, Heinrich.«

Sie lachte. Das Lachen kam aus der Tiefe ihres Bauches, es verband sich mit ein paar Tränen und wollte gar nicht wieder aufhören.

Er wunderte sich. »Warum lachst du?«

»'einrisch – das kann ich nicht aussprechen. Ich kann doch nicht ein Kind haben, dessen Namen ich nicht nennen kann.«

Er bemühte sich um ein Lächeln, gleichwohl erkannte sie seine Verzweiflung. Es zog sie zu ihm, dieser Mann brauchte ihren Trost und ihre Zuwendung, und niemandem auf der ganzen Welt hätte sie sie lieber gegeben.

Sie blieb an ihrer Wand.

»Ich werde ihn Henri nennen«, sagte sie, »das ist das Gleiche wie 'einrisch, nur in unserer Sprache, und so kann ich es aussprechen.«

»Claire, ich verstehe das nicht. Was hast du dir da ausgedacht? Meinst du, dein Mann, wenn er schon weiß … ich meine …«

»Wir werden sehen«, wiederholte sie.

Er verzog das Gesicht. Sie sah Schmerz, aber genauso den Willen, ihn zu ertragen. »Ich bin da«, sagte er. »Ich bin da und warte. Von mir aus, bis ich alt und grau bin. Hoffentlich halte ich das aus.«

Er sprang vom Tisch und stellte sich vor sie. Dabei versuchte er ein Lächeln und nahm ihre Hand. »Du hast eine Entscheidung getroffen und jetzt bleibst du dabei.«

»Es fällt mir schwer.«

»Wenn es leicht wäre, müsste man nicht stark sein.«

»Ist das ein Kompliment, das du mir machst?«

»Natürlich. Solltest du jedoch feststellen, dass du die falsche Entscheidung getroffen hast, vergiss nicht, ich bin hier.«

Sie gab ihm einen Kuss.

»Ich glaube, meine Entscheidung ist richtig.«

»Sie ist so, dass wir beide nicht glücklich werden können.«

Sie nickte. »Vielleicht sind wir nicht auf der Welt, um glücklich zu werden.«

»Sondern? Nur Arbeit und Pflicht?«

Wieder nickte sie. »Und Buße.«

Ihre Hände lagen in seinen, sie wusste nicht mehr, was noch zu sagen blieb. »Ich muss gehen.«

»Ich begleite dich. Bis zum Tor. Ich hoffe, ich sehe dich wieder. Du bist so schön, Claire. Ich liebe dich.«

3

Paul glaubte, Claire auf der Straße gesehen zu haben. Es war ihr Kopftuch, ihr Gang, ihre Haltung, doch ganz sicher war er sich nicht, die Frau war zu weit weg. Er hielt es für unter seiner Würde, sie einzuholen und zu stellen. Außerdem hatte er andere Sorgen, als sich darum zu scheren, was seine Frau trieb.

Er versuchte, sich vorzustellen, was ein Umzug bedeutete. Zunächst würde er eine plausible Erklärung finden müssen. Zumindest dem Vater musste er etwas sagen und ihm anbieten, mitzukommen. Er sah das Gesicht des Alten, den stummen Vorwurf, das Leid. Darüber musste er sich hinwegsetzen.

Die Gerberei ließ sich verkaufen, allerdings nur an Deutsche, denn kein Réfugié würde den Kampf wieder aufnehmen, den er gefochten hatte. Sobald sich seine Notlage herumgesprochen hatte, würde der Preis fallen und Paul würde nicht erwirtschaften können, was er in die Werkstatt investiert hatte. Die Manufaktur hingegen war nur das Gebäude, das nicht einmal ihm gehörte, sondern gemietet war. Hier lag der Wert in dem Wissen darum, wie man gute Handschuhe nähte. Das immerhin ließ sich mitnehmen.

Und sein Haus in der Friedrichstadt konnte er verkaufen. Es kamen ja immer noch neue Flüchtlinge nach.

Anders als sonst schlenderte er, er folgte dem Fluss in westlicher Richtung, auf die Oranienburger Straße zu. Wie vertraut waren ihm diese Wege geworden, die kleinen, bunten Häuser, die ungepflasterten Straßen, selbst der raue Ton, der hier herrschte. Die Spree hatte er von Anfang an gemocht, denn sie hatte ihn an die Seine erinnert, sie war ein ähnlich schmaler Fluss, der die Stadt nicht teilte, sondern verband.

Ob der Umzug gelingen oder ihn in den Bankrott stürzen würde, war eine Frage der Planung. Die Herstellung der Handschuhe durfte nur für kurze Zeit unterbrochen werden.

Daraus folgte, dass er nicht weit wegziehen konnte. Er würde Dresden wählen. Dort musste er als Erstes ein Haus finden, in dem die Näher bald wieder würden arbeiten können.

Gerben durfte er in Sachsen natürlich nicht, und wenn er dort sagte, der Kurfürst von Brandenburg hätte es ihm gestattet, würden die Handwerker ihn wahrscheinlich auslachen. Nein, er würde es kein zweites Mal wagen.

Immerhin gab es in Sachsen Glaubensbrüder, eine reformierte Gemeinde, vielleicht den einen oder anderen Mann, den er aus Paris oder aus Charenton kannte. Seine früheren Freunde hier zurückzulassen, fiel ihm in keiner Weise schwer. Im Gegenteil, in dem Neuanfang lag eine Möglichkeit.

Paul achtete bald nicht mehr auf Straßen und Häuser und auch nicht auf die Menschen, die ihm begegneten. So schreckte er aus seinen Gedanken auf, als er bei seinem Namen gerufen wurde: »Herr Deschamps?«

Ein vertrautes Gesicht, hager, ernst. Ehrlich, dachte Paul. »Monsieur Danckelman. Ist das ein Zufall?«

»Wahrscheinlich. Wenn Ihr mir nicht nachgestellt habt, ich habe das sicher nicht getan. Mir bleibt nicht viel, als zu lesen und durch Berlin zu spazieren.«

Paul nickte. »Ich weiß, der Kurfürst hat Euch entlassen.«

»Ich lege Wert darauf, dem zuvorgekommen und meinerseits zurückgetreten zu sein.«

»Pardon.«

»Bitte«, sagte Danckelman, »das konntet Ihr nicht wissen. Wie geht es Euch?«

Für einen Augenblick überlegte er, dem anderen alles zu erzählen. Was für ein abwegiger Gedanke! Er konnte die Kurfürstin nicht beschuldigen und nicht von seinen Besuchen bei ihr sprechen. Mit welchem Ziel auch? Und er wusste nicht einmal, welches Verhältnis Danckelman mittlerweile zum Hof hatte. »Danke«, sagte er nur.

Der alte Premierminister zeigte mit seinem Stock nach vorn. »Gehen wir ein Stück zusammen? Oder habt Ihr es eilig?«

Paul schüttelte den Kopf.

»Wisst Ihr, wenn man wie ich von einem Tag auf den anderen aus allem herausgerissen wird, ist man froh über ein wenig Unterhaltung.«

Sie gingen, aber ein Gespräch wollte sich nicht recht entwickeln. Danckelman sparte aus, was eigentlich zu berichten war – die Geschichte seiner Entlassung, seines Rücktrittes. Und auch Paul erzählte nicht, was ihm auf dem Herzen lag. So redeten sie über das Wetter, über den feuchten Herbst und über die Kälte, die Berlin im Winter heimsuchte. Dann fror die Spree zu und war nicht mehr schiffbar.

»Wie gehen Eure Geschäfte?«, fragte Danckelman schließlich. »Handschuhe, richtig?«

»Sie gehen gut. Sie gingen gut – das ist wohl die Wahrheit.« Es war nicht allzu verfänglich, von der verweigerten Exportgenehmigung zu sprechen, also tat er es. Er gab wieder, wie Danckelmans Nachfolger, Graf Wartenberg, sie begründet hatte: Die kalte Zeit stehe vor der Tür, und zunächst sollten die Brandenburger Handschuhe erhalten.

Danckelman lachte. Er lachte laut und schallend. Paul verstand ihn nicht. »Wisst Ihr«, sagte er, als sein Lachen verklungen war, »begründen kann man alles, egal wie abwegig.«

»Ich hätte gar nicht hingehen sollen, meint Ihr?« Paul wurde klar, dass er in eine Falle gelaufen war, schlimmer, als er im Schloss geglaubt hatte. Es war um viel mehr gegangen, als ihn mit einer langen Wartezeit zu erniedrigen. Sie hatte ihn genau dort haben wollen, wo er hingelaufen war.

Danckelman schien seine Gedanken lesen zu können. »Habt Ihr der Kurfürstin Anlass gegeben, Euch gram zu sein? Wartenberg trifft so eine Entscheidung nicht allein. Es sei denn, er war es, der Euch eins auswischen wollte.«

Paul zuckte mit den Achseln, und der andere verstand, dass er keine Antwort geben mochte.

»Nun, was hättet Ihr tun sollen, wenn Ihr im Ausland verkaufen wollt?«, fragte Danckelman. »Ihr hättet Euch an den

Kurfürsten wenden können. Ihm schmeicheln und ihn daran erinnern können, dass Ihr seine Idee aufgegriffen habt.«

Paul schnaubte. »Ich fürchte, ich war ungeduldig.«

»Und ich fürchte, wir haben beide die gleiche Feindin. Im Schloss passiert so manches, wovon Friedrich keine Ahnung hat. Wartenberg ist der Premierminister der Kurfürstin. Sie hat ihm ins Amt geholfen, jetzt lässt sie sich die Schuld zurückzahlen, wann immer sie etwas braucht. Und Graf Wartenbergs Schuld ist größer als die meisten Leute ahnen. Wusstet Ihr, dass der Herr Premierminister ein Sechstel eines jeden Talers bekommt, den er zusätzlich an Steuern einnimmt?«

»Nein«, antwortete Paul. Fast wie in Frankreich, wollte er sagen, fürchtete aber, den Premierminister mit einem solchen Vergleich zu beleidigen.

»Doch. Da haben sich zwei gefunden, die vom gleichen Schlage sind. Sie braucht das Geld, um endlich Königin zu werden, und er will es aus lauter Gier.« Danckelman stach seinen Spazierstock in den Boden. Er blieb stehen. »Mein Herr, ich möchte Euch gern zu Gefallen sein.«

Paul blickte ihn an.

»Ich muss nach Stralsund, um dort jemanden … nun ja, abzuholen. Bevor morgen die Kutsche geht, habe ich durchaus noch Zeit, an den Kurfürsten zu schreiben und ihm von Euch und Eurer Sache zu berichten. Vorausgesetzt, Ihr möchtet das.«

»Ich … ich weiß nicht.« Paul zögerte. Was hatte er noch zu verlieren? »Ich wäre Euch dankbar.«

Danckelman schien sich über diese Antwort zu freuen. »Dann bitte ich Euch, mich jetzt zu entschuldigen. Ich muss nach Hause, mein Schreiben aufsetzen. An seine Durchlaucht persönlich.«

Er schien sich zu freuen. Als er Paul die Hand reichte, strahlte er.

4

Auf ein Kind hatte er immer gehofft, als sich jedoch nie eines eingestellt hatte, mit seiner Frau nicht und nicht mit der einen oder anderen Geliebten, hatte er aufgehört, daran zu glauben. Ob Gott ihm diesen Wunsch verwehrte oder ob er an irgendeiner Stelle seines Körpers nicht recht gesund war, spielte für ihn keine Rolle. Das Ergebnis zählte.

Jetzt war es anders als in all den Jahren. Und auch noch mit Claire. Sie würde einen kleinen Heinrich auf die Welt bringen, seinen Sohn, der einmal groß und ein Gerber werden würde. Eine bessere Vorstellung von seinem weiteren Leben gab es nicht, und es lag nahe, dass sie Wirklichkeit wurde. Er musste es nur wollen.

In seiner Werkstatt stand der Feierabend bevor, die Gesellen begannen, ihr Werkzeug zu säubern. Wenn es darum ging, pünktlich den Hof zu verlassen, waren sie wach, mehr als manchmal am Tag. Aber meistens schafften sie gut, deshalb ließ er sie. Und es war ihm recht, noch ein wenig im Hof zu sitzen und nachzudenken, während allmählich die Dämmerung hereinbrach.

Was er zu tun hatte, um sie zu gewinnen, war schmutzig, und deshalb zögerte er. Er musste einen Schritt gehen, den er aus tiefster Seele verachtete. Auch Claire würde ihn nicht billigen, er könnte ihr nicht davon erzählen. Und unabhängig von ihr ging es um seine Selbstachtung. Verlöre er die, wenn er sich mit dem Einflüsterer und Aufhetzer einließe? Mit der Ratte?

Die Männer wuschen sich. Die meisten von ihnen steckten nur die Hände einmal in den Wassertrog, zogen sie sofort wieder heraus und rieben sie aneinander, bis sie trocken waren. Lieber stanken sie, als sich dem kalten Wasser auszusetzen. Dabei schien die Sonne. Lorenz musste grinsen.

War er bereit, den Schritt zu gehen, der ihn an sein Ziel bringen würde? Vor aller Welt konnte er ihn gut begründen. Es ging schließlich um seinen Bruder, und wenn jemand den Jockel getötet hatte, war es nur billig, dass der dafür büßte. Allerdings bezweifelte Lorenz, dass der Handschuhmacher schuldig war. Er bezweifelte es vor allem, weil Claire gesagt hatte, ihr Mann habe keine Gewalt in sich. Was sie dachte und empfand, war für ihn die Wahrheit, außerdem hatte er selbst den Franzosen zwar als ungeheuer ehrgeizig erlebt, aber nicht als brutal.

In Berlin hieß ein Sprichwort: ›Wo der Hausvogt sucht, da findet er auch.‹ Jemanden bei Amte anzuschwärzen, bedeutete deshalb, ihm große Scherereien zu bereiten. Und in diesem Falle – mit Martins Aussage und vielleicht dem Bericht seines Freundes Georg über das Treffen zwischen Handschuhmacher und Baumeister – mehr als Scherereien. Wahrscheinlich den Galgen.

Claire würde dann eine Witwe sein, eine trauernde Witwe natürlich. Er würde warten, ein ganzes Jahr, auch länger, wenn sie wollte. Dann war der kleine Heinrich schon auf der Welt. Es gab kein einziges gemischtes Ehepaar in der Stadt, er zumindest kannte keines, aber das störte ihn nicht, irgendwann war es eben so weit, dass ein Deutscher eine Französin heiratete. Schwerer wog, dass er dann die Witwe des Mannes zur Frau nahm, der seinen Bruder getötet hatte. Doch was konnte die Witwe für die Taten ihres Gatten?

Und vielleicht war sie dann ja bereit, mit ihm nach Amerika zu gehen, in das neue Land, wo es Platz gab und man ganz von vorn anfangen konnte. Das blieb seine liebste Vorstellung, und ihre Tochter und der kleine Heinrich gingen mit ihnen.

Die Männer machten sich einen Spaß daraus, den Lehrjungen nass zu spritzen. Es waren einfach gestrickte, kindische Kerle. Jeden Abend die gleichen Scherze. Otto lief schon nicht mehr davon, er hielt sich nur ein Leinentuch vor den Körper und rief den Gesellen zu, sie sollten sich beeilen, er wollte nach Hause. Der Junge hatte wirklich die richtige Art, mit den anderen umzugehen.

Was, wenn Lorenz über all dem seine Selbstachtung verlöre? Er konnte sich nicht vorstellen, ob das einen anderen Menschen aus ihm machte, doch er empfand, über eine Grenze schreiten und allen Anstand hinter sich lassen zu müssen – er musste sich mit der Ratte zusammentun, mit der Hinterhältigkeit in Person, und einen anderen Mann beschuldigen. Um Claires willen. Um dem kleinen Heinrich ein Vater zu sein.

War das richtig?

»Otto«, rief er seinen Lehrling, der sich inzwischen mit seinem Tuch abtrocknete. »Komm mal her.«

Der Junge kam angelaufen. Auf seinem Hemd hatte er Wasserflecken. »Geh und such mir den Martin. Sag ihm, ich will ihn sprechen, er soll zu mir kommen. Hierher in die Werkstatt. Du findest ihn wahrscheinlich im Steinkrug.«

»Ja, Meister.« Der Junge nickte und wollte davonlaufen, aber Lorenz rief ihn zurück.

»Vorher zieh dir etwas Trockenes an. Holst dir noch den Schnupfen.«

Als alle anderen gegangen waren, wusch er sich gründlich über dem Wassertrog. Sein Leinenhemd wrang er aus und hängte es über eine Schnur zum Trocknen. In einer Eisenschale machte er ein kleines Feuer und setzte sich dazu. Es gab nichts Schöneres als diesen Zustand von Erschöpfung nach getaner Arbeit. Vielleicht war doch dies hier sein Schicksal – Häute zu gerben, sich jeden Tag zu schinden, bis er Schultern und Arme spürte. Ohne die Frau zu leben, die er liebte. Ohne seinen Sohn.

Aus dem Tiergarten drang der Abend hinüber. Lorenz zündete zwei Fackeln an, die ausreichten, damit man im Hof etwas sehen konnte. Seine Gerberei ging gut wie eh und je, Häute lagen in der Asche und in der Lohe, Leder stapelte sich in der Werkstatt, wo es zugerichtet werden sollte, er hatte keinen Mangel, weder an frischen Häuten noch an Baumrinde und auch nicht an Käufern. Kein Franzose störte ihn – zumindest nicht bei der Arbeit.

Er hatte sich zu entscheiden. Er wusste nur nicht, wie.

Martin kam kurz darauf. Wie immer huschte er durch den Toreingang und sein Schatten war vor ihm da. Lorenz schluckte. Er verabscheute diesen Kerl.

Doch heute wollte er etwas von ihm. Zumindest Klarheit – dann konnte er immer noch weitersehen. »Gut, dass du gekommen bist, Martin. Setz dich.«

Martin hockte sich auf den Tisch, an dem sonnabends gegessen wurde. Das kleine Feuer brannte daneben. Lorenz nahm sich einen Stuhl, den er umdrehte.

»Ich muss dir eine Frage stellen.«

Der Geselle nickte. Er war nicht übermäßig freundlich, erst recht nicht eifrig, schien es jedoch zu genießen, dass Lorenz, der ihn so oft beleidigt hatte, nach ihm geschickt hatte. Vielleicht hielt er das für ausgleichende Gerechtigkeit.

»Ich habe nachgedacht über das, was du mir erzählt hast, die Geschichte mit dem Franzosen, damals, an dem Sonntag, als der Jockel starb.«

Martin hatte auf dem Tisch die Hände hinter den Rücken gestützt. Er nickte. Oh, er schien es wirklich zu genießen, plötzlich gebraucht zu werden, auch wenn er wahrscheinlich nicht verstand, auf was Lorenz' Fragen hinausliefen.

»Wie war das?«

»Das habe ich schon erzählt, Meister.«

»Erzähl es noch einmal.«

»Ich sah den Franzosen – er lief mit gesenktem Kopf am Zunfthaus entlang. Wie jemand, der lieber nicht gesehen werden will. Er hatte ein schlechtes Gewissen. Dann haben wir seine Frau gefragt, auf dem Markt, du weißt es, du warst dabei.«

Lorenz mochte nicht dulden, dass Martin über Claire sprach. Es war zu viel Schmutz. Er winkte ab.

»Kurz darauf hat Georg, mein Kumpel, gesehen, dass dieser Franzose den Baumeister nicht kannte. Das habe ich versucht, dir zu sagen. Wie viele Baumeister gibt es unter den

Franzosen? Doch nicht mehr als einen. Diesen kannte er nicht, er wurde ihm vorgestellt, richtig mit Namen und so. Und der Georg stand dabei und hat es gehört und mir gleich erzählt, denn er kannte die ganze Geschichte von mir.«

Lorenz schwieg. Er blickte auf die Spree, die im schwachen Schein der Fackeln zu sehen war und sich nicht bewegte, ein träger Fluss. Boote fuhren um diese Zeit natürlich nicht mehr. Er hörte Martin mit irgendetwas spielen, er warf einen Gegenstand in die Luft, ganz leicht nur, und fing ihn wieder auf.

»Die Büttel werden zu dir kommen«, sagte Lorenz. »Der Hausvogt wird dich befragen.«

»Da musst du dich beeilen, wenn du den Franzosen anzeigen willst«, erwiderte Martin. »Andere haben das auch vor.«

»Wer?«

»Der Lohmüller zum Beispiel. Er sagt, wer so etwas tut, muss zur Verantwortung gezogen werden.«

Dann war es gar nicht nötig, sich selbst die Finger schmutzig zu machen. Den Lohmüller ging all das zwar nichts an, und außerdem war er ein großer Schwätzer. Aber vielleicht handelte er in diesem Falle ja. »Wer auch immer das tut: Zu dir werden die Büttel auf jeden Fall kommen. Und in der Hausvogtei fragen sie anders als ich. Viel genauer. Sie haben eine Art, einen lange sitzen zu lassen, vielleicht so lange, bis man müde wird. Dann fragen sie einen ein zweites, dann ein drittes Mal und zwischendurch geben sie einem nichts zu essen und nichts zu trinken. Und wehe, man widerspricht sich.«

Der Geselle hielt, mit was immer er gespielt hatte, fest in der Hand. »Meister, ich sage die Wahrheit, deshalb habe ich keine Angst. Einmal habe ich dich angelogen, ja – als ich sagte, ich selbst hätte gehört, dass der Franzose dem Baumeister vorgestellt wurde –, doch das war das einzige Mal. Ich weiß, was ich gesehen habe und das kann ich jedem erzählen.«

Lorenz biss sich auf die Lippe. Das Ziel war nahe, der Weg blieb dennoch ohne jede Würde. Er mochte ihn nicht beschreiten, denn er glaubte einfach nicht, dass der Franzose seinen Bruder getötet hatte. Dazu war der Mann neben allem anderen viel zu beherrscht, das hatte Lorenz oft erlebt. Er erinnerte sich an jenen Märzsonntag, als Jockel versucht hatte, den Franzosen zu reizen. Der andere sollte endlich die Hand gegen ihn erheben. Nur zu gern hätte sein Bruder diesen feinen Pinkel verprügelt. Aber der Handschuhmacher? Der dachte gar nicht daran, zuzuschlagen.

Und dieser Mann sollte abends ins Zunfthaus geschlichen sein, um den Jockel die Treppe hinunterzustürzen? Da blieb ja die Frage, woher er gewusst hatte, dass Jockel an einem Sonntagabend ins Zunfthaus ging. Der Franzose hätte ihn verfolgt haben müssen.

Das alles schien Lorenz ein bisschen viel zu sein.

Anders war es, wenn der Lohmüller handelte, dafür war Lorenz nicht verantwortlich. Niemand konnte von ihm verlangen, zu einem Mann zu gehen, mit dem er zerstritten war, und zu versuchen, ihn von seinem Vorhaben abzubringen.

Martin ließ sein Spielzeug zu Boden fallen. Er sprang vom Tisch, aber Lorenz war schneller und hob es auf. Ein Messer. Ein kleines, scharfes Werkzeug, mit einem Bronzegriff und einer Schafttasche aus Leder. Er strich mit dem Finger darüber, bevor er es Martin hinhielt.

»Schönes Messer«, sagte er. »Ich hatte einmal genau so eins.«

Martin griff schnell zu und ließ es in seiner Tasche verschwinden. Er setzte sich nicht mehr, sondern lehnte sich an den Tisch. »Also, was ist? Soll ich jetzt zum Hausvogt gehen und ihm berichten? Kommst du mit? Oder wollen wir auf den Lohmüller warten? Und was sage ich, wieso ich erst jetzt komme?«

Lorenz gab keine Antwort. Er hatte Durst. Martin hatte bereits Bier getrunken, das konnte man riechen.

»Dann gehe ich jetzt«, hörte er Martin.

»Zeig mir noch mal dein Messer.«

»Warum?«

Der Kleine hatte sich schon halb um den Tisch herumgedrückt. Lorenz sprang auf und packte ihn.

»Weil ich es sehen will.«

Martin versuchte, sich dem Griff zu entwinden und hielt seine Hosentasche verschlossen. Lorenz fasste fester zu.

»Nein«, rief Martin. Er quiekte wie eine Ratte, der auf den Schwanz getreten wurde. Lorenz drehte ihm mit Gewalt den Arm auf den Rücken. Mit der anderen Hand fuhr er ihm in die Tasche. Martin wand sich, aber er kam nicht frei.

»Ich hatte einmal genau so ein Messer«, wiederholte Lorenz. Er ließ Martin los, stellte sich jedoch so vor ihn, dass der andere nicht entweichen konnte. Er zog das Messer aus der ledernen Hülle und ließ die Klinge über seinen Daumen fahren. »Der gleiche Griff. Genauso scharf. Und ein Schutz aus Leder. Selbst gegerbt natürlich. Weißt du, was ich damit gemacht habe?«

Martin schüttelte den Kopf. Seine Augen rannten hin und her.

»Ich habe es dem Jockel geschenkt.«

Im nächsten Augenblick hatte Lorenz wieder zugepackt. Er drückte Martins Hals zu. Der Kleine japste. Er versuchte, sich zu befreien. Lorenz ließ es nicht zu.

»Ich will wissen, woher du das Messer hast.«

Er bekam keine Antwort. Martin versuchte, sich zu befreien. Er drehte sich unter Lorenz' Griff.

»Sag's mir. Auf der Stelle.«

Martin trat Lorenz mit Wucht auf den Fuß. Lorenz ließ seinen Hals los. Martin machte sich klein und versuchte, zu entwischen. Lorenz packte ihn am Hemd, das einriss. Er war wütend. Martin sträubte sich. Der Riss in seinem Hemd wurde größer, weil er zu entkommen versuchte, er reichte schon von der Schulter bis zur Hüfte.

Lorenz ließ das Messer fallen. Bei diesem sich windenden Viech brauchte er beide Hände. Mit der Linken packte er Martin an der Schulter und drehte ihn zu sich um, bevor er ihm mit Wucht ins Gesicht schlug.

Der Kleine schrie auf.

»Du gibst mir auf der Stelle Antwort.«

»Er hat's mir gegeben«, schrie Martin. »Lass mich los.«

Lorenz schlug ein zweites Mal zu. »Du lügst.«

Martin versuchte, die Hände vors Gesicht zu bringen. Da sie sich so nahe gegenüberstanden, gelang es ihm nicht. Lorenz holte ein drittes Mal aus.

»Also?«

»Ja, verflucht, ich war im Zunfthaus. Hab ihn da liegen sehen. Da habe ich das Messer genommen. Es hat mir gefallen. Ich hätte es nicht tun dürfen, ich weiß. Aber er war schon tot. Das musst du mir glauben.«

Lorenz schlug zu.

Martin lief Blut aus der Nase.

»Ich prügele die Wahrheit aus dir heraus, verlass dich drauf. Und wenn's die ganze Nacht dauert. Hier kommt niemand her und stört uns. Heute werde ich erfahren, wie Jockel gestorben ist. Endlich höre ich die Wahrheit. Und zwar von dir. Und wenn ich dir vorher die Knochen einzeln breche.«

»Meister, nein. Der Franzose – der war's!«

Lorenz schlug erneut zu, diesmal mit dem Handrücken auf die andere Seite des Gesichts. Martin schrie auf. Die Haut war ihm aufgeplatzt.

»Es war der Franzose. Du liebst dessen Frau. Er wird hingerichtet – es ist doch gut. Dann ist sie frei. Für dich.«

Lorenz ließ ihn los. Martin stolperte ein paar Schritte rückwärts.

»Bleib stehen. Wenn du jetzt wegläufst, folge ich dir und drehe dir den Hals um wie einem Huhn.«

Er machte einen weiten Satz und stand wieder vor Martin. Nach hinten konnte der Kleine nicht entkommen, da stand der Tisch. An der Seite war das Feuer heruntergebrannt. Doch die Fackeln gaben noch Licht.

»Ich sage dir jetzt, wie es war. Du warst neulich bei Karla – wohl kaum, um ihr von der Zunft zu erzählen. Sie wusste schon von mir, wie die Bruderschaft ihr hilft, und selbst ich konnte ihr nicht viel Neues sagen. Nein, du wolltest etwas ganz anderes. Da war eine Meisterwitwe, Martin, eine Witwe – deine Gelegenheit für einen eigenen Betrieb.«

Martin schüttelte den Kopf. Er hielt seine Hand unter die Nase. Sein Gesicht sah matschig aus.

»Sie wollte mich nicht«, sagte er leise. »Sie will dich.«

»Hat sie das gesagt?«

»Ich merke es auch so. Und ich merke genauso, dass du nicht Karla willst, sondern die schöne Französin.«

»Und da hast du dir gedacht: Der Einzige, der im Weg ist, ist der Handschuhmacher. Wenn der verschwindet, kriege ich dessen Frau, und Karla begreift, dass sie dich nehmen muss. Jeder hat, was er will. Bei dir ist das eine eigene Gerberei.«

Martin besah sich seine Hand und leckte das Blut von ihr, bevor er sie wieder unter die Nase hielt. Dann hob er den Kopf. »Na und? Ist das so schlimm, wenn jeder kriegt, was er will?«

Lorenz spuckte aus. »Bloß will sie dich nicht. Sie nimmt dich nicht in ihr Bett, verstehst du das? Einen Rattenschwanz will sie nicht zwischen ihren Beinen.«

»Sie wird schon begreifen. So viel Auswahl hat sie nicht.«

»Und dafür beschuldigst du einen Menschen, der nichts getan hat.«

»Nichts getan? Wie kannst du so was sagen? Dieser Franzose, der gerbt …«

Lorenz schlug zu.

Er traf Martin so heftig am Kopf, dass der Kleine taumelte und dann in die Knie ging. Lorenz war versucht, ihn zu treten – so wie man nach einer Ratte tritt –, aber er zog ihn wieder in die Höhe. Er schlug ihn zweimal mit der Faust auf den Oberarm, während er ihn mit der anderen Hand festhielt. Die Wut in ihm wurde immer größer. Martin leistete überhaupt keine Gegenwehr mehr.

»Du hast jemanden getötet. Meinen Bruder.« Er schlug ein drittes Mal auf die gleiche Stelle am Arm. Der Kleine jaulte auf. »Sag mir die Wahrheit oder ich prügele sie aus dir raus.«

Martin wimmerte. Er hielt sich die Hände vor den Kopf. Als er sich wieder in die Knie sacken lassen wollte, ließ Lorenz ihn nicht los. Sein Hemd war vollkommen zerrissen, bald würde es ihn nicht mehr halten.

Lorenz riss es entzwei, dann packte er Martin an den Haaren. »Ich schmeiß dich jetzt in die Lohe«, schrie er. »Du wirst gerben. Von mir aus wochenlang.«

Martin brachte nur noch Jammerlaute hervor. Er ließ sich von Lorenz ziehen, schaffte es kaum, die Füße aufzusetzen.

Lorenz fasste ihn am Leib und schleppte ihn unter dem Arm. Als er vor der Lohegrube stand, regte sich Martin wieder. »Nein«, flehte er, »nein, Meister, lass mich.«

Lorenz stellte ihn auf. Dem anderen lief Blut aus Mund und Nase. Der Oberkörper war nackt, nur ein paar Leinenfetzen hingen ihm noch aus der Hose. Sein Arm war blau angelaufen.

»Du bist kein Richter«, sagte Martin mit leiser Stimme, »du versündigst dich.«

Lorenz packte ihn am Hals. Der andere wehrte sich nicht. Er war kaum schwerer als eine nasse Haut. Lorenz war bereit, ihn in die Lohe zu werfen und eine Platte drüberzuziehen. Irgendwann würde der Kerl ersaufen oder ersticken.

»Deine letzte Möglichkeit.«

»Lass mich los«, flehte Martin. Ein Rest Lebenskraft schien ihm noch geblieben zu sein. »Ich sage dir, wie es war.«

Lorenz gab seinen Hals frei.

»Jockel war betrunken. Ich sollte mitkommen. Aus dem Steinkrug, ins Zunfthaus. Und das am Sonntag.« Martin begann zu husten. Blut troff ihm aus dem Mund. »Werkzeug holen. Er … hat sich aufgeführt wie ein Held – Jockel, der große Franzosenbezwinger. Ich wollte nicht mitgehen. Sonntag ist schließlich Sonntag. Er hat mich gezwungen. Hat sich über mich lustig gemacht. Ich hätte keine Kraft, mich würde so ein Franzose vom Kirchenportal pusten. So hat er gesprochen, dein Bruder.«

»Und dann?«

»Habe ich ihn die Treppe runtergestoßen. Ich war wütend.«

»Du wolltest ihn töten?«

»Nein, ich war einfach wütend, ich wollte, dass er mit seinem dämlichen Gequatsche aufhört. Er war sofort tot, und da hat's mir nicht leidgetan.«

Lorenz wischte sich seine Hände an der Hose ab. »Du bist ein Totschläger. Und hättest fast den Franzosen an den Galgen gebracht.«

»Was für uns alle gut gewesen wäre. Jetzt wirst du sie nie bekommen, die schöne Frau, dabei liebst du sie, und sie hat nur Augen für dich.«

Lorenz mochte nicht mehr zuschlagen. Der andere war nur noch ein Hauch von Leben, an dem verging er sich nicht mehr.

»Hör zu, was ich dir zu sagen habe, ich sag's nur einmal. Es ist wahr, du bist nicht allein schuld. Ich war kurz davor, den Franzosen anzuschwärzen. Deshalb lasse ich dich laufen. Aber nur heute Nacht. Heute Nacht kannst du aus der Stadt verschwinden.«

»Wohin? Die Tore sind verschlossen«, jammerte Martin.

»Kletter über die Mauer. Nur heute Nacht. Wenn ich dich morgen noch in Berlin sehe, melde ich dich dem Hausvogt, du Totschläger, du. Hast du mich verstanden?«

Martin sank auf die Knie und faltete die Hände. »Bitte nicht. Wo soll ich denn hin?«

Er ließ sich weiter sinken und hielt sein Gesicht über Lorenz' Stiefel. Leckte er den etwa?

»Steh auf, Scheißkerl.«

Martin wimmerte, als er mühsam wieder auf die Füße kam. »Meister, eine andere Strafe. Wo soll ich hin? Ich gehör doch hierher, hier habe ich meine Unterkunft und Leute, die ich kenne. Hier bin ich geboren und Mitglied der Zunft.«

»Du hast gehört, was ich gesagt habe. Und der Zunft gehörst du nicht mehr an.« Mit einem Ruck riss Lorenz ihm den Ring vom Ohrläppchen. Martin schrie auf.

Lorenz warf seinen Ohrring in den Fluss.

»Alle Welt soll wissen, dass du ein Schlitzohr bist. Du gehörst nicht zu unserer Bruderschaft und in diesem Leben auch zu keiner anderen mehr. Und jetzt verschwinde. Schnell, bevor ich es mir anders überlege.«

Martin konnte nicht mehr schnell laufen. So gut seine Beine ihn trugen, schleppte er sich davon.

- DREIZEHNTES KAPITEL -

1

Claire hatte sich ihren Arbeitsplatz im Esszimmer wieder eingerichtet und nähte. Noch brauchte sie kein Kerzenlicht, die tief stehende Herbstsonne schien ihr über die Schulter. An den Bäumen waren die Blätter gelb oder braun, und viel Laub lag schon auf den Straßen.

Sie nähte keine Handschuhe mehr, sondern ein wollenes Winterkleid für Isabel. Der Stoff war nicht so fröhlich wie der für den Sommer, er war einfarbig grau, doch Isabel stand er, da war sie sich sicher. Dem Mädchen stand fast alles.

Paul hatte nicht mit ihr gesprochen, aber sie bekam kein Leder mehr, weder von ihm noch von Gerveux, deshalb ging sie davon aus, dass sie keine Handschuhe mehr nähen sollte. Die Sprachlosigkeit zwischen Paul und ihr lastete ihr auf dem Gemüt, sie machte ihr die Tage schwer und freudlos, dennoch gelang es ihr nicht, sie zu durchbrechen. Von ihm empfing sie keine stille Aufforderung, zu reden, im Gegenteil wirkte er abweisend, worüber sie sich hätte hinwegsetzen müssen. Und wenn er tatsächlich fragen würde, hätte sie ihm alles erzählen müssen, wirklich alles. Wollte sie das? Es war unvorstellbar. Und was würde danach geschehen?

Während sie einen neuen Faden durch die Nadel zog, dachte sie an ihren Mann. Sie erlebte, wie er kämpfte, er wollte gegen alle Widerstände durchsetzen, was er für sein Recht hielt. Sollte er gewinnen, würde er eines Tages zur guten Gesellschaft in Berlin zählen, zu den reichen Bürgern, die mit dem Adel und bei Hofe verkehrten, und dann wäre es egal, ob er ein Franzose war oder nicht. Vielleicht war das sogar ein Pluspunkt, denn in der guten Gesellschaft galt das Französische etwas, dort hatte man keine Angst vor den Einwanderern und empfand keinen Neid angesichts ihrer Talente, sondern schätzte die Kultur ihrer Heimat.

Sie betrachtete ihn wie aus großer Ferne, so, als habe sie mit diesem Mann nichts zu tun. Dabei lag ihr Schicksal in seiner Hand, denn immer bestimmte der Mann über die Frau, schon zu biblischen Zeiten. Doch zwischen diesem allgemeinen Satz und ihrem tatsächlichen Leben gab es mittlerweile einen großen Unterschied. Vor ein paar Monaten hätte Paul sie nicht aus dem Haus werfen können, ohne selbst dafür geächtet zu werden. Niemals hätten die Glaubensbrüder ein solches Vorgehen gebilligt.

Jetzt würde jedermann Verständnis dafür haben.

Sie setzte die Nadel ab und strich sich vorsichtig über den Bauch. An den Gedanken, erneut ein Kind zur Welt zu bringen – überhaupt eins ins sich zu tragen – hatte sie sich noch nicht gewöhnt. Selbstverständlich würde ihr diese Schwangerschaft nie werden, wie sollte sie auch, viel zu sehr widersprachen die Umstände allem Erlaubten.

Wenn sie an das Ungeborene in ihrem Bauch dachte, war sie sich sicher, einen Jungen zu bekommen. Alles fühlte sich so anders an als bei Isabel. Bei ihr hatte sie immerzu Süßes essen mögen, Honig und Gebäck und weiches, reifes Obst. Jetzt hatte sie Hunger auf salzige Dinge, auf Fisch und Fleisch und Käse. Vor allem auf Kartoffeln.

Kartoffeln kannten die Brandenburger leider nicht.

Wäre sie ein Mann gewesen, hätte sie vielleicht, ähnlich wie Paul mit seiner Gerberei, ein Feld gekauft und Kartoffeln angebaut und hätte den Menschen hier etwas Neues gebracht. Sie freute sich an diesem Gedanken. Mehr als ein Stückchen Erde und ein paar Saatkartoffeln und einen gelegentlichen Regenschauer brauchte es nicht. Mehr hatten die Eltern zu Hause im Languedoc auch nicht gehabt.

Aber sie war eine Frau und dazu ausersehen, ein Kind zu gebären. Einen Jungen. Sie hatte keinen anderen Namen als

Henri für ihn, und sie redete ihn leise mit Henri an, als sie ihm versprach, ihn zu lieben und für ihn da zu sein, was immer passieren mochte.

Die Tür ging auf, Isabel kam herein. Sie trug ein Kleid aus rotem Samt, das zu ihren langen dunklen Haaren und den Augen passte. Ihr Gesicht war fröhlich und ihre Schritte leicht, der Fußboden knarrte kaum unter ihnen. Claire konnte die Augen nicht von ihr lassen.

»Mama, ich möchte zu Großvater gehen. Er will mir ein Spiel beibringen.«

»Was für ein Spiel?«

»Es heißt Schach oder so ähnlich und man muss den König töten, hat er gesagt. Natürlich nicht wirklich töten, nur im Spiel.«

Claire strich ihr übers Haar.

»Ich komme zurück, bevor es dunkel wird.«

»Ist gut, mein Kind.«

Das Schlimmste, was passieren konnte, war, dass sie Isabel verlor. Eine Vorstellung, die allzu naheliegend war. Natürlich würde Isabel hier bei ihrem Vater bleiben, wenn Paul Claire fortschickte. Vielleicht – hoffentlich – würde Bertrand dann einziehen und sich um das Kind kümmern. Oder Paul heiratete wieder?

Sie stellte sich den Abschied vor, ihre Tochter irgendwo im Haus, voller Tränen, sie selbst mit trockenem Hals und einem kleinen Koffer in der Hand, dabei, wegzugehen. Ein Gedanke, der ihr das Herz zerriss. Um sich abzulenken, sah sie zum Fenster hinaus. Damals im Languedoc hatte sie den Herbst geliebt. Zu keiner anderen Jahreszeit hatte sie ein ähnlich starkes Bedürfnis verspürt, die Tage festzuhalten, damit sie nicht vergingen, so als seien es die letzten, denen keine mehr folgen würden.

Isabel hatte sich umgedreht und winkte ihr von der Straße aus zu. Claire hob ebenfalls die Hand. Sie fühlte einen neuerlichen Stich in der Brust.

Sie war in dem Glauben erzogen worden, dass Herausforderungen des Schicksals in Wahrheit Prüfungen Gottes waren. So hatte es Calvin gelehrt. Man durfte stolz sein, wenn das Leben schwer war, denn es zeigte, Gott beobachtete einen, er sandte einem Prüfungen, um die Festigkeit des Glaubens zu testen. Die wenigsten Menschen wurden von Gott beobachtet.

Er schien aber so vorzugehen, dass er bei denen, die er prüfte, nach jener Stelle suchte, die ihre allerverletzlichste war. Und ihre Schwachstelle war Isabel. Sie sah zur Zimmerdecke, faltete die Hände und bat darum, ihre Tochter nicht verlieren zu müssen. Sie machte klar, dass sie nicht um ihretwillen bat – sie war bereit zu büßen –, sondern wegen der Kleinen, die ihre Mutter liebte und brauchte.

Isabel wusste noch nicht, dass Claire schwanger war. Ihr davon zu erzählen, war alles andere als leicht. Wenn sie begriff, dass ihr Bruder einen anderen Vater hatte als sie selbst, würde sie erschrecken und Claire vielleicht verurteilen.

Paul hingegen interessierte sich nicht mehr für sie und ihren Körper. Abends im Bett gab er ihr nicht einmal einen Kuss, es war schon viel, wenn er ihr überhaupt gute Nacht wünschte, bevor er sich zu seiner anderen Seite umdrehte. Wenn sie aus irgendeinem Grund einmal seine Hand nahm, wandte er sich sofort ab.

Es war nötig, dass sie mit ihm sprach. Sie wollte wissen, wie es in ihrem Leben weiterging und sie würde sich zur Wehr setzen, wenn seine Vorstellungen zu drastisch waren. Ihr grauste vor einem solchen Gespräch, schon die Vorstellung davon ließ ihr einen kalten Schauer den Rücken herunterlaufen. Seine Frage würde kommen. Wie sollte sie sie beantworten, was konnte sie sagen, wenn er wissen wollte, wer der Vater ihres Kindes sei?

Wahrscheinlich war es ganz falsch, die Unterredung immer weiter hinauszuzögern. Sie wandte den Blick noch einmal zur Zimmerdecke und faltete die Hände wieder. Ja, sie glaubte – sie war fest in ihrem Glauben und stark genug für die Prüfung, die ihr bevorstand. Seit sie sich von ihrer Lungenentzündung erholt hatte, besaß sie neue Kraft. Sie war sogar bereit, den Tod anzunehmen, zusammen mit dem ungeborenen Henri. Nur dass Isabel dann ohne Mutter aufwachsen musste – diese Vorstellung konnte sie nicht ertragen. Gott musste ein Einsehen haben. Wenn er sie prüfen oder strafen wollte, durfte es nicht Isabel treffen.

Sie glaubte in der Tiefe nicht, dass Gott sie sterben lassen wollte. Warum sonst hatte er sie wieder gesund werden lassen? Der Tod war in Wahrheit keine Herausforderung, sondern ein Ausweg, denn wenn ein Mensch starb, musste er seinen Glauben und seine Festigkeit nicht mehr beweisen.

Was ihr bevorstand, war etwas, das auf der Welt war.

Sie kannte das Hospital, das Armenhaus der Gemeinde, aus der Ferne. Dort lebten nicht nur Alte ohne Angehörige, sondern auch Frauen mit unehelichen Kindern, einfache Mägde meist, junge Mädchen, die nicht geahnt hatten, auf was sie sich einließen. Dort würde auch sie möglicherweise leben und arbeiten. Egal wo, dem kleinen Henri würde sie ihre ganze Liebe geben.

Doch vielleicht war das noch nicht alles. Paul konnte Isabel verbieten, Claire zu sehen, dann würde ihre Tochter nur ein paar Meilen von ihr entfernt wohnen und dennoch in einer anderen Welt. Das war die schlimmste Strafe, die sie sich vorstellen konnte.

Damals, im Zimmer nebenan, hatte sie Lorenz zugerufen, er möge den letzten Schritt nicht machen, und wenn er auf sie gehört hätte, wäre ihre Situation heute anders. Doch dann würde sie vielleicht mit einer unentdeckten Lüge leben und sich vor Gott umso mehr schämen. Sie mochte sich nicht beschweren und ihn erst recht nicht hassen, sie wollte Lorenz immer ein gutes Andenken bewahren. Er war Henris Vater. Seinetwegen hatte sie zum ersten Mal in ihrem Leben die Liebe bis zu dem Punkt gefühlt, wo sie wehtat.

Nur zu ihm zu gehen, war ihr nicht möglich. Dagegen sprachen alle Regeln, nach denen die Menschen lebten, man würde sie ächten und verachten, und sie hätte die Schande in sein Haus getragen. Dazu liebte sie ihn viel zu sehr. Gleichzeitig war es undenkbar, dass sie von sich aus Isabel zurückließ.

Sie zwang ihre Gedanken wieder zu ihrer Arbeit. Es war noch hell. Sie nahm ein neues, bereits zurechtgeschnittenes Wollstück und die Nadel in die Hand. Da Isabel nicht zu Hause war und Claire sich keine weitere Ablenkung gestattete – denn Gott liebte die Fleißigen – schaffte sie viel, bis der Abend kam, und da konnte sie ihrer Tochter das neue Kleid schon an den Körper halten, um die Maße zu überprüfen.

Sie aß mit Isabel, betete mit ihr und küsste und umarmte sie.

Paul kam nicht viel später. Er war schmal im Gesicht geworden, wodurch seine Nase noch kräftiger wirkte, dennoch sah er gut aus, ernst zwar, aber auch gesund und konzentriert. Es war Zeit, mit ihm zu sprechen.

Ohne sie anzusehen, wünschte er in den Raum hinein einen guten Abend. Aus dem Krug ließ er Wasser in die Schüssel laufen und wusch sich Hände und Gesicht. Sie fragte ihn, ob er essen wolle, aber er war in einem Gasthaus gewesen. Sie hörte ihn die Treppe hinaufgehen, während sie das Nähzeug in ihre Kiste räumte. Oben quietschte Isabels Tür, die er geöffnet hatte.

Sie atmete durch und ihr Herz schlug. Wenn er wieder herunterkam, dann war es so weit, sie würde sich überwinden und das Gespräch beginnen. Hier im Zimmer; denn oben im Bett war das nicht möglich, da war er ihr zu nahe. Sie sah ihn wütend werden und sogar nach ihr schlagen. Schon hielt sie die Hände vor den kleinen Henri in ihrem Bauch. Doch sie wusste, ihre Vorstellung war falsch, Paul würde sie nicht schlagen, niemals verlöre er so sehr seine Beherrschung. In diesem Moment war sie froh darum.

Bald würde sie Klarheit haben.

Doch er kam nicht wieder herunter. Sie saß im Sessel und

wartete und lauschte. Auf der Treppe waren keine Schritte zu hören.

Als sie später die Schlafzimmertür öffnete, lag er bereits im Bett. Eine Kerze brannte auf seinem Nachttisch, und er las.

2

War es seine Aufgabe, den Handschuhmacher zu warnen? Nun, heute Abend sicher nicht mehr. Er ging durch die Dunkelheit heimwärts. Nur in den Häusern brannte vereinzelt Licht, aber es drang durch die kleinen Fenster kaum nach draußen und reichte nur, um ihm ein wenig Orientierung zu geben. Seine Aufregung klang langsam ab. Martin also, und nicht der Handschuhmacher. Er hatte es geahnt – nein, gewusst hatte er es und Claire geglaubt.

Genau genommen musste er nun beim Lohmüller vorsprechen und ihm berichten. Dieses Großmaul konnte sich seinen Weg in die Hausvogtei sparen, und es war besser für alle, wenn er das auch tat. Lorenz schüttelte den Kopf. Das war zu viel verlangt. Er wollte mit diesem Kerl nicht mehr sprechen, erst recht nicht auf dessen Hof. Und der Lohmüller würde ihm ohnehin nicht glauben. Lorenz musste hoffen, dass der Mann der Schwätzer war, für den er ihn hielt, zu faul und zu feige, um wirklich etwas zu unternehmen.

Aus seinen wenigen Vorräten bereitete er sich ein Abendessen, das hauptsächlich aus kaltem Geflügel und dunklem Brot bestand. Er dachte an den Handschuhmacher. War ausgerechnet er derjenige, der den Franzosen auf mögliche Gefahr hinweisen musste? Zumal, wenn nicht einmal sicher war, dass sich der Hausvogt in Bewegung setzte? Er saß an seinem Küchentisch, trank Wasser und kaute. Besonders fein sah er nicht aus, einen Fuß auf dem Nachbarstuhl, die abgegessenen Knochenstücke neben sich auf dem Tisch und kleine Fleischreste zwischen den Zähnen, die er mit dem Fingernagel herauszuziehen versuchte. Immerhin waren die Hände sauber, auch wenn sie nach Gerbsaft rochen.

Mit Claire würde er sich umstellen und etwas vornehmer werden müssen.

Mit Claire?

Vor einer Stunde hatte er gerade seine letzte Möglichkeit verloren, sie zu gewinnen. Ihr Mann würde nicht an den Galgen kommen, denn er hatte Jockel nicht getötet. Claire würde keine Witwe werden. Und er, Lorenz, blieb allein.

Auch am nächsten Tag kam ihm immer wieder die Frage in den Sinn, ob er den Handschuhmacher warnen sollte. Was konnte der Franzose mit einer solchen Warnung anfangen? Sich auf die Untersuchung des Hausvogtes vorbereiten? Wie sollte das gehen? Am Ende war es nicht die Sorge um den Mann, sondern die Sehnsucht nach der Frau, die ihn nach Feierabend in die Friedrichstadt trieb.

Ihr Haus lag in der Dämmerung, ein zweistöckiges, farbiges Gebäude mit weiten Fenstern, die sicher genug Licht hereinließen. Als hätte sie auf ihn gewartet, stand sie draußen und betrachtete den Herbst, die bunten Blätter auf dem Weg und die Astern in einem Beet. Vielleicht zehn Meter war sie von ihm entfernt, ihr Wolltuch um die Schultern. Er starrte sie an und brachte kein Wort heraus.

Ob sie Angst hatte, weil er plötzlich da war, konnte er nicht sehen. Jedenfalls schickte sie ihn nicht davon. Auch ihr schien es kaum möglich, etwas zu sagen.

Nur auf ihren Lippen las er seinen Namen, Lorenz. Wie gern hörte er es, wenn sie ihn aussprach.

»Claire«, sagt er leise.

Danach ging die Tür auf, ihr Mann kam heraus. Claire rührte

sich nicht, es schien, als sei sie festgefroren. Der Handschuhmacher sah aus wie immer, er trug einen Anzug mit Gehrock und geputzte Schuhe. Neben seiner Haustür blieb er stehen. »Was willst du hier?«

Immerhin duzte er Lorenz nun. Das also hatte er begriffen. »Verschwinde, ich will dich nicht sehen. Nicht an meinem Haus.«

»Und wenn ich dir etwas zu sagen habe?«

»Ich will es nicht hören. Hau ab.«

Claire schien aus ihrer Starre aufzuwachen. Verwundert blickte sie zu ihrem Mann, offenbar waren das nicht die Ausdrücke, die sie von ihm gewohnt war.

»Nicht so eilig, Handschuhmacher.«

Der Franzose sah sich um, als suche er etwas, schließlich hob er einen Stock vom Boden auf. Ein Stöckchen, wenn man es recht betrachtete, es würde wahrscheinlich durchbrechen, noch bevor er damit zugeschlagen hatte. Doch nun kam er auf Lorenz zu.

Vor diesem Mann, selbst wenn er sich jetzt bewaffnet hatte, hatte er keinerlei Angst. Der würde im Dreck liegen, bevor er Lorenz das erste Mal getroffen hatte. Es war nicht einzusehen, ihm jetzt noch zu stecken, was er ihm hatte mitteilen wollen. Ob der Hausvogt untersuchte oder nicht – seine Sache war das nicht. In Claires Richtung tippte sich Lorenz mit dem Zeigefinger an die Mütze und drehte ab, bevor ihr Mann heran war.

»Hau ab«, hörte er noch. Der Franzose schrie fast. »Lass dich hier nie wieder sehen.«

Auf dem Heimweg musste er lächeln. Dieser französische Dummkopf hatte einen Gefallen ausgeschlagen. Er klatschte die Hände ineinander und hörte auf den Knall. Da war der Herr Réfugié nun selbst schuld.

Weil er kaum noch Essen im Haus hatte, kehrte Lorenz in ein Gasthaus ein und ließ sich Graupen und Speck bringen und trank dazu zwei Krüge Bier.

Als er zu seinem Haus gelangte, saß seine Schwägerin auf der Stufe.

»Karla, was machst du denn hier?«

»Ich wollte dich besuchen.«

»Und die Kinder? Wo sind die?«

»Zu Hause«, sagte sie, »meine Mutter ist da. Es freut mich, Lorenz, dass du nach ihnen fragst. Du sorgst dich um sie.« Karla nickte.

Er öffnete die Tür. Sie hätte hineingehen und drinnen warten können, er verstand nicht, warum sie es nicht getan hatte. Ein Feuer zündete er nicht an. Karla sollte hier keine Wurzeln schlagen, und für sich selbst verbrannte er zu dieser Jahreszeit noch kein Holz.

»Also?«, fragte er.

Sie wich seinem Blick aus, dafür sah sie sich in seiner Küche um, als sei sie noch nie da gewesen. Als sie am Ofen stand, sagte sie: »Ich habe gestern den Martin gesehen. Gestern Abend. Er sah aus, als ob ihn jemand verprügelt hätte. Und er hielt sich das Ohr. Hat ihm jemand den Ring herausgerissen?« Sie drehte sich zu Lorenz. »Ist er ein Schlitzohr?«

»Kann sein.«

»Du weißt es nicht?«

»Bist du hergekommen, um mit mir über Martin zu sprechen?«

»Nein«, antwortete sie, »es kommt nur nicht oft vor, dass die Zunft eines ihrer Mitglieder verstößt. Da war ich neugierig.«

Er zuckte mit den Achseln.

Sie holte Luft, als brauchte sie einen neuen Anlauf, bevor sie weitersprach. Er sah, dass sie sich gute Sachen angezogen hatte, ihr Rock reichte fast bis an die Füße, sie trug ein Tuch um die Schultern – das allerdings nicht so schön war wie Claires – und hatte sich die Haare mit einer Nadel aufgesteckt. Auch versuchte sie, ein freundliches Gesicht zu machen. Sie lächelte.

»Als wir uns das letzte Mal gesehen haben, hast du mir vorgeworfen, ich tratschte wie ein altes Weib.«

Er wartete ab.

»Deshalb weiß ich gar nicht, was ich dir noch erzählen darf.«

»Von mir aus das, was wahr und erzählenswert ist. Allerdings nichts, was gegen Claire geht.«

»Claire«, wiederholte sie. »Der Name klingt schön. Französisch. Ich verstehe, dass sie dir gefällt. Sie ist ... recht hübsch, obwohl sie sicher noch nie ...«

»Nichts, was sich gegen sie richtet, hatte ich gesagt.«

Er hatte Karla keinen Platz angeboten, aber er war auch kein vornehmer Herr. Die Stühle standen da, und wenn sie sich setzen wollte, würde sie es schon tun. Er ließ sich auf einen von ihnen fallen.

»Lorenz, du hast dir in der Bruderschaft Feinde gemacht.«

»Na und?«

»Von den Gerbern versteht niemand, wieso du dich mit einer Frau von denen ...«

»Karla, halt den Mund. Du weißt nichts. Ich lasse das Geschwätz nicht zu. Es geht dich nichts an und einen von den anderen ebenso wenig.«

»Sie ist verheiratet. Die Leute zerreißen sich die Mäuler über solche Geschichten. Willst du sie dafür verachten? So sind sie nun einmal gestrickt.«

»Wenigstens will ich es nicht hören«, erwiderte er und empfand selbst die Resignation in seiner Stimme. Amerika, dachte er. Hier war kein Leben mehr für ihn. Dort hingegen konnte er ganz neu anfangen.

Karla kam näher und nahm seine Hand, die er ihr widerwillig überließ. Sie ging sogar neben ihm in die Hocke, eine unbequeme Haltung, wie er fand, für die sie ihren Rock ein wenig anheben musste. »Lorenz«, sagte sie und ihre Stimme klang leise und sanft, »vielleicht magst du mich nicht. Oder du magst mich, und willst mich dennoch nicht zur Frau. Darum geht es mir nicht. Ich möchte dich – wie soll ich das sagen? – aufwecken. Ja, aufwecken, Lorenz. Ich glaube, du träumst. Mach die Augen auf und sieh hin. Diese Frau, mag sie schön sein und sogar anmutig, hat einen Mann und eine Familie. Außerdem ist sie eine Réfugié. Da gibt es keinen Weg für dich. Begreif das doch.«

Nun ließ sie sich auf die Knie sinken und sah ihn ein wenig von unten an. Er wollte seine Hand zurückziehen.

»Für uns beide ist das anders. Es ist … sinnvoll. Natürlich ist es.«

Sie legte ihm den Kopf auf den Schoß.

»Karla, hör auf.«

Als hätte sie ihn nicht gehört, führte sie seine Hand an ihre Wange. Er zog sie weg.

»Es ist besser, du gehst jetzt«, sagte er.

Er nahm ihren Kopf hoch, vorsichtig genug, um ihr nicht wehzutun. Dann stand er auf. Am anderen Ende der Küche drehte er sich um. »Wenn du heiraten möchtest, dann tu es. Sag mir, wen. Es gibt viele Gesellen, die dich und deine Gerberei gern nehmen und die deinen Kindern ein Vater sein könnten. Such dir einen aus, von mir aus in meiner Werkstatt. Nimm den Hannes, wenn du willst. Der ist in Ordnung, auch wenn er kein Brandenburger ist.«

Sie bemühte sich um ein Lächeln, das ihr misslang.

»Aber mich …«, fuhr er fort, »… also ich … Es richtet sich nicht gegen dich. Ich will einfach nicht.«

»Lorenz«, sagte sie leise. »Warum nur?«

»Ist eben so. Du musst es hinnehmen. Zum Heiraten gehören zwei, und wenn einer nicht will, dann wird aus der ganzen Veranstaltung nichts.«

Sie lachte. »Ein klarer Verstand – das ist alles, was dazugehört. Und ein wenig Gefühl für den anderen. Das würdest du bei mir bekommen.«

»Geh nach Hause, bevor es dunkel wird«, sagte er.

Sie nickte. »Wach bald auf, Lorenz. Bitte wach bald auf.«

3

Paul stand an einem der Tische in seiner Manufaktur und verpackte Handschuhe, zwei Paar, die er in einen Papierbogen einschlug. Das eine war mit Fell gefüttert, das andere aus weichem Kalbsleder hergestellt. Die Arbeiter neben ihm nähten, er freute sich an ihrem Fleiß. Vor ihm, auf dem gleichen Tisch, lag ein Schreiben, mit Siegel und Unterschrift: ›Friedrich, von Gottes Gnaden Kurfürst von Brandenburg.‹ Die Exportgenehmigung. Da war sie.

Mit diesem einen Brief hatten sich die Dinge für ihn grundsätzlich geändert. Er hatte nun einen einflussreichen Freund in Berlin, einen, der an die richtigen Türen zu klopfen wusste und Zutritt zu den Zimmern der Macht hatte. Zum Dank für seinen Einsatz würde Danckelman die besten Handschuhe bekommen, die es in der Manufaktur gab. Er wollte sie mit einem Boten schicken. Da musste sogar London zurückstehen.

Sie waren wirklich aus feinem Leder, alle beide. Seit Frankreich hatte Paul so etwas nicht mehr in den Händen gehalten und möglicherweise selbst damals nicht. Die Erinnerung konnte einen so leicht trügen. Trotz aller Widerstände – es war ein Glücksfall gewesen, die Gerberei zu erwerben und Pignot dort zum Betriebsleiter zu machen. Der Bretone war ein Meister seines Faches und ein Handwerker, dessen Ziel darin bestand, gute Arbeit zu leisten. Und das Gleiche verlangte er von seinen Gesellen.

Paul nahm das Schreiben des Kurfürsten in die Hand. Es war unpersönlich, nicht einmal an ihn gerichtet. ›Hiermit gestatten wir die beantragte Ausfuhr von Handschuhen nach England‹, stand dort – der entscheidende Satz.

Der Satz, der alles verändert hatte.

Paul dachte nicht mehr daran, aus Berlin fortzugehen. Warum sollte er? Der Kurfürst hielt seine Hand über ihn. Wegzuziehen war am Ende eine Form von Aufgeben, etwas, das nicht vorgesehen war im göttlichen Plan. Er hatte es erlebt – damals war die Bedrohung für ihr Leben eine reale gewesen, und niemand von Bedeutung hätte seine Hand über die französischen Protestanten gehalten. Mag sein, dass es damals klug gewesen war, zu fliehen.

Diesmal war es anders. Er rannte kein zweites Mal davon und erst recht nicht vor einer Frau und deren gekränkter Eitelkeit. Wenn sie es darauf anlegte, würde er sich gegen sie zur Wehr setzen, denn er hatte sie nicht beleidigt. Nein, er würde nicht nach Dresden gehen. Er wollte sich breitmachen in diesem Staat Brandenburg.

Und dazu gehörte die Kirche, das französische Gotteshaus in der Stadt. Noch am gleichen Tag besuchte Paul Baumeister Cayart und lud ihn für den Sonntag ein. Mochten die anderen Mitglieder des Gemeindevorstandes ihm ausweichen, er würde nun voranschreiten, gemeinsam mit denen, die bereit waren, den Weg mit ihm zu gehen. Am Abend war er versucht, direkt mit der Haushälterin zu sprechen, damit sie sich auf Besuch am Sonntag vorbereitete, das hätte allerdings geheißen, diese Frau in Angelegenheiten seiner Ehe einzuweihen, deshalb ließ er es. Anstelle dessen sagte er Claire, er erwarte am Sonntag Gäste, sie möge etwas vorbereiten. Allein dieser Satz machte die Verhältnisse klar, denn er hatte nicht von ihnen gesprochen, sondern von sich allein. Er erwarte Gäste.

Ohne Begeisterung oder Freude nahmen die anderen nach dem Gottesdienst Pauls Einladung entgegen, doch keiner von ihnen schlug sie aus, und ein paar Stunden später versammelten sie sich um seinen Esstisch. Die Stimmung war alles andere als gelöst. Paul kam sich unter ihnen wie ein Fremder vor.

Mathieu war noch grauer geworden. Er hielt seine Brille in der Hand und drehte sie langsam an ihrem Bügel. Er wirkte bekümmert. Armand hingegen aß, was Claire teils hatte vorbereiten lassen, teils in der Bäckerei des Freundes gekauft hatte. Es gab Café und Biskuits, einige mit Nüssen und Mandeln, andere mit Stückchen von getrocknetem Obst als Zier, die helleren waren aus weißem Käse gemacht, und auf einem steckte sogar eine Kaffeebohne. Der Bäcker probierte sie alle. Er aß nicht gierig, sondern schmeckte ausgiebig und schien zu bewerten. Er reichte Paul eine der Schalen herum, und auch die anderen griffen zu.

Den Kirchenbau schienen sie alle aufgegeben zu haben. Jeder Elan war verflogen. Paul erinnerte sich an das Feuer in Simonet, als der vor einigen Wochen seinen Landsmann, den Baumeister, präsentiert hatte. Damals hatten alle Anwesenden das Vorhaben, einen Tempel wie den in Charenton, bestaunt. Nichts war davon übrig geblieben, bei keinem von ihnen.

Mathieu eröffnete die Sitzung. Man müsse eine Entscheidung treffen, wie mit der neuen Lage umzugehen sei. Die Fakten seien bekannt, der Kurfürst habe den Bau genehmigt, jedoch werde er keinerlei Geld zusteuern. Das habe er ihnen geschrieben. Bei der letzten Sitzung sei man sich bereits einig gewesen, dass es ohne staatliche Hilfe keine französische Kirche geben werde.

Paul hörte zu. Es war der schiere Kleinmut, der aus den Worten des Arztes sprach. Noch vor einer Woche hatte er selbst nicht anders empfunden, doch das war nun vorbei.

Cayart wackelte ungeduldig mit dem Kopf. Er schien sich bremsen zu müssen, um Mathieu nicht ins Wort zu fallen. Paul grinste, und ihm wurde klar, dass er zum ersten Mal seit Wochen etwas Ähnliches wie ein Lächeln zustande gebracht hatte.

Mathieu bat um Vorschläge, was die Gemeinde in Zukunft tun solle, besonders, da in der Jerusalemkirche ihr Mobiliar verschwunden sei. Dass man dort nicht willkommen sei, sei wohl allen klar.

»Das lassen sie uns jeden Sonntag spüren«, sagte Armand zwischen zwei Bissen. Seinem Gesichtsausdruck nach störte ihn das nicht sonderlich.

Der Einzige, der offenbar für das Vorhaben kämpfen wollte, war der Baumeister selbst. Er hielt die Armlehnen fest, sein

Oberkörper war nach vorn gerichtet, als wolle er gleich aufspringen. Cayart aß nicht und hatte seine Tasse noch nicht angerührt. Paul erinnerte sich, sein Gesicht mit der hohen Stirn schon früher einmal ausdrucksvoll gefunden zu haben. Heute ging es ihm nicht anders.

»Wenn ich …?«, fragte Cayart.

»Bitte, Monsieur«, sagte Mathieu.

»Ich habe in den letzten Tagen die Baukosten noch einmal kalkuliert. Wenn Sie möchten, meine Herren, kann ich Ihnen Abschriften zukommen lassen. Ich bin erneut durch alle Posten gegangen und habe konsequent all das gestrichen, was man nicht unbedingt braucht. Ein solcher Bau käme die Gemeinde erheblich günstiger als der erste Vorschlag.«

»Wie viel?«, fragte Simonet.

»Ja, wie viel, das ist immer die Frage«, entgegnete Cayart, »doch es ist nach meiner Überzeugung wichtig, dass man sich als Bauherren-Gemeinschaft eins klarmacht: Alle Kosten haben mit Wünschen zu tun. Nebenräume, hohe Türme, große Fenster, ein besonderer Stein – all das kostet Geld.«

»Das wissen wir, Monsieur«, erwiderte Simonet. »Wie viel veranschlagt Ihr für Euren neuen Entwurf, das ist hier die Frage.«

Cayart musterte ihn. Er ließ sich nichts anmerken, aber Paul unterstellte ihm Ärger darüber, dass ausgerechnet ein Landsmann aus Bordeaux ihm in den Rücken fiel und versuchte, das Thema möglichst schnell zu beenden.

»Wenn es uns – also der Gemeinde – gelingt, wirklich und konsequent Ausgabendisziplin zu halten, können wir diese Kirche für dreizehntausend Taler bauen. Ein wirklich günstiger Preis, meine Herren …«

Weiter kam er nicht.

Armand lachte, Simonet rief dazwischen. Mathieu schüttelte den Kopf und drehte seine Brille schneller. Selbst auf dem Gesicht seines Vaters glaubte Paul einen Hauch von Spott zu entdecken.

»Ausgeschlossen«, hörte er – ein Wort von Armand.

Mathieu sagte, als sich die erste Aufregung gelegt hatte: »Monsieur Cayart, ich persönlich – und ich glaube, ich darf an dieser Stelle für meine Freunde sprechen – bin für Euren Entwurf. Nichts möchte ich lieber als wieder in ein Gotteshaus wie das von Charenton zu gehen. Ich bin davon überzeugt, dass Gott selbst Sympathie für unser Vorhaben hegt. Aber wir müssen heute feststellen, die Zeit ist dafür nicht reif. Die Summe, die Ihr nennt, ist für uns einfach unbezahlbar.«

»Das meine ich auch«, sagte Armand, »und deshalb möchte ich noch einmal fragen, was wollen wir tun? Ruft euch die Situation in der Jerusalemkirche vor Augen. Dort sind wir Christen zweiter Klasse. Unser Raum ist das Seitenschiff – ein Stehplatz. Im Mittelschiff sitzen die Lutheraner und tun so, als wären wir Luft. Freunde, ich muss euch sagen, das tut mir jeden Sonntag wieder weh. Wir sind nicht schlechter als die. Ich denke, das Gegenteil ist wahr.«

»Kommst du jetzt wieder mit deiner alten Idee, in unseren Häusern Gottesdienst zu halten?«, fragte Simonet.

»Ja, genau, mein Lieber, jetzt komme ich wieder mit meiner alten Idee. Hast du vielleicht eine bessere?«

»Wir sind doch viel mehr, als in deiner Stube Platz finden würden«, sagte Simonet.

»Und trotzdem«, meinte Mathieu, »lautet die Frage dieses Tages: Wie machen wir jetzt weiter? Gibt es andere Vorschläge?«

Cayart hatte sich in seinem Sessel zurückgelehnt und sah zum Fenster hinaus. Er machte nicht den Eindruck, als interessiere er sich noch für den Fortgang der Unterhaltung.

Paul räusperte sich. »Also ich«, sagte er, »werde nicht in ein Privathaus zum Gottesdienst gehen, nicht zu dir, Armand, und auch zu keinem anderen. Für mich ist die Zeit, dass wir uns verbergen müssen, endgültig vorbei. Ich verstecke mich nicht mehr wegen meiner Religion. Meine Frau tut das nicht, unsere Tochter auch nicht.«

Er warf einen Blick auf seinen Vater. Bertrands Gesicht war unbeweglich wie immer. Oder war das ein Nicken? Egal. »Und mein Vater auch nicht«, sagte Paul.

Jetzt sah Bertrand zu ihm, ohne Zustimmung, aber ebenfalls ohne Missbilligung.

»Du willst also weiter in die Jerusalemkirche gehen?«, fragte Armand.

Cayart schien sich nun wieder für das Gespräch zu interessieren. Er hatte sich sogar einen Biskuit genommen und blickte Paul an, während er kaute.

»Ich gehe weiterhin in die Jerusalemkirche, ja. Aber vor allem beginne ich, Geld für unser eigenes Gotteshaus zu sammeln. In ganz Europa, überall wo unsere Glaubensbrüder leben. Ich will diese Kirche. Monsieur Cayart …«

Cayart nickte.

»… ich brauche Euren neuen Entwurf. Und wir brauchen noch etwas: Geduld.«

Cayart nickte erneut, heftiger diesmal.

Armand hingegen schüttelte den Kopf und Simonet lachte. Mathieu putzte mit einem Hemdzipfel seine Brillengläser.

Doch es fand sich niemand, der Paul widersprach. Wie mit einem Fremden redeten sie mit ihm, fragten, wie er sein Vorhaben umsetzen wolle, und er sagte, er werde Briefe an reformierte Gemeinden in ganz Europa schreiben und um Hilfe bitten. Darum, dass überall nach den Gottesdiensten für ihren Bau gesammelt werde. Eine Kollekte. Er hoffe, sagte Paul, dieses Beispiel werde Schule machen und später anderen Gemeinden in Not zugutekommen. Am Ende sei es ihre Gemeinschaft, die die Reformierten stark machte.

Die anderen widersprachen nicht, und sie gingen auseinander mit dem Beschluss, zunächst weiter die Jerusalemkirche zu nutzen und abzuwarten, welche Antworten auf Pauls Briefe kämen.

Als alle standen, um sich zu verabschieden, drückte Cayart Paul die Hand.

Sein Vater sagte: »Du bist also wieder zurück unter den Lebenden?«

Er nickte. »Ja, Vater, ich bin zurück.«

Während die anderen fortgingen, hielt er Armand zurück, und als sie allein waren, sagte er: »Ich habe einen Wein. Magst du? Französischen Wein.«

Sie tranken ein Glas zusammen. »Ich möchte mit dir sprechen«, sagte Paul, »denn ich bin entschlossen, dieses Geld zu sammeln. Dich bitte ich darum, es zu verwalten und genau Buch zu führen.« Er sah dem Bäcker ins Gesicht, das rot geworden war von dem Wein und durch die Wärme des Zimmers. »Armand, ich würde dir noch vertrauen, wenn ich nichts mehr sehen und nichts hören könnte. Selbst dann, wenn du mit den anderen denkst, ich sei schuld an allem Übel.«

»Aber Paul …«

»Du hast mir Geld geliehen, als ich es dringend brauchte, und ohne dieses Geld stünde ich heute nicht an meinem Platz.«

»Ich bitte dich, Paul. Ich fühle mich geehrt. Aber …«

»Doch, Armand. Mach du das. Verwalte die Einnahmen der Gemeinde.«

»Natürlich, Paul, gern, doch so weit ist es noch nicht.« Er lachte. »Wir haben nichts, was ich aufschreiben müsste.«

»Ich spende für unsere Kirche«, sagte Paul. Er blickte dem Bäcker direkt in die Augen. »Fünfhundert Taler.«

»Fünfhundert Taler?«

Paul nickte.

»Wo nimmst du so viel Geld her?«

»Ich kann es nicht in einem geben. Es werden zwei, vielleicht sogar drei Teile. Meine Handschuhe verkaufen sich sehr gut, vor allem im Ausland.«

Armand griff Pauls Hände und hielt sie fest. Paul fühlte die Wärme und Feuchtigkeit an den Fingern des Bäckers. Angenehm war ihm das nicht.

»Du hast etwas an dir – was ist das bloß?«, fragte Armand

und schüttelte den Kopf. »Immerzu gehst du in die andere Richtung als alle anderen, du willst eine Kirche, wenn wir uns das nicht einmal vorstellen können, und sobald wir darauf anstoßen, bremst du uns. Du reizt die Menschen, Paul, sogar deine Freunde. Sie verstehen dich nicht und weichen zurück, weil sie Angst haben. Aber wenn du an eine Sache glaubst, dann kann ich gar nicht anders, als ebenfalls daran zu glauben.« Er lehnte sich im Stuhl zurück und schnaufte. »Fünfhundert Taler zu geben, das schaffe ich nicht, so viel habe ich nicht.« Er schien im Geiste zu rechnen. »Aber zweihundert … sagen wir: zweihundertfünfzig …«

Paul machte sich los und schlug ihm mit beiden Händen leicht auf die Oberarme. »Das sind schon mehr als fünf Prozent. Ein guter Anfang. Ich freue mich, Armand.«

»Ich mich auch. Am meisten auf den Eröffnungsgottesdienst. Wir wollen unsere Kirche in Berlin feierlich weihen, ja Paul? Ich kann es kaum erwarten.«

Sie stießen die Gläser aneinander.

»Pass inzwischen gut auf unser Geld auf«, sagte Paul.

- VIERZEHNTES KAPITEL -

1

Paul schrieb eine Reihe gleichlautender Briefe und sandte sie an die christlich-reformierten Gemeinden in Basel, Zürich und Genf, der Stadt Calvins, er schickte sie nach Frankfurt, Hamburg und Dresden, nach Amsterdam und Den Haag. Jeden Klang, der auch nur entfernt an Jammern oder Betteln gemahnt hätte, strich er, nüchtern schilderte er die Enge in ihrer Kirche, die sie mit den Lutheranern zu teilen hatten, und sprach von dem stolzen Entwurf eines Neubaus, den ein französischer Baumeister ihnen gezeichnet hatte. Eine Kirche wie die in Charenton.

Als er die Briefe abgeschickt hatte, machte er sich auf zum Mittelmarkt in der Friedrichstadt, denn er kannte das Grundstück, das Armand und Simonet ausgesucht hatten, noch nicht. Der Platz selbst war lang gestreckt und so leer, dass man ihn sich kaum voller Leben vorstellen konnte. Ein leichter Wind ging und wirbelte den Sand auf. Paul hielt sich die Hand vor die Augen.

Eine ganze Reihe von Straßen mündete in den Mittelmarkt, an dessen Rand Häuser standen, wie sie für ihre Vorstadt typisch waren, eines an das andere gebaut, alle in gleicher Höhe, sparsam, aber solide. Auf dem weiten Platz wirkten die Bewohner verloren, weshalb sie ihn offenbar mieden, Paul beobachtete, dass bald in einer der Seitenstraßen verschwand, wer aus seinem Haus getreten war. Ihre Kirche allein würde diesen Ort nicht ausfüllen, sie wollten ja keinen Palast bauen. Andere Gebäude mussten hinzukommen. Paul stellte sich ein französisches Gasthaus vor, wo sie in Zukunft bei einem Glas Wein und einem Stückchen Käse die Treffen des Gemeindevorstandes abhalten konnten.

Es würde lange dauern, bis dieser Ort bebaut war und hier Leben einzöge. Er schritt den rechteckigen Platz ab, der in der Länge bald eine Meile maß. Armand und Simonet hatten ein Grundstück in seinem südlichen Teil ins Auge gefasst. Wenn der Chor der Kirche im Osten lag, wie es Tradition war, und das Portal entsprechend im Westen, dann konnten auf der Längsseite, genau wie in Charenton, ein paar hohe Fenster vorgesehen werden, und sie bekämen einen hellen Tempel, ein Haus des Lichtes. Ihm gefiel diese Vorstellung, und natürlich konnte sich, wer hier als Erstes bauen wollte, das beste Grundstück aussuchen.

Paul mochte nicht selbst mit dem Eigentümer verhandeln, er fand es nicht richtig, alles in den eigenen Händen zu haben. Er sammelte bereits das Geld, doch es sollte nicht seine Kirche werden, sondern die der ganzen Gemeinde, ein Vorhaben, auf das sie am Ende gemeinsam stolz sein konnten. Die anderen gehörten dazu, mit ihren Vorstellungen und ihrer Kraft, und er wollte nicht immer weiter in der Rolle des Leittiers bleiben, dessen Bild Armand ihm gemalt hatte.

Allzu viel durfte das Grundstück natürlich nicht kosten, wenngleich er sich sicher war, dass sein Eigentümer mit dem Verkauf warten wollte und hoffte, dass dieser Platz bebaut wurde und der Preis stieg. Aber Armand war kein Mann, der sich hinhalten oder austricksen ließ, und außerdem würden sie über den Fortgang der Verhandlungen im Gemeindevorstand informiert werden. Sein Blick ging noch einmal über den sandigen Platz. Ja, das hier war ein guter Ort, auch wenn man Fantasie haben musste, um ihn sich bebaut und belebt vorzustellen.

Am Abend zögerte er es hinaus, nach Hause zu gehen, wie manchmal in der letzten Zeit. Er aß auswärts, obwohl es ihm oft zu laut war und nicht recht schmeckte und er den Wein lieber gar nicht versuchte. Man saß im Wirtshaus nicht allein an einem Tisch, sondern konnte schon froh sein, wenn ein anderer Gast einem auf einer der langen Bänke nicht so sehr zu Leibe rückte, dass man die Arme kaum mehr bewegen konnte. Die Leute schmatzten und redeten mit vollem Mund, sie stießen ihre Messer in das Fleisch, dass das Fett aufspritzte. Zum Essen nahmen die meisten von ihnen die Finger, die sie sich hinterher mit der Zunge ableckten.

Und dann das Bier, das sie tranken. Ach, trinken konnte man das gar nicht nennen, sie machten keine Schlucke und schmeckten nicht nach, sondern stürzten es hinunter und rülpsten gleich darauf, damit jeder hörte, wie viel sie gerade wieder geschafft hatten.

Zu Hause zu essen, war eine noch schlechtere Vorstellung. Er wusste nicht einmal, ob Claire ihm etwas aufheben ließ. Es war dunkel, als er seine Tür öffnete und die Schuhsohlen abputzte. Claire saß im Sessel. Zwei Kerzen brannten, eine bei ihr auf dem Tisch, die andere auf der Anrichte, auf der die Waschschüssel stand. Sie nähte.

Er warf einen kurzen Blick auf sie, den sie erwiderte. Ihr ebenes Gesicht war schön wie eh und je, eingerahmt von den dunklen Haaren, und die braunen Augen gaben ihm etwas Einzigartiges. Gleichzeitig war sie ihm fremd, aber anders als bei einer Unbekannten lag Kälte zwischen ihnen und ein Graben, der unüberwindlich war.

Ihre Freundlichkeit wollte er nicht, er mochte nicht, dass sie ihn fragte, ob er Hunger habe, überhaupt nicht, dass sie ihn ansprach. Nie wieder wollte er eine Verbindung zu dieser Frau aufnehmen, die ihn erniedrigt hatte wie kein Mensch vor ihr.

Sie stand auf. Er drehte sich weg.

»Paul«, hörte er.

Er nahm den Krug und ließ ein wenig Wasser in die Schüssel laufen, um sich die Hände zu waschen.

»Paul«, sagte sie erneut. »Ich möchte mit dir sprechen.« Ihre Stimme klang schwach und gleichzeitig ernst. »Bitte.«

Er mochte sie nicht hören. »Worüber?«

Als er sich mit dem Leinentuch die Hände trocken rieb, sah er sie an. Sie hatte den Kopf gesenkt. Doch für Reue war es nun zu spät. Nicht jede Tat war zu verzeihen. Diese nicht.

»Über die Frage, wie es weitergehen soll.«

Jetzt hätte er die Gelegenheit nutzen können, um sie nach all dem zu fragen, was er nicht wusste, zumindest nicht genau. Wollte er das überhaupt erfahren? Dass sie sich wie ein junges Mädchen in diesen Gerber verliebt hatte, in diesen rohen, übel riechenden Kerl, der ihr und allen anderen Réfugiés den Weg in die Kirche versperrt hatte. Er hatte Claire immer für besonders stolz gehalten. Ein Irrtum. Sie hatte sich ausgerechnet mit dem Mann eingelassen, der sie gedemütigt hatte.

Dass Claire dabei seine Ehre verletzt hatte, würde er ihr sein ganzes Leben nicht vergeben. Um diese Schande wiedergutzumachen, hätte er sich mit dem Gerber duellieren und dann Gott entscheiden lassen müssen. Doch das war nicht sein Weg, er wollte etwas anderes, nämlich eine Kirche bauen und Handschuhe herstellen und ins gesamte reformierte Europa verschicken.

»Ich möchte, dass du dir einen anderen Schlafplatz suchst«, sagte er.

Sie legte die Stirn in Falten, als hätte sie nicht verstanden. Er kippte das Wasser aus der Schüssel.

»Was meinst du?«

»Das, was ich gesagt habe. Du schläfst in Zukunft in einem anderen Zimmer. Nicht mehr in meinem Bett.«

»Und wo?«

Er zuckte mit den Achseln, dann ging er hinauf. Isabel hatte die Beine angezogen und die Bettdecke zur Seite geschoben. Er legte sie wieder über sie. In seinem Zimmer zündete er die Kerze an und entkleidete sich. Dies war die letzte Nacht, die Claire neben ihm liegen würde, dann hätte er wenigstens diesen Ort für sich und konnte abends hierher gehen, wenn er sie nicht in seiner Nähe haben wollte.

Sie kam, als er schon im Bett lag.

»Soll ich dann in Isabels Zimmer schlafen?«, fragte sie.

»So viele Möglichkeiten gibt es in diesem Haus ja nicht. Wir haben keinen Palast.«

Sie zog sich hinter der Schranktür aus, und er sah nicht hin. Als sie im Bett lag, blies er die Kerze aus. Es dauerte lange, bis er in den Schlaf fand, denn in der Dunkelheit wurde ihm klar, dass das, was er entschieden hatte, keine endgültige Lösung sein konnte, und darüber dachte er nach, ohne zu einem Ergebnis zu kommen. Schon im Morgengrauen wurde er wieder wach. Er kleidete sich an und ging hinunter.

Noch bevor er sich rasiert hatte, klopfte es an seiner Tür. Das Klopfen wiederholte sich, es war ungeduldig und fordernd. Paul konnte sich nicht vorstellen, wer das war. Als er nachsah, öffnete er die Tür nur einen Spalt breit und stellte den Fuß so, dass sie nicht aufgestoßen werden konnte. Drei Männer standen davor, alle drei in dem gleichen braunen Wams gekleidet. In ihren Händen trugen sie Lanzen, deren Spitzen nach oben zeigten. Er erkannte sie als Büttel des Rates.

»Seid Ihr Paul Deschamps?«, fragte der Vordere von ihnen.

Paul nickte. Er war zu aufgeregt, um sich darüber zu ärgern, dass der Kerl seinen Namen falsch ausgesprochen hatte.

»Ihr werdet gebeten, uns zu folgen. Zieht Euch etwas an und dann kommt.«

»Zu folgen? Wohin?«

»Zur Hausvogtei.«

»Und weshalb?«

»Das«, sagte der Büttel, »wurde uns nicht gesagt. Wir sollen Euch nur abholen. Deshalb kommt jetzt.«

2

Als Danckelman die Männer in ihren verfilzten Kutten sah, wusste er sofort, wen er vor sich hatte. Zu oft hatte er von ihnen gelesen, zu viele Scherereien hatten sie ihm bereitet. Diese Leute, das waren die, die sich selbst ›die Frommen‹ nannten. Und der Mann, der vor der ganzen Gruppe stand und auf sie einredete, das musste Prediger Helge sein. Der Aufwiegler, der die Abgaben verweigerte.

Als es der Sonne am späten Vormittag endlich gelungen war, die Wolkendecke aufzureißen, hatte sich Danckelman zu einem Spaziergang aufgemacht, der ihn immer weiter von zu Hause fortgeführt hatte, denn der Herbsttag war schön und er bei Laune. Einzelne gelbe Blätter trotzten dem Wind und klammerten sich noch an die Zweige, die sie das ganze Jahr gehalten hatten, doch das meiste Laub lag auf den Wegen, es bedeckte den Lehm, und man trat weich und die Schritte erzeugten ein raschelndes Geräusch.

Den Spazierstock in der Hand war er bis hinunter zum Cottbusser Tor gewandert, vorbei an abgeernteten Feldern mit brauner, klumpiger Erde und solchen, auf denen das Wintergetreide herausdrängte, kleine Weizenähren genauso wie Dinkel und Roggen. Hecken schützten die einzelnen Felder vor Wind, am Wegesrand standen Birken, Buchen und Eichen. Kaum jemand arbeitete um diese Jahreszeit hier draußen, nach der Ernte brauchten die Felder nichts mehr, die neuen Früchte mussten von allein wachsen.

In Berlin sah niemand die Stadtmauer noch als Schutz vor feindlicher Bedrohung an, als die sie in den dreißig Kriegsjahren mehr schlecht als recht gedient hatte. Heute war sie eine Zoll- und Abgabengrenze; wer Waren durch eines der Stadttore einführen wollte, hatte einen festgesetzten Satz zu entrichten, und man sprach auch nur noch von der Akzisemauer. Diese Umwandlung hatte er durchgesetzt. Er hatte – wie lange war das inzwischen her – angeordnet, dass hier nur noch wenige Soldaten ihren Dienst taten, sie standen nicht mehr gegen einen Feind, sondern sollten eingreifen, wenn Streit um die Abgaben entbrannte. Vereinzelt hatten sie Händler gestellt, die mit ihren Wagen in die Stadt hineingerast waren.

Die Akzisemauer war nicht allein seine Idee gewesen, viele andere deutsche Städte hatten ihren Schutz vor Feinden in gleicher Weise umgewandelt. Doch er hatte diese Idee hier, genauso wie in anderen Orten des Kurfürstentums, umgesetzt und so für stete – und steigende – Einnahmen gesorgt. Ein Geld, das sein Nachfolger Wartenberg gerade mit beiden Händen wieder hinauswarf.

Danckelman ging weiter. Auf diesen Prediger war er neugierig. Angst schien der Mann nicht zu kennen, dabei konnte er jederzeit arretiert werden, schließlich rief er inzwischen öffentlich dazu auf, die Abgaben an den Staat zu verweigern.

Er wirkte auf die Menschen, das war offensichtlich, er sprach nicht nur zu seinen Anhängern, auch aus der Stadt hatte er Zulauf von Männern wie von Frauen, einfaches Volk, wie ein einziger Blick auf deren Kleidung zeigte, und die Leute standen da, die Hände gefaltet und die Münder offen, als bekämen sie gerade den Weg zu ihrem Seelenheil verkündet.

Seine eigenen Leute, die Frommen, mussten trotz der nächtlichen Kälte im Wald oder auf Feldern geschlafen haben, das sah man am Laub in ihrem Haar und am Gras an der Kleidung. Danckelman ging um sie herum, hielt aber Abstand. Als er Helge aus der Nähe sah, wunderte er sich noch mehr. Dieses dürre Männlein sollte der berühmte Prediger sein? Seinetwegen versammelten sich all diese Leute? Er trug eine Kutte, die so löchrig und schmutzig war, dass man ihn für einen Bettler halten konnte. Die Haare waren lang und gingen in den Bart über. Der ganze Mensch war eine ärmliche, schmutzige Erscheinung. Nur der Stock, an dem er ging, war mächtig. Damit wollte er wohl wirken wie Johannes der Täufer.

Die Berliner schienen ihn für einen Heiligen zu halten.

Wenn er sich näherte, dienerten und knicksten sie, manche knieten sogar nieder, sie riefen nach ihm und drängten danach, von ihm berührt zu werden, viele hatten Gaben in der Hand, Stückchen von gebratenem Fleisch und Brot und Käse, sogar Bier. Der Prediger nahm alles an und gab es jungen Männern, die ihm folgten und einen Sack trugen, in dem sie die Geschenke verstauten. Er dankte allen Spendern. Dann stellte er sich zwischen sie, breitete die Arme aus und forderte sie auf, zu beten.

Er sprach vor. Sein Dialekt war sächsisch, eine weiche, kantenlose Sprache. Danckelman schnappte einige Sätze aus der Predigt auf. Der Pfarrer sprach vom Himmelreich, das nach Gottes Willen auf Erden geschaffen werden solle, deshalb und nur deshalb habe er seinen Sohn gesandt, und Christus sei am Kreuz gestorben, damit die Menschen endlich aufwachten. Ein solches Reich des Friedens sei nur möglich, wenn der Mensch endlich anfange, den Menschen als Bruder anzusehen. Es gelte, zu teilen. Überhaupt sei aller Besitz unchristlich. Oder habe jemand gelesen, dass Christus etwas besessen habe?

Nein, riefen die Gläubigen, und Helge bestärkte sie und rief, eher gehe ein Kamel durch ein Nadelöhr, als dass ein Reicher in den Himmel komme – so stehe es geschrieben. Seine Anhänger jubelten. Armut, bekamen sie zu hören, und Mitmenschlichkeit seien ein und dasselbe, sie seien der alleinige Weg zum Frieden auf Erden und damit zu Gott. Jeder möge sich ehrlich fragen, wie viel er benötige und wie viel er anderen geben könne.

Danckelman kam sich bei der Predigt wie ein Zuschauer vor, wie der Einzige auf dem weiten Feld, der einen klaren Kopf behielt. Alle anderen schienen in Verzückung zu geraten. Der Wanderprediger wollte in die Stadt, und jetzt war klar, warum er sich das trauen konnte. Diesen Mann festzusetzen, das musste Aufruhr schaffen, und so ein Schritt wollte überlegt sein.

Selbstverständlich herrschte der Kurfürst in Brandenburg,

weil das Gottes Wille war, aber gegen sein Volk zu regieren, war auch ihm nicht möglich. Es schienen einige aufregende Tage bevorzustehen. Danckelman freute sich, denn das hier war etwas anderes als die elende Zeitungslektüre, die er sich angewöhnt hatte. Hier war etwas zu erleben.

Die Gläubigen beteten wieder, und danach segnete Helge alle die, die gesegnet werden wollten. Er sprach ihnen zu, sie mögen an Gott denken und ihm dankbar sein für jeden Tag und jeden Atemzug. Die Dankbarkeit sei ein Weg, das Himmelreich zu erlangen, dazu müsse sie jedoch ein wahres und ehrliches Gefühl werden.

Als sie sich auf das Stadttor zu in Bewegung setzten, beeilte sich Danckelman, um nicht hinter ihnen warten zu müssen, falls sie aufgehalten wurden. Die Wachen kannten ihn und salutierten. Ein paar Schritte weiter blieb Danckelman stehen. Er wollte sehen, ob die Bettelmönche hereingelassen wurden.

Der Wanderprediger benutzte seinen großen Stock als Taktgeber für seine Schritte, und seine Anhänger folgten ihm. Der wachhabende Soldat stellte sich ihnen in den Weg. Danckelman sah ihn nur von hinten, aber er konnte sich das unbewegte, ernste Gesicht des Mannes vorstellen. Das Gewehr mit der Bajonettspitze hatte er auf Brusthöhe angehoben.

Helge grüßte nur und schritt einfach an ihm vorbei. Seine ganze Schar wollte es ihm gleichtun.

Die Wache hob das Gewehr noch höher. »Halt. Wo wollt ihr hin?«

»In diese Stadt, guter Mann. Wir bringen den Frieden.«

Der Soldat schüttelte den Kopf. »Ihr bleibt draußen.«

Der Wanderprediger zeigte mit dem Finger in Richtung Stadt. »Es herrscht Zorn in diesen Mauern. Fremde Menschen wollen Gotteshäuser bauen, Türme fast wie in Babel, höher und eitler als jede Brandenburger Kirche. Uns hat ein Mann gerufen, der extra deswegen eure Stadt verlassen hat und der von den Fremden so lange geschlagen wurde, bis er blutete, nur weil er gegen diese Kirche war.«

»Davon weiß ich nichts«, antwortete der Soldat. »Ich lasse euch nicht herein. Ihr habt keine Wohnung in der Stadt und auch kein Geschäft zu erledigen.«

»Du irrst, mein Sohn. Unser Geschäft ist der Friede. Es ist ein gottgefälliges Unterfangen. Bleib du in Seiner Gnade und gib uns den Weg frei.«

Helge wollte weitergehen. Der Gardist legte das Gewehr an. »Bleib stehen«, rief er.

»Du willst auf einen Gottesmann schießen? Nein, sicher willst du das nicht.« Der Prediger machte zwei Schritte auf die Wache zu und breitete seine Arme aus. »Siehe, ich komme ohne Waffen. Mein Handwerk ist nicht der Krieg, und ich will die Stadt, die du so tapfer bewachst, nicht stören, sondern ihr die Ruhe zurückbringen, die sie verdient. Hörst du die Stimme Gottes in dir, mein Sohn? Was sagt sie? Dass du den Weg freigeben sollst, richtig?«

Der Wachsoldat zögerte. Er sah zu seinem Kameraden, dessen Gesicht ebenso erstaunt wirkte. Von dort konnte er keine Antwort erwarten.

»Wie lange wollt ihr bleiben?«

Der Prediger schüttelte den Kopf. »Das wissen wir nicht. Die Zeit ist allein bei Gott. Auch wenn wir es uns einbilden, wir verfügen nicht über sie.«

Danckelman stöhnte. Der Prediger hatte immer eine Antwort parat, und alle klangen sie, als hätte er sie schon tausendmal benutzt. Am Ende entschied immer Gott, und Gott war natürlich auf Helges Seite.

»Hab Vertrauen, mein Sohn, dann geschieht nichts.«

»Und die da?«, fragte die Wache und zeigte auf Helges Schar.

»Sind alles fromme Menschen. Hab keine Angst, es gibt eine Macht, die viel größer ist als wir, größer selbst als dein Kurfürst, und die sorgt sich um uns. Und nun gib den Weg frei, ich bitte dich.«

Der Soldat zögerte, dann wich er zur Seite.

Danckelman stieß den Spazierstock in die Erde und setzte sich in Bewegung. Da hatte er nun erlebt, was er in manchem Bericht gelesen hatte. Dieser Wanderprediger mochte ein Schauspieler sein, aber die Rolle des Menschenfischers, die gab er gut.

3

Unterwegs redeten die Büttel nicht. Sie hatten ihn eingerahmt, einer ging vor, einer neben und der dritte hinter ihm. Ihre Schritte waren lang, wo sie auftraten, klang Eisen, das sie unter den Absätzen tragen mussten. Sie brachten Paul zur Hausvogtei, wo sie ihn einem bärtigen Mann übergaben, der das gleiche braune Wams trug. Er wies Paul an, ihm zu folgen und führte ihn eine Treppe hinunter in den Keller, wo ein langer Gang von einer Fackel dürftig beleuchtet war.

Der Büttel zog eine Tür auf. Der Raum dahinter war vollkommen dunkel, eine Zelle. Paul schüttelte den Kopf und trat einen Schritt zurück. Sein Bewacher sah aus wie ein Schmied, er hatte muskulöse Oberarme und war fast einen Kopf größer als Paul. Er nickte in Richtung auf die Zelle. »Macht schon«, sagte er.

Paul ging hinein, hinter ihm wurde die Tür geschlossen und versperrt.

Ihm stieß ein modriger Geruch in die Nase, von einer solchen Stärke, dass sich sein Gesicht zusammenzog und er zwei Finger in die Nasenlöcher stopfte. Er hatte keine Vorstellung davon, wie groß seine Zelle war und ob sich noch jemand in ihr befand, denn er konnte nichts sehen. Erst als sich seine Augen langsam an die Dunkelheit gewöhnt hatten, stellte er fest, dass er allein war. In einer Ecke lag ein wenig Stroh, ein Lager für die Gefangenen. Sie würden ihn doch nicht über Nacht hier einsperren? Paul ekelte sich vor der Feuchtigkeit in der Zelle genauso wie vor dem Stroh. Er setzte sich nicht hin.

Die Kurfürstin, dachte er. Sie hatte schneller reagiert, als er je für möglich gehalten hatte. Selbst wenn er gewollt hätte, in dieser kurzen Zeit hätte er nicht nach Dresden übersiedeln können. Sophie Charlotte gefiel sich offensichtlich in der Willkür der Mächtigen. Vielleicht wollte sie ihm nur einen Schreck einjagen, damit er ihre Drohung ernst nahm.

Ihm war klar, dass er auf diese Situation nicht vorbereitet war. Von hier aus war es schwer, Kontakt zu Danckelman aufzunehmen. Nicht einmal Claire wusste, wo er war. Sie war nicht aus dem Schlafzimmer gekommen.

Er atmete durch den Mund und ließ die Nasenlöcher nur langsam frei. Der Geruch blieb unerträglich, er war faulig und schimmelig und ließ einen das Atmen verweigern. Paul tastete nach der Wand. Als er sie schließlich berührte, zog er seine Hand augenblicklich zurück. Der feuchte Kalk war an seinen Fingern kleben geblieben. Mit dem Taschentuch wischte er sie sauber. Danach fand er die Vorstellung widerlich, sein Tuch wieder in die Hose zu stecken. Um es nicht wegzuwerfen, faltete er es schließlich so zusammen, dass die Kalkabdrücke innen blieben.

Sophie Charlotte musste erfahren haben, dass der Kurfürst entgegen Wartenbergs Entscheidung den Export nach London genehmigt hatte. Er war zu unvorsichtig gewesen, zu leichtgläubig. Was für ein dummer Fehler. Warum hatte er sich nicht abgesichert?

Als er nicht mehr stehen konnte, setzte er sich in Bewegung und machte jeweils ein paar Schritte vor und zurück. In der Zelle waren kaum Geräusche zu hören. Die Tür war aus schwerem Holz, dazu mit Eisenstreben verstärkt. Selbst durch das Schlüsselloch drang kein Licht. Paul verlangte von sich, bei klarem Verstand und aufrechter Haltung zu bleiben. In dieser Dunkelheit würde er nicht verzweifeln. Er dachte an

Gott und bat um Stärke – um jene Stärke, die die Hugenotten immer besessen hatten.

Wie viel Zeit vergangen war, bis die Tür aufgeschlossen wurde, konnte er nicht sagen. Der Schmied stand wieder da und forderte ihn auf, mitzukommen. Er ging vorneweg, den Gang entlang und die Treppe hinauf. Es wurde heller, der Modergeruch blieb zurück. Paul atmete auf.

Der Wächter klopfte an eine Tür, öffnete sie und schickte Paul hinein. Paul fand sich in einem Zimmer wieder, das so groß wie ein Saal war und ebenso spärlich möbliert. Ihm gegenüber, an der anderen Seite, standen zwei Tische mit jeweils einer Kerze und einem Mann, der daran saß.

»Tretet näher«, sagte der eine von ihnen, der älter war und den Raum mit großer Sicherheit ausfüllte. Das musste der Hausvogt sein, und neben sich, an dem anderen Tisch, sein Schreiber, der eine Feder in der Hand hatte.

»Ihr seid Paul Deschamps, Handschuhmacher aus der Friedrichstadt?«

»Ja. Warum bin ich hier?«

»Die Fragen stelle ich.« Der Hausvogt musterte ihn. Er war sicher über fünfzig, mit knochigem Gesicht, kurzem Haar und einer scharfen Stimme. Mit seiner ganzen Gestik machte er klar, dass allein er den Fortgang des Gespräches bestimmte, er lehnte sich in seinem Stuhl zurück, musterte sein Gegenüber und wartete erst einmal.

Schließlich sagte er: »Wir untersuchen den Tod eines Berliner Gerbermeisters, mit Namen Jockel Haeuser. Kanntet Ihr den Mann?«

»Ich wusste, wer er war.«

Vom Tisch des Schreibers hörte er das Kratzen, das entstand, wenn eine gespitzte Feder auf Pergament schrieb. Paul sah nicht hin. Er hielt den Blick des Hausvogtes.

»Wann habt Ihr ihn zuletzt gesehen?«

»Das war im März dieses Jahres. An einem Sonntag. Der Sonntag Lätare, wenn ich es recht erinnere. Ich würde trotzdem gern wissen, aus welchem Grund ich hierher geführt wurde, Herr …«

»Man redet mich für gewöhnlich mit meinem Titel an, ich bin Geheimer Rat. Das war der Tag, an dem Haeuser gestorben ist und wahrscheinlich ermordet wurde. Ihr hattet Streit mit dem Mann?«

Es war also nicht die Kurfürstin, der er diesen Aufenthalt zu verdanken hatte. Sein Verdacht fiel auf den Gerber, auf Haeuser, der neulich noch vor seiner Wohnung gestanden hatte. Paul erzählte dem Geheimen Rat von jenem Sonntag, von der Sperre vor der Kirche, auch davon, dass er den jungen Haeuser zuletzt gesehen hatte, als der Gottesdienst vorbei war. Für einen Moment kam ihm Claire in den Sinn und er fragte sich, ob sie ihn öffentlich verdächtigt hatte, möglicherweise zusammen mit ihrem Gerberfreund. Das war unvorstellbar; aber in letzter Zeit war manches passiert, was er sich nicht hatte vorstellen können. Wollten die beiden ihn loswerden, indem sie ihn an den Galgen brachten?

Paul wurde klar, dass er nicht auf Danckelman setzen musste, sondern auf seinen Vater. Ausgerechnet auf den Vater. Nur wenn es keine andere Möglichkeit gäbe, würde er ihn als denjenigen benennen, mit dem er jenen Abend verbracht hatte. Er hoffte, das vermeiden zu können. Schon die Vorstellung war ihm zuwider, erneut Bertrands stumme Vorwürfe ertragen zu müssen: ›Sie haben dich ins Gefängnis gesperrt?‹

Er erklärte, was er seinerzeit Claire gesagt hatte: Selbst wenn er auf Rache gesonnen hätte – ein Gefühl, das er nicht gehabt habe –, woher hätte er wissen können, dass der Gerber an einem Sonntag ins Zunfthaus gehe?

»Ihr seid in der Nähe gesehen worden«, erwiderte der Geheime Rat. Der Schreiber notierte auch diesen Satz.

»Darf ich erfahren, wer mich gesehen haben will und Euch davon berichtet hat?«

Der Hausvogt ging nicht auf seine Frage ein. »Wart Ihr an jenem Abend in der Nähe des Zunfthauses?«

»Nein.«

»Mein Herr, ein wenig gesprächiger. Wo wart Ihr?«

»Ich gehöre dem Vorstand der Französischen Gemeinde zu Berlin an. Wir hatten an jenem Abend eine Sitzung.«

»Der Tote wurde erst in der Nacht gefunden, deshalb wissen wir nicht, wann genau er gestorben ist. Er war am frühen Abend in einer Wirtschaft. Die Zeit, da er allein war, ist lang. Entsprechend lang ist auch die Zeit, über die wir von Euch Auskunft verlangen.«

Das war keine Frage, deshalb gab Paul keine Antwort. Er stand vor dem Tisch des Geheimen Rates und mokierte sich insgeheim über die Unhöflichkeit, die ihm widerfuhr – die Zelle, die gesamte Art, wie er behandelt wurde, und am Ende gehörte dazu auch die Tatsache, dass er in diesem Saal keinen Platz angeboten bekam.

»Ich möchte aussagen, dass ich mit dem Tod dieses Mannes nichts zu tun habe. Zugegebenermaßen hat er an jenem Morgen versucht, mich zu reizen. Aber das ist doch viel zu wenig, um einen Menschen töten zu wollen.«

Der Geheime Rat lachte auf. »Wir haben Leute hiergehabt, die andere wegen zwei Taler erschlagen haben.«

»Wenn ich meine Unschuld beweisen muss, dann sagt mir, was ich zu tun habe.«

»Das werde ich Euch wissen lassen. Vorher müssen wir weitere Ermittlungen anstellen.«

»Dann lasst mich inzwischen gehen. Ich …«

»Nicht so eilig, mein Herr«, erwiderte der Hausvogt. »Ich habe noch niemanden erlebt, dem ein paar Stunden in unserer Zelle geschadet hätten.« Er wandte sich an den Nebentisch. »Schreiber, ruf den Büttel.«

»Wie sollte ich davonlaufen?«, fragte Paul. »Ich habe einen Betrieb hier und meine Familie.«

»Wenn es um das Überleben geht, hat schon mancher alles andere vergessen.«

4

Lorenz stand vor ihrem Haus, von einer Wand versteckt, und wartete. Wie war er damals hier hineinspaziert, ohne jedes Zögern, ohne die Frage, ob er willkommen war, ohne Sorge, ihr Mann könnte zu Hause sein? Jetzt war er aufgeregt. Es schlug ihm der Puls am Hals, er hörte sein Herz klopfen, die Hände waren feucht.

Um ihn lag eine herbstliche Dunkelheit. In Claires Wohnung waren drei Zimmer beleuchtet. Er machte sich klar, dass oben, unter dem Dach, das Dienstmädchen lebte. Im ersten Stock mochte das Kinderzimmer sein, auch dort brannte eine Kerze. Den Raum unten kannte er, selbst wenn er ihn sich nie angesehen hatte. Dort war er ihr begegnet.

Es war keine zwei Stunden her, seit er erfahren hatte, dass ihr Mann eingesperrt war. Karla war zu Feierabend in die Gerberei gekommen und hatte es erzählt. Sie hatte ein Kopftuch getragen und ihn an die Seite gezogen, während die Gesellen sich am Waschbottich balgten und ihr Spielchen lauter und wilder werden ließen, weil sie gemerkt hatten, dass ihnen eine Frau zusah.

»Warum kommst du und erzählst mir das?«

Sie nickte. »Ich habe mir überlegt, es für mich zu behalten, ich weiß, dass du manches nicht erfährst, was so passiert. Das liegt nicht nur daran, dass du Zunftmeister bist, sondern auch …«

»Warum?«

»Lorenz, ich möchte, dass du siehst, wie ehrlich ich es mit dir meine. Ich bringe dir die Nachricht, dass meine Rivalin vielleicht bald frei ist. Aber sie ist nicht die Richtige für dich, Lorenz, bitte sieh das ein.«

»Nicht schon wieder«, antwortete er.

»Doch. So lange, bis du endlich aufwachst. Erkenn doch endlich, dass diese Frau ohne alle Scham ist. Wer einen Mann hintergeht, der macht es mit dem nächsten nicht anders.«

Er packte sie am Oberarm. »Du hältst den Mund. Ein für allemal.« So fest, wie er zudrückte, musste ihr das Schmerzen bereiten, aber sie beklagte sich nicht.

Erst als er sie losließ, setzte sie wieder an. »Wenn ich es nicht vermag, wer kann dir die Augen öffnen? Du bist zu schade für diese …«

»Karla, ich warne dich.«

Sie winkte ab. »Ist ja gut. Als wäre sie schon die Hausherrin hier, die nicht beleidigt werden darf.«

»Geh jetzt. Und lass mich in Ruhe.«

Sie ging nicht, sondern sah ihm in die Augen, und er hielt ihren Blick. Die Männer riefen ihre Abschiedsgrüße vom Hof herüber und verschwanden. Lorenz antwortete ihnen nicht. Karlas Gesicht hatte sich verändert, die Mundwinkel waren verzogen und die Augen verengt. Die Boshaftigkeit, die sie sonst gut verbarg, blitzte auf.

»Wenn du zu ihr gehst, erzähle ich das überall in der Stadt und vor allem in der Zunft. Ich sage dir voraus, du wirst dein Amt als Zunftmeister verlieren, Lorenz Haeuser, und genauso die wenigen Freunde, die dir noch geblieben sind. Noch kannst du dich entscheiden. Komm zurück auf die Seite, zu der du gehörst. Ich flehe dich an.«

»Hau ab«, erwiderte er. »Verschwinde, auf der Stelle, bevor ich mich vergesse. Verlass meinen Hof und komm hier nie wieder her.«

Als sie ging, schüttelte sie den Kopf.

Er war nach Hause geschlendert und hatte sich gründlich gewaschen und sein anderes Hemd angezogen und darüber die blaue Wolljacke, die er im Winter trug. Sogar im Spiegel hatte er sich angesehen und war sich ein wenig durch die Haare gefahren.

Doch jetzt gelang es ihm nicht, hineinzugehen. Solange die Tochter nicht schlief, war es sowieso unmöglich. Und danach? Wie würde Claire reagieren? Er lehnte an der Hauswand, die

Zeit wurde ihm nicht lang, dazu war er viel zu aufgeregt, und als oben, im ersten Stock, das Licht gelöscht wurde, wuchs seine Aufregung noch.

Geduckt lief er um ihr Haus herum. Am Fenster an der Rückseite hatte er schon einmal geklopft. Jetzt tat er es wieder.

Sie blieb im Zimmer stehen, als sie ihn erkannt hatte. Zögerte sie? Nein, sie blickte ihn nur an. Da entriegelte sie schon das Fenster.

»Lorenz.«

»Ja«, sagte er.

»Warst du das? Ich meine, mit Paul.«

»Nein.«

»Bestimmt nicht?«, fragte sie.

»Bestimmt nicht. Lässt du mich rein?«

Als er sich im Fensterrahmen aufstützte, lachte sie. »Wir haben eine Tür. Ich mache sie dir auf.«

Er trat schnell ein, um von niemandem gesehen zu werden, und sie schloss die Tür wieder. Aber dann beherrschte er sich nicht mehr, er nahm sie in den Arm und drückte sie an sich und bedeckte ihr ganzes Gesicht mit Küssen. Sie wehrte sich nicht, ihre Arme lagen auf seinen Schultern und hielten sie fest. Er roch und fühlte an ihr und vergaß sich darüber. Das hier war alles, was er wollte.

»Komm«, sagte sie schließlich, »wir gehen hinein. Bitte sei leise, oben schläft Isabel.«

Zum ersten Mal besah er sich die Stube des Handschuhmachers. Sie war ungleich viel besser eingerichtet als sein Häuschen. An der Stirnseite stand ein breites Canapé mit zwei Kissen darauf, davor ein lackierter Tisch mit Stühlen daran, zwei Kerzen und einer goldenen Uhr, die die Form eines Turmes hatte. Wo kaufte man derlei Dinge? Es gab einen Waschtisch, der Wasserkrug war verziert. Lorenz ließ den Finger darüber streichen. Handwerkerarbeit, französisch wahrscheinlich. Er fragte lieber nicht.

»Du weißt, dass Paul eingesperrt ist?«

»Alle wissen es. Er ist in der Hausvogtei.«

»Wenn du ihn dort nicht beschuldigt hast, könnte es sein, dass es dieser Kerl war, der nicht dein Freund ist? Der kleine Mann?«

»Martin, meinst du. Nein, der war's nicht, der ist aus Berlin verschwunden. Trotzdem glaube ich zu wissen, wer den Handschuhmacher angeschwärzt hat. Er ist ein Meister, aber aus einer anderen Bruderschaft, ein Lohmüller.«

»Warum hat er das getan?«

Lorenz zuckte mit den Achseln. »Weiß nicht, ich bin mit dem verfeindet.« Er wartete nicht, dass sie ihn dazu einlud, sondern setzte sich auf das Canapé. Unter dem Polster waren Federn, die nachgaben, es schaukelte ein wenig, und Lorenz musste lachen.

Claire hielt sich den Finger vor den Mund.

»Wie geht es dem kleinen Henri?«

Sie legte sich ihre andere Hand an den Bauch. »Gut, hoffe ich.« Er klopfte auf den Platz neben sich, sie zog sich jedoch einen Stuhl heran.

»Du weißt, dass ich ihn nie sehen werde. Jedenfalls nicht aus der Nähe.«

Sie beugte sich vor und nahm seine Hand. »Ich weiß«, sagte sie leise, »und es bricht mir das Herz. Aber anders kann ich nicht handeln.«

Er ließ seine Hand in ihrer. »In diesem Amerika soll es Städte geben, die ganz neu gebaut werden, und die Bewohner kommen aus Irland und aus Italien und aus eurem Land und aus unserem. Da fragt niemand.«

Nun setzte sie sich doch neben ihn, ohne seine Hand loszulassen. »Das mag sein, doch vor Gott kann man nicht fliehen. Einen Ort, den er nicht sieht, gibt es auf der ganzen Welt nicht. Du kennst die Geschichte von Jonas?«

Er erinnerte sich dunkel und nickte.

»Wir beide«, sagte sie leise, »haben etwas getan, was wir nicht gedurft hätten ...«

»Claire«, rief er, »sag doch so etwas nicht immer …«

»Hör mir zu. Man schließt eine Ehe vor Gott, und das heißt, wenn man sie bricht, handelt man gegen ihn. Es mag sein, dass du einen anderen Glauben hast und die Dinge anders verstehst, und ich halte meinen nicht für besser. Deshalb sage ich dir: Denke einmal an Isabel. Ich würde sie mitnehmen, und sie würde ihren Vater nie wiedersehen? Ihr ganzes Leben könnte sie mir das nicht verzeihen. Und ich mir auch nicht.«

»Aber«, sagte er und wusste nicht weiter. Er machte seine Hand los, um sie ihr im nächsten Moment auf die Schulter zu legen. Ihr Haar fühlte sich weich an, er strich mit dem Daumen darüber.

»Ich weiß, Lorenz. Auf diese Weise hast du den Schmerz, aber ich ebenso, und ich weiß nicht einmal, wo ich in Zukunft leben werde.«

»Was hat dein Mann denn gesagt?«

»Bis jetzt hat er mich nur des Schlafzimmers verwiesen.«

Lorenz schüttelte den Kopf. »Ich könnte ihn …« Bevor er den Satz zu Ende gebracht hatte, hatte er ihre Hand auf seinem Mund.

»Sag das nicht, bitte nicht. Um deinetwillen nicht.«

Er musste grinsen. »Ihr seid wirklich sehr gläubig, ihr französischen Flüchtlinge.«

»Wegen unseres Glaubens haben wir die Heimat verlassen.«

»Ich schäme mich dafür, dass ich Leuten, die so sehr glauben, den Zutritt in die Kirche verwehrt habe.«

»So wie ich mich erinnere, sind wir hineingegangen«, antwortete sie. »Und außerdem – vielleicht wärst du mir nie aufgefallen und ich dir auch nicht.«

Mit zwei Fingern strich er ihr über die Wange. Wie rau seine Haut im Vergleich zu ihrer war. »Dann wäre dein Leben jetzt leichter.«

»So etwas darfst du nicht sagen.«

»Du bereust es nicht?«

Sie schüttelte den Kopf und senkte dabei den Blick. »Ich ... ich ...«

»Sag's einmal. Bitte. Ein einziges Mal.«

»Ich liebe dich«, flüsterte sie. Sie sah auf. »Und jetzt geh, bitte.«

Er rutschte an sie heran, legte seinen Arm um sie und küsste sie, auf die Wange, dann auf den Mund. Sie drehte den Kopf weg, machte sich frei von ihm und stand auf.

»Du musst jetzt gehen.«

Er nickte, obwohl es ihm kaum möglich war. Seine Augen fühlten sich schwer an, aber flennen wie ein Kind würde er nicht, das bestimmt nicht. Hinter ihr ging er zur Tür und strich ihr zum Abschied über den Bauch. Auch sie hatte Tränen in den Augen, versuchte dennoch ein Lächeln.

»Lorenz«, sagte sie, »du darfst nicht hoffen, dass Paul an den Galgen kommt. Er hat deinen Bruder nicht getötet, das weiß ich genau. Und davon abgesehen: Man darf nicht auf den Tod eines Menschen hoffen. Versprichst du mir, dass du das nicht tust?«

Er nickte, aber er konnte sich nicht von ihr losmachen. Erst als sie die Tür geschlossen und einen Riegel vorgelegt hatte, ging er davon.

Ein Ziel hatte er nicht, er wusste nur, dass er nicht in sein ungeheiztes Haus gehen wollte und nicht in eine Wirtschaft. Auf ein Bier hätte er Durst gehabt, doch er wollte für sich bleiben und mit niemandem reden müssen. So lief er durch die unbeleuchteten Straßen der Friedrichstadt. Zwischen den Wolken blinkten ein paar Sterne, und gelegentlich war ein halber Mond zu sehen. Lorenz hörte den Nachtwächter und verschwand in einer Nebenstraße.

Zu dieser Nachtstunde war es bereits verboten, auf der Straße zu sein. Er blieb hinter einem Mauervorsprung und wartete und hörte auf seinen Atem. Vor allem bemühte er sich, sich an Claires Geruch zu erinnern, aber der war bereits verflogen.

Auf der Friedrichstraße zog der Nachtwächter mit seiner Laterne vorbei, die am Ende eines langen Stabes an einem Haken hing. Das Licht war von allen Seiten gegen Wind geschützt und die Laterne hatte einen Deckel, der mit jedem Schritt des Nachtwächters auf- und zuschlug. Dies war nicht das einzige Geräusch, das er machte, er trug über seinem Wams ein Überhemd aus vielen Eisenplättchen, die an langen Ketten hingen. Zugegeben hätte es niemand – man war ja nicht heidnisch –, aber der Lärm, den der Nachtwächter machte, das metallische Klappern bei jedem seiner Schritte, sollte die bösen Geister der Nacht vertreiben.

Lorenz steckte sich zwei Finger in den Mund und pfiff. Der Nachtwächter drehte sich um, versuchte, etwas zu erkennen, und ging dem seltsamen Geräusch nach, so langsam allerdings, dass es für Lorenz ein Leichtes war, hinter der nächsten Straßenecke zu warten und zuzusehen.

Wieder pfiff er.

Der Nachtwächter rief etwas, das wie »He, he« oder »Wer da?« klang und folgte ihm wieder, und sein Hemd klingelte und die Laterne klapperte und gab so wenig Licht, dass er nicht mehr als drei oder vier Meter weit sehen konnte. Lorenz lief um den Häuserblock herum und pfiff erneut, diesmal im Rücken des Nachtwächters, der prompt die neue Richtung einschlug.

Lorenz wanderte weiter. Er wusste, wer seinen Bruder getötet hatte, die Frage war jedoch: Was folgte daraus? War er verpflichtet, das zu melden, sogar dann, wenn er damit den Handschuhmacher befreite, ausgerechnet den Handschuhmacher?

Wie Claire sich eines Tages als Witwe entscheiden würde, war nicht ausgemacht. Er musste ja nicht auf den Tod ihres Mannes hoffen. Warum sollte sie seinem Werben später nicht nachgeben? Für Martins Schuld gab es keinen Beweis, den er hätte vorlegen können, auch keinen Zeugen. Wenn der Hausvogt ihm nicht glauben wollte, war es leicht für ihn, das nicht tun zu müssen.

Die Hände in den Taschen und den Kopf gesenkt schlenderte er weiter. Er achtete nicht auf die Umgebung, weder auf Häuser noch auf Straßen, aber es war ohnehin kaum etwas zu sehen, nirgendwo brannte mehr Licht, die Bewohner schliefen und hatten alle Kerzen und Laternen gelöscht. Der Nachtwächter war nicht mehr zu hören.

Auf der Straße wurde Lorenz bewusst, dass ihm ein Vorbild fehlte, ein Mensch, der zwischen richtig und falsch zu unterscheiden wusste und ihm das beigebracht hatte. Der Vater war ein schweigsamer Mann gewesen und hatte bestenfalls Anweisungen gegeben. Die Gerberei war ihm wichtig gewesen, außerdem, dass man fleißig war und Ordnung hielt. Im Haus durfte nichts herumliegen, wollte man keine Schläge riskieren. Der Betrieb sah damals viel aufgeräumter aus als jetzt, da Lorenz der Meister war. Zur Zeit seines Vaters lagen die Häute akkurat aufeinander, jedes Werkzeug musste nach Gebrauch gesäubert und zurückgehängt werden, Hof und Werkstatt wurden ausgefegt, die Gruben hatten sauber zu sein.

Der Franzose stand gegen die Ordnung. Allein deshalb wäre der Vater mit den anderen Gerbern gegen ihn gewesen, zumal der Handschuhmacher ganz allein der Unruhestifter war und es nur an ihm lag, dass die alte Ordnung nun so sehr wackelte. Kein anderer Réfugié ging gegen eine Bruderschaft vor, von denen wollte niemand tun, was er nicht durfte. Insofern war der Richtige eingesperrt. Allerdings unter der falschen Anklage.

Lorenz spuckte aus. Der Vater war keine Hilfe, genauso wenig wie er es zu Lebzeiten gewesen war. Er allein hatte die Entscheidung zu treffen. Der französische Gerber fiel ihm ein, der blonde Mann mit der Narbe. Das war ein Handwerker, einer, der etwas konnte. Den würde er zu sich holen, sollte die französische Gerberei schließen müssen.

Müdigkeit empfand Lorenz nicht, nur Durst. Die Häuserzeilen hörten auf, die Felder begannen. Bis zur Akzisemauer war es noch weit, da wollte er nicht mehr hin, zumal die Stadttore nachts geschlossen waren. In der Ferne brannte ein Feuer, was Lorenz wunderte. Wer sollte es entfacht haben, da niemand mehr auf den Straßen zu sein hatte?

Als er näher kam, sah er Menschen, die rund um das Feuer lagerten und dort schliefen. Da es kalt war, hatten sie sich um die Wärme gedrängt. Er überlegte, den Nachtwächter herzulocken, denn das hier war ganz gewiss verboten, innerhalb der Stadtmauer auf einem Feld zu liegen und zu schlafen. Es waren fünfzehn oder zwanzig Leute. Er ging so dicht heran, dass er ihr Schnarchen hörte und die Kutten sah, die sie trugen. Mönche, wie es schien. Ob das diese Frommen waren, von denen so viel geredet wurde? Wie war es möglich, dass sie ihre Nacht hier draußen verbringen durften?

Er zog weiter und kehrte zu der Frage zurück, was er tun sollte. Ob seine Aussage beim Hausvogt Gewicht hatte oder nicht, konnte nicht darüber bestimmen, ob er sie machte. Und es war nicht richtig, dass der Handschuhmacher, selbst wenn er die Stadt in Aufruhr versetzt hatte, für eine Tat bestraft wurde, die er nicht begangen hatte. Deshalb blieb am Ende nur ein Gesichtspunkt: War ihm das Leben mit Claire wichtiger als alles andere? War er bereit, es darauf aufzubauen, dass ihr Mann möglicherweise unschuldig an den Galgen kam?

So laut die Empörung in ihm klang – wenn er die andere Seite benannte, hielt eine ebenso starke Stimme dagegen. Denn die Frage hier hieß: War er bereit, auf Claire – und auf seinen Sohn – zu verzichten?

Er fand keinen Ausweg.

Als der Halbmond für längere Zeit durch die Wolken schien, richtete er den Blick zum Himmel. Aber es war keine gute Idee, dort um Hilfe zu bitten, wenn er das ganze Jahr über nicht recht glaubte und nie betete und sogar den Kirchgang nicht ernst nahm. Er schnaufte durch die Nase und grinste. Wenn es einen Gott gab, dann wusste er sowieso, dass Lorenz vor allem deshalb in die Kirche ging, um Claire zu sehen. Und dann würde er ihm jetzt nicht aus seiner Not helfen.

Alle, die er kannte, wussten so genau, was sie wollten, ob Karla, der Lohmüller oder Martin. Oder dieser Graf Wartenberg. Und der Handschuhmacher natürlich, der noch mehr als alle anderen. Claire hatte sich festgelegt und blieb nun auf ihrem Weg. Nur ihm war das nicht vergönnt, er sah die eine wie die andere Seite und fand beide richtig und falsch. Es war Zeit, dass auch er sich entschied und dann dabei blieb.

Er schöpfte an einem Brunnen, der zwar zu einem Haus gehörte, von der Straße aus jedoch zugänglich war. Das Wasser war kalt und schmeckte nach Eisen, er konnte es nur schluckweise trinken. Aber es tat gut. Obwohl er müde war, mochte er sich nicht gestatten, nach Hause zu gehen und sich ins Bett zu legen. Nicht, bevor er seine Entscheidung getroffen hatte.

Den Nachwächter mit seinem klimpernden Hemd sah Lorenz noch einmal aus der Ferne, da hatte er seine kurze Jacke gegen die Kälte geschlossen und ihren Kragen hochgeschlagen, trotzdem fror er, vor allem an Füßen und Beinen. Vielleicht war es das Beste, sich ein wenig ans Feuer der Bettelmönche zu setzen. Da konnte er auch abwarten, ob der Nachtwächter irgendwann einmal auf die Idee kam, dieses Lager zu untersagen.

Das Feuer glühte nur noch, aber es strahlte heiß. Die Männer rochen ungewaschen, und einen warmen Platz hatten sie ihm nicht gelassen, Körper an Körper lagen sie rund um das glimmende Holz. Lorenz packte kurzerhand einen von ihnen an den Füßen und zog ihn ein Stück weg. Leider wachte der Mann dabei auf und begann, sich zu beschweren. Dass die Christen teilen sollten, war Lorenz versucht, ihm entgegenzurufen. Doch der Mann zeterte. Wer Lorenz sei, warum er ihn geweckt und vom Feuer weggezogen habe? Er sprach Dialekt, eine seltsam weiche Sprache, sie klang so klebrig und zäh wie Kuchenteig. Aber er redete laut. Einige seiner Freunde hoben die Köpfe.

Lorenz saß nicht, er stand nahe an der Feuerstelle und ließ sich von der Glut die Füße auftauen und hörte auf das Knistern und Knacken des Holzes. Die Züge der erwachenden Bettelmönche waren schlecht zu erkennen, sie alle hatten gegen die Kälte die Kapuzen ihrer Kutten über die Haare gezogen. Lorenz sah dünne Bärte, hagere Wangen, nur halb geöffnete Lider.

Und ein Gesicht, das er kannte.

Der Mann drehte sich sofort weg. Er zog die Kapuze höher und tat so, als falle er direkt wieder in den Schlaf. Doch Lorenz hatte ihn gesehen, er hatte ihn eindeutig erkannt, eines zweiten Blickes bedurfte es nicht. Bei den Bettelmönchen also hatte der Kerl Unterschlupf gefunden.

Das Schlitzohr. Die Ratte.

Seine Entscheidung war gefallen. Das hier war der Mann, der Jockel getötet hatte.

5

Als seine Zellentür aufgesperrt wurde, hatte Paul eine Nacht hinter sich, von der ein Teil furchtbar und der andere bewegend gewesen war. Der bärtige Wachmann – der Schmied – hatte ihn ausgelacht, als er um eine Kerze gebeten hatte, so etwas gebe es hier nicht, dies sei ein Gefängnis und keine Herberge. Erneut im Dunkeln eingeschlossen, hatte Paul seine Schritte aufgenommen, denn das Stehen tat ihm in den Beinen weh. Der feuchte Geruch ließ ihn übel aufstoßen, und er wünschte sich ein offenes Fenster und frische Luft. Niemand hatte ihm gesagt, wann er wieder herausgeholt würde, doch dass er die Nacht in der Zelle verbringen musste, war ihm klar. Er mochte sich weder an die gekalkte Wand lehnen noch aufs Stroh legen. Seine Ohren waren gespitzt, er achtete auf die Geräusche von Ungeziefer.

Es hatte einige Stunden gedauert, bis die Erschöpfung ihn besiegt hatte. Immer noch mochte er sich nicht auf das muffige Stroh in der Ecke legen, aber er setzte sich darauf. Augenblicklich zog er die Beine an und legte den schwer gewordenen Kopf auf die Arme.

Eine Haltung zum Einschlafen war das nicht, aber eine für etwas, das er allzu lange nicht gehabt hatte – er begann ein Zwiegespräch mit Gott. Dabei bat er um Antwort auf die Frage, was er falsch gemacht hatte und warum er eingesperrt war. Er betete und summte das ein oder andere Lied, das sie in ihrer Kirche in Charenton gesungen hatten. Und er überdachte seine Lage.

Eine innere Stimme zeigte ihm auf, was Armand ihm schon gesagt hatte, dass er die Menschen reize und aus diesem Grunde allein in der Welt stehe. Er könne diesen Weg weitergehen, müsse jedoch gewahr sein, welchen Preis er zu zahlen habe und solle das ohne Klage tun.

Zwischendurch überkam ihn der Schlaf, und wirre Bilder standen ihm vor Augen, er sah Claire, die für Isabel und sich einen Koffer gepackt hatte und dabei war, eine Kutsche zu besteigen. Nicht sie, sondern sein Vater erzählte ihm, dass sie nach Paris zurückkehre, und als er sie fragte, nickte sie nur, ging wortlos fort und stieg mit Isabel in den Wagen, der sofort davonfuhr.

Er blieb in einer Gemütsverfassung zurück, als sei er geschlagen worden.

Auch bat er um Auskunft, wie er mit Claire weiterleben sollte, doch diese Antwort erhielt er nicht, so dringend er sie auch erhoffte, auf diese Frage war nur Dunkelheit in ihm. Er dachte an Isabel, sie erschien ihm klarer vor Augen. War es richtig, das Kind in der Obhut einer Mutter zu belassen, die so wenig Anstand besaß? Er kannte seine Tochter gut genug, um zu wissen, dass sie ihre Fröhlichkeit für lange Zeit verlieren würde, wenn er ihre Mutter davonjagte.

Als die Tür geöffnet wurde, war er längst wieder aufgestanden. Er roch den eigenen Schweiß, und wenn er über seine Wangen strich, konnte er fühlen, wie sehr ihm eine Rasur fehlte. Der feuchte Gestank in der Zelle blieb so stark, dass Paul sich nicht an ihn gewöhnte, und er war froh, als er endlich den Schmied in der Tür sah und hinter ihm ein wenig Licht im Kellergang.

»Mitkommen.«

Es ging wieder die Treppen hinauf.

In einem engen Raum saßen drei andere Männer an einem Tisch. Er wurde angewiesen, sich dazuzusetzen und bekam einen Teller dünner Getreidesuppe, die er unter Bewachung zu essen hatte. Für seine Nachbarn hatte er kaum ein Auge, es war ihm egal, dass sie ihre Löffel nicht benutzten, sondern die Schalen direkt an den Mund setzten.

Schließlich wurde er wieder in den Saal geführt, in dem der Hausvogt und sein Schreiber saßen. Paul spürte seine weichen Beine, die Erschöpfung seines ganzen Körpers und bat um einen Stuhl. Der Hausvogt antwortete nicht gleich, sondern musterte ihn, und es schien Paul, als habe der andere ein Lächeln in den Mundwinkeln. Dann schickte er den Schreiber, einen Stuhl zu holen.

»Nun, Herr Réfugié, habt Ihr die Nacht genutzt, um Eure Aussage zu überdenken?«

»Ich habe gestern bereits die Wahrheit gesagt.«

»So, so. Seht Ihr, wenn man einen Todesfall untersucht, dann muss man sich immer nach dem Warum fragen, versteht Ihr das? Menschen töten aus Gier, andere aus Hass oder Zorn und manche sogar aus Liebe. Wir haben viele Leute befragt, die den Toten kannten. Sie alle sagen, nur Ihr hättet einen Grund gehabt.«

Paul schüttelte den Kopf. Ihm war klar, dass er an diesem Morgen nicht in gleicher Weise wie gestern dagegenhalten konnte. Noch schlimmer war, dass seine Widerstandskraft mit jeder Nacht in der Zelle kleiner werden würde. In diesem Augenblick wurde ihm zum ersten Mal bewusst, dass er möglicherweise bald sterben würde. Unschuldig an einen Galgen gebracht.

Er hatte wenig entgegenzusetzen.

Von draußen hörte er eine laute Stimme, eine, die er kannte. Vielleicht bildete er sich das nur ein. Er war versucht, den Kopf mit den Händen zu stützen, doch als ihm klar wurde, welche Figur er abgab, richtete er sich auf seinem Stuhl auf. So leicht durfte er nicht aufgeben.

»Ich bin der Bruder des toten Gerbers«, kam es von der anderen Seite der Tür. Keine Einbildung, zu gut kannte er diese Bassstimme. Was wollte Haeuser hier? Ihn noch tiefer hineinstoßen? Ob Claire das wusste und billigte?

Auch der Geheime Rat hatte die Worte gehört. Er hielt inne, sagte laut zu sich, das sei doch eine interessante Entwicklung, und schickte seinen Schreiber, jenen Mann zu holen.

Sofort darauf trat Haeuser ein.

Er würdigte Paul keines Blickes, obwohl er direkt neben ihm stehen blieb.

»Es ist mein Bruder, der im Zunfthaus ums Leben gekommen ist. Allerdings nicht durch die Hand dieses Mannes hier.«

Haeuser zeigte auf ihn, trotzdem sah er ihn immer noch nicht an.

»So?«, fragte der Hausvogt. »Und woher wisst Ihr das?«

»Ich weiß, dass mein Bruder die Treppe hinuntergestoßen wurde und von wem. Der Mann hat's mir selbst gestanden. Dann ist er davongelaufen.«

»Ihr habt ihn nicht gemeldet.«

»Nein«, sagte Haeuser, »denn er ist weggelaufen. Hinaus aus der Stadt. Deshalb habe ich ihn nicht gemeldet.«

Der Hausvogt schüttelte den Kopf. »Das war ziemlich anmaßend von Euch. Ob jemand verfolgt wird oder nicht, entscheiden wir. Nun sagt mir, was hat Euch zu Eurem Sinneswandel bewogen?«

»Er ist wieder in Berlin. Ich habe ihn gesehen.«

»Wen?«

»Den Mann, von dem ich spreche. Der meinen Bruder, den Jockel Haeuser, an jenem Sonntagabend im März im Zunfthaus in den Tod gestoßen hat.«

Paul hörte zu, er war gleichzeitig wach und erschöpft, und die Worte klangen, als rede Haeuser hinter einer Wand. Paul empfand keine Freude. Der Totschläger sei ein Gerbergeselle gewesen, der sich erhofft habe, dass seine Tat verborgen bliebe und er Meister in dem herrenlosen Betrieb werden könne. Nach der Flucht habe er sich offenbar einer Gruppe von Bettelmönchen angeschlossen, die ihr Lager innerhalb der Stadtmauern aufgeschlagen habe.

Der Geheime Rat blieb skeptisch. Niemand lagere einfach in der Stadt. Doch der Gerber insistierte, er wiederholte seine Geschichte, und es war kein Grund erkennbar, warum er lügen sollte. Er musste den früheren Gesellen beschreiben, und der Hausvogt schickte seine Büttel los.

»Nun, Herr Réfugié«, sagte der Hausvogt, »wer weiß, vielleicht habt Ihr Glück.«

»Ich möchte nach Hause gehen«, bat Paul. »Ich gebe Euch mein Wort, dass ich die Stadt nicht verlasse.«

Der Geheime Rat zögerte. Wieder lehnte er sich in seinem Stuhl zurück und betrachtete sein Gegenüber. Selbst der Schreiber schien gespannt auf eine Antwort zu warten. »Kennt Ihr diesen Mann?«, fragte er schließlich den Gerber.

Haeuser sah ihn nun zum ersten Mal an. Beide waren nicht mehr als einen Meter voneinander entfernt. Der Gerber hatte kleine Augen. Paul wollte nicht ausgerechnet ihm seine Freiheit verdanken, doch ihm fehlte die Kraft, sich dagegen aufzulehnen.

Haeuser nickte. »Ich kenne ihn. Er ist ein französischer Handschuhmacher, außerdem besitzt er eine Gerberei.«

»Und? Würdet Ihr ihm vertrauen?«

Der Gerber lachte auf. »Das brauche ich nicht, ich weiß ja, dass er meinen Bruder nicht totgeschlagen hat.«

»So, das wisst Ihr?« Er wandte sich an den Schreiber. »Hast du's aufgeschrieben? Das weiß er.«

Der Schreiber grinste wie sein Herr, aber er setzte die Feder nicht an. Er schien die Art des Geheimen Rates zu kennen.

»Nun gut«, sagte der Hausvogt zu Paul, »ich nehme Euer Wort und lasse Euch gehen.« Er stand auf und hielt Paul die Hand hin, in die er einschlug.

- FÜNFZEHNTES KAPITEL -

1

Paul kam sich schmutzig vor und er war übernächtigt. Er achtete nicht darauf, wer ihm auf der Friedrichstraße begegnete, ob er gegrüßt oder ignoriert wurde. An diesem Morgen war ihm alles egal. Erst als er sein Haus sah, wo die Tür aufgerissen wurde und Isabel herausstürmte und ihm in die Arme lief, freute er sich.

Die Kleine drückte sich an ihn und rief: »Papa, Papa!« Er strich ihr übers Haar und hielt sie fest.

Dann kam Claire heraus. Sie blieb neben dem Eingang stehen, und als sie sich nicht traute, ihn zu begrüßen oder irgendetwas zu sagen, tat sie ihm fast ein wenig leid. Isabel hielt seine Hand, bis sie in der Stube waren. Paul wusch und rasierte sich und ließ sich von der Haushälterin eine Mahlzeit bereiten und danach eine Tasse Café kochen. Isabel saß bei ihm am Tisch. Seine Lebensgeister kehrten langsam zurück. Die Geschäfte warteten.

Zwar hatte er auf seine Briefe an die reformierten Gemeinden noch keine Antwort erhalten, dennoch drängte er Armand dazu, gemeinsam mit Simonet Kontakt zu dem Besitzer des Grundstücks am Mittelmarkt aufzunehmen. Er selbst zahlte einen ersten Teil der versprochenen Summe in die neue Kasse, und Armand tat es ihm gleich und notierte beide Einzahlungen mit der Feder auf einem Pergamentbogen. Der Bäcker erzählte ihm, was er selbst schon von Haeuser gehört hatte, dass ein Wanderprediger mit seiner Gruppe in der Stadt sei. Er versuche, sagte Armand, die Menschen gegen ihren Kirchenbau aufzuhetzen.

Armand sprach sich nun nicht mehr gegen das Vorhaben

aus, im Gegenteil erklärte er, sie als Flüchtlinge könnten nicht auf jede Stimmung der Deutschen reagieren, das habe er inzwischen verstanden. Wer Respekt fordere, müsse entsprechend auftreten.

Zu den Anhängern dieses Wanderpredigers gehörte offenbar jener Mann, für den Paul die Nacht in der Zelle verbracht hatte. Paul hoffte, dass er inzwischen festgesetzt worden war und überlegte, ob er sich Haeuser gegenüber in irgendeiner Form erkenntlich zeigen musste. Das war kaum möglich, und jeden Morgen und jeden Abend rief der Anblick der stummen, zurückgezogenen Claire wieder in Erinnerung, was dieser Gerber zerstört hatte.

Aus Haeuser wurde er einfach nicht schlau. Warum war der Mann zur Hausvogtei gekommen? Warum hatte er ihm mit Lohe ausgeholfen? Was für ein Spiel trieb dieser Kerl? Fragen konnte er ihn nicht. Er musste abwarten und auf der Hut bleiben.

Dem Wanderprediger und seiner Schar nicht zu begegnen, war kaum möglich. Singend oder betend zogen sie durch die Straßen, und immer folgten ihnen einfache Männer, Frauen und Kinder, die um sie herumtollten. Paul traf am zweiten Tag nach seiner Freilassung auf den bunten Haufen.

Mit seinem langen Bart und dem zottigen Haar sah der Prediger wie ein Waldbewohner aus, wie ein Höhlenmensch, der keine geheizten Wohnungen kannte. Er war offenbar auf dem Weg zum Schlossplatz, und Paul nahm sich die Zeit, dem Mann zu folgen, um zu verstehen, was er vermochte. Da er keineswegs der Einzige war, der sich seiner Gruppe anschloss, fiel er nicht weiter auf.

Sie zogen tatsächlich vor das Schloss, wo sie von den Wachen aufgehalten wurden. Der Prediger trug in der einen Hand einen gewaltigen Stock und hob die andere, als wolle er die Soldaten am Tor segnen. Er sei auf dem Weg zum Kurfürsten, sagte er.

»Ach ja?«

»Ja, mein Freund. Lauf und melde mich. Sag ihm, Bruder

Helge aus Leipzig ist gekommen, um ihm zu berichten, wie es in seiner Stadt steht.«

Der Soldat rührte sich nicht, gab den Weg nicht frei und reagierte nicht auf die Segenswünsche und Verfluchungen des Predigers. Paul musterte die Schar. Er konnte sich nicht vorstellen, dass Menschen wie diese schon einmal im Schloss gewesen seien. In Versailles wären sie wahrscheinlich sofort festgesetzt und in ein Verlies gesperrt worden. Hier gab es durchaus Audienzen fürs Volk, vor allem für den Adel und die höheren Damen, und wer immer eingeladen wurde, rechnete es sich als Ehre an, suchte die beste Kleidung aus seinem Schrank und war parfümiert und gepudert und vielleicht sogar gewaschen.

Für diesen Helge und seine Jünger galt das Gegenteil, das konnte man sehen und vor allem roch man es. Sie schnitten sich die Haare nicht, trugen alte Sandalen an erdigen Füßen und hatten Dreck und Laub an den Kutten. Er hätte keinen von ihnen anfassen mögen.

Der Prediger vor dem Tor gab nicht auf. Er redete und ließ sich nicht abweisen und seine Anhänger versperrten inzwischen allen Zugang zum Schlosshof, indem sie wie eine Traube davorstanden. Lieferwagen konnten nicht passieren, Kutscher schimpften. Die frommen Männer schienen sie nicht zu hören, sie folgten der Anordnung nicht, Platz zu machen. Gott, so erklärte Helge immer wieder, habe ihn hergeführt, damit er mit dem Kurfürsten spreche.

Dann kam Wartenberg.

Der Premierminister schritt nicht schnell, trotzdem hatte er einen roten Kopf und war außer Atem, als er am wachhabenden Gardisten vorbei auf den Prediger zuging. Paul schien er nicht zu sehen.

»Wer bist du und was willst du? Siehst du denn nicht, dass du hier allen Verkehr aufhältst?«

»Ich bin ein Mann Gottes und komme in Frieden, Bruder. Aber hier, in Eurer Stadt, ist Wut und Zorn, und es kann sein, dass es einen braucht, der vermittelt.«

Wartenberg lachte ihn aus. »Wenn du aus Sachsen bist, geh am besten dahin zurück.«

»Bruder, du bist doch ein hoher Beamter …«

»… was dir sicher nicht das Recht gibt, mich zu duzen.«

»… also hat der Kurfürst dich geschickt. Er will mich sprechen, du weißt es, ich weiß es. Und er weiß, dass über ihm noch jemand thront. Nur Ihm gehorchen wir, denn Er ist der Weltenlenker.«

Wartenberg klatschte in die Hände. Er hatte es offenbar eilig. »Sag mir, was du willst und ich sehe, ob ich es dem Kurfürsten weitergebe.«

Helge breitete die Arme aus. »Gib ihm weiter, Bruder Helge ist da und möchte mit ihm sprechen. Und solange er uns warten lässt, werden wir an dieser Stelle niederknien und für ihn beten.«

Er ließ sich in den Sand herunter, und alle seine Anhänger taten es ihm nach. Helge sprach das Vater Unser, die anderen murmelten mit. Paul stand abseits. In Frankreich hätte ein Premierminister an dieser Stelle angeordnet, die Gewehre zu laden, und nach den ersten Schüssen wären die Leute auseinandergestoben. Dieses Brandenburg war milde. Vielleicht war das nicht nur ein Nachteil, sondern gleichzeitig etwas, womit auch Flüchtlinge ganz gut leben konnten.

2

Als er am nächsten Morgen seiner Arbeit in der Manufaktur nachging, wurde dort die Tür aufgezogen und ein Soldat stand an der Schwelle. Er hatte die fahle Novembersonne im Rücken, während aus der Werkstatt Schatten auf ihn fiel. Im ersten Augenblick sah er aus wie eine Erscheinung. Der Soldat kam nicht herein, sondern rief nur laut nach Herrn Deschamps, wobei auch er den Namen nach Berliner Art betonte.

Paul ging auf ihn zu.

Er werde zum Schloss gebeten, sagte der Soldat. Zum Kurfürsten. Jetzt sofort, die Sache dulde keinen Aufschub.

Paul dachte an die Frommen, die dort Einlass begehrt und nicht erhalten hatten, während er sogar aufgefordert wurde. Er fragte, ob er zum Kurfürsten oder zur Kurfürstin gebeten werde.

Zum Kurfürsten. Und der Herr Franzose möge sich beeilen, es sei sein Befehl, ihn auf direktem Wege zum Schloss zu bringen, und dieser Befehl stamme von Premierminister Wartenberg persönlich.

Paul folgte dem Soldaten.

Die Herbstsonne zeigte noch einmal ihre Kraft, es war nicht mehr warm, aber mild, und die hellen Schlossmauern glänzten. Paul wurde an den salutierenden Wachen vorbei durch die langen Gänge und Zimmer geführt. Vor dem Audienzsaal legte der Soldat die Hand an die Stirn und verabschiedete sich.

Der Wanderprediger war da, außerdem Graf Wartenberg zusammen mit seinen Ministern. Manche von ihnen trugen Uniform und Perücke, andere zivile Anzüge mit breiten Seidentüchern am Hals. Paul grüßte in den Saal hinein, zur Antwort bekam er ein mehrstimmiges Gemurmel. Der große Kronleuchter aus den vielen Glasstücken brannte. Schräg darunter standen die beiden weinroten Sessel.

Sie würde also anwesend sein.

Aus dem Gemeindevorstand war außer ihm niemand da, weder Armand noch Mathieu noch Simonet. Trotzdem war er sich sicher, dass es um den Kirchenbau gehen sollte. Die Frage der Zunft war entschieden und sie ging den Prediger nichts an. Außerdem war dem Kurfürsten sicher bewusst, dass es Zeit brauchte, eine solche Einrichtung aufzubauen.

Als das kurfürstliche Paar eintrat, verbeugten sich die Minister. Auch Paul neigte den Oberkörper. Aus den Augenwinkeln sah er, dass sich der Prediger damit begnügte, nur den Kopf zu senken. Er hatte seine Hände gefaltet.

Friedrich und Sophie Charlotte setzten sich auf ihre Sessel, die Minister stellten sich hinter ihnen auf. Die Mundwinkel der Kurfürstin hingen nach unten. Für einen Moment hatte Paul den Eindruck, sie starre ihn an, aber der Augenblick verging zu schnell, um vermuten zu können, was in ihr vorging.

»Meine Herren, ich höre, es gibt schon wieder Streit in unserer Stadt«, begann der Kurfürst, »angeblich sogar Zorn. Ich hoffe sehr, das ist nicht wahr. Ich stehe zum Wohle unseres Landes in sehr schwierigen Verhandlungen mit anderen Mächten. Und ihr, was macht ihr? Streitet euch. Um was geht es diesmal? Wartenberg?«

Er versuchte gar nicht erst, sich auf dem Sessel zu seinem Premierminister umzudrehen.

»Um den Kirchenbau, Durchlaucht. Die geplante französische Kirche in der Friedrichstadt.«

»Durchlaucht, es geht darum, dass die Franzosen in dieser Stadt eine Kirche bauen«, rief der Prediger. Er war nicht gefragt worden. Weil er so zottelig aussah, erinnerte er Paul an einen Hund. Immerhin hatte er seinen Stock vor der Tür gelassen. »Die Franzosen bauen eine Kirche und die Deutschen nicht. Darum geht es.«

Alle Augen hatten sich auf den Mann gerichtet, und für einen Moment herrschte Schweigen im Saal. Man wartete darauf, wie der Kurfürst reagieren würde.

Friedrich wandte sich an Paul. »Ihr baut also?«

Paul verneigte sich. »So weit ist es noch nicht, Durchlaucht. Wahr ist jedoch, dass wir ein Grundstück ausgewählt haben und darüber in Verhandlung sind und außerdem Geld sammeln. Allerdings erst, wenn wir die gesamte Summe beisammenhaben, werden wir anfangen. Eure Erlaubnis dazu haben wir ja erhalten.«

»Die Summe«, rief der Prediger. »Sie sammeln. Und wenn

ihre Kollekte nicht genug einbringt, um eine ganze Kirche zu bauen, kommen sie zu Euch und wollen Geld. Und hinterher werden sie aller Welt erzählen, wie sehr der Kurfürst von Brandenburg sie liebt. Das ist es. Dabei ist Geld ein so schwacher Ersatz für Liebe, und nur wo die Liebe fehlt, rennt alle Welt dem Geld hinterher.«

»Ziemlich krauses Zeug, was Ihr redet. Wer seid Ihr überhaupt?«, fragte der Kurfürst.

»Bruder Helge, Durchlaucht. Aus Leipzig.«

Der Kurfürst ahmte den Dialekt des Predigers nach. »Also dass Ihr ein Sachse seid, das hätte ich nicht gedacht, hochdeutsch, wie Ihr sprecht.«

Die Minister lachten.

Friedrich musterte den Prediger, der sich offenbar nicht ärgerte, sondern ebenfalls grinste. Sophie Charlotte hingegen hatte die Augen wieder auf Paul gerichtet. Ihr Gesicht regte sich nicht.

Was mochte sie denken?

»Bruder Helge aus Leipzig«, hörte er Friedrichs Stimme, »aus Eurer Schar ist ein Mann arretiert worden. Schützt Ihr auch Totschläger?«

»Wir sehen nicht in die Seelen der Menschen, die zu uns stoßen, aber jeder reuige Sünder ist uns willkommen. Mit uns geht er den Weg des Friedens. Den Weg Gottes.«

»Große Worte. Wie ich höre, seid Ihr der, der die Leute aufhetzt, damit sie die Abgaben verweigern. Wollt Ihr Euch mit mir anlegen? Ich lasse Euch in den Turm werfen. Da habt Ihr viel Zeit zum Nachdenken.«

»Die Brandenburger«, entgegnete der Prediger, »haben viel für die Réfugiés gegeben, obwohl die hier nicht hergehören. Die Leute mussten akzeptieren, dass ein Fremder, wenn er sich in diesem Lande niederlässt, staatliche Hilfe bekommt. Nur der Fremde bekommt die Hilfe, der Einheimische nicht. Im Gegenteil, die Brandenburger mussten noch dafür bezahlen.«

»Schweigt«, rief der Kurfürst. »Was versteht Ihr schon von Politik?«

»Friedrich«, mischte sich die Kurfürstin ein. Paul senkte den Blick. Ihre tiefe Frauenstimme klang ihm im Ohr. Sie war offenbar darum bemüht, sanft zu erscheinen. »Natürlich versteht so ein Prediger nichts von Politik.«

Helge machte ein paar abschätzige Laute.

»Aber er nimmt etwas auf, das unter unseren Landeskindern verbreitet ist, das Gefühl nämlich, wir zögen die Flüchtlinge vor. Wir sollten dagegen ein Zeichen setzen, um diesem Unfug ein für allemal entgegenzutreten. Lass uns den Kirchenbau für ein paar Jahre verschieben. So eilig ist das doch nicht.«

Als der Blick des Kurfürsten den seinen traf, nahm Paul das als Aufforderung. »Durchlaucht ...«

Doch Sophie Charlotte fuhr fort: »Es ist nicht nur, dass dieser Franzose meint, seiner Kurfürstin ins Wort fallen zu dürfen. Warum steht er hier, während die andere Seite von einem Sachsen vertreten werden muss? Warum spricht da kein Berliner?«

»Na, diese Kritik richtet sich wohl an Wartenberg«, sagte Friedrich. »Er hat eingeladen.«

»Ich möchte niemanden kritisieren«, erwiderte die Kurfürstin, »ich will nur zeigen, wie es in unserem Lande steht. Die Beschwerden sind nicht ganz unberechtigt.«

Nun wurde Paul von Friedrich durch ein Nicken aufgefordert, zu sprechen.

»Die Jerusalemkirche ist zu klein für Lutheraner und Reformierte ...«

»Immer noch besser, als es manch anderem Christen geht«, sagte Helge.

»... und wir mussten schon vor der Tür warten und während des Gottesdienstes an der Seite stehen.«

»Seid doch dankbar, dass ihr die Festigkeit eures Glaubens unter Beweis stellen dürft.«

Paul blickte zu dem Prediger, aber da mischte sich Friedrich bereits ein. Der Kurfürst hatte den Arm gehoben und schüttelte den Kopf. »Ich will das nicht, was Ihr hier veranstaltet. Diese Zankereien. Ihr seid doch erwachsene Leute. Es ist richtig, wir haben die Franzosen eingeladen, hierher zu kommen und wir haben ihnen geholfen. Habt Ihr alle Euch jedoch einmal, ein einziges Mal nur, gefragt, warum wir das getan haben? Wie? Die Antwort ist: zum Wohle Brandenburgs. Ein anderes Ziel haben wir nämlich nicht.«

»Aber dann …«, begann Helge.

Der Kurfürst unterbrach ihn. »Schweigt. Hier redet nicht jeder, wann er will. Wartenberg.«

Der Premierminister trat einen Schritt vor. »Alle Anwesenden haben darauf zu warten, dass ihnen das Wort erteilt wird. Wer sich nicht daran hält, wird von den Gardisten augenblicklich hinausgeführt. Hier herrscht Ordnung.«

»Wartenberg«, rief der Kurfürst erneut, »was genau ist es Eurer Meinung nach, das die Brandenburger daran stört, wenn die Franzosen ihre Kirche bauen? Geht es in Wahrheit noch um die alte Sache, dass ich ihnen eine eigene Zunft gestattet habe? Können sie die Realität nicht akzeptieren?«

»Wie Madame gesagt hat, fühlen sich die Brandenburger offenbar im Nachteil. Sie sagen, der Kurfürst denke nur noch an die Réfugiés.«

»Wie kann das sein? Haben wir nicht vor ein paar Jahren erst die Jerusalemkirche großzügig umbauen lassen?«

»Natürlich, Durchlaucht. Diese Kirche ist allerdings für Einheimische wie für Flüchtlinge. Das Geschenk ging also an alle gleichermaßen.«

»Und deshalb«, rief Helge, »ärgert es die Leute, dass jetzt eine Kirche für die Fremden gebaut wird.«

»Ihr redet schon wieder ungefragt.« Friedrich schüttelte den Kopf. »Was ist es, das Ihr wollt? Einen Neubau für die Deutschen und die Réfugiés behalten die Jerusalemkirche?«

Der Prediger breitete die Arme aus und wog den Kopf und nickte. Der viele Schmutz auf seiner Kutte und in seinem Haar wurde noch deutlicher sichtbar.

»Das ist der Vorschlag eines Menschen, der sein Manna vom Himmel erhält. Einen solchen Bau müssten wir bezahlen, wir haben allerdings andere Sorgen, glaubt mir. Wie sieht es mit den Réfugiés aus?«, fragte der Kurfürst Paul. »Könntet Ihr aus eigener Kraft eine Kirche bauen?«

»Ich würde zu viel behaupten, wenn ich heute sagte: Ja. Gleichzeitig versichere ich Euch, wir fangen erst an dem Tag an, an dem wir die Mittel zusammenhaben. Nur das Grundstück würden wir nach Möglichkeit vorher kaufen, weil es uns sehr gut gefällt.«

»Wo liegt es?«

»Am Mittelmarkt in der Friedrichstadt, Durchlaucht.«

»Ein guter Ort.«

»Friedrich«, sagte die Kurfürstin, »wir werden einen Weg finden, einen deutschen Kirchenbau auf dem Mittelmarkt zu finanzieren. Wartenberg, würdet Ihr Vorschläge ausarbeiten?« Der Premierminister nickte, was Friedrich nicht sehen konnte. »Der Platz ist auch für die Brandenburger Bevölkerung gut«, meinte Sophie Charlotte.

»Was macht ihr es mir alle schwer«, sagte Friedrich. »Soll ich nun eine von beiden Seiten zurückstoßen?«

»Das wäre sicher gerecht«, erwiderte die Kurfürstin.

Der Kurfürst hob den Arm zum Zeichen, dass er keine weitere Rede wünsche, und lehnte sich in seinem Sessel zurück. Im ganzen Saal war sein lautes Ausatmen zu vernehmen, und für einen kurzen Moment schloss er sogar die Augen.

Dann sagte er: »Also gut, hört mir zu, wir entscheiden Folgendes: Monsieur Deschamps, Euer Kurfürst begleitet Euer Vorhaben weiterhin mit Sympathie.«

Paul verneigte sich, aber der Prediger protestierte sofort lautstark. Als er sogar im Zorn die Faust hob, rief Wartenberg die Garde. Augenblicklich verstummten alle Geräusche.

Friedrich wartete, bevor er weitersprach. »Die lutherische Gemeinde soll ebenfalls eine Kirche bauen. Der Mittelmarkt ist groß genug, dort gibt es Raum für einen zweiten Bau. Wir wollen ein Zeichen des Friedens setzen. Zwei Kirchen, eine Deutsche und eine Französische, auf ein und demselben Platz.«

Er schmunzelte, und Paul hatte den Eindruck, er war sehr zufrieden mit seiner Entscheidung. Friedrich erteilte niemandem das Wort, deshalb blieb es still Saal.

Dann fuhr er fort. »Ich will Euch noch etwas sagen – und zwar jedem von Euch. Ich kann nicht alle paar Wochen einen Streit unter Euch schlichten. Deshalb lassen wir zwischen die beiden Kirchen eine Kaserne bauen. Ich brauche eine Unterkunft in der Stadt für meine Gendarmen. Mir gefällt nicht, dass sie außerhalb von Berlin lagern. Wartenberg, diese Mittel müssen wir zusätzlich leihen. Und noch eins, meine Herren: Die Kaserne gibt dem Platz seinen neuen Namen, damit Ihr nicht noch darüber rauft, nach wessen Kirche er benannt wird. Der Mittelmarkt in der Friedrichstadt wird in Zukunft Gendarmenmarkt heißen.«

Der Kurfürst blickte zu seiner Gattin, die nicht reagierte. Als er angesehen wurde, nickte Paul. Friedrich schien sogar den Prediger zu fragen.

»Nur haben aber die Franzosen sich bereits das beste Grundstück auf dem Platz ausgesucht«, sagte Helge.

Offenen Mundes starrte Friedrich ihn an, und Paul hatte den Eindruck, nun war er sprachlos.

Sophie Charlotte schien das Gleiche zu glauben. »Das ist doch ganz einfach: Ihr tauscht den Bauplatz. Die Réfugiés lassen der lutherischen Gemeinde den Vortritt. Gebt ein Beispiel französischer Höflichkeit.«

»Wir stehen bereits in Verhandlungen«, erwiderte Paul.

»Du meine Güte, wie furchtbar. Wir sind unseren Brandenburgern verpflichtet – ihnen gilt unsere Treue, und für Treue habt Ihr doch Verständnis, mein Herr. Ihr werdet es schon überleben, wenn Ihr einmal zurücktreten müsst.« Sie seufzte künstlich. »Ihr habt doch schon so viel überlebt.«

Der Kurfürst klatschte in die Hände. »So ist es entschieden. Wartenberg, fertigt eine schriftliche Ordre aus.« Er erhob sich. »Und jetzt verzeiht, alle miteinander, Euer Kurfürst hat noch andere Geschäfte. Und Ihr ebenfalls, meine ich. Wir wollen doch bald die Glocken auf dem Gendarmenmarkt schlagen hören.«

Sophie Charlotte folgte ihm Richtung Saaltür. Vor Paul verlangsamte sie ihren Schritt, ohne jedoch stehen zu bleiben. Ihr süßliches Parfum stieg ihm in die Nase. Auf der Wange hatte sie sich in ihr Puder einen kleinen braunen Schönheitsfleck malen lassen.

»Was mich angeht, ist unsere kleine Verabredung unvergessen, Deschamps. Sieh zu, dass du deine Koffer packst. Oder hat es dir in unserem Gefängnis so gut gefallen, dass du dorthin zurückkehren willst?«

Sie war an ihm vorbei, ehe Paul etwas erwidern konnte.

3

Unmittelbar nachdem das kurfürstliche Paar den Saal verlassen hatte, drängte sich Paul hinaus. Er wollte nicht mit Wartenberg zusammentreffen und erst recht nicht mit dem seltsamen Prediger. Den Weg zum Ausgang kannte er gut, und schnell erreichte er das bewachte Tor. Außerhalb wartete die Schar der Bettelmönche, die auf der Erde saßen und sangen, und einer von ihnen hielt den mächtigen Stab, den der Prediger sonst trug.

Er hatte einen Sieg errungen und gleichzeitig eine Niederlage erlitten, ihre Kirche durfte endgültig gebaut werden, doch er würde das nicht erleben. Freude mochte sich nicht einstellen. Natürlich hatte sie gewusst, dass man ihn eingesperrt hatte, und wahrscheinlich hatte sie es gebilligt. Was ihm blieb, war, noch einmal mit Danckelman zu sprechen. Wie sollte er jedoch die intimen Treffen mit der Kurfürstin umschreiben?

Die Sonne machte ein schönes blasses Licht, wie zum Abschied stand sie am Himmel, wie zu einem letzten Gruß vor ihrem Winterschlaf. Er schlug den Weg Richtung Spree ein. Es war nicht nötig, den Gemeindevorstand sofort zu informieren, er hätte ohnehin nicht gewusst, was genau er sagen sollte. Am Sonntag war die nächste Sitzung, das reichte.

Auch seine Zweifel in Bezug auf Claire traten in den Hintergrund. Er bildete sich ein, den Ansatz eines Bauches bei ihr zu erkennen. Er würde sie mitnehmen, wenn er wirklich wegziehen musste. Seine erste Aufgabe und Christenpflicht war das Wohl seiner Tochter. Isabel hatte im Mittelpunkt seiner Entscheidung zu stehen, und das Kind durfte nicht gestraft werden, auch nicht dadurch, dass er ihre Mutter, wie sie es verdient hätte, zum Teufel jagte. Ein neues Haus konnte bessere Bedingungen bieten, ein Zimmer für Claire und für ihr Balg, das fern von seinem lag.

Er hörte Pferdegetrappel hinter sich. Eine edel glänzende Kutsche rollte an ihm vorbei, die von vier federgeschmückten Schimmeln gezogen wurde. Das musste der Wagen des Kurfürsten sein. Der Brandenburger Adler prangte als Wappen an der Tür.

Die Kutsche hielt, und von innen wurde die Tür aufgestoßen. Er hörte einen Ruf, und als er ihn nicht auf sich bezog, wurde er wiederholt.

Das war eine Aufforderung.

Paul trat näher. Ganz allein saß Friedrich auf dem hellen Polster im Wagen. Vor die Fenster konnte man Vorhänge ziehen, und für die Füße gab es einen Teppich.

»Steigt ein und schließt die Tür«, hörte Paul.

Er nahm dem Kurfürsten gegenüber Platz, sodass er gegen die Fahrtrichtung saß.

»Nun, Monsieur?«

Paul wusste nicht genau, auf was sich die Frage bezog. Auf

die Entscheidung des Kurfürsten, nahm er an. »Wir sind sehr froh, hier eine Kirche bauen zu dürfen, Durchlaucht. Eure Großzügigkeit freut alle Réfugiés.«

»Na, na. Ihr wisst, dass ich kein Geld geben kann.«

»Für unseren Glauben haben wir schon immer alles unternommen. Vielen von uns ist es damals nicht leichtgefallen, die Heimat zu verlassen, Durchlaucht. Doch der Glaube war noch stärker, und er wird uns auch diesmal helfen. Ich bin guten Mutes, den Betrag sammeln zu können.«

»Und um ein wenig Baumaterial dürft Ihr Euren Kurfürsten gern bitten. Wir haben Holz aus unseren Wäldern, daraus lässt sich ein solider Dachstuhl zimmern. Auch für Kirchenbänke ist es sicher geeignet. Und Steine und Ziegel schenke ich Euch ebenfalls gern.«

Paul neigte den Kopf.

Die Kutsche fuhr westwärts, die Linden entlang Richtung Brandenburger Tor. Friedrich sah zum Fenster hinaus, dazu hatte er nur den Hals ein wenig geneigt. Trotz der geschlossenen Uniformjacke wirkte seine Brust schwächlich, und er atmete flach.

Er blickte wieder zu Paul. »Ihr wart im Gefängnis?«

Paul nickte. Ein Irrtum, der sich aufgeklärt habe, wollte er sagen, aber er hatte den Eindruck, der Kurfürst wusste das bereits. »Ich fürchte, Durchlaucht«, entfuhr es ihm, »ich habe mir eine Feindin gemacht. Eine mächtige Feindin.«

Friedrich lächelte. »Da seid Ihr nicht der Einzige in diesem Land. Im Gegenteil, Ihr könntet mit vielen anderen zusammen noch eine Zunft gründen.« Nun lachte er laut, und Paul bemühte sich, einzustimmen.

»Wenn man Gegner hat«, fuhr Friedrich fort, »dann kommt es ganz besonders darauf an, dass man Freunde besitzt. Und natürlich auf die Frage, über wie viel Macht diese Freunde verfügen.«

Paul wusste nicht, auf was der Kurfürst hinauswollte.

»Ihr habt diesen Mann nicht getötet?«

Paul schüttelte den Kopf. »Durchlaucht, darauf gebe ich Euch mein Wort als Christ.«

»Das ist nicht nötig, Monsieur. Ich habe keine Zweifel an Eurer Integrität. Hört mir einen Moment zu. Ihr wisst, dass ich Euch gestattet habe, in unserem Land zu gerben, aber wisst Ihr, warum ich das getan habe? Ganz einfach: weil ich an Euch glaube. Ich bin der festen Überzeugung, dass Brandenburg Euch braucht, Monsieur Deschamps. Niemand weiß das so gut wie ich. Stellt unserem Land weiterhin Eure Kraft zur Verfügung. Schafft etwas, von dem auch andere profitieren können. Bringt Euer Wissen und Euer Können hierher.«

Als der Kurfürst schwieg, sagte Paul: »Durchlaucht, ich weiß nicht, was ich sagen soll. Ich bin beschämt.«

»Papperlapapp. Ihr habt eine mächtige Feindin, doch Ihr habt einen noch mächtigeren Mann, der Euch schützt, Monsieur. Das vergesst nicht. Ich möchte, dass Ihr eine große Handschuhmanufaktur aufbaut, vielleicht die größte in ganz Europa. Zeigt allen, zu was die französischen Flüchtlinge und die Brandenburger fähig sind, und wo immer es Schwierigkeiten gibt – solche, die Ihr nicht allein beseitigen könnt –, lasst es mich wissen. Ich bin da.«

»Danke, Durchlaucht. Vielen Dank.«

»Und was Eure mächtige Feindin angeht: Ich habe angeordnet, dass sie in Zukunft nur noch in ihrem Schloss in Lietzenburg lebt. Jedem seine eigenen Mauern, wenn Ihr versteht.« Sein Mund verzog sich zu einem Grinsen. »Manchmal ist das in einer Ehe hilfreich. Ich werde mit ihr sprechen und ihr sagen, dass Ihr mehr als mancher andere unter meinem persönlichen Schutz steht und sich die Hand verbrennt, wer sie gegen Euch erhebt. Das sind Vokabeln, die sie durchaus versteht.«

Wieder neigte Paul den Kopf, und seine Dankbarkeit und seine Erleichterung waren so tief, dass er ihn gar nicht wieder hob.

»Und nun muss ich Euch bitten, auszusteigen, mein Herr. Die Regierungsgeschäfte warten.«

- SECHZEHNTES KAPITEL -

1

Achtzehn Monate später

Im Steinkrug kam sich Lorenz wie ein Fremder vor. Die anderen Gerber hatten die Köpfe zusammengesteckt, sie redeten mit Eifer, die Gesichter hitzig, sie lachten miteinander und stießen an. Sie waren Freunde, geeint durch Beruf und Bruderschaft und ein ähnliches Leben, und vor allem hatten sie die gleichen Ansichten. Keiner von ihnen würde seinen Sohn in einen Franzosenbetrieb in die Lehre geben, überhaupt wollte man mit den Réfugiés nichts zu tun haben. Sie galten als überheblich und widerspenstig, und die Meinung war verbreitet, dass die Flüchtlinge planten, die Macht im Staate zu übernehmen. Dabei nutzten sie angeblich die Tatsache, dass die Herrscherfamilie, die Hohenzollern, der gleichen reformierten Religion anhing wie sie.

Die Kellnerin stellte ihm das dritte Bier auf den Tisch. Er saß nicht abseits und wurde nicht ausgegrenzt, vielleicht hätte ein Außenstehender gar nicht gesehen, dass er nicht mehr dazugehörte. Die unsichtbaren Linien waren fein. Seine Nachbarn wendeten sich, wenn sie sprechen wollten, der anderen Seite zu. Niemand setzte sich gern zu ihm, die Plätze an seinen Seiten blieben für die, die spät kamen. Lorenz nahm den ersten, schaumreichen Zug aus seinem Becher und wischte sich mit dem Handrücken den Mund ab. Der Alkohol in seinem Körper schien ihn noch etwas weiter von den anderen wegzurücken. Es waren nicht nur sie, die Abstand hielten, er trug seinen Teil genauso bei, denn er hatte vieles von dem abgelegt, was früher zu ihm gehört hatte. Vor allem war er nicht gegen die Franzosen.

Sein früherer Geselle Hannes saß schräg gegenüber und hob den Becher leicht in Lorenz' Richtung. Ihn hatte Lorenz damals, als er der Zunft noch vorgestanden hatte, zum neuen Meister in Jockels Betrieb gemacht, deshalb war Hannes ihm verpflichtet und bemühte sich, den Faden nicht abreißen zu lassen. Doch natürlich wollte der Junge sich nicht von den Kollegen isolieren, zumal er kein Brandenburger war, sondern irgendwo aus dem deutschen Süden stammte und das mit jedem Wort, das er sprach, kundtat. Wer konnte ihm verdenken, dass er dazugehören wollte? Und Lorenz brauchte auch keinen auf seiner Seite.

Er kam nur noch selten in die Gaststätte und dann nicht aus Geselligkeit, höchstens wenn die Predigt am Morgen und der Nachmittag so trocken gewesen waren, dass sein Durst übermächtig wurde. In Zukunft würde er es ganz lassen. Er konnte anderswo trinken, wenn das überhaupt sein musste. Anders sah es mit den Versammlungen der Zunft aus. Selbst wenn er in der Bruderschaft kein Amt mehr anstrebte, wollte er wissen, was gesprochen und beschlossen wurde. Vertreiben ließ er sich nicht. Sollten die anderen Gerber ihre Ansichten haben, er hatte seine, und die waren sicher nicht schlechter.

Um sich von dem vielen Bier zu erleichtern, ging man nach draußen, hinter das Haus, wo man sich an eine Grube stellte, an ein weites Erdloch. Er hatte gehört – allerdings selbst noch nie erlebt –, dass der eine oder andere hier im Suff schon das Gleichgewicht verloren hatte und unter Gelächter wieder herausgezogen werden musste. Alle diese Dinge verbanden die Männer, auch dass sie beim Pinkeln nebeneinanderstanden und dabei weiter quatschten. Nur ihn mieden sie.

Als Lorenz in die Wirtschaft zurückkehrte, blieb er an der Tür stehen. Wozu sich wieder setzen? Der Lärm drang ihm ins Ohr und weiter in Kopf und Bauch, all die Krüge, die aneinandergestoßen wurden, die derben Lacher, die lauten Reden. Der eigene Becher war noch halb voll, Lorenz wollte ihn im

Stehen austrinken und dann gehen. In dem Moment wurde die Tür aufgerissen.

Zwei Jungs von vielleicht vierzehn Jahren, Lehrbuben wahrscheinlich, standen da und waren außer Atem. Sie riefen: »Am Mittelmarkt ist die Kirche eingestürzt. Kommt schnell, das müsst ihr sehen. Es heißt, die Franzosen hätten das getan. Der Nachtwächter hat sie gesehen.«

Augenblicklich gab es Aufruhr. Einer nach dem anderen sprangen die Männer auf und drängten hinaus, aber Kellnerin und Wirt versperrten die Tür und achteten darauf, dass jeder seine Zeche zahlte, bevor er verschwand. Im Saal bildete sich eine Schlange, und wer hinten stand, drückte und drängelte, andere schimpften, und es wurde laut.

Lorenz folgte den anderen zum Mittelmarkt. Ein feuchtwarmer Wind wehte, die Luft roch sauber und frisch und die Wolken zogen über den Himmel. Auch wenn sie um diese Jahreszeit spät kam, war die Nacht bereits hereingebrochen. Trotzdem war es hell genug, um die aufgebrachte Menge auf der Straße zu sehen, und zu überhören war sie eh nicht, die Männer schimpften und drohten und klatschten Fäuste in die Hände.

Am Mittelmarkt umringten schon andere Leute die Baustelle der, so sollte sie einmal heißen, Deutschen Kirche in der Friedrichstadt. Der Dachstuhl, der vergangene Woche erst errichtet worden war, war eingestürzt. Er hatte Mauersteine mit sich gerissen, und der Richtkranz lag im Dreck. Im Halbdunkel der Frühjahrsnacht sah das fenster- und türlose Gebäude aus, als wäre es von einer Kanone beschossen worden. Eine gespenstische Vorstellung; und gegenüber, auf der Nordseite des weiten Platzes, stand die Französische Kirche, unbeteiligt und stolz, eine stumme Zeugin. Lorenz war nicht der Erste und Einzige, der verglich. Da kamen schon Stimmen, die nach Rache schrien. Auge um Auge, Dachstuhl um Dachstuhl, rief jemand. Andere stimmten ihm zu.

Er wich ein wenig zurück.

An einer der Längsseiten des Mittelmarktes gab es einen weiteren unfertigen Bau. Hier sollten die Gendarmen einziehen, jene Truppe seines Heeres, auf die der Kurfürst besonders stolz war und die er in seiner Nähe haben wollte. Vielleicht wären die Gendarmen an einem Abend wie heute ausgerückt, um die Menge zu beruhigen und nach Hause zu schicken und um den Aufgebrachten klarzumachen, wer in dieser Stadt das Sagen hatte. Doch die Truppe war noch nicht da.

Lorenz fiel niemand ein, der die Leute bremsen konnte. Einige trugen bereits Fackeln und stapften über die Baustelle und beleuchteten den Schaden, als könnten sie ergründen, wer ihn angerichtet hatte. Der Nachtwächter stand zwischen ihnen und hielt seine Laterne in die Höhe. Lorenz konnte nicht hören, was er sagte, es war jedoch offensichtlich, dass er ausgefragt wurde und versuchte, Antworten zu geben. Die Erregung wuchs, sie lag über dem Platz wie feuchte Luft, die sich in einem Gewitter entladen musste. Mehrere Meter von den anderen entfernt konnte Lorenz sie spüren.

Er kam wieder ein wenig näher. Zwei Fraktionen bildeten sich, die einander gegenüberstanden. Eine Seite wollte Vergeltung an der Französischen Kirche, brüllte ihre Ansicht in die Nacht und wollte schon hinüberziehen. Wie es sein könne, dass deren Kirche fast fertig sei, ihre hingegen nicht. Mit dem Teufel ginge das zu. Und wer glaube, die Franzosen hätten die Bausumme unter ihresgleichen gesammelt, dem sei sowieso nicht zu helfen. Sie hätten Macht über Friedrich, weil sie ihm geholfen hätten, die Königskrone zu erlangen, und im Gegenzug habe er viel Geld geben müssen für die verdammte Hugenottenkirche.

Das sei ja alles richtig, erwiderte die Gegenseite, aber an einem Gotteshaus dürfe sich trotz allem niemand vergreifen. Das sei die höchste Form der Sünde und werde vom Himmel nie und nimmer verziehen, deshalb sei das der direkte Weg in die Hölle.

Lorenz erkannte viele Gesichter aus der Bruderschaft, im Schein der Fackeln hatten sie rote Bierköpfe, und ihre Stimmen klangen heiser und krächzend. Die Aufregung wurde eher größer als dass sie sich abschwächte, keine von beiden Seiten wusste, was sie tun sollte, und der Zorn staute sich zwischen ihnen auf. Fast wollten sie aufeinander losgehen.

Vor allem die Franzosen kämen in die Hölle, denn sie hätten ihre Kirche zerstört, rief jemand.

Das sei zwar richtig, kam es von der anderen Gruppe, doch der Teufel nähme bekanntlich jede Seele, und je mehr desto besser. Sie sollten nicht dumm sein.

Zwischen den Wolken schien der Mond hindurch und beleuchtete das eingestürzte Kirchendach, von dem die Fackeln inzwischen abgezogen waren. Lorenz kam das Gebäude wie ein Mann vor, der unter Faustschlägen zu Boden gegangen war. Der Schaden war groß, aber nicht irreparabel. Es würde einfach Geld kosten und Zeit brauchen. Die Franzosen waren mit ihrer Kirche sowieso schon um Monate weiter. Wer insgeheim mit ihnen im Wettbewerb gestanden hatte, der hatte an diesem Abend endgültig verloren.

Aus der Menschenmenge machte sich eine erste Gruppe auf den Weg. Sie trugen viele Fackeln, und Zorn und Erregung waren bei ihnen nicht abgeschwollen. In Richtung auf die Franzosenkirche gingen sie nicht, aber dass die Leute nach Hause wollten, konnte sich Lorenz nicht vorstellen.

2

Paul lag im Bett. Er hatte gelesen, bis die Kerze zu einem Stummel heruntergebrannt war. Nun blies er sie aus. Sein Kissen war weich, als er jedoch darauf lag, war es in seinem Schlafzimmer nicht dunkel geworden, sondern heller als zuvor. Licht schien herein. Er stand aus dem Bett auf und ging ans Fenster. Vor seinem Haus hatten sich Menschen versammmelt, einige von ihnen trugen Fackeln. Sie waren laut. Augenblicklich empfand er die Bedrohung.

Er griff nach seiner Hose, stieß nacheinander beide Beine hinein und stopfte das Nachthemd in den Bund. Im Kinderzimmer zündete er Licht an und rief: »Aufstehen, aufstehen!« Dann rannte er die enge Treppe hinauf zu Claires Kammer, wo er kurz klopfte. Er weckte sie und wartete, bis sie hochkam.

Draußen wurde der Lärm bedrohlicher, man verstand die einzelnen Rufe nicht, doch es war eindeutig Aufruhr, der durch ihre Wände drang. In den Stimmen lag etwas, das er seit vielen Jahren vergessen hatte. Mit einem Schlag war die Erinnerung zurück. Da schwang Gewalt mit.

Claire stand in der Stube. Sie hatte ein Kleid über ihr Nachthemd gezogen. Ihre Schuhe waren nicht zugeschnürt. Ihr kleiner Sohn hatte sich an sie gepresst, er reichte ihr bis ans Knie. Sie nahm ihn auf den Arm. Isabel hielt ihre Hand. Paul führte sie nach hinten, wo ihr Grundstück lag. Dort gab es kein Licht und offenbar auch keine Menschen. Er öffnete das Fenster und hob Isabel hinaus. Für Claire stellte er einen Stuhl davor, und als sie mit ihrem Kind im Arm hinausklettern wollte, nahm er ihr den Kleinen ab und reichte ihn ihr hinaus. Sie sollten sich verbergen, verlangte er.

Er schloss das Fenster wieder. Was diese Leute aufgebracht hatte, wusste er nicht. Es musste sich um ein Missverständnis handeln. Er würde sich ihnen stellen und versuchen, sie zu beruhigen.

Als er die Tür öffnete, schrie die Menge auf. Scharfe Pfiffe übertönten die Rufe noch.

Im nächsten Moment flog eine Fackel auf ihn zu. Er sprang zur Seite. Eine zweite wurde auf das kleine Fenster an der Vorderfront geworfen. Sie prallte daran ab und brannte auf dem Boden weiter. Jemand nahm einen Stein und schleuderte ihn in die gleiche Richtung. Er traf das Fenster nicht, sondern die Wand. Paul hob beide Arme, er wollte beruhigen und erfahren, was die Leute erzürnt hatte. Doch niemand sprach mit ihm, es kamen nur Schimpfworte, von denen er nicht einmal alle verstand, und viele spuckten vor ihm auf den Boden. Von weiter hinten flog ein zweiter Stein auf sein Haus. Diesmal klirrte die Fensterscheibe. Die Menge johlte.

Paul begriff, dass er nichts ausrichten konnte. Er sann auf Flucht. Aber wie konnte er davonlaufen, wenn er nicht wusste, was mit seiner Familie war? Isabel, schrie es in ihm, und er zweifelte, dass sie hinter dem Haus in Sicherheit war. Diese Leute kannten keine Grenze. Warum sollten sie nicht auch sein Grundstück verwüsten wollen.

Er schöpfte Hoffnung, als in den Häusern neben ihm Lichter angingen. Die Nachbarn würden verstehen, dass er in Not war und Hilfe brauchte. Allerdings sah er nur Frauengesichter, die kurz an den Fenstern erschienen und wieder verschwanden. Hilfe!, wollte er rufen, ich brauche Hilfe!

Eine Fackel wurde so nah vor ihn gehalten, dass er ihre Hitze spürte. Teer tropfte auf den Boden. »Auge um Auge«, rief jemand, »jetzt bist du dran«, und er hörte ein tiefes Zittern in der Stimme, einen Zorn, der sich überschlagen hatte. Er kannte diese Laute zu genau, es war alles wieder da, er wusste um die Entschlossenheit, die dahinterlag, um die völlige Vernunftlosigkeit. Und aus der Nachbarschaft kam niemand, um zu helfen.

Die Fackel am Boden brannte immer noch. Ein junger, nicht einmal ausgewachsener Kerl mit einem viereckigen Gesicht hob sie auf und war dabei, sie ins Haus zu werfen.

Paul stellte sich vor sein zerbrochenes Fenster. »Lass das sein.«

»Verschwinde, Franzose, sonst brenne ich erst dich nieder.«

Beide starrten einander an. Der Junge mit der Fackel hatte eine schiefe Nase und graue, kalte Augen. Er war nicht älter als vielleicht zwanzig. Die Angst lähmte Paul, er vermochte sich nicht zu bewegen. Der andere hielt ihm die Fackel vors Gesicht, und die Menge bestärkte ihn und johlte. Es sei der Tag der Abrechnung, hörte er. Ein anderer rief, das sei höchste Zeit.

Sein Gegenüber machte kurze, überraschende Bewegungen mit der Fackel. Er zog sie zurück und brachte sie wieder nach vorn, ließ sie nach unten und in die Höhe fahren. Paul war klar, dass der andere ihm den Schrecken nur vergrößern wollte, doch er war machtlos gegen seine Angst. Sein Herz schlug so heftig, dass er glaubte, es würde platzen.

Im nächsten Moment stand Haeuser neben ihm.

Paul hatte nicht gesehen, wo der Gerber hergekommen war. Die Mütze hatte er aus der Stirn geschoben und die Ärmel aufgekrempelt. Er trat dem Jungen mit der Fackel entgegen, indem er die Arme ausstreckte und den anderen mitsamt seiner Fackel auf Abstand hielt.

»Nimm das Feuer weg.«

»Misch du dich nicht ein. Bist du ein Franzose, oder was?«

»Du sollst das Feuer wegnehmen, sage ich.«

Paul war sich sicher, dass beide im nächsten Augenblick übereinander herfallen würden. Doch sie bewegten sich nicht, und jeder von ihnen schien darauf zu warten, dass der andere den ersten Schritt tat. Der junge Kerl mit dem viereckigen Kopf hielt die Fackel fest, bereit, sie jederzeit einzusetzen.

»Ausgerechnet der Haeuser«, rief jemand aus der Menge, »der Franzosenfreund. Geh weg, Haeuser, sonst heißt es: Mitgefangen, mitgehangen.«

Die Leute lachten, andere pfiffen.

Es war Paul nicht möglich, einzelne Gesichter zu erkennen, weil ihm die Fackel direkt in die Augen schien. Das Wort ›Mordlust‹ kam ihm in den Sinn. Die Leute würden nicht verschwinden, bevor Blut geflossen war. Seine Nachbarn wussten das, deshalb waren sie nicht auf die Straße gekommen.

Nur Haeuser hatte es anders gehalten. Entweder kannte dieser Gerber keine Angst oder er hatte noch nie einen enthemmten Mob erlebt.

Paul schoss durch den Kopf, wie Haeuser vor Jahren am Tor der Jerusalemkirche gestanden und ihm den Zutritt verwehrt hatte. Damals war es ihm vorgekommen, als hätten sich alle seine Landsleute nach ihm gerichtet. Nun schien er diese Position verloren zu haben. Offenbar galt der Gerber als Verräter.

»Wer immer hier etwas anrichtet«, rief Haeuser mit seiner tiefen Stimme, »ich merke mir jeden und werde ihn dem Hausvogt melden.«

»Falls du noch reden kannst, wenn wir mit dir fertig sind, Franzosenfreund«, erwiderte eine Stimme aus dem Dunkeln. Andere johlten.

»Geht nach Hause, Leute, und tut nichts, was ihr morgen bereut«, sagte Haeuser. »Warum auch immer unsere Kirche eingestürzt ist – das muss untersucht werden.«

»Am besten von dir, Gerber. Dann ist ja schon klar, wer es war«, rief jemand.

»Und vor allem, wer nicht«, ergänzte ein anderer.

Die Menge rückte näher und bestärkte sich dabei. Der Junge mit dem Viereckskopf drehte sich zu ihnen um, er schien unschlüssig zu sein.

Im gleichen Augenblick riss Haeuser ihm die Fackel aus der Hand.

Paul spannte alle Muskeln an. Er stellte sich auf das Schlimmste ein. Isabel, dachte er. Hoffentlich war sie in Sicherheit. Pass gut auf sie auf, Claire.

Nun hielt Haeuser das Feuer vor sich und schaffte Abstand. Sein Gegenüber hätte sich verbrannt, wenn er zugegriffen hatte. Haeuser ließ den Fackelschein über die Menschenmenge gleiten, die nahe genug heran war, dass er sie erleuchten konnte.

»Hannes«, rief er, »bist du da? Komm her zu mir.«

Eine Windböe fasste in die Flammen der vielen Fackeln,

sie gingen nicht aus, aber wurden alle in die gleiche Richtung geworfen. Weit hinten löste sich ein Mann aus der Menge. Seine langen Haare hatte er im Nacken zusammengebunden. Er kam auf sie zu und stellte sich neben Haeuser.

»Wer ein Gerber ist, kommt auf diese Seite«, rief Haeuser. »Unsere Zunft steht für das Recht und nicht für Gewalt.«

Er wurde ausgelacht und ausgepfiffen.

Doch sein Freund neben ihm rief: »Meister Haeuser hat recht. Geht nach Hause, Leute. So etwas dürft ihr nicht tun.« Er warf Paul einen Blick zu. »Egal ob einer für oder gegen die Franzosen ist.«

Haeuser senkte die Fackel in seiner Hand und hielt sie so fest, dass die Muskeln an seinem nackten Unterarm anschwollen. Immer noch stand ihm der Junge mit dem eckigen Kopf gegenüber, der in Richtung der Menschenmenge blickte, als erhoffte er sich von dort Verstärkung. Und es sprang tatsächlich jemand zu ihnen. Aber er schien nicht zu den vielen zu gehören, denn er kam von der Seite. Ein rothaariger, sehr junger Mann, wie Paul erkannte. Die Ohren standen ihm ab.

»Meister, kann ich helfen?«

»Otto, gut, dass du da bist. Die Leute sind völlig durchgedreht. Die deutsche Kirche ist eingestürzt, und die Narren glauben, dass Franzosen nachgeholfen hätten.«

»Hat ihnen bestimmt jemand eingeflüstert«, erwiderte der Rothaarige, der die Lage mit den Augen zu erfassen versuchte. »Wir sind drei. Aber die …«

Haeuser blickte zu Paul. »Wir sind vier. Außerdem sind wir entschlossen. Ich hoffe, dass der Nachtwächter endlich kommt und sie alle nach Hause schickt.«

Mit zwei Sätzen sprang der Junge, dem Haeuser die Fackel entrissen hatte, zurück in die Menge. Doch die Leute schoben sich weiter vor, es entstand Gedränge. Paul sah in die Gesichter und er hatte den Eindruck, dass ihre Entschlossenheit wieder gewachsen war.

Haeuser schien genauso zu empfinden. »Ich warne euch. Ich warne jeden Einzelnen. Wer hier die Hand hebt, der muss mich totschlagen, denn sonst verfolge ich ihn.«

In das Schweigen, das entstand, rief jemand: »Ein Verräter weniger, wen kümmert das?«

Der Gerber stand breitbeinig vor Pauls Haus. Er hatte immer noch die Fackel in der Hand, die er wieder in die Höhe hielt. »Leute, geht nach Hause. Wer immer das war an der Kirche, der wird bestraft werden. Allerdings erst, wenn Beweise vorliegen.«

»Und was, wenn es keine Beweise gibt?«, tönte es zurück. »Oder die Franzosen alles vertuscht haben? Was machst du dann?«

»Ich sage euch, wer das war, wird zur Rechenschaft gezogen. Habt Vertrauen.«

Es entstand Gemurmel, das plötzlich viel leiser war als die Rufe. Weiter hinten drehten drei Männer ab, sie gingen davon.

Andere folgten ihnen. Sie hielten ihre Fackeln mit dem brennenden Kopf nach unten und verteilten sich in verschiedene Richtungen.

Noch blieben alle drei Gerber neben Paul vor seinem Haus stehen, doch die Menge zerstreute sich. Haeuser nickte. Er gab dem Rothaarigen seine Fackel und legte beiden Zunftbrüdern die Hände an die Schultern. Bevor er mit ihnen davonging, grüßte er Paul so knapp wie möglich.

Mit den Männern verzog sich das Licht und es blieb kaum mehr als Mondschein. Nur langsam verlor Paul seine Starre. Auf einmal war er ganz allein, wo eben noch so viele Leute gestanden und gebrüllt hatten. Täuschten ihn seine Sinne?

Er hörte Schritte.

Isabel kam auf ihn zugelaufen. Sie hatte Tränen in den Augen und warf ihre Arme um seine Hüfte. »Papa«, sagte sie und schluchzte auf.

Paul strich ihr übers Haar. Nach ihr kam der kleine Junge, den Claire Henri nannte. Er machte tapsige Schritte, es sah aus, als würde er gleich hinfallen. Wie seine große Halbschwester hielt er sich an Paul fest. Er hatte ein Hosenbein umklammert und sagte wie sie: »Papa.«

Claire war bleich. Der Wind fuhr in ihr Kleid, und sie sah schmal aus, zerbrechlich und schutzlos. Ihre Stirn lag in Falten.

»Wo wart ihr?«, fragte Paul.

An ihrer Stelle antwortete Isabel. »Unter den Bäumen versteckt. Papa, ich hatte solche Angst. Was wollten diese vielen Männer?«

Er ließ seine Hand auf ihrem Haar und hielt das kleine Kind mit der anderen.

Claire liefen Tränen aus den Augen. Sie presste den Mund zusammen und versuchte, sie zu verbergen, doch das gelang ihr nicht. Mit zwei Schritten kam sie näher. »Paul«, flüsterte sie, und ihre Stimme drang aus der Tiefe ihres Körpers und klang nach grenzenloser Erschöpfung, »Paul, ich kann nicht mehr.«

»Ich auch nicht.«

Sie fiel ihm in die Arme, und er hielt sie. Beide Kinder standen neben ihnen, und der frische Wind wehte ihnen ins Gesicht. Er drückte sie an sich, so fest es ging, seine Claire, mit der er vor Gott die Ehe geschlossen hatte.

»Haeuser hat uns gerettet«, sagte er.

3

Ein leichter Nieselregen fiel, als Danckelman über den Platz spazierte, der in Zukunft Gendarmenmarkt heißen sollte. Dagmar hatte sich bei ihm eingehakt. Es schien in der ganzen Stadt kein anderes Gesprächsthema zu geben als die eingestürzte Kirche. Strittig war nur, ob jemand sie zerstört hatte oder ob der Baumeister unfähig war. Danckelman kannte ihn flüchtig und wusste, dass er seine Aufträge aufgrund guter Beziehungen erhielt. Er hatte die Akzisemauer umbauen dürfen, nicht eben eine anspruchsvolle Aufgabe, doch seitdem schien niemand mehr nach seinem handwerklichen Können zu fragen.

Der Zeitpunkt des Unglücks war denkbar ungünstig, denn das Herrscherpaar war nicht in Berlin, und offenbar hatte es in der Nacht schon Aufruhr gegeben. Die Zeitungen, die Danckelman las, hatten davon noch nicht geschrieben, so aktuell konnten sie nicht sein, schließlich mussten sie gedruckt werden. Immer noch waren die Gerüchte der schnellste Weg, auf dem sich Neuigkeiten verbreiteten.

Dagmar hatte ihren Schirm aufgespannt, während ihm der Regen auf den Dreispitz tröpfelte. Ihn störte keinerlei Wetter. Auf dem Platz waren einige wenige Menschen, die sich den Schaden besahen. Aus der Ferne erkannte er schon den Baumeister.

»Oh Gott, oh Gott, ist das schlimm«, rief Dagmar.

»Lässt sich wieder aufbauen«, erwiderte ihr Mann.

Ihn beeindruckte der Platz mit seinen beiden Kirchen, die von fast gleicher Größe waren. Trotzdem, welche Unterschiede! Die Franzosen hatten die gesamte Bausumme gesammelt, sie stammte von reformierten Gemeinden aus vielen europäischen Städten. Weil der Fluss dieser Mittel zu keiner Zeit versiegt war, hatte der Bau nicht ruhen müssen, und jetzt war er fast fertig.

Wie anders war das bei der Deutschen Kirche, die der Brandenburger Staat bezahlte. Natürlich waren Friedrich – und seinem Premierminister – andere Dinge wichtiger gewesen, vor allem die Krönung. Geld für die Kirche floss, wenn welches übrig war. Und das kam selten genug vor.

Als das Ehepaar Danckelman am Bauplatz angelangt war, hielt es neben dem Baumeister. »Was ist passiert?«

»Genau kann man es noch nicht sagen. Doch ich habe den Zimmermann gesehen, und seitdem wundert mich nichts mehr. Wenn zu tief eingeschnittene Balken ein großes Gewicht tragen sollen, geben sie nach. Das ist Physik.«

»Da kann man nur froh sein, dass sie so früh nachgegeben haben«, erwiderte Danckelman. »Menschen sind ja wohl nicht zu Schaden gekommen.«

Der Baumeister nickte.

Als sie weiterzogen, fragte Dagmar: »Warum lässt der liebe Gott so etwas zu?«

»Das kann ich dir nicht sagen, denn dies ist eine der wenigen Fragen, über die Er nicht mit mir spricht.«

Sie zog an seinem Arm. »Red nicht so über unseren Herrn. Du versündigst dich noch.«

Man musste in der Stadt verbreiten, was der Baumeister gesagt hatte, nur das konnte die Stimmung beruhigen. Berlin war herrenlos und ohne Oberbefehlshaber und deshalb schutzlos, wenn der Mob erneut aufbegehrte. Danckelman überlegte, wie die Nachricht am besten die Runde machen konnte.

Friedrich und Sophie Charlotte hatten sich mithilfe von Wartenbergs Finanztricks endlich mit dem Kaiser geeinigt. Aber die Krönung durfte nicht in Berlin stattfinden, deshalb waren sie mit einem ungeheuren Tross nach Königsberg in Ostpreußen aufgebrochen. Der Grund war einfach: Brandenburg lag innerhalb des Kaiserreiches, Preußen hingegen außerhalb, und der Kaiser wollte im Reich keine weiteren Begehrlichkeiten schaffen, sonst wäre jeder kleine Fürst gekommen und hätte ebenfalls König werden wollen. Ihnen allen konnte er nun sagen, dass es im Reich keine neue Königskrone gab.

Entsprechend würde Friedrichs künftiger Titel ›König in Preußen‹ lauten, nicht etwa ›König von Preußen‹. Die Krönung musste siebenhundert Meilen östlich seiner Hauptstadt stattfinden.

Seit Wochen hatten die Zeitungen darüber berichtet, wie

die Feierlichkeiten geplant wurden, und vor allem das Berliner Blatt hatte gejubelt, als wenn es dafür bezahlt würde. Aus dem Schloss waren Tische, Stühle und Geschirr nach Königsberg gefahren worden, dazu Köche und Diener und eine Kapelle samt Instrumenten. Das Kabinett war mitgereist, die Offiziere des Heeres, der Adel und mancher verdiente Bürger.

Danckelman hatte keine Einladung erhalten. Er hatte sich gefragt, ob es an seiner alten Feindschaft mit Sophie Charlotte lag oder daran, dass er eine nicht standesgemäße Frau geheiratet hatte. Inzwischen interessierte es ihn nicht mehr. Diese Krone war falsch und sie blieb falsch, und er konnte nun behaupten, dem fatalen Akt, der Krönung, ferngeblieben zu sein.

Er hatte alle Kosten, die mit der Königswürde verbunden waren und von denen er wusste, untereinandergeschrieben. Die Mittel für den Kaiser und die für die Soldaten. Die Reise des Hofstaates nach Königsberg. Ihm waren, als er addiert hatte, fast die Tränen gekommen. Der Staatshaushalt war ruiniert und seine Arbeit zunichtegemacht worden.

Doch er lebte in der Gewissheit, dass die Nachwelt ihm eines Tages recht geben und von Verschwendung, ja von katastrophaler Politik sprechen würde. Wartenbergs Idee, sich als Staat Geld von Banken zu leihen, war Usus in Brandenburg geworden. Auch die Deutsche Kirche, die hinter ihnen auf dem Platz lag, hatte davon profitiert, ebenso die Akademie der Wissenschaft, die er damals noch auf den Weg gebracht hatte. Inzwischen war sie um das Doppelte gewachsen. Leibniz lebte bereits in Berlin, und obwohl er eine Reihe von Studenten anzog, kostete all das viel zu viel Geld, nur damit die Weltsprache eines Tages Berlinerisch heißen würde.

Sophie Charlotte, die nur noch in ihrem Schloss in Lietzenburg wohnte, hatte ebenfalls wesentlich mehr Mittel zur Verfügung als zu seinen Zeiten. An ihrem Hof gingen Wissenschaftler, Künstler und Philosophen ein und aus, deren Werke und Arbeiten wurden gekauft oder sie erhielten Stipendien. Lietzenburg sei, hatte eine Zeitung geschrieben, ein wahrer Musenhof geworden. Das Schloss sollte nun erweitert werden, und die Kurfürstin hatte sich bereits den besten der jungen Baumeister ausgesucht, den es in der Stadt gab, einen Mann namens Schlüter.

Friedrich durfte da selbstverständlich nicht nachstehen. Er habe, so hieß es, bereits Pläne, das Stadtschloss umbauen zu lassen. Es hatte jetzt einem König zu genügen.

Eines Tages musste das alles zurückgezahlt werden. Doch für heute galt es, eine schlimme Nacht zu verhindern. Danckelman sah auf der Jägerstraße einen Bekannten und winkte ihm. Ob er schon gehört habe, fragte er, dass das Kirchendach aus dem Grund zusammengebrochen sei, weil es fehlerhaft gebaut worden sei?

4

Lorenz schnallte die beiden ledernen Satteltaschen auf sein Pferd. Es war nicht viel, was er besaß, nicht mehr, als in diese beiden kleinen Beutel passte. Aber mehr brauchte er auch nicht.

Vor zwei Monaten, in der Nacht der Fackeln, hatte er endlich erkannt, was er wollte. Er hatte seine Gerberei – den Betrieb des Vaters und des Großvaters – verkauft und nicht einmal gefeilscht, obwohl er wusste, dass der Preis zu niedrig war. Nur dass er das Pferd mitnehmen durfte, hatte er vom neuen Eigentümer verlangt, dem Altgesellen einer anderen Gerberei, der Kredit von der Bruderschaft erhielt. Gestern, am Sonnabend, hatte er mit seinen Leuten ein letztes Mal an der Tafel im Hof gesessen und das Mahl zum Ende der Woche gehalten. Wie immer hatten sie alle viel Bier getrunken und ihre Witzchen gemacht.

Diesmal über ihn und seine Pläne.

Das Haus war verkauft, und sogar bei Karla und den Neffen hatte er sich verabschiedet. Nur eine letzte Aufgabe blieb ihm noch. Er ritt in die Friedrichstadt.

Das Pferd ging einen gemächlichen Schritt und er trieb es nicht. Mancher, den er sah, trug seinen Sonntagsanzug. Die Leute kamen aus der Kirche und gingen nun ins Wirtshaus oder nach Hause zum Mittag.

Lorenz hielt vor dem Haus des Franzosen. Er saß nicht ab, nur den Zügel ließ er lose. Lange warten musste er nicht. Als Erstes sah er Claire auf dem Heimweg von der Kirche, dann ihren Mann und seinen kleinen Henri und die Tochter. Auch Claire hatte ihn entdeckt, jedoch sofort zu Boden geblickt. Lorenz wartete darauf, dass sie alle näher kamen.

Claire zog wortlos an ihm vorbei, auf ihr Haus zu. Die Kinder folgten ihr. Ihr Mann ging ihnen nach, aber dann drehte er sich um.

Aus einigem Abstand sagte er: »Du gehst weg, wie man hört.«

Lorenz nickte, und beide blickten sich an.

»Pass gut auf sie auf, Handschuhmacher«, sagte er. Er brauchte neuen Atem, um seinen Satz zu beenden. »Auf alle drei.«

Der Franzose reagierte nicht. Claire schien sich nicht zu trauen, ihm zum Abschied einen letzten Blick zuzuwerfen. Und Henri wusste sicher nicht einmal, wer er war.

»Hast du gehört, was ich gesagt habe?«

Er sah, wie der Franzose die Lippen zusammenpresste. Der Mann sah aus wie immer, nicht nur mit dem schmalen Gesicht und der großen Nase, er trug seinen eleganten Gehrock, hielt einen Spazierstock in der Hand, und die Schuhe waren so blank, dass sich die Sonne auf ihnen spiegelte. In diesem Leben würde aus ihm kein anständiger Handwerker mehr werden.

Hoffentlich suchte sich Henri eines Tages ein anderes Vorbild. Der Kleine sah seiner Mutter nicht besonders ähnlich. Er glotzte zu Lorenz herüber, und Lorenz stellte fest, dass er ein Haeuser-Gesicht hatte.

»Gibst du mir keine Antwort?«, fragte er den Franzosen.

»Doch.« Der Handschuhmacher nickte, erst ganz leicht, dann etwas kräftiger. »Das mache ich«, sagte er, bevor er sich wegdrehte und zum Haus ging.

Hinter seinem Rücken hob Lorenz die Hand und winkte. Sein letzter Gruß galt Claire, dann zog er die Zügel an, wendete sein Pferd und ritt aus der Friedrichstadt heraus Richtung Brandenburger Tor und auf den Tiergarten zu. Die Sonne schien, die Bäume waren grün und der Weg staubte wie eh und je. Bis Hamburg musste der Gaul ihn tragen, dort würde er ihn verkaufen.

Er klopfte sich auf die Tasche, wo er seinen Lederbeutel trug, ein pralles und schweres Säckchen. So viel Geld, vor allem in Gold- und Silberstücken, hatte er noch nie auf einmal gesehen.

Das würde für die Überfahrt reichen.

ENDE

Weitere historische Romane finden Sie auf den folgenden Seiten und im Internet: www.gmeiner-verlag.de

Unsere Lesermagazine

2 x jährlich das Neueste aus der Gmeiner-Bibliothek

DIN A6, 20 S., farbig

10 x 18 cm, 16 S., farbig

24 x 35 cm, 20 S., farbig

GmeinerNewsletter

Neues aus der Welt der Gmeiner-Romane

Haben Sie schon unsere GmeinerNewsletter abonniert? Monatlich erhalten Sie per E-Mail aktuelle Informationen aus der Welt der Krimis, der historischen Romane und der Frauenromane: Buchtipps, Berichte über Autoren und ihre Arbeit, Veranstaltungshinweise, neue Literaturseiten im Internet und interessante Neuigkeiten.

Die Anmeldung zu den GmeinerNewslettern ist ganz einfach. Direkt auf der Homepage des Gmeiner-Verlags (www.gmeiner-verlag.de) finden Sie das entsprechende Anmeldeformular.

Ihre Meinung ist gefragt!

Mitmachen und gewinnen

Wir möchten Ihnen mit unseren Romanen immer beste Unterhaltung bieten. Sie können uns dabei unterstützen, indem Sie uns Ihre Meinung zu den Gmeiner-Romanen sagen! Senden Sie eine E-Mail an gewinnspiel@gmeiner-verlag.de und teilen Sie uns mit, welches Buch Sie gelesen haben und wie es Ihnen gefallen hat. Alle Einsendungen nehmen automatisch am großen Jahresgewinnspiel mit attraktiven Buchpreisen teil.

GMEINER

Wir machen's spannend

Alle Gmeiner-Autoren und ihre Romane auf einen Blick

Alle Gmeiner-Autoren und ihre Romane auf einen Blick

MAINKA, MARTINA: Satanszeichen **MISKO, MONA**: Winzertochter • Kindsblut **MORF, ISABEL**: Satzfetzen • Schrottreif **MOTHWURF, ONO**: Werbevoodoo • Taubendreck **MUCHA, MARTIN**: Seelenschacher • Papierkrieg **NAUMANN, STEPHAN**: Das Werk der Bücher **NEEB, URSULA**: Madame empfängt **ÖHRI, ARMIN / TSCHIRKY, VANESSA**: Sinfonie des Todes **OSWALD, SUSANNE**: Liebe wie gemalt **OTT, PAUL**: Bodensee-Blues **PARADEISER, PETER**: Himmelreich und Höllental **PARK, KAROLIN**: Stilettoholic **PELTE, REINHARD**: Inselbeichte • Kielwasser • Inselkoller **PFLUG, HARALD**: Tschoklet **PITTLER, ANDREAS**: Mischpoche **PORATH, SILKE / BRAUN, ANDREAS**: Klostergeist **PORATH, SILKE**: Nicht ohne meinen Mops **PUHLFÜRST, CLAUDIA**: Dunkelhaft • Eiseskälte • Leichenstarre **PUNDT, HARDY**: Friesenwut • Deichbruch **PUSCHMANN, DOROTHEA**: Zwickmühle **ROSSBACHER, CLAUDIA**: Steirerblut **RUSCH, HANS-JÜRGEN**: Neptunopfer • Gegenwende **SCHAEWEN, OLIVER VON**: Räuberblut • Schillerhöhe **SCHMID, CLAUDIA**: Die brennenden Lettern **SCHMITZ, INGRID**: Mordsdeal • Sündenfälle **SCHMÖE, FRIEDERIKE**: Lasst uns froh und grausig sein • Wasdunkelbleibt • Wernievergibt • Wieweitdugehst • Bisduvergisst • Fliehganzleis • Schweigfeinstill • Spinnefeind • Pfeilgift • Januskopf • Schockstarre • Käfersterben • Fratzenmond • Kirchweihmord • Maskenspiel **SCHNEIDER, BERNWARD**: Flammenteufel • Spittelmarkt **SCHNEIDER, HARALD**: Räuberbier • Wassergeld • Erfindergeist • Schwarzkittel • Ernteopfer **SCHNYDER, MARIJKE**: Matrjoschka-Jagd **SCHÖTTLE, RUPERT**: Damenschneider **SCHRÖDER, ANGELIKA**: Mordsgier • Mordswut • Mordsliebe **SCHÜTZ, ERICH**: Doktormacher-Mafia • Bombenbrut • Judengold **SCHUKER, KLAUS**: Brudernacht **SCHULZE, GINA**: Sintflut **SCHWAB, ELKE**: Angstfalle • Großeinsatz **SCHWARZ, MAREN**: Zwiespalt • Maienfrost • Dämonenspiel • Grabeskälte **SENF, JOCHEN**: Kindswut • Knochenspiel • Nichtwisser **SPATZ, WILLIBALD**: Alpenkasper • Alpenlust • Alpendöner **STAMMKÖTTER, ANDREAS**: Messewalzer **STEINHAUER, FRANZISKA**: Sturm über Branitz • Spielwiese • Gurkensaat • Wortlos • Menschenfänger • Narrenspiel • Seelenqual • Racheakt **STRENG, WILDIS**: Ohrenzeugen **SYLVESTER, CHRISTINE**: Sachsen-Sushi **SZRAMA, BETTINA**: Die Hure und der Meisterdieb • Die Konkubine des Mörders • Die Giftmischerin **THIEL, SEBASTIAN**: Die Hexe vom Niederrhein **THADEWALDT, ASTRID / BAUER, CARSTEN**: Blutblume • Kreuzkönig **THÖMMES, GÜNTHER**: Malz und Totschlag • Der Fluch des Bierzauberers • Das Erbe des Bierzauberers • Der Bierzauberer **TRAMITZ, CHRISTIANE**: Himmelsspitz **ULLRICH, SONJA**: Fummelbunker • Teppichporsche **VALDORF, LEO**: Großstadtsumpf **VERTACNIK, HANS-PETER**: Ultimo • Abfangjäger **WARK, PETER**: Epizentrum • Ballonglühen • Albtraum **WERNLI, TAMARA**: Blind Date mit Folgen **WICKENHÄUSER, RUBEN PHILLIP**: Die Magie des Falken • Die Seele des Wolfes **WILKENLOH, WIMMER**: Eidernebel • Poppenspäl • Feuermal • Hätschelkind **WÖLM, DIETER**: Mainfall **WYSS, VERENA**: Blutrunen • Todesformel **ZANDER, WOLFGANG**: Hundeleben